Die deutsche Literatur seit 1945

Die deutsche Literatur seit 1945
Herausgegeben von Heinz Ludwig Arnold

»Draußen vor der Tür«
1945 – 1948 (12081)

»Doppelleben«
1949 – 1952 (12082)

Im Treibhaus
1953 – 1956 (12083)

Die Wunderkinder
1957 – 1960 (12084)

Geteilte Himmel
1961 – 1966 (12369)

Deutschstunden
1967 – 1971 (12441)

Unvollendete Geschichten
1972 – 1977 (12442)

Seelenarbeiten
1978 – 1983 (12596)

Letzte Welten
1984 – 1989 (12636)

Die deutsche Literatur seit 1945

Letzte Welten
1984 – 1989

Herausgegeben von Heinz Ludwig Arnold

Deutscher Taschenbuch Verlag

Originalausgabe
Mai 1999
Der Deutsche Taschenbuch Verlag dankt den Autoren und Verlagen für die freundlich gewährten Abdruckgenehmigungen.
Die Copyright-Vermerke sind im Anhang des Bandes zu finden.

Umschlagkonzept: Balk & Brumshagen
Umschlagbild: ›Das Buch‹ (1979-85) von Anselm Kiefer
Satz: Wallstein Verlag, Göttingen
Druck und Bindung: C. H. Beck'sche Buchdruckerei, Nördlingen
Printed in Germany ISBN 3-423-12636-1

Inhalt

1987

1988

1989

Vorwort

Die achtziger Jahre waren die letzten, in denen Bundesrepublik und DDR an der Schnittlinie der feindlichen Systeme Kapitalismus und Kommunismus ihre besondere Existenz pflegten. In ihren universalen Nischen lebten sie beide über ihre Verhältnisse und in den Tag hinein. Ökonomisch hing die arme DDR am Tropf der reichen Bundesrepublik, dealte mit politischen Gefangenen und ›Ausreisewilligen‹; 1986 wurde ein Kulturabkommen zwischen BRD und DDR geschlossen, und ein Jahr später besuchte der Staatsratsvorsitzende Honecker die BRD, wurde von Kohl und von Weizsäcker, von Lafontaine und Strauß empfangen. Längst hatten sich die beiden deutschen Staaten aneinander gewöhnt und mit ihrer Zweistaatlichkeit abgefunden. Von ihrer Vereinigung war ernstlich nicht mehr die Rede, und auch Kohl hat, obgleich er später versicherte, die Einheit stets im Blick gehabt zu haben, seriös nicht daran denken können. Für Kohl war der 1985 an die Macht gelangte sowjetische Generalsekretär Michail Gorbatschow, der ihm die deutsche Einheit fünf Jahre später ermöglichte, noch bloß ein Propagandist vom Schlage Goebbels'.

Es war die Hoch- und zugleich Endzeit der Friedensbewegung. Zwischen der sowjetischen Bedrohung mit den Raketen vom Typ SS 20 und der sie konterkarierenden westlichen Aufrüstung mit Pershings hatte sie Anfang der achtziger Jahre enormen Zulauf bekommen. Ost- und westdeutsche Schriftsteller führten Friedensgespräche in Ost und West; eine stillschweigende Voraussetzung dafür, daß sie überhaupt stattfinden durften, war, daß über Menschenrechtsverletzungen nicht gesprochen wurde. Mutlangen wurde zur Metapher für die legitime Unbotmäßigkeit der Bürger, die Sitzblockade eine Form ihres Widerstands. Freilich wuchs aus dem empfindsamen Katastrophenbewußtsein als Zeitgeisterscheinung ein Katastrophismus, den Günter Grass 1986 in der »Rättin« beschwor und dessen Wirklichkeit der GAU von Tschernobyl noch im selben Jahr auf erschreckende Weise bestätigte.

Damals regierte schon über drei Jahre ein Kanzler, unter dessen Regentschaft die Gesellschaft der Bundesrepublik gründlich umgepflügt werden sollte.

Politik, wenn man darunter die zukunftsorientierte Gestaltung in Gesellschaft und Staat, in Wirtschaft und Kultur begreift, wurde zunehmend nur noch simuliert. Die Wirtschaft boomte auf eigene Rechnung: Die Unternehmensgewinne stiegen, während die Löhne jener, die sie erwirtschafteten, stagnierten; zugleich domestizierte die schnell wachsende Arbeitslosigkeit die Begehrlichkeit der Arbeitsplatzbesitzer nach Teilhabe an einer Prosperität, die von den immer reicher werdenden Reichen immer schamloser vorgeführt wurde. Die Schere zwischen Arm und Reich öffnete sich schneller und weiter.

Die »geistig-moralische Wende«, die der neue Kanzler angedroht hatte, manifestierte sich auf politischem Feld im Parteispenden-Skandal, den die liberal-konservative Regierung mit einem, freilich erfolglosen, Amnestierungs-Gesetz unter den Teppich kehren wollte; was zur Folge hatte, daß sich die Öffentlichkeit hinfort kleinlich mit der Bereicherungsmentalität ihres leitenden Personals befaßte, statt seine politische Leistung zu messen und zu bewerten. Auf dem Felde der Kultur griff die von der Kohl-Regierung eilig betriebene Einführung des Privatfernsehens mit seiner ebenfalls entpolitisierenden und die gewachsene Kultur destabilisierenden Wirkung tiefreichend in die gesellschaftliche Bewußtseins(ver)bildung ein. Kunst und Literatur, deren innovative Kräfte nicht im Licht der medialen Vermarktung, sondern jenseits der Repräsentationen gediehen, wurden marginalisiert.

Ein Schlagwort der Zeit lieferte 1985 Jürgen Habermas mit seiner Charakterisierung der gesellschaftlichen Lage als »neue Unübersichtlichkeit«. Damit benannte er die kritische Gegenformel zu jenem postmodernen Bewußtsein, dessen Glaube vom »anything goes« nur insofern aufging, als in der Simulation nicht das reale Sein das Bewußtsein beeindruckte, sondern der virtuelle Schein es zu illusionieren und zu verführen vermochte; und diesen Schein spielten dem Bewohner der achtziger Jahre Politik und Wirtschaft mit glitzernden und häufig wechselnden Kulissen ebenso vor wie die neue Fernseh-Kultur, welche die quasi öffentliche Kultur nachhaltig beeinflußte, als Werbung und Design. Daß sich dahinter eine Wirklichkeit verbarg, die von Arbeitslosigkeit und gesellschaftlicher Armut, von eilig raffendem Profit und Ausbeutung der, auch erst noch künftigen, Ressourcen bezeichnet wird – eine Welt also, die bereits ihre Zukunft verzehrt –, wurde in vollem Umfang erst bewußt, als die Welten, in denen so flott wie auf dem sprichwörtlichen Vulkan getanzt wurde, zusammenbrachen, gleichermaßen diesseits und jenseits des »Eisernen Vorhangs«, den die Berliner Beton-Mauer darstellte.

Auch hinter der Mauer bewegte sich unter der starren Oberfläche mancherlei, sind angesichts der Kulissen des nie real existierenden Sozialismus Skepsis und Kritik an den sozialistischen Wegen und am offiziell propagierten Fortschrittsglauben gewachsen. Erst 1990 wurde veröffentlicht, was einer der Paradeschriftsteller der DDR bereits am 13. September 1980 in sein Tagebuch notiert hatte: »Meine Reife- und Schreibjahre fallen in die Zeit von zwei Diktaturen, die einander ablösten. Die zweite der Diktaturen war eine, die ich nach anfänglichem Zögern für einige Jahre bejahte, bis ich erkannte, daß sie nicht die Diktatur einer Klasse, sondern, wie die vorhergehende Diktatur, die Diktatur einer Clique war. Sie zwang mich, nach dem Schema: Eins hin – zwei im Sinn – zu schreiben, und die *Zwei im Sinn* konnte ich noch nicht einmal mit voller Schärfe ins ganz und gar persönliche Tagebuch schreiben. Ich mußte an Haussuchungen und heimliche Schnüffler denken. Auch jetzt natürlich, da ich das hinschreibe.«

Wenn einer wie Erwin Strittmatter solches erkannte, wird bei vielen anderen Schriftstellern und Künstlern die Einschätzung des Zustands ihrer DDR nicht anders, gar weniger kritisch gewesen sein. Wie die »heimlichen Schnüffler« dort arbeiteten, belegt, ebenfalls erst 1990 und ebenfalls für 1980, Erich Loest, indem er folgende Stasi-Information über sich zitiert: »Gegen 7.00 Uhr schreibt L. auf seiner Schreibmaschine. (etwa 1,10 Minuten). – Dieses Schriftstück wird neu in die Maschine eingespannt und wieder ausgespannt. – Auf Grund der Handhabung der Maschine ist vermutlich ein kurzes Schreiben verfaßt worden.«

Solche Momentaufnahmen offenbaren, welches Verfallsstadium die DDR in den achtziger Jahren erreicht hatte. Noch immer siedelten Dutzende Schriftsteller und Künstler in den Westen über, andere wurden, weil sie gefährlich werden konnten, unter Druck gesetzt und außer Landes gedrängt. 1988 griff Christoph Hein auf dem Zehnten Schriftstellerkongreß die praktizierte Zensur massiv an: »Das Genehmigungsverfahren, die staatliche Aufsicht, kürzer und nicht weniger klar gesagt: die Zensur der Verlage und Bücher, der Verleger und Autoren ist überlebt, nutzlos, paradox, menschenfeindlich, volksfeindlich, ungesetzlich und strafbar.« Im selben Jahr propagierten Menschenrechtler aus der DDR wie Bärbel Bohley, Freya Klier, Stefan Krawczyk und andere beim Gedenkmarsch für Karl Liebknecht und Rosa Luxemburg deren Grundsatz, daß Freiheit immer auch die Freiheit der Andersdenkenden sei, und wurden verhaftet. Gorbatschows *Perestrojka* und *Glasnost* begannen auf die DDR auszustrahlen und die Köpfe nicht nur der Intellektuellen zu kontaminieren. Weshalb sowjetische Zeitschriften, in denen

Selbstkritisches zu lesen war, in der DDR nicht mehr ausgeliefert wurden. Das leitende Personal der DDR hörte zwar die Signale aus dem großen Bruderland, meinte aber, so der Chefideologe für Kultur Kurt Hager, wenn der Nachbar tapeziere, müsse man das nicht auch tun, im übrigen sei das DDR-Haus moderner eingerichtet als der Sowjetbau; worauf Volker Braun sein Gedicht vom »Tapetenwechsel« schrieb, das mit der Zeile endet: »Und warum ziehen die Leute aus und nicht ein?« Als dann mit der Öffnung der Mauer am 9. November 1989 der Anfang vom Ende der DDR gemacht war, schrieb derselbe Hager zwei Tage später im »Neuen Deutschland«: »Ich muß aber sagen, daß (...) ich zu feige war, eine umfassende Beurteilung der Lage, besonders in den letzten Monaten, zu fordern. Feigheit ist aber (...) der Feind der Wahrheit.«

Simulation und Täuschung gehören zur Erfahrung der achtziger Jahre in beiden deutschen Staaten ebenso wie eine Endzeitahnung, die in Katastrophismus und Überwachungshybris aufscheint. Auch von ihnen handelt die Literatur dieser Zeit, und von ihnen werden noch die Zeiten nach der deutschen Wende bestimmt. Gewiß aber ist auch, daß sich die Literatur immer weniger auf eine Formel, einen – gar epochalen – Begriff, in einen historisch begründeten Zusammenhang bringen läßt. Manchmal möchte man meinen, es gäbe sie gar nicht mehr: die Literatur. Sondern nur noch Bücher. Diese These korrespondiert mit der Erfahrung, daß die achtziger Jahre entschieden keine grundsätzlich solidarische Zeit mehr waren, sondern allenfalls eine von Gruppensolidaritäten. Und sie wird als eine zum Teil bizarre, hypertrophe, genuß- und gewinnsüchtige Zeit der sich selbst feiernden Individualität in Erinnerung bleiben: in der die Individuen im rauschenden Lärm von Geschwätz und Betrieb allerdings zumeist einsam blieben.

Göttingen, im November 1998 Heinz Ludwig Arnold

Botho Strauss
Der junge Mann

In diesem Augenblick aber geschah etwas vollkommen Unerwartetes, so daß wir uns alle in *einer* Wendung auf dem Absatz herumdrehten und Yossica fürs erste aus dem Sinn verloren. Was wir nun erblickten, ließ unseren Atem stocken. Nie hatten wir während des ganzen ausstehenden Morgens den gewaltigen Königspalast in unserem Rücken sonderlich beachtet; er war etwas, das unbelebt und wie in grauer, dumpfer Erinnerung hinter uns lag. Mit jedem Gedanken und jedem Blick hatten wir uns über die Terrasse zum Park gewendet, denn in dieser östlichen Richtung schimmerte zumindest der Vorschein einer Dämmerung, und wenn überhaupt, so war allein von dort irgendwelche Ankunft zu erwarten. Jetzt aber glaubten wir unseren Augen und Ohren nicht zu trauen, als sich das erhabene bronzebeschlagene Portal hinter uns mit uraltem Knirschen und Scharren auftat. Ein Schwall kühler, modriger Luft quoll aus der inneren Halle hervor. Eine Totenstille streckte sich lang nach vorne aus. Dann plötzlich setzte ein Trommelwirbel ein, er verebbte in leisem Rühren, er brach wieder ab. Kurz darauf folgte mit niederkrachendem Sturm das Solo eines Rockschlagzeugs, ein Ausbruch von unbändigem Trauerzorn. So wechselten militärische Ehrbezeugung und jugendliches Entsetzen einige Male hin und her, und für uns bestand nun kein Zweifel mehr, daß mit solchen Signalen das königliche Bestattungszeremoniell feierlich eröffnet worden war. Die Stunde war also gekommen, der Großmächtige wurde hoheitlich zu Grabe getragen. Zuvorderst erschien ein weicher Jüngling mit blondem Pagenschopf und im schwarzen, mittelalterlichen Rock. Er hielt die Standarte des Herrschers mit ausgestreckten Armen in die Höhe und schritt in gestochenem Maß und Takt heraus auf die Terrasse. Ihm folgte in einigem Abstand der geschliffene Block der Banner- und Fahnenträger, aber auch der Wimpel-, Emblem-, Abzeichen- und Signet-Behafteten, welche alle einstanden für Länder und Provinzen, für Vereine, Verbände, Genossenschaften, Clubs und Freundeskreise, die sich dem Gewaltsamen unterworfen hatten oder zuinnerst verpflichtet fühlten. Darauf nun eine doppelte Reihe von Knaben und Mädchen, die auf seidenen Kissen Reichsinsignien, Geschmeide und kostbare Dokumente sowie etliche Grabbeigaben dem Sarg voraustrugen; Kinder, die sich mehr durch tapfere Nachahmung als durch innere Ergriffenheit dem schweren Schritt des Umzugs anpaßten. Der prunkvolle Sarg, der nun aus der Halle, dem Tor herausgetragen wurde, geschultert von acht Getreuen, die nur mit kleinsten, schlurfenden Schritten vorwärts kamen, flankiert von einer Ehrenstaffette höchster kirchlicher und staatlicher Würdenträger – der Sarg enthielt nun wirklich, denn dies war kein leeres Schauspiel, den Kadaver des größten Frevlers und schlimmsten Deutschen. Da lag er aufgebahrt und fügte sich friedlich in die engen Grenzen des Kastens, als hätt er niemals über Länder und Völker ausgegriffen, als hätt er seine Untaten bloß still und furchtbar geträumt. Aus dem vormals rotfleckigen, schlagflüssigen Kopf war jegliche Farbe gewichen. Auf dem purpurnen Bahrkissen lag ein mondblasses, erdrücktes Gesicht.

In gemessenem Abstand folgte dann erst die Familie des Herrschers, angeführt von des Königs Mutter, der Gemahlin mit ihren Kindern und den nächsten Verwandten. Ihnen schlossen sich an die Spitzen des Militärs, der höheren, mittleren, niederen Beamtenschaft; sodann das graue Heer der Ratgeber und Fachleute, der Diplomaten und Bevollmächtigten, der Abgesandten und Parlamentarier, alles nach Amt und Rang gestuft, wie das öffentliche Protokoll es vorsah. Bis hierhin behielt das Geleit Form und Gepränge, wie es bei Bestattungen von Oberhäuptern, Führern, Regierungschefs, je nach Landessitte, allgemein üblich ist. Bis hierhin jedenfalls schritt die versammelte Menge in Reihe und Riege, in Fügung und Folge. Was nun aber sich anschloß, bildete den sonderbarsten, den verkehrtesten und zugleich wahrhaftigsten Leichenzug, der wohl jemals in deutscher Geschichte erblickt wurde. Denn hinter dem letzten Schergen des alten Regimes strömte nun gleich die schlichte Nachwelt hinterdrein, quoll jene herrenlose Gesellschaft durch das Portal, welche vom bittersten Erbe des Frevlers belastet, nämlich die *unsere* war, die ungefüge, die mutlose und unverschämte, die reiche und ausgezehrte, offene und heimtückische, verrückte und biedere, tatenlose und überbeschäftigte, freie und durch und durch befangene *Gesellschaft*. Eine unüberschaubare Menschenmenge drängte wohl noch auf der Westseite zum Palast vor und schien weit über die vordere Auffahrt hinaus die umliegenden Felder und Wiesen zu bedecken. Nach den Wappen und Standeszeichen kamen nun gleich die Transparente und Plakate, wurden die Mahnbänder und Schimpfbanner hochgehalten, und die schnell sich wandelnde Gesellschaft ersetzte die Treue durch den Protest. Wo aber vorn die Rangfolge und das starre Etikett die Geleitordnung beinah von selber schufen, da galt unter den Nachfolgenden scheinbar alles gleich und hielt sich bunt nebeneinander. Doch in Wahrheit fand sich auch unter ihnen eine regelmäßige Anbindung der Kräfte, denn es herrschte hier ein weitgestaffeltes Aufeinander-fixiert-Sein und durchformte ihre Reihen, eine halb unbewußte Abhängigkeit war an die Stelle der offenen Stufung, der erklärten Achtung oder Feindschaft getreten. Da klebte förmlich am Rücken des allerletzten Offiziellen des alten Reichs eben der erste aus dem neuen Lager der modernen Gewissensmacher, der kritischen Aufräumer und Durchleuchter. Diese nämlich bildeten den unmittelbaren Anhang zu der feierlichen Prozession und sie zeigten auch noch eine verhältnismäßig strenge Ausrichtung und Formation. Jetzt aber machten sie ernste und bittere Gesichter. Denn der dahingeschwundene Geist beraubte so manchen von ihnen nicht nur der Moral und der Kritik, sondern oft auch der schieren Erwerbsgrundlage. Sie erkannten wohl nun ihre verzweifelt abhängige Lage und spürten das ganze Unglück einer verdrehten Hörigkeit des Widerstands vom Gegenstand, die sie stets daran gehindert hatte, einen einzigen kühnen Gedanken zu fassen. Unablässig nur mit dem Ungeist beschäftigt, hatten sie selbst schon eine recht geisttötende Intelligenz um sich verbreitet und waren eigentlich nur noch in der Lage, Andersdenkende zu bezichtigen, aufzuspüren und zu umzingeln. Auf diese Musterdemokraten und Berufsantifaschisten waren zwei Gruppen zumeist jüngerer Menschen fixiert, die ihnen denn auch gleich auf dem Fuße folgten. Die einen waren die entschieden Gleichgültigen, die freiweg erklärten, sie ließen sich ihr Leben keinesfalls ans Kreuz von 1933 nageln, und sie trotteten leichtgewichtig und gelangweilt hinter den kritischen Vätern einher, die für sie weder als Vorbild noch als Schreckbild recht zu gebrauchen waren. Die anderen hingegen, weitaus säuberlicher fixiert und anhaftend, hatten im Anti-Gewinde noch eine weitere Drehung vollzogen. Ihnen gefiel es, ihre Vorgänger, die sie für hohle Gesinnungstöner hielten, mit neubarbarischen Provokationen aufzuscheuchen und in flatterhafte Aufregung zu versetzen, was ihnen meist auch ohne viel Witz und Mühe gelang. Derart war also der schlimmste Deutsche durch eine lange Kette von Unfreiheiten verbunden den Nachgeborenen bis ins dritte und vierte Glied. Und diesem Verhängnis entsprach es, daß nun in den weitläufigen Zeit-Raum des zögernden Morgens mehrere Geschlechter und mehrere Generationen einzogen und dem Herrscher, willens oder unbewußt, das letzte Geleit entboten.

Einige gingen dabei nüchtern und unverkleidet, andere taten's vermummt und zeigten sich in alltäglichen Allegorien. Und alles durcheinander floß wie ein breiter trübseliger Karneval dahin. Die hoheitliche Trauer troff, fädenziehend, zu traurigen deutschen Fest- und Feiertagen ab.

Vatertagsreisende, Veteranen-Rebellen, Ur-Antis in gestreiften Turnertrikots, mit der Kreissäge und am Handgelenk das Ledertäschchen, auf Leiterwägen mit Aluminiumbierfässern und auf dem Rücken halsunter festgeschnallt die Magnumflasche voll Cognac, aus der dann der Nachläufer, der Hintermann zapfte; so torkelte der Haufen ›Väter‹ im Zug. Auf sie fixiert voller Hohn und Abscheu die jungen Kachel-Kühlen, die Radikal-Narzißten, die Paradiesvögel der Hygiene, Walkman-Tänzer, unansprechbar, elektrisch zuckend. Nahebei, doch abgetrennt, die redseligen Selbstverwirklicher, denen ein Außerirdisches leuchtet am Ende des Tunnels: ihr Ich numinos. Sie umspielend, kaum einzudämmen, die Flut der Flauen, in brüderlicher Laschheit wogend, gigsendes Lachen im Cola-Rausch; in ihrer Mitte, allen zuteil, allen zupaß, Deborah, der Kinderstar; Nymphe mit Knautschgliedern, selig schwimmend in der eigenen Gestalt, übergelenkig und anfaßsüchtig, lachend-schleckend und dabei so biegsam, daß sie aus jeder Umarmung herausrutschte. Verdrossen kämpften sich da zwei alternde Kitafrauen durch das Gewühl der Netten und Adretten, zwei autonome Matronen in T-Shirt und knöchellangem Gipsyrock, und hinter ihnen auf ihrem Revolutionskarren voller Winzlinge mußte dauernd einer Pipi machen und sie wurden's nicht müde und gruben den Knaben ›deinen Penis‹ aus dem Höschen.

Um wieviel getragener ging es aber zu, als nun die Großen Gesinnungen erschienen; als die Allegorien, die Genien der menschheitsbeglückenden Politiken auf ihrem hohen düsteren Festwagen heranfuhren, groß aufgemacht, in kostbaren schwarzen Pomp getaucht. Jedes mächtige Ideal hatte sich bei seiner übermächtigen Schattenseite untergehakt, jede lausige Praxis hielt sich an ihre güldne Theorie. So kam der Kapitalismus am Arm der erbarmungslosen Zerstörungswut, der Marxismus am Arm der finsteren Knechtschaft; in ihrer Mitte aber, ein höhnisches Gerippe, gab Meister Fortschritt den Takt vor, dem beide – unter dem Wahlspruch: der eine tut, der andere weiß das Falsche – sich willig anbequemten. Des weiteren traten in den milden Abschiedsreigen: der Reformeifer, der gutsinnige, mit der frechen Vergeßlichkeit als Partnerin; der Konservativprophet mit seiner Herrin Verächtlichkeit; der Nationalstolz mit seiner haßsüchtigen Schwester gleichen Namens; und schließlich der hochaufgeschossene Friedensengel, der keinen Partner fand und sich beständig um sich selber drehte.

Nach diesen ausgewählten Abstraktionen, den erhöhten Figuren auf rollendem Podest, nun wieder zu Fuß die breite Menge, Volk durcheinander, ohne Maske und Stil. Herausgestellt nur, wenn auch nicht wirklich verehrt, die allseits Beliebten, die Öffentlichen, die Idole daheim, die freilich nie in den Rang von Hausgöttern aufstiegen, bloß zu besseren Bekannten wurden als es die Nachbarn waren. Dennoch besaßen sie Strahlkraft und Legende genug, um eine Unzahl von namenlosen Unglückswürmern in ihrem Gefolge zu haben. Unter ihnen aber auch solche, die wahrlich nicht dorthin gehörten. Die Kranken, die Beladenen und Bedrängten, die geistig Strauchelnden und die armen Schöpferischen auch, denen plötzlich Lichthüte am Kopf standen und dann wieder matt in sich zusammenfielen, doch für kurz unseren düsteren Morgen erhellten. Die Leser, die Trinker, die Weinenden und die Stotterer, die in der Prüfung Durchgefallenen, die mit Eigelb bekleckerten Kleine-Mädchen-Anbeter, die immerwährenden Verlierer beim Canasta – ach, ihr einsamen, unglücklichen Städter, die ihr nicht mehr zu enttäuschen seid: ihr taugt nicht, vereinigt zu werden! Entzieht euch dem flächendeckenden Netz der Demoskopen und Prognostiker, die euch hier auf den Fersen sind, die euer Dasein auf unsinnsbereinigte Daten verkürzen wollen!

Inmitten der Unglückswürmer befanden sich aber die Überinformierten und intellektuellen Tölpel, die alles fallen ließen oder miteinander verwechselten, die Überausaufgeklärten, denen die Nackenstütze des TV-Sessels am Kopf festsaß. Viele erschreckte, an die Oberfläche gepreßte Gesichter. Hierherum herrschte viel Unruhe. Jedem von ihnen schien etwas entlaufen zu sein: das Kind, der Hund, der Schuldner, der Gott, das Aktmodell. Und so hatten denn die Prozessionshostessen alle Hände voll zu tun, den Verwirrten behilflich zu sein; in ihren hochgeschlitzten Röcken und roten Strumpfhosen liefen sie immerzu am Zug vor oder zurück auf der Suche nach irgendeinem vermißten Wesen. Manche von ihnen hatten zwei Sichtkarten über den Brüsten angeklammert. Sie waren dann nicht nur Ordnungskräfte, sondern dazu noch zur Volksbefragung eingesetzt, und viele Menschen, denen sie gerade beigestanden hatten, wurden im Handumdrehen zu Daten verarbeitet.

Und siehe: der Durchschnitt erschien; die Haushalte, gut befestigte Rückzugsgebiete, dichtgefüllte Warenkörbe mit Verwandten, Heim und Hobby, mit Urlaub und Wochenenden, mit Sparbuch und Schulden und Plänen, Plänen. Sogar der knorrige Arbeiter-Spruch wurde noch einmal laut: ›Mein Kind soll es einmal besser haben als ich‹ – da hatte sich jemand ein Herz bewahrt für die gute alte Zukunft, wie man sie einst zum Träumen und Hoffen so gut gebrauchen konnte, bevor sie der gnadenlosen Prognostik zum Opfer fiel.

Daneben aber gleich der EDV-getippte Telebürger, so leiblos wie Computerschrift, geisterhaft wie Bildschirmtext, der Auswurf eines Scheins, der innig rückkontrollierte Partner seines Rechners, Störanzeige bei Verliebtsein, übermäßigem Tablettenkonsum und Anflügen von Frömmigkeit.

Dahinter nun die Bessergestellten. Die Händler mit ihren ›Und übermorgen bekommen wir wieder Aufwind‹-Gesichtern. Die Pharma-Vertreter, die nichts merkten von ihrer Zeit und mit viel analer Zuwendung einen Witz auf den anderen setzten, lachend abschwebten in die nächsten dreißig Jahre Aufstieg. Mitten unter ihnen dann der Magus der Bonität, immer zahlungskräftig, doch weitschauend, aufs monetäre Ende hin. Der Mann mit dem Polarbart, ein Prospero, der's wenden will? Die Herrennaturen, die mitleidlosen Casino-Gestalten, selbstgerecht und rücksichtslos, schmalmütig und gewalttätig, verdorben für den Mitmenschen wie für Gott.

Die Dominanten wurden immer dominanter; die Subalternen immer subalterner, wie Raupen, die nie zu Schmetterlingen werden, und wenn sie sich bewegten, durchwanderte sie ein Buckel vom Nacken bis zum After.

Es folgten die Außenseiter, die pathetischen Sonderlinge, selbst schon eine blühende Branche. Die sich gegenseitig den Selbstmord androhenden und dann doch drüberweg schnupfenden Tölen und Tunten, ebenfalls gutplaziert, längst tonangebend in allen Zweigen der Verzweiflungs- und Vergnügungsindustrie. Die fraubewußten Frauen, die vergittert-vergatterten Geschöpfe, die Verunglückten aus geliehenem Gefühl, der männlichsten Denkart verfallen; und aus jeder sah oben heraus, trotzig-träg, der ›Körper einer Frau‹, durch Selbsterfahrung ausdruckslos. Und hin und wieder ein verirrtes Löwenhäuptlein, niedlich und müd, im Kuß gestrandete Nymphe, mit ihren Leih mich-Lieb mich-Laß mich-Blicken.

Und neben dem Zug, entlang aller Bereiche, verteilten sich die unzähligen Betreuer, Psychagogen, Animateure, die Sozialpfleger, der pädagogische Versorgungsdienst und andere wahre Stützen der Gesellschaft. Unzählig auch und allgegenwärtig: die Kaltschnauzen, das Mediengeschmeiß, die Epochen-Löcher, durch die die Zeit abfließt, blubbernd wie im Gully.

Was sahen wir denn in diesem gewaltigen Strom der tausend Scheinbarkeiten, der bizarren Nachgeburten? War's ein Volk oder nur eine einzige gigantische Lotto-Tipp-Gemeinschaft?

O Deutschland! Deine Häkelhaube überm Klopapier im Heckfenster deiner Mittelklassewagen!

Was sahen wir: einen Passionszug oder eine kunterbunte Parade? Ein karnevalistisches Zwischenspiel oder einen Kehraus für immer?

Karl Krolow
Etwas, das uns betrifft

Die Vögel singen nicht die Loreley.
Andere Länder sind patriotisch
und stolz. Hier geht nichts mehr.
Verschreckt und laut zugleich –
hier ist nichts selbstverständlich.
Die Sorgfalt geht nie leer aus.
Wohlfahrt macht kalt.
Stimmt alles. Aber die Türkei
beginnt schon um die Ecke
wie Jugoslawien, Sizilien.
Das ist doch nicht in Ordnung? Oder?
Ich hör immer: Ordnung.
Wasch dich: das hilft weiter.
Anderswo ist anderes ähnlich:
Indien in London,
Algier in Paris.
Die Grübelsucht grenzt schon an Depression.
Sonst: das Perfekte! Liebe DMark,
bleibe hart so lang wie möglich. –
Die plötzlichen Zusammenbrüche!
Da stimmt was nicht. Pelikanol
will nicht mehr kleben.
Die AEG macht Geschichte wie die
ewige Deutsche Bank.
Ist das denn alles
noch regierbar? Nur Mut, sag ich:
ein bißchen Basteln am Sozialstaat:
die Lobbies kreischen und es wird gekuscht.
Man denkt nicht mehr des Nachts

an dieses Land. Man spürt es
in den Knochen. Beinah
kommt Mitleid auf.
Es soll doch alles gut gehn
wie in den Fünfzigern.
Lang her. Noch sind die Arbeitsämter
nicht geöffnet, rund um die Uhr.
Es lohnte sich. Das Deutschlandlied
hört man im Radio über einen Sender
zu jeder Mitternacht.
Die geht vorüber
mit der *einen* Strophe:
»Blüh im Glanze dieses Glückes.«

LUDWIG FELS
Freiwilliges Gedicht

1
Jeder ist gemeint, du und ich.
Unsre Armut hat sich verlagert
vom Bauch ins Gehirn.
Wo die Alten für
unsre Zukunft kämpften
jung starben
für dicke Autos, volle Teller
dort, in ihrer Vergangenheit, war ich
jetzt die ganze Zeit
es hat mir gut genug gefallen.
Bin nun unterwegs
in ein Land ohne Fernsehantennen
wo die Nachrichten
an Bäume genagelt sind
in denen es heißt:
alle wurden geboren
und niemand brauchte zu sterben.
Wir, du und ich, mit Büchern in Rucksäcken
auf den Wanderungen vom Leben lesend
von Streiks, von Revolutionen, an die sich
unsre Natur gewöhnen muß, wie ans Bittre
das gesund ist.

Karl und Rosa, ihr Verehrten
heute kann ich
die Gestrigen lieben
kommen in meinen Träumen zuviel Särge vor.
Diese Liebe hat mir
hunderttausend Schmerzen vererbt.

2
Die Heimat, dieses KZ.
Autobahnleitplanken als Stacheldrahtersatz
Regierungstürme, Schießanlagen
und Fabrikirre ohne Schuld.
Drum besuchte ich euch Gewesenen
an jenen Orten und zu jenen Zeiten, als zwischen
den Städten noch Dörfer lagen und zwischen den Dörfern
Tage und Wälder.
Da habt ihr das Pflaster gelockert
seid gegen den Marschtritt gestanden, habt euch eure
Geschichte erkämpft, auch wenn ihr verlort.
Bin noch immer besessen vom Wunsch
euch zu rächen
die Schlachten zu schlagen
unter neuem Befehl.
Bin nicht mehr bereit
an meinen Träumen zu zweifeln.
Diese Zeit jetzt, furchtbar als Gegenwart verrufen
baut die Häuser höher
die Dächer
aus Eis.
Die Sterne sind Lagerlampen
die Sonne ein Verbrennungsofen
eine Kalkgrube die Milchstraße.

3
Liebe ist die Angst vor der gewaltigeren Leidenschaft
hat die Gedanken an Tod und Tote verdrängt
war warm wie Freundschaft, lau wie Nachbarschaft
war der milde Nebel im Fotoalbum
das nur Kleider und Mauern zeigte
Gesichter und Blumen
den Wünschen hoffnungsfroher Phantasten
entsprechend.

Steffen Mensching
Égalité

> Das Recht der Produzenten ist ihren Arbeitslieferungen proportionell; die Gleichheit besteht darin, daß an gleichem Maßstab, der Arbeit, gemessen wird.
>
> Marx

So hoch sie sind
Die hohen vertragschließenden Männer,
Sie hocken auf den Toiletten
Über den Knien wie du, die Hosen
Heruntergelassen, ohnmächtige
Machtvolle Körper, einen Seufzer lang
In Frieden mit der Weltbank,
Den Pressestimmen, Gott und der Welt,
Die sie mit dir und mir
Tag um Tag umkrempeln. Ohne Sicherheitsbeamte,
Ohne Auftrag, in der Einsamkeit
Der Kacheln der Zelle, allein mit ihren
Realpolitischen Därmen.
O die geheimen Erinnerungen
An die kindlichen Durchfälle, am Waldrand
Oder am Bahndamm im Gras,
Wo sie sich festkrallten und rot
Anliefen, fuhr ein Zug vorbei.
In den Verhandlungspausen ziehen sie
Sich zurück hinter Schloß
Und Riegel, einzig in Begleitung des Telefons
Blicken sie an sich herunter: sie sind
Wie du und ich, nur älter, und drücken
Den roten Knopf
Der Spülung, immer wieder staunend,
Daß nichts geschieht,
Beenden sie ihr Geschäft und gehen
An die Geschäfte, lächelnd
Oder verkrampft, in die Live-Sendung
Ihres Lebens, das sie aufopfern
Für dich und mich und einen guten Platz
Im Register der Geschichtsbücher,
Die wir durchblättern,
Auf den Toiletten, hockend, die Hosen
Heruntergelassen wie sie.

Brigitte Struzyk
Brüderlichkeit

Der Feind steht rechts im Land,
der Ausländer steht links
und mitten auf dem Alex.
Er raucht seinen schwarzen Tabak
und gibt mir freundlich die Hand.
Da hat der Mann in der U-Bahn
neben mir ausgespuckt,
da hat der Mann in der S-Bahn
mir schwitzend ins Hemd geguckt,
da hat der Mann vom Vorjahr
nur mit den Schultern gezuckt,
als ich sehr traurig war.
Der Halbmond scheint aus den Augen
ganz weiß für mich aufzugehn,
und um die samtbraune Iris
scheint sich die Welt zu drehn.
Der Halbmond scheint überm Alex,
wenn der Mann in der U-Bahn,
wenn der Mann in der S-Bahn,
wenn der Mann vom Vorjahr
die Worte nicht gut verstehn:
Proletarier aller Länder
bitte weitergehn

Hans-Eckhardt Wenzel
Mc Donald's Weltbulette

Hineinbeißen und glücklichsein ins fade Leben kommt leben
Die ganze welt mit gleichem geschmeck Grenzüberschreitend
Trotz politik Auf der reperbahn und jeder autobahn neuerdings
auch paris Vorsündflutliche küche Wie Asien in angriff genommen
Wie hitler in wenigen tagen Égalité jeglicher filiale Grammzahl
garantiert Gradzahl Farbzahl Geldzahl Geschmack Stoffwechsel
Stuhl Gleiche alpträume Bleibende schäden Dieser clevere mann
erfindet doch und die menschheit wie wenn sie drauf gewartet beißt
und verdaut Technologie Fraternité Davon träumte Danton Kühn-
heit Mc Donald Den Namen sollten sie United states Bombenland

konkurssicher Rüstungsdings Brüder in brasilien Rinderhorden Leibrichter Brasiliens weltlunge kleingehackt in der bulette ce oh 2 macht uns frei Alles frißt und atmet Mc DONALD Abgerichtete zungen Sicherheit Neue Zeit Zivilisat Epikur als werbespezi Heinrich Heine in Form einer Zuckererbse dazwischengemengt Der liebe hackepeter ist eingeschlafen Napoleon drei blaß denn jetzt kömmt ER. Mäcci Donald mit messer und gabel.

Deinen Eierkuchen, die Single, wend ich, ein
Äquilibrist, die Pfanne, als lachten wir
Über den Fortschritt der Pampe, schmeckt.
Und lang deine Lippen glänzen vom Öl,
Als spiegelte sich der ganze Hunger
Der Erde und meiner auf deinem Mund.
Mc Donald, mit anderem Namen, vielleicht
Zu dieser Sekunde, da ich dich küsse, schläft,
Läßt einen Rivalen vernichten oder
Telefoniert mit einem
Typen mit Brille.

Friedrich Christian Delius
Adenauerplatz

Hinwendungen zu Deutschland

Was kann einer lernen nach wochenlangen, monatelangen, jahrelangen Irrfahrten durch Wohnheime, Gesundheitsämter und Sozialämter, durch viele hundert Kilometer Behördenflure, an denen rechts und links Tausende von Beamten hocken in ihren Wohnungsamtsstuben, Arbeitsamtsnischen und Professorenzellen? Nach Tausenden von stummen Antworten der um das Wohl des Asylanten bemühten Beleidiger, nach den zehnmal täglich ausgeschickten Blicken: du bist hier unerwünscht, du machst mir Arbeit! Nach der Entzifferung des unsichtbaren Spruchbands in den Zimmern der Ausländerbehörde: wann verschwindest du endlich? Nach Kenntnis aller Lächelgesichter der Vorschriftenmenschen, die ein Dach, eine Decke, einen Stempel und vielleicht sogar eine Arbeitsstelle gnädig gewähren, welche Einsichten gelingen da noch? Nach Anfällen von Ungeduld und weggeschluckten Depressionen, nach Hunderten von stillen Gegenangriffen auf die, die Deutschen, die Verwaltungsangestellten, die Beamten, macht Felipe Gerlach eines Mittags eine Entdeckung. Nicht nur Ausländer stehen da und warten und fühlen sich schikaniert und werden schikaniert, es sind auch Deutsche dabei, immer mehr Deutsche von den Personalbüros, im Wohnungsamt, vor den Bafög-Anträgen, streitend und wartend und feilschend um Hilfe und ihr Recht. Die meisten Deutschen haben es auch nicht besser als die Fremden. Wie sie sich fluchend über Formulare beugen, wie sie mürrisch und kaputt nach der Arbeit in die Straßenbahnen drängeln, wie sie überfordert und überwältigt die Einkaufswagen durch die Discountmärkte schieben, sie kämpfen, auch wenn sie hier und da dank Paß und Sprache vorgezogen werden, ähnlich wie die als Ausländer deklarierten Menschen um Arbeit, um Geld, um ein Dach, auch ihnen wird nichts geschenkt.

Diese Entdeckung hat Folgen. Der Gedanke an eine Einbürgerung ist nicht mehr tabu. Du bist deinen Gastgebern viel ähnlicher als du denkst. Wenn du schon ein Halbdeutscher oder ein Vierteldeutscher bist, warum sollst du nicht ein Ganzdeutscher werden? Einfach einbürgern lassen, und ein paar deiner Probleme wären gelöst? Mit seiner Abstammung hätte er es leichter als andere, an einen deutschen Paß zu kommen. In aller Heimlichkeit tut er einen Schritt in das zuständige Amt und läßt sich informieren. Die Einbürgerung setzt eine freiwillige und dauernde Hinwendung zu Deutschland, Grundkenntnisse unserer staatlichen Ordnung und ein Bekenntnis zur freiheitlich demokratischen Grundordnung voraus. Felipe denkt lange darüber nach. Mit dem Bekenntnis zu der freiheitlich demokratischen Grundordnung hat er keine Probleme, diese Ordnung hat ihm das Leben gerettet. Die Kenntnis des staatlichen Gefüges, klar. Aber was ist mit dieser merkwürdigen Hinwendung, freiwillig und dauernd? Er muß sich noch einmal sachkundig machen. So ist das also gemeint. Wenn du in deinem Emigrantenverein bleibst oder wieder einmal die Lateinamerikagruppe besuchst, dann werden dir die Bürokraten, die alle deine Aufenthaltsorte erspitzeln lassen, antworten: Das ist keine Hinwendung zu Deutschland, lieber Herr Gerlach. Aha. Nur die Braven dürfen Deutsche werden. Wer seine Heimat verlassen mußte, weil er den Terror dort nicht überlebt hätte, darf im Zufluchtsland Bundesrepublik nicht über den Terror informieren, sondern muß schweigen und sich von der Politik fernhalten. Na gut. Felipe Gerlach hat für manche deutschen Marotten Verständnis, aber auf Null reduzieren läßt er sich nicht.

Auch mit der Grundordnung, erzählt man ihm, hat es seine Tücken. Der Einbürgerungsbewerber muß nach seinem Verhalten in Vergangenheit und Gegenwart Gewähr dafür bieten, daß er sich zur freien demokratischen Grundordnung bekennt und für ihre Erhaltung eintreten wird. Alles schön und gut auf dem Papier, aber man weiß ja aus Erfahrung, welche Pappnasen entscheiden, wer irgendeine Gewähr bietet. Personen, die in innerer Abhängigkeit zu totalitären Ideologien stehen, ist die Einbürgerung zu versagen. Gut, aber wo fängt für einen deutschen Beamten die totalitäre Ideologie an? Wie totalitär ist die Gerechtigkeit für sie? Die müssen sich grad dick tun mit ihrer politischen Moral! Nein, es hat keinen Sinn. Es wird nur Ärger geben mit der Einbürgerei. Er versucht sich damit abzufinden. Einmal heimatvertrieben, gibt es keine Heimat mehr, mit welchem Paß auch immer, nur Heimatgeschwätz. Das Gerede vom Integrieren, vom Verwurzeln, er mag es nicht mehr hören. Er prägt sich den Satz des alten Juden ein, Bäume haben Wurzeln, der Mensch hat Beine.

Danach kann er wieder freier reden an den Abenden mit Pedro, Mario, Miguel und den andern. Die Deutschen, das ewige Thema. Ihre Kälte, ihre Gleichgültigkeit, das dauernde Zackzack, Entladungen von Haß und Verachtung. Aber die Klagen über diese Erlebnisse werden zum Ritual. Immer wenn die Hoffnung sinkt, wenn das Geld fehlt, dann richten sich die Freunde auf an ihrer Einigkeit über die herzlosen und feindseligen Deutschen. Es ist angenehm, die Deutschen für die eigene Misere verantwortlich zu machen, es ist leicht, alles auf sie zu schieben, sie liefern ein ergiebiges Feindbild. Es wird langweilig, das ewige Thema.

Mario, ausgerechnet Mario ist der erste, der seine oft verfluchten Gastgeber verteidigt.

– Ich bin durch halb Europa gefahren, um ein besseres Land zu finden als dieses, ich bin durch Italien gefahren und wurde für einen Griechen gehalten, in Griechenland wurde ich mißtrauisch als Türke betrachtet, und in der Türkei wurde ich mit der deutschen Frage »Du Libanon?« angesprochen. Am Schwarzen Meer in Bulgarien haben sie mich als Zigeuner verdächtigt, in England als Inder, in Frankreich als Algerier, in Spanien als Araber. Überall haben sie mich in die Ecke der bedrohlichen, kleinen Minderheit gesteckt, und ich kann nur noch lachen, wenn die Verkäuferinnen beim Metzger mich für einen Türken halten.

In helleren Stunden spielen die Freunde zur Abwechslung das Spiel, was findest du gut in Bundesdeutschland, in Europa?

– Die Wasserleitung funktioniert.
– Der Bus fährt pünktlich.
– Es gibt Platz im Bus, meistens.
– Du wirst nicht überfallen.
– Geld, auch wenn du nicht arbeitest.
– Die Frauen.
– Theoretisches Denken.
– Autobahnen.
– Intercity-Züge.
– Das Bier.
– Hallenbäder.
– Joghurt.
– Made in Germany.
– Die Supermärkte.
– Radwege.
– Waldlehrpfade.
– Die Komik der Deutschen.
– Die Komik?
– Ja, die Komik. Oder findest du das nicht komisch: Der Wahn, um keinen Preis verlieren zu dürfen.
– Mit dem sie ihre Niederlagen immer wieder aufs gründlichste vorbereiten.
– Ich weiß noch was Komisches: Es gibt kaum ein Volk auf der Welt, dem es so gut geht, und du triffst nirgends so viele Leute wie hier, die jammern, wie schlecht sie es haben. Das ist doch komisch, oder?
– Schlechtes Gewissen.
– Mit Grund.
– Besser als wenn sie wieder stramm und stolz wären.
– Welche Deutschen meinst du? Die im Arbeitsamt vor dir in der Schlange stehen? Oder die mit Mercedes in einer Garage voll Kaminholz? Oder die zerschlagenen alten Leute im Park? Oder die Lehrer, die für eine Werkstatt in Nicaragua sammeln? Oder die Rocker auf ihren Maschinchen? Die handzahmen Studentinnen oder die aggressiven Drogisten, die Geflügelzüchter, die Modellbootbauer und Hobbygärtner? Die langsamen Hausfrauen vor der Wursttheke?
– Hört doch auf, sagt Pedro, es ist mir scheißegal, wie es den Deutschen geht und was sie treiben, ich will so schnell wie möglich weg hier.
– Aber ein bißchen Realismus, solang du noch hier bist, könnte dir nicht schaden, sagt Felipe. Ich werde den Deutschen jedenfalls nicht

den Gefallen tun und mich als ihr Opfer hergeben. Ich weigere mich, an diesem komischen Völkchen zu leiden.
– Und die uns hassen, uns Kanaker schimpfen und verprügeln und vertreiben und vergasen wollen?
– Ich behaupte mal, die hassen uns gar nicht, die hassen sich selber. Was haben wir denn mit der Unzufriedenheit dieser Leute zu tun, mit der Spannung, die sie quält und zufällig uns trifft, wenn wir als Blitzableiter in der Nähe stehn? Die meinen uns doch gar nicht, uns Ausländer, uns Außenseiter, uns als Personen.
– Die meinen uns nicht, sagt Pedro, aber sie hauen uns auf die Rübe und meinen uns nicht!
– Wenn wir nicht da wären, dann würden sie sich andere Opfer suchen, andere Blitzableiter.
– Beruhigend.
– Wir machen ihnen Angst.
– Wir doch nicht.
– Wir wären ja schön blöd, wenn wir ihnen keine Angst machten. Dann wärn wir aber kaputt! sagt Mario.
– Ach, sollen sie uns verübeln, daß wir ein weniger gehetztes Leben führen als sie! Sollen sie sich selbst hassen, soviel sie wollen, solange sie uns dulden. Sollen sie sich bejammern und zerfleischen, solange sie mich in ihrem Land leben lassen. Ich werd mich nicht über sie beklagen. Ich werd mich nicht beschweren, daß sie mir Asyl geben.
– Sei nicht so bescheiden, Felipe.
– Doch. Man müßte Bescheidenheit lernen können, richtig bescheiden werden und eines Tages sagen können: Ich bin nicht so wichtig.
– Ach ja, unser guter Felipe.

Rafik Schami
Das letzte Wort der Wanderratte

Die Stunde des Abschieds naht. Eure Anwesenheit vertreibt meine Angst und erfüllt mich mit Trauer. Ich weiß erst jetzt, welch einen Verlust ich auf mich nahm, als ich beschloß, eure Gemeinschaft zu verlassen.

Mein Leben lang habe ich den Tod überlistet, und wenn ich ihn jetzt aufsuche, tue ich es, um die Sicherheit für meine Gemeinschaft zu erkaufen.

Überall liegt die Nahrung so reichhaltig wie noch nie, und doch riecht sie verdächtig nach Jasmin. Der Hunger treibt uns zu ihr, doch die Angst hält uns zurück. Meine Absicht ist, die Grenze zwischen unserer Vermutung und der Gewißheit zu durchbrechen.

Ich werde diese Nahrung kosten, und wenn ich sterbe, meidet bitte alles, was nach Jasmin riecht, vermehrt euch und erzählt unermüdlich euren Kindeskindern: nicht alles, was nach Jasmin duftet, ist die begehrte Blüte. Der Tod lauert auch hinter manchem angenehmen Geruch.

Ihr werdet euch schon gefragt haben, warum ich euch zu mir gerufen habe. Ich schaue in diesem Augenblick dem Tod ins Auge und habe vor nichts in der Welt Angst. Mein Wunsch, euch das zu erzählen, bevor ich euch verlasse, ließ mich nicht mehr schlafen. Er brannte immer stärker in meiner Brust. Behaltet ihn als mein letztes Geschenk in eurem guten Gedächtnis.

Keiner von euch hat mich je gefragt, woher ich komme. Das ist das schönste in unserer Gemeinschaft. Nicht die Herkunft ist wichtig, sondern das Dasein. Heute will ich es euch aber erzählen: Meine Eltern lebten in Ägypten. Mein Vater starb sehr früh, und meine Mutter war immer sehr ängstlich. Jahrelang regnete es kaum. Die Dürre hat uns und die Menschen gequält. Wir hörten aber, daß im Hafen einige Menschen Mais und Reis horteten. Das ist eine Sitte bei den Menschen. Immer wenn die einen hungern, horten die anderen die Nahrung. Ich wollte, wie viele junge Ratten, zum Hafen laufen. Meine Mutter heulte vor Angst. Der Hafen, sagte sie, verschluckt die jungen Ratten, und der Dämon der Schiffe verzaubert sie, daß sie den Weg nach Hause vergessen. Aber ich verließ unser kleines Haus im Nildelta und eilte mit einigen Freunden zum Hafen. Ich hatte, ehrlich gesagt, keine Angst. Mein Magen knurrte lauter als eine Katze. Wie sollte ich da vor Dämonen Angst haben. Einige Freunde blieben am Ufer, einige andere schlichen mit mir in eines der Schiffe. Im großen Laderaum, wo es genug zu essen gab, traf ich ein wunderschönes Weib, und wir verbrachten einige zärtliche Stunden miteinander. Meine Freunde und ich debattierten lange, ob wir auf dem Schiff bleiben oder ans Ufer zurückkehren sollten. Plötzlich donnerte es, und ein fürchterliches Geheul versetzte mich und meine Freunde in Angst. Sofort dachten wir an den Dämon und rannten schnell hinaus, um ans Ufer zu flüchten, aber das Schiff war bereits auf See.

Na schön, sagte ich zu mir, woanders wirst du auch leben können. Wie ihr wißt, ist die Welt die Heimat der Ratten, nur die Menschen werden durch Stacheldrähte getrennt und ausgesiedelt.

Über fünf Tage lebte ich im Bauch dieses Schiffes. Es gab genug Mais, Weizen und Zwiebeln, aber, ich werde es nie vergessen, alles schmeckte ziemlich salzig, als tränkten die Bauern Ägyptens ihre Felder mit ihren Tränen.

Ob auf den Feldern oder in den Kellern der Häuser, überall fand ich Freunde! Welch eine Bereicherung war das für mich, unter und mit euch zu leben. Reich ist unsere Gemeinschaft an Erfahrung durch die vielen Rattenvölker, die sie bilden. Die Sparsamkeit der Wüstenratten paart sich mit der Großzügigkeit der Weidenbewohner. Wir genießen gerne und hungern nie. Die Erfahrung der Brüder aus dem Norden, mit der sie jede Kälte überleben können, vermischt sich mit den Erfahrungen der Brüder aus dem Süden, wo die Hitze manchmal tödlich wird. Wir sind jedem Wetter gewachsen. Das ist unsere Stärke. So nah beieinander und doch so verschieden.

Seht euch unsere Brüder und Schwestern, die Laborratten an. Seitdem sie in die Hände der Menschen gefallen sind, macht sie der Mensch blaß wie der Schnee und pfercht sie in Käfige. Seitdem reden sie nicht mehr miteinander. Sie haben einander nichts mehr zu sagen, weil sie nur noch Spiegelbilder ihrer selbst sind. Sie leben nicht. Sie warten auf den Tod. Sie schlafen nach Uhren, essen und trinken nach Uhren und bekommen Spritzen nach Uhren.

Einst schlich ich vom Garten durch ein offenes Fenster ins Labor. An die hundert Schwestern und Brüder piepsten erbärmlich in einem eisernen Käfig. Ich kochte vor Wut und vergaß meinen Hunger. Stundenlang dauerte mein Kampf mit dem Riegel, bis ich die Tür aufmachen konnte. Verschwitzt rief ich ihnen zu, sie sollten sich beeilen. Denkt ihr, sie hätten sich gefreut, wie eine der Unsrigen, der aus der Falle geholfen wurde und die die Schmerzen eines blutenden Beines im freudigen Jubel unserer Gemeinschaft vergißt? Sie schauten mich nur mit stumpfen, roten Augen an. Und was nun? Rennt doch weg. Die schöne Nacht im Wald wartet auf euch. Die hellen Sterne erleuchten euch den Weg. Und wer wird uns das Frühstück bringen? fragten die einen. Habt ihr Uhren? wollten andere wissen. Ich erklärte ihnen, daß die Freiheit besser schmeckt als alle Uhren der Welt. Aber der Mensch hat ihren Geist vergiftet und in ihre Herzen unsichtbare Riegel gepflanzt, die keine Ratte der Welt mehr zertrümmern kann. Sie verstanden meine Worte nicht und lachten über die Freiheit. Ja, einige fingen sogar an, sich lustig über mein verdrecktes Fell zu machen, und sagten mir, lieber blieben sie im Käfig und behielten dafür ihr samtweiches Fell, das ihnen der Mensch geschenkt habe. Was für ein Wahnsinn!

Keine Ratte dächte im Traum daran, hochnäsig zu werden, nur weil sie ein rötliches oder braunes Fell hat.

Anders der Mensch. Wenn ein Mensch nichts anderes findet, um seine Nase in den Wind zu stecken, schaut er seinen Bruder verächtlich an und ruft mit aufgeblasenen Wangen: Euch Südländern werden wir zeigen, wer Herr im Haus ist. Ja, ihr kichert mit Recht, denn der Mensch ist dumm. Wir werden nur klüger, wenn wir seine Dummheiten vermeiden. Der Mensch hat ein schlechtes Gedächtnis. Er lernt nicht aus seiner Geschichte. Für uns Ratten ist die Vergangenheit die Mutter unserer Gegenwart, die Geschichte ist die Quelle unserer Weisheit. Für meine jungen Freundinnen und Freunde werde ich deshalb eine Geschichte erzählen, die ihnen zeigt, wie kurz das Gedächtnis der Menschen ist.

Hameln ist ein kleines Städtchen im Norden, es liegt an der Weser. Einst lebten dort Tausende von Menschen und einige hundert Ratten friedlich miteinander. Eines Tages kam ein Mörder nach Hameln und erzählte jeden Tag Schauergeschichten über uns. War jemand krank, so sagte dieser Kerl, die Ratten hätten den Kranken gebissen; wenn ein Händler schlechte Geschäfte machte, die Ratten hätten seinen Vorrat gefressen. Die Menschen glaubten dem Mörder, und sie berauschten sich am Blut unserer Väter und Mütter. Nur wenige Ratten konnten den Schwertern und dem Feuer entkommen. Der Mörder entführte danach die Kinder der Stadt. Einhundertdreißig Kinder sollen es gewesen sein, bis die Menschen ihn endlich aus ihrer Stadt vertrieben hatten. Aber atmet nicht erleichtert auf. Die Menschen sind vergeßlich. Statt sich ihrer gräßlichen Taten zu schämen, vergessen sie sie. In Hameln steht ein Haus mit dem scheußlichen Namen Rattenfängerhaus. Doch nicht nur Rattenmörder werden vergessen, sogar Menschenmörder werden etwas später verehrt. Welche Ratte glaubt es schon, daß die Menschen den Namen Dschingis-Khan niedlich finden?

Der Mensch hält sich für das klügste Wesen aller Zeiten. Sein Hochmut ist grenzenlos. Wenn ein Wesen addieren und multiplizieren, aber nicht sehen kann, daß sein Zuhause zugrunde geht, dann ist dieses Wesen ein Rechenidiot. Wer hat die Flüsse in Kloaken, die Städte in Müllhalden und die Meere in verseuchte Todesfallen verwandelt? Das sind weder die Ameisen noch die Möwen. Wir nicht, meine Lieben. Wir nicht! Vielleicht hat Mutter Natur eine Weisheit darin gesehen, ein solch gewalttätiges Wesen mit etwas weniger Verstand auszurüsten, denn wenn der Mensch klüger wäre, könnte keine Ratte überleben, dann hätte er unser Geheimnis gelüftet. Welches heimtückische Gift auch der Mensch im Krieg gegen uns einsetzen wird, nichts in der Welt kann unseren Willen zum Überleben vernichten. Erinnert ihr euch an das Gift, das nach Äpfeln roch? Es sollen für seine Produktion Tausende von Menschen beschäftigt worden sein. Eine Hausratte aus dem Ruhrgebiet opferte sich, und die Menschen wußten nicht mehr, wohin mit den vielen Giftfässern, die ungenutzt herumstanden. Stellt euch vor, unzählige riesige Fässer waren auf einmal verschwunden. Die Menschen bekamen Angst, denn es konnte in jedem Garten Gift gelagert sein. Die Firma wußte nicht mehr, wo die Fässer geblieben waren. Einfach verschwunden. Doch das Gift lauert auf die Menschen. Keine Ratte in unserer Gemeinschaft dagegen verschweigt es, wenn sie Gift entdeckt hat. Wir wissen, daß nach dem Leben des einzelnen das Nichts ist, während das Leben der Gemeinschaft eine unendliche Zukunft hat. Die Menschen sind unwissend, deshalb arbeiten sie so, als würden sie bis in Ewigkeit leben, und leben so hastig, als würden sie die Nacht nicht überleben. Wir haben es vom langen Leben unserer Gemeinschaft gelernt, daß eine Ratte nur ein Leben hat, in dem sie arbeiten muß und genießen kann.

Nun, liebe Freundinnen und Freunde, werde ich hinüberschreiten und das Stück Fleisch kosten. Beobachtet mich genau, liebt und vermehrt euch.

Die weise Wanderratte schritt zum Fleischbrocken. Sie drehte sich noch einmal nach den Versammelten um und lächelte. Viele wischten sich eine Träne aus den Augen und starrten traurig den tapferen Freund an. Erst am fünfundvierzigsten Tag fielen der Wanderratte die Haare aus. Die Ratten bedeckten ihren zitternden Leib mit Laub. Am achtundvierzigsten Tag starb sie. Hunderte von Ratten trugen sie zum Fluß und ließen ihren Leichnam von den Wellen des mächtigen Rheins hinabtragen. Sie kehrten zurück, entfernten die nach Jasmin duftende Nahrung, liebten und vermehrten sich.

Kurt Marti
gleichnis in der progression

verlorener
als der verlorene sohn
im elend
verlor sich

der sohn
des verlorenen sohnes
im überfluss

er landete
nicht am schweinekoben
sondern hoch oben

statt von trebern im kummer
nährt er sich lustvoll
mit spargelspitzen und hummer

verlorener
als der verlorene Sohn
und die seinen
wartet
des sohnes
verlorener vater
bei hirten und schweinen

Rolf Bossert
Lied

Wohin mich mein Weg heute führt:
Ich weiß es am Morgen noch nicht.
Am Abend dann, peinlich berührt:
Auf der Milchstraße wieder kein Licht!

Verbotsschilder sprechen für sich.
Und dennoch: Ich pfeif aufs Verbot!
Im Sternenwald füttere ich
Den Großen Bären mit Brot.

So treib ichs seit einiger Zeit.
Dem Herrgott begegne ich kaum,
Ein paarmal nur seh ich ihn weit
Verloren im krummen Raum.

Langsam kommt dann die Müdigkeit auf:
Ich habe das Trampen verlernt.
Ich schlage mein Himmelszelt auf,
Einen Steinwurf vom Weltall entfernt.

Sarah Kirsch
Katzenleben

Aber die Dichter lieben die Katzen
Die nicht kontrollierbaren sanften
Freien die den Novemberregen
Auf seidenen Sesseln oder in Lumpen
Verschlafen verträumen stumm
Antwort geben sich schütteln und
Weiterleben hinter dem Jägerzaun
Wenn die besessenen Nachbarn
Immer noch Autonummern notieren
Der Überwachte in seinen vier Wänden
Längst die Grenzen hinter sich ließ.

Bernd Wagner
Abstieg aus dem Gebirge

Auf dem Gipfel länger zu bleiben war zwecklos, da der Nebel alles verhüllte. Ich folgte den roten Pfeilen, die mich in östlicher Richtung den Kammweg entlangführen sollten. Der Weg wand sich aber in Spiralen abwärts, und nach zwanzig Minuten stand ich wieder an der Stelle, von der aus ich an das letzte Stück des Aufstiegs gegangen war. Ich suchte die Karte hervor, um meinen Standort zu bestimmen. Der Karte nach zu urteilen, mußte ich mich nördlich des Gipfels an einer Kreuzung befinden, von der auch mein Kammweg seinen Ausgang nahm. Ich bemerkte schließlich an einem Holzschild einen kleinen grünen Pfeil, der auf eine öde, mit handtellergroßen Steinen übersäte Fläche wies. In den Schutt hatte man Pfähle gerammt, die die Orientierung erleichtern sollten. Ich folgte diesen Pfählen. Der Wind blies hier noch schärfer als auf dem Gipfel, abgerissene Wolkenfetzen und Nebel trieben entlang, die Steine waren glitschig und glatt. Der Weg führt langsam, aber stetig bergab. Ich zog die Kapuze über den Kopf, weil mir die Ohren zu schmerzen begannen und die Haare naß ins Gesicht hingen. Eine halbe Stunde mochte ich gegangen sein, und noch immer waren nichts als Steine, Nebel und der jeweils nächste der Pfähle zu sehen. In Amerika pflegten stake-men solche Pfähle zu versetzen, um die Trecks in die Irre zu führen und auszurauben. Auch hier schien eigentlich nichts anderes vorstellbar, als daß der Weg von irgendeiner Schlucht in irgendeiner wasserlosen Steinwüste endete.

Natürlich war das nicht der Fall. Mein Weg führte zu einer verfallenen Baude, an deren Holzplanken zwei Wegweiser genagelt waren. Der eine zeigte weiter in Richtung des Kammweges, der andere auf einen kleinen Seitenpfad, welcher ganz selbstverständlich und unbeaufsichtigt ins Tschechische führte. Ich tat einen Schritt zur Seite und befand mich in einem anderen Land. Der Weg führte immer steiler abwärts, meine Knie schmerzten. Doch das alles konnte mir wenig anhaben: ich ging, ich befand mich auf einem Weg. Auch daß der Rucksack schwer an den Schultern zog, war notwendig, das gab ein Gefühl von Arbeit: hier wird nicht spazierengegangen, hier wird gewandert. Gewandert aber nicht wie der Wanderer auf dem Rennsteig, nein, ernsthafter, so wie Handwerksgesellen, die vor Abend in der und der Herberge sein müssen, oder wie Soldaten auf Märschen oder (man befindet sich illegal auf fremdem Boden) wie ein Schmuggler mit einem Rucksack voll Armbanduhren, mit einem voll Flugblätter. Das liegt alles plötzlich so nahe beisammen, weil es der Nebel, die Steine, das Gehen, der Rucksack zusammenhalten.

Die Steine machten größeren Felsblöcken Platz, die zum Teil schon mit Moos bewachsen waren. Später kamen die ersten Krüppelkiefern, deren nasse Nadelbüsche an die Beine schlugen. Die Krallen ihrer abgestorbenen Äste ragten in die Luft, die bloßgelegten Wurzelstränge erschwerten das Gehen. Mehr als einen Kilometer wand sich der Weg über diese Wurzeln abwärts. In einer Biegung lichtete sich plötzlich der Nebel, und ein tiefes, von bewaldeten Hängen eingeschlossenes Tal wurde sichtbar. Die Berge auf der tschechischen Seite sind wilder, höher, fast alle durch Nadelwald verdunkelt. Dann durchbrach einen Moment lang die Sonne die Wolkendecke, huschte über die Hänge, tauchte in das Tal, spiegelte sich auf dem Dach eines tief unten liegenden Hauses und verschwand wieder. Ich ging weiter, der Weg führte jetzt bergauf. Links streckten sich große Flächen abgestorbenen Nadelwaldes; entwurzelte Bäume, umgeknickte Stämme lagen umher.

Vier, fünf Kilometer war ich gegangen, als der Weg steil abfiel und in regelrechten ausgewachsenen Nadelwald eintauchte. An einer Quelle rastete ich. Ich bestätigte mir, mit wie wenig der Mensch auszukommen vermag: mit Speck, Brot, Wasser. In den Ferien. Der Weg war danach weniger beschwerlich: keine Steine, keine Wurzeln, kein Wind mehr, der Nebel lichtete sich; steil abfallende

Strecken wechselten mit leicht ansteigenden. Meine Füße waren sich ihrer Tüchtigkeit bewußt und liefen, nicht aufzuhalten. Immer häufiger boten sich Ausblicke ins Tal, immer häufiger durchbrach die Sonne den Himmel. Mitunter hörte man das Kreischen von Motorsägen und nach einer Stunde Autobrummen. –

Das Tal öffnete sich, die Straße und eine kleine Grenzortschaft wurden sichtbar. Hier aber keine alten Bauernhäuser, keine Heuhaufen, keine weidenden Schafe, dafür Ferienheime, Hotels, eine Bushaltestelle mit dem Zeichen ČSAD. Irgendwie mußte ich jetzt wieder auf polnisches Gebiet zurück. Ich durchquerte das Tal, ohne der Grenzübergangsstelle zu nahe zu kommen, und steuerte auf einen mir mäßig hoch erscheinenden Berg zu. Der Karte nach mußte er die Grenze zwischen beiden Ländern markieren. Das war ein seltsamer Berg: wie auf ein Zeichen fing es an zu regnen, als ob auf diesem Berg, in diesem Wald nur Regen möglich sei; kein Pfad war zu erkennen, keine Pflanze außer riesigen Fichten, schwarz, tot. Am Boden lagen wild übereinandergetürmte Felsen. Als ich mich an einem Fichtenstamm stützen wollte, knackte es, der Stamm kippte und blieb mit der Krone zwischen den anderen Bäumen hängen. So ist das also, wenn man illegal eine Grenze überschreitet. Mein Weg zwischen Baumstämmen und Felsen hindurch nahm kein Ende, die Steigungen schienen unendlich lang, ohne einen Blick auf den Gipfel freizugeben. Endlich stand ich vor einer kahlgeschlagenen Schneise, und ich erkannte die kleinen weißen Grenzsteine. Mit entschlossenem Sprung setzte ich über die Schneise – um wieder vor einem Grenzstein zu stehen. Wo war Polen, wo ČSSR? Eine Weile irrte ich umher, bis ich auf einer Waldwiese zwei alte Frauen bemerkte, schaurig genug. Sie sammelten Heidelbeeren, die es hier, entlang der Grenze, in unübersehbaren Mengen gab. Nach einer Viertelstunde Handschwenken, Kopfnicken, Kopfschütteln und beiderseitigem Geschrei war mir klar, daß Polen doch jenseits dieses Berges lag. Ich fand sogar eine Art Pfad, den ich aber schnell wieder verließ, als ich bemerkte, daß er mich weiter bergauf führte. Auf meiner Karte war unterhalb meines bisher eingeschlagenen Weges eine kleine Straße eingezeichnet, die mich aus den Bergen heraus in den von mir angesteuerten Ort, Jablonice, führen mußte. Ich stieg also wieder ab. Nicht in gerader, steiler Richtung, sondern schräg zum Berghang. Zwischen den Steinen bemerkte ich jetzt überall Ziegenbart, der orangerot aus dem Schwarz des Waldes leuchtete. Wenn dieser Berg nicht verwunschen war, dann war es keiner.

Endlich stand ich mit zitternden Knien auf der schmalen gepflasterten Landstraße, die ich gesucht hatte. Während der zwei Stunden, die ich ihr folgte, sah ich nicht einen Menschen. Um so seltsamer war es, daß diese Straße existierte. Was mochte die Menschen bewogen haben, in dieser Einsamkeit Bäume zu roden, Erde aufzuschütten, Pflastersteine heranzufahren und sie einzusetzen, um zwei völlig untergeordnete Ortschaften auf einer umständlichen, zwölf Kilometer langen Strecke zu verbinden? Als der Weg endlich aus dem Wald herausführte und vor mir eine große Wiese, eingezäunte Koppeln, Schafe, Kühe, Bauernhäuser, der Turm einer Kirche erschienen, warf ich mich ins Gras und schlief.

Ich wachte auf, als die Sonne bereits hinter dem Wald verschwunden war. Auf der Wiese lag das Heu in Haufen umher, und ich hätte jetzt Gelegenheit gehabt, endlich meine erste Nacht im Freien zu verbringen. Aber irgend etwas zwang mich aufzustehen, den Rucksack wieder aufzuschnallen und ins Dorf zu gehen. Meine Beine waren schwer wie Stein, am liebsten wäre ich umgefallen und das letzte Stück auf allen vieren gekrochen – meine Füße ließen das nicht zu: sie stelzten mich durchs Dorf. Vorbei an niedrigen Häusern und hohen Bäumen und an den unzähligen gelb gestrichenen Kapellen vorbei, die wie die Splitter von Gebeten überall zwischen den Häusern und auf den Feldern standen.

RALF THENIOR
Zu spät

Ich war draußen gewesen. Den ganzen Nachmittag hatte ich mich in der gebirgigen Landschaft bewegt, war über Matten und Hänge geflogen mit den Augen, hatte die Geröllhalden, das poröse Gestein, die Schrunde betrachtet in dem sachte sich verändernden Licht. Die Steinnatur hatte mich in Atem gehalten. Die Leichtigkeit kompakter Massen vor dem Blau des Himmels hatte mich tanzen lassen, während ich mich mit kleinen Schritten vorwärtsbewegte.

Doch die nun länger werdenden Schatten sanken in mich ein und entzündeten Unruhe in mir. Gedanken stiegen auf. Und die Vorstellung, daß ich meine Maschine nicht verpassen dürfe, wurde stärker und drängender. Die Landschaft verschwand vor meinen Augen. Ich hastete zurück in die belebte Gegend. Ich mußte zusehen, daß ich irgendein Verkehrsmittel zum Flughafen zu fassen bekam. Und schnell. Also ein Taxi. Ich rannte, mich durch die entgegenkommenden Passanten kämpfend, halb auf dem Bürgersteig, mich vor den Autos mit Sprüngen in Sicherheit bringend, halb auf der Straße, um das nächste Taxi anhalten zu können. Doch die vorbeikommenden Taxen waren alle besetzt.

Blindlings war ich losgelaufen, von Unruhe getrieben, und fand mich schließlich weit vom Stadtkern entfernt in einer Gegend, in der der Verkehr schon lange ruhte. Hier und da standen Männer und putzten an ihren am Straßenrand geparkten Autos herum.

Endlich eine Taxe.

Der Fahrer war gerade damit beschäftigt, die Nummernschilder zu reinigen.

Ich muß zum Flughafen, sagte ich, und zwar so schnell wie möglich.

Das Gesicht, das sich mir entgegenhob, kannte ich aus den Reklamefotos für schwarze Tabake.

Ich hab' Feierabend, sagte er grinsend.

Aber Sie sind mir sympathisch, ich fahre Sie umsonst.

Schon saß ich neben ihm in der Taxe, während er den Diesel vorglühen ließ. Wir fuhren.

Ich habe meinen Taxenschein noch nicht so lange, sagte er, aber wir werden es schon schaffen. Wo soll es denn hingehen?

Zum Flughafen, sagte ich. Und schnell, bitte.

Er lehnte sich zurück und lenkte den Wagen durch den Verkehr, während er mich in ein Gespräch über mein Reiseziel, meine beruflichen Absichten und das Autofahren verwickelte. Dann begann er über seine früheren beruflichen Absichten zu sprechen, seine ehemaligen Reiseziele und über das Autofahren.

Ich sah aus dem Fenster. Nirgends ein Schild, an dem abzulesen war, daß wir uns in Richtung Flughafen bewegten. Inzwischen war es neunzehnuhrzwölf.

Ich verwünschte die Freundlichkeit des Mannes, denn wenn ich hätte bezahlen müssen, hätte ich Druck machen können.

So saß ich mit gefrorenem Lächeln neben ihm und nickte abwesend, während er von seinen Hobbies erzählte.

Ich mußte ihn loswerden.

Hören Sie, sagte ich, ich muß nochmal telefonieren. Können wir beim nächsten Münzfernsprecher anhalten?

Klar, Chef, sagte er. Klar.

Er hielt vor der Passage eines Kaufhauskomplexes. Die Fernsprechkabine war eine offene Plastikmuschel.

Ich beobachtete ihn aus dem Augenwinkel, während ich irgendeine Nummer wählte. Er stand an die Wagentür gelehnt und betrachtete mich wohlwollend.

Die Frauenstimme am anderen Ende kam wie aus einer tiefen Trance.

Carlito, bist du es? Wie lange habe ich auf deinen Anruf gewartet. Wie habe ich mich Tag und Nacht nach deiner Stimme vor Sehnsucht verzehrt. Geweint habe ich und Tabletten genommen und mein Gesicht erkenne ich im Spiegel schon lange nicht mehr. Carlito, Liebling, jetzt ist es zu spät. Ich habe sie getötet. Beide. Ich habe sie in der Küche aufgeb …

Er betrachtete mich nicht mehr.

Ich ließ den Hörer fallen und rannte durch die Passage, ging in irgendeine Konfektionsabteilung, fuhr die Rolltreppe hinauf, kam eine andere herunter und gelangte in eine weitere Passage, in der kaum Betrieb war.

Endlich verlangsamte ich mein Tempo, ging so wie jemand, der leicht zerstreut durch eine Ladenpassage spaziert. Ein Kind aus Seife saß bettelnd vor einem Schaufenster. Ich griff in die Tasche und merkte, daß ich nicht nur kein Kleingeld bei mir hatte, sondern auch meine Reiseschecks, meine Scheine und meine Papiere verschwunden waren.

Aber wenigstens hatte ich ihn abgehängt.

Ein Blick auf die Uhr über einem Geschäft.

Es war höchste Zeit.

Als ich den Kaufhauskomplex auf der anderen Seite verließ, stand er schon da und öffnete mir grinsend den Schlag.

Alles klar, Chef.

Ich tat, als sei nichts geschehen, und stieg ein.

Wir fuhren weiter.

ANGELA KRAUSS
Das Vergnügen

Die Reise

Ist es sechs Jahre oder schon länger her, daß Lucie die Reise bekommen hatte? Jedenfalls ging sie auf die Fünfzig zu.

Den Fotografien nach zu urteilen, war sie damals ausgeruht. Dabei, wenn sie so zurückdenkt, fühlte sie sich früher abgehetzter als jetzt, da sie älter ist und eine Krankheit hat.

Mit dem Alter wächst die Routine, sagt sich Lucie, das hat die Natur klug eingerichtet, der Mensch ist immer so beschaffen, daß er seine Aufgaben erfüllen kann, in der Jugend die Kraft, im Alter die Erfahrung. Deshalb darf sie sich diese auffällige, nun geschwundene Straffheit um den Mund herum – sie lehnt auf dem Foto über der Reling, ein Streifen Land ist am Horizont zu sehen – wohl in Erfahrung aufrechnen. Etwas ist von ihrem schwarzen Haar noch geblieben: nur ganz feurige Schwarze werden so konsequent grau wie Lucie, in schönen, unverschämten, kräftigen Strähnen. Damals vor der Reise hatte sie sich noch mal einen neuen Koffer gekauft, einen großen, echtledernen, teuren. Dieser Einkauf war im Dorf nicht zu verbergen gewesen, zu ihm bekannte sie sich spöttisch. Die ganze Wahrheit war jedoch, daß sie eine Menge Kleinigkeiten, eine Maniküre, eine Brieftasche, Toilettenbeutel, Seifendose und Waschlappen neu gekauft hatte, schließlich, je länger sie sich den Hergang der Reise ausmalte, auch Badeanzug, Sonnenanzug und etwas, was sie in ihrer Jugend als Abendkleid bezeichnet hätte, allein für diesen Namen fehlte ihr der Mut. Im Schulatlas des Sohnes zeichnete sie sich die Route ein. Dann schrieb sie in ein Heft, das ihr als Tagebuch dienen sollte, untereinander: Jalta, Sotschi, Bosporus und Dardanellen, griechische Inselwelt, Straße von Messina, Straße von Gibraltar, Biskaya, englischer Kanal, Nordsee, Kattegat und Großer Belt.

Auf dem Schiff später schlägt sie sich natürlich an die Stirn, gleich am ersten Tag erhalten alle über den Verlauf der Reise ein gedrucktes Material; das hätte sie sich eigentlich denken können. Mit der Melodie »Ostseewellen« bitten wir zu Tisch, steht darauf. Es gibt frische Brötchen, auch Radeberger Bier. Ferngläser für fünfzig Pfennige täglich.

Am Begrüßungsabend stellt sich der Kapitän in Galauniform vor. Das sagt sich so leicht hin. Dabei ist das ein Feuerwerksstrauß in Lucies Erinnerung. Ein Blitzen seiner Augen, da trippeln die Stewardessen in lila Samt heran ... Hebt man das Glas mit dem Martini gegen das dämmrige Licht der Bar, schwimmt da ein schwedisches Wappen in der kaltgoldenen Flüssigkeit. Das Schiff soll früher dorthin gehört haben. Und jetzt gehört das ganze Schiff ihnen, Bergarbeitern.

Dieser Gedanke allein hat die Kraft, Lucie in ihre Anfangsjahre zu versetzen. Und hier unter dieser erschreckend starken, schönen, fremden Sonne, auf drei schwankenden Meeren, eine nie gefühlte Tiefe unter den Fußsohlen, da muß sich der Mensch wohl verändern und es mit sich geschehen lassen ohne Widerstand.

In Sotschi gehen sie das erstemal an Land, die Kaukasische Riviera, schreibt Lucie in ihr Tagebuch, sie hatte es in einem der Prospekte gelesen. Besonderen Spaß macht ihr ein Liliputanerzirkus, den sie am Nachmittag besuchen.

Nach dem gedruckten Material werden sie am nächsten Tag Istanbul passieren. In das Tagebuch schreibt Lucie: Nach dem Frühstück ist Istanbul in Sicht. Eine langgezogene Stadt, kein freies Fleckchen, Haus an Haus. Viele herrlich anzuschauende Moscheen grüßen uns, ein Zeichen alter Kultur.

Für den Abend ist ein Film ausgedruckt: »Der gestiefelte Kater reist um die Welt«. Aber Lucie geht lieber in die Bar. Sie hat Geschmack am Martini gefunden. Auch trifft sie dort viele Leute, Kollegen ja alle, mit denen sie sich aufs Wort versteht. Sie reden oft von den Anfangsjahren im Bergbau. Ehe sie spät in der Nacht ihre Kajüte aufsucht, steigt Lucie immer noch einmal auf Deck hinaus. Sie denkt daran, daß sie am nächsten Tag den Ätna sehen werden, und zählt sich leise noch einmal auf, was sie bereits erlebt haben. Immer am Ende redet sie ganz laut mit sich, weil sie das Meer übertönen muß, wenn sie ihre eigene Stimme hören will. Am liebsten würde sie schreien.

Am anderen Tag schreibt sie in das Tagebuch: Die Straße von Messina hat ihre besonderen Reize, das Meer leuchtet in zwei Blautönen. Der Grund dafür ist, daß das Meer hier verschieden tief ist. Die Straße von Messina ist bis zu vierzehn km breit, die engste Stelle ist drei km breit. An der engsten Stelle überquert eine Hochspannungsleitung die Straße von Messina in siebzig m Höhe. Die Hochspannungsmasten auf jeder Seite betragen zweihundertvierundzwanzig m bzw. zweihundertzehn m.

Das gedruckte Material bietet für den Abend: »Zu zweit kein Problem, Spiel, Spaß und Tanz für Ehepaare. Im Chefstewardbüro können Sie Seemannsmützen für den heutigen Abend kaufen«. Aber Lucie geht lieber in die Bar und trinkt Martini. Sie bemerkt selbst, wie sie allmählich ihre stabile Beziehung zum Geld verliert. Das ist eine sonderbare Leidenschaft aus Hilflosigkeit. Weil sie die richtige Leidenschaft nicht finden kann. Die würgt sie im Herzen und im Leib wie eine ungestillte Liebe, wenn sie nachts unter dem leuchtenden Himmel steht. Sie kann das Glück nicht finden. Und doch hat es sie nie so bedrängt.

Ein paar Tage später ereignet sich eine Havarie. Ein griechischer Frachter ist in Seenot geraten. Lucie steht mit den anderen den ganzen Tag an der Reling, sie verzichtet auf das Mittagessen. In ihr

Tagebuch schreibt sie: Die Besatzung will auf dem Schiff bleiben, um die Ladung zu retten. Unser Schiff bleibt so lange bei dem griechischen Schiff, bis Hilfe eintrifft.

Das Würgen in ihrem Herzen ist für ein paar Stunden gestillt.

Zwei Seiten weiter steht in ihrem Tagebuch: Heute ist der Tag, wo zu Hause der freiwillige Arbeitseinsatz gestartet wird, zu dem die Elektroköhler der Hauptstadt aufgerufen haben. Das Meer ist fast ruhig. Wir halten uns den ganzen Tag an Deck auf. Neunzehn Uhr: Die spanische Küste ist erreicht.

In der Nacht steht Lucie wieder oben an Deck. Sie ist ganz schön betrunken.

Für den nächsten Tag ist im Material unter dem Absatz Gibraltar ausgedruckt: Sondersprechstunde des Hauptreiseleiters für alle Passagiere, deren Heimreise ab Warnemünde ungeklärt ist. Auch gibt es ein Sonderfilmprogramm »Arbeiten unter hohen Spannungen« (dreihundertzwanzig KV). Ins Tagebuch schreibt Lucie: Backbordseite Delphine. Eine Seite weiter: Nordsee Windstärke zwei, Seegang eins, Temp. vierzehn, Wasser sechzehn. Am Abend gibt es zum viertenmal »Wir spielen Bingo«, ein interessantes Unterhaltungsspiel mit Gewinnchancen.

Aber wozu nun noch, sagt sich Lucie und nimmt wieder das Abendkleid aus dem Kajütenschrank, es ist ein Stück von ihr geworden. Die Bar ist dämmrig, ein Vibrieren ist in allem trotz der Musik, sie hört es, spürt es, das ist der unüberhörbare Takt eines anderen Lebens, er ist da, in allem, in dem zitternden Wein in ihrem Glas, in der getäfelten Wand, die sie haltsuchend berührt, und er ist in ihr, unüberhörbar, nur sehr tief innen: eine Stelle tiefer, unberührter Empfindlichkeit. Da tut Lucie, was sie nie mehr getan hat seit, ach ... Lucie tanzt. Sie tanzt diese ganze Nacht, bis die Musik verstummt. Dann räumen zwei Stewardessen in lila Samt lautlos die Gläser von den leeren Tischen. Nur die Maschinen stampfen noch immer gedämpft, angestrengt. Ist es noch Nacht? Wird es schon Tag? Da fehlt Lucie auf einmal die Kraft hinaufzusteigen, um nachzusehen. Diesesmal fehlt ihr die Kraft, auf das Glück zu verzichten.

Jochen Schimmang
Ein glücklicher Wissenschaftler

III Dreizehn Minuten

In Hamburg, genauer gesagt, in Altona, das sich einiges darauf zugute hielt, lange Zeit nicht zu Hamburg gehört zu haben, sondern früher dänisch, danach preußisch gewesen zu sein, ehe es im Jahre 1937 die Nazis der Stadt Hamburg zuschlugen, in Altona also kehrte Anders, wenige Minuten nach halb vier, ins Wetter zurück. Mit sehr entschlossen wirkenden Schritten ging er fast am ganzen Zug entlang den Bahnsteig hinunter bis zum Ausgang, unter einer noch immer vorhandenen und noch immer erwärmenden Märzsonne. Seine Entschlossenheit war nicht gespielt, denn Anders hatte zwischen Hamburg Hauptbahnhof und Hamburg Dammtor sich anhand des Zugbegleiters entschieden, in Altona auf jeden Fall die annoncierte Zeitschrift zu kaufen und, wenn ihm das in relativ kurzer Zeit gelang, danach den 15 Uhr 50 nach Kiel zu nehmen, andernfalls sich anhand der im Bahnhof ausgehängten Pläne neu zu orientieren. In der großen Halle, die er kannte, bewegte er sich nicht weniger entschlossen, steuerte auf die seiner Ansicht nach wahrscheinlichste Gelegenheit, die Zeitschrift zu kaufen, zu, entdeckte und kaufte sie, löste eine Fahrkarte nach Kiel und hatte noch Zeit genug, die Reisetasche in der rechten, die Zeitschrift in der linken Hand, ein paar Minuten auf dem Altonaer Bahnhofsvorplatz zu stehen.

Man sieht dort nichts Besonderes. Ein MacDonald's sieht man und eine Unterführung, von der, selbst wenn man es nicht weiß, leicht zu ahnen ist, daß sie in eine Fußgängerzone führt, in ein Einkaufszentrum. Man sieht Taxis und Leute, die ein- oder aussteigen. An einem Freitagnachmittag um diese Zeit sieht man auch viele Pendler auf den Bahnhof zugehen, meist mit ähnlich entschlossenen Schritten, wie Anders vor wenigen Minuten daraus hervorkam, und man sieht ihre Wochenendgesichter. Über die Straße hinweg sieht man auch ein großes Geschäft mit Sportmode und Sportartikeln, dessen Name auch in anderen Städten bekannt ist. Daß es nicht der Hauptbahnhof ist, wohl aber ein recht bedeutender, sieht man auch. Es könnte aber auch anderswo, es müßte nicht in Altona sein. Man sieht also nichts Besonderes.

Aber in der Märzsonne an einem Freitagnachmittag, mit den Wochenendgesichtern und den kleinen Schülerrudeln, die aus der

Unterführung kommen, mit den Gesprächsfetzen, die um einen gelungenen Einkauf oder um Beckenbauers überraschenden Abschied gehen, mit den kleinen Kälterauchfahnen, die aus den Mündern aufsteigen, mit dem fast übermütigen, ganz unhamburgischen Hupen einzelner Autos kann es ganz bezaubernd sein auf dem Altonaer Bahnhofsvorplatz, als handele es sich gar nicht um ihn, sondern zum Beispiel um den Markusplatz in Venedig (auf dem Anders übrigens, außer im Kino, noch nie gestanden hatte), und einen Augenblick lang fühlte er inmitten der enormen physischen Präsenz von Dingen und Menschen einen Glücksstoß durch seinen Körper gehen, der ihn schwindlig machte, ohnmächtig beinahe, mit einem anschließenden Bedauern, als er aus der Ohnmacht wieder zu sich kam, schon seine Fahrkarte nach Kiel gelöst zu haben, deren Diktat folgend er jetzt mit einem Strom anderer Menschen in den Bahnhof zurückging, da seine Zeit auf dem Vorplatz abgelaufen war.

MARKUS WERNER
Zündels Abgang

3

Es war also Montagmorgen, Zündel hatte noch seinen Paß und in der Gesäßtasche sein Portemonnaie mit Fahrkarte und etwas Geld, und er entschloß sich, heimzufahren und am Dienstag den Zahnarzt aufzusuchen, und stand in einer Telefonkabine und sagte zu seiner Magda: Wie war das bio-energetische Weekend? – Wo bist du denn? fragte Magda. – Mir ist einiges widerfahren, sagte Zündel und fand sich abstoßend. – Was ist los, warum bist du nicht auf dem Schiff? fragte Magda. – Ich bin in Mailand, aber du bist gar nicht lieb, was hast du? – Ich habe geschlafen, sagte Magda. – Wieviel Uhr ist es denn? fragte er. Sie sagte: Neun Uhr. – Entschuldigung, sagte Zündel, ich wollte dir nur sagen, daß ich heute abend heimkomme. – Heute abend? fragte Magda ohne Begeisterung. – Ja, antwortete er trotzig. – Koni, bist du krank? – Ich erzähl dir dann alles, sagte er besänftigt.

Im Bahnhofbuffet merkte er, daß es ihm schlecht ging. Das Telefongespräch hatte ihn geschwächt. – Immer häufiger krümmt sich alles in mir, wenn ich mich reden höre. Ich bin müde. War Magda allein? Pausenlos muß man sich bewähren. Alles ist feindlich, alles, was mir begegnet, überfordert mich. Ausgerechnet mir schickt der Herrgott einen Finger. Mir nimmt man den Zahn. Beizeiten lernt jeder, sich untragbar zu finden. Die Menschheit rekrutiert sich aus ehemaligen Bettnässern, die das Gefühl existentieller Deplaziertheit nie loswerden. Ohne Schließmuskel keine Schwermut. Wie ahnungslos wird hier Kaffee geschlürft. –

Für die Bahnfahrt hatte er eine deutsche Zeitung gekauft und sich auf die Lektüre gefreut. Aber schon das Wort ›Maßnahmenpaket‹ nahm ihn fast bis Como in Anspruch. Jenseits der Landesgrenze verweilte er lange bei der Bezeichnung ›Sattelgriff mit Antirutschnoppen‹. Auch darin sah Zündel eine imponierende Gegenposition zu seinem Lebensgestolper.

Bis Göschenen döste er.

Dann las er einen Artikel über Eingeweidewürmer. Hier fand er eine späte Erklärung für die Juckreize, die ihn als Kind, kaum daß er im Bett lag, so häufig zum Kratzen genötigt hatten: Die weiblichen Oxyuren (Madenwürmer) kriechen nämlich nachts ein bißchen heraus und legen ihre Eier vor den Ausgang.

In Arth Goldau stieg ein Fräulein zu. Bis jetzt hatte Zündel das Abteil für sich gehabt. Als die Frau ihre Tasche auf die Gepäckablage stellte, sah er, daß ihre Hose den Markennamen »Let's go« trug. Die Jeans, die er selbst im Moment anhatte, hießen »Happy-Life«. Zündel dachte: Fräulein, unsere Hosen sind geistesverwandt. – Sie aber setzte sich und sagte: Überall wird man angequatscht. – Zündel bekam Gänsehaut. Hatte er laut gedacht? Stand es schon so mit ihm? – Seit Altdorf, erläuterte sie, werde ich von zwei Italienern belästigt, drum hab ich das Abteil gewechselt. – Ach so, sagte er und fügte bei: Ja, es gibt eben allerhand Kostgänger auf der Welt. – Diese Redewendung, die von Zündels Großvater stammte, schien ihr unvertraut, jedenfalls warf sie ihm einen verdutzten Blick zu und vertiefte sich sofort in eine Zeitschrift.

Zündels Sympathie gehörte den beiden unanständigen Italienern. Längst hatte er bemerkt, daß die Frau keinen BH trug und darüber eine nahezu durchsichtige Bluse. Ich sehe solche Dinge zwar nicht ungern, wahrscheinlich sogar gern, dachte er, aber ich hasse sie auch, und wenn ich gesetzgeberische Befugnisse hätte, würde ich vielleicht einen Freizügigkeitsstop anordnen. Heutzutage wird nämlich alles geschützt, nur der Mann nicht. Als müßte er sich nicht schon genug zusammennehmen, sich beherrschen, sich bezwingen!

Und jetzt tauchen noch diese Sommermädchen auf und halten das, was uns Männern ein unzumutbares Maß an Selbstkontrolle abverlangt, für natürlich und freiheitlich. – Das alles und noch viel mehr will ich gelegentlich überdenken, nahm Zündel sich vor, schaute bis Zürich aus dem Fenster und ärgerte sich über die schauderhafte Gepflegtheit der Schweiz.

Die Stadt sieht aus, als leckte eine Million Zungen sie unaufhörlich sauber. Schick sind die Leute gekleidet, einige auch mit Sorgfalt schlampig. Breitspurig ist ihr Dialekt, verkrampft und schief ihr Gang, und ich bin ein alter Griesgram, da kommt mein Tram.

4

Im Treppenhaus erst begann sich Zündel auf Magda einzustellen. Nach fünf Jahren Ehe noch Herzklopfen – das soll mir einer nachmachen! Am liebsten wäre mir jetzt ein Lauch-Auflauf, ein wenig enttäuschen würden mich Ravioli. Seltsam, an der eigenen Wohnungstür zu klingeln! Streng genommen demütigend. Vor allem, wenn niemand öffnet. Sicher ist sie unter der Dusche, wo hab ich meinen Schlüssel.

Lieber Konrad, ich vergaß Dir zu sagen, daß ich heute abend Frauengruppe habe. Du mußt nicht aufbleiben. Schlaf gut. M.

Mit dem Zettel in der Hand wanderte Zündel durch die Wohnung. Auf keinem Tisch stand ein Tellerchen für ihn bereit. Nur im hellgrünen Plastiknapf auf dem Küchenboden lagen ein paar Klümpchen Katzenfutter. – Vor einem Jahr noch hätte ich mir in dieser Lage leidgetan, mittlerweile habe ich dazugelernt, dachte er und kämpfte mit den Tränen.

Er aß eine Birne.

Später lag er im Vollbad, aber er sang nicht. Er sprach: Meine Damen und Herren, wer im Vollbad singt, ist ein Klischeemensch. – Dann fixierte er den Boiler und sagte in Magdas Tonfall: Du, Koni, ich glaube, die Befreiung der Frau kommt auch euch zugute! – Sowieso! rief Zündel und ließ schmetternd sein Darmgas ab.

Bevor er schlafen ging, trug er ein paar Worte in Magdas Zimmer und deponierte sie auf ihrem Kopfkissen: Liebe Frau, schon lange macht mir Deine beschleunigte Entwicklung Beine, aber Beine sind noch keine Flügel! Schlaf wohl. Dein K.

Spät und überraschend vergnügt begann das gemeinsame Frühstück. Konrad plauderte über seine Schicksalsschläge, und da Magda Anteil nahm, gelang ihm dann und wann ein abgeklärtes Schmunzeln. – Du mein armes Pechvögelchen, sagte sie. Er stülpte die Oberlippe hoch und lallte: Ich hab dich doch so gern, aber ich werde dir noch die Zähne zeigen. – Da sagte Magda: Ich muß mit dir reden, Konrad.

Magda: Wir haben beschlossen – und du warst so einverstanden wie ich –, diese Sommerferien getrennt zu verbringen. Du selbst hast erklärt, es sei hochgradig neurotisch, wie eng wir seit Jahren aufeinanderhocken. Gut. Du reist ab. Und stehst nach drei Tagen wieder da! Und versuchst mich mit einem Gutenachtzettel lächerlich zu machen. Wahnsinnig aggressiv macht mich das! Ich bin einfach nicht mehr bereit, meine Selbstverwirklichung mit Schuldgefühlen dir gegenüber zu bezahlen. Ich habe deine Bremserei satt. Und ganz offen gestanden: Sobald du weg warst, blühte ich irgendwie auf, es war, als käme ich an die frische Luft, als könnte ich wieder atmen.
Konrad: Deine Sätze riechen nach Frauengruppe. Deine grandiose Offenheit ist im Moment genauso Mode wie deine läppische Rübenhose. Dabei ist keine dieser unzufriedenen Ziegen imstande, den Begriff der Selbstverwirklichung zu definieren. Nichts als nachgeplapperter Brunz! – Wir können uns ja trennen, ich kann ja gehen.
Magda: ›Wir können uns ja trennen‹, das ist deine ganze Weisheit, das ist deine Art, Konflikten auszuweichen und Diskussionen abzublocken.
Konrad: Ich hemme deine Entfaltung, ich verpeste deine Luft, ich schnüre dir die Kehle zu, ich mache dir Schuldgefühle – was gibt's da noch zu diskutieren? Der Fall ist ja klar. Der Fall ist klar, obwohl ich froh wäre um ein einziges konkretes Beispiel, ich weiß nämlich gar nicht, wovon du sprichst.
Magda: Du wirfst mir doch ständig irgend etwas vor; seit wir uns kennen, entdeckst du Mängel an mir! Ich spüre doch, wie mein Selbstvertrauen abgebröckelt ist in diesen Jahren, alles an mir regt dich auf. Es kann dir doch nicht recht sein, wenn ich Angst vor dir habe.
Konrad: Bring doch bitte endlich ein Beispiel, verfluchtnochmal! Was werf ich dir vor? Was zum Teufel regt mich denn auf an dir?
Magda: Diese Hose zum Beispiel.
Konrad: Gut, ja, also, meinetwegen, aber das ist ja weißgott nicht zentral.
Magda: Neulich, nach dem Aufstehen, kamst du zu mir ins Badezimmer und fragtest mit mühsam unterdrückter Gereiztheit: Sag mal, warum gurgelst du eigentlich immer so komisch?

Konrad: Stimmt ja auch, du gurgelst wirklich unmöglich. Zweimal täglich sträuben sich mir die Haare.
Magda: Eben.
Konrad: Du, jetzt hab ich nur Spaß gemacht, merkst du das nicht?
Magda: Nein nein nein. Ich möchte dich hassen!
Usw.

Bald waren beide so ratlos, so ausgekühlt und betrübt, daß sie zusammen ins Bett gingen. Und es war, als nähmen die zwei Körper keine Notiz von der Zwietracht der Obrigkeit. Noch mochte sich ihr Fleisch, noch hatte es die Kraft, die rebellischen Gehirne bedingungslos ins Unrecht zu versetzen.

Um halb vier saß Zündel im Wartezimmer des Zahnarztes, verkrallt in sein Wochenhoroskop, dem er in einer der aufliegenden Illustrierten begegnet war. Zu jeder der drei Sparten Leben, Liebe und Geld fand er einen bedeutsamen Fingerzeig. Manchmal muß man seinem Herzen einfach einen kräftigen Stoß geben! hieß es unter ›Liebe‹. Auch die Rubrik ›Leben‹ rief auf zur Tat: Einen bestimmten Fehler sofort korrigieren! – Von diesem kleinen astrologischen Appell fühlte er sich so heftig angesprochen, daß er sich vornahm, ihn zu beherzigen.

Kurz vor fünf durfte Zündel ein letztes Mal spülen. Der frisch einzementierte Zahn war allerdings nur eine Leihgabe, die Herstellung des endgültigen, in Form und Farbe restlos stimmigen, mußte erst in Auftrag gegeben werden, und die Lieferfrist betrug einige Wochen. Aber auch mit dem ästhetisch nicht ganz befriedigenden Provisorium ließ sich, wie der Zahnarzt versicherte, bis auf weiteres ohne Risiko essen und leben.

Munter verließ Konrad die Praxis. Und da er sich relativ vollwertig fühlte, beschloß er, noch schnell einzukehren.

Wie erwartet, traf er lauter Bekannte am Stammtisch, deren spontanes Halli-Hallo ihn rührte. Zwei Frauen umarmten ihn so vehement, daß ihm fast schwindelte, obwohl er wußte, wieviel Wert man hier auf Körperkontakt legte. – Von Literatur war gerade die Rede, und Zündel befahl: Nur weiter!

Er hörte: Neue Innerlichkeit gleich narzißtischer Luxus im Quadrat. – Genau! Und diese penetrante Vereinzelungsattitüde zwingt allmählich zum Gähnen. – Wirklich, Hut ab vor der alten Garde, da ist noch Engagement, davon könnten unsere egozentrischen Nachwuchswürstchen lernen! – Glaubt mir, in zwei drei Jahren ist

Verdrossenheit nicht mehr gefragt, und diese Nabelschauer werden reihenweise den Schwanz einziehen!

Zündel benutzte das Gelächter zum Verschwinden und war unverhältnismäßig froh, daß niemand ihn nach seiner Meinung gefragt hatte. – Meine verspannte Nackenmuskulatur ist zwar mein Problem, dachte er, aber hat sie nicht Notwehrcharakter, signalisiert sie nicht auch objektive Bedrohung? Was für eine Stammtischrunde! Ich empfinde immer mehr Menschen als naturwidrig und gespreizt, gleichzeitig wächst mein Argwohn gegen die Ungehemmten. Auch treffe ich immer mehr Menschen mit Prinzipien, schrille Kreaturen. Aber ebenso zuwider sind mir die undogmatischen Lumpen. – So, jetzt muß ich heim, und davor hab ich Angst.

Zu Hause erinnerte er sich an den Ausspruch eines entfernt befreundeten Kunstmalers: Unsere Ehe ist ideal, meine Frau und ich verkehren nur schriftlich miteinander. – Magda war weg. Nur lag diesmal kein Zettel auf dem Küchentisch, sondern zwei ordentliche Blätter.
Erstes Blatt:
L. K. Ich fahre für ein paar Tage zu Helen nach Bern. Abstand ist jetzt wichtiger als zermürbende Monsterdebatten. – Falls Du selbst für längere Zeit fortgehen solltest, so laß es mich bitte wissen. – Ich habe mich eben noch hingesetzt und aufgeschrieben, was Du mir alles vorwirfst. Es ist ein Nachtrag zum Streit von heute morgen. Es sind die von Dir verlangten »konkreten Beispiele«. – Tschau, paß auf Dich auf! Magda.
Zweites Blatt:
Du wirfst mir vor,
daß ich den Heißwasserhahn zu stark zudrehe, daß ich den Nescafé direkt aus der Büchse in meine Tasse schütte, statt einen Löffel zu nehmen, daß ich an der Zahnpastatube immer ganz vorne drücke und das hintere Ende nie einrolle, daß ich die Uhr mit zuwenig Fingerspitzengefühl aufziehe, daß ich zuviele Modeausdrücke verwende, daß ich die Weinflasche beim Einschenken nicht dort halte, wo sich die Etikette befindet, daß ich die Schallplatten nach dem Hören regelmäßig falsch einreihe, daß ich im Badezimmer stets das Licht brennen lasse, daß ich immer nur Jeans trage und fast nie einen hübschen Rock, daß ich mich am Telefon mit zu schroffer Stimme melde, daß ich unter Leuten anders bin als mit dir allein, daß ich meine Haare mit Henna töne, daß ich Bücher oft nicht zu Ende lese, daß ich statt eines anständigen Portemonnaies eine vergammelte

Blechbüchse mit mir herumtrage, daß ich gewisse Wörter auf der falschen Silbe betone, daß die Art, wie ich das M schreibe, nicht zu meiner sonstigen Handschrift passe, daß ich barfuß auf dem Küchenboden umherlaufe und nachher über Halsweh klage, daß ich die Butter an der Oberseite abschabe, statt breitseits ein Stück davon abzuschneiden, daß ... –

Reglos saß Zündel am Tisch. Nach einigen Sekunden rief er so gellend, daß die Katze aufsprang und sich schüttelte: Verwünschtes Volk der Weiber!

Abermals nahm er ein Bad. Bad und Bett, dachte er, alles andere ist winterlich. Dreckgletscher Welt. Aber man bibbert stumpf. Besser ein frigider Eiszapfen als ein wärmebedürftiger Tölpel. Unter Null! heißt die Devise. Hohn dem Mutterbauch, Hohn dem, der fiebert nach ihm. Es lebe die Tiefkühltruhe! Es lebe der Stahlschrank!

Irgendwann muß man aber erwachsen werden, Herr Zündel, nicht wahr, ein bißchen reif, ein wenig hart, jedermann weiß doch heute Bescheid über die Infantilität von Vollbadsehnsüchten, nicht wahr, wir wollen doch die Realität nicht verdrängen, Herr Zündel, im wirklichen Leben wird kalt geduscht: das stählt, immunisiert, macht männlich. Alle Wehleidigen, Herr Zündel, alle Weinerlichen und Weichen, die Humanisten, die Pazifisten, die Utopisten, die Idealisten, kurz: diese kleine, aber gefühlsduselige Minderheit hat sich nie emanzipiert von Bad und Bett, sie alle faseln verstockt von Wärme und Geborgenheit, und jeder nüchterne Mitbürger, Herr Zündel, erkennt diese verzärtelten Zeitgenossen schon von weitem an ihrem schlabberigen Habitus.

Zündel ließ heißes Wasser nach und entgegnete: Mein reifer Herr, es macht mich traurig, daß ich mit Ihresgleichen noch immer spreche. Über dreißig bin ich jetzt, und noch immer fehlt mir der Anstand, den Kontakt zu Ihnen, zu Ihresgleichen, zu Euresgleichen, zu Euch namenlos monströsen Menschen abzubrechen. Kantig und kühl, zackig und selbstgerecht, stramm und mannhaft stampft Ihr nieder, was Eurem Todeskult nicht huldigt, Ihr Mumien, Ihr Raupenfahrzeuge, Ihr Nordpolhalunken. Wahrlich ich sage Euch: Eher noch kommt Zartes durchs Leben als Hartes ins Himmelreich.

Aber, dachte Zündel, indem er den Stöpsel herauszog, aber vermutlich habe ich den Mund soeben etwas voll genommen. Weder kommt Zartes durchs Leben, noch kommt Hartes nicht ins Himmelreich. Die himmlischen Heerscharen, mit denen unser Vater sich umgibt, sind ja eben Heerscharen, und das tönt wenig weich. Und im Grunde genommen darf niemand ihm verargen, wenn er jene Beherzten vorzieht, die seiner Schöpfung Positives abgewinnen, sie als Prüfung zwecks Hautverdickung interpretieren, als Tummelplatz spannender Überlebenskämpfe mit Aufstiegschancen der ganz Tapferen. Sollte unser Vater etwa den Mühseligen Einlaß gewähren, die seinen Kosmos ein Leben lang bemäkelten, ihn frostig schalten? Gehören geknickte Querulanten in den Himmel? Sind flügellahme Melancholiker als Engel tragbar? Gibt es für sie alle nicht ein Örtchen, wo ihre Gier nach Wärme mehr als gestillt wird, wo tausend Feuer flackern?

Als Zündel aus der Wanne stieg, dachte er: Ich verstehe wenig, doch möchte ich nichts mehr verstehen. Eines Tages möchte ich erwachen und spüren: Ab heute ist Schluß, ab heute wird nichts mehr begriffen. Das Ende der Billigung ist da. Das Ende der Verdammung ist da. Ich möchte auf einer Bank sitzen in einem Park und sagen können: Mir fällt zu allem nichts mehr ein.

Peter Waterhouse
Klang der Dinge

Fort. Was? Der Klang: Seine Deutlichkeit ist er
trinkt aus einem Glas? Wieviele Personen kommen durch das Tor?
Ist es still? Ja. Nein. (Man hört in sich hinein.
Guten Abend. Sinkende Sonnen. Oder: Soll ich mich umdrehen? Atmend
heiße Luft wollte fragen was ich?) Fort: Jeder weiß was
nicht? Gewißheit gleitet durch Städte wie Vogelflug
krähend, schwarz. Jeder ruft: Schrei, Schrei. Soll man sagen:
Stille? Wir sind aufmerksam. Als wären wir: Wo? Weit?
Gibt es Vergleiche? Der sagt: Rakete. Manche sagen: Das tut nichts zur Sache.
Einer ging und stand Kopf. Wirst du es nachmachen? Wir sagen:
Die Stimme arbeitet mit Verlassenheit und schmal. Ja. Die Wände sind
lang. Ja. Ausweichen werden viele: Gefrorene Seen liegen im Tal
schwer. Ja. Ja. Ja. Es ist die Ungeduld viel in allen gelegen. Wie bitte:
Sagten Sie groß oder mehr oder dünn oder hoch? Wir müssen über diese

Schwelle hinüber. Es ist doch ein Klang dort für dich. Wer sagt:
Harz, Nacht, Regen? Das ist gut. Man könnte von der Kälte
nichts verraten. Du hast keine zwingenden Welten? Weißt du
weißt du, weißt du: Ich, ich, ich explodiere. Jeder sagt:
Krach, krach, krach. Oder: Ach. Wir ritten hinaus.
Auf was, auf was? Auf nichts eigentlich. Wann sagtest du das?
Ein Pferd wie Pegasus trägt wohin wen? Dann:
Chor. Immer Chor. Es muß gesagt werden aber: Wir werden uns
ähnlich. Warum? Es kann sein, daß du unsichtbar bist.
Ist jedes Schweigen unhörbar? Uns wird etwas genommen. Es
gehörte nie: Wem? Das andere hier auf unseren Tischen:
Schale Tee, Wasserglas, zu Tode getrockneter Apfel, die
dünnen Terrassen Papier, bereit für briefliche Botschaft. Der Klang
dieser Dinge: Wir sind unerwartet. Du bist unerwartet.
Ich werde aufschlagen wie ein Buch diesen Augenblick. Sprechen
viele so. (Man sagt: Offen. Was ist offen? Mach es auf.)

FRIEDERIKE MAYRÖCKER
Reise durch die Nacht

Ich stehe am Fenster, es war eine Vollmondnacht, ich beuge mich aus dem Fenster, betrachte den Mond, die ersten drei Sterne, sauge den Duft der Linden. Er steht neben mir, dicht an meiner Seite, lehnt wie früher am Fenster, lächelt, atmet und schweigt. Das Ausblasen von Türen und Fenstern (Herz), das rosa Blühen im Garten. Ein Schatten hat meinen Blick gekreuzt wie eine Klinge, ich bin sehr erschrocken, auf alles weine ich. Auf dem Tisch lag ein Pfirsichkern, eine halbe Nuß und ein Blatt von einem Kirschbaum was ich alles sehr liebte, ich bewohne jetzt nur noch Reste meines Zimmers, heute gegen sieben Uhr war ich einen Augenblick lang was ich eigentlich bin, das sind jedoch alles nur Vermutungen, ich frage mich oft habe ich eine *Seelenkrankheit*?

Leben. Nichts. Es geht ein wenig schwerer, langes Besinnen, plötzliches Zusammenfahren. Nichts. Lange Pause. Immer nichts. Gott ist im Herzen (halbe Herzform), das Häkchen unten, der Halt an Gott. Warum immer nur das halbe Herz? Er verläßt mich nicht, auch wenn andere es tun, alle es tun, das drückt den Flug, aber er fliegt über Mauern und Berge, durch Meerestiefen, und über Bergeshöhen, der untere Teil ist ein Arm, ein Flügel.

Niemand. Nur auf der Straße sah ich jemand in einem schönen Kleid, direkt an der Krone das Blanke, die Schwimmhaut zwischen den Fingern (Knäuel von Haaren), lederner grüner Mopedfahrer als Salamander, sein kupferfarbener Helm blitzt in der Abendsonne, ein Knabe mit einem Skateboard unter dem Arm kam gelaufen, die Buntspechte erscheinen mir zu Mariä Schnee, ich spieße die Sonne auf, ich spieße die Farben auf, aus dem österreichischen Landschaftskleid, neben mir Schwan und Alm, ein sehr verbundenes Reisekleid, ich spieße die Farben dann auf, zwei Wolken (Wochen) nämlich die Fotografien die ich von mir selbst in der Südvilla (Espang, Allerheiligen) gemacht habe .. es kam einer *Schweißaktion* gleich, *er zerriß dann draußen irgendwelche Makulationen*, und ich spürte es in meinem Körper als zerrisse mir jemand Eingeweide und Herz, mir ist nicht zu helfen, wo ist mein Bienenfleiß, wo ist mein Bienenfleiß hingekommen, wo sind meine Kinder, Kinderzähne hingekommen, manchmal ein Lichtstrahl durch die heruntergelassene Jalousie des Schlafwagenabteils, beschämende Körperverfassung, schreie ich in mich hinein, erniedrigender Körperzustand, vagabundhaftes Reisekleid ich möge mich wegscheren, erniedrigender Körperzustand, rufe ich, *als Frau wenn man als Frau alt wird*, ich meine das ist eine erniedrigendere Sache als wenn man als Mann alt wird .. meine erbärmlichen Pappfüße kaum mehr zu spüren, mein kleiner Lederschlauch : versackender Körper, *verschlampt bin ich hauptsächlich bodenlos*, das Blanke direkt an der Krone, sage ich, nämlich meine Organe. Auch muß sich in meine Organordnung irgend etwas eingeschlichen haben, eine fatale Verwirrung, oder ich weiß nicht wie ich es sagen soll. Und das kann nicht von heute auf morgen geschehen sein, nein das muß sich schon jahrelang, jahrzehntelang angebahnt und angekündigt haben, ich habe aber darauf nie geachtet, überhaupt nicht auf meinen Körper ich meine ich habe überhaupt nie auf irgendwelche Warnsignale und Anzeichen meines Körpers geachtet, weil es mir immer als Vergeudung meiner Zeit erschienen ist, auch sind meine übrigen Kräfte zurückgegangen, die Leistungen meines Kopfes zum Beispiel, ich vergesse ja alles, ich bin, um die Wahrheit zu sagen, ein Mensch ohne Erinnerungen geworden, ich habe buchstäblich alles vergessen, was je in meinem Leben von Bedeutung gewesen ist für mich, hie und da blitzt es wohl noch auf, und ich sehe Vergangenes an mir vorüberziehen, aber das meiste habe ich vergessen, eigentlich alles, ein paar helle Punkte, sage ich, sind übriggeblieben. Selbsthaß und -schuß, kannst du mir folgen?

Die Worte gehen mir aus die Haare, ich reagiere auch nur noch mit verlegener Stummheit, wenn ich zu jemandem sprechen soll, auch bin ich immer das Gegenteil, mein ganzes Leben hindurch, das Gegenteil von einem tüchtigen *Selbstverkäufer* gewesen, auch was ich in Hülle und Fülle besaß, konnte ich nie an den Mann bringen also vermitteln. Nicht so wie jene *genialen Selbstverkäufer* die aus einer dürftigen, ja nichtvorhandenen Schreibintelligenz jahrelang schamlos Kapital zu schlagen verstehen indem sie die Ausdünstungen ihrer mißratenen Hirne auf die Menschheit loslassen, ich hingegen habe auf diesem Gebiet nie eine Begabung gehabt, ich habe mich immer, mein ganzes Leben hindurch, im Hintergrund gehalten, die Straßen des Erfolgs habe ich nie betreten, ich habe immer die größten Umwege gemacht, nicht nur in meiner Kunst sondern auch in meiner Menschwerdung, weil ich nie über *Mundtaschen* verfügt habe, rufe ich, weil ich mich immer so *aus der Welt* gefühlt habe, rufe ich, *aus allen Wolken*, nämlich Gemütssperre (Verfohlung), aus den kleineren Briefen, Zeigehändchen wie Phalli, Schulterblätter von Hirschtieren

..

ich spieße die Farben auf, meine Pappfüße taugen nicht mehr, ich spieße die Farben dann auf, in meinem Unterstand (Volière) vor meiner altgewordenen OLYMPIA (Manet), aber da hatte Goya längst seine MAJA gemalt gehabt, sage ich, grün eben. Rot. Jetzt bin ich fast weg, jetzt bin ich schon fast hinweg, aber dort an unserem *Dichteraufenthalt* (Sommerort, Allerheiligen Espang) rannte ich wie verrückt durch die Zimmer und stiegenauf, stiegenab, nämlich weil ich mir vorgenommen hatte, meine *Schreibarbeit* dort ruhen zu lassen wurde ich fast verrückt davon, meine *Schreibarbeit* lag dort brach, ich hatte es mir versagt, dort meine *Schreibarbeit* weiterzuführen, und statt meiner *Schreibarbeit* nachgehen zu können, rannte ich stundenlang herum, hügelauf hügelab, und im rasenden Gänseschritt kreuz und quer durch den riesigen Garten und immer im Kreis auf der Terrasse, solange meine Pappfüße durchhielten, aber die meiste Zeit verbrachte ich liegend und lesend, ich verbrachte die meiste Zeit mit dem Lesen meiner Lieblingsdichter. Die Wahrheit ist, ich ging nie ohne Schreibpapier und Stift an die Lektüre, auch bin ich nie imstande gewesen, mich in eine Lektüre einzulassen ohne pausenlos zu exzerpieren, es ist wie eine Krankheit. Es ist auch jederzeit ein Kriterium für die Qualität dieser meiner Lektüre gewesen : dort nämlich wo es nichts zu exzerpieren gab, gab es auch nichts zu lesen für mich etcetera.

Ort der Erkenntnis. Ist mir ein Worteinfall geblieben bis zum Morgen, ein einziger Satz, ist mir die Formulierung eines einzigen Satzes gelungen, habe ich einen Satz, einen Worteinfall aufschreiben können, stürze ich schon in die Knie und stoße mein Dankgebet aus, ist mir ein Satz, sind mir eine Reihe von Sätzen gelungen, falle ich schon aufs Knie, danke und bitte, verströme mich in demutsvollen Gebetsdanksagungen, Gebetsphantasien, weil ich ja nie daran glaube, aus mir alleine etwas zustandezubringen, in meiner völlig verwahrlosten inneren und äußeren Existenz, sage ich, ist es mir ein Wunder wenn meine *Schreibarbeit* mir gelingt, wenigstens Teile davon, ist es eine Parabel, sagt Julian und verhängt mit meinen schwarzen Kleidern die Sonne, das sind dann deine Lebensnotizen geworden, sagt Julian, indem er die Fingerspitzen über mein staubiges Mobiliar gleiten läßt. Dort in Allerheiligen Espang hatte ich ja keine Voraussetzung für meine *Schreibarbeit*, rufe ich, ich meine es trieb mich immer davon und ich glaubte immer, nach etwas auf der Jagd sein zu sollen von dem ich aber nicht wußte was es war, vielleicht meine *Schreibgründe*, *Schreibabgründe*, die ich hier bei mir zu Hause jederzeit in ihrer Selbstverständlichkeit vorfinde, sonst aber nirgends.

Wolfgang Hegewald
Das Gegenteil der Fotografie

Ich habe keine früheste Erinnerung. Ich bekam sie zugesprochen, aus zweiter Hand, wie viele spätere auch.

Manchmal, wenn ich völlig ausgelaugt aus einer Phrasensteppe heimkehre (vokalwärts) und mir die Ohren vom Geklapper der Sprachprothesen taub geworden sind, entwerfe ich, mit allem mir zu Gebote stehendem Zynismus, den: kompletten Erinnerungsersatz für Fortgeschrittene – ich lehne mich dann im Sprachgebrauch bewußt an den Annoncenstil für Tanzstundenkurse an –, Variante A, was eine durchsichtige Abkürzung für Abendland darstellt. Doch nein, falle ich laut meinen verwahrlosten Gedanken ins Wort, ich beharre innerhalb meiner selbstgewählten Verfassung auf meinem Recht auf autonome Erinnerung, und: meine Emphase versandet in murmelnder Verlegenheit, denn die Sinnlosigkeit des Überschwanges von Barrikaden und ähnlichen, vermeintlich geschichtsschwangeren Möbeln ist in diesem Fall erkannt.

Ich lag in meinem Wagen unter dem blühenden Kirschbaum im Garten und jauchzte vor Vergnügen über die Schattentänze auf der Bettdecke, hat man mir gesagt.

Woraus ich folgere, daß beizeiten das *organische Juchhu* (Gottfried Benn) Macht über mich gewann.

Zuerst trennte ich Stimmen: in glänzende und klirrende; danach betrat ich die alten Handelsstraßen der Duftkarawanen unter Sommergiebeln und kostete. Wetterhähne und Wunderkerzen; vergiftete Lakritze; eine bodenlose Wiese; der Bahnhof bei Ostwind; Vorortanschluß mit dem Großen Wagen; Großvaters Brieftasche; die Banderole: Handelsgold; die Gischt der Felder; Fräulein Seidel, die in die Irrenanstalt mußte, weil ihr bei den Kinderfesten die Lampions entglitten und weinten oder sich in Tümpel stürzten; Geraune aus dem Weigelienverhau; Vetteln; Frau Türke mit dem Turban; hinterrücks gegebene Hände; der Zusammenstoß mit einem Schaf; Expedition über die Konsum-Verkaufsstelle nach Afrika; Kreuzotterbiß und der genüßlich zerpflückte Schmetterling; nachts Spinnenbeine; oberhalb der Familie Gasgeruch; Heirat mit einer Tochter von Karl May ... Ich besaß ein reiches Alphabet.

Es folgten: Gravitation; der Zoll; die Verhältnisse. Anschwellende Schrumpfung. Parteilehrjahre und Wirklichkeitswahn.

(...)

Ein paar Monate lang, während der Lehre, beauftragte man mich damit, Paßfotos anzufertigen: diese kleinen, alltäglichen Hinrichtungen.

Ich verbrachte den Tag in einem Keller, bei künstlichem Licht. Durch Täuschung, Lüge oder Selbstbetrug in völliger Verkennung des Geschehens, stiegen die Kunden fröhlich zu mir herab. Allein daß sie fotomündig und bildreif gehalten wurden, war ihnen Anlaß zu Freude und Behagen.

2, 4, 8 oder 12, hatte ich zu fragen.

Am häufigsten entschieden sie sich für vier Stück.

Es war kaum ein Kunde darunter, dessen Absicht ich nicht durchschaute. Halbwüchsige erwarteten den ersten Ausweis. Schlips und Kragen verrieten den Erfolgreichen, dem die Dienstreise in Aussicht gestellt war. Dieser bekam ein griffiges Legitimationspapier, zum schnellen Vorzeigen. Rentner hegten legale Reisewünsche, zum Sohn nach Darmstadt oder dem Bruder in der Nähe von Hannover. Studenten, Kleingärtner, künftige Soldaten, alle wollten sie gesichtet sein.

Mit einem Hebeldruck schaltete ich die gleißenden Lampen ein. Das jähe Licht gab dem leeren Stuhl auf einmal eine andere Bedeutung. Man ordnete sich flüchtig Haar und Garderobe, nahm Platz und hielt sich brav eine von mir ausgehändigte, auf einer Plastikmarke befindliche Nummer vor die Brust. Das spätere Bild war nummernfrei. Immer dasselbe: lächelnder Vollzug. Auf eine Ausnahme besinne ich mich. Ein junger Mann kam zögernd die Stufen herab. Sein Haar war zur Bürste kurzgeschoren, der Mund war grellrot geschminkt, die Lider grün gefärbt, an den Ohren hingen Ringe.

Der junge Mann setzte sich traurig ins blendende Licht, so als fände er niemals wieder Kraft zum Aufstehn. Er bestellte 24 Bilder.

In jener Zeit streifte ich zum ersten Mal meinen Tod: die vermeintliche Endgültigkeit. Ich sah mich plötzlich zeitlebens in den Fotokeller verbannt, zusammengesperrt mit minütlich wechselndem Lächeln, das mir unersättlich auflauerte. Ich begann, zur Zerstörung zu neigen.

Damals fing ich an zu begreifen, daß ich aus meiner Schuld nur herauszufinden vermochte, indem ich mich täglich aufs Neue für widerrufbare Handlungen entschied. Ich entdeckte das Vexierbild für mich, den beweglichen Sinn. Es war notwendig. Ich blies in den Metaphernhaufen wie in einen Federnberg und schuf andere Beziehungen zwischen den schwebenden Namen. Ich kokettierte mit der Selbstaufgabe und fühlte den Doppelklang des Wortes genau.

Eines Tages öffneten sich meine Augen, und sie schauten den einzigen Ort der möglichen Handlungen auf Widerruf: Sprache, jedoch nicht die geläufige läufige, fesselnde, die sich beherrschen läßt, das gezinkte Rotwelsch alltäglicher Gauner, sondern jene Sprache, die ich schon einmal sprach. Ich grub nach den Texten meiner Kindheit.

Ich wußte frühzeitig, daß jede Geschichte auch anders lauten konnte, der Sog der Beliebigkeit war mir vertraut. Doch wo alle Geschichten endeten, begann die Fotografie. Oftmals war die bestmögliche Wendung einer Geschichte ihre Umkehrung oder das Gegenteil der Umkehrung; aber es mußte erzählt werden.

Hans Christoph Buch
Die Hochzeit von Port-au-Prince

2
Wo bin ich? Und warum schreibe ich das alles auf?

Dort, wo ich bin, möchte ich nicht sein, und dort, wo ich sein möchte, bin ich nicht: Ich sitze nicht auf der Terrasse des Hotels Ibo Lélé und blicke nicht auf die glitzernde Bucht von Port-au-Prince, ein Glas mit Eiswasser und einen Teller mit einer aufgeschnittenen Papaya neben mir, in deren buttergelbem Fruchtfleisch die schwarzen Kerne wie Kaviarkörner glänzen; kein barfüßiger Kellner serviert mir auf silbernem Tablett einen Rumcocktail: Ich sitze unter rußgeschwärzten Balken in der Dachstube eines niedersächsischen Bauernhauses, das lautlos im Regen versinkt, ein sanfter Märzregen, der seit Tagen den Himmel verfinstert und die mit Stoppelgras bestandenen Wiesen aufweicht; noch sind keine Störche in Sicht, von der Sonne ganz zu schweigen, will denn dieser Winter nie zu Ende gehen? Es ist Nacht, und an Stelle des elektrisierenden Rhythmus der Radatrommeln dringt nur das Klappern der elektrischen Schreibmaschine an mein Ohr, ein abgehacktes Stakkato, von immer länger werdenden Denkpausen, Schweigeminuten unterbrochen, durch die jetzt ein Auto hindurchfährt, der Lichtkegel eines aufgeblendeten Scheinwerfers gleitet über die weißgekalkte Wand, auf der keine smaragdgrüne Eidechse entlanghuscht oder stillsteht, reglos, mit klopfendem Herzen, und mich anschaut aus kalten Reptilienaugen, die wie Nadelköpfe glitzern; kein Kolibri schwebt mit wirbelnden Flügeln in der Luft und saugt Nektar aus dem geöffneten Blütenkelch einer Orchidee; nur die Katze des Nachbarn schleicht unsichtbar ums Haus, eine Feldmaus duckt sich unter die morschen Fußbodendielen, und ein Käuzchen krächzt im kahlen Geäst der Eiche auf der anderen Straßenseite, wo der Wald beginnt, der sich unaufhaltsam in eine Abfallgrube verwandelt, ausgeleierte Matratze, verrostete Sprungfeder in faulem Seegras, aus dem grüne Spitzen echten Grases wachsen, zerknülltes Zellophan, ungelesene Gebrauchsanweisung für Präservative, samentötend, gleitschutzbeschichtet; erste und zweite Natur, erste, zweite und dritte Welt stratographisch/schichtenspezifisch über- unter- durcheinander, in ein Meter fünfzig Tiefe zeigt der Metalldetektor einen Rohrkrepierer/nicht entschärfte Granate aus dem ersten zweiten dritten Weltkrieg an, viel Geschichte hier, zerbeultes Kochgeschirr, löchriger Henkelmann zum Essenfassen, nichts bleibt drin, alles läuft unten wieder raus, ein Faß ohne Boden ist das, Gasmaske hoffnungslos verheddert, laß besser die Finger davon –

Wer bin ich? Und wozu schreibe ich das alles auf? Ich heiße nicht Sánchez Artigas Salagnac Bustamonte Larrea, ich heiße nicht Artus Portus d'Artagnan, den Namen des vierten Musketiers hab ich vergessen, oder waren es nur drei? Ich heiße nicht Christophe Dessalines Pétion Toussaint Louverture Soulouque Roumain Alexis Papa oder Baby Doc, ich bin der ich nicht bin und nie sein werde Legba Ogoun Ferraille Erzulie Fréda Maman Zimbie Cousin Zaca Baron Samedi Maître Grand Bois Maître Carrefour Compère Général Soleil: Ich schreibe auf was nicht war und sich so nie zugetragen hat, die Geschichte eines Mannes der wirklich gelebt hat und dessen richtigen Namen ich hier nicht nennen darf.

Auf dem Foto, das vor mir liegt auf dem Schreibtisch, trägt Onkel G. Lederhosen, bayrische Trachtenhosen mit Hirschhornknöpfen, krachledern ist das richtige Wort dafür, viel zu weite, viel zu breite, viel zu lange kurze Hosen, die ihm von der Brust bis zu den Knien reichen, dazu wollene Strümpfe, die aussehen, als ob sie höllisch gekratzt haben – woher weißt du das, nach mehr als fünfzig Jahren? – und glänzend gewichste Schnürschuhe, Knobelbecher mit Haken und Ösen, die umständlich auf- und zugedröselt werden müssen morgens und abends, eine Arbeit, für die der acht- zehn- zwölfjährige Onkel G. Stunden Minuten und zuletzt nur noch Sekunden benötigt, bis der doppelte Knoten vorschriftsmäßig »sitzt«. Vielleicht schaut er deshalb so trotzig aus der Wäsche /in die Welt/ auf den Fotografen, der den Auslöser der nicht sichtbaren Kamera betätigt: Klick, und kein Vogel fliegt heraus, nur der Schatten des Fotografen fällt ins Bild. Da steht der kleine Onkel G. in doppelt verschnürten Stiefeln vor der Buchsbaumhecke, die auch eine Gartenmauer sein könnte, das ist auf dem nachgedunkelten Foto nicht mehr genau zu erkennen, er hat Haltung angenommen, eine widerspenstige, fast militärische Haltung, mit zusammengebissenen Zähnen, geballten Fäusten, steiler Stirnfalte, Ausrufezeichen zwischen den Augen, blickt er dem Betrachter ins Auge: Ein Bild erzwungener Anpassung – man sieht förmlich, wie ihm der oberste Kragenknopf die Luft abschnürt –, gelungener Abrichtung, das nur durch die Haartolle gestört wird, die wie die Brandungswelle eines tropischen Ozeans in den Himmel steigt. In der nächsten Sekunde wird die Welle überschwappen, die Brandung wird niederkrachen mit Getöse und Buchsbaumhecke, Haus und Garten mit salziger

Gischt überziehen und fortspülen mitsamt ihren Bewohnern: Den kleinen Onkel G. aber wird die Woge durch die Nordsee, die Biskaya und das Saragossameer in die Bucht von Port-au-Prince tragen, in die Arme seiner Amme Annaise, die am Strand Wäsche wäscht und die ihm ein Stück Zuckerrohr, ein Karamelbonbon oder, wenn nichts anderes zur Hand ist, ihre lila Brustwarze in den Mund steckt, aus der süße Milch in seinen Magen rinnt. Aber nichts dergleichen geschieht: Die Haartolle steht erstarrt, eine gefrorene Meereswoge, über der Stirn still, die Buchsbaumhecke, der Kaninchenstall, den ich zu erwähnen vergaß, weil er nur als dunkler Fleck auf dem Foto zu erkennen ist, alles tritt unverrückt auf der Stelle: Eine zerkratzte Schallplatte, die immerzu das Bruchstück derselben Melodie spielt.

Wir schreiben das Jahr 1919, französische Truppen haben, in Erfüllung des Versailler Vertrags, das Rheinland besetzt, unter ihnen ein Regiment Senegalesen, die sich in der Marneschlacht durch besondere Tapferkeit ausgezeichnet haben und zur Belohnung, d. h. zur Strafe für die ortsansässige Bevölkerung, die bis zuletzt ihrem Kaiser die Treue gehalten hat, der jetzt auf einem holländischen Schloß Holz hackt, ein passender Zeitvertreib für einen abgehalfterten Monarchen, ins Rheinland verlegt worden sind. Zwischen Köln und Koblenz kommt es zu ersten Begegnungen, flüchtigen Umarmungen im Schatten hochragender Kasernenmauern oder im Gestrüpp irgendeines Bahndamms, über den ein Zug mit Reparationsgütern in Richtung Westen rollt: Die Kaltmamsell aus Köln, deren Fleisch gar nicht kalt ist, und der schwarze Mann aus Dakar, dessen Haut, bei Licht betrachtet, gar nicht schwarz ist – sie ahnen noch nicht, daß die Frucht ihrer Umarmung, die neun Monate später das Licht der Welt erblickt, hellbraun wie der Milchkaffee, in den der Soldat beim Frühstück sein Weißbrot tunkt, nicht als Kind der Liebe, Symbol der Völkerfreundschaft willkommen geheißen, sondern als Bastard verflucht werden wird, Rassenschande, lebensunwertes Leben, das siebzehn Jahre später auf Befehl des Führers, dessen reibungslose Durchführung der Geheimen Staatspolizei obliegt, von dem Rheindampfer herab, auf dem der krausköpfige Hans oder Jean, ein Liedchen pfeifend, das Deck schrubbt, in Gewahrsam genommen wird von zwei Herren in Ledermänteln, um dann im Morgengrauen auf einem Lastwagen, zusammen mit anderen Krausköpfen, in den Westerwald verbracht zu werden, zum kostenlosen Erholungsurlaub in einer Lungenklinik, deren Direktion sechs Wochen später der Mutter des Jungen mit behördlichem

Bedauern mitteilt, daß ihr Sohn überraschend an Tuberkulose gestorben ist und daß die Übersendung seiner Asche auf dem Postweg per Nachnahme erfolgt. Und als die Mutter sich beim Pfarrer und Bürgermeister beschwert und durch unbewiesene Behauptungen und aus der Luft gegriffene Gerüchte die öffentliche Ordnung stört, rät man ihr von Amts wegen, ihre Trauer diskreter zu tragen und sich mehr staatspolitische Zurückhaltung aufzuerlegen: Andernfalls sie mit nicht näher spezifizierten Folgen zu rechnen habe. Der Vater des kleinen Jean oder Hans ist zu diesem Zeitpunkt bereits in den Docks von Dakar verschollen, wo er vor seinem Verschwinden noch ein halbes Dutzend Kinder gezeugt hat, so daß die Akte geschlossen werden kann und auch vierzig Jahre später, als sie dem auf NS-Verbrechen spezialisierten Mitarbeiter eines Nachrichtenmagazins in die Hände fällt, kaum noch Aufsehen erregt: Zu lang ist's her, und zu gering war, gemessen an späterem, die Zahl der von solchem Unrecht Betroffenen.

Klaus Modick
Moos. Die nachgelassenen Blätter des Botanikers Lukas Ohlburg

In unregelmäßigen Abständen, was sehr gegen meine Gewohnheit ist, verfasse ich diese Notizen. Doch sie werden von keinem Termin diktiert, kein Auditorium, keine Öffentlichkeit wartet auf ihre Vollendung. Und wie das Thema, das Problem, das mir undeutlich wird, unter seiner gelassenen Betrachtung, deren systematisch kontrollierende Fesseln in einem Auflösungsprozeß begriffen sind, Ringe ansetzt, deren bloße Vorstellung mir vor kurzem noch ganz undenkbar erschienen wäre, wie es, einem Moos im Regen ähnlich, über seine ehemaligen Begrenzungen hinauswuchert, da kommt es mir vor, als schriebe nicht ich, sondern ließe ich schreiben; oder noch genauer, als ließe ein Anderes in mir und durch mich schreiben. Dies Gefühl, das einer großen Erleichterung gleichkommt, der Erleichterung, von aller Verantwortung entbunden zu sein, überkam mich eines Morgens, als ich, ebenfalls meiner Gewohnheit zuwider, noch vor dem Frühstück, direkt nach dem Erwachen, fast noch im Erwachen, ans Manuskript ging. Die Zweifel des gänzlich wachen, naturwissenschaftlichen Bewußtseins waren noch dämmrig eingesponnen in die Wirklichkeit der Träume, und während ich mit dem Blei die stenographischen Kürzel setzte, lag in dieser Bewegung der Hand, in den metallenen Kratzspuren der abstrakten Zeichen, ein Erinnern an ganz ferne frühe Tage, das nun, als hätten die Muskeln meiner Hand und die hektische Fahrigkeit des stenographischen Schriftbilds diese archiviert, einem warmen elektrischen Strom gleich aus meinem Gedächtnis an den anbrechenden Tag kroch.

Jahr für Jahr unterlag der erste Ferientag dem gleichen Ritual. Sobald der alte Henschel die ganze Familie mit der Droschke herkutschiert hatte, sobald die Koffer zum Eingang verbracht waren und Henschel mit seinem Trinkgeld den Rückweg nach Oldenburg antrat, ging Mutter mit dem Mädchen, deren Namen ich seltsamerweise nicht erinnern kann, nur ihr üppiges rotblondes Haar, im Haus daran, klar Schiff zu machen, wie mein Vater alle Reinigungsarbeiten zu nennen pflegte. Er selbst begann unverzüglich seinen »Antritts-Besuchsweg«, der vom Henntingschen Hof über die Försterei in Dringenburg führte, um im Spohler Krug zu enden, wo mit Lehrer und Pfarrer bei Lütt un Lütt die Tatsache begossen wurde, daß sich der Herr Oberstudiendirektor nebst Familie wieder einmal ferienhalber die Ehre gab. Und während mein Vater schon auf den alkoholischen Freuden des Landlebens einherschwamm, während Mutter mit dem Mädchen Unmengen grüner Seife im gesamten Haus verputzte, taten mein Bruder und ich, was mein Vater zu unserer Pflicht erklärt hatte. Der Weg zum Haus und ums Haus herum, sowie die unbedachte Terrasse an der Südseite, waren damals wie heute gepflastert mit den braunroten Ziegeln, die in der Nethener Ziegelei gebrannt wurden. Und in die schmalen Sandfugen zwischen den einzelnen Ziegeln setzten sich während der Regenfälle des Frühjahrs Gräser und Kräuter und Moose, die dort, wo der Regen über die Dachrinnen hinauspladderte, schon zaghaft begannen, über die Fugen hinauszuwuchern und ihren grünen Schimmer über das erdige Rot der Steine zu legen. Mein Vater pflegte jedesmal bei unserer Ankunft, in gespielter Empörung, die Hände in die Hüften zu stemmen und auszurufen:

– Also das ist ja wohl! Das Grünzeug macht sich wieder dicke! Da müssen Männer ran! Dem Wildwuchs muß Einhalt geboten werden! Pflicht ist Pflicht!

Und er drückte Franz und mir je eine Drahtbürste in die Hand, grummelte noch etwas wie »ratzekahl« oder »mit Stumpf und Stiel« und verschwand, einen Marsch pfeifend, in Richtung Spohler Krug. Aus dem Haus drang das Scheuern und Wischen der Frauen, während wir auf den Knieen lagen und mit den Drahtbürsten die Haarpracht der Gräser zerschnitten, die Kissen der Moose zerfetzten. Einmal hatte ich widersprochen.

– Aber das Moos ist doch schön.
– Schön? Mein Vater hatte nachsichtig mit dem Kopf geschüttelt. Was schädlich ist, mein Junge, was schädlich ist, ist niemals schön. Alles zu seiner Zeit. Alles an seinem Platz. Dort, und er hatte in den Wald gedeutet, dort ist das Moos. Und hier, und er hatte auf die Ziegel gezeigt, hier stehen wir. Muß alles seine Ordnung haben.

Mein Vater galt als hervorragender Pädagoge. Also kratzten seine Söhne das Moos, bis uns die Hände brannten und Rücken und Knie schmerzten, damit unser Vater bei seiner Rückkehr aus einem leichten Nebel von Korn und Bier würde sagen können, was er immer sagte:
– Na also. Hier läßt sich's leben.

Wenn ich im Bett lag, wenn Nacht und Träume, nicht grau wie in der Stadt, sondern blau und grün durch Fenster, Dach und Wände fluteten, spürte ich jeden einzigen Muskel meiner Hände, die die Drahtbürste geführt hatten, fühlte den Schmerz im Pulsieren des Bluts schwinden, den Schmerz, von dem ich nicht wußte, ob es der meine oder der des Mooses war, hörte das grelle Gekratze der Drahtfinger, der Drahthand, auf den trockenen Ziegeln, schlief ein im endlosen Auf und Ab meiner Hand, die über Ziegel fuhr, die griffelnd über Schiefer kratzte, die endlos lange Liebesbriefe malte, die tausend Dokumente unterschrieb, die hastig mit dem Bleistift die Gedanken bleiern dingfest machte, die Moos zerkratzte, Moos beschrieb.

Während ich in der warmen Septembersonne auf der Terrasse sitze und diese Zeilen stenographiere, sehe ich, daß alle Fugen vermoost sind, daß die rote Fläche in einem grünen Schleier steht. Ich ziehe meine Schuhe aus und laufe barfuß über den Schleier. Immer im Kreis, einfach immer im Kreis. Der Schleier hebt sich, umspielt meine Hand. Ein Wind geht müde von Süden. Immer im Kreis. Die große Kiefer neigt sich zu mir. Ich weiß, sie spricht. Aber ich bin taub. Ich gehe im Kreis. Die Ziegel sind warm. Das Moos ist kühl. Die Ziegel sind trocken. Das Moos ist feucht. Immer im Kreis.

Erica Pedretti
Am Tatort

Wie ich an einer Geschichte sitze, was bedeutet, daß ich die eine Begebenheit aufschreibe und mich dabei an die andre, ohne sie zu schreiben, erinnere, sehr lebhaft plötzlich, fast farbig erinnere, was, da ich ja eine wirkliche Begebenheit meine und, sieh da, davon zu reden oder zu schreiben beginne, grausig ist, denn die Farbe ist in diesem Fall rot, blutrot, womit bereits viel, vielleicht schon zuviel gesagt, zuviel vorweggenommen ist, so daß ich hier abbrechen könnte, eine Möglichkeit, die mir ohnedies immer am nächsten liegt.

Abgebrochen, der Versuchung, welcher Versuchung? der Trägheit oder der Feigheit? wieder mal erlegen und mich, es regnet draußen und weder Radio noch Fernsehen bringen etwas, was mich reizen könnte, die Lieben schlafen, die Bücher, ja, noch nicht einmal ein neuer Krimi ist im Haus, mich also nolens volens wieder an die Maschine gesetzt und

wie ich an meiner Geschichte sitze, die diesmal die andre, die blutige ist, die ich bis heute vor mir hergeschoben, nur vor mir gesehn habe, nicht buchstäblich, nicht geschrieben, nicht gedruckt, sondern wie einen Film, einer hinter verriegelten Türen, die ich nicht öffnen kann, so daß ich bis zum Ende der Vorstellung zusehn muß, so wie ich sie vor

hab ich sie überhaupt je selber wirklich? oder nur beim Anhören vor mir gesehn? das könnte ich jetzt nicht mehr genau, nein, gar nicht sagen, ich weiß das nicht mehr, ist ja auch gleich, nur

wie ich da sitze, an dieser Geschichte, und mich frage, ob ich sie nach so vielen, nach wieviel Jahren? immer noch lebendig vor mir passieren sehe, so als sei ich wirklich dabeigewesen, was ja keineswegs ausgeschlossen ist, das will ich doch nicht behaupten, daß also alles weiter vor mir geschieht, und das seit weiß Gott wieviel Jahren ohne an Farbigkeit nachgelassen zu haben, soweit ich das selber beurteilen kann, soweit das überhaupt jemand nachweisen kann, ob und wieweit die Farbe, ich nenns jetzt mal die Farbe, eines Erlebnisses über viele Jahre hinweg in verschiedenen Lebensaltern Zuständen Umständen Verfassungen immer gleich intensiv empfunden werden kann, das gibts doch nicht, oder, eher, ob vielleicht das gefürchtet ersehnte Vergessen, zumindest Verblassen, das tödliche Fadwerden so langsam unmerklich vor sich geht

à propos Fadwerden

das war also einmal fast, und das ist noch gar nicht so lange her, wann? wo? oben auf der sechsten Zeile, eine grauslige Geschichte mit viel Rot, und was ist jetzt draus geworden?

ich hab den Faden, meinen Faden, keinen roten, verloren

wie ich da sitze an einer Geschichte, die, obwohl es so lange her ist, daß ich nicht einmal mehr sagen kann, ob ich damals wirklich im Samedaner Bahnhof war, die immer noch lebendig ist in mir und das, wahrscheinlich, wie denn sonst? dank der lebendigen Schilderung eines anderen, wer könnte das nur gewesen sein? ein guter Erzähler, auf jeden Fall, einer der dabei war und nicht nur das

das hätte nicht genügt

nein, Zuschauen allein, das wärs nicht gewesen

was ich doch alles sehe, Stunde um Tag um Jahr um, was ich da an Erzählungen beieinander hätte, aber nein, damit hat es sich längst nicht, mit dem Dabeisein, das wäre nur das Eine, aber immerhin das, so richtig dabei, bei der Sache sein, wäre doch eine der Hauptsachen, vielleicht die Hauptsache

und da fällt mir etwas ein, da war ich dabei, ja, das war was, aber schlagt mich tot, ich kann das, obwohl es mir damals den Ärmel richtig reingenommen hat, wie wir leichthin und zutreffend sagen, jetzt nicht beschreiben,

sicher nicht so wie es war, und da kommt mir, indem ich jetzt dies hier und also nicht, wieder mal nicht das andre, das mich betroffen, getroffen hat, schreibe, der leise Verdacht

daß ich eine Geschichte, die ich einmal von einem andern erfahren habe, der so bildhaft erzählen konnte, mich vielleicht damals auch in einem ungewöhnlich aufnahmefähigen Zustand angetroffen hatte und angesprochen durch die Art, wie ich ihm, wahrscheinlich nur grade dann, zuhören konnte, ohne ihn mit Zwischenfragen oder mit einer Äußerung meines Entsetzens zu unterbrechen, was mir, von heute her gesehn, schwergefallen sein muß, angeregt durch meine atemlose Aufmerksamkeit, oder hätte es anders, hätte es abwehrendes Weghören sein können? aber wüßte ich dann überhaupt noch etwas davon? wie auch immer, muß er sich selber übertroffen haben und konnte mir das gerade Erlebte so anschaulich mitteilen, daß mich das Mädchen mit seinem unaufhörlichen Schreien bis heute erschreckt, und ich seine Geschichte noch immer nicht aufs Papier gebracht habe

auch heute, zum wievielten Mal? nicht schreiben kann

wahrscheinlich weil es mir den Ärmel reingenommen hat, ich immer noch nicht loskomme von dem Geschehen, die Distanz von

Jahren zusammen mit der geographischen Distanz nichts zu tun hat mit meiner Distanz zu dem, was mich trifft, was ich beschreiben will

will ich wirklich?

der Verdacht, nicht mehr leise, daß der gute Erzähler, der selber dabei war und alles miterleben konnte, sehen hören spüren riechen fühlen konnte, was da vor ihm passierte

nicht wirklich fühlen, riechen, spüren, hören, sehen konnte

sonst

und jetzt sitz ich in der Tinte.

ERNST JÜNGER
Autor und Autorschaft

Der Autor ist auf die freie Wildbahn angewiesen und muß ihre Gefahren in Kauf nehmen. Er kann sich im Naturschutzpark nicht wohl fühlen – selbst wenn er zu den Tieren gehört, auf die nicht geschossen werden darf.

Wie Zeitungen berichten, streben deutsche Schriftsteller den Status des »Arbeitnehmers« an. Dabei stellt sich die Frage, wer denn ihr »Arbeitgeber« ist. Früher hat man dabei an den Genius oder an Apoll und die Musen, auch an Orpheus gedacht.

Heut rücken Buch- und Zeitungsverlage, Theater und Amüsierautomaten, Parteien und letzthin der Staat in diese Ränge ein. Von ihnen soll (und möchte) der Beflissene seinen Auftrag erhalten und annehmen.

Wollte man sich indessen auf diese selbst im Sozialkörper fragwürdige Unterscheidung einlassen, so wäre der Autor der Arbeitgeber schlechthin: derjenige, der Bühnen, Buchhändlern, Druckern für Hunderte von Jahren zu schaffen gibt – von seinem sittlichen, pädagogischen und unterhaltenden Einfluß, seiner geistigen Hilfe für den Einzelnen und das Ganze abgesehen. Was in Mansarden erdacht und gedichtet wurde, hat die Welt bewegt.

Der gute Autor hat, wie der gute Feldherr, immer noch etwas in Reserve; er gibt sich nicht völlig aus, läßt sich nicht gänzlich ein mit der Zeit und ihren Mächten, nimmt auch nicht jeden Vorteil wahr und jede Belohnung an.

Die Souveränität des Dichters erweist sich auch an seiner Unabhängigkeit vom Stande der Wissenschaft. Das gilt besonders für den Lyriker. Der Beweis ist unter seinem Niveau.

Der schlichte Dienst an der Sprache wird sich immer lohnen, schon an und für sich, und das um so mehr, je weniger er bemerkt wird und in die Augen fällt.

Vorträge führen in leeren Betrieb. Sie sind mit Reisen und Anstrengungen verbunden und zehren an der produktiven Zeit. Ihnen schließt sich ein meist unfruchtbares Gerede an. Zu rechnen ist auch mit der Enttäuschung, die aus dem Mißverhältnis zwischen der idealen Vorstellung vom Autor und seiner Person erwächst. Freilich gibt es auch hier Tenöre, aber Schiller war ein schlechter Vorleser.

Der Autor kann, aber soll kein Unterhalter sein. Vorlesen ist gut im Freundes- oder Familienkreis.

Homer müßte sich heute, im Zeitalter der Atombombe, als Kriegsverherrlicher entschuldigen. Auch Schiller und Hölderlin bedürften in dieser Hinsicht der Purifikation.

Einem jungen Besucher: »Sie können Schriftsteller *werden*. Autor müssen Sie *sein*.«

Von einem Buch, das diesen Namen verdient, ist zu erwarten, daß es den Leser verändert hat. Nach der Lektüre ist er nicht derselbe mehr.

Man kann nicht vermeiden, daß man angespuckt wird, wohl aber, daß man sich auf die Schulter klopfen läßt.

Der Künstler, dem Fürsten ebenbürtig, ist nicht minder besessen von seinen Zielen als der Feldherr oder der Politiker. Auch von ihm wird Dienst gefordert – nicht für Szepter und Krone, Volk und Priesterschaften, sondern an Kunstwerken. Wären Kriege nicht zu vermeiden, so würden sie als Tänze und Schauspiele geführt.

Das Verhältnis zur Macht ist eine Lebensfrage für den schaffenden Geist. Nicht zu nah und nicht zu fern – das pro ist wie das contra dem freien Wort abträglich. Der Dichter ergreift das Wort nicht als Gegner, sondern er bestätigt die währende Ordnung, indem er aus dem Ungesonderten in die Gegenwart wirkt. Das ist stärker als jede Polemik, weil es das Ganze ins Treffen führt.

Der Autor ist oft unbeschäftigt, doch nie ohne Arbeit – im Gegenteil, er kann seine Aufgabe nur zum Teil bewältigen, sich dem Ziel nur annähern. Deklariert er sich als »Arbeitslosen«, so geht er der musischen Welt verloren, unterstellt sich den Normen des Staates und der Gesellschaft nebst ihren Ansprüchen, tauscht große Freiheit für eine bescheidene Sicherheit ein. Das kann seine Wirkung steigern – auf rationaler, politischer, sozialer Ebene.

Der Staat ist im besten Fall Protektor, doch nicht Mäzen. Der Vater, der liebende Freund, der Eingeweihte erscheint nur im Einzelnen. Er kann ein Fürst, ein Papst sein und auch ein Armer, ein helfender Bruder, der mit dem Dichter Brot und Hütte teilt.

Mein Urteil soll sich nicht darauf gründen, daß ein Autor anders denkt als ich – sondern darauf, ob er überhaupt denkt, und vielleicht sogar besser als ich. Ich muß ihn in sein System rücken. Dieses allerdings kann ich ablehnen. Wiederum schließt das die Hochachtung nicht aus.

»Der ist umstritten.« Das ist heute nicht etwa als Lob, sondern abschätzig gemeint. Beliebtes Urteil, vor allem von Typen, die sich nie exponiert haben. Sie halten es immer mit der herrschenden Meinung, gleichviel ob Kastraten oder Kannibalen regieren; verdächtig ist jeder, der nicht ins Schema paßt.

Jürg Laederach
69 Arten den Blues zu spielen

Alberts Schneefall

1 Die folgenden Erzählungen sind reiner Unsinn. Ich merke es beim Schreiben nicht und verspreche mir stets, sie abzubrechen, sobald mir der Unsinn, den ich schreibe, deutlich wird.

2 Literatur sind sie jedenfalls keine. Ich werde mich hüten, die Dame für sowas zu wecken. Sie sind reine Unterhaltung, aber, man weiß, gerade Unterhaltung unterhält selbstverständlich nicht. Es liegt im Wesen behaupteter Unterhaltung, daß sie … jedermann, der ihr zwangsweise ausgesetzt wird, widerspricht.

3 Jenseits der Literatur und der Unterhaltungsliteratur liegt nichts mehr. Das Einzigartige liegt also darin, daß, wer jenseits ist, nicht

mehr schreibt, er mag schreiben, soviel er will; es ist einfach sozusagen nicht geschrieben.

4 Eine beruhigende Ausgangslage. Es schneite, und beim Morgengrauen trug Paris einen Mantel, den es erst gegen Abend wieder auszog, oder besser, in matschige Fetzen riß. Als Eröffnung etwas asthenisch, huh. Morgens stäubte der Schnee in die Gesichter. Jedermann außer mir, dem sie fehlten, trug Schals und dicke Handschuhe. Haben Sie was anderes erwartet? Ich fürchte, die folgenden Erzählungen bestehen just daraus.

5 Nur die Regenmäntel blieben dieselben. Die Einwohnerschaft schlotterte greulich, Briefkastenklappen im Wind. Gute Zeiten für die Fischhändler, die keine Eisstücke zu den Flundern legen mußten, noch wochenalte Fische frisch an den Käufer brachten.

6 Im Gegensatz zum bereits beschriebenen Umstand hatten sich die vollsaftigen Orangen alle in die Büchsen zurückgezogen. Die rostrote Feder auf meinem Pult zeigte ausnahmsweise nach Norden. Sie war an keinen Magneten angeschlossen, gab aber, auf Drehgelenk, trotzdem immer sowas wie eine Weltrichtung an.

7 Der an ihrem Ständer angelötete Messingsegler wurde zu einem Maskottchen, manchmal nahm ich ihn mit in die Küche und kochte, indem ich auf seine Masten schaute. Keine Seeleute auf Deck, und da ich nicht annehmen konnte, er sei ohne Besatzung von Cape Cod hierher gefahren, gab es nur eine Erklärung: ein Pirat hatte sie alle gekapert.

8 Dann gingen alle an der Pest zugrunde, dann fuhr der Korsar, der sie in den Keller genommen hatte, auf ein Riff und ging unter, jetzt betrachten sie die Seekühe von unten, hängen im Tang und wedeln in der Strömung. Hoffen wir das Beste. Der Schrank stand schräg offen. Lautsprecherschnüre gingen davon aus. Mein Teppich war mit Holzfasern gespickt, die alle aus Schraubengängen der Regale rieselten.

9 Ich hatte alles angebohrt. Das mußte ich auch immer fotografieren. Eine Filmschachtel lag aufgerissen. In sie würde der geknipste Film kommen, würde darin zum Entwickeln geschickt; nie angekommen; ich sah die Löcher nie, die ich gebohrt hatte. Mein Plattenspieler stand mit Gehäuse sehr schräg. Der Plattenteller war mit Klötzen abermals schräggestellt, dem Gehäuse ent-

gegengesetzt. Damit war der Plattenteller wieder waagrecht. Das Plattendrehen erhitzte den Spieler, der einen Ventilator in den Apparat blasen ließ. So schaffte er As Time Goes By.

10 Paßfotos von Seemännern. Steckbriefe von wilden Maaten. Gegen Abend besuchte ich Albert. Er lud mich zum Abendessen ein. Nach dem Abendessen las er mir eine Geschichte von Gaston Leroux vor.

11 Leroux schrieb Kriminalromane und phantastische Erzählungen – auch dieses Didaktische halten Erzählungen dieses Unsinnsgrades treu fest – zwischen Verne und H. G. Wells, nur schlechter, schlechter als beide. Das Schlechtere ist oft das Bessere: aus dem kleinen Maximenschatz des Hauses. In der Geschichte schnitten einige Arm- und Beinlose einem altgedienten Hochseekapitän im Schlaf den rechten Arm ab.

12 Dies geschah in der Nähe von Guadeloupe. Es war sehr heiß, als sie schnitten. Der Anführer glaubte, Hitze mache Narkose überflüssig. Also ließen sie den Hochseekapitän so wie er war und schnitten. Es war teuflisch hart. Die Hausfrau sah zu. Sie bedauerte. Aber sehr abstrakt. Und als der Kapitän erwachte, waren alle verschwunden.

13 Sie hatten ihn an den Küchentisch gefesselt. Einer war mit der Hausfrau, mit der zusammen der Kapitän morgens auf dem Topf saß, verschwunden. Einst, früher einmal, so faßte Albert zusammen, hat dieser Kapitän im Rettungsboot einen seiner Matrosen hungers verspeist.

14 Und das hatten sie ihm damit heimgezahlt. Leroux borgte überall ein bißchen aus. Albert und ich brüllten vor Lachen, so amüsierte uns die Geschichte. Wir waren, ich beeile mich, es hinzuzufügen, selbstverständlich in trauriger Verfassung. Ähnliches ist uns seither nicht mehr in den Sinn gekommen.

15 Die Beinlosen konnten hinter einer Hecke hin- und hergehen, ohne daß sie über die Hecke ragten. Sie hatten keine Beine mehr, aber die Aufstellfläche ihres Leibes hatte Blasen gebildet, nach unten ausgebeulte Kuppeln voll Luft.

16 In diese Kuppeln hatten die Beinlosen Schläuche gelegt. In die Schläuche bliesen sie, oder sie sogen Luft ab. Die Blasen wurden bald groß, bald klein. So hüpften sie hinter der Hecke.

17 Der Hochseekapitän hatte das Haus längste Zeit für leer gehalten. Ich vermutete einen Beinlosen hinter Alberts Staffelei, er einen in meiner dickeren Wintersocke. Auf dem Heimweg war es noch kälter.

18 Der Schnee war weg. Mir erfroren beinahe die Füße. Mein Glück besteht aus diesen vielen Beinahe. In der Metro schließlich wehten die üblichen Dämpfe, da röteten sich die flüggen Alltagsohren. Und ich taute auf und las, schon früh müde.

19 Durch den Matsch kam ich heim, stieg die runde schwarze Treppe hinauf, hörte mein Herz einfach nicht klopfen und hängte meinen Mantel über den Drahtbügel.

Wolfgang Hilbig

An den gotischen Rundfunk

die elektronische geburtshelferklaue
in der luft die mein verstand atmet
während pausenlos übertragen wird das dröhnen
schwarzer geschwader die deltaformen angreifender
vogelkeile durchschlagen den bildschirm –
die pestizide die leitartikel
                                        wirst du sie überleben tochter
wie weit muß deine angst in den nektar zurückfedern
die koordinatensysteme der semantischen luftwaffe
wenn sie deinen hals durchschneiden wie kann
dein schrei sie überstehn –

in den trübungen ein alter rabenschwarzer condor
der einzeln über dem ghetto kreist die rote kälte
der backsteinfassaden taucht in den schatten
des regens den er abschüttelt
und der friedliche schnee des juni wird toll du erlebst
das erste gewitter den donner göttlicher becken
weißdorn phosphorgeflammt wirft nieder den gischt
die peitschenschläge der schauer die in den staub
schießen sind nichts menschliches
                                                  es ist das feuer des äthers
das strahlt kein programm von strategischer bedeutung
kein fortschritt der blitzt

fettschwitzende abdecker mit gespaltenen fingernägeln
blaufleckige hebammen grünlichen tee in den fäusten
lauerten vor deinem ausgang –
du bist keine gute genossin
dich hob man nicht aus in der neonmitte im chrom
dir nicht salutierten diese weißen militärs der stab
applaudierender professoren den unterschied
macht die in unserem schweigen tickende zelle
die das glück mit dem unglück vereinigt hat
wenn wir dich führen aus dieser fabrik der gebäumten
tabellen um dir das wirkliche wachstum zu zeigen

da meine tochter drei tage alt nun
mit beiden augen schon wird laubaug und regenauge
feuergekreuztes licht in den durchbrochenen wipfeln
die die sonne am abend ein letztes mal reinigt
erbitte ich wahrheit in vollem umfang: in lumpen –
mumifizierte zöllner wahnwitzige forderungen in schaumgefüllten
mündern postiert vor gesperrten brücken vergitterten türmen
im alltäglichen sumpf auf ruinierten thronen schlohweiß
und geblendet die väter während schwarz die tiefe schwankt
während die seelen der söhne über den bodensee fliehn

augen auch für die spitzbögen
hoher von ihren räumen enttrümmerter wände
nur noch mit weißer luft geflaggt und für wasserziehende
risse in der stadtmauer die diese gründerzeit umschließt
die geschichte des rabenschwarzen vogels ist nicht so alt
wie das flüstern der wurzeln im laub
und schon
entrückt wie der frieden der sich so ruhig verhält –

Karl Krolow
Geschichte

Im Mittelalter war der Himmel höher, gotisch.
Geschichte ist doch das, was ständig
vor sich geht. Und geht vorüber. Neu
wird die Zeit, wenn du genauer hinsiehst.
Sie wächst im Körper mit. Die Zellen
verändern langsam sich dem Tode zu.

Die Frauen lächeln durch Jahrhunderte,
schuften geschlechtslos: das geht so fort
die ganze Zeit. Ihr Lächeln ist uns lieber,
der hohe Himmel ohne Tod. Die Gotik
verschwand aus dem Gewebe. Und Geschichte
ist nicht die Fülle Zeit, die vor sich geht
im Körper, wenn die Gegenwart
Myom und Karzinom und anders heißt.

Johannes Poethen

Am letzten meerstück
frißt die ölpest
die vergiftete luft
bewegt sich nicht mehr
hungerbäuche kommen
die weinsteige herunter
die erdkrümmung herauf
wird es still

Peter Maiwald
Der Untergang der Welt in der Gaststätte Zum Hasenberg

Als gestern die Vögel in der dicken Luft stehenblieben: wußten wir: das ist das Ende. Und spuckten noch einmal in unsere Hände und sagten: der Ort, wo wir sind, sei unsere Gruft.

He, Wirt: riefen wir: nun aber weg mit dem Geld. Laß laufen den Hahn. Es lebe das Bier. Und ließen uns gehen und blieben doch hier. Das wär nicht gekommen, rief Franz, wär besser die Welt.

Und gingen das Ganze noch einmal durch. Der Fritz meinte, daß es die Atome sein müssen. Und einer rief: das ist die Gottlosigkeit! Und einer rief: Nieder mit Thyssen! Und Kurti sagte: was soll's, am Ende überleben doch nur Alge und Lurch.

Schluß: sagt auch der Wirt und: Sense und schiebt die Gitter rauf. Wir geben ein Trinkgeld und heben das Ende für morgen auf.

Harald Gerlach
Zukunft

Kommt sie morgen oder im Jahr
achtundachtzig, nackt oder eingewickelt
in ein Dekret? Steht sie vor der Tür
oder bei Saloniki? Eines Morgens vielleicht
wird sie mir durch den Briefschlitz
geschoben, unfrankiert, per Nachnahme,
ein blauer Brief, der die Gegenwart
aufkündigt. Wer zahlt dann die Rechnung?
Sie ist schwarz, sagen die Freunde,
nein, rot! behaupten die andern. Ich halte
mich dazwischen, an weiß. Vielleicht wird sie
dreifärbig. Einmal, ich erinnere mich dunkel,
hat nachts die Gartentür geknarrt.
Der Stiefeltritt auf dem Kies
klang wie Zukunft. Womöglich habe ich sie
schon hinter mir.

Werner Dürrson
Dörfliche Kassandra

Wenn das nicht Verlaß ist.
Seit Monaten zeigt die
Uhr der Kapelle fünf
vor zwölf.

Entgegen jeder anderen
Auskunft. Jeglichem Wind.

Noch mag das zu spät sein.
Oder zu früh. Man wird sehen.

Doris Runge
mitteilung an noah

der regen fällt
ich baute keine arche
aber schwimmen lernte ich
beim abreißen der kalenderblätter

der regen fällt
ich halte den Kopf
über steigendes wasser
kein grüner zweig

nur leise wellen
das stirnrunzeln
sterbender bäume
und treibholz
abgesplitterte träume

dein taube ertrank

seitdem ziehen krähen
schwarzbeflügelt
das muster
für meine tage

Elfriede Gerstl
natur – nein danke

von zeit zu zeit seh ich sie gern
die vergifteten bäume
die befallenen wiesen
diese verlauste landschaft
aus dem zugsfenster meines abteils
wo ich mich gerüstet fühle
mit tinkturen und
tabletten und
anderer munition
gegen die bissigen bakterien
die killerviren
das riesige feindliche heer
an mir und in mir
soll ich vielleicht hinaustreten
ins verseuchte grün
wo neue feinde warten
nein danke sage ich zu meinen freunden
den berg und talsteigern
ich habe hier drinnen
schon genug natur

CHRISTA MOOG
Göhren, 20. August 1980

Mit Ferngläsern, Panthenolspray auf den Schultern, saßen wir in der Sonne. Der Himmel war beinahe dunkelblau, und über uns hing, wie ein Segel, die Fahne von Rettungsturm III. Schon vier Tage hatte es nicht geregnet. Es war wie ein Wunder. Nach diesem Sommer, der keiner gewesen war.

»Scheint ziemlicher Wind draußen zu sein. Die Strömung da hinten wird immer stärker«, sagte ich müde und legte das Fernglas auf meine Beine. Wie ein Band, von dem niemand wußte, wer es dorthin gelegt hatte, zog sich ein schillernder Streifen am Horizont übers Wasser.

»Die Ölpest an der Küste von Rügen.« Andreas, die braungebrannten Füße auf dem Geländer, rührte mit einem lila Plastiklöffel in seinem Eisbecher. »Zweihunderttausend Quadratmeter Öl im Süden der Nordsee im vorigen Jahr.« Sogar die Zahl der toten Vögel wußte er genau. Ich stellte mir vor: In Gummistiefeln, mit gelben Plastikeimern, würden wir Öl schöpfen, bis Mitte September. »Rettungsschwimmer im Großeinsatz.« Mit regelmäßigen Berichten in der ›Rostocker Ferienwelle‹ …

Aber immer mehr Leute kamen aus dem Wasser. Von Strandkorb zu Strandkorb, von Volleyballnetz zu Volleyballnetz hatte es sich verbreitet: Das Wasser, jene sich nähernde Hälfte, jetzt sah man es deutlich, war rot.

»Chemie. Die Chemie-Abwässer sämtlicher Zeiten.« Genug, ein ganzes Meer zu verfärben. Die Möwen, unruhig wie sie waren, staksten um die liegengebliebenen Bocciakugeln herum. Etwa fünfzig Leute standen am Strand und zeigten aufs Wasser. »Die Ostsee das dreckigste Binnenmeer.« Zögernde Meinungen, es handele sich um harmlose Rotalgen, wurden entschieden überstimmt.

Zu dieser Zeit hatte das Unglück beinahe den Buhskam erreicht. Wie ein Millionen Jahre altes Mahnmal ragte er aus dem Wasser. »Größter Findling der Ostsee wird von ätzenden Abwässern zerfressen!« Es konnte einem eiskalt über den Rücken laufen.

Zwei Kollegen in orangefarbenen Badehosen, die Schwimmflossen über den Schultern, brachten die unheimliche Nachricht: Nicht greifbar wäre das Rote im Wasser, nicht haftend an den gespreizten Fingern. Wie blasse Beweise hielten sie ihre Hände in Höhe der

Hüften. Endgültig geklärt schienen die Gründe für das Sterben der Aale im März und April. Symptome von Hautkrankheiten wurden benannt. Entsetzlich die Folgen, an anderen Küsten …

Familien mit Kindern entzifferten, als stünde dort, verschlüsselt, die Lösung eines Orakels, die weiße Kreideschrift auf der Tafel unseres Rettungsturms: Luft 22, Wasser 16. Eine ältere Dame schien Atembeschwerden zu haben. So, als wäre die Luft schon verseucht. Fünf oder sechs Leute gingen jetzt baden. Es konnte vielleicht das letzte Mal sein. Sehnsüchtig lagen sie auf dem Bauch und umarmten Luftmatratzen und Schwimmringe.

Ein Anruf kam von Rettungsturm II zu Rettungsturm III: In Anbetracht eingetretener Rotfärbung des Wassers sei der Strand, in entsprechendem Umkreis, zu sperren. Das unumgängliche Badeverbot ist durch hochgezogenen Sturmball deutlich zu zeigen.

Drei Kriegsschiffe schwammen in der Nähe vom Nordperd. So kündigten sich, zwei Wochen vorher, die Manöver der Warschauer-Pakt-Staaten an. Mein Buch »Flaschenpost für eine Sintflut« von Christoph Meckel lag auf dem Tisch, und Andreas meinte, der Titel passe ja haargenau zum Thema.

Auf die Strandpromenade fielen die gelben Blätter der Ahornbäume. Es war ein beängstigender Anblick, wie hundert Urlauber von dort aus aufs Wasser sahen. Viel mehr als am Sonntag zum Neptunfest. Und nicht mein Freund Ulli würde, mit Seetang behängt, aus dem Wasser steigen. Diese Sache hier war alles andere als lustig. Das Wasser war rot, bis zur ersten Sandbank. Noch hundert Meter und es würde, sanft, an den Strand spülen. Die Kleckerburgen der Kinder sahn wie lächerliche Festungen aus. Ein Familienvater verlangte, endgültig, Auskunft über die Lage. »Eine Milliarde Feuerquallen hat Kurs auf die Ostküste Rügens genommen«, versuchte jemand ihn zu beruhigen.

Pünktlich wie jeden Tag erreichte das weiße Tragflächenboot von Malmö nach Danzig das Südperd. Noch immer standen die Strandkörbe, wenn auch verlassen, militärisch ausgerichtet zur Sonne. Wir alle hatten, in diesem Moment, salzige Lippen und den feinen Ostseesand zwischen den Zehen. In den 15-Uhr-Nachrichten kam die Meldung vom Streik der Danziger Werftarbeiter. Wie riesige Himbeerbonbons schwammen die Bojen auf dem Wasser. Eine Bemerkung, daß diese vielleicht abfärbten, ging irgendwie unter. In der allgemeinen Aufregung.

Ich persönlich war überzeugt, daß das Ganze zumindest ein Zeichen war. Etwas Unheimliches lag in der Luft. Fast wie die Stimmung vor 'm Weltuntergang. Und Andreas meinte, der sei, laut Bibel, doch festgelegt. Auf diese Zeit, auf die dritte Stunde des Nachmittags.

Langsam, aber mit gleichbleibender Geschwindigkeit, kam das Rote im Wasser der Ostsee, so rot wie Astern und Alpenveilchen, an jenem Augusttag um 15 Uhr am Nordstrand von Göhren auf jeden von uns zu.

HOLGER TESCHKE
Ende des Mythos

Mit Stahlschuhn selbst hat er planiert die Erde
in Wahnsinnsangst, der Riese. Die ihn hält.
Gestürzt lähmt ihn jetzt nie gekannte Kälte.
Asphalt und Schweigen schmeckt er.
Und muß aus der Welt.

ERICH FRIED
In der untergehenden Welt

Der schlägt sich an die Brust
der schafft Gold fort an heimliche Orte
Fast alle suchen noch Lust
auch ich – doch ich such auch noch Worte

In der untergehenden Welt
wohin können Worte gehen?
Wenn sie in Flammen zerfällt
wer soll das Lied verstehen?

Aber wenn es noch nicht geschieht
dann werden einige lang
lachen über mein Lied
vom Weltuntergang

Jürg Federspiel
Das letzte Känguruh

Im nicht mehr fernen Jahr 1999 schmuggelte ein Multimilliardär namens Schultz das letzte übriggebliebene Känguruh von Australien nach Amerika und mietete eine riesige doppelstöckige Wohnung mit achtzehn Zimmern in New York. Da in den Jahren zuvor statistisch alle zehn Sekunden ein Beuteltier getötet und in Dosen gestampft worden war, konnte es nicht erstaunen, daß es außer diesem einen Exemplar sonst keine Känguruhs mehr gab. Es gab, von viereinhalb Milliarden Hunden abgesehen, überhaupt keine Tiere mehr. Kein Pferd, kein Rind, kein Schwein, keinen Vogel oder Fisch. Die Menschen verzehrten hauptsächlich aromatisierte Algen oder das Fleisch ihrer eigenen Spezies, nie jemanden von der eigenen Nationalität, versteht sich.

(Als beispielsweise in England eine allesumfassende Hungersnot ausgebrochen war und die Engländer nach Irland flüchteten, gedachten die Iren vergangener Zeiten, fingen die Engländer, schlachteten sie und nannten ihr Nationalgericht »Irish Stew« nun »British Stew«.) In Großstädten wie Rom, San Francisco oder Paris konnten betuchte Leute tiefgefrorene Eskimoschenkel erstehen, Wiener Brüste oder Madrider Beamtenhirn. Natürlich waren die Armen und ein beachtlicher Teil des Mittelstandes längst verhungert. Kein vernünftiger Mensch sprach mehr von Kannibalismus, vielmehr erinnerte man sich eines längst veralteten Begriffs und nannte das Verspeisen von Menschenfleisch Humanismus. Wie immer, wenn auf der Welt Not herrscht, kam eine neue Sekte auf. Die Sekte nahm ihren Anfang in Nizza, wo seit jeher kinderlose Ehepaare wenigstens einen Hund hielten, Kleinfamilien zwei und Junggesellen meist eine Koppel von drei Schäferhunden. Wenn zum Beispiel ein Hund in Nizza zehn Minuten pausenlos bellte, sagten die Leute: *Il parle seulement*, und wenn ein Hund ein Kind biß, nannte man die Narben Stigmata. Trat jemand in Hundescheiße, so nannte man dies »porte-bonheur«, Glücksbringer.

Eines Tages tauchte in dieser Stadt ein bärtiger älterer Mann auf, dem über hundert Hunde nachtrotteten, verlaust und dreckig wie der Mann, der sie anführte. Saint-Paul de Clignancourt nannte er sich und bestieg mitten auf der Place Garibaldi das Dach eines Rolls-Royce, an dessen Lenkrad ein livrierter Senegalese saß. Der Rolls gehörte niemand anderem als dem struppigen Mann in den zerfetzten Kleidern. Die Leute strömten von allen Seiten herbei, in der linken Hand eine Dose mit Känguruhfleisch, in der rechten einen Büchsenöffner. Saint-Paul de Clignancourt segnete sie alle und begann mit weithin schallender, wuchtiger Stimme zu verkünden, daß die Hunde heilige Tiere seien. Amen! sangen und riefen die Leute, hungernd und doch begeistert, denn der Mensch lebt nicht von Känguruhfleisch allein. Die Sekte überschwemmte die ganze westliche Welt, die sogenannte dritte existierte schon lange nicht mehr, und sogar die Ostasiaten hatten ihre bisherigen Religionen vergessen. Auf allen Fernsehstationen sprach Saint-Paul de Clignancourt und betete mit allen Gläubigen für die heiliggesprochenen Tiere: Wir sind der Hunde nicht würdig, rief er, und wer sich seinem Hund wirklich gläubig hingeben will, der opfere sein eigen Fleisch und Blut oder das seiner Kinder. Amen. Seine Stimme war so unverkennbar, daß überall, wo es Hunde gab, ein ungeheurer Orkan von Hundebellen zu vernehmen war. Ungläubige wurden entweder den Hunden zum Fraß vorgeworfen oder – wenn sie Gnade fanden – nach Madagaskar deportiert.

Erinnern wir uns jenes Australiers namens Schultz, der das letzte Känguruh von Sydney nach New York gebracht hatte. Er war nämlich ein guter Mensch und zudem ein hervorragender Manager. Natürlich hatte er von der Bewegung Saint-Paul de Clignancourts gehört, und in New York wimmelte es von Hunden und Hunde-Freaks. Nicht nur all sein Geld steckte er in seine neue Idee, nein, er veruntreute das Geld anderer Multimilliardäre, eroberte mit einem Dutzend seiner Freunde in einem kurzen Handstreich die Wallstreet, wobei ein Rockefeller versehentlich vom eigenen Leibwächter angegriffen und erschossen wurde, weil er mehr von Geld als von Hunden oder Sekten hielt. Schultz bemächtigte sich sämtlicher Rundfunk- und Fernsehstationen und kaufte auch die allerletzte Zeitung der Welt, nämlich die New York Times, die jedoch nur noch aus einem einzigen Blatt bestand, das nicht größer war als ein normaler Briefumschlag. Und da kam ihm auch noch ein seltsamer Glücksfall zu Hilfe: Jener Saint-Paul de Clignancourt wurde von einem tollwütigen Hund, der sich unter seinem Bett versteckt hatte, kurzerhand zerfleischt. Saint-Paul starb mit den Worten auf den Lippen: Schonet ihn, denn er wußte nicht, was er tat. Seine Anhänger jedoch hörten nicht auf ihn und erschossen den Attentäter – einen Dobermann namens Theobald mit dem Stammbaum derer von Rotterdam – standrechtlich vor dem Louvre in Paris, wobei eine riesige Menschenmenge sang und Millionen von Hunden bellten und jaulten.

Schultz erkannte seine Sternstunde und startete eine weltweite Kampagne, in der er auf den monotheistischen Charakter des westlichen Menschen Rücksicht nahm, eine gerissene, schlaue Rücksicht, und nun erklärte er fortan sein Känguruh zum Gott, den es anzubeten gelte. Er schaltete alle anderen TV- und Rundfunkprogramme aus, ließ nur noch Aufnahmen des Känguruhs in seiner riesigen, geschmackvollen New Yorker Wohnung zeigen und ließ durch Tierpsychologen, die sich als Priester ausgaben, die Tierlaute des Beuteltiers religiös interpretieren. Überall hingen Plakate des letzten Känguruhs, und einige Hollywoodstars lasen im Rundfunk australische Känguruh-Erzählungen vor.

Die Hundeliebe verlor bald an Achtung und wie das so geht mit Meinungsmonopolen: Die übriggebliebenen Menschen wurden täglich mehr zu Apostaten, zu Abtrünnigen, und sagten vorm Schlafengehen: Gute Nacht, Känguruh! und beim Grüßen: Grüß Känguruh! (In Wien fügte man hinzu: Habe die Ehre, Känguruh!) Alle eitlen Titel wurden durch das Wort KÄNGURUH ersetzt, auch die akademischen und adligen.

Der gütige, menschenliebende Milliardär eskalierte nun seine Religion: Zum Zeichen der Absage an die alte Religion sollten jetzt alle Leute ihre Hunde schlachten lassen, in Dosen abfüllen und diese Dosen ihm, dem Känguruh, zu Füßen legen. Damit würde ihnen das göttliche Känguruh ihre Sünden verzeihen. Wieder einmal begannen die Menschen an etwas zu glauben, endlich wieder. Die Wohnung des Milliardärs Schultz befand sich auf der Westseite des Central Park, und so konnte man die Dosen hunderttausendfachweise stapeln, so hoch, daß schließlich die Ostseite des Parks kaum mehr zu sehen war. Ja, die Menschen hatten mit der Abschlachtung aller Hunde den Ernst der neuen Religion erkannt!

Zuweilen erschien Schultz der Gütige in einem hohen Fenster und erteilte durch das Megaphon Segen und Dank. *Urbi et orbi.* Auch ließ er das vergoldete Abbild des Känguruhs ins Weltall hinaus vergrößert projizieren, und die Menschen riefen wieder einmal Amen und Halleluja. Nieder mit den Hunden! schrien die Fanatiker. In die Aluminiumverpackung mit ihnen! Viereinhalb Milliarden Hunde – das war allerhand für die Konserven-Industrie. Einige weinten, als sie ihre einst so geliebten Vierbeiner an die Schlachthöfe ablieferten, doch der Glaube, daß das Große Känguruh die Menschheit noch einmal retten könnte, war übermächtig geworden. Schultz teilte der Welt auch mit, das Heilige Känguruh verbiete ab sofort den Kannibalismus, doch fand er hier weit weniger Gehör. Zumindest wurde niemand mehr öffentlich grilliert.

Schultz ließ nun (immer noch der alte Manager) das in Dosen gefüllte Hundefleisch über eine längst bankrott gegangene Lebensmittelkette weltweit den Hungernden zukommen. Viele blieben bei Algen und Soja oder suchten tagelang in den blätterlosen Wäldern nach Überresten von Moos und fanden hie und da sogar Pilze, die Mehrzahl aber verzehrte das Hundefleisch. Selbst Schultz sah allmählich ein, daß auch die raffiniertesten Tricks nichts mehr nützten: Das Hundefleisch mußte zuerst rationiert werden, die Menschen standen Schlange, doch eines Tages war es tatsächlich zu Ende: Die Menschheit verhungerte elendiglich. Auch die immanenten Gesetze des Kapitalismus hatten versagt.

Schultz begann in seiner Riesenwohnung zu verzweifeln. New York war menschenleer. Eines Morgens brachte er das Känguruh mit dem Fahrstuhl hinunter und ließ es in die tote Stadt hinaushüpfen. Dann erschoß er sich. Er war der letzte Mensch gewesen.

Auch der Mond war einmal bewohnbar.

LUDWIG FELS
Am letzten Ort

> »Menschen fielen mir ein, von denen ich einmal fortgegangen war, und ich begriff nicht, wie man Menschen verlassen konnte.«
>
> *Rainer Maria Rilke*

Sie sind weg.

Wir schaun später nochmal vorbei!

Ja. Danke.

Plötzlich füllt die Sonne das Fenster wie eine Mauer aus. Du faßt deine Beine an und spürst nur noch die Hände. So ist es, denke ich.

Ich wachse über meine Träume hinaus. Und draußen gefriere ich an den Himmel.

Sie sind weg.

Sie waren gebügelt und rasiert gewesen, hatten fahle Perlen im Gesicht, ob Wasser oder Schweiß, konnte ich nicht erkennen. Alter, wir machen eine Fahrt, hatte einer von ihnen gesagt. Dann hat er mir eine Zigarette angeboten, und ich habe sie hinuntergeschluckt. Nicht füttern!, sagte ich und: Streicheln verboten! Da haben sie mir meinen schlechtesten Anzug vor die Füße geworfen und, fast flehend, gebrüllt: Mach, mach!

Jetzt fällt mir kaum noch ein, wo ich war, weiß nur, man hat mir mein Leben weggenommen. Als ich, noch etwas freier, auf dieser Welt weilte, kamen öfters Leute zu mir und sagten: Wenn du dich in Gefahr begibst, bleibst du alleine! Es war seltsam, aber nach diesen Worten rochen sie irgendwie unangenehm zufrieden. Naja, na gut, bist jedem egal, paßt schon, hast dich einfach zuviel um die andern gekümmert, kommt davon, immer um die Falschen, in Ordnung, genau, mir klingt jedes Haar, ich schleife meine Nägel.

Wenn ich mich recht erinnere, hatten die Leute, die mich abholten, Schäferhundgesichter. Und sie haben davon gesprochen, wie man Blut aus der Haut treten läßt. Und im Anschluß daran zapften sie mir Samen ab. In ihre Ermittlungen hinein habe ich gefragt:

Wo bin ich?

Sie wissen es ja doch nicht!

Was hat man mit mir vor?

Es ist der letzte Versuch, der mit Ihnen angestellt wird!

Sie wollen mich umbringen, geben mir Essen und zu trinken, einen Teller Wasser, eine Tasse Körner, das Geschirr ist hübsch bemalt. Das Wasser ist hart, die Körner sind steinig. Sie bitten mich, mich ruhig zu verhalten. Sie versichern mir, daß sie keine Gewalt anwenden möchten. In meinem Beisein vernehmen sie sich gegenseitig und durcheinander zu meiner Person:

Keine Freunde, keine Verwandten. Immer die andere Partei als diejenige an der Regierung gewählt. Keinerlei Anspruch auf vorzeitige Altersversorgung. Schlage vor, wir fangen an, verwirren seinen Geisteszustand, dann spielt er leichter mit. Schau mal in seinen Unterlagen nach, wie oft er geliebt hat und wen! Ziemlich häufig nur sich? Glaubt er gern an Märchen? Würde sagen, wir lassen ihn erstmal tüchtig vom Fleisch fallen, der Rest ist dann schnell erledigt. Nehmt ihm den Gesichtsabdruck. Ach, er hat schon rosa Augen!

Die Männer treten vor meinem Lager an und singen mich in den Schlaf.

Im Altersheim »Zur Grube«
da starb ein alter Bube
an einem Leberstein.
In seinen letzten Stunden
betete er ein paar Runden
dann schrumpfte er sich ein.

Hergehört, ich habe sechs Wände, und eine davon befindet sich auf meinem Kopf, vier stehn um mich rum, auf der letzten steh ich, der Raum dampft weiß und kalt. Ich heiße ... Nein, ich bettle nicht darum, daß Sie mich beim Namen rufen. Geboren wurde ich in ... Ach was, das hat man mir erst Jahre später erzählt! Weiß ich, obs stimmt? Ich lese in meinem Kopf: Ich ging auf der Mauerkrone spaziern, lustwandelte schwindelfrei, und der Nachtmond lachte über mir wie ein gütiger Arsch. Nein, man hatte mir nicht Augen und Ohren mit einem schwarzen Tuch verbunden. Sie hatten gesagt: hör zu, wir sind soweit! Sie sagten, sie bräuchten bloß auf einen Knopf zu drücken, schon flöge mein Kopf auseinander. Sie sagten mir auch, daß meine Ängste so gut wie umsonst gewesen seien, die richtige Wahrheit sei bei weitem schlimmer.

Ich stehe auf und rufe nach einem Arzt. Es kommt keiner. Ich wünsche, einen Wärter zu sprechen. Niemand kommt. Auch der Pfarrer nicht, nach dem ich verlange, nicht der Henker, nicht der Krankenpfleger. Ich starre die Wände an, bis Wegweiser darauf erscheinen, aber sie sind unbeschriftet. Durch den Lautsprecher über der Tür fragt eine Stimme: Wie gefällt es dir im Bug einer Bombe? Ich weiß nicht, wo sie aufschlägt, wird sein, wo die Luft ohne Liebe auskommt, wirst weinen, wenn du deinem eigenen Schicksal begegnest und es nimmer erkennst. Es riecht streng nach Metall. Dann brechen Löcher in den Wänden auf, winzige Punkte zuerst, die größer werden und nach und nach ein Käfiggitter ergeben. Vor Angst stelle ich mich schlafend. Wie im Traum sehe ich, daß meine Knie tiefe Löcher sind, daß ich einen Buckel habe, ich halte Haare umklammert, die schmerzen, Schläge erschüttern meinen Körper, mein Gesicht brennt, und mir wird bewußt, daß dies die Haltung ist, die ich beim Arbeiten und Lieben einnahm.

Was wollt ihr?

Was willst du?

Zurück, sage ich.

Sollst du haben!

Kannst du uns folgen?

Ich nicke.

Höflicher!

Ich verbeuge mich.

Bitte! sage ich.

Im gleichen Augenblick verschwinden die Gitterstäbe, und in der Metallkammer öffnet sich eine Klappe. Ein heftiger Sog zieht mich nach draußen. Ich finde mich in einem kalten, weißen Gewand: meine Haut, ein paar Nummern zu groß.

Gestern hat man mir ein Loch in den Bauch gebohrt. Mir geht es gut. Mein Gesicht fällt zusammen. Was will ich noch mehr.

Ich glaube, ich sagte: Ich habe Sie nicht eingeladen! Macht nichts! hat einer von ihnen gesagt. Vorsicht!, der andere, er ist voller Blut!

Nehmt mich endlich mit!

Dann beherrschte ich mich und schrie.

Wir kommen wieder, haben die Männer gesagt. Wir wissen alles, du hast gearbeitet, warst verheiratet, bist kinder- und tierlieb. Leb wohl, in ein paar Sekunden sind wir wieder da, schaukeln wild dein Totenbett.

Ich sang nach einigem Zögern, und meine Stimme hätte herbstheisere Raben erschreckt, ich sang ein paar Zoten und kicherte schweinisch die Tonleiter rauf und runter.

Brauchen Sie noch etwas?

Haben Sie einen letzten Wunsch?

Nein, danke, zu gütig, ich habe die Schnauze gestrichen voll.

Du hockst in deiner ausgeräumten Wohnung, und in den Rohrleitungen zischt es bedrohlich. Zündschnüre ringeln sich durch alle Zimmer. Papiergeschmack, Blutgeruch überall. Vor der Tür sagt jemand: Die Anstalt ist geschlossen! Die Besuchszeiten sind abgeschafft! Die Krankheitsbilder sind beschlagnahmt!

Ich höre, wie man sich draußen an der Tür zu schaffen macht.

Das Schlüsselloch wird zugemauert.

ADELHEID DUVANEL
Der Abstecher

Stämpfli Max, der von der Insel, auf der er zwanzig Jahre lebte, zurückgekehrt war, erzählte von den *Alten Zeiten*. Er sprach vom Greis, der mit Bleistiften, deren Spitze abgebrochen war, unermüdlich Geisterschrift geschrieben hatte, Briefe oder Gedichte, die niemand, selbst der Alte nicht, hatte lesen können. Als Kinder hatten sie ihn verspottet. »Er wollte nach dem Tod seiner Frau«, sagte Stämpfli Max, »die Augen nicht mehr anstrengen; sie waren auf die weiße Leere gerichtet, die er überschreiben, die er mit Worten zudecken wollte, aber er vermochte es nicht.«

Stämpfli Max und die Frau seines toten Schulfreundes saßen am hohen Bogenfenster. Die Tanne im Garten, die der Sturm gebrochen hatte, war gestern weggeräumt worden; nur ihr Stumpf ragte noch aus der zerwühlten Erde. Überraschend war der Blick über die Ebene frei geworden. Blumen lagen zerfetzt und Sträucher stützten sich gegenseitig. Die Autos, die sich auf der fernen Straße im Gänsemarsch fortbewegten, schienen auf der Suche nach einer saftigen Weide; die alte mußte verdorrt oder abgegrast sein. Der Abend schleppte müde seinen mattgoldenen Mantel über die Wolkenklippen und sprang in das Rauschen der Nacht. Stämpfli Max trank einen Schluck Wein und leckte sich den ergrauten Schnurrbart, den er wie sein lockiges Haupthaar wild wuchern ließ. Er war ein kurzer, breiter Mensch, ein Bildhauer mit mäßigem Talent und wenig Erfolg. »Auch ich bin seit dem Tod meiner Frau wunderlich geworden«, sagte er mit einer gewissen Behäbigkeit. Er wußte, daß er gut und sicher formulierte, aber er saß während des Sprechens unbewegt da – auch seine Stimme hob und senkte sich nicht, und seine Augen erloschen. »Wünsche oder Befürchtungen verstecken sich zum Beispiel blitzschnell in Gegenständen und beseelen sie. Sie offenbaren sich mir in verlogenen Gebärden; sie zeigen sich maskiert; ihre Maskierungen wollen erkannt sein. Es kommt vor, daß die Türfalle der Eingangstür meines zerfallenden Hauses abbricht und in meiner Hand zurückbleibt, wenn ich am Abend überprüfen will, ob die Tür auch wirklich verschlossen ist. So überfällt mich flüchtig und schreckhaft der Eindruck, ich könne die Tür nie mehr öffnen; meine Angst vor der Einsamkeit zeigt sich mir in einem kurzen Augenblick und verflüchtigt sich sogleich wieder, denn natürlich merke ich, daß die Falle sich noch immer an der Tür befindet. Oder ich sehe – ebenfalls in Sekundenschnelle –, daß die Wand eines Zimmers sich neigt und auf mich zu stürzen droht; die versteckte Angst, auf jener Insel unter den Trümmern meiner Hoffnungen für immer begraben zu werden, tritt auf diese Weise in mein Bewußtsein.«

Die Frau lauschte schweigend; Schatten versenkten ihr Gesicht. Plötzlich hörte er ihre Stimme wie das Flüstern von Blüten im Wind: »Mein Haus ist meine Insel. In der Todesanzeige, die von Karls Arbeitgeber in der Zeitung veröffentlicht worden war, las ich: ›Während über zwanzig Jahren hat Herr Wagner seine ganze Kraft und sein Können in den Dienst unserer Bank gestellt.‹ Nun erst begann ich zu weinen. Der Haß auf ihn und auf alle steigt manchmal in mir hoch wie Brechreiz, bleibt beim Herzen stehen und versetzt ihm Stöße.« Nach einer Weile setzte sie hinzu: »Siehst du den Mond? Er ist wie ein Katzenauge; einmal eng, einmal weit. Er belauert uns.« Sie saß ein wenig zur rechten Seite geneigt; den Arm hatte sie auf der Lehne des Sessels aufgestützt. Während der Gesprächspausen klemmte sie ihre Lippen zwischen Zeige- und Mittelfinger der mit der Innenfläche nach außen gedrehten Hand. Stämpfli Max erinnerte sich, daß sie vor ihrer Heirat Tänzerin gewesen war und als junges Mädchen den Ehrgeiz gehabt hatte, zu verhungern; dies war ihr als höchste Seligkeit erschienen. Sie war damals ein schönes Mädchen mit einer großen Nase, die sie aber später durch eine Operation verkleinern ließ, da Karl über die Nase gerne Witze machte. Nun hatte sie sich eingeschlossen in den Mauern der Nacht; keine Ritze, keine Luke ließ Licht hereinschimmern. Er erkannte sie nicht mehr. Er fühlte, daß sie dabei war, die Erinnerungen an einem geheimen Ort ihres Herzens zu verscharren. Die Bilder der Vergangenheit hatten ihm aus jener Welt geleuchtet, die klein ist wie das Nadelöhr und groß wie das Tor zum Paradies; diese Bilder hatten sein Herz erwärmt und erhellt und seinen Gedanken, die für einige Augenblicke leicht, ja, schwebend schienen, Süße verliehen. Nun herrschte Finsternis, und Kälte drang ins Zimmer.

Verwirrt wie einer, der Zeuge war, als eine Blume in wenigen Sekunden ein Wasserglas leertrank, erhob er sich und verließ die Frau, um das Schiff zu erreichen und auf seine Insel zurückzukehren. Dort sagte er zu seinem Papagei: »Ich habe einen Abstecher gemacht.«

HANNA JOHANSEN
Leben

Es dauerte noch einmal fünf Jahre, wenn es nicht sechs oder zehn waren, bis Willem wieder ins Land kam. Ich war inzwischen umgezogen, verheiratet und Mutter von zwei Kindern, stand also statistisch sehr gut da.

Er konnte es nicht fassen. Er schüttelte immerzu den Kopf, aber nicht so wie früher. Es hatte sich auch sonst manches an ihm geändert. Im ersten Augenblick schien mir, seine Haare wären ausgefallen. Trotzdem war er es.

Nun hast du also doch was Besseres gefunden, sagte er.

Ja. Du hast selber gesagt, du verstehst nicht, wie ein Mensch das aushält, immer in der gleichen Wohnung.

Das soll ich gesagt haben?

Wo lebst du jetzt?

Immer im Mittelpunkt der Welt, sagte er, was nichts als logisch war. Lange war ich in Asien. Tai chi und andere Künste. Ich bin weise geworden. Ich habe gelernt.

Vielleicht kamen die Veränderungen, die ich an ihm bemerkte, vom Lernen. Das Alter, vor dem er sich in der Jugend so gefürchtet hatte, schien es noch nicht zu sein.

Brauchst du Unterweisung? sagte er.

Ja, sagte ich. Aber er konnte sich nicht vorstellen, daß meine Tage so vollgestopft waren, daß für Unterweisungen keine Zeit blieb.

Fürs Lernen sind keine Termine frei, sagte ich.

Oh Gott, sagte Willem. Bestimmt hast du jetzt einen Gummibaum.

Nein.

Sein Undank gegen den Gummibaum, dessen Heimat er seinen schriftstellerischen Ruhm verdankte, schien mir unangebracht. Vielleicht will er jetzt auch keinen Ruhm mehr, dachte ich.

Warum hast du das getan, sagte er. Du warst immer was Besonderes.

Das war mir neu. Warum hat er mir das damals nicht gesagt?

Jetzt bist du wie alle, sagte er.

Wie alle? Das will ich nicht hoffen.

So schlimm ist das ja nicht, sagte er, um mich zu trösten. Es muß auch Leute geben, die wie alle sind.

Ja. Aber ich will nicht hoffen, daß viele so sind wie ich.

Warum?

Ich bin nicht besonders. Und es geht mir nicht gut.

Wem geht es schon gut, sagte er. Mir zum Beispiel geht es ausgesprochen schlecht.

Dir? Schlecht?

Er sah tatsächlich zehn Jahre älter aus. Aber nicht schlecht. Im Gegenteil. Ich hatte sogar den Eindruck, daß die viele Luftveränderung ihm gut bekommen war.

Bist du krank?

Krank. Krank. Was für ein Wort. Er dachte über das Wort nach. Nicht krank. Oder doch krank. Du würdest es nicht verstehn.

Wohl nicht, sagte ich, denn es war eine meiner tragfähigsten Erinnerungen, wie ich für ihn früher die Frau war, die es nicht versteht. Ich habe nie wirklich herausgefunden, ob das an mir lag, obwohl es mit andern Menschen anders ist. Da bin ich die, die alles versteht, ob ich nun folgen kann oder nicht. In diesem Punkt hat er sich also nicht verändert.

Ich hatte keins von seinen neuen Büchern mehr gelesen. Es tat mir leid, und ich entschuldigte mich dafür.

Ich komme nicht zum Lesen, sagte ich. Abends schon gar nicht. Manchmal ist mir, als verstünde ich kein Wort. Schon die Tagesschau zu begreifen, macht mir Mühe, sagte ich.

Das ist schlimm, sagte er. Du mußt was tun.

Daran fehlt es nicht, sagte ich. Ich tue ununterbrochen was.

Meinetwegen brauchst du dir keine Sorgen zu machen, fuhr er fort. Du hast nichts verpaßt. Ich habe kein Buch mehr geschrieben.

Was?

Nichts. Aus. Gewesen.

Das tat mir leid. Was machst du denn jetzt, fragte ich ihn.

Es muß dir nicht leid tun, sagte er. Ich hab was Besseres gefunden.

Ich traute mich nicht zu fragen, was das war, weil ich den Verdacht hatte, daß das zu den Dingen gehörte, die ich nicht verstehen würde.

Leben, sagte er.

Du mußt glücklich sein.

Es klang ungewöhnlich schön, wenn er Leben sagte.

Aber hast du nicht gesagt, es ginge dir schlecht? Ausgesprochen schlecht?

Ja, sagte Willem. Das gehört zum Leben. Meinst du nicht?

Wir hatten uns zufällig in unserm alten Supermarkt getroffen. Das Angebot dort war eher mäßig, das Gemüse selten frisch, was mir früher nicht aufgefallen war, weil wir wenig Gemüse brauchten. Aber ich hatte aus bloßer Anhänglichkeit die Gewohnheit, dort einzukaufen, nicht aufgegeben. Es ist schön, wenn man weiß, wo die Dinge sind, und mit einem Griff findet, was man sucht. Besonders wenn man es eilig hat. Ich kann die Kinder nie lange allein lassen. Meistens muß ich sie sogar mitnehmen.

Was hältst du von dem Zufall, der uns hier zusammengeführt hat, sagte ich.

Du weißt, daß ich nicht an den Zufall glaube, sagte er.

Und doch hast du einmal darauf bestanden, dem Zufall zu danken, wenn er dir einen Gefallen getan hat, sagte ich. Er konnte sich nicht daran erinnern.

Wo wohnst du jetzt? sagte ich.

Wo ich immer wohne. Wenn ich auf der Durchreise bin.

Es war gleich um die Ecke.

Erzählst du mir von Asien?

Alles, sagte er. Aber nicht hier. Der Laden ist voll von Fernsehkameras und Spionen. Sie filmen uns. Auf der Brücke steht der Kapitän vor seinem Monitor und schaut sich an, was wir machen. Willst du das?

Das macht nichts, sagte ich.

Du bist verrückt, sagte er. Nachher werden sie denken, wir hätten was geklaut. Roastbeef, sagte er traurig, Kiwis, Bananen, Ananas. Alles ist da.

Brötchen, sagte ich.

Komm, flüsterte er an meinem Ohr. Wir gehn.

Wie geht's der Frau in ihrem Indianerzelt, die sich die Augen nach dir ausgeweint hat, sagte ich.

Er dachte einen Augenblick nach, schickte seine Gedanken auf eine Reise übers Weltmeer und in den tropischen Regenwald, und als sie zurückkamen, sagte er: Sie hat mich nicht mehr gewollt.

Gibt es das? sagte ich.

Dann begann er in meinem Einkaufswagen zu wühlen, als hätte er Hunger. Seine Augen, immer noch braun, aber ziemlich dunkel geworden nach langer Abwesenheit, kehrten von meinen Anschaffungen zurück zu meinem Gesicht, wo sie nach Jahresringen suchten.

Sag mal, wozu kaufst du das ganze Zeug? Bist du gierig geworden?

Es wird gebraucht, sagte ich. Morgen ist nichts mehr davon übrig.

Willem lachte ungläubig. Eine gefräßige Rasse, der Mensch, sagte er. Unersättlich. Und warum stehst du nicht mehr im Telephonbuch?

Das ist nun mal so, sagte ich.

Und wie soll man dich finden? Meinst du, es ist lustig, im Supermarkt auf dich zu warten? Stunden?

Nein, das ist nicht lustig, sagte ich. Ich hätte nie gedacht, daß er das tun würde.

Sag mir, daß du mich noch liebst, sagte er.

Ich liebe dich noch.

Schade, daß du lügst.

Ja. Schade.

Katja Lange-Müller
Endlich daheim

Ich habe hier einen sehr schönen Käfig, der so ziemlich alles enthält, was ich brauche, sofern ich gerade ein Geld besaß.

Ich könnte ja gar nicht in meinem Käfig leben, wenn ich nicht zuvor mein Wärter gewesen wäre. Das ist ein bißchen lästig, aber auch wieder vorteilhaft. Denn, wenn ich, voller der Verantwortung, denn des Schnapses, da draußen umherschweife und an das Viech denke, das schon bald wieder ich sein werde, in seinem Gehäuse, vermag nur ich mir vorzustellen, was es dann wohl brauchen wird. Und ich, mein Wärter, kaufe es ein, für mich, mein Tier.

Das Nötigste kriege ich immer zusammen: Schnaps, Brot und was drauf, Kaffee, Watte, Seife, Klopapier, Radiobatterien. Nur in Zigaretten ist man hierzuorte schlecht sortiert. Ich werde wohl das Drehen wieder anfangen müssen.

Dann wache ich auf. Es ist Sonntag, und dicke Nebel quellen gegen die schmutzbetrübten Scheiben, der Brille aus meinem Käfig. Ich kann jetzt vieles tun, was ich will oder nicht will: Klebrige Träume zusammenschlafen, bis mir träumt, ich habe mir Maden in die Augen geschlafen, und ich schwer zum Spiegel tappe, wie eine Bärin aus dem Winter in den Frühling und die seitenverkehrte Darstellung meines runden Gesichts anstaune. Ich kann auch lesen, rauchen, viel rauchen, mich mit Schnaps und Fleisch verwöhnen, Gedanken denken, zwei Finger zwischen meine großen Beine schieben, und mich des Schreies meiner Stimme freuen bei dem Orgasmus von mir. Oder mich in Sehnsucht baden und wiederum freuen, freuen, freuen, weil ich mit schwarzen Füßen auf meinem schmuddligen Bett sitze und es mit meinem trockenen Kuchen vollkrümle, was mir Viech keiner verbietet, denn ich bin erwachsen, was ich nun wiederum daran erkenne, daß ich eine Verfügungsgewalt besitze über ein Hoheitsgebiet: Meinen Käfig.

Bißchen lästig nur, daß ich, mein Wärter, das Laken werde wechseln müssen und dafür sorgen, daß es gewaschen wird.

Franz Fühmann
Der Traum von Moira

In einer jener unbestimmten, doch aller Bestimmbarkeiten im Nu fähigen Gegenden, wie man sie im Traum oft sieht: Gegenden (denn Landschaften kann man sie nicht nennen), die aus noch nicht materialisierter, wohl aber schon lokalisierbarer Ideensubstanz zu bestehen scheinen, aus noch in der puren Möglichkeit des *Wie*, aber schon in der Wirklichkeit des *Was* und *Wo* befindlichen Wortbedeutungen, so daß man zwar sagen kann: links von mir ist Meer und rechts zum Hintergrund hin *Gebirge*, wo aber das Meer erst gewußtes, noch nicht leibhaftiges Meer ist, weder siedender Topf noch rollende Wüste noch stiller Abglanz eines Seraphlächelns, sondern ein noch gänzlich unsinnenhaftes, wiewohl örtlich und arthaft schon vorhandenes, im Fluß vom Begriff zum Ding gleichsam ins Stocken geratenes Übergangswesen, schon nicht mehr abstrakt und noch nicht konkret, schon nicht mehr an sich, aber noch nicht für sich, Schopenhauers Meer, wenn man will, und Schopenhauers Gebirge als farb- und konturlos majestätische Massen aller entstehbaren Gischten und Gipfel mitsamt ihren künftigen Adlern und Schiffen –, in solcher Gegend, einem werdebereiten, einen ganzen Bezirk überdachenden Basilikaraum, sehe ich, grau vorm grauen Nebel der Wände, den Urstoff eines wallenden Tuchs, über das sich eine schon im Sichtbarsein befindliche Alte beugt. – Eine der Parzen, denke ich ehrfürchtig, und wage es, mich ihr zu nähern; und Moira – denn es ist die unentfaltete Dreiheit – sieht auf, doch sie unterbricht nicht ihr Tun. – Was schaffst du, Mütterchen, murmle ich ehrfurchtsvoll, wessen Tuch ist es, das du webest, daß es von solch unübersehbaren Maßen ist? Denn siehe, es füllt ja schon kniehoch die Königshalle, und es flutet weit über das Land, als sei es zum Hemd für ein Volk bestimmt, mit all seinen Toten und Ungebornen. – Ei, webe ich denn? murmelt Moira verwundert, und nun sehe ich, daß die Alte das Tuch nicht schafft, sondern etwas darin einstickt, eisgraue Zeichen merkwürdiger Alphabete, Hebräisch vielleicht, aber Gesichter in den balkenumschlossenen Hohlräumen der Sigel, und die Gesichter gefärbt, wie das Eis gefärbt ist, milchig in Ahnungen von Blau oder Grün. – Für wen, Mütterchen, wirkst du diese Lose? frage ich erschauernd, denn ich spreche Chaldäisch, und Moira murmelt, ich möge nur die Augen auftun, es sei ja auch mein eigenes Los. – Ich betrachte die Zeichen, ich kann sie nicht lesen, doch ich weiß, daß es Totem-Zeichen sind, Zeichen für Freund oder Feind einer Stammesgeschichte, und nun sehe ich unter den wallenden Falten des Gespinstes lange Reihen von Föten ziehen. Sie schweben, gesichtslos, lurchenähnlich im flutenden Grau der Basilika wie in der Gebärmutter eines Schicksals, das mehr als das eines Einzelnen ist, und ich ahne, daß sie auf unbegreifliche Weise mit den eisgrauen Köpfen verwachsen werden. – Webst du die Sprache, Mütterchen? flüstre ich, doch Moira schüttelt den Kopf und murmelt: Mehr! – Mehr als die Sprache, denke ich ungläubig, und jetzt genügt es, daß ich nur denke, denn Moira hebt das Haupt und sagt in einem Ton, den man schalkhaft nennen könnte, wenn er nicht zugleich von äußerster Erschöpftheit wäre: Und weniger, Söhnchen, mehr und weniger, denn mehr ist weniger, weniger mehr! – Eine von Macbeth' Hexen, denke ich, und Moira murmelt, an einem Gesicht ohne Züge wirkend: Das Sigel Liebe, das Sigel Haß; der Ahne, der Führer, die Feinde, die Freunde; das Dunkle, das Lichte; das Sigel des Glaubens – und sie weist auf das mondhaft bläuliche Gesicht ohne Augen und Mund unter ihren Fingern und murmelt schon beinahe unhörbar: Söhnchen, siehe das Sigel des Glaubens, man hat es dir zweimal abgetrennt, Söhnchen, doch ein drittes Mal löst es sich nicht mehr! – und da sehe ich die Föten in das Tuch hineinziehn und sehe ahnend an mir hinunter und sehe rohes, hautloses Fleisch, und Moira murmelt, im Tuch versinkend: Siehe die Gnade!, und sanft legt sich der wallende Stoff um meine geschundenen Füße und kriecht, das schiere blutige Fleisch behäutend, unaufhaltsam an mir über Knöchel, Waden, Schenkel, Glied und Hüften bis zur Brust und weiter zum Kinn hinauf; Nebelgrau steigt mir bis unter die Augen; Eisgrau umhüllt mich, ich fühle Kälte, und fern das Gemurmel von Moira zu hören wähnend, träume ich, daß ich erwacht bin.

Walter Helmut Fritz
Erbauer von Labyrinthen

Wir schichten Stein auf Stein, lassen Wand an Wand entstehen, Kammer an Kammer. Wir arbeiten ein Leben lang daran, ohne zu wissen, was daraus werden wird. Zu spät merken wir, daß wir ein Labyrinth erbauten und seine Gefangenen sind. Auf unvorhergesehene Weise sind wir mit unserem Dasein fertiggeworden oder nicht fertiggeworden. Der Bau ist zu weit fortgeschritten, als daß wir etwas rückgängig machen könnten. Auch kennen wir uns kaum in ihm aus. Die Wege, die wir in ihm gehen, enden nirgends. Es ist nicht einmal klar, ob wir uns wenigstens den einen Ausgang offengelassen haben, den es in früheren Labyrinthen gab.

Hans Brinkmann
Labyrinth

Minotaurus, den Sabbergreis
traf ich wie n Schlag-
anfall zur rechten Zeit. Dank-
barkeit in seinen Kuhaugen:
DACHTE SCHON, ICH SEI GANZ VERGESSEN.
Mehr war nicht mit ihm.

Ich fand dann noch
paar Seßhafte, Verirrte, Nach-
geborene, einige Skelette
sowie verschiedene Organe
des Staats, zum Beispiel die Losung:
WER AN FÄDEN GEHT, IST EINE MARIONETTE!

Sie hatten wohl auch ein Weltbild
inzwischen. Drauf blickten sie
froh in die Zukunft und zurück
bis zu Daidalos, dem Schöpfer.
Ich trat aus dessen einzig-
artigem Portal. KEIN AUSGANG
stand geschrieben. Ich wickelte
das Ende auf mein rotes Knäuel.

Michael Wüstefeld
für Uwe Kolbe

Hineingeboren wie hineingeborgt
Eingenommen wie gefangengenommen

Festgehalten nicht fester Halt
Aushalten nicht Anhalt

Ankommen wie wegkommen
Ankunft wie Wegkunft

Hierbleiben nicht dableiben
Ausreisen nicht ausreißen

Lachen wie Masken
Maskieren wie Weinen

Verrecken nicht um Ecken
Umrunden nicht im Kreis

Loseisen wie festrosten
Geborensein wie totleben

Bernd Igel
Kurzer Monolog über eine Ab & An Kunft

nichts zu spaßen, freunde
meine verse sind die richt
schnur, an der ich eines tages
hängen werde
im rückgrat der worte lauern
gesten als hinterhalt & ich
vergebe mir keine ihrer
wirkungen, sei's auch nur scherz

Schnee wird mich einst bedecken mit grauen Loden, er webt
schon am Gewand, und Weisheit, die mir ihm so verwandt
scheint, wird hinter pulsierenden Schläfen hervor sich bis
aufs Antlitz erstrecken, selbst bei dümmlichem Gelächter

und mag ich mein Gesicht nicht länger ertragen, so muß ich
es bekennen, muß ich in es eingehen, eins mit ihm sein vor den
Stimmen der Ämter; doch was schert mich die Zukunft, sie ist
ein Willensakt, der meine Blöße für die seine nimmt

ich glaube nicht, daß ein Zufall Richter auf Dichter
Henker auf Denker reimte & hetzte; aber lassen wir die Schwarze
Magie & wenden uns der Weisen zu; bedeutend sieht
jeder Schriftzug aus, gezogen von Fingern auf papierenem Laken

Stefan Döring
red nicht umn sinn rum

selbst wenn ich nichts täte
nur so dasässe
wie ich jetzt hier sitze
in diesem moment
der ein teil von immer ist
da ich nichts weiter tue
als mich in mir umzutun

mich in worten zu fassen
dass wer will es begreife
wenn ich also selbst nichts täte
in diesem scheinbaren anschein
denn du schreibst mir zu
was ich nicht sage
red nicht umn sinn rum
ja wenn ich nichts selbst täte
brauch ich doch keine sorgen
mit denen du mich umsorgst
und umhegst mit zäunen
anders herum:
du wirst es tun für mich
sowie ich für dich nichts tue
wir pflegten uns zu tod

Gerhard Köpf
Die Strecke

Totentanz

Ich bin es nicht gewohnt, begleitet zu werden. Wer sich im Laufe der Jahre seinen eigenen Rhythmus angewöhnt hat, findet kaum einen, der mit ihm Schritt zu halten verstünde. Als ich mich seinerzeit für diese Arbeit entschied, geschah dies aus guten Gründen. Wonach ich mich sehnte, war eine Arbeit, bei der ich allein bin. Heutzutage wird bei den meisten Tätigkeiten Teamgeist verlangt. Ich dagegen bin Solist. Langeweile kenne ich dabei nicht. Ich weiß mich sehr wohl zu beschäftigen. Nicht daß ich dabei irgendeinem Stumpfsinn nachhinge oder in Schwermut verfiele. Mich aber um andere zu kümmern, habe ich mir abgewöhnt. Es ist mir nicht schwergefallen. Es interessiert mich nicht mehr, was andere über mich denken oder sagen. Es langweilt mich. Früher wollte ich mitunter zu gerne wissen, was man von mir hielt. Das ist längst vorbei. So gut es geht, weiche ich jedweder Unterhaltung aus. Mit Gesprächen käme man bei mir nicht weiter. Auf Fragen oder Feststellungen schweige ich. Meistens geht es darin doch bloß um längst Bekanntes. Die vielen Worte drehen das ohnedies Gewußte nur noch einmal um. Und dann noch einmal. Gespräch kann man das nicht nennen. Dem hinter mir gäbe ich gleich zu Beginn zu verstehen, daß er mit meiner

Schweigsamkeit fertigwerden müßte. Er dürfte nicht erwarten, daß ich für ihn den Mund öffnete. Während des Gehens, noch dazu bergauf, wenn auch vorerst kaum merklich, soll man nicht reden: sonst kommt Luft in den Bauch. Mein Vetter Hans Nicolussi hat das immer gesagt und schnell ein Malzbonbon in den Mund gesteckt, an dem er stundenlang lutschte. Wir sind tagelang gegangen, ohne dabei ein Wort zuviel zu sagen. Während der Brotzeiten war es anders. Da erfuhr ich so manche Geschichte. Ich lernte, mit Geschichten etwas am Leben zu erhalten. Ich lernte mehr als später auf der Akademie.

Sollte der Herr Revisor vor Schwäche auf der Strecke bleiben, so stellte ich einige Wiederbelebungsversuche an, ließe diese aber bald bleiben und ginge weiter bis zum nächsten Streckentelefon, in der Hoffnung, daß es funktionieren werde. Ich legte das Wrack von einem Revisor neben den Bahndamm und schaute zu, was aus ihm würde. Mit klinischem Interesse. Möglich, daß ich ihm ein wenig Schnaps aus der Feldflasche einflößte, wohl wissend, daß der Herr keinen Alkohol verträgt. Ich kann diese spindeldürren Klappergestalten nicht leiden. Vielleicht, weil ich als Kind gleichfalls abgemagert war, so sehr abgemagert, daß mich die Bauernsöhne den Magermilchkrüppel nannten. Der schnaufende Revisor in meinem Rücken stört die Erinnerung an jene Zeit, da jeder Tag noch eine spielerische Anstrengung war gegen die Macht der Schwerkraft. Immer wieder kommen sie herauf, diese Zeiten, auf meinen Gängen entlang der Strecke: Bilder an der Wand eines verfallenen Hauses, wie ein gestickter Vorhang aus Vergangenheit und Gegenwart. In einem verfilzten Gestrüpp aus Garn erkenne ich, wenn ich allein so vor mich hingehe, halb entschwundene Figuren, Männer und Frauen, verblichen und doch deutlich genug unter einem zerfaserten Himmel, der hinweht über diese entschwindende Schar und im Brombeergestrüpp jenseits des Bahndammes zerflattert wie ein verwehter Brautschleier. Will er mich in eine Falle locken, oder bin ich Teil eines Versuchs, eines Programms, in dem meine Widerborstigkeit vorgesehen ist: ein fest eingeplanter Bestandteil? Eine wissenschaftliche Testreihe größeren Stils? Spüre ich nicht schon die Kathoden am Körper? Höre ich nicht schon das Rauschen meines Blutes? Das Geschiebe und Gezerr in meinen Ohren? Sehe ich nicht schon die Nadel am Meßgerät zittern, ausschlagen, indes fahrige Kurven auf einem endlosen Bogen Millimeterpapier wabern? Keucht der Revisor am Ende deshalb, weil er einen Sender in seinem albernen Brotbeutel mitschleppt: einen Sender, der meine Gedanken kennt, Daten meines Kreislaufs weitergibt, die Gehirnströme eines Streckenwärters auf einer stillzulegenden Strecke? Die Neurologie des Gleichmaßes. Der Abstand der Schwellen im Verhältnis zu den Hirnströmungen eines einsamen Gehers. Kapitel eins: Schrittgeschwindigkeit und Schrittgröße, Punkt einseins: Betonschwellen und Fichtenholzschwellen. Ich muß wieder ein wenig beschleunigen, vielleicht störe ich damit das Programm, vielleicht bin ich zu weit weg für den Sender, vielleicht werfe ich die geliebten Vorurteile über den Haufen, und der Herr muß neu beginnen, muß noch einmal hinter mir her, an einem anderen Tag. Aber es wird keinen anderen Tag geben. Dies ist mein letzter Tag auf der Strecke. Nie mehr werde ich sie abgehen. Es gibt nur diesen einzigen Tag. Er ist die einzige und letzte Möglichkeit für den Revisor. Unwiederbringlich. Es gibt keine Wiederholung. Die experimentelle Anordnung läßt sich nicht wiederholen. Sie läßt sich nicht ein zweites oder drittes Mal simulieren. Die einzige Chance ist zugleich die letzte Chance.

Weiß er mehr, als in den Personalpapieren zu finden ist? Kennt er mein Streckenjournal, das Schreibbuch, abgegriffen, fettig, schwarz, in der Tischschublade? Dann weiß er auch von meinem Traum von Blanchland. Vielleicht hat er schon längst ein Dossier über mich angefertigt. Oder anfertigen lassen. Solche Herren machen sich die Finger nicht selber schmutzig. Eine verschließbare Akte. Eine weggeschlossene Akte. Auf dem Deckel in sauberer Druckschrift mein Name. Während ich meiner Arbeit nachgehe, unwiderruflich zum letzten Mal meine Strecke abgehe, diesen Schienenstrang, hineingelegt in eine Landschaft, als wollte er sie aufspulen, habe ich diesen welschen Gast im Rücken. Zugeteilt, aufgezwungen. Ich habe mich nicht wehren können. Ich wurde nicht gefragt. Ist hier ein Kesseltreiben gegen mich im Gange? Zum letzten Gang ein Kesseltreiben? Ein Kesseltreiben, das jetzt zum Höhepunkt kommt? Und ich merke es erst, wenn es längst zu spät ist? Eine abgekartete Sache? Mit dem Revisor als Drahtzieher? Der Herr Revisor als Kopf des Komplotts?

Ich sehe ihn vor mir, wie er in seinem Büro sitzt, den Schreibtisch neben einem Notenständer, hinter gepolsterten Doppeltüren. Das Polsterleder wird von silbernen Nägeln gehalten. Ich verfolge die Schritte des Revisors hinüber zum Tresor. Er öffnet ihn umständlich und dennoch würdevoll. Wie ein Bankdirektor. Er sperrt das Sicherheitsfach auf. Mit zwei Umdrehungen des Schlüssels. Was nimmt er heraus? Meine Personalakte? Er geht mit den Papieren hinüber zu seinem ausladenden Schreibtisch, legt die Akte ab, setzt sich in den dreh- und kippbaren Ledersessel mit der weit heraufgezogenen Lehne. Was passiert? Der Kerl fläzt sich in den Sessel. Der Herr Revisor legt die Beine auf den Tisch. Der Herr lümmelt sich in den Stuhl, greift mit einer Hand nach einem Stück Torte zwischen anderen Papieren und Saftflaschen auf dem Schreibtisch. Mit der anderen Hand fingert der Mensch nach meinen Unterlagen. Ob er sie öffnet? Er wird es nicht wagen. Bilder könnten herausfallen, Zeugnisse, Gesuche, Anträge, Nachträge, Dokumente. Und dennoch: der Revisor bricht das Siegel. Und was liegt an oberster Stelle? Worauf stößt er zuerst? Was fällt ihm in die Hand, Zufall oder Fügung? Meine Bewerbung?

Vielleicht bin ich wirklich ein wenig scharf gegangen. Ich setze den Gang fort, diesmal gemächlicher, so daß der Herr Revisor neben mir gehen könnte. Die Schwellen wären breit genug. Aber ich lasse ihn nicht. Gleichauf: das kommt nicht in Frage. Ich merke, wie er sich auf den Abstand zwischen den Schwellen konzentrieren muß, um die passende Schrittlänge einzuüben. Er sieht auf meine Füße. Er will mich nachahmen, aber es gelingt ihm nicht. Zwar könnte ich ihm erklären, worauf er zu achten hätte, worin das Geheimnis bestünde, doch ich tue es nicht. Meine Aufgabe besteht darin, den Revisor und sein Vorhaben zur Strecke zu bringen.

Sagt ja, sagt nein: getanzt muß sein. So spricht der Tod auf den Fresken der Kirchenmauer von Tafamunt, der wir uns nähern. Ein Totentanz: nicht so berühmt wie der zu Basel oder der zu Bern. Aber dennoch: getanzt muß sein. Da gibt es keine Gnade, da gibt es kein Erbarmen. Da ist ein jeder gleich, Herr Revisor. Ein jeder. Der Tod holt sie alle. So steht es auf der Kirchenmauer: Greis und Kind, Bettler und Edelmann, Papst und Kaiser, Hure und Nonne. Macht, Gewalt und Würde beeindrucken den Knochenmann nicht. Der Tanz der dürren Brüder mäht alle gleich und nieder. Das ist die Hoffnung auf den gerechten Richter, der im Jenseits wartet, nicht aber hienieden. Mir dauerte dies zu lang, ich ließ mich nicht vertrösten. Alles will ich haben. Und gleich in einem Zug. Sehen Sie sich den Totentanz zu Tafamunt an, Herr Revisor. Er zeigt Ihnen die Mächtigen der Welt: böse und unbarmherzig. Der Mächtige sind Sie, und ich nehme Rache, unbarmherzige Rache. Der Totentanz stellt die Vergehen der Mächtigen bloß. Er entlarvt, und er verurteilt sie. Das ist seine Aufgabe. Getanzt muß sein, und keiner springt vom Karren. Stundenglas und Hippe zieren auch mein Wappen.

Kommen Sie mir jetzt nicht mit der notwendigen Ungleichheit auf Erden. Gleichheit als Verheißung für die Geknechteten? Nein,

Herr Revisor: als Drohung für die Mächtigen. Sinn jeden Totentanzes ist die Ebenbürtigkeit von Herr und Knecht. Da kommen Sie mit Ihrer Logik und wollen mir einreden, die Gleichheit sei nur zu erlangen, wenn jeder sein Los trage, wenn Herr und Knecht das annähmen, was und wie es ihnen aufgesetzt sei. Erzählen Sie das Ihrer Großmutter. Nein und abermals nein, wenn Sie behaupten, die Gleichheitsidee sei an die Aufforderung zur Buße gebunden. Ich weiß schon, worauf Sie da hinauswollen, ich höre Sie schon gehen: wer Buße tut, stellt den alten Zustand wieder her. Ach, die biblische Armut. Hören Sie mir auf. Wodurch ist der Knecht in die Welt gekommen, Herr Revisor? Durch das verrutschte Kleid des besoffenen Noah. Er soll so voll gewesen sein, daß sein Schwanz hervorgeschaut habe. Und Cham, der Sohn, belustigte sich und wollte seinen Spaß mit seinen Brüdern teilen. Doch diese bedeckten den väterlichen Lustfinger und weckten den Alten, verrieten ihren Bruder, der verflucht wurde: von nun an sollten er und seine Nachkommen als Knechte dienen müssen. Ich bin nicht Ihr Knecht, Herr Revisor. Bilden Sie sich das nur nicht ein.

Herr Revisor, Ihr seynd gar grosz / Springen dem Tod bald in den Schosz / Was schwitzend Ihr so kalten Schweysz! / Pfuch, Pfuch, Ir lond ein groszen Scheysz.

So will es der Thulserner Totentanz. Und so werden Sie es an der Kirchenmauer von Tafamunt finden. Lesen Sie nach, solange noch Zeit ist. Merckend vnnd gedenckend jr menschen gemain / Hye ligendt gebain groß vnnd klain / Wellichs seyen man frawen oder knecht / Hye hat sich yederman zu ligen recht / Der arme bey dem reychen / Also werden wir alle schleychen / Der knecht bey dem herren / Vnnd dürfen sich nit vil darumb eeren / Welliches es sey vnnden oder oben an / Es ist ains gleych alls das annder gethan / Hierumb so nement alle war / Wir müssen allesampt in die erde gar / Vnd überheb sich nyemant seins adels oder gewallt / Seins reychtumbs oder seiner schön gestallt / Dochter jetz ist schon hie din Stund / Bleich wirt werden din roter Mund / Din Lyb, din Angesicht, din Har und Brüst / Mus werden all ein fuler Mist / Herr Revisor. Getanzt muß sein. Da kommen Sie mit Ihrer Theorie: Totentänze als Bußpredigten und Todesdrohungen. Vor dem Tod hatten die Tafamunter keine Angst. Nur vor dem unvorbereiteten jähen Sterben. Und steht dahinter nicht die Vorstellung von einem Gericht, das jedem einzelnen seine Sünden aufrechnet, seine und nur seine Sünden? Und woher das Elend des schlechten Gewissens? Von der Ohrenbeichte. Ich werde Ihnen Ihre Ohrenbeichte abnehmen, Herr Revisor. Ich bin Ihr Gericht, und ich bin Ihr Totentanz. Totentänze haben immer die gesamte Menschheit erfaßt: vom Papst bis zum Bettler, von der Badhur bis zur Heidin. Krämer, Handwerksmann, Soldat und Bürger, Jungfrau, Narr und Blinder, auch Jud, Türkin und Äbtissin. Warum sollte da nicht auch Platz für einen Revisor sein? Alle Stend, heißt es an der Kirchenmauer zu Tafamunt, Herr Revisor. Alle Stend. Reihen Sie sich ein in diese Prozession. Gehen Sie mit. Tanzen Sie mit. Getanzt muß sein. Der Tanz ist mein. Auch ein Revisor paßt hinein. Auch er wird bald gemähet sein. Bald wird der Tod Sie zwingen, als sein Gesell zu springen. Nu ziechen dich die ungeschaffen / Zu dem tanz als einen affen. Sagt ja, sagt nein, getanzt muß sein. Zuerst aber ist es der Tod, der tanzt. Das Gegenteil des Lebens stellt tanzend die Lebensfreude auf den Kopf: eine lästerliche Form der Rache, Herr Revisor. So recht nach meinem Geschmack. So steht es an der Kirchenmauer: Ich dichtete den Gräbertanz / Der all an seinem Bande leitet / Und zum Grabe sie bereitet: das ist ihr letztes Erdenhaus. Fragen Sie die letzten Thulserner, wenn Sie noch welche finden, Herr Revisor. Sie werden Ihnen sagen, in der Nacht auf Michaeli könne man auf dem Friedhof jene im Reigen der Toten tanzen sehen, welche noch im selbigen Jahr hinscheiden.

Jürg Amann
Der Seiltänzer

Der Seiltänzer stolpert nie über Seile, weil er auf ihnen geht.

Für uns geht er am Himmel. Für ihn ist es Luft.

Er hat keinen Schatten, über den er springen könnte. Zu weit von jedem Boden ist sein Seil.

Da er keinen Schatten wirft, fällt es ihm schwer, an die Sonne zu glauben.

Einmal, während er tanzt, fällt ihm eine Schneeflocke vor der Nase herunter. Es gibt also doch, denkt er, in diesem Zeltdach ein Loch und darüber den wirklichen Himmel. Aber er kann, während er tanzt, nicht hinaufschauen.

Warum ist er immer allein? Schon für seine Füße ist der Weg zu schmal.

Wie der Schlittschuhläufer auf dem See möchte er seine Spuren ziehen und einmal irgendwo einbrechen an ihrem Ende. Er möchte seinen Gedanken nachgehen, aber er muß seinem Seil folgen.

Sein Seil ist von Erwartungen gespannt.

Er liebt sein Seil. Er hängt an seinem Seil. Manchmal scheint es ihm, als habe er seine Fäden selber gesponnen. Märchenstunde des Seiltänzers.

Glaubt er an den Zufall? Er glaubt an eine Gesetzmäßigkeit, die hinter dem Zufall steht. Aber er glaubt, daß es eine ganz zufällige Gesetzmäßigkeit ist. Also: er glaubt an den Zufall. Und er erwartet den Fall.

Die Liebe des Seiltänzers gilt auch dem Netzbau. Er ist seine Religion. Ihm widmet er seine ganze freie Zeit. Seine freie Zeit ist die Zeit, in der er nicht daran denkt, daß er nicht frei ist.

Seile, sagt er, werden im Himmel geflochten, Netze auf der Erde geknüpft.

Ja, er hat erfahren, was die Wirklichkeit ist: das Seil hinter ihm, das immer länger wird, und das Seil vor ihm, das immer kürzer wird. Dazu braucht er nicht sein ganzes Leben.

Nicht vor der Höhe hat er Angst, aber vor der Kürze des Seiles. Er fällt nicht. Er ist dem Seil verfallen.

Da er seine Sache mit der Folgerichtigkeit des Seils zu Ende denken kann, kann er auch, unter Umständen, verrückt werden.

Unversehens wird das Seil, auf dem er geht, zum Strick, an dem er hängt.

Das Leben verliert man in der letzten Stunde, denkt er, während er ihr Schritt für Schritt entgegengeht.

Wie ist er Seiltänzer geworden? Indem er eine fixe Idee von sich, die er als Knabe gefaßt hat, nie mehr aufgegeben hat.

INGEBORG DREWITZ
Papperlapapp

V

Beim Aufräumen alte Fotos im Pappkarton gefunden, ungebündelt, Hochzeitsbilder, Bilder von Festlichkeiten, Fotografiergesichter, austauschbar, der Bubikopf der Frauen in den zwanziger Jahren, die Dauerwelle in den dreißiger Jahren, Hakenkreuzfahnen an Saalwänden, der kurze Haarschnitt der Männer, die Glatzen – das da muß Ilse sein, mit kniekurzem Kleid und Zigarette im Mund, und das ist doch Trude, als Braut! Mein Gott, wie die stolz ist auf Ernsts Schmiß und die Schärpe! Und hier trägt er die Parteiuniform, lächerlich, die Stiefel und die steife Mütze! Und da sind auch Franz und Käte, und vor ihnen die Jungens als Pimpfe, der kleinere, der Jürgen, sogar mit einer Kordel – ehrgeizig war der schon immer! Und im Hintergrund Walter im schlecht sitzenden Anzug, sicher vom Dorfschneider! Und mit dem hellen Strich quer über die Stirn, wie ihn die Bauern haben, von der Mütze, die sie bei der Feldarbeit tragen. Und hier ein Bild von Dieter mit der Augenbinde, und neben ihm eine sehr junge Frau, die ein Baby im Arm hat. Und Franz in Wehrmachtsuniform, und Kinder auf Schaukelpferden. Und hier meine Mutter mit Ilse, beide mit sehr großen Haarschleifen, eine Urlaubskarte aus Ahlbeck, eine Gruppenaufnahme, die Gesichter kaum auszumachen zwischen den vielen, Ilse, Trude, Ernst, Franz, Käte, schließlich in den gestreiften Badeanzügen.

Überflüssige Fotos, ein ganzer Pappkarton voll.

Trude lebt noch, muß an die Neunzig sein.

Walter hatte sich gewünscht, in seiner Heimat begraben zu werden, aber weil es so schnell ging in dem badischen Krankenhaus und weil niemand von der Verwandtschaft dabei war und es sehr vieler Schreiberei bedarf, wenn einer als Toter in die DDR zurück will, nach Mecklenburg, ist er da in Baden in die Erde gekommen. Jürgen kann sich schließlich nicht um alles kümmern, der hat sowieso abgebaut, seit ihm die Frau davongelaufen und der Junge nach Bolivien oder Peru oder Ecuador gegangen ist – niemand weiß das so genau! – und die Tochter diesen Dipl.-Ing. geheiratet hat, der für die Geschäftsführung so wenig taugt, und er muß doch Jürgens Betrieb übernehmen.

Franz und Käte sind kurz hintereinander gestorben. Käte allerdings in einem Hotelzimmer in Spanien und zusammen mit dem Sohn oder der Tochter von Dieter, niemand ahnte ja, wie sehr sie sich um das Heimkind gekümmert hatte – also nicht Terrorist! Es hieß: Lebensmittelvergiftung, aber man weiß ja nicht, in dem Milieu … Lauter unfertige Geschichten. Und die Leben? Mitgefangen, mitgehangen. Geschäfte gemacht und Feste gefeiert, und Uniformen angezogen und ausgezogen, und wieder Geschäfte gemacht, geredet, geredet …

Was haben wir mit denen zu tun?

Als wir Kinder waren, haben wir um die Ecke gewohnt, das hält zusammen, auch wenn man auseinander gerät, hat meine Mutter 1945 gesagt, auf dem langen Weg durch die zerstörte Stadt.

Ich zögere, ehe ich die Fotos in kleine Fetzen reiße, überflüssige Fotos, ein ganzer Pappkarton voll.

THOMAS BERNHARD
Alte Meister

Wenn wir längere Zeit ein Bild betrachten und ist es das ernsthafteste, wir müssen es zur Karikatur gemacht haben, sagte er, um es auszuhalten, also auch die Eltern zur Karikatur, die Vorgesetzten, so wir welche haben, zur Karikatur, die ganze Welt zur Karikatur, sagte er. Schauen Sie längere Zeit das Selbstbildnis von Rembrandt an, gleich welches, es wird Ihnen ganz sicher mit der Zeit zur Karikatur und Sie wenden sich ab. Schauen Sie längere Zeit in das Gesicht Ihres Vaters, er wird Ihnen zur Karikatur und Sie wenden sich ab von ihm. Lesen Sie Kant *eindringlich und immer noch eindringlicher* und Sie werden plötzlich einen Lachkrampf bekommen, sagte er. Jedes Original ist ja eigentlich an sich schon eine Fälschung, sagte er, Sie verstehen doch, was ich meine. Natürlich gibt es Erscheinungen in der Welt, in der Natur, wie Sie wollen, die wir nicht lächerlich machen *können*, aber in der Kunst kann *alles lächerlich* gemacht werden, jeder Mensch kann lächerlich und zur Karikatur gemacht werden, wenn wir wollen, wenn wir es notwendig haben, sagte er. Wenn wir in der Lage sind, lächerlich zu machen, immer sind wir nicht in der Lage, dann holt uns die Verzweiflung und danach der Teufel, sagte er. Gleich welches Kunstwerk, es kann lächerlich gemacht werden, sagte er, es kommt Ihnen groß daher und Sie machen es von einem Augenblick auf den andern lächerlich, wie einen Menschen auch, den Sie lächerlich machen müssen, weil Sie nicht anders können. Aber die meisten Menschen *sind* ja lächerlich und die meisten Kunstwerke *sind* ja lächerlich, sagte Reger, und Sie ersparen sich das Lächerlichmachen und die Karikatur. Die meisten Menschen sind aber zum Karikieren unfähig, sie betrachten alles bis ans Ende mit ihrem fürchterlichen Ernst, sagte er, sie kommen gar nicht auf die Idee einer Karikatur, sagte er. Sie gehen auf eine Papstaudienz, sagte er, und nehmen den Papst und die Audienz ernst und zwar auf lebenslänglich; lächerlich, lauter Karikaturen füllen die Papstgeschichte, sagte er. Natürlich ist Sankt Peter groß, sagte er, aber es ist doch lächerlich. Gehen Sie doch in Sankt Peter hinein und machen Sie sich vollkommen frei von den Hunderten und Tausenden und Millionen von katholischen Geschichtslügen, Sie brauchen gar nicht lange zu warten und ganz Sankt Peter wird Ihnen lächerlich. Gehen Sie auf eine Privataudienz und erwarten Sie den Papst, noch bevor er kommt, kommt er Ihnen lächerlich vor und er ist ja auch lächerlich, wenn er auftritt in seiner weißverkitschten Reinseidenrobe. Sie können sich umschauen, wo Sie wollen, im Vatikan ist alles lächerlich; wenn Sie sich frei gemacht haben von den katholischen Geschichtslügen und von der katholischen Geschichtssentimentalität, von der katholischen Weltgeschichtsbetulichkeit, sagte Reger. Wissen Sie, der katholische Papst sitzt als geschminkte gefinkelte Weltreisepuppe unter seiner kugelsicheren Glasglocke, umgeben von seinen geschminkten und gefinkelten Ober- und Unterpuppen, wie abstoßend lächerlich. Sprechen Sie mit einem unserer letzten lamentierenden Könige, wie lächerlich, mit einem unserer bornierten Kommunistenführer, wie lächerlich. Gehen Sie auf den Neujahrsempfang unseres redseligen, alles und jedes mit seinem senilen Staatsvatergefasel zerredenden Bundespräsidenten, es wird Ihnen übel vor Lächerlichkeit. Die Kapuzinergruft, die Hofburg, was für unappetitliche Lächerlichkeiten, sagte er. Gehen Sie in die Malteserkirche und schauen Sie sich die Malteser an, die da in ihren schwarzen Malteserroben ihre weißen, pseudoaristokratischen Dummköpfe glitzern lassen unter den Kirchenlampen, Sie empfinden dabei nichts als Lächerlichkeit. Gehen Sie in einen Vortrag des katholischen Kardinals, wohnen Sie einer Inauguration in der Universität bei, wie lächerlich. Wohin immer wir heute in diesem Lande schauen, wir schauen in eine Senkgrube der Lächerlichkeit, sagte Reger. An jedem Morgen steigt uns die Schamröte ins Gesicht vor soviel Lächerlichkeit, mein lieber Atzbacher, das ist die Wahrheit. Gehen Sie auf eine Preisverleihung, Atzbacher, wie lächerlich; lächerliche Figuren; je pompöser aufgetreten wird, desto lächerlicher, sagte er, alles nichts als Karikatur, sagte er, einfach alles. Da nennen Sie einen guten Mann Ihren Freund und dann läßt er sich plötzlich zum Ehrenprofessor machen und nennt sich von da an Professor und läßt auf sein Briefpapier den *Professor* drucken und seine Frau tritt beim Fleischhauer auf einmal als *Frau Professor* auf, damit sie nicht so lange warten muß, wie die andern, die keinen Professor zum Mann haben. Wie lächerlich, sagte er. Goldene Treppen, goldene Sessel, goldene Sitzbänke in der Hofburg, sagte er, und lauter pseudodemokratische Idioten darauf, wie lächerlich. Sie gehen die Kärntnerstraße entlang und alles kommt Ihnen lächerlich vor, alle Leute sind nur lächerlich, nichts anderes, Sie gehen durch ganz Wien, kreuz und quer, und ganz Wien ist Ihnen auf einmal lächerlich, alle Leute, die auf Sie zukommen, sind lächerliche Leute, alles, das auf Sie zukommt, ist lächerlich, Sie leben in einer durch und durch lächerlichen und in Wirklichkeit verkommenen Welt, sagte er. Sie haben die ganze Welt auf einmal zur

Karikatur zu machen. Sie haben die Kraft, die Welt zur Karikatur zu machen, sagte er, die Höchstkraft des Geistes, sagte er, die dazu notwendig ist, diese einzige Überlebenskraft, sagte er. Nur was wir am Ende lächerlich finden, beherrschen wir auch, nur wenn wir die Welt und das Leben auf ihr lächerlich finden, kommen wir weiter, es gibt keine andere, keine bessere Methode, sagte er.

Michael Krüger
Auf alten Bildern

Hier ein Kopf, eine Stadt, ein Reich,
leicht als Einheit zu denken.
Hier ein Wille, mehr zu sein
als Hand und Fuß und Leib.
Hier eine künstliche Seele,
vom Körper getrennt.
Und nun die Gärten, das Labyrinth,
ein Verlieren.
Am Rand das Heiligtum,
von einer Hand gehalten ohne Arm,
getreu im Detail: empfänglich
für Licht von unten.
Eine Schüssel mit Obst,
ein Tisch, ein Stuhl, ein Bett.
Überall ist dieselbe Zeit,
nur die Bilder kennen die andre,
die tötet.

Gerhard Meier
Die Ballade vom Schneien

Nachdem die Nachtschwester Baurs Blutdruck gemessen hatte, kehrte sich dieser ab und schien weiterzuschlafen.

Ich stellte mich an die Balkontür. Ging dann auf und ab. Setzte mich hin.

Zweieinhalb milliardenmal pumpte das Herz, wiederholte ich mir. Es pumpe jeden Tag zwölftausend Liter, dreihundertzwanzig

Millionen während des Lebens, was achttausend Tanklastwagen füllte. Und dabei fliege der Monarch immer wieder in den Norden der Vereinigten Staaten und nach Kanada, von wo seine Nachkommen im Herbst jeweils nach Mexiko zurückkehrten, so daß sie am Fest zugegen seien, an jenem für die Toten, wo die Herzen höher schlügen.

Baur fuhr sich mit der Hand über die Augen, atmete tief, entließ die Luft gleichsam zischend und schaute mich an.

»Am Sabbat besuchte unsere Gruppe den Felsendom«, sagte Baur. »Man ging über den Tempelplatz. Gegenüber lag der Ölberg, der Garten Gethsemane. Vor dem Dom zog man die Schuhe aus, stellte die Taschen dazu, ließ jemanden als Wache zurück und betrat die Liegenschaft, welche sich dort befindet, wo Salomos Tempel gestanden hat, und die den Felsen umschließt, auf dem zu Salomos Zeiten geopfert wurde und wo zuvor Abraham den Isaak beinahe hätte hingeben müssen und von wo aus zu guter Letzt Mohammed für eine Nacht in den Himmel geritten sei.

Über Jerusalem zogen vereinzelte Wolken dahin, aus Gaze quasi. Man ging auch in die Aqsa-Moschee hinüber, dabei den Brunnen passierend, der zwischen ihr und dem Felsendom liegt. Am Rand des Tempelplatzes schaute man noch einmal hinüber nach Gethsemane. In der Nähe der Klagemauer hörte man dem Singsang der Juden zu, die durch das Tal zu wandern schienen, über dem Ben Gurion begraben liegt«, sagte Baur, drehte den Kopf leicht zur Seite und schloß die Augen.

Ich stand auf, reckte mich, schritt hin und her, auf die Geräusche vom Korridor achtend, die sich mehrten, und setzte mich wieder hin.

Die Eiche im Schnee mit dem Tümpel davor erinnerte mich an jene vom Walenboden, auf die es ein Lied gebe, komponiert vom ehemaligen Dirigenten der Amrainer Blechmusik. Und ich gedachte des Eichengestrüpps, das Baur immer wieder an Eichenkränze gemahnt habe, an solche mit Schlaufen daran und Eichen darauf.

»Bindschädler, man hörte also dem Singsang der Juden zu, während immer noch Wolken dahinzogen, weiße, sozusagen aus Gaze eben. Dann besichtigte man ein Stadtmodell, das Jerusalem darstellte zur Zeit König Salomos, besuchte eine jüdische Schriftstellerin, strich bei Nacht durch das Quartier der Ostjuden, Männer und Frauen getrennt, wie's Plakate forderten. Hier gab's Schneidereien, Sattler- und Schreinerwerkstätten, altertümlich ausgestattet und ärmlich, was einen an Galizien denken ließ, an Kaiser Franz Josephs Galizien, wo Leutnant Trotta umgekommen ist und wo's Herbste gibt, die mit Chopin zu tun haben müssen, dessen Mazurken Hans gespielt hatte, über dem Stoffladen, während der Wirt der Brauerei, die Hände in die Hüften gestützt, die Erntefuhren überwachte, die im Trab eingebracht werden mußten, weil es ziemlich steil aufwärts ging zur Tenne hin«, sagte Baur. Wobei ich wiederum dem Monarchen nachhing, der von Mexiko in den Norden der Vereinigten Staaten fliege und nach Kanada.

»Bindschädler, ich habe letzthin, wie gesagt, Fotografien von Amrain gesehen, aus der Zeit der Jahrhundertwende und der zwanziger Jahre. Darunter war auch ein Bild von der Brauerei, aus der Zeit, als die zwei Akazien noch vorhanden waren, feinblättrige, die an der Nordfassade gestanden hatten und in deren Kronen sich jeweils das Gelächter des Wirts zu verfangen beliebte, während die herangelachten Gäste einem Schweigen verfielen, so daß die Schmeißfliegen zu hören waren, die von den Fensterscheiben auf die Tische flogen, auf die Handrücken und Glatzen der Schweiger«, sagte Baur, sichtlich ermüdet.

»Und da gab's ein Foto, auf dem unter anderem der Hirschen abgebildet war, wo im Saal über der Metzgerei die Sänger Verdis *Chor der Gefangenen* geübt, während ich vom Trottoir aus dem Verblühen des Himmels zugeschaut hatte.

Und ein weiteres Foto stellte eine Partie des Unterdorfs dar, mit dem Jura dahinter, der Waldenalp auch. Rechts im Vordergrund stand das Schulhaus am Dorfbach, nördlich davon die Liegenschaft des ehemaligen Kavallerie-Majors. Auf der Straße befand sich ein *Ford* und am linken Bildrand der Laden, wo die Johanna Verkäuferin war.

Bindschädler, und da gab's noch das Foto mit dem Teich darauf, in welchem sich die Kirche spiegelte und der Jurasüdhang. Solche Teiche konnten auftreten bei Regenfällen oder Schneeschmelze. Gelegentlich legte sich eine Eisschicht darüber, dünn und durchsichtig wie Fensterscheiben. Bindschädler, die Kirche entpuppte sich mir als Tempel aus Walsers Ballade vom Schneien – und der vergilbte Jura als Hang mit dem Berg der Seligpreisungen. – Unter besagter Eisschicht übrigens blühten die Maßliebchen. – Und der Weg zum Nachbardorf bildete die Scheidelinie zwischen Gespiegeltem und Ungespiegeltem«, sagte Baur, lächelte, ließ das Kopfende der Matratze hinuntergleiten, schob die Hände unter den Kopf und schaute zur Eiche.

Danach schloß er die Augen. –

Ich knöpfte den Mantel zu, stellte mich an die Balkontür, öffnete sie ein wenig, zählte die Flocken und überließ mich dem Gefühl der Losgelöstheit von allen Dingen der Erde.

Wieder im Sessel, schlief ich ein.

Im Traum ging ich mit Baur der Aare entlang, empfand deren Grau-, Orange- und Gelbtöne als indianische Töne, halluzinierte ein Kanu darauf, mit dem letzten Mohikaner darin, gekrönt mit zwei, drei bunten Federn. –

Ich wachte auf.

Baur saß im Bett, die rechte Hand vorgestreckt, als blendete ihn Licht.

Dann fiel er zurück.

Ich beugte mich vor. Läutete. Die Krankenschwester eilte heran. Läutete. Rannte davon. Brachte den Arzt. –

Ich betrat den Balkon.

Nun hatte es aufgehört zu schneien.

In mir drin schwang Schostakowitschs Vierte aus. Über Amrain trieb Nebel hin, der sich verfärbte in der aufgehenden Sonne.

GUNTRAM VESPER
Die Spur

Aus ihrer Niedertracht waren schnell
spannende oder spaßige
Geschichten geworden
staunen sollte man, fragen
durfte man nicht.

Wie sie den jüdischen Drogisten
unten am Markt
aufs Kreuz gelegt hatten
beim Verkauf des schönen
stattlichen Hauses.

Als wir die Sachen
aus unserem schlechten Laden zur
Drogerie brachten
auf einem geborgten Fuhrwerk

war unter dem Gerümpel ein Faß mit
Honig umgefallen
und tropfte eine klebrige Spur
auf das Pflaster, von allen Seiten
kamen die Hunde und

leckten die Straße
hinter uns
sauber, wir
lachten und lachten.

PETER HÄRTLING
Felix Guttmann

Im Sommer siebenunddreißig, an einem Tag im Juli, stürzte Weiss verstört in sein Zimmer. Es handle sich um keine Verwechslung, sagte er, und ließ sich auf das Besucherstühlchen fallen. Er habe ausdrücklich nachgefragt. Nicht er sei dieses Mal zu einem Gespräch mit dem SD in die Prinz-Albrecht-Straße gebeten, sondern Doktor Guttmann. Es sei, habe man ihm versichert, ein ganz normaler Termin. Allerdings sehr kurz anberaumt. Sie sollen in drei Stunden dort sein, Guttmann.

Bisher war es ihm gelungen, den Offizieren aus dem Weg zu gehen. Die Erfahrung mit Wannenmacher und seinen Freunden hatte ihn gewarnt.

Warum ich? fragte er.

Sie seien mein Stellvertreter, wurde mir erklärt, den wolle man natürlich kennenlernen. Machen Sie sich keine unnötigen Gedanken. Weiss hatte sich wieder gefaßt. Sie sind nie politisch aufgefallen. Ein schlichter Jude, das ist alles. Was können sie Ihnen schon anhaben, Guttmann.

Nichts? fragte er.

Oder fällt Ihnen etwas ein?

Nein.

Weiss brachte ihn im Auto hin. Er werde, wie lang die Unterhaltung auch daure, für alle Fälle im Amt bleiben. Der Portier wußte Bescheid und die Sekretärin in dem Zimmer, zu dem er Felix gewiesen hatte, ebenso. Hauptscharführer Eichmann erwartete ihn bereits. Felix hatte das Gefühl, übermäßig wach und doch abwesend zu sein.

Eichmann, dessen Name Weiss nie als einen seiner Gesprächspartner genannt hatte, saß hinter einem Schreibtisch, musterte Felix ungeniert und bat ihn, Platz zu nehmen.

Er wirkte trotz der Uniform farblos, merkwürdig abgenutzt.

Als Felix sich setzte, stellte er sich vor: Hauptscharführer Eichmann, und Felix murmelte seinen Namen.

Es war kein Gespräch, aber auch kein Verhör, versuchte er Weiss danach zu erklären. Es hielt die Balance zwischen beiden. Das strengte mich enorm an. Außerdem wich er die meiste Zeit meinem Blick aus, und es kam mir vor, als sei es ihm völlig gleichgültig, was ich ihm antwortete.

Es liegt kein besonderer Anlaß vor für unsere Unterhaltung, begann er. Aber Sie werden verstehen, daß wir auch den Stellvertreter von Herrn Weiss kennenlernen möchten.

Felix schob sich auf dem Stuhl nach vorn und stützte sich mit den Füßen auf den Querstreben.

Erlauben Sie mir eine Korrektur, Herr Hauptscharführer. Ich bin nicht der Stellvertreter von Herrn Weiss. Er hat gar keinen. Ich bin Referent für Wirtschaftsfragen.

Das ist mir bekannt. Sagen Sie – Eichmann fixierte angestrengt seine Hände – was halten Sie von Herzls Idee, in Palästina einen Juden-Staat zu gründen?

Ich arbeite im Palästinaamt, also muß ich –

Unerwartet scharf fiel ihm Eichmann ins Wort: Das ist doch keine zureichende Erklärung, Doktor Guttmann. So gesehen könnte ich ebenso in Ihrem Büro tätig sein. Ich wollte wissen, ob Sie sich als Zionist bekennen.

Warum stellte ihm Eichmann gerade diese Frage?

Ich bin mir nicht sicher, ich denke oft darüber nach.

Eichmann lachte. Also eher ein unsicherer Kantonist –

Das nicht, Herr Hauptscharführer.

Was dann? Ein Jude, der nicht als Zionist denkt und handelt? Er schien nicht Felix zu fragen, sondern sich selber, erwartete auch keine Antwort von ihm, begann vielmehr erregt eine Art Selbstgespräch: Ich kenne mich aus, habe mich eingearbeitet, den Herzl studiert. Mir kann man nichts weismachen. Sie assimilieren sich nicht, selbst wenn sie es vorgeben, sie halten sich für das auserwählte Volk und sind im Lauf der Geschichte heruntergekommen auf eine Händlergesinnung, die sie unfähig macht, edle Gedanken zu fassen oder sich im Kampf zu stellen. Ich lese alles, habe die hebräische Schrift gelernt, um *Hajnt* zu lesen, die jiddische Zeitung, mich hineinfühlen zu können. Man muß seinen weltgeschichtlichen Feind in und auswendig kennen, um ihn zu beherrschen und unschädlich zu machen. Verstehen Sie mich?

Er brauchte nicht zu antworten. Nun erst stellte Eichmann die Frage, auf die es ihm anscheinend ankam: Was wissen Sie über die Haganah?

Nichts, hätte er antworten können, so gut wie nichts. Es hätte der Wahrheit entsprochen, aber er wollte Eichmann auf keinen Fall herausfordern: Über die Haganah? Er zögerte, und schon wurde sein Gegenüber ungeduldig:

Ja, das war meine Frage, Doktor Guttmann.

Sie ist, soviel ich weiß, eine Organisation der Einwanderer in Palästina.

Was hat sie vor, was ist ihr Programm? Eichmanns Stimme sprang hoch.

Sie hilft den Immigranten, sich zurechtzufinden, eine Existenz aufzubauen.

Mit Gewehren?

Das ist mir nicht bekannt.

Wollen Sie mich für dumm verkaufen, Doktor Guttmann?

Ich weiß es wirklich nicht.

Sie sind befreundet mit Doktor Sommerfeld?

Ja. Wir sind Kollegen. Wir waren es.

Was heißt: Wir waren es?

Nun, wir beide üben unseren Beruf nicht mehr aus.

Eichmann nickte kaum merkbar mit dem Kopf und starrte wieder auf seine Hände. Auf einmal fühlte sich Felix erleichtert. Er konnte sich nicht erklären, weshalb.

Ist Ihnen bekannt, daß Sommerfeld der Haganah angehört?

Nein, Herr Hauptscharführer.

Zum ersten Mal sah ihn Eichmann an. Ich glaube Ihnen, Herr Doktor Guttmann. Die Haganah ist eine Geheimorganisation. Lesen Sie gelegentlich *Hajnt*?

Nein. Ich kann kein Hebräisch.

Mit dieser Antwort brachte er Eichmann sichtlich aus der Fassung. Verblüfft schüttelte er den Kopf.

Ist das möglich? fragte er. Diese deutschen Juden, fuhr er fort, sogar ihre Sprache verleugnen sie. Dann straffte er sich, und Felix, der ihn nicht aus den Augen ließ, wußte, daß er endlich das zur Sprache bringen würde, weshalb er ihn zu sich bestellt hatte.

Liebstock, sagte er. Casimir Liebstock. Auf alles war Felix gefaßt gewesen, darauf nicht. Er drückte die Beine zusammen, lehnte sich zurück und wartete ab.

Eichmann sprach, als läse er aus einem Protokoll vor: 35 Jahre alt, Bankkaufmann. Bei Pflegeeltern in Breslau aufgewachsen, dort das Gymnasium besucht – zusammen mit Ihnen, nicht wahr? Seit seinem sechzehnten Lebensjahr Kommunist, später in leitender Funktion. Eine undurchsichtige Existenz. Oft im Auftrag der Partei unterwegs. In Frankreich, England, Holland, Italien, in der Sowjetunion. Zuletzt im Saarland als Aufwiegler und neuerdings in Spanien. Soll sich von der Komintern getrennt haben, nun bei POUM sein. Er brach ab.

Wir haben über seine Parteiarbeit selten gesprochen.

Nun machen Sie mal einen Punkt. Eichmann sprang auf. Felix wollte sich ebenfalls erheben. Bleiben Sie sitzen, befahl Eichmann und begann, hinter seinem Schreibtisch hin und her zu gehen. Sie kennen Liebstock seit zwanzig Jahren, sind mit ihm, wie soll ich es ausdrücken, innig befreundet und behaupten, keine Ahnung zu haben von seiner Parteitätigkeit?

Das trifft aber zu. Casimir, sagte er, hielt mich immer für einen unpolitischen Kopf.

Und wofür halten Sie sich?

Casimir hatte sicher recht.

Und jetzt? Und heute?

Daran hat sich nichts geändert, Herr Hauptscharführer.

Haben Sie Kontakt mit ihm?

Nein, sagte er. Das Nein dröhnte in seinem Kopf.

Seit langem nicht mehr.

Soll ich Ihnen das glauben, Doktor Guttmann? Eichmann war mit dem Rücken zu ihm stehengeblieben.

Ja.

Sie können gehen, Heil Hitler, Doktor Guttmann.

Felix stand auf, murmelte dem Rücken einen Gruß zu, zwang sich, ohne Eile das Zimmer zu verlassen, verabschiedete sich bei der Sekretärin, lief die Treppe hinunter, grüßte den Portier – als er aber vors Haus trat, lehnte er sich an die Tür.

Weiss entschied, nachdem Felix das Gespräch in allen Einzelheiten wiedergegeben hatte, daß er unverzüglich Berlin und Deutschland verlassen müsse, natürlich mit einem Abstecher nach Breslau, da er sich bestimmt noch von seiner Mutter verabschieden wolle, aber dann weiter über Frankfurt nach Basel. Die Ausreisepapiere lägen bereit. Es müsse nur noch sein Name eingetragen werden. Die Schiffspassage von Triest nach Tel Aviv sei, mit offenem Termin, gebucht. Wir haben für uns alle so vorgesorgt, Guttmann, denken Sie bloß nicht, wir machten mit Ihnen eine Ausnahme.

Fräulein Esther übertrieb ihre Lautlosigkeit, huschte umher, geschlossene Türen schienen sie nicht aufzuhalten, im Vorbeigehen berührte sie Felix, als wolle sie einen schützenden Zauber auf ihn übertragen, Weiss versah sie mit geflüsterten Anweisungen, sie verschwand, kehrte zurück mit Papieren, die sie auf dem Schreibtisch stapelte, bis sie zu einem kleinen Paket angewachsen waren, auf das Weiss seine Hand legte, sich Felix zuwendete, der alles über sich ergehen ließ, in Gedanken verloren war, die sich überstürzten:

Was würde mit Olga geschehen, würde er sich noch von ihr verabschieden können? Woraus schloß Weiss, daß er so gefährdet sei? Würde er Berlin je wiedersehen? Was erwartete ihn?

Weiss bat ihn, Fräulein Esther seinen Wohnungsschlüssel zu überlassen. Es sei vernünftiger, er gehe gar nicht mehr nach Hause, überlasse es Olga und Esther, das Nötige zu packen. Den Rest könne er sich von einer Spedition nachschicken lassen.

Und Olga? fragte er.

Er werde sie, versicherte Weiss, auf dem Bahnhof treffen. Fräulein Esther sei genauestens instruiert. Also Liebstock, sagte Weiss, auf den sind sie scharf.

Und Felix hörte wieder Casimir rufen, die Stimme, die ihn begleitete und alles voraussagte: Lauf, mein Kleiner, lauf.

INGE MÜLLER
Wir

Wir, sagte einer, der dazugehört
Sind die verlorne Generation
Sie haben uns um unsre Ration geprellt
Das uns Zustehende war schon verteilt
Wir wurden mit der Lügenflasche aufgezogen
Gefüttert mit dem Brei der Heuchelei
Gezüchtigt mit der Peitsche der Vergangenheit
Geängstigt mit dem Teufel an der Wand
Bis wir das Gängelband zerrissen aus Furcht

Und stolpernd über unsre eignen Füße fielen
Im Namen unsrer Väter schrien wir Heil
Und glaubten unser eigenes
(Und wer von uns den Mund nicht auftat
Würgend an unverdaubaren Schalen
Spie hin und wieder aus ins Gebüsch: der Magen
War gesünder als der Kopf)
Wir lernten Preußens Gloria und drei vier:
Ein Lied und Deutschland, Deutschland über alles
Über die eigne Leiche gehn fürs Vaterland
Marsch, marsch: Volk ans Gewehr. Deutsch sein
Heißt treu sein; Kopf ab zum Gebet
Humanismus heißt: JEDEM DAS SEINE
(Die Mauer steht noch, wo das steht).

BOTHO STRAUSS
Diese Erinnerung an einen, der nur einen Tag zu Gast war (I)

(...)
Wann war das und wo?

Kein Deutschland gekannt zeit meines Lebens.
Zwei fremde Staaten nur, die mir verboten,
je im Namen eines Volkes der Deutsche zu sein.
Soviel Geschichte, um so zu enden?

Man spüre einmal: das Herz eines Kleist und
die Teilung des Lands. Man denke doch: welch ein Reunieren,
wenn einer, in uns, die Bühne der Geschichte aufschlüg!

Vielleicht, wer deutsch ist, lernt sich ergänzen.
Und jedes Bruchstück Verständigung
gleicht einer Zelle im nationellen Geweb,
die immer den Bauplan des Ganzen enthält.

(...)

Uwe Johnson
Ingrid Babendererde

16

Frühmorgens stand Frau E. Petersen in ihren Erdbeerbeeten und lockerte mit der Hacke den Boden zwischen den Pflanzen auf; ab und zu bückte sie sich schnell und ungeduldig um einen Senker abzureissen. Immer stützte sie sich auf am Hackenstiel, aber sie liess sich keine Zeit.

Sie mochte gern um diese Zeit hier arbeiten in dem kühlen Überlicht des Morgens, während das Vogelgeschwätz in den Wallbäumen die übermässige Stille fühlen liess. Es war als könne sie dann und so von sich abtun, was noch anhing von der Unruhe und dem Unbehagen der Nacht; als könne sie nun ruhig sein. Aber eigentlich fürchtete sie jetzt schon den Zettel, den sie am Abend auf den Dielen finden würde, nach dem sie sich bücken musste und den sie sofort las in aller Müdigkeit: Bin zur Sitzung, abends bei Babendererdes. Oder in der Schleuse. Komme spät. Das sagte sie leise und unablässig in ihr Arbeiten hinein, nach dieser Vorschrift setzte sie ohne Aufenthalt einen Fuss vor den andern und wollte nichts sehen als Erdbeerstauden und überflüssige Senker: Zur Sitzung. Abends bei Babendererdes (oder in der Schleuse). Komme spät.

Sonntags im Dom sass in den hinteren Reihen des Mittelschiffs sehr allein und sehr aufrecht eine müde Frau neben dem bekümmerten und vorsichtigen Gesicht eines kleinen Mädchens, die sah unbeweglich und unzugänglich vor sich hin: dies war Frau E. Petersen, und seit dem letzten Jahr des Grossen Krieges sass sie allein unter den altersbraunen ungebärdigen Holzschwüngen, die den Apostel Matthäus darstellten. Und ihre zusammengefasste Aufmerksamkeit verteidigte sich gegen die Nachbarn, deren gelegentliche Blicke wussten dass diese Frau Petersen einen Sohn hatte, der niemals neben ihr sass. Die neuerdings auch wussten dass Jürgen Petersen (im Gegenteil) dies und jenes öffentlich gesagt hatte.

Jürgen hatte oft versucht ihr zu erklären was es auf sich gehabt habe mit dem letzten Krieg und was es auf sich habe mit einer nachfolgenden Partei von Arbeitern und Bauern, von Leuten (wie er gesagt hatte), die nun auf Ordnung halten wollten und diese Ordnung auch einrichten würden ...: sie war nicht sehr geduldig gewesen, aber sie hatte auch in zwei Jahren solche Denkweise nicht begreifen können, und schliesslich war es nicht gut bei Petersens gegangen. Jürgen achtete sehr auf Grete und war freundlich zu ihr, die mühsam und verwirrt zwischen Bruder und Mutter stand; aber Jürgen verlangte nichts von ihr. Seit langem war er regelmässig in der Schleuse gewesen, später blieb er dann auch oft bis spät bei Babendererdes. Kam leise nach Hause und ohne Licht zu machen, richtete sich geräuschlos das Sofa ein und lag dann lange wach, und seine Mutter achtete auf die Atemzüge im anderen Zimmer wie Jürgen auf die ihren, und keiner antwortete.

Sie hatte diese Frau Babendererde einmal gesehen auf dem Markt, mit Jürgen, und sie hatte gesehen dass Jürgen ein helles Gesicht hatte, wenn er mit dieser Frau sprach, und sie wusste dass Jürgen auch für sie dies Gesicht hätte, wenn sie nur auch vermocht hätte in der Art freundlich zu sein wie die Frau Babendererde. Sie war vorbeigezogen mit ihrem Gemüsekarren ohne sich umzuwenden. Oh er war manchmal auch zu Hause gutwillig und eingehend, aber es wurde nichts Rechtes damit, denn er musste sich anstrengen dazu und sie hatten sich nun gewöhnt an den kurzen heftigen Ton. War es nicht schrecklich dass sie nichts anderes mehr tun konnten als sich mit den Worten zerschlagen. Die alte Kölpin hatte neulich gemeint: Der Sohn der Frau Petersen betreibe mit seinem sozialistischen Kram letztlich doch nur dass der Gartenbaubetrieb Petersen enteignet werde; sie hatte geschwiegen dazu. Als Grete das einmal dennoch aussprach beim Abendbrot, hatte Jürgen eben nur seine Lippen verzogen; seiner Schwester erklärte er alles, und seine Mutter sass schweigend dabei und gab vor beschäftigt zu sein: wie Jürgen vorgab nur für Grete zu reden. War es nicht schrecklich.

Sie hatte versucht mit Ingrid zu reden, als die einmal an ihren Stand kam, Sellerie kaufte: es war nichts geworden, es ging nicht. Sie hätte nicht so nörgeln sollen mit Jürgen im vorigen Herbst, als Ingrid im Garten war; sie war lange Zeit nicht wiedergekommen. Sie hätte vor allem damals Jürgen nicht fragen sollen zu wem Ingrid denn gehöre, zu Jürgen oder Klaus, denn dies war ja zu sehen, und sie war gewärtig gewesen dass Jürgen mit der Antwort Mühe haben würde, er hatte gesagt: De hürt to Klaas; hatte den Spaten in die Erde gestossen und war davon gegangen, vielleicht wissend dass das so hatte sein sollen. Sie hatte ohne Aufsehen weitergegraben, hatte geweint über ihre Bosheit und in ihrem Kummer.

Die Frau in dem erdigen zerschlissenen Gärtneranzug stützte sich auf die Hacke und streckte ihren schmerzenden Rücken. Während sie das Kopftuch aus ihrer Stirn schob, fiel ihr Klaus ein; sie schüttelte verzweifelt den Kopf. Klaus hatte auf dem Weg gehockt und geredet, sie hatte aber fortgearbeitet, und das ist ein ungutes

Reden so. Klaus hatte versucht ihr zu erklären: Jürgen meine es eben ehrlich mit seinen Sachen, und vielleicht seien die ganz richtig so (für Jürgen). Das gehe sicherlich nicht gegen das Andenken seines Vaters; ob sie denn Jürgen nicht die Meinung erlauben wolle dass der Krieg eine ganz und gar unnütze Sache gewesen sei. Und so gehörten sich nun wohl Dinge, die etwas nützlicher seien. Sie hatte an ihrem Spaten entlang gesagt: ob er (Klaus) denn wohl glaube dass das so sei. Klaus hatte gesagt: er wolle gar nicht bestreiten dass es unangenehm sei einen Sohn zu haben, der etwas für den Sozialismus tue, indem sein Vater etwas gegen ihn getan habe und ums Leben kam dabei: ob sie denn Jürgen nicht das Recht zugestehen wolle etwas zu glauben. – Öwer Se glöben sche ok nich dor an. – Dat's woll anners bi mi: gab Klaus zu, und sie hatte an seiner Stimme gehört dass er lächelte: Das sei nun sein Recht. – Das mochte schon sein: hatte sie geantwortet, und sie hatte gesagt: aber es sei wohl nicht sein Recht sich zu beschäftigen mit anderer Leute Angelegenheiten. Klaus hatte gesagt dass sie da richtig sei in dieser Meinung. Nach einer Weile war er schweigend gegangen. Das hätte vielleicht auch anders sein sollen, aber was sollte solche junge Weisheit gegen das Leben der Frau Petersen, die den Gartenbaubetrieb Richard Petersen unterhielt.

Der Boden war hart eingetrocknet, er brauchte Regen schon seit langem. Sie zerschlug die Erdklumpen mit dem Hackenblatt und machte sich daran das Beet zu Ende zu säubern. Jetzt war ungefähr die Zeit, da Jürgen aufstand. Sie dachte er werde sich gewiss nicht Kaffee kochen, er vergass das Essen am Morgen einfach, wenn er es nicht fertig vorfand auf dem Küchentisch. Da lag aber ein Zettel, der in drei Stücke zerrissen war. War es nicht schrecklich.

CHRISTOPH HEIN
Horns Ende

Kruschkatz

Ich traf Horn sieben- oder achtmal, seit ich Bürgermeister in Guldenberg geworden war. Meistens gab es einen amtlichen Anlaß, schließlich war ich sein Vorgesetzter. Ich kann nicht sagen, wieso wir uns so selten sahen. In einer so kleinen Stadt begegnet man vielen Leuten mehrmals am Tag. Er muß mich gemieden haben. Aber vielleicht gingen wir uns beide aus dem Weg, weil sich unsere Wege nach dem Leipziger Verfahren getrennt hatten. Es gab offenbar keine Gemeinsamkeiten zwischen uns, was ich damals bedauerte.

Ich schätzte Horn noch immer und bemühte mich, ihm freundlich zu begegnen. Mit dem Herzen in der Hand, wie die Italiener sagen. Es war umsonst. Er wollte Leipzig nicht vergessen, und verstehen konnte er es nicht.

Ihm war dort Unrecht geschehen, gewiß, und an diesem Unrecht hatte ich meinen Anteil, ich habe es nie bestritten. Aber es gibt eine höhere Moral, vor der sich Recht und Unrecht die Waage halten oder gemeinsam zu fragwürdigen Werten schrumpfen. Es war ihm ein geschichtlich notwendiges Unrecht angetan worden im Namen eines höheren Rechts, im Namen der Geschichte. Ich war nur das ausführende Organ, die kleine Stimme dieses ehernen Gesetzes. Ich hoffte, ihm dies begreiflich machen zu können. Ich hoffte es, nicht weil ich mich entschuldigen, sondern weil ich ihm helfen wollte. Aber Horn fühlte sich noch immer ungerecht behandelt. Er sah nur, daß ich ihm seine wissenschaftliche Karriere ruiniert hatte, und war nicht fähig oder willens, aus dem Winkel seiner gekränkten Ehre hervorzukommen. Er hatte sich in seinem Selbstmitleid eingerichtet und zog es vor, einsam zu bleiben, wenn er nur im Recht war.

Einmal im Jahr hatte Horn im Rathaus zu erscheinen, um mir Bericht zu erstatten. Tatsächlich war er häufig im Rathaus, mehrmals in jedem Monat, doch zu mir kam er nur an diesem einen Tag im Jahr.

»Sie haben mich vorgeladen«, sagte er statt eines Grußes, als er das erstemal mein Zimmer betrat.

Er blieb an der Tür stehen. Wer ihn nicht kannte, hätte vermuten können, daß er aus Bescheidenheit und Respekt nicht wagte, näherzukommen und mir in die Augen zu blicken. Aber ich wußte, daß ihn nicht Ehrfurcht oder gar Unterwürfigkeit davon abhielten, selbstbewußt vor mich zu treten, sondern allein sein ungebrochener Hochmut. Und ich nahm mir vor, niemals auf seine mir angebotene Distanz und kühle Höflichkeit einzugehen. Also stand ich auf und ging ihm lächelnd und mit ausgestreckter Hand entgegen.

»Nein, Genosse Horn, du irrst. Ich habe dich nicht vorgeladen, sondern eingeladen. Willst du dich nicht setzen?«

Er übersah meine ausgestreckte Hand und ging zu einem der Sessel. Ich folgte ihm, legte eine Hand auf seine Schulter und sagte mit noch größerer Herzlichkeit: »Ich freue mich, daß uns der Zufall wieder zusammengeführt hat. Ich freue mich auf unsere gemeinsame Arbeit, Genosse Horn.«

Er öffnete schweigend seine Aktentasche, entnahm ihr ein paar Papiere und schob sie schweigend zu mir. Ich lehnte mich im Sessel zurück, ohne die Papiere anzusehen. Ich wartete, um ihn zum Reden zu zwingen, doch als er aufsah, sagte er lediglich: »Sie irren sich, Herr Bürgermeister, ich bin nicht Ihr Genosse. Ich bin kein Mitglied Ihrer Partei.«

Ich hörte nicht auf zu lächeln. »Das mußt du mir nicht sagen. Den Antrag auf deinen Ausschluß habe ich gestellt, wie du weißt. Dennoch, Horn, ob du Mitglied meiner Partei bist oder nicht, für mich wirst du immer mein Genosse sein.«

Seinen kühlen grauen Augen war nicht anzusehen, ob er begriff, wie tief ich mich vor ihm demütigte. Ihnen war nicht einmal anzumerken, ob er mir überhaupt zuhörte. Mit einem Finger schob er die vor mir liegenden Papiere zurecht: »Mein Jahresbericht, Herr Bürgermeister.«

»Ich bin überzeugt, daß er korrekt ist. Ich akzeptiere ihn ungelesen.«

»Dann darf ich mich verabschieden.«

»Vielleicht sollten wir ein paar Dinge miteinander besprechen. Darf ich dir einen Kaffee holen lassen?«

Horn hatte sich erhoben, verschloß die Aktentasche und wartete, daß ich ihm erlaube zu gehen. Er hatte nicht einmal die Knöpfe seines Mantels geöffnet, seitdem er in mein Zimmer getreten war.

»Wenn ich dir helfen kann, ich stehe ganz zu deiner Verfügung.«

»Danke. Ich benötige nichts.«

»Ich meine, wenn du etwas für unser Museum brauchst ...«

»Sie finden alles in meinem Bericht, Herr Bürgermeister.«

Er neigte leicht den Kopf, drehte sich um und ging hinaus.

Ich habe in den späteren Jahren oft darüber nachgedacht, ob es ein Fehler war, nach Bad Guldenberg zu gehen. Heute muß ich sagen, daß ich es bereue. Guldenberg erwies sich als das Ende meines Weges, und es war eine erbärmliche Stadt und ein erbärmliches Ende. Ich habe es bereut, weil mein Ehrgeiz schließlich in dem Morast lokaler Banalitäten verendete, nicht aber, weil ich in Guldenberg Horn wiedertraf. Ich war im Gegenteil dem Zufall dankbar, daß er mich wieder mit ihm zusammenführte, da ich hoffte, seine Vorbehalte mir gegenüber ausräumen und ihn bewegen zu können, die Vorgänge von Leipzig zu verstehen und zu akzeptieren.

Es gelang mir nicht. Drei Jahre nach meinem Amtsantritt als Bürgermeister verübte er Selbstmord. Ich habe ihn nicht davon abhalten können, und ich weiß, daß einige Leute in der Stadt mir die

Schuld an seinem Tod geben. Das ist unsinnig. Horn war für diesen Tod bestimmt wie ein Ochse für den Schlachthof. Er war nicht lebenstüchtig. Er war für ein Leben unter Menschen nicht geeignet. Ich sage dies ohne jede Wertung oder Verachtung, ich habe ihn immer geschätzt. Und ich meine, es ist kein allzu hoher menschlicher Wert, auf dieser Erde lebenstüchtig zu sein. Es gab prächtige Menschen, die es nie waren. Aber da wir nun einmal genötigt sind, in menschlicher Gemeinschaft zu leben, ist ein gewisses Maß an Bereitschaft für dieses Leben, ob zu loben oder nicht, erforderlich und somit eine Tugend. Eine Tugend, die Horn nicht besaß. Und falls auch er meint, daß ich an seinem Tod mitschuldig bin, so sollte er auch wissen, daß diese angebliche Schuld, zu der ich mich nicht bekennen kann, tausendfach gerächt wurde. Denn selbst Irene, meine eigene Frau, gehörte zu jenen Leuten in Guldenberg, die mir seinen Selbstmord anlasteten. Der Strick, den Horn sich um seinen Hals legte, war auch für mich geknüpft. Mit Horn starb das Wichtigste in meinem Leben, Irenes Liebe.

Im März 1957 feierten wir das fünfjährige Bestehen unseres Museums. Aus diesem Anlaß gab es ein Essen in der Burg, und ich überreichte Horn eine bronzene Medaille mit dem Relief unserer Stadt.

Horn hielt bei Tisch eine sehr bemerkenswerte Dankesrede. Statt mit wenigen Worten die Bemühungen der Stadt um sein Museum zu würdigen, sprach er ermüdend lange über die jüngsten Funde einer altsorbischen Ansiedlung, die er demnächst ausstellen wollte. Gewiß langweilte er die anwesenden Gäste mit den historischen Ausführungen und seinen archäologischen Kenntnissen. Er langweilte sie, weil sie nicht verstanden, daß er über alles andere als über Archäologie sprach. Und sie wären mit aufmerksamster Neugier seiner Rede gefolgt, wenn sie nur geahnt hätten, daß er – seine altsorbischen Tonscherben vorhaltend – über eine ganz andere Ausgrabung sprach, nämlich über Leipzig, über seinen Parteiausschluß, über mich. In seiner Rede forderte er mich vor die Schranken seines Gesetzes, verklagte und verurteilte mich im Namen seiner ihm teuren Abstraktionen.

Der Beifall war höflich. Ich gab das kleine Bankett frei, nicht ohne zuvor auf Horns Richtspruch einzugehen, wobei ich mich gleichfalls seines Versteckspiels bediente, um die tauben Dummköpfe um uns her auch weiterhin aus unserem unausgesetzten Kampf auszuschließen.

»Sie würden diese unersetzbaren Scherben der Geschichte nicht zusammensetzen können, lieber Horn«, erwiderte ich, »wenn damals nicht ein wirksames Gemeinwesen existiert hätte. Und diese organisierte Gemeinschaft, ein kleiner Staat, vernichtete, wie Sie uns darlegten, ihre Feinde, die Feinde der Gemeinschaft, unerbittlich und grausam. Aber sie legte ihnen auch die Gräber an, die uns die reichen Funde erst ermöglichen. Letztendlich hat eine jede Gemeinschaft von Menschen geschriebene oder ungeschriebene Gesetze, die für denjenigen, der diese Gemeinschaft mißachtet und sich über sie stellt, tödlich sind. Ich denke, es wird keinen unter uns geben, der dies nicht bedauert, aber auch keinen, der für diesen Todfeind der Gemeinschaft – der Gesellschaft, wenn Sie so wollen – bereit wäre, das Gesetz und damit das Leben der Gemeinschaft zu opfern. Das Gesetz traf auch Unschuldige, sagen Sie. Nun, auch das Gesetz ist nicht fehlerlos. Das schrecklichste Opfer, das der Gang der Geschichte fordert, ist der Tod von Schuldlosen. Er ist der Blutzoll, den der Fortschritt kostet. Doch bei aller Tragik, lieber Herr Horn, sollten wir uns nicht zu lange einer persönlichen Erschütterung hingeben, so verständlich sie auch sein mag. Lasset die Toten die Toten begraben, sagt die Bibel. Wollen wir in diesem Punkt christlich handeln. Lassen wir die Toten ruhen. Ihre Gräber zu öffnen, wollen wir allein den Archäologen gestatten.«

Man applaudierte mir ebenso höflich und uninteressiert und stürzte sich dann über die bereitgestellten Speisen. Für Sekunden standen Horn und ich uns gegenüber, zwei einsame, stille Kämpfer. Und in diesem Moment begriff ich, daß es niemals zu einer Versöhnung zwischen uns kommen konnte. Meine Bemühungen um ihn würden nicht seinen Haß und seine mörderische Selbstgerechtigkeit aufhalten können. Ich bedauerte ihn, denn ich sah, was kommen mußte und wenige Monate später sich vollendete.

Ich ging zu ihm, legte meinen Arm um seine Schulter und sagte: »Ich habe dich verstanden, Genosse. Ich wünschte, du könntest mich verstehen.«

Er wandte sich ab und entgegnete: »Sie sind heute mein Gast, Herr Bürgermeister. Bedienen Sie sich nach Belieben.«

Vier Monate später sah ich ihn zum letztenmal. Auf der Burg liefen die Untersuchungen gegen Horn, und ich war zu einem Gespräch gebeten worden. Man befragte mich über die Vorgänge in Leipzig, und ich mußte über jedes Gespräch, das ich als Bürgermeister mit Horn geführt hatte, Bericht erstatten.

Die Befragung erfolgte in Horns Büro. Ich saß auf einem einfachen Holzstuhl vor dem Schreibtisch, hinter dem ein Leutnant und zwei Genossen in Zivil Platz genommen hatten. Dann wurde ich gebeten, im Vorraum zu warten. Man wollte das Protokoll abtippen lassen und mir zur Unterschrift geben.

Als ich erneut ins Büro gebeten wurde, fragte ich, ob Horn verhaftet worden sei.

Der Leutnant schüttelte den Kopf: »Nein, wir haben ihn nicht verhaftet. Sollten wir?«

»Das habe ich nicht gesagt«, erwiderte ich schnell, »Sie haben mich mißverstanden.«

Der Leutnant sah mich mißbilligend an: »Eine Frage, Genosse Kruschkatz, wie konntest du Horn so viel Vertrauen schenken? Ausgerechnet du, der ihn seit fast zehn Jahren kannte?«

Ohne zu zögern, antwortete ich dem Offizier: »Es war ein Fehler, Genosse. Ich habe den Gegner unterschätzt. Aber ich habe nicht nur euch enttäuscht, ich bin mit mir selbst unzufrieden. Und ich denke, ich habe dazugelernt. Dank eurer Hilfe, Genossen.«

Der Leutnant nahm meinen Satz reglos zur Kenntnis und entließ mich, ohne etwas zu erwidern. Ich hatte nichts als die Wahrheit gesagt, und dennoch hatte ich das Gefühl, besudelt zu sein, und das Bedürfnis, mich zu waschen.

Als ich hinausging, saß Horn im Vorraum. Er lächelte mich an, und ich spürte, daß ich rot wurde. Ich ging rasch an ihm vorbei, ich begrüßte ihn nicht.

Ich war ihm immer wieder entgegengekommen, weiter als es mein Amt und meine Selbstachtung erlaubten. Nun konnte und wollte ich nichts mehr für ihn tun. Ich wußte nicht, welchen Vergehens er beschuldigt wurde, aber ich war überzeugt, daß er sich wiederum frei von jeder Schuld fühlte. Er war der einzige Mensch in Guldenberg, um dessen Freundschaft ich mich bemüht hatte, und ich wußte, er würde diese Untersuchung, sein zweites Verfahren, nicht überleben wollen.

Klaus Hensel

Glienicker Brücke

für Jürgen Becker

Nicht zu benennen – doch
Am Ende der Straße fallen die Lider
Wie Schlagbäume zu

Das Land fährt dir in
Die Knochen – als ob der Kalk
Brennt, ein pawlowscher Dreh

Die Zunge fährt übers Salz
Auf der Lippe – ein Schnee der lange
Auf der Wimper lag

Unter den Lidern rollen
Chausseen – unbegrenzte
Himmel beflecken den See

ULLA HAHN
Auf Erden

Gelassen schau ich diesen Himmel an.
Natur. Natürlich fallen mir Vergleiche ein.
Ein Alpenveilchentöpfchen könnt es sein
was hochhinaus am Horizont erglüht.

Es ist mir trotzdem kalt. Die Wiesen weiß
vereist. Die Sonne schwach. Aufs Autodach
fiel Schnee und auf die Felder fallen
strenge Metaphern ohne Reim herein.

Die Krähen schrein. Natürlich ziehn
sie schwirren Flugs zur Stadt. Wer
keine Heimat hat schaut sich
den Himmel an.

PETER BICHSEL
Robinson

Als er erwachte, zwitscherten die Vögel.

Am Abend war er früh zu Bett gegangen, eigentlich nicht, weil er müde war, aber er war müde genug, um einschlafen zu können, das genügt, und als er erwachte, war es neun Uhr, und um neun Uhr ist sonst das Zwitschern vorbei, das fiel ihm auf. Später fragte er sich, ob das Zwitschern im allgemeinen wirklich mit der frühen Morgenstunde zu tun habe, ob es sich also so verhalte, daß die Vögel das Zwitschern aufgeben, wenn der Lärm der Autos einsetzt, oder ob man die Vögel nur wegen des Lärms nicht mehr hört. Nach Tagen nahm er sogar den Großen Brehm, um etwas darüber zu erfahren. Er las darin alles über Vögel, aber über das Verhältnis von Autolärm und Zwitschern stand nichts drin, und es war zu spät, die Frage durch Beobachtung zu lösen. Man konnte ihr Tage später nur noch mit der Erinnerung auf die Spur kommen, das hatte seine Gründe.

Als er erwachte, war es neun Uhr, und sein erster Gedanke galt den Vögeln.

Später, Tage später, überraschte ihn, daß er damals nicht daran dachte, daß er um acht Uhr im Büro zu sein hatte, daß er sich verschlafen hatte. Es überraschte ihn erst, als nicht mehr daran zu denken war, täglich um halb acht im Büro zu sein. Unter normalen Umständen hätte er sich damals, dachte er später, an die Stirn gegriffen, hätte seiner Frau aufgetragen, das Büro zu verständigen, den Hausarzt zu rufen, damit seine Absenz mit einem Zeugnis belegt werden könnte. Er erinnerte sich auch daran, daß er, bevor er auf den Knopf des Radios drückte, wußte, daß kein Radio mehr spielen würde. Und als er den Knopf runterdrückte, erwartete er nichts anderes als ein Störgeräusch oder absolute Stille – nicht etwa die Stille eines defekten Radios, sondern Stille, die dadurch entsteht, daß nichts anderes als Stille gesendet wird, und nicht etwa dadurch, daß überhaupt nichts geschieht, aber als er auf den Knopf drückte, kam etwas für Flöte und Streicher in der Art Mozarts.

An diese Sendungen gewöhnte er sich. Auch Tage später wurde noch gesendet, und auf das Radio verzichtete er auch später nicht. Es lief weiter, ohne auf seine Umstände Rücksicht zu nehmen, ohne seine Umstände zu beachten. Doch hatte er von allem den Eindruck, daß es nicht mehr funktionieren könne. Den Briefkasten vergaß er zwar, und als er ihm wieder einfiel, verzichtete er auf ihn, aber das Telefon funktionierte, das Licht, das Gas, die Heizung.

Er nahm sein Radio und trug es durch die Wohnung, immer noch Mozarts Flöte. Er hatte die Gewohnheit, sich ins Wohnzimmer zu setzen, eine Zigarette zu rauchen, das Radio laufen zu lassen, dann auf die Toilette zu gehen, dann sich anzuziehen. In der Regel geschah das um sieben herum, und die Vögel zwitscherten. Jetzt war es neun. Um zehn Uhr wird er die Nachrichten verpassen, so wie er sie immer um sieben Uhr verpaßt hatte, bei laufendem Radio, denn bevor er überhaupt feststellte, daß sich Wesentliches verändert hatte, wußte er schon, daß daneben alles ähnlich bleiben wird. Er wußte, daß das Funktionieren des Radios nicht eine Ausnahme war.

Später, als er ein Interesse bekam, die Situation protokollarisch festzuhalten, bedauerte er, daß er an diesem Morgen nicht gleich in die Zimmer seiner Frau und seiner Kinder gegangen war, inzwischen waren sie weg. Er glaubte sich zwar daran zu erinnern, daß sie am Vorabend des ersten Tages in die Ferien gegangen waren, er erinnerte sich an eine Adresse, aber inzwischen geschah so vieles, auf das er sich nicht verlassen konnte, daß er bedauerte, nicht gleich am ersten Tag Notizen gemacht zu haben über all das, was gesichert war. Er wäre froh gewesen, jetzt einen Zettel zu haben mit dem Vermerk: »23. April, Frau und Kinder in den Ferien.« Jedenfalls besteht die Möglichkeit, daß der Hund anfänglich noch da gewesen war, also Vermerk: »23. April, Hund noch da.« Oder besser: »3. Mai, Hund in der Zeit zwischen 20 Uhr (2. Mai) und 9 Uhr 30 (3. Mai) verschwunden.«

Nachdem es diese Vermerke nicht gab, war es auch ohne weiteres möglich, daß der Hund schon von Anfang an nicht da gewesen war. Auch wäre inzwischen von einer gewissen Wichtigkeit gewesen, zu erfahren, ob die folgende Handlung geschah, als er es erst ahnte oder als er es bereits wußte.

Er stand auf – vom Sessel im Wohnzimmer –, nahm das Radio mit sich, schloß die Tür mit dem Schlüssel ab, zog dann den Schlüssel aus dem Schloß, um der Handlung etwas Endgültiges zu geben, entschied sich aber doch wieder, den Schlüssel ins Schloß zurückzustecken, um ein Öffnen von außen zu verhindern. Dann schloß er die Fenster. Er erinnerte sich auch, daß ihm in jenem Augenblick auffiel, daß er die Tür, die die ganze Nacht unverschlossen war, am Morgen schloß. Er erinnerte sich, daran gedacht zu haben, daß er sie ab jetzt, da er sie morgens schloß, abends hätte öffnen können.

Und auch um elf Uhr zwitscherten die Vögel.

Er wußte jetzt, daß sie bis Sonnenuntergang zwitschern werden. Eine Bestätigung im Großen Brehm, daß sie das immer tun und daß man es in der Regel nur nicht hört, hätte jetzt noch geholfen, noch einmal wäre wenigstens alles so gewesen wie es war, hätte ihn veranlaßt, den Hausarzt doch noch zu rufen, aber der Große Brehm fiel ihm erst später ein, und zwei Stunden sind eine lange Zeit, und es gibt keine zweistündigen Ausnahmen. Zwischen zehn und elf fuhr zwar ein Auto vorbei, das heißt, er sah zwischen zehn und elf ein Auto vorbeifahren, denn wirklich vorbeigefahren waren in dieser Zeit mehrere, und wenn er auch anfänglich versuchte, sich etwas vorzustellen und die Autos zu übersehen, sie nicht zu sehen, so muß doch gesagt werden, daß ihm spätestens gegen Abend das Verleugnen der Autos nicht mehr gelingen konnte.

»Als ich um neun ans Fenster trat, war die Straße leer: kein Mensch, kein Auto, kein Geräusch, nur das Zwitschern. Ich stellte mir vor, ohne darauf zu achten, daß ich mich verschlafen hatte – und daß ich darauf nicht achtete, ist mir Beweis genug –, ich stellte mir vor, übriggeblieben zu sein. Ich mußte, nachdem ich gestern sehr früh zu Bett gegangen war – schon vor sieben Uhr – etwas verschlafen haben, was die anderen, die jetzt fehlten, im Wachen erreicht hatte. Ich stellte das Radio an, und es lief.«

Die Stimmen im Radio waren ihm bekannt, gestern noch hatten sie Namen, aber sie waren ihm nicht Garantie genug, kein Beweis, sie halfen nicht. Zwischen zwölf und eins nahm der Autoverkehr ab.

»Zwitschern der Vögel.«

Er nahm sich vor, jetzt genau darauf zu achten, was mit dem Zwitschern geschieht, wenn nach Mittag der Autoverkehr wieder zunimmt.

Aber immer noch keine Fußgänger.

»Ich hätte nie auf Leute geschossen.«

Nachdem er zum dritten Mal jemanden angerufen hatte, das Telefon lange läuten ließ, zum dritten Mal innerhalb der vier Stunden, begann er, sein ganzes Adreßbuch durchzutelefonieren, und er hoffte, keine Antwort zu hören. Denn wenn er anfangs nur telefonierte, um sich davon zu überzeugen, daß die andern noch da seien: jetzt telefonierte er, um sich davon zu überzeugen, daß sie nicht mehr da waren, denn in diesen Autos saßen Leute, und sie saßen nicht steif wie in Träumen.

»Aber auch jetzt, um ein Uhr, immer noch keine Fußgänger.«

Und seine Freunde, die Stimmen seiner Freunde, meldeten sich, und er sprach mit ihnen, gab sich Mühe, die Stimmen nicht zu erschrecken. Er war jetzt ganz ruhig.

»5. Mai, jedenfalls ist es mir fremd, auf Menschen zu schießen, und vor meinem Fenster liegen keine Verletzten.«

Das Zwitschern der Vögel war immer noch nicht unangenehm, und er hatte sich auch daran gewöhnt, daß innerhalb seiner Wohnung das Leben ablief.

Abends war alles vorbei. Er verließ das Fenster, er setzte sich jetzt wieder vor das Fernsehen, er ging früh zu Bett und stand regelmäßig um neun auf. Vor Tagen hatte er einmal die Wohnungstür verbarrikadiert, mit dem Schrank, abends entfernte er ihn. Abends war ihm auch immer klar, daß er tagsüber Fußgänger gesehen haben mußte, abends war es ihm unverständlich, wie das Gewehr neben das Fenster gekommen war. Abends räumte er es weg, abends nahm er sich vor, um sieben aufzustehen und ins Büro zu gehen. Es gab abends nur einen Grund, das Haus nicht zu verlassen: er war am Morgen nicht zur Arbeit gegangen und hätte von einem Vorgesetzten entdeckt werden können. Es hätte auch ohne weiteres die Möglichkeit bestanden, daß er am 22. April seinen Urlaub angetreten hätte, aber aus jener Zeit fehlten ihm die Notizen. Vermerk: »22. April, Urlaub angetreten.«

Morgens stand er am Fenster. Er suchte Fußgänger: Fußgänger, von denen er abends annahm, sie gesehen zu haben. Schon bückte er sich, wenn es dunkel wurde, nach seinem Gewehr, um es wegzuräumen, und erschrak trotzdem, wenn es da war, weil er nicht wußte, wie es ans Fenster gekommen war. Zwei Gewohnheiten spielten sich unabhängig voneinander ein, die des Tages und die der Nacht, aber nicht so, daß die eine unbewußter als die andere gewesen wäre. Die erste Handlung des Abends war die, das Gewehr wegzuräumen, die erste des Tages, es zu holen. Tagsüber glaubte er auch, sich daran zu erinnern, daß er all das am Vorabend beschlossen hatte, glaubte sich zu erinnern, daß er das Gewehr schon am Vorabend geladen hatte; abends erinnerte er sich an Fußgänger, die tagsüber fehlten, auf die er hoffte. Immer noch hätte er die Möglichkeit gehabt, auf die Straße zu gehen, sich vor ein Auto zu stellen, den Fahrer zu zwingen, Fußgänger zu sein, auszusteigen, ihn anzusprechen, unfreundlich anzusprechen.

»5. Mai, ich muß das Gewehr genommen haben, ich muß auf die Leute geschossen haben.«

Abends läßt sich der Tag überblicken, läßt sich die Munition nachzählen. Tagsüber gab es keine Fußgänger, tagsüber gab es die Fußgänger nicht, von denen man abends wußte, daß sie unterwegs gewesen sein mußten. Und abends gab es keinen Grund zur Verzweiflung. Der Große Brehm stand längst wieder im Regal. »Heute regnete es, keine Fußgänger, auch keine Vögel heute.« Er verließ jetzt das Fenster auch tagsüber.

Wäre er ganz sicher gewesen, daß das Gewehr funktioniert, er hätte nicht geschossen. »Es machte mir auch, daran erinnere ich mich, keinen Spaß. Jedenfalls ist es mir fremd, auf Leute zu schießen. Ich war aber doch überrascht, daß es mir keinen Spaß macht. Am 5. Mai kamen die Fußgänger. Ich erinnere mich nicht mehr daran, daß sie sich hinlegten. Ich versuche mir vorzustellen, wie sich ein Angeschossener hinlegt, aber ich erinnere mich nicht, sie legten sich nicht hin. Jetzt auch keine Autos mehr. Ich versuche, mir die

Sirenen der Polizei vorzustellen. Nach den Schüssen habe ich die Tür aufgeschlossen und mich hingesetzt, ich warte seit drei Stunden. Alle Vögel erwachen früh aus dem kurzen Schlafe der Nacht, die meisten sind rege, noch ehe das Morgenrot den Himmel säumt. In den Ländern jenseits des Polarkreises machen sie während des Hochsonnenstandes zwischen den Stunden des Tages und denen der Nacht kaum einen Unterschied. Ich habe den Kuckuck noch in der zwölften Abendstunde und in der ersten Morgenstunde wieder rufen hören. Wer bei uns im Hochsommer früh in den Wald geht, vernimmt schon mit dem ersten Grauen der Dämmerung die Stimmen der Vögel und dieselben ebenso noch nach Sonnenuntergang. Eine kurze Zeit der Nacht, einige Minuten dann und wann übertags scheinen ihnen zum Schlafen zu genügen.«

Letzter Vermerk: »5. Mai, ich warte seit Stunden.«

Martin Walser
Meßmers Gedanken

Von allen Stimmen, die aus mir sprechen, ist meine die schwächste.

Mein Gesicht ist eine Tür, durch die man herein kann, aber nicht hinaus.

Mich verändert alles. Ich verändere nichts.

Durch mein Gesicht ziehen die Jahre wie Eroberer.

Es muß gepriesen werden die Wand, die dich trennt.

Ich schaue hinaus durch einen täglich kleiner werdenden Schlitz. Was für eine Gemeinheit, mich gestern anzurufen und heute nicht.

Immer wird mir, von der Kürze fasziniert, die Zeit lang.

Er vertreibt die Leute so rasch wie möglich, dann sitzt er wieder. Also ihm geht es ausgezeichnet. Er weiß es, aber er spürt es nicht.

Wenn mir einer seinen Besuch ansagt, erschreckt er mich. Ich will seinen Besuch nicht. Das kann ich nicht sagen. Mein Leiden nimmt zu, bis zu seinem Eintritt. Wenn er hereinkommt, bin ich völlig wund. Um ihn nicht spüren zu lassen, wie wenig ich seinen Besuch ertrage, hindere ich ihn immer wieder am Gehen. Erst nachts um drei, wenn wir beide erschöpft sind, darf er hinaus. Ich fall' in mein Bett und weine vor Freude.

Wenn der nebenan einmal ein Geräusch richtig deutet, weiß er bei jedem folgenden Geräusch eindeutig, was ich tue.

Meßmers Gedanken sind die Gedanken einer dicken Frau. Das weiß er so sicher, daß ihm an Beweisen nicht liegt.

BOTHO STRAUSS
Diese Erinnerung an einen, der nur einen Tag zu Gast war (II)

(...)
Ruhe ist nirgends im All außer im lichten Bewußtsein
des Menschen.
Stille des Sinns – gewaltige Sonderheit
in einem Raum voll Akt und Raserei.
Königsweg der Natur zu ihrem Ursprung in Gott.

Immer gilt es, unsere Ruhe rein und bereit
zu halten und ein geordneter Aufstieg zu sein.

Denn wir sind der Schöpfung dazugetan,
um weiter zu schaffen und unser Schaffen ist
weiter dazutun aus stillem Bewußtsein.
Alles Wissen wird Schauen sein.
Alles Bewußte Gedicht.
Nichts wird erfunden ohne Zusammenhang.
Integrationen verdichten die Erde.
Zugänglich nur dem selber versöhnten,
dem ganzgewordenen Geist.

(...)

VOLKER BRAUN
Hinze-Kunze-Roman

Der Herr und sein Knecht ritten durch die preußische Prärie. Das Gras war gepflastert, die Bäume standen dünn in Reih und Glied wie herbestellt. Die Ortschaften, die sie passierten, schienen gereinigt, der gröbste Mist hinter Aufstellwände sekretiert. Es war ein wohlbeleuchteter Morgen, ein ruhiger Jubel lag über der Flur. Sie ritten brüderlich hintereinander, der Herr sah prüfend voraus, der Knecht hielt die Gurte des Gepäcks in den Zähnen und trieb die immermüden Gäule ein wenig zur Eile. Wer sie waren und zu welchem Ziele sie trabten, muß nicht mehr verschwiegen werden; heute weiß man, wohin der Weg führt. Der Herr war ein Arbeiter- und Bauernkind, sein Vater, ein arbeitsloser Transportarbeiter und Frontsoldat unter dem Ancien régime, hatte sich nach dem Umsturze in der ersten Stunde hervorgetan unter Tage, aus Hunger, nach neuen Verhältnissen, für die erfüllte Monatsnorm ein Kilo Schlachtfett Zulage, hatte später auf verstreuten Einzelgütern die Bauern reformiert, hatte die ursprüngliche Akkumulation im lausitzer Bezirk, dreck- und blutverschmiert, erlebt und schließlich als gefestigter Instrukteur das Zeitliche gesegnet. Sein Sohn sollte es besser haben: er wurde hochgeschult mit dem Studium der Grundlagen, promovierte über die materielle Interessiertheit in frühmittelalterlichen Burganlagen, wurde auf Lehrgängen zum wissenschaftlichen Optimisten qualifiziert und hatte es bald, ohne die Welt länger anzuschaun, zu einer Weltanschauung gebracht, mit der er im Apparat aufging. Der Knecht war so günstiger sozialer Herkunft nicht, er entstammte besseren Kreisen, der guten Stube eines Angestellten, welcher im Siebenjährigen Kriege gefallen war und seiner Witwe mehrere unerzogene Söhne hinterlassen hatte und diesen nichts als seine vom Munde abgesparte Bibliothek mit den Werken des Herrn Diderot, des Genossen Lenin und der Freunde auf Freikörperkultur. Diese Söhne verdingten sich alle, soweit sie im Lande blieben, als Knechte, bei der Eisenbahn, am Reaktor oder am Journale; der unsere – nach abgebrochenem Schauspielstudium, einem beschaulichen Jahr als Filmvorführer, drei Semestern Physik, Monaten als Hilfsschlosser, Heizer, Erdarbeiter, Tagen (bzw. Nächten) als Abräumer in einem Ausflugslokale, Leichenbestatter, Nachtwächter und Spitzendreher – erlangte den Grad eines Pferdejungen und Reitebegleiters unseres Herrn. Demgemäß ritten sie zweisam durch den berliner Raum, zwischen die riesig zusammengewachsenen Felder hin; und sie schlugen einen klaren Kurs ein, ein Tagessoll auf das Planziel zu, das, um es im Auge zu behalten, an jedem zweiten Ortseingange auf großen Tafeln eingetragen stand. (Eins vor allem wurde ihnen immer wieder ungelenk bedeutet: VORWÄRTS zu reiten, was ihnen sowie den Dienstpferden so ins Fleisch übergegangen war, daß sie auf die eigentliche Richtung wenig achteten.) Sie ritten also, genau wie gesagt, vorwärts und nahmen hin und wieder verstärkt den Dialog miteinander auf, wie er in vielen Leserzuschriften gefordert worden war. Allerdings erzählten sie sich nicht gerade ihre Liebesgeschichte, sie diskutierten die aktuelle Lage nach dem polnischen Erbfolgekriege, nach der Systematisierung der Botanik und der Vollendung des Bildes einer Köchin bei der Arbeit durch Chardin. D. h. der Herr gab herzlich einen kurzen oder einen herzlich kurzen Überblick und ließ sich hernach über die aufgetretenen Meinungen informieren. So vertrieben sie sich die Zeit. Der Herr, ungeduldigen Gemüts, wenn er auf die agrarischen Zustände sah, gab seinem Tier einigemal die Sporen und preschte eine Viertelmeile voraus, bis die Leine riß, an der er den Knecht respektive der Knecht ihn hielt, der Herr mußte schäumend einhalten und kehrte mit gesenktem Kopfe zurück, er schämte sich für den unmutigen Burschen; sie einigten sich fürs nächste und knüpften die Bande wieder, und weiter ging es im Trott. So boten sie ein Bild des Friedens und der Einheit, und es ist keine literarische Finte, daß wir sie, solange der Weg einigermaßen glatt läuft, Freunde nennen. Sie waren es, es war ihr zweiter Beruf, zu welchem sich hierorts ein jeglicher qualifizierte, der im ersten bestehen wollte. In der Frühstückspause, die sie an einem demontierten aber fahnengeschmückten Wartehäuschen verbrachten, gewahrte der Herr abseitig in den Rieselfeldern ein Weib, in die Rüben gebückt. Vielmehr den Hintern dieser Person und die Waden, im Schlamme steckend; unwürdige Tätigkeit; der Herr erhob sich mit einem Ruck, um die Materie aufmerksamer zu betrachten, und tupfte mit der Manschette den Schweiß von der Stirn. Augenblicks begann er, in einem minder schulmäßigen Ton daherzutönen; er überließ dem Knecht den Rest seiner Biscuits, riß sich das Jabot vom Hals und lief, wie der Hahn über die Kohlen, in den Acker. Der Knecht sah ihm feierlich hinterher, er kannte diese Laune seines Herrn, er sah ihn die Initiative ergreifen, verlor ihn aber und das Weib am Waldsaum aus den Augen. Der Knecht schloß die Pferde aneinander und pirschte sich auf dem Schleichweg heran, er hörte den Herrn alsbald im Busche agitieren. Der Herr: »Hast du keine Lust? Das versteh ich nicht. Da macht doch heute jede mit.« Die Frau: »Ich bin nicht jede.« – »Jede hätt ich auch nicht gefragt.« Die Zweige knackten. »Hast du Angst? Das mußt du nicht. Es geht ganz langsam los. Da nimmt man Rücksicht.« – »Und warum ich? Sucht euch eine Dumme.« – »Dumm wärst du, wenn du dich zierst.« Der Reitebegleiter schob sich näher heran. Die Frau: »Nein ... so mir nichts dir nichts – was sollen die Leute sagen.« – »Welche Leute!« – »Im Dorf? Wenn sie es erfahren.« – »Fang erst mal an, darüber reden wir später.« – »Und mein Mann? Der sieht mich nicht mehr an.« – »Das findet sich. Wenn er es nicht gestattet, mußt du ihn hintergehn. Was hast du sonst vom Leben.« Der Knecht sog die Worte wie Sahne ein, sein Selbstbewußtsein schwoll an, er umarmte die Erde. Die Frau, ruppiger: »Laß, nicht doch ... du machst mich verrückt.« Der Herr, heftig: »Ich krieg dich herum. So wie du gebaut bist –« – »Hör auf ... Ich kann nicht, hörst du, ach –« Der Herr schreiend: »Du liegst schief. Du weißt nicht, was gut ist. Beiß die Zähne zusammen.« Die Frau stöhnte auf. Es war Butter auf des Knechts Seele. Sein Selbstbewußtsein juckte, sein Geltungsbedürfnis, er schubberte sich am Boden, es schlug Wurzel. »Du bringst mich noch soweit.« – »Streng dich an. Mach mit. Hab ein Ziel vor den Augen.« – »Ach du, ach, ha, ich ...« – »Du mußt die neue Technik meistern.« Ein paar Düsenjäger knallten über den Himmel, die Pferde wieherten, Strauchdiebe hausten lärmend im Wartehäuschen. Der Knecht vernahm nichts mehr, er lag selig auf der Erde. Der Herr, schwer atmend, führte die Frau aus dem Gebüsch, sie stammelte erschöpft. Er hatte sie überzeugt. Er hatte das Menschenmögliche getan, sie würde den Lehrgang beginnen. So ein Gespräch am Rande, z. B. des Waldes, traf ins Zentrum aller Bemühungen im Land und war, bei ein klein wenig Achtung, immer zu leisten. Der Herr verabschiedete sich zufrieden, der Knecht umarmte die Person, sprach ihr Mut ein, leckte ihr die Hand. Sie stiegen auf die Pferde. Es mochte vieles alt aussehn in Preußen, sie selber miteinander antiquiert verkehren, aber dies war entschieden neu: diese Stellung der Frau, die in keinem westlichen Bilderheftchen beschrieben ist. Sie war keine Magd mehr, sie war so gut ein Mann wie jeder in der Planung, sie wurde gefördert zu ihrem Glück. Ein Liebesdienst, bei dem die Sozietät unendlich zu gewinnen hatte; er würde auf die Dauer, über alle Durststrecken weg, Preußen berühmt und mächtig machen unter den nacheifernden Völkern. Unter solchen erhebenden Erörterungen ritten sie in die Fabrik.

Ursula Krechel
Nachlaß

Für Ingeborg Bachmann

Geh du in deinen Schmerz hinein
den du haben wolltest
wie eine Sonne über dir
ein gleißendes Meer in der Tasche

den Mandelmond hinter dem Vesuv
der sich nächtlich erbricht.
Wolltest du denn eine vernünftige Welt
aufgebahrt auf einem löwenfüßigen Katafalk
und ein persönliches Puppenspiel
gefaltet in einer Streichholzschachtel?
Geh du in deinen Schmerz hinein
dies vielstöckige städtische Haus
und folg der Straße, die führt
geradewegs in die zivilisierten Löwengruben.

Warum denkst du immer noch in Säulen
und ich in Netzen? Die Netze rissen und Säulen
fielen, wenn denn vom Fallen geredet wird
und Fische sterben in Öl
aufzuckend in den verseuchten Meeren.
Zu Lebzeiten hätten wir uns schlecht verstanden.
Wir aber sind tot und leben
in kühl gekachelten Höhlen
drei Fuß unter den Wandelgängen der Männer.
Briefe erreichen uns mit vertauschten Küssen
blutorangenrot gefärbt
und glatt wie italienische Telefonmünzen.
Du hast vergessen, einen Nachsendeantrag zu stellen.
Antworte nicht. Schweig nicht.

Ich glaub nicht an die Sommerzeit
und wenn kein Hahn nach uns kräht, erschrick nicht.
Ich glaub nicht an die Eingeweide von Lehrerinnen
gegürtet mit Richtlinien und Erlassen.
Und du auch nicht. Wassermelone und Feuerbohne:
Die wachsende Stille ein Watteteich
ein abschüssiges Ufer verflochtener Flechten.
Bleib. In die Uniform eines Augenblicks gesteckt.
Die Küsten, die du liebst, sind jetzt untertunnelt
mit einem Vierkantschlüssel montiert ein Mann die Welt
von der du dir deinen Teil reißen wolltest.
Geh du und bleib.
Und brich die Zeile –

Waltraud Anna Mitgutsch
Die Züchtigung

Wenn wir versuchen, uns zu definieren, wenn uns andere mit Worten zu fassen suchen, greifen wir auf unsere Mütter zurück. Den starken Willen und deine Bodenständigkeit hast du von deiner Mutter, sagt meine Tante, und ich weiß weder, was sie mit Bodenständigkeit meint, noch bin ich überzeugt, daß ich meine Sturheit geerbt habe. Vielleicht gehört sie zu den vielen Dingen, die sie mir mit dem Teppichklopfer eingebleut hat. Wie zum Beispiel meine Angst vor jedem lauten Wort und jeder heftigen Bewegung, meine hilflose Faszination an allem, was die Macht hat, mich zu quälen. Meine Mutter war eine Rebellin, sage ich, sie hielt nichts von den herkömmlichen Rollenvorstellungen, und während ich es sage, weiß ich, daß es nicht wahr ist, auch wenn sie mich nicht auf Küche und Haushalt gedrillt hat. Aber Mutter-Tochter-Beziehungen sind »in«, und die Mütter bekommen wieder das Verdienstkreuz. Meine Mutter war eine große, stattliche Dame mit gutem, bürgerlichem Geschmack, eine perfekte Hausfrau mit überdurchschnittlicher Intelligenz, verschwiegen, korrekt im Verhalten, etwas arrogant.

Ja, so war Ihre Mutter, bestätigen mir die Nachbarn und Kirchengänger unserer Gemeinde im Chor. Warum fange ich dann an zu stottern, wann immer ich mich ihr mit Worten nähere, wann immer ich sie als Spiegel benutzen möchte, um mich selbst schärfer zu sehen? Andere Mütter sind auch groß, stattlich, arrogant und intelligent hinter dem Küchenherd, und ihre Töchter können lachend Anekdoten aus ihrer Kindheit erzählen und ihre Mütter mit einem freundlichen Klaps in die Spielzeugkiste zurückschicken. Aber meine Mutter ist eine Leerstelle, die sich mit Angst füllt, wenn ich meinen Blick auf sie richte, ich habe sie nie entziffern können, sie richtet sich hinter den Worten, die sie bannen sollen, auf, wächst wie ein Albdruck, und ich erstarre, während sie mich verschlingt. Ich kann nicht einmal schreien, weil mich niemand hört, und wenn mich jemand hörte, verstünde mich ja doch keiner. Ich kann sie auch nicht in die Spielzeugkiste zurückstopfen, sie ist lebendiger als die Mütter, die man im Altersheim oder in ihren finsteren, verwohnten Stadtwohnungen besuchen kann. In einer fremden Stadt erhasche ich zufällig mein Spiegelbild in einem Schaufenster, und da ist sie, die Haare unter dem viereckigen Tuch, die Arme an den Körper gepreßt, mit ihrer eigentümlich zögernden, schwermütigen Kopfbewegung und den erschrockenen Augen. Meine Mutter ist meine Doppelgängerin, die zufällig vor mir da war. Ich brauche nur über die Schulter zu sehen, um mich zu überzeugen, daß sie jede meiner Gesten nachvollzogen hat, nur sind ihre Gesten bedeutungsvoller, majestätischer, geheimnisvoller, wie der Schatten einer javanesischen Tänzerin hinter dem Reispapier.

Mein Vater versucht, sie zu entmythifizieren. Verrückt war sie, glatt verrückt, wer weiß, wie lange sie den Gehirntumor, den man nach ihrem Tod feststellte, schon gehabt hat. Meine Freundin, die Frauenrechtlerin, versucht sie zu ideologisieren. Jede Frau in ihrer Lage muß durchdrehen und ihre Frustration irgendwo entladen, stell dir vor, kein Geld, keine Liebe, nur Haushalt, die vier Wände, Sparen und kein Ende. Mein Freund versucht, sie vom Podest zu stürzen. Also gut, dann war sie also gescheit, hat historische Romane und philosophische Bücher gelesen, die Leute kalt und argwöhnisch durchschaut, überall Verfolgung gewittert und sie wie der Blitzableiter angezogen, zugegeben, sie hatte eine unglückliche Kindheit, eine freudlose Ehe, nie genug Geld und große Erwartungen an das Leben, aber gibt ihr das alles das Recht, ihr Kind zu prügeln? Ich schütze sie mit Theorien, mit den Schlägen, die sie von ihrem Vater bekam und die sie weiterreichen mußte, mit ihrer Überzeugung, daß Schlagen zur Erziehung gehöre. Mit ihrer Ehrenrettung steht und fällt mein Selbstwert. Ich kann sie nicht preisgeben, denn wenn es sich herausstellen sollte, daß sie mich nie geliebt hat, dann bin ich eine Monstrosität, etwas, das es nicht geben darf. Deshalb sage ich nicht, was ich weiß, was ich schon lange gewußt habe, daß sie eine von denen war, die uns die Gänsehaut über den Rücken jagen und die Vorstellungskraft stocken lassen, wenn wir von ihnen in Geschichtsbüchern und Berichten lesen, eine von denen, die sich in allen Sparten der Folter auskennen. Sie hatte das Talent, es fehlte ihr das Wirkungsfeld, sie hatte die Werkzeuge, ordentlich verwahrt und griffbereit, sie hatte ihr verschwiegenes Opfer, das ihr hilflos und willig ausgeliefert war, und sie hatte ihre geheime Lust, die sich in den bewußtlosen Erschöpfungszuständen nach der Vollstreckung löste. Sie ließ sich selten vom Zorn übermannen. Sie bereitete ihr Opfer vor, warte nur, heute abend, aber vorher mußte ich ins Bett und die Angst bis zur Selbstmordphantasie steigern. Wo hatte sie das gelernt? Welche Handbücher hatte sie gelesen? Beim Antreten zur Züchtigung wurde Haltung gefordert, Schreien und Bitten machten es nur noch ärger, Selbstdemütigung entfesselte sie. Schlagen war ein Ritual, von Ritualen umgeben. Auch die Begutachtung der roten Striemen und blutunterlaufenen Flecken nach getaner Arbeit gehörte dazu. Eine von denen also, die in Folterkellern und Konzentrationslagern ihre Karriere machen? Wie sollte ich diese Frage beantworten, wo sie doch meine Mutter war, wo doch das Wort Mama auch den breiten Schoß bedeutete, auf dem ich sitzen durfte, das weiche Gesicht, das man küssen konnte, wenn man brav war und lauter Einser heimbrachte. Mama, das waren Koseworte, wie ich sie später nie wieder hörte, Häschen und Goldkind, das war der Duft der Weihnachtsbäckerei, wenn ich im Advent aus der Dunkelheit ins warme helle Wohnzimmer kam. Mama bedeutete Geborgenheit und Ausgesetztsein, sie konnte mich vor fast allem beschützen, außer vor sich selbst.

Elfriede Czurda
Signora Julia

In der Dämmerung ging ich mit Arkadius am Teich spazieren. Wir fanden eine Winterhexe, denn es war Frühlingsanfang. Das Feuer hatte sie verschont. Erstaunlich viele tote Krähen säumten den Wegrand. Wir waren in einem Einverständnis, Arkadius und ich. Wir sprachen nicht. Wortlos, Hand in Hand, gingen wir durch den einbrechenden Abend. Ein stetiger Wind pfiff über die aufgegangenen Saaten der Getreidefelder. Beide, Arkadius und ich, mochten das Land nicht. Beide, Arkadius und ich, fuhren aufs Land, wenn unsere Gedanken im Kopf im Kreis gingen. Es wurde langsam dunkel. Die Kassiopeia, sagt Arkadius, gibt es vielleicht längst nicht mehr, obwohl wir sie noch sehen können. In ein paar tausend Jahren sieht die Kassiopeia der dort oben überhaupt nicht mehr ähnlich. Und obwohl sie – man kann es nicht wissen! – gar nicht mehr da ist, ist die Kassiopeia zur gleichen Zeit mit dir, Julia, und mit mir und mit diesem stetigen Wind, unter dem sich die Getreideaussaat in Wellen beugt. Ich meine, es ist zu blöd, so etwas zu denken. Ich fühle mich kannibalisch, sagt Arkadius, ich möchte dich mit Putz und Stingel verspeisen, dich mir einverleiben sozusagen. Man müßte dieses Bedürfnis eigentlich Liebe nennen, sagt Arkadius. Aber so sagt man heute nicht mehr. Ich lese sehr viel Literatur zu diesem Thema, sagt der verliebte Arkadius, aber das meiste ist reines Gewäsch. Jetzt haben sich die Theoretiker abgerackert nachzuweisen, daß das, was man früher einmal Liebe genannt hat, zumindest bisexuell ist, weil es das Bild gibt von den beiden Hälften des Menschen, die ihr Korrelat suchen; so daß eine männliche weibliche Hälfte und eine weibliche männliche Hälfte herumirren auf der Suche nach der andern Halbheit. Und da drehen die ehemals avancierten Theoretiker den Spieß um und sagen, es sei alles, wie es immer gewesen sei, und die Liebe sei etwas Wunderbares und habe mit narzißtischen Besetzungen des Liebesobjekts zu tun.

Damit muß man in postmodernen Zeiten ständig rechnen, sagt Arkadius, daß die Vergangenheit einen plötzlich überholt. Ich verabscheue die Erfinder dieses dümmsten aller seit langem erfundenen Worte, das unsere Epoche und die dazugehörigen Zeitgenossen in die ärmlichen Reste einer versprengten Nachhut einreiht; derer, die hinter dem schon längst davongezogenen Troß der Erfindungsreichen des Tages nachtrotten, hoffnungslos Gestrige. Man sage mir nicht, donnert Arkadius, Post-Moderne und Post-Histoire seien einfach terminologische Begriffe; das macht weder ihre Erfinder noch ihre Benutzer auch nur um ein Quentchen intelligenter. *Nach* etwas zu leben, das erdrückend ist und einen ohnedies in Bann hält, *nach* der Vergangenheit – welcher lebendige Mensch möchte das, anstatt *vor* einer prächtigen, lockenden Zukunft zu leben, die uns die gewaltigsten Ideen und Entwicklungen und Phantasmagorien noch vorenthält; die uns reizt, sie ihr abzuringen, diese Geheimnisse. Weißt du, sagt Arkadius zärtlich zu mir, dagegen kann man nichts tun, daß man nebeneinandergeht, wenn man ineinander aufgehen möchte wie Öl und Feuer. Ich bin dir so nahe, Julia, wie es mein Leibesumfang zuläßt, und im Denken will ich dich mir einverleiben – näher kann ich dir nicht sein.

Du bist so einfallslos, Arkadius. Und du beschäftigst dich so banal immer mit dem, womit sich alle beschäftigen; mit neu auftauchenden Wortprägungen, die an Grauslichkeit jedesmal schon bestehende Wortungeheuer noch weit übertreffen. Und obwohl du sie angeblich verabscheust, wälzt du sie nach allen Seiten, und ich verdächtige dich, daß du das tust, weil du doch etwas finden möchtest, das du zu ihren Gunsten vorbringen kannst. Es ist wie deine Gewohnheit, ständig auf die Uhr zu sehen, aber ihr nicht vollends zu glauben, sondern nach Uhrenvergleich zu suchen, der dir die Richtigkeit deines Zeigerstands bestätigt. Ja, Arkadius, ich weiß, du magst meine Rede nicht. Du starrst durch mich hindurch, als könntest du mir mit deinem spitzen Blick das Fleisch von den Knochen schauen. Weißt du, was ich an dir besonders hasse? Ich kann es dir nicht oft genug sagen: daß du Tag für Tag, was ich gekocht habe, aufißt. Du frißt meine Arbeit auf, du Schuft. Und während du meine Arbeit auffrißt, produzierst du weitere Arbeit: das dreckige Geschirr. Und wenn ich das Geschirr saubermache, lösche ich damit jede Spur meiner Arbeit aus. Ich würde dich wirklich gerne lieben, Arkadius, wenn du nicht mein natürlicher Feind wärst. Deshalb sind wir in so versteckte Abhängigkeiten voneinander geraten. Wir sollten nicht essen müssen. Dann könnten wir uns vielleicht lieben, in einer himmelstürmenden Liebe, der Teller und Töpfe keine Hindernisse mehr sein könnten. Zweifle nicht an mir, Arkadius, wir müssen die feinen Nuancen des gesellschaftlichen Spieles erlernen. Und vor allem müssen wir unsere *Psyche* mit Bann belegen, wir müssen sie uns verbieten, vogelfrei soll sie sein, ohne je irgendwo wieder Fuß fassen zu können. Denn die Psyche, Arkadius, ist das Instrument, mit dem die Gesellschaft uns tyrannisiert, uns beherrscht. Die Psyche ist der domestizierte Bereich in uns, mit dem uns die Gesellschaft entmündigt und willfährig macht. Wir müssen das Zeitalter der Individualität überlisten, Arkadius. Dann kann unsere Liebe für vielleicht eine Stunde die Erde erschüttern. Wir wären eine Naturkatastrophe wie der Andreasgraben, der vom Kontinent brechen und in den Ozean abdriften wird. Man weiß, daß es so sein wird, nur wann, weiß man nicht. Komm, Arkadius, laß uns zurückgehen zum Haus; der Wind pfeift so stetig, sage ich, und meine Hand liegt in seiner. Wenn ich sie nur nie loslassen müßte.

GERHARD ROTH
Erinnerungen an die Menschheit

11. Abschied

Ein Mann, eine Frau

(Nacht. Ein Liebespaar, sich auf einer Wiese am Seeufer umarmend. Über ihm das funkelnde Sternenzelt, Grillen zirpen, Frösche quaken. Nebel steigt vom Wasser auf.)

DIE FRAU Wir sind nur zwei mikroskopische Algentierchen in einem Wassertropfen, der im Meer schwimmt.
(Die Frau zieht den Mann zu sich hinunter. Sie küssen sich.)
DER MANN Ich muß dir was sagen.
DIE FRAU Nein, sag nichts.

(Sie küßt ihn. Der Mann und die Frau kleiden sich an. Die Frau sucht auf allen Vieren ihre Haarnadeln etc.)

DIE FRAU Warum kann es nicht immer so sein? Warum können die Grillen nicht immer zirpen und die Sterne nicht immer leuchten? Und warum kannst du nicht immer bei mir sein und mich festhalten?

DER MANN *(sehr mit seinen Kleidungsstücken beschäftigt)* Hör zu, ich muß dir etwas sagen –

DIE FRAU Nicht jetzt ... später ...

DER MANN Bitte, laß es mich jetzt sagen ... Ich kann es dir vielleicht später nicht mehr sagen, doch es ist sehr wichtig.

DIE FRAU Ist etwas?

DER MANN Nein ... Bitte, setz dich auf und hör mir zu.

DIE FRAU Ich liebe dich.

DER MANN *(abweisend)* Mach es mir nicht so schwer ... Ich muß mit dir reden.

DIE FRAU Liebst du mich?

DER MANN Ja, aber ich muß mit dir sprechen ...

DIE FRAU Sprechen ... worüber?

DER MANN Ich habe eine andere Frau. *(Er reißt beim Schuheanziehen ein Schuhband ab.)*

(Kurze Pause)

DIE FRAU Hast du mich betrogen?

DER MANN Betrogen! ...

DIE FRAU Wer ist sie? Kenne ich sie?

DER MANN Nein ...

DIE FRAU Wie heißt sie?

DER MANN Das ist nicht wichtig.

DIE FRAU Ich möchte es aber wissen.

DER MANN Es kommt mir dumm vor, ihren Namen auszusprechen.

(Kurze Pause)

DIE FRAU Und was ist jetzt?

DER MANN Ich weiß es nicht ...

DIE FRAU Und warum? ... Warum bist du zu ihr gegangen? Was hat sie, was dir an mir abgeht?

DER MANN Nichts ... Es hat mit dir nichts zu tun.

DIE FRAU *(wütend)* Das kannst du nicht sagen, wenn es mich betrifft.

DER MANN Nein, es hat nichts mit dir zu tun ... Das verstehst du nicht.

Die Frau Du kannst nicht einfach sagen »Das verstehst du nicht« und mir das Wort abschneiden.

Der Mann Ich habe dir nicht das Wort abgeschnitten.

Die Frau Doch ... Wenn du mir sagst, ich verstehe es nicht, schneidest du mir das Wort ab.

Der Mann Wir wollen nicht streiten ... Mach es mir nicht schwer.

Die Frau Ich mache es dir schwer?

Der Mann Ich hatte Angst vor dem Gespräch.

Die Frau Das ist alles? Was soll ich erst sagen?

Der Mann Ich glaub, es ist besser, wir hören auf.

Die Frau Wie meinst du das?

Der Mann Daß wir auseinandergehen ...

Die Frau So ernst ist es? ... Nein, so leicht kannst du es dir nicht machen! Gerade vorhin hast du mir gesagt, du liebst mich. Entweder du hast mich angelogen oder du lügst jetzt.

Der Mann Ich möchte darauf keine Antwort geben.

Die Frau Doch ... Ich verlange eine Antwort ... Das bist du mir schuldig.

Der Mann Ich habe dich nicht angelogen. Ich habe beide Male die Wahrheit gesagt, aber es geht nicht.

Die Frau Was geht nicht?

Der Mann Ich kann nicht gleichzeitig zwei Frauen ...

Die Frau Aber wir kennen uns schon länger, und du liebst mich ...

Der Mann Begreifst du nicht, es ist zu Ende ... Wir können jetzt lange herumreden und streiten, aber es ändert nichts.

(Der Mann geht auf und ab, raucht.)

Die Frau So nicht ... So kannst du mich nicht verlassen ...

Der Mann Hör auf!

Die Frau Wie redest du auf einmal, vorhin haben wir noch ...

Der Mann Ja, vorhin, das war etwas anderes, aber jetzt ist es vorbei.

Die Frau So will ich nicht leben ... Das kann ich nicht.

Der Mann Doch, du kannst es ... Du machst dir ein falsches Bild von mir ... Ich bin ein schlechter Mensch ... Ich lüge ... Ich verstelle mich ... Auf mich ist kein Verlaß –

Die Frau Das ist nicht wahr ... Du willst dich jetzt nur schlecht machen, um mir den Abschied zu erleichtern.

Der Mann Nein, was ich dir sage, ist die Wahrheit ... Eines Tages wirst du froh sein, daß du mich los bist.

Die Frau Wie kannst du das sagen ...

(Pause)

DIE FRAU Ich geh ins Wasser.
DER MANN Mach keinen Unsinn …
DIE FRAU Doch. Ich will nicht mehr.
DER MANN Sei froh, daß du mich los bist.
DIE FRAU Liebster! *(Sie umarmt und küßt ihn.)*
(Der Mann steht unbeweglich da.)
DER MANN Komm, laß uns gehen, es wird kalt.
DIE FRAU Leb wohl!
(Läuft davon und springt ins Wasser.)
(Der Mann zieht sich rasch die Jacke aus, läßt sie fallen, starrt in das Wasser.)
DER MANN Verschwunden … Von einer Sekunde auf die andere … Eigentlich kann niemand wissen …
(Er hebt seine Jacke auf. Kleidet sich an … zögert … geht dann langsam, pfeifend, davon.)

WOLFGANG HILBIG
verse um an frühere zu erinnern

so lang schon unerforscht der kühle feuchte
herbst der eindrang ins reale haus woher
in meiner sprache sprech ich immer
mit einem der ich heißt
ich weiß
welcher trost ihm einfache lügen sind
er schlägt nicht zurück wenn ich sage du
mußt sterben daß ich leben kann

ich habe dich so ganz entblößt
dich narren harlekin der fremden bunten lumpen
mir folgst du nicht mein weites steigen
frommt mir
dir nicht
das haus ist schwer
vom herbst der erde verhangen und brüchig
vom lärm deiner feuchten seufzer
wo bist du denn ich habe dich noch nicht erblickt –
mit bösem lachen
sage ich wisse ein jahr ist nichts –
doch ich weiß der tod erst gibt mir recht

ihm nicht ihm gehe ich nicht auf den leim –
woher nur weiß ich wie im keller
ein schwarzes wasser wartet
in kühler ruh die allem seinen glanz nimmt –
und zögernd seit langem
steigt er über viele stufen
hinab
        vorsichtig langsam
um nicht zu stürzen steigt er
seit jahren die grünen stufen hinab.

Robert Schindel
Versuch über die Präzision

1
Aus der Vergangenheit herausgewandert
Zurückgelassen die Vorfahren
In den südpolnischen Landschaften:
Eine vertilgte Mischpoche im Rucksack

Trete ich ins Licht.
Blinzle, wedle mit den Armen
Und rede zwei Jahrzehnte unüberhörbar zu
Meinen zurückweichenden Freunden

2
Sodaß sie nun fort sind.
Versickert in die bombigen Wände
Meiner Wahrnehmung. Durch den Rost durch
Der vergangenheitsbewußten Vorstellungskraft
Und sind weg.

3
Was solls dem, welchem
Das Hier und Jetzt
Aus dem Rucksack kommt.

4
Aber, wenn ich vorsehe
Alles, was noch so
Wirklich kommen wird

Kann ich es lachen.
Was an Zeit mir abschmirgelte.

5
Die Hälfte des Leibs und die
Exakten Traumnächte, sehr
Kann ich lachen und die
Dummen Sachen
Kann ich stürzend machen.

6
Präzis die halbe Anwesenheit
In Arbeitliebepolitik, mußda ichsein.
Sohin sehr weit
Die Tränen und ich bitt
Um all die lastenhafte Freundlichkeit
Entschloßner Menschen. Mach sie mit.

Rolf Haufs
Die Welt nochmal

Dann haben wir gedacht die Welt beginnt nochmal
Aber schnell hatten wir uns verraten
Die Wünsche waren zu groß unsere Erwartungen
Genau benannt Auch weil wir
Niederlagen nachgerechnet Wunden
Gezählt hatten

Diese eine besondere diese eine schmerzende
Bis daß der Tod. Denken wir uns zurück
Denken wir an jenen Augenblick als von den Bäumen
Weiße Blüten fielen. Abschiedsgeräusche die stillen
Berührungen. Kleine Wörter. Vom Himmel
Teer. Die Gesichter der Mörder
Sahen uns zu

Jetzt ist sie gegangen. Meine Gedanken
Sollen folgen in gebührendem Abstand
Abend. Sterne. Ihre Augen. Wind. Die Wärme.
Wieder angekommen in meinem Zimmer
Die Welt beginnt nochmal

Reiner Kunze
Alter Großstadtfriedhof

Eines tages stirbt auch der friedhof

Der toten sind ihm zuviel
und vor marmor kann er nicht mehr atmen

Die menschen wissen nicht wohin mit ihm –
es gibt keinen friedhof für friedhöfe –
und überlassen ihn der zeit

Dann gehen sie hin und schauen nach,
was übrigbleibt

Helga Schütz
In Annas Namen

Gib es zu, Anna, manchmal ist Geduld eine Tugend. Geduld, Geduld. Warte ab, und dann kann es nicht schnell genug gehn. Ein Telegramm steckte im preußischblauen Briefkasten. Erster unsinniger Gedanke: Rolf. Zweiter Gedanke: Rainer. Vielleicht kündigte er einen unverhofften Urlaub an, vielleicht durfte er vor der Zeit kommen. Einen dritten Gedanken gab es nicht.

Es war die Autowerkstatt, die den Eilweg brauchte.

Wagen steht zur Abholung bereit. Meier.

Alter Ärger soll durch das freundliche Schlußtempo geschickt weggeblasen werden. Anna machte sich auf den Weg.

Der Schichtleiter lobte den Einsatz seiner Kollegen. Er beschrieb Anna laut Laufzettel die vielen zusätzlichen Reparaturen. Eine handgemachte Auspuffklemme hätten sie angebracht, die Stoßdämpfer regeneriert, Federn abgeschmiert, und geklempnert hätten sie obendrein und gleich auch lackiert. Nun sei das Fahrzeug so gut wie neu. Anna zahlte und zahlte auch ein hilflos hohes Trinkgeld, denn sie dachte daran, daß sie eines Tages wiederkommen mußte. Sie bedankte sich herzlich. Sie sah, als sie an der Kasse verweilte, daß auch die anderen Abholer dankten und flaschenförmige Angebinde aus den Jackettaschen präsentierten. Fahrzeughalter. Männer, die nach der Laufzettelübernahme mit dem Werkstattleiter angelegentlich technische Gespräche führten. Eine Sachbearbeiterin brachte Anna die Fahrzeugpapiere und den Autoschlüssel.

Anna stellte den Sitz ein, rückte den Außenspiegel und den Rückspiegel zurecht. Der Werkstattleiter und die Abholer vor ihren Autos beobachteten neben ihrer fachmännischen Rede, wie Anna startete, wie sie aus dem Hof fuhr, wie sie blinkte und in die Straße einbog – als säße sie auf einem Besen.

Keiner der Männer hätte einen Pfiff durch die Zähne wagen oder aufwenden mögen. Es gab keinen deutlichen Grund. Es gab Grenzen.

Als erstes mußte Anna tanken. Sie fuhr über die Kreuzung am Rathaus und bog in die Straße Richtung Tankstelle ein. Sie wollte zur großen Intertankstelle fahren, um gleich auch die Luft in den Reifen zu prüfen. Sie überholte einen Laster von der Baustoffversorgung. Der Fahrer, ein junger Mann in einem gestreiften Fleischerhemd, winkte ihr zu. Anna sah sein freundliches Gesicht oben im breiten Außenspiegel. Sie winkte dankend zurück. Hallo, guter Mann. Vor ihr lag die doppelspurige Kreuzung Güterfelde-Teltow. Das große Transparent mit der durchkreuzten Bombe. Weg mit den NATO-Raketen. Anna kannte sich aus. Die Ampel, sah sie, schaltete von Grün auf Gelb. Sie nahm den Fuß vom Gashebel und rollte. Sie bremste und kuppelte aus, hielt das Lenkrad fest, sie sah das rote Licht an der Ampel aufleuchten, das gelbe erlöschen. Die Bremse reagierte nicht. Sie ließ Kupplung und Bremse los, trat wieder die Bremse und rollte im berüchtigten Bruchteil dieser einen Sekunde über den weißen Streifen, der Fuß brachte kein Halten, sie umklammerte das Lenkrad. Der von links kommende Laster aus der Richtung Teltow preschte seitwärts in das Auto hinein. Das Auto wurde auf die Gegenfahrbahn geschleudert. Dort fuhr ein aus der Stadt kommender Pkw hinterrücks auf.

Der Fahrersitz war abgerissen. Anna wurde bewußtlos aus dem Laderaum des total aufgesplitterten und verwundenen Trabant-Kombi gehoben und von dem Fahrer des Lkws von der Baustoffversorgung ins Krankenhaus auf die Unfallstation gefahren. Nachdem die unmittelbare Lebensgefahr beseitigt, Herz und Lunge in Betrieb gebracht worden waren, wurde sie durch üblichen Kaiserschnitt von einem Mädchen entbunden. Das Frühgeborene schaffte ein bereitstehender Krankenwagen sofort in die Kinderklinik in die Aue auf die Frühgeburtenstation. Es wurde wie die anderen Siebenmonatskinder ernährt und hatte schon in der ersten Woche fünfzig Gramm zugenommen. Es zeigte alle notwendigen Reflexe und Reaktionen. Die Fingernägel wuchsen.

Anna aber hatte nach einer Woche das Bewußtsein noch nicht wiedererlangt.

Die Polizei hatte das Unfallauto sichergestellt und einen defekten Bremsschlauch ermittelt. Schlüssel, Handtasche, den Autoatlas, eine Sonnenbrille und einen Stein mit dem Abdruck einer Muschel hatte die Polizei im Archiv abgegeben. Der kleine Archivar hatte Hildchen Eins verständigt. Sie fuhren zusammen in Annas Wohnung. Annas Grünpflanzen brachten sie bei den Nachbarn unter. Hildchen Eins wollte die Katze mitnehmen.

Auf dem Schreibtisch fanden sie aufgeschlagen ein graues Buch mit silberbeschlagenen Kanten, in blauer neuer Anna-Handschrift das Datum von gestern. Es begann wie ein Brief.

Lieber Rolf, es ist Nacht. Du bist bei mir. Ich höre Dir zu. Die Mondsichel liegt über der Fichtenspitze, komisch verkehrt, wie auf der mauretanischen Fahne, die sieben Sterne des umgekippten Großen Wagens funkeln drüben über dem Haus. Wir sind doch in einem Raum, wohin Du auch gehst. Ich höre Dich reden. Ich brauche Deine Worte; ich will's Dir jetzt flüsternd verraten: Ich brauche Deine Worte zum Weitersagen in kleine feine Ohren. Die Geschichte, die Du mir einst in der Badewanne erzählt hast. Sprich wieder.

Wie ihr, Lehrer voran, damals in die Internatskirche geführt worden seid. – Hand in Hand pilgern die Knäblein den Sandweg hinan. Du bummelst hinterher, du in deinen großen vom Brüderchen ererbten Hosen. Der Herr Pfarrer überholt mit dem Fahrrade auf knirschendem sonnenheißem Weg eure Reihe. Er keucht und schwitzt, vertreibt den Mückenschwarm, der sein Haupt umkränzt wie ein Heiligenschein, stellt das Rad neben die Kirchenpforte und hat wieder Eile. Die Kleinen folgen dem Lehrer, aber du hast das Fahrrad gesehn. Du bleibst zurück. Der Lehrer hat die Pforte vor deiner Nase einfach zugemacht. Die Glocken läuten. Die Mücken spielen. Du nimmst das Fahrrad, steckst das kleine dünne Kranichbein unter der Querstange durch, setzt den Fuß auf die Pedale, du trittst und hebst das andere Füßchen auf die zweite Pedale. Du hältst den Lenker. Deine Vogeläuglein blitzen schlau. Du fährst. Du fährst den Sandweg hinab. Fern hinter dir tönen die Glocken. Die Lerchen über den Feldern. Es ist Sonntag. Du fährst und hast das Anhalten nicht gelernt, du freust dich. Du rollst auf dem Sandweg bergab und hinein in die weite Welt. Ich sehe dich, wie du glücklich hinter dir alles vergißt. Ich stehe am Ende bereit, dich zu fangen.

ILMA RAKUSA
Idyll

Andererseits liebt er Intervalle. Die Entspannung auf einem Bergkamm, einen Hungerstreik, Rätsellösungen um Mitternacht. Wenn die andern hasten, fressen, schnarchen. Er kippt aus der Ordnung, ohne sich einzuigeln. Er wird nicht bemerkt, selbst auf Balkonen nicht. Und ist doch gut sichtbar zwischen den Gitterstäben in seinem senfgelben Overall. Bill, der Intervaller. Den sie zweimal gerettet haben. Doch davon spricht er nicht. Er eilt aus dem Blickfeld, entflieht der gesammelten Aufmerksamkeit. Er hat sein Idealgewicht längst zurückerobert dank Alpenmilch und mittelhohen Bergen. Jedem andern erschiene das als Zumutung, ihm nicht. Er redet guttural aus Überzeugung, am liebsten schweigt er. Zu seinem Hausrat gehören Blutkonserven der allgemeinsten Sorte. Sicher mal sicher in Anbetracht der Sündflut. Samstags trägt er kariert und vertieft sich in die Goldberg-Variationen. Nur Glenn Gould ist ihm gut genug. Die rasanten Tempi, das schwere Schnaufen des Schwerarbeiters. Und ein Pianissimo vollkommener Rührung. Da vergißt er sich. Stürzt in die Tiefen seines Bewußtseins. Durchquert Seelein von tiefem Blau. Nicht rudernd, nein, schwimmend, es könnte Armenien sein. Jeden Samstag dieses Reinigungsbad. Das Mädchen, das Mary heißt, meidet ihn dann. Meidet die Kältebastion des Bergsees, das Enzianblau. Mary trinkt. Viel Scharfes. Sie läßt sich gehen. Bill, mach doch. Mit? Nein, tausend Dank. Und sie, mit rauchiger Stimme: Also bye. Glenns Läufe perlen auf und ab. Glenn ist tot. Glenn hat die Zeit betrogen. Keine Voralpenseen, Glenn versetzt ihn in die hinterste Türkei. Schön unsichtbar, es ragt nur der Ararat. Mit der Chromatik läßt sich's sterben. Bill denkt: bin hinüber. Er kreuzt die Arme über der Brust, so mag ihn Mary, die fern ist, am liebsten. Hätte er doch, wäre sie doch. Mein Pony, flüstert Bill, meine rasende Trinkerin. Und wirft das Karierte ab. Im Van-See mit Goldberg, mit Sir Arthur Goldberg als Schwan. Ein himmlischer Samstag! Labsal, sagt Bill, Feierabend. Und zündet sich eine an. Nur dumm, daß die Kleine sich im Regen herumtreibt. Gleich wird er ihr eine Fuge beibringen. Und einen Krebskanon obendrein. Wird so lange ins Weiß ihrer Mandelaugen starren, bis sie begreift: die Rettung ist hier. Er hat schon manche Mary bekehrt. Dank ihm haben sie schwimmen gelernt. Im Trainer ist er ein Mann, der Eindruck macht. Und keine hat je bemerkt, daß er Absencen hat. Die Bergseen und -kämme. Nicht ein Epileptiker, ein Träumer ist er.

Der Hausknecht Bachs. Sir Goldbergs Lakai. Und Marys Bekehrer. Bravourös in allen Tonlagen. Er räkelt sich. Er macht sich sprungbereit. Liebes Mädchen, heute noch. Und noch einmal vertieft er sich in die Variationen. Diesem Sog kann er nicht widerstehen. Das helle Köpfchen verschwindet in einer Straßenschlucht.

Dann endlich der Moment, der mannhafte. Er schwingt sich aus dem Sessel, er stürzt in den Flur, er ist draußen. Statt der Seen graue Großstadtpfützen, die er geschickt umgeht. Statt der Musik Autolärm, ohrenbetäubend. Er summt vor sich hin, er bildet Anagramme: Lisa, Alis. Er durchforstet sein Gedächtnis nach Unsinn und reimt ihn zusammen. Das lenkt ihn von der herzlosen Umgebung ab. In Johnnys Pub ist sie nicht. Für Angelo ist's zu früh. In einer der Vorstadtkneipen könnte sie sein. Der Löwenkopf eines Türklopfers sieht ihn an. Eine Filmdiva lächelt von der Plakatsäule. Ich war glücklich, murmelt Bill, mit Sir Goldberg als Schwan. Er nähert sich. Nähert sich dem, was er für sein Ziel hält, dem »Rosenstock«. Hallo, wird er sagen, mein Kleinod. Mary Stuart, ich bitte Sie. Zwischen den Rockern sieht sie sehr zierlich aus, eine Infantin, die trinkt. Und wenn sie ihn ignoriert? In seinem Trainer fühlt er sich stark. Selbst gegen Schwarzmänner kommt er auf. Grußlos entreißt er sie ihrem Kreis.

Sie sitzt im Dämmer, allein. Er setzt sich zu ihr, legt ihr den Arm um die Schultern. Sie fröstelt. Er bestellt einen Grog. Er sagt weder Fuge noch Goldberg noch sonstwas. Sie sieht ihn nicht an. Ihre Umwölkung greift kurz auf ihn über. Dann denkt er an die Seen. Und ich schaff es doch. Mit meinen Synkopen wird sie schon fertig werden.

Er trägt sie in den nächstgelegenen Park, der nach feuchtem Moder riecht. Tief atmen, sagt er, ja so. Er legt ihr ein Ulmenblatt auf die Stirn. Variation eins, flüstert er. Hörst du's, Mary? Sie nickt. Des greisen Goldbergs Schritte auf dem geharkten Sandweg. As-Dur, mit Modulationen in g-moll und e-moll. Sie lauscht. Sie hört den Aufschlag des Stocks, den schlurfenden Gang. Eine Spur ritzt sich ins Bewußtsein, das langsam aufklart. Die Spur der eigenen Melancholie. Schön, sagt Mary, ich liebe Sie, Sir. Variation zwei, flüstert Bill, der Greis läuft befrackt durch Manhattan, bis er in der Kapelle des Heiligen Geistes zum Erliegen kommt. Warum das? fragt sie mit stillem Entsetzen, ich liebe ihn doch. Variation drei, vier, fünf, flüstert Bill. Sie lauscht mit geschlossenen Augen, weizenblonde Haarsträhnen im Gesicht. Ponys Auflösung, murmelt Bill, die Offenbarung Armeniens. Sie lehnt an seine Brust, als schlafe sie. Ihr Atem geht gleichmäßig. Schwimm jetzt, flüstert er ihr sanft ins Ohr, schwimm mein Kind. Er sieht einen Augenblick die weiße Kuppe des Heiligen Bergs, dann vergeht das Bild und er fällt. Bei schwindendem Bewußtsein hört er sie noch sagen: Alles blau ringsum, da hat ihn die Schwärze eingeholt.

Gert Hofmann
Veilchenfeld

Die ganze Heidenstraße hat gewußt, daß Herr Veilchenfeld am Wochenende verlegt wird. Manche denken, daß er wie Herr Lilienthal mit fünfzig Mark in Kleingeld acht Uhr morgens im alten Depot sein muß, andere, daß man ihn, weil er ein Professor ist, mit einer Limousine abholt. Während wieder andere denken, daß sich die Sache noch bis nächste Woche hinziehen kann, weil sie erst noch das Fest vorübergehen lassen wollen und noch nicht genug zusammenhaben, damit sich die Fuhre auch lohnt. Nachts? Bei Tag? Im Morgengrauen? Nein, das wußte keiner. Doch Herr Veilchenfeld ist mit dabei, als einer unserer letzten. Frau Heuer, die ihm gegenüber wohnt, weiß es von ihrem Mann, aber woher der es weiß, weiß Frau Heuer auch nicht. Herr Heuer ist beim Wasserwerk und hat wegen einer Wette Herrn Veilchenfeld mitten im August das Wasser abdrehen lassen, um zu sehen, was er macht. Ob er kommt und sich beschwert, oder ob er es hinnimmt. Herr Veilchenfeld, seit Tagen ohne Wasser, weiß nicht, was er machen soll. Immer wieder geht er an den Wasserhahn, aber das Wasser läuft nicht. Schließlich, als der Vater sein Herz und seine Lunge wieder einmal abgehört hat und gehen will, sagt er zu ihm: Ach ja, bei mir läuft das Wasser nicht.

Wieso nicht, fragt der Vater, haben Sie Ihre Rechnung nicht bezahlt?

Doch, sagt Herr Veilchenfeld, immer.

Da geht der Vater in die Küche, und das Wasser läuft wirklich nicht. Warten Sie, sagt er und setzt Herrn Veilchenfeld aufs Kanapee. Und setzt seinen Hut auf und geht zum Wasseramt und ist durch die langen Korridore und Vorzimmer und Büros hindurch nach und nach zu Herrn Heuer vorgedrungen und hat ihn zur Rede gestellt und geradeheraus gefragt: Warum, Herr Heuer, haben Sie Herrn Veilchenfeld das Wasser abgedreht?

Da sagt Herr Heuer, dem die Frage peinlich ist: Pst, doch nicht so laut!, steht von seinem Tisch auf und zieht den Vater in einen

Winkel, wo man sie nicht hören kann. Wissen Sie, sagt er, verstehen Sie mich richtig, es handelt sich um einen Scherz.

Und was für eine Art Scherz ist das, Herr Heuer, fragt der Vater.

Nun, sagt Herr Heuer, eine Idee.

Ihre?

Ja.

Also, Herr Heuer, sagt der Vater, nachdem er Herrn Heuer eine Weile streng angeschaut hat, dieser Mann, mit dem Sie diesen Scherz treiben, ist mein Patient. Er ist sehr krank, er muß viel trinken, und nun läuft bei ihm kein Wasser mehr. Aber das hatten Sie sich wohl nicht so überlegt, nicht?

Nein, sagt Herr Heuer, das hatte ich mir nicht so überlegt.

Na schön, sagt der Vater, wenn Sie es sich nicht so überlegt haben, möchte ich Sie bitten, das Wasser bei ihm wieder aufzudrehen.

Kurz: Daß er nun verlegt wird, wußten alle. Herr Weiß in der Wohnung über den Heuers wußte es vom Rathaus, Herr Krappes von Pfarrer Lachmann, während Herr Greim, als er am Freitag bei Herrn Veilchenfeld kein Licht sah, sogar dachte, er ist schon verlegt, und sich wunderte, als das Licht am Sonnabend noch einmal anging. Auch Frau Verhören, die, wie der Vater sagt, eigentlich Frau *Verheuren* heißt und die Herrn Veilchenfeld am Freitagnachmittag – da war das Podium bereits aufgestellt, die Fahnen wehten schon – noch im Garten gesehen hatte, konnte sich, als sie ihn auch am Sonnabend noch einmal sah, nur wundern und nickte ihm schon nicht mehr zu. Sie dachte, er würde in ein, zwei Tagen doch nicht mehr bei uns sein. Selbst Frau Uhlmann wußte von seiner Verlegung, obwohl sie nun seit einem Jahr ihre Wohnung – wie Herr Magirius sein Rußdorfer Haus – nicht mehr verlassen hatte. Sie hatte sich, als ihre Beine versagten, ihr Bett ans Fenster schieben lassen und schaute nun den ganzen Tag in die Heidenstraße hinein, der Vater hatte nichts dagegen. Da sitzt sie wenigstens und liegt nicht, wenn sie schon nicht mehr läuft, sagte er zur Mutter. Nur nicht liegen, Frau Uhlmann, nur nicht liegen, rief er jedesmal, wenn er sie abgehorcht hatte und wieder am Gehen war. Sondern sitzen, Frau Uhlmann, rief er, sitzen!, und drohte ihr mit dem Finger. Denn wenn Sie sich legen, sagte er und wollte hinzufügen: Stehen Sie bald nicht mehr auf, doch ließ er das dann sein. Jedenfalls saß Frau Uhlmann nun immer am Fenster und wußte, was bei uns geschah.

Barbara Honigmann
Eine Postkarte für Herrn Altenkirch

Als ich nach Brandenburg kam als Dramaturg ans Theater, fragte man mich am ersten Tag, ob ich ein Leerzimmer oder ein möbliertes Zimmer haben wollte. Ich fand den Gedanken, zwischen fremden häßlichen Möbeln zu wohnen, unerträglich und wollte ein Leerzimmer.

Das Leerzimmer war leer und kalt. Es lag zu ebener Erde und hatte, obwohl es unwahrscheinlich klingt, drei Außenwände. Bald wurde es Winter, und der Ofen war kaputt, und in den Nächten habe ich erbärmlich gefroren, und das ist noch kein Wort dafür: erbärmlich. Ich hatte auch keine Kohlen, aus tausenderlei Gründen hatte ich keine Kohlen und konnte auch keine bekommen. So habe ich mit Pappe und Papier geheizt und alles in den Ofen geworfen, was nur irgend brannte, aber es half gar nichts und wärmte nicht. In einer solchen Nacht, der schlimmsten von allen, in der ich wohl fast erfroren wäre, habe ich auch alle Briefe verbrannt, die ich da hatte, und vieles andere, an dem mein Herz hing, das mußte sein, wenn es nur brannte. Aber der Ofen blieb trotzdem kalt, kalt und sogar noch kälter als kalt, denn die Ofenkacheln, wenn sie nicht warm sind, geben eine Eiseskälte ab. Manchmal schlief ich kurz ein, in allen meinen Kleidern, die ich übereinander angezogen hatte, so daß ich mich gar nicht mehr bewegen konnte, und in diesem starren Halbschlaf glaubte ich, auf der vereisten Straße zu liegen, nur mit einer Zeitung zugedeckt, und ich versuchte immer mehr, mich in mich hineinzuziehen, es half aber alles, alles nichts und nichts.

Nach dieser Nacht sagte ich im Betriebsbüro des Theaters Bescheid, daß ich doch lieber ein möbliertes Zimmer haben wollte. Ein Zimmer, das zu einer Wohnung gehört, die Wohnung gehört einer Familie, und wer immer diese Menschen sein werden, ich werde ihnen dankbar sein, wenn ich die Wärme ihrer Wohnung mit ihnen teilen kann.

Ich zog zu Herrn Altenkirch in die Hauptstraße 7. Er wohnte im Hinterhof, das Haus war nur klein, und die Wohnung war warm. Herr Altenkirch heizte jeden Morgen die Öfen der drei Zimmer: seine »Stube«, sein Schlafzimmer und das Zimmer, das er vermietete.

Herr Altenkirch war alt und sehr dünn, und wenn er ausging, setzte er den Hut auf, wie die Männer seiner Generation es zu tun pflegen. Ich glaube, er lebte schon sehr lange allein dort, ich habe nie erlebt, daß er Besuch bekam, und ein Telefon hatte er auch nicht. Er sagte bei unserem ersten Gespräch zu mir: »Morgens, nach dem Aufstehen, wollen wir immer zusammen frühstücken und uns unterhalten. Da habe ich ein bißchen Gesellschaft.«

So taten wir es auch. Beim Frühstück, das er immer schon vorbereitet hatte, wenn ich aus meinem Zimmer kam, unterhielten wir uns, und da zeigte er mir auch sein Fotoalbum, in das er neben Familienbildern auch Bilder von Künstlern des Theaters eingeklebt hatte. Zwei von ihnen hatten vor mir bei ihm zur Untermiete gewohnt, eine Schauspielerin und ein Musiker. Der Musiker war lange sein Untermieter gewesen, und später, als er schon nicht mehr in Brandenburg war, hat er von Reisen Ansichtskarten geschickt, die Herr Altenkirch alle aufgehoben und auch in das Album eingeklebt hatte. Und als wir sie uns ansahen, dachte ich: Später werde ich auch solche Ansichtskarten an Herrn Altenkirch schreiben, ich werde ihm damit eine Freude machen, denn er ist doch einsam.

Einmal, als ich vom Theater nach Hause kam, merkte ich, daß Herr Altenkirch in der Zwischenzeit meine Schuhe geputzt hatte. Ich sagte ihm, daß er das um Gottes willen nicht tun soll, ich könne doch meine Schuhe sehr gut selber putzen. Aber er bat mich, ihn zu lassen, es macht ihm Spaß, er hat doch nichts zu tun den ganzen Tag, und er kann auch nicht so lange schlafen und ist jeden Morgen schon ganz früh wach, schließlich komme ich doch immer erst spät in der Nacht von den Proben nach Hause. Da soll ich ihm ruhig meine Schuhe einfach draußen stehenlassen, er putzt sie dann gleich morgens vor dem Frühstück und ich kann sie schon anziehen, wenn ich wieder ins Theater gehe. Es war mir so unangenehm, mir von ihm, einem alten Mann, die Schuhe putzen zu lassen, er wollte es aber unbedingt, und so ließ ich es geschehen, da es ihm Freude machte und er so stolz war auf die glänzenden Schuhe. Nie wieder in meinem Leben habe ich glänzende Schuhe gehabt.

Manchmal, wenn ich nachmittags zwischen den Proben nach Hause kam, saß Herr Altenkirch in seiner »Stube« im Sessel und guckte aus dem Fenster, die Tür zum Flur ließ er immer auf, so daß er mich gleich sah, wenn ich die Wohnungstür aufschloß, und er bat mich dann hereinzukommen, und ich erzählte vom Theater, und wir blätterten zusammen in alten Illustrierten, die da wohl schon sehr lange rumlagen. Manchmal hatte er auch ein Paket aus dem Westen gekriegt, und das packte er dann mit mir zusammen aus und gab mir von den Schokoladenriegeln ab und kochte noch extra einen Nachmittagskaffee.

Aber ich war nur ein kurzes Jahr in Brandenburg, schon vor dem Ende der Spielzeit ging ich vom Theater dort wieder weg. Es hatte viel Krach gegeben, einen Prozeß sogar. Wir waren eine Gruppe, Schauspieler, Regisseur und Dramaturg, die alles anders wollte, und der Anführer der Gruppe war nun verurteilt worden zu gehen. Da gingen wir alle mit, aus Solidarität. Nachher allerdings stand jeder für sich allein da, hatte nichts, fand nichts und mußte schließlich irgendein Engagement annehmen, das sich bot, wo es auch sei und was es auch sei. Der Anführer der Gruppe zog sich ganz zurück und lebt, soviel ich weiß, heute als Holzfäller im Walde.

Ich zog also wieder weg von Herrn Altenkirch. Ich packte meine Sachen, die ich in seiner Wohnung ausgebreitet hatte, wieder ein, nahm meine Kunstpostkarten von der Wand und verabschiedete mich von ihm. Er nahm seinen Hut und brachte mich noch bis zur Ecke, hinter der die Straße zum Bahnhof führt. An der Ecke blieb er stehen, und ich ging weiter. Ich drehte mich oft um, der kleine Herr Altenkirch winkte mit dem Hut, bis ich endgültig in den Bahnhof hineinging. Und da dachte ich wieder: Ich werde ihm ab und zu eine Postkarte schicken, wenn ich irgendwo unterwegs bin, eine Ansichtskarte, einfach einen Gruß:

An
Herrn Altenkirch
18 Brandenburg/Havel
Hauptstr. 7

Lieber Herr Altenkirch!
Ganz herzliche Grüße aus …
sendet Ihnen
Ihre

Inzwischen sind so viele Jahre vergangen. Herr Altenkirch wird jetzt bestimmt schon tot sein, und ich habe diese Postkarte nie geschrieben, ich weiß nicht warum. Einfach weil … weil … und weil …

Aber ich muß mir jetzt immer vorstellen, wie Herr Altenkirch zu der Stunde, wenn der Briefträger kam, hinunterging und in seinen Kasten schaute, in dem so selten etwas lag, und wie er hoffte, einmal vielleicht von mir eine Ansichtskarte darin zu finden, aber sie nie fand, und wie dann sicher mit der Zeit die Hoffnung langsam schwand, aber die Enttäuschung sicher blieb.

Und jetzt tut es mir weh.

Bitte verzeihen Sie mir, Herr Altenkirch.

Werner Heiduczek
Verfehlung

Der Weg führte Elisabeth Bosch am Haus des Bürgermeisters vorbei. Sie hatte nicht vorgehabt, bei ihm anzuklopfen. Aber in der Wohnstube brannte Licht. Die Frau zögerte, ging rasch weiter, kehrte jedoch wieder um.

So späten Besuch hatte Reimelt nicht erwartet. Es ging auf elf. Er hatte sich in seinen Kleidern aufs Sofa gehauen und war gleich darauf eingeschlafen. Als Elisabeth Bosch ins Zimmer trat, sprang er erschrocken auf.

»Ich wußte nicht, daß du schon schläfst, ich sah Licht, und die Tür draußen war nicht abgeschlossen.«

»Ich habe bloß ein wenig ausgeruht.«

Reimelt schob ihr einen Stuhl hin. So saßen sie in der kleinen Stube, in der alles unordentlich herumstand.

»Du siehst nicht gut aus«, sagte die Frau schließlich.

Der Bürgermeister schlug nach einer Fliege und dachte, um mir das zu sagen, bist du nicht hergekommen.

»Warum gehst du nicht zum Arzt?« fragte Elisabeth.

»Du siehst auch nicht besser aus«, entgegnete Reimelt ärgerlich und schlug wieder nach der Fliege.

Er stand auf und goß Schnaps in zwei Gläser.

»Das hilft immer noch.«

Er riß den Mund auf, kippte den Korn hinunter und schüttelte sich. Es ging ihm wirklich nicht gut. Wenn er abends nach Haus kam, warf er sich manchmal, so wie er war, aufs Sofa, starrte zur Decke und dachte, was wäre, wenn ich einfach aus dem Dorf gehe. Auf dem Friedhof ließ er eine neue Leichenhalle bauen – in freiwilligen Einsätzen natürlich –, obwohl die Braunkohle immer näher rückte. Aber das konnte man niemandem mehr zumuten in dem alten Schuppen, wo es auf den Sarg regnete. Früher war ihm so etwas unwichtig erschienen. Es gab keine Zeit für derlei Sorgen, immer nur Hatz und Ärger mit den sturen Bauern. Einem hatte er in den Hintern getreten, weil er dummes Zeug redete, als es um die Gründung der Genossenschaft ging, und fast hätte man ihn damals als Bürgermeister davongejagt wegen Herzlosigkeit und politischer Dummheit. Wenn sie's nur getan hätten! Er klebte nicht an seinem Sessel. Aber entschuldigen, er hatte sich während der Gemeindeversammlung öffentlich entschuldigen müssen. Und alle waren sie gekommen, um sein Gestammel mit anzuhören. Ein zu hoher Preis für eine Genossenschaft, in der es nicht klappen wollte, bis heute nicht.

Elisabeth tat es gut, in Reimelts Stube zu sitzen. Sie sah seine Jacke auf der Truhe, und sie sagte: »Die ist aber schön warm.« Der Mann begriff nicht, was das sollte. Wenn sie jetzt sagt: »Woll'n wir uns zusammentun«, dann besauf ich mich, dachte er. Ich bekomm's nicht raus, aber wenn sie's sagt. Mit dem Hamburger ist es vorbei, das weiß ich schon lange. Das Dorf wird weggeschrabbt, aber wir baun's woanders wieder auf. Mit ihr könnt ich's. Und Elisabeth dachte, er wird mich verstehen, er gibt sich nur so ruppig, er ist genug gebeutelt worden, kommt wegen der Frau ins Gefängnis, und sie schickt ihm nicht mal ein Päckchen Kaffee aus Amerika. Und wieder Reimelt: Ich muß ihr ein Brett legen, damit sie über den Graben kommt. Aber ihm fiel nichts Gescheites ein, und er kippte noch einen Schnaps hinter.

»Du auch?«

»Ich werde ganz duselig davon.«

»Wenn schon.«

»Ach Gott«, sagte sie.

»Der hilft auch nicht. Er hat noch keinem geholfen.«

»Sie zerreißen mich.«

Reimelt sah die Frau verständnislos an. Und als sie sagte: »Hast du schon einen gelben Himmel gesehen und Krähen, die aufs Dorf regnen?«, zweifelte er nicht, daß die zwei Gläschen Korn Elisabeth Bosch betrunken gemacht hatten. Er wußte nicht, ob er sie aufs Sofa legen oder nach Haus bringen sollte. Er konnte dem Verlangen nicht widerstehen, nach ihrem Arm zu fassen, und seine Hand zitterte dabei, und er dachte, ich bin schon ein rechter Idiot.

»Er ist ein ordentlicher Mann«, sagte Elisabeth, »nicht so einer, wie du denkst. Und wenn ich zu ihm gehe, ist es auch nicht so, wie du denkst. Er will mich, und er ist ein guter Mann, und die Zeit läuft weg wie Wasser.«

Reimelt rauchte und trank und goß sich das Glas wieder voll. Warum kommt sie her? dachte er, mich geht das nichts an. Sie hat einen Sohn, der ist bei der Zeitung und will nach sonstwohin, soll er sich kümmern. Die Tochter studiert, und das Kombinat hat eine Verpflichtung übernommen. Der Mann wollte jetzt nichts anderes, als daß die Frau ihn allein ließ. Aber sie redete weiter, ging übers Brett, das ihr Reimelt gelegt hatte. Er versteht mich, er ganz bestimmt. Sie fühlte sich frei von jeder Angst. »Berlin oder Prag, immer wie etwas Verbotenes, nein, nein. Und er hier, du weißt, wie er ist. Ohne seine blauen Möwen kann er nicht leben. Blaue Möwen – er ist schon einer. Und das Haus verkaufen. Ein Häusel ist ein Häusel. Ich weiß, wie es ist, wenn man wo weg muß. Und ich war jung damals. Er braucht mich, und den Kindern stehe ich im Weg. Ich hab's nicht glauben wollen, aber es ist so. Dir kann ich's sagen.«

Reimelt hatte ruhig bleiben wollen, aber plötzlich stieg es in ihm hoch wie damals, als er dem Bauern in den Hintern treten oder den Liebhaber seiner Frau aus dem Fenster werfen mußte.

»Du gehörst angespuckt.«

Nur diesen Satz brachte er heraus und stieß die Tür auf. Elisabeth Bosch war so erschrocken, daß sie nicht fähig war, einen Schritt zu tun. Es machte den Mann noch wütender, und er sagte noch einmal: »Du gehörst angespuckt.« Und als die Frau die Kraft fand zu gehen, schrie er ihr nach, woran er sich später beim besten Willen nicht mehr erinnern konnte. Sie sei keine Mutter, ein mannstolles Weib sei sie, ihr Sohn würde niemals nach London kommen oder Schweden, bis Saßnitz, keinen Meter weiter, das wüßte sie genauso gut wie er, und die Tochter hätte sich ausphilosophiert, einen Scheißdreck könne da das Kombinat, wenn die eigene Mutter wegläuft, jetzt wo man nicht weglaufen kann, wo alles vollgestopft ist mit Atomstoff, eine Ordnung muß sein. Er braucht mich – sentimentaler Quark. Ein Hamburger wird im Dorf nicht die Karten mischen, solange er, Reimelt, hier etwas zu sagen hat, ein Hamburger nicht. Im Amt jedenfalls wolle er sie nicht mehr sehen. So eine wie sie nicht. Die Frau knüpfte das Tuch enger um die Schultern, ging in die Nacht hinaus und dachte immerzu: Was ist das? Um den Mund hatte sie ein seltsames Lächeln. Sie merkte es nicht.

Reimelt saß, das Hemd offen, die Füße nackt, in der Trostlosigkeit seines Zimmers, redete unentwegt mit sich selbst, man hätte meinen können, er sei nicht bei Verstand. Ihm wollte nicht in den Kopf, daß Elisabeth Bosch ... andere ja, aber doch nicht sie ... Ihr Mann Bestarbeiter, fuhr mit der Lok, obwohl er nicht hätte fahren dürfen nach dem vielen Regen, ein Kumpel eben, das reicht übers Grab, und sie immer da, wo Hilfe gebraucht wurde, und jetzt ... Es wollte ihm nicht in den Kopf. Der Junge Doktor, Auslandskader. Das Mädel würde dem Bruder nicht nachstehen. Ein guter Mann, der Hamburger, kann doch sein, kann doch sein. Aber deswegen lauf ich nicht weg. Deswegen doch nicht. Ein Häusel. Hier ist dein Häusel, nirgendwo sonst. Blaue Möwen, hast du gesagt, blaue Möwen.

Es ging noch eine Weile so weiter. Dann wurde ihm das Zimmer zu eng, und er lief auf die Straße, und er dachte, vielleicht finde ich sie irgendwo. Aber die Frau war fort. In ihrer Stube brannte kein Licht. Blaue Möwen. Er mußte lachen. Und dann mußte er heulen und verwünschte den vielen Schnaps, den er getrunken hatte.

»Der verfluchte Hamburger«, brummte er und trottete nach Hause.

Monika Maron
Die Überläuferin

Viertes Zwischenspiel

Der Mann in der roten Uniform legt eine dünne Akte auf den Tisch, befeuchtet die Spitzen seines rechten Zeigefingers und des Daumens an der Zunge und beginnt, in der Akte zu blättern:

Da die Mitglieder der Kommission leider, ich betone: leider,

er blickt auf und wirft einen eindringlichen Blick in die Runde, dann fährt er fort:

noch nicht, ich betone: noch nicht, zur Einstimmigkeit gefunden haben, setzen wir die Beratung über den Fall Polkowski unter Anwesenheit der Beschuldigten fort. Die Anklage lautet: Unerlaubte Phantasie in Tateinheit mit Benutzung derselben im Wiederholungsfall.

Die Frau mit dem zarten Wesen:

Und ich bleibe dabei. Wenn sie Piti die Phantasie verbieten, dann wird er ...

Die Frau mit der eigenen Meinung:

Stellen Sie sich doch nicht so stur. Der Vorsitzende will ja nicht die Phantasie verbieten, nur die unerlaubte Phantasie will er verbieten. Was nicht erlaubt ist, wird verboten. Das versteht doch jeder.

Der Mann in der roten Uniform zur Frau mit dem zarten Wesen:

Wer sagt denn, daß ich gegen die Phantasie bin. Ich bin sogar für die Phantasie, für eine konstruktive, positive, saubere Phantasie.

Die Frau mit der hohen Stimme:

Oh, das hat auch Mami immer gesagt: Kind, hüte dich vor einer schmutzigen Phantasie. So rein und klar wie ein Bergkristall muß deine Phantasie sein, damit die Welt sich in ihren schönsten Farben darin spiegelt, hat Mami gesagt.

Der Mann mit der blutigen Nase:

Wenn ich etwas zur Vermittlung beitragen dürfte. Wir sollten unterscheiden zwischen aktiver und passiver Phantasie. Eine passive Phantasie kann dem Menschen auch gegen seinen Willen zustoßen und sollte darum nachsichtig beurteilt werden. Hätte die Jungfrau von Orléans ihren Umgang mit den Erzengeln nicht in die Welt hinausposaunt und hätte sie, vor allen Dingen, ihre Phantasien nicht in kriegerische Taten umgesetzt, kein Mensch hätte sie auf den Scheiterhaufen gestellt.

Er betupft seine Nase prüfend mit einem sauberen Taschentuch, steckt es danach befriedigt in die Tasche und sagt:

Wir sollten zunächst prüfen, ob Frau Polkowski die Grenze von der passiven zur aktiven Phantasie bereits überschritten hat oder ob sie diese Grenze nicht überschritten hat.

Der Mann in der roten Uniform:

Hört, hört. Sie wollen also den potentiellen Mörder so lange vom Mord träumen lassen, bis er zu morden wagt. Der Tatträumer von heute ist der Täter von morgen.

Die Frau mit der eigenen Meinung:

Wer sowas noch verteidigt, macht sich selbst verdächtig. Pervers ist sowas, das ist meine Meinung, jawohl. Denken Sie vielleicht, ich habe keine Phantasie. Sehr wohl habe ich Phantasie. Ein Gulasch ohne Phantasie, ha, was das wohl sein soll. Da denkt man sich mit seiner Phantasie aber nicht aus, wie man den Gulasch am besten anbrennen läßt und wo man das madige Fleisch dafür herkriegt, weil das eben pervers ist. Aber das Leben und unsern Staat madig machen, das soll nicht pervers sein, das soll phantasievoll sein. Na, da bin ich aber dagegen.

Die Frau mit der hohen Stimme:

Die armen Menschen, man sollte vielleicht nicht so streng mit ihnen sein. Wie oft nehme ich mir ganz fest vor, daß ich jetzt etwas Schönes denke. Dann setze ich mich in den Sessel, in dem Papi immer so gerne gesessen hat, und will daran denken, was wir für eine glückliche Familie waren, als Papi noch bei uns war. Und dann überfallen mich so grausige Gedanken … daß Papi vielleicht gerade jetzt mit einer anderen Frau …

Sie schluchzt und kann nicht weitersprechen.

Der Mann mit der traurigen Kindheit:

Wenn ich mir einen fachlichen Hinweis gestatten darf: es ist unmöglich, die Subtraktion abzuschaffen und die Addition beizubehalten, wie ein Verzicht auf die Division gleichzeitig den Verlust der Multiplikation bedeuten würde, womit ich sagen will, daß die Tilgung der negativen Erscheinung einer Sache die Tilgung der positiven Erscheinung derselben Sache und damit die Tilgung der Sache selbst zwangsläufig beinhaltet; wenn mir der Vergleich erlaubt ist.

Die Frau mit der eigenen Meinung:

Dann behalten Sie doch Ihre Divisionen, oder wie das heißt, für sich, davon will auch gar keiner sprechen.

Der Mann mit der blutigen Nase hält sich das Taschentuch vor das Gesicht und schweigt.

Der Mann in der roten Uniform:

Denken Sie an die Männer der Verantwortung. Für sie heißt Phantasie der feste Glaube an das Gute. Was würden sie ohne diesen Glauben tun. Ich wage nicht, es auszusprechen. So aber glauben sie, uns allen zum Besten, unerschütterlich an die Liebe des Volkes, an das Funktionieren der Wirtschaft und an die Überzeugungskraft der Zeitungen. Ermessen Sie selbst das hohe Maß verantwortungsvoller Phantasie, das diese Männer Tag für Tag, Stunde für Stunde, uns allen zum Vorbild, aufwenden müssen. Ich spreche auch aus bescheidener Erfahrung.

Die Frau mit dem zarten Wesen:

Aber Piti ist ein Künstler. Er muß besonders sein, weil er sonst mittelmäßig ist, und darum braucht er auch eine besondere Phantasie. Erst neulich sagte Piti zu mir: Oh, Tipi, ich hatte eben eine furchtbare Vision, es gab keine Bäume mehr auf der Erde. Da waren wir sehr glücklich, Piti und ich, weil das beweist, daß Piti ein wirklicher Künstler ist.

Die Frau mit der eigenen Meinung:

Kann ja jeder. Ich habe gerade die Vision, daß es keine Menschen mehr gibt, da bin ich jetzt wohl auch eine Künstlerin. Soll sich doch Ihr Piti lieber ausdenken, wie die Bäume wieder wachsen, aber das ist ihm wohl zu schwer.

Der Mann mit der blutigen Nase, nimmt für einen Augenblick das Taschentuch von der Nase:

Die Kunst im Haus ersetzt die Axt im Wald, haha.

Alle, außer dem Mann in der roten Uniform, lachen.

Der Mann in der roten Uniform:

Was gibt es da zu lachen. Da gibt es nichts zu lachen. Es geht um Ordnung und Sicherheit. Um die Sicherheit der Ordnung des Kopfes. Wenn die Ordnung im Kopf nicht sicher ist, ist der ganze Kopf nicht sicher. Verstanden? Damit aber der Kopf, das bedeutet: die Ordnung, sicher ist, muß die Sicherheit in Ordnung sein. Ist das klar? Wie ist nun aber die Sicherheit sicher, daß die Ordnung, das bedeutet: der Kopf, in Ordnung ist. Ziel ist die gesetzliche Tragepflicht des Gedanken-Bild-Transformators, kurz GBT, welcher jeden Gedanken aus dem Kopf auf einen Bildschirm über dem Kopf überträgt, so daß Geheimnisse in absehbarer Zeit ausgeschlossen sind. Wer einen Gedanken für sich behalten will, darf ihn nicht denken, womit schon der kolossale pädagogische Effekt des Geräts garantiert ist. Unkontrollierte Gedanken wie: den könnte ich umbringen, laufen augenblicklich als Mord über den Sender, in Farbe, versteht sich, und erlauben die Verhaftung und Bestrafung des Täters vor der Tat. Leider befindet sich der GBT noch in der Testproduktion, wodurch wir zu herkömmlicher Aufdeckung des kriminellen Vorfeldes gezwungen sind, was uns im Fall Polkowski optimal gelungen ist: verbotene Kontaktaufnahme, Anstiftung zum Aufruhr, unterlassene Hilfeleistung, Verleumdung und so weiter und so weiter.

Der Mann in der roten Uniform springt auf, stützt sich mit den flachen Händen auf den Tisch, reckt seinen Oberkörper schräg aufwärts wie einen Kanonenlauf und schreit:

Angeklagte Polkowski, welchen Zweck verfolgten Sie, als Sie friedliche Spaziergänger auf einer der bedeutendsten hauptstädtischen Magistralen in Aufrührer und Leichen verwandelten.

Hans-Jörg Rother
Veteranen im Moskauer Gorki-Park

9. Mai 1985

Vermodert sind längst eure Uniformen,
Eure Waffen verrostet, vergraben.
Es klirren an euren Jacketts
Die Orden aus vielen Jahren.

Längst habt ihr die Schmerzen verwunden,
Die blutigen Wunden sich schlossen,
Doch bis heute stehn euch vor Augen
Die Gesichter der toten Genossen.

Ein Orchester schreitet vorweg,
Noch einmal singt ihr die Lieder,

Eure Beine, die müde schon sind,
Finden den Marschtritt wieder.

Eure Namenszüge – Souvenire,
Eure Gesichter – für Fotowände,
Seit vierzig Jahren seid ihr
Die Zeugen wahrer Legende.

Es war die Vergangenheit,
Die euch so jählings erhob.
Braucht der Mensch die Probe der Zeit?
Ist er nichts ohne Sieg über Not?

Verlegen stimmt ein Jugendchor ein,
Mädchen tanzen in eurer Runde,
Als wären sie mit euch Narbenbedeckten
Schon durch einen Tanzschritt im Bunde.

Hans Joachim Schädlich
Tallhover

68

Tallhover ist krank. Er ist am Morgen aufgestanden wie gestern morgen, aber gestern kam er auf der Allee noch ein Stück vorwärts, ehe er es aufgeben mußte gegen die unzähligen Menschen; heute ist er nicht bis auf die Straße gekommen. Sogleich nach dem Aufstehen hatte er das Gefühl schwerer Krankheit in den Beinen, im Magen, in der Brust; er fieberte, fühlte er, setzte sich im Schlafanzug an den Küchentisch, ließ den Kopf auf die Hände sinken, die auf der Tischplatte gefaltet waren. Ich bin krank, sagte Tallhover. Das hätte ich nicht mehr sehen dürfen in meinem Alter, nach so vielen Jahren Arbeit.

Tallhover ging zum Telefon, rief den Leiter an, wie er ihn gestern angerufen hatte, Genosse, ich kann nicht kommen, wollte ihm sagen, Genosse, ich bin krank, aber heute meldete sich der Leiter gar nicht.

Tallhover rief die Alte an, die einkauft für ihn und das Haus sauberhält, sagte, sie solle kommen, wenn sie durchkomme, solle eine Reissuppe kochen, solle kommen.

Er legte sich wie gestern morgen im Wohnzimmer auf das Sofa, an dessen Kopfende das Radio steht, richtete sich halb auf, legte auf das Kissen noch ein Kissen, ließ sich langsam zurücksinken. Aber das Radio, auf das er gestern den ganzen Tag und die halbe Nacht gehört hatte, schaltete er nicht ein. Er war zu müde. Er war zu krank. Er wollte ruhig nachdenken, trotz des Fiebers. Es war ihm gleichgültig, was in der Nacht noch geschehen sein konnte. Es war gleichgültig, nach allem, was am Tag schon geschehen war.

Ich bin Polizeimann, sagt Tallhover. Ich bin Polizeimann. Die Politik müssen sie schon selber machen. Aber es muß ein Zusammenspiel geben. So gut muß die Politik schon sein, daß ein Polizeimann keine Politik machen muß. Um so besser kann er dafür sorgen, daß die Politik besser aussieht. So weit, wie es gestern gekommen ist, kann es dann nicht kommen. So weit darf es nicht kommen.

Tallhover hört, daß die Alte, die einen Schlüssel hat, die Haustür aufschließt. Sie klopft an die Wohnzimmertür, tritt ins Zimmer. Genosse Tallhover, sagt sie, wie geht das aus.

Tallhover sagt, So weit hätte es nie kommen dürfen. Ich konnte gestern vormittag nicht meinen gewohnten Weg gehen in der Stalinallee. Es war wie Neunzehnhundertneunzehn, am sechsten Januar, in der Wilhelmstraße. Aber von unseren habe ich in der Stalinallee keinen gesehen. Hatten sich alle verzogen. Das ist doch schon am Dienstag losgegangen. Und gestern mittag erst haben die Freunde Panzer geschickt. Einen ganzen Tag haben sie sich Zeit gelassen.

Aber da war sowieso alles schon zu spät. Das hätten unsere doch längst wissen müssen. Hätten doch bloß an Lenin zu denken brauchen. Die anderen wollten nicht mehr, und unsere konnten nicht mehr. Das ist nicht erst seit Dienstag so, das ist so schon lange. Wo waren unsere Leute die Wochen davor. Hat keiner was gemerkt für sein teures Geld?

Die Alte sagt, Traut sich ja keiner, was zu sagen.

Dummes Zeug, sagt Tallhover. Aber wenn es schon so weit kommt, dann muß sofort zugeschlagen werden, sofort. Vorgestern hätten unsere zuschlagen müssen. *Unsere* hätten zuschlagen müssen. Einer muß es machen. Das ist heute nicht anders als damals. Achtzehn Neunzehn. Das wird immer so sein. Aber was machen unsere? Die Freunde rufen sie. Kommt, helft uns, schickt Panzer. Wir haben selber genug Leute. Waffen haben wir auch. Sollen Sie mal sehen, wenn die Volkspolizei reinhält. Nach den ersten Toten läuft alles auseinander. Schluß mit dem Krawall. Und die Anstifter vors Standgericht. Das können wir selber. Dazu brauchen wir die Russen nicht. Stattdessen verhängt der Russe den Ausnahmezustand. Und das auch noch zu spät.

Die Alte sagt, Mein Schwiegersohn ist bei der Kasernierten Volkspolizei.

Tallhover sagt, Unsere haben immer noch nichts gelernt aus der Geschichte. Haben doch am eigenen Leib erfahren, wie man mit solchen Leuten umgehen muß. Jetzt sind sie selber oben, aber die Leute steigen ihnen aufs Dach. Da hilft nur durchgreifen. Bedingungslos durchgreifen. Das ist die einzige Sprache, die die Masse versteht. Ja, die Russen. Die wissen das. Da ist was dran an dem Spruch: Von den Russen lernen heißt siegen lernen. Ich hätte von unseren mehr erwartet. Sollen meine Jahre, die ich jetzt für sie arbeite, vertan sein? Ich weiß nicht, soll ich Wut kriegen oder soll ich mich schämen.

Die Alte sagt, Ich koche jetzt Reissuppe.

Ich bin krank, sagt Tallhover. Ich kann nichts essen. Ich möchte wissen, wie es weitergeht.

Was soll nur werden, sagt die Alte.

Wenn wieder Ruhe ist, gibt es viel Arbeit, sagt Tallhover. Aus den Fehlern lernen, sagen unsere. Die Nieten müssen verschwinden.

Soll ich jetzt kochen, sagt die Alte.

Meinetwegen, sagt Tallhover.

Am Samstag geht es Tallhover besser. Er denkt daran, am Montag wieder zum Dienst zu gehen.

Die Alte, die samstags das Haus saubermacht, sagt, Es ist alles ruhig.

Tallhover sagt, Es geht mir besser. Ich habe gestern mit meiner Dienststelle telefoniert. Der Genosse Dibrowa hat bekanntgegeben, daß einer von den Krawallmachern erschossen worden ist. Standgericht. In Leipzig und Magdeburg haben die Freunde auch durchgegriffen. In Magdeburg sind zwei drangekommen, in Leipzig drei.

Die Alte sagt, Aber Genosse Tallhover. Das sind auch Menschen.

Auch nur, sagt Tallhover. Ich sage Ihnen, es werden noch mehr drankommen. Die Freunde kennen sich aus. Deshalb herrscht bei denen auch Ruhe. Bei uns wars doch nicht anders, vor Fünfundvierzig. Das wissen Sie doch. Denken Sie, das hätte anders zwölf Jahre gehalten?

Damals hatten sie es auf unsereinen abgesehen, sagt die Alte. Und heute wieder? Das sind doch Arbeiter, Genosse Tallhover.

Arbeiter, Arbeiter. Das ist vollkommen egal, was das sind. Das sind Aufrührer gegen die Staatsmacht. Das waren früher Aufrührer und das sind heute Aufrührer. Arbeiter oder nicht.

Aber erschießen?, sagt die Alte.

Tallhover sagt, Todesstrafe muß sein. Sie ist sogar etwas Humanistisches.

Nein, sagt die Alte.

Weil sie den Staat schützt und das Leben der Bürger. Sie ist ein Gebot der Gerechtigkeit. Bloß traurig, daß unsere das nicht selber machen. Daß die Freunde das für uns machen müssen. Unsere sollten sich um ihre Angelegenheiten selber kümmern. Vielleicht besinnen sie sich noch. Wenn der Schreck vorbei ist. Wenn ich etwas zu sagen hätte, dann: Kopf ab. Erschießen ist noch viel zu gut. Für diese Bande.

Die Alte sagt, Mein Gott, Genosse Tallhover.

Tallhover sagt, Am Montag gehe ich wieder arbeiten.

Am Montag hört Tallhover von dem Leiter, der vor den Mitarbeitern spricht, daß am Mittwoch ein faschistischer Putsch versucht worden sei von Provokateuren, faschistischen, und bezahlten westlichen Agenten, denen eine Reihe verantwortungsloser Bürger irregeleitet gefolgt sei und eine Reihe feindlich gesinnter. Das Endziel der Provokation sei gewesen die Zerschlagung unserer Macht sowie die Auslösung eines Krieges.

Tallhover, der in der ersten Reihe sitzt, sieht dem Leiter in das Gesicht.

Aber der Putsch, von den Kriegstreibern organisierte, sei gescheitert, an dem Widerstand der, der Mehrheit, überwiegenden, hinter der Regierung stehenden, und zerschlagen mit Unterstützung der Streitkräfte, der sowjetischen in Deutschland, Werktätigen.

Zu den Sätzen, die von anderen Angestellten zu den Sätzen des Leiters gesagt werden, sagt Tallhover auch nichts.

Nach der Versammlung geht Tallhover zu dem Leiter und sagt, Unsere waren zu feige, zur rechten Zeit zuzuschlagen. Sind sie jetzt auch noch so feige, die ganze Sache dem Westen in die Schuhe zu schieben?

Der Leiter sagt, Genosse Tallhover, bedenke, was du sagst. Ich habe meine Instruktionen.

Tallhover sagt, Du und ich, wir brauchen uns keinen Sand in die Augen zu streuen. Unsere sind selber an der Sache schuld. Aber sie lassen den Russen die Dreckarbeit machen. Und hinterher sind sie nicht mal schuld gewesen. Das weißt du genauso gut wie ich, daß das kein faschistischer Putsch war. Die Leute haben die Nase voll von uns. Das ging bei den Bauarbeitern los. Das ging von allein los. Und das ging nicht gegen die Russen. Aber der Russe hat das gestoppt. Und nicht deine Mehrheit der Werktätigen. Die war nämlich auf der Straße. Da kamen die Russenpanzer ganz schlecht durch.

Genosse Tallhover, das entscheide nicht ich, und das entscheidest nicht du. Das hat gestern das ZK entschieden.

Harald Weinrich
Müdes Gedicht

Die Müdigkeit hat mir den Krieg erklärt
über alle Grenzen rückt die Schläfrigkeit vor
Auch du meine Tochter Trägheit
hast gegen mich mobil gemacht
und verheerst meine blühenden Felder
mit der Bestie Faulheit im Bunde
Schrecklich wütet im Land die Ruhe
Nun greift die Ermattung von hinten an
Verräterin unter Verrätern
und mein Todfeind im Innern mein Phlegma
näht weiße Fahnen
bald werden sie schlaff aus den Fenstern hängen
Unter dem Ansturm der Stille
wanken am Ende die eigenen Kräfte
Nur versprengte Gedanken
halten noch weiter die Stellung
heldenhaft kämpfend
bis sie erliegen liegen liegen
Die Überlebenden sind es zufrieden
Frieden

Gerald Zschorsch

Im Preis liegt scheinbar nur der Frieden
Die Ware wird gekauft und umgesetzt
In Panoramen lernt das Leben siegen
Und in den Kinos danach totgehetzt.

Die Lotterie spielt Lose, die sind leer
Modepuppen schieben für den Blick Reklame
Männeraugen blinzeln träumend hinterher
Und wünschen sich den Automat als Dame.

Geliebt wird mit Ferment
Und steigt der Unterleib, fällt sie hernieder
Die gleiche Absicht machts, daß man sich kennt
Und Langeweile. Der Ausverkauf der Lieder.

Sabine Techel
Ausverkauf

zwei Dutzend angestaubter Genitive
billiger; Bezüge von hier nach da meistens
pünktlich. Am Grabbeltisch
Subjekt-Objekt Beziehungen und gleich
umgekehrt. Ein unauffälliges
Präteritum, gut für manche Zukunft
umzuarbeiten, nur Präsens ist aus, keiner
weiß wann wieder.

Aber ein wärmendes Partizip einer
ersten einzigen Person auf den Weg für die
Suche. Schließlich teuer, in der Innenstadt
ein einziges funkelndes Verb
finden für dich.

Rainer Malkowski
Voller Papierkorb

Ein paar tausend Worte,
für Abfall erklärt.

Käme ein anderer, er machte
aus einem Bruchteil
ein Lied.

Thomas Kling
Sektionsergebnis

–: ›wird hier in E. gefoltert?‹
chor: ›E. Ist eine universität!‹

1
unsere -ursache aber bleibt, haupt
ursache bleibt der metastasengefüllte
rachen, zungen-, also sprachkrebs ›kann
man nichts dran machn‹, ›... keinem
böse sein‹

2
voll in die archivlade greifen, ins
SERNERSCHE DENKFIASKO; in die vollen
gegriffen und schon hält man liebe
erinnerungen in den händen, den un-
gebundnen:
zieh dir raus, was dir paßt,
aus dem be klemmenden fotowust, wüsten ladung,
was dir grad zupaß kommt; ziehs dir rein,
aus der leicht klemmenden lade, nimms dir
mit beiden händen beginn!

3
riskier einen blick nach oben (sonore
stimmen befehlen dir schwindelfrei
zu sein)! geh ein wenig aus dir heraus;
hab abstand! siehs dir an, das planet-
chen:
eine bläuliche fluse im satellitengefiep,
äußerst belebt; das krabbelt durcheinander
frißt sich die haare vom kopp, gegnseitig:
WIR ERINNERN UNS AN BIENEN AN AMEISEN
SELBST WESPEN MÜSSN VORBILDLICH STOP

4
genannt werden. ›kann man nichts machn?‹
›keinem böse sein?‹ schwarzweiß, das un-
kolorierte zählt!
an der innenwand
(in nachbarschaft zur zirbeldrüse):

postergroß, in überlebensgröße eine lebens
lange momentaufnahme:
                                        das stolze portrait
deines imam

5

genannt werden; unmittelbar nach dem
geburtsschrei, noch in das röcheln
deiner mutter hinein, nennst du dich:
mahdi, vor- und nachbeter, nennst
dich beim namen   hirn- und leichen
wäscher;
            schwarzweiß zählt; mit asbest
handschuhn greifst dus mattglänzende
material aus blasenwerfenden tonnen,
packst den inhalt schnellgeschlitzter
kissen AM ANFANG WARS DAS EEG ZEIGTE
BEREITS DIE NULLKURVE

Uwe Kolbe
Ein letztes Gedicht

1

Die Seen sind offen, und modisch bewegt sich
das klägliche Häuflein, besichtigt den Draht
zwischen Mördern, bestraften und jenen,
die niemand verfolgt hat.
Und stumm oder lärmend verläßt es das Kino,
besessen und flüchtig, und kreischend
sucht Gummi Filz Blech seinen Himmel;
und Randlose, Übergangszweifler entdecken
die Gegen- und zwanghaften Teile, und du
deinen Jüngern, warum die Verdammten
nur Langweile sagen und immer verstehen,
betrügst Instrumente mit einer der Frauen;
und Stadt zeigt auch, Teilung verachtend,
ein wenig Gesicht, fast gewaltlos;
nur stur fliegt ein einzelnes dußliges Glück
vor Türen, der Fledermaus gleich,
doch kaum glaublich, vergeblich, modern nicht genug:

es schreit nicht verzweifelt, das Zittern
sind nur paar Reflexe im Grunde
hektischsonniger Fantasie.

2

Und meint nicht ein jeder, er müsse
verweigern? und feilt hin zum Hofe
sein eigenes Luftloch, klebt seine, nur seine
papierene Leiter und freundet sich an
im Taubenspaziergang mit zweitem
Entflohnen, den Hinkfuß verkennend,
verspielt und verkauft sich sofort, entfärbt
und hängt lüstern am Plastschlauch
geräumiger Zukunft, zahlreich und lenkbar.
Vergrößert das Chaos nicht erst,
der täglich zu sammeln versucht
seine Geraden und Ja's, und die Klarheit
zu nennen, und quält diese fehlende Sprache,
treibt aus jenen Text der verbreiteten Hymne,
lernt ab und betäubt sich, und glaubt
und besäuft sich, zerfasert, gelangt
mißverhaltend zum Mißwort, verwirft schnell
das letzte Verhältnis, muß bloß noch
die Sprache gebären, darin er dann lebt.

Peter Waterhouse
Gemeinschaft der Sätze

Es ist wohl ein Licht um uns. Die Tische sind meistens einsam.
Die Pferde stehen viermal. Der Schrei, wenn davon die Rede sein soll
hat einen endlosen Ton. Die Blumen sind ja so kurz. Vielleicht
darf man seine Nasenlöcher lieben. Stillstand ist auch
ein Taumel. Das weiße Hemd an mir ist doch sichtbar.
Gibt es jemanden, der mir verzeihen wird? Die Wolken
sind ein hoher Hut. Das Wort Sturm klingt sanft.
Die Stimme ist der Freund im Hals. O du fernes Ohr
ich höre aber gut mit dir. Das aufgeschlagene Buch
ist ein dünner Eisbär. Als Autofahrer
scheinen wir schnelle Menschen zu sein. Laß doch die Ameisen.
Im Handstand sind wir leider leicht zu verwechseln.

Der Himmel ist etwas zu groß. Als Fisch
wären wir komische Kinder. Über den Holzboden
geht ein jeder gedankenverloren auf einer Glatze. Wenn
die Vögel fliegen, schicken sie die Welt nach unten. Der Regen
ist der wiederholte Elephant in tausend Partikeln.
Oft sieht man sich im Himmel. Geradezu mit rotem Pullover
tritt man aus der Haustür, wenn der Nachbar kommt.
Ist es der eigene Finger, der den Klingelknopf schiebt?
Die Stadt ist jedes Haus, das alle anderen Häuser nicht ist.
Ein Kilo Äpfel ist so orangenfrei. Ohne Schuhe
wären wir den Katzen viel ähnlicher. Wir grüßen
wie atlantische Dampfer. Aus den Türen
kommen fast immer Menschen. Wer kommt fast immer
aus den Menschen? Wir sind eine pausbackige Gemeinschaft.
Die Lichtspielhäuser benötigen Schwärze. Wir könnten die Eintrittskarten
ohne weiteres selbst abreißen. Die Kanaldeckel
sind quasi Baskenmützen. O, dieses Land heißt Spanien.
Es mag gut sein, Madrider Sätze zu sprechen.
Wie liebenswert heute meine Zähne sind. Leicht heißt das Herz
das keinem gehört. Wollte ich etwas sagen? Nein.
In einer Weise sind wir eine Elster abzüglich der Elster.
Die schlechteste Axt ist mit uns im Abschied. Das Lachen
ist manchmal ein Lachen.

UNDINE GRUENTER
Ein Bild der Unruhe

Von Tag zu Tag fand ich es unerträglicher, mich in geschlossenen Räumen aufzuhalten.

Ich glaube, seit je bedeuteten die Bahnhöfe für mich den heimlichen Mittelpunkt einer Stadt. Die gedrängte Hektik der Schalterhallen, die aschgraue Traurigkeit der Wartesäle, die Pfiffe über den nächtlichen leeren Bahnsteigen. Vor allem ein einziges Versprechen ist so ein Bahnhof, Aufbruch und Tod.

Ich erinnere mich, undeutlich schwirrten mir Reisepläne durch den Kopf. Im Gehen sah ich die langen Zahlenreihen mit den An- und Abfahrtszeiten auf den Fahrplantafeln vor mir und genoß im voraus die Begegnung mit Namen von unbekannten Städten. Sie würden den Geschmack von Salz hervorrufen auf meinen Lippen, die Gischt des Meeres auf meinem Gesicht, den Schauer auf der Haut, all das beim Gedanken an leere Sandflächen unter einem grauen Himmel.

Doch angelangt am Bahnhofsgebäude, zeigte auch sein Inneres sich als ausgeweideter Kadaver. Fahrkartenschalter, Geschäfte, Cafés waren ausgelagert in Baracken auf dem Vorplatz. Als ob der Ausnahmezustand sich über die Stadt gesenkt hätte mit dem Geruch von ranzigem Fett aus den Bretterbuden.

Eine schmale Holzgalerie verlief nun rings um das ausgehöhlte Loch in der Halle, zum Krater hin abgegrenzt mit hohen Drahtzäunen. Dort standen Menschen und preßten die Gesichter an die Löcher im Draht, in die Tiefe blickend, wo fern an den Abhängen des Kraters die Arbeiter hingen, gleichmäßig klopfend unter dem Dröhnen der Maschinen. Aus der Entfernung wirkten sie wie künstliche Figuren aus stoffverkleidetem Drahtgestell.

Über dem Loch hing eine schwere Staubfahne. Ab und zu sich verdichtend zu einem schmutzigen Gelb, verschwand sie plötzlich wieder, je nachdem, ob ein Lichtstrahl durch die Fensterhöhlungen fiel, aus denen man die Glasscheiben schon herausgebrochen hatte. Für Sekunden übergoß ein schwefliges Licht die Halle. Darunter verharrten die Köpfe in gleichmäßiger starrer Haltung, die schweigenden weißen Gesichter alle in dieselbe Richtung gewandt.

An der Seite der Grube verlief jetzt eine Treppenbrücke mit Stufen aus Holzlatten über dem Krater. Jene breiten Treppen, früher links und rechts zum Wartesaal führend, waren jetzt abgerissen. Nackt ragte der Wartesaal über den Abgrund. Hinter dem Glas sah ich Menschen vor dem langen Buffet sitzen, einzeln verteilt auf die Tische. Die Oberkörper bewegten sich in stummen Gesten. Sie machten Zeichen, hoben und senkten den Arm, öffneten und schlossen den Mund. Ich flüchtete aus der Halle. Warum sollte ich aufbrechen, abreisen? Es war gleichgültig, wo ich war. Einen festen Standort kannte ich längst nicht mehr.

Ich mußte mich in den Straßen herumtreiben, das Arbeiten der Werkzeuge beobachten, das Stechen und Saugen. Von Zeit zu Zeit hatte ich das Gefühl aufzuwachen unter dem Druck dieses Hämmerns und Klopfens.

Immer auf der Suche nach Erregungszuständen.

Manchmal gab es nur noch dies: den Moment zwischen den Bewegungen meiner Füße. Der Wechsel zwischen Stillstand und Beschleunigung meiner Schritte trieb mich weiter, und die Geschwindigkeit, mit der die Straßenbilder vor meinen Augen sich zusammensetzten, gerinnend, zerfließend.

Muß ich noch sagen, daß das Gehen selbst zum Rausch wurde, zu Opium, Traum, Brand der Bilder?

Öfter aber kam ich mir vor wie ein Verirrter im Ödland. So, als ich des Nachts eine lange Straße entlangging, die aus dem Kern der Stadt in die Vororte führte. Da geriet ich in ein Feld, das ohne Beleuchtung schwarz zwischen den erleuchteten Abschnitten der belebten Innenstadt und der Vorstadt lag. Vor mir und hinter mir herrschte das Licht, und dazwischen plötzlich der schwarze Grenzstreifen des Stadtrands. Ein leeres Land, in dem ein unbestimmtes Gefühl der Bedrohung meine Schritte in der Dunkelheit antrieb, wo hinter Bretterzäunen im Graben die Büsche wild wucherten.

Menschenleere Räume, Straßen zogen mich an. Die Leere suchend, wich ich jedem aus. Als triebe mich die Berührung mit anderen in einen Zersetzungsprozeß, der mich augenblicklich in einen verfaulenden Klumpen verwandelte.

Hans-Ulrich Treichel
Fortschritte in der Chaosforschung

Bloß keine Umstände,
sagen Sie einfach Ich zu mir
oder lassen Sie mich ganz weg.
Schließlich weiß hier keiner so genau,
wo der Nächste beginnt.
Zerstreuen Sie sich,
aber bleiben Sie liegen.
Schließen Sie die Augen
und hören Sie weg.
Sie müssen fühlen, was Sie fühlen,
wenn Sie nichts fühlen.
Oder gehören Sie etwa auch
zu den Leuten, die bei jedem Schuß bluten.
Pflanzliche Fette, rate ich Ihnen,
und tierische Intelligenz.
Doch alles mit Maßen
und immer den Kopf schief.
Der Rest ist ganz leicht.

Stefan Schütz
Medusa

I. Kathedrale des Ich

Gewiß erschien, im Strudel der Gravitation, dem rauhen, ruhigen Stein des Mauerwerks die Last der Sinnlosigkeit weit weniger schmerzhaft als der neben ihm Schlafenden, in der Mitte ihres mittleren Lebens sich befindenden Marie Flaam die Kraft der fremden Strahlen, die in jener geordneten wie ungestümen Weise Dinge und Menschen zu durcheilen pflegen, ohne Ziel und doch nicht ziellos, denjenigen zu treffen, der sie zu empfangen bereit ist. Unruhigen Hauptes erblickt Marie Flaam sich im Traum, auf dem faltenzerklüfteten Kissen, die Unschuld eines sanften Engels, der, eingewoben in die Stille des Morgens, gleichsam die schimmernde Heiterkeit seines augverschlossenen Gesichts über die Hölle seiner Träume zu decken versteht. Mit Macht wendet sie sich ab und erschaut im gleichen Bett Naphtan, ihren Mann. Ein sie wärmendes Gefühl durchströmt ihren Körper. Abermals mit Gewalt kehrt Marie Flaam sich selbst und ihrem geliebten Naphtan den Rücken und verläßt das Zimmer. Gleich hinter der Schwelle umfängt sie eine tiefe Dunkelheit. Stolpernd fällt sie zu Boden. Ihre Arme tasten vergeblich in der Finsternis. Der Sehnerv gibt rasch seine Suche auf. Die einzige Wahrnehmung, ihre Anwesenheit. Schon beneidet sie ihr anderes Ich im Bett neben Naphtan, als aus dem Dunkel bruchteilige Blitze brechen. Hastig saugt Marie Flaam das Lichtgezwitscher mit dem ganzen Körper ein, doch je intensiver sie versucht, den Ort zu erkennen, der sie umgibt, je nadelstichiger blenden sie die Blitze. Schwirrende Lichtteilchen wirbeln wie Sturm. Manche durchstoßen blitzschnell ihren Leib, andere suchen tangentiale Richtung oder umschnellen Marie Flaam etliche Male, eh sie flugs verschwinden. Energetischer Mückentanz. Fortgesetzt glaubt Marie Flaam, manches Geschrei zu vernehmen, flehendes Gespräch, bittere Losung. Es ist ihr, als schlügen die Lichtblitze gegen sie, wie gegen ein Instrument mit unzähligen Saiten, und hin und wieder spüre sie in sich Töne, deren Art der Vibration sie noch nie vernommen hat. Heftig tonales Rauschen, atonale Musik. Die Musik wieder dehnt sich in einzelne Klänge, die ihr Hirn mit schnellen Bildern okkupieren. Fremdartige Worte züngeln über die Zunge. Bekanntes wechselt mit Unbekanntem. Sinnlos Wirkendes wird überdeckt von sinnvoll Scheinendem. Marie Flaam spürt sich als klangschreiendes Medium, ausgesetzt einer Kraft, der sie ohnmächtig, voller Verwunderung zuzuschauen gezwungen scheint. Erst als der ohrenbetäubende Lärm ihre Schmerzgrenze überschreitet, und Marie Flaam sich selber schreien hört, die Hände gegen die Ohren, die Augen zugekniffen, kehrt augenblicks Stille ein. Zwei sich anziehende und gleichzeitig abstoßende Energien, am Ufer ihres Fleisches, blicken stumm aus den Nebeln ihrer Vergangenheit, im Wissen um ihre unausweichliche Begegnung. Gleichwohl verharren sie in gebührendem Abstand und werfen den Kopf zum Nacken, daß die Haare wallen im konvulsiven Wind, der, wellenschlagenden kleinsten Teilchen gleich, um sie wirbelt. Nach und nach entsinnt die Träumende begreifend, daß ein Traum sie überwältigt haben muß, und sie unterliegt der Versuchung, den Ort ihrer Anwesenheit erkennen zu wollen, der, und das spürt sie sicher, noch nie vorher im Schlaf ihr erschien und fremd ihr ist, wie jene Gestalt, der sie ihren inneren Blick nicht zuzuwenden wagt, von der sie sich aber ruhigen Augs beobachtet fühlt. Geborstene Stahlträger wachsen als Baumstämme aus dem im Schatten versinkenden Boden und erhellen zu undurchdringlichem Dickicht, unterm Zucken ständiger Blitze, gewölbte Zeilenpunkte elektrischer Impulse auf einem Bildschirm, den wie eine Glocke nach oben geschlossenen Raum. Zwischen messerscharfen Blechen geformter Disteln fühlt Marie Flaam ihren Körper zur Bewegungslosigkeit verurteilt, jeder Schritt, so glaubt sie zu wissen, schnitte ihr Löcher ins Fleisch und ließe sie auslaufen, wie eine mit Blut gefüllte Plastiktüte. Die Dornen schmiegen sich kitzelnd in die Poren ihrer Haut und hoffen auf die Gewalt der Verführung, die ihnen bei der Berührung der Opfer wohl immer gelingt, wenn der Berührte dem zwanghaften Bedürfnis unterliegt, sich kratzen zu müssen. Fleischsaugendes Metall, über das die Leiber sich selber ziehen. Noch widersteht die Träumende dem hohlwangigen Ruf, was juckt, kann nicht den Hals kosten, sie ahnt einen schmerzlichen Ausgang, ließe sie den Augenblick zur Schwäche werden, der flehend sie umgibt. Hinter knotenverschlungenen Eisenbahnschienen, wie Lianen herabgleitendes Gewächs, winkt verhangene Sehnsucht, die weniger Neugier zu befriedigen vermöchte als Anziehungskraft für den Drang nach Befreiung sein will. Ein unbestimmtes Gefühl läßt mit Bestimmtheit die Ferne gegen die Schläfen pochen, bemächtigt sich mit einem Mal der Traumverharrenden und treibt mit sanfter Gewalt ihr Zögern in seine sich öffnenden Arme. »Ach wie kann ich zugleich hier bleiben und doch fortgehen, das eine tun, ohne das andere lassen zu müssen.« Der verzweifelte Gedanke wiederholt, einmal formuliert, wie das Pendel der eben aufgezogenen Uhr, sich stetig und schwingt in asynkopischem Rhythmus, gleichsam als Hirnherz, über allen Wegen, die das Wort Vergessen auf ihrem Straßenschild tragen. Für den Bruchteil, so zwischen Fessel und Ferne zerrissen, überkommt sie das heftige Bedürfnis, nach der Gestalt Ausschau zu halten, die sie noch immer im Rücken spürt, und mit der sie dies Labyrinth zu teilen scheint. Doch schnell versagt sie sich den heftigen Wunsch nach einem Blick und fügt am eignen Mosaik, dem Schrecken zu entgehen, in einen Spiegel zu sehen, der ihre Hilflosigkeit nur verdoppeln würde. »Lieber bleib ich stehen hier, als für alle Zeiten die Unentrinnbarkeit meines Fleisches begreifen zu müssen, so bleibt mir wenigstens die Hoffnung der Unwissenden, die weniger ihr eigenes Unglück bejammert und mehr um das der anderen sich kümmert.« Zögernd offenbart sich die unwirkliche Landschaft ihren schweifenden Augen, die keine Gelegenheit auslassen, nach der Tür zu suchen, die eines Tages als Fluchtweg fungieren könnte. Doch hinter jedem Spalt warten neue Ritzen, dort, wo Segmente fehlen, sind die Öffnungen zu klein, um hindurchzuschlüpfen, oder sie verschieben sich im Augenblick der genauen Betrachtung wie bewegliche Ziele, welche Narretei, die vielleicht nur eine optische Täuschung ist. Geometrische Figuren aus unterschiedlichem Material liegen verstreut oder schweben wie in einem schwerelosen Raum; Laub und Blätter einer technisierten Natur, die den nahenden Herbst zeitigen. Rotierende Kaffeemühlen, aus denen Puppenarme wie Fleischwürste quillen, Rost oder Grünspan überzogene Metalle in Form von Kastanien oder Lindenblättern schaukeln zu Boden, von Ameisen zerfressene Telefonhörer, die mit sich selber sprechen und die gleichen Gespräche immer von neuem beginnen, schweben wie an Marionettenfäden gezogen durch die Zeit, Daumen und Zeigefinger recken sich aus einem schweinsledernen Portemonnaie und schnappen nach Seifenblasen, freßwütige Paragraphen, wie Büroklammern aneinandergekettet, ein Heiligenschein verbissen als Kreis in den Schwanz, zerknülltes Zeitungspapier, als Windflüchter von Sprache entlaubt PROLETARIER PEKTIVE GLÜCKWÜNSCHE NEU DAS WOHL MÖRDER VOLKS PLANVOR WIRKSAM JUNG GENOSS WETTBE UNS WIR HEINRICH VEREINT ALEXEJ DAS WORT KÜNSTLER BLOCK B HAUPTSTADT GEMEINSAM 15PFEN NEUS DEUTSCH NR. 128 VERTEIDIGEN SCHÖNE LANDSCHAFTEN VOLKSAR PLA MIT ARBEITE MIT REG MIT GROSSARTIGE ZEITEN KRIEGS-

GEFÄHRLICHE ZEIT, gegen das aufstrebende Eisen sind Leitern gelehnt, die wenig Vertrauen aushauchen, das zum Aufstieg einladen könnte, auch tropft über die Sprossen durchsichtiges Gallert, und je mehr es der allesschluckenden Erde sich nähert, nimmt es die Form auslaufender Gesichter an, die ihre Physiognomie im Augenblick des letzten Tropfens, die unterste Sprosse umwabernd, am deutlichsten zeigen, bevor die allesschlingende Tiefe sie vertilgt. Die Ahnung, die Gesichter zu kennen, läßt Marie Flaam den Innenblick zurückschnellen, um dem Druck zu entgehen, der sie zwingen würde, Erinnerungen sich aufzuhalsen, von denen sie nicht geplagt sein will. Im Wegschauen streift sie ungewollt, für den Bruchteil einer Sekunde, jene schattenhaft wehende Gestalt und ärgert sich über die Vergeßlichkeit ihres Gefühls und verflucht den erneut zu nagen beginnenden Wurm Neugier. Krampfhaft sucht sie sich abzulenken, stiert in fernes Geglitzer, von dem sie geblendet sich abwenden muß, und kehrt zurück ins Dunkel des Dickichts, das wie nach einem Schwindelanfall neu zu erkennen sie sich anschickt; sie erstarrt, nichts hat sich verändert. Alles klebt am gleichen Platz, der Traum wird zum Alptraum, aus dem es kein Fortkommen gibt, die Wände steilen auf wie Eisfelsen, ringsherum unterm Dach ihrer Überhänge greift die Angst nach ihr.

ELISABETH BORCHERS
Falsches Lied

In einem stillen Grunde,
da ging ein Mühlenrad.
Der Müller ist verschwunden,
der dort gemahlen hat.

Da wollt der Bach nicht fließen,
der Wind wollt nicht mehr gehn,
das Korn wollt nicht mehr sprießen.
So blieb das Mühlrad stehn.

Im Hause ist es dunkel,
doch niemand mehr macht Licht.
Nur noch die Mäuse suchen
nach Korn und finden's nicht.

Helmut Heissenbüttel
Ursprung und Ende der Tradition

1 Weit da hinten auf dem Lande, wo man wohl hin kommt, aber schwer wieder weg, da gibt es heute noch einige Leute, die sich und ihre Familien fern halten von allem, was nur zugezogen oder durchgewandert ist.
2 Diese weit da hinten auf dem Lande, die sich und ihre Familien noch heute fern halten von allem, was nur zugezogen oder durchgewandert ist, kennen ein Hörensagen, das bis ins Dunkel der Sage zurückreicht.
3 Dieses Hörensagen, für die weit da hinten auf dem Lande, verbürgt noch heute die Übereinstimmung von Zeit, Geschichte und Sitte, denn sie sind es selber.
4 Aus dem Hörensagen aber hat sich eine Rangliste entwickelt, nach der der Grad der Übereinstimmung von Zeit, Geschichte und Sitte abgemessen werden kann.
5 Es hat sich eine Abfolge herausgebildet, die seit undenklicher Zeit, zufällig oder berechtigt, das kann niemand sagen, nicht mehr verändert worden ist und das Gerüst des Hörensagens bildet.
6 Abfolge und Unveränderbarkeit der Rangliste, nach denen sich Geschlechter und Familien abmessen, ist an und für sich ein Geheimnis, doch gibt es, da dies schon so lang andauert, auch ein öffentliches Wissen darüber.
7 Das öffentliche Wissen um das Geheimnis besteht darin, daß jeder, der dazu gehört, Bescheid weiß, jedoch verpflichtet ist, niemandem, der bloß zugezogen oder durchgewandert ist, etwas davon zu verraten.
8 Es gibt nun eine gewisse Anzahl von Dazugehörigen, die ein teilweises Erlöschen der Überlieferung für unvermeidlich halten, denn, so meinen sie, die Zeit ist eine andere geworden und wir ändern sie nicht dadurch, daß wir die Alten bleiben.
9 Es gibt andere Dazugehörige, die Konsequenzen und das heißt Kompromisse gegenüber Zugezogenen und Durchgewanderten verlangen.
10 Ein Kern von Unverbesserlichen ist befangen in dem Wahn, es sei immer noch alles wie immer.
11 Diese Unverbesserlichen und, wie sie selber meinen, wahren Anhänger des Geheimnisses des Hörensagens bewahren das Geheimnis wie eh und je und halten alle bloß Zugezogenen und Durchgewanderten für Wesen geringerer Ordnung, fast Tiere.

12 Es gibt zwei Meinungen unter ihnen, von denen die eine davon überzeugt ist, es werde eines Tages keine Zugezogenen und Durchgewanderten mehr geben, weil sie infolge ihrer geringeren Ordnung zum Aussterben verdammt seien, während die andere davon überzeugt ist, daß es eines Tages nur noch Zugezogene und Durchgewanderte geben werde, aber im Gegensatz zu den Reformern glauben sie nicht, daß ein Kompromiß möglich ist sei.
13 Die Sorge aber, wie dann, wenn die Welt nur noch von Zugezogenen und Durchgewanderten bevölkert wird, überhaupt noch Tradition bewahrt werden kann, eine Sorge, die manche lange beschäftigt hat, hat dazu geführt, daß die wahrsten der wahren Anhänger dem Geheimnis des Hörensagens ein sie selber und die Welt überhaupt überdauerndes Gedächtnis zuschreiben.

Gerhard Amanshauser
Inventar

Ein Zimmer ohne Lebensfarbe;
abgeblättert
die letzten Spuren Malerei;
die Wände nackt,
die Gegenstände Kulissen
zu einem abgespielten Stück.

Ein Atem in der Ecke,
ein Körper, der sein Fleisch versorgt
mit Blut, das eigensinnig kreist.

Und ohne einzudringen
schlägt Tongerümpel der Straßen
ans Ohr.

Im Alltagslicht
die Augen tränenlos, nur weiße Oberfläche,
Mattscheiben aus Glas,
auf denen Weltkulissen sich verschieben.

Ein wenig Staub liegt überall.
Man müßte wieder kehren.

LILIAN FASCHINGER
Die neue Scheherazade

Es ist ein warmer Tag, und K., der gelegentlich hier wohnt, hat gerade die Zimmertür einen Spalt breit aufgemacht und gesagt, ich solle mich doch auf den Balkon setzen und in der Sonne reden/schreiben. Das würde ich gerne, habe ich ihm geantwortet, doch sei es mir unmöglich, auf irgendeinem anderen Fleck als auf meinem Sofa zu reden/schreiben. Es würde nicht einmal etwas nützen, das Sofa auf den Balkon zu stellen, das Sofa allein genüge nicht, es müsse auch auf dem richtigen Fleck stehen, nämlich auf dem Fleck, auf dem es steht. Eine solche Gegenstands- und Ortsgebundenheit bringt natürlich Nachteile mit sich: Wenn es gelegentlich nötig ist, sich an einen anderen Ort zu begeben, so kann ich dort nicht reden/schreiben. Ich habe es versucht, habe mich auf ähnliche Sofas, in ähnliche Ecken gesetzt, in Ecken, die vermuten ließen, daß sich in ihnen, so wie in meiner Sofaecke, Kräfte ballen; es war nicht möglich, auch nur einen Satz zu reden/schreiben. Da dieses Reden/Schreiben immer wichtiger wird zur Rettung meiner Haut, da ich es mir kaum leisten kann zu verstummen, ist mein Aktionsradius sehr eingeengt: Ich verlasse MEINEN PLATZ nur noch, um die notwendigsten Besorgungen zu erledigen. Sobald ich mich weiter als etwa zehn Kilometer von MEINEM PLATZ entferne, befällt mich eine Unsicherheit, ein Gefühl, als werde mir der Boden unter den Füßen weggezogen, ein Empfinden des Ausgesetztseins. Wenn ich mich gerade am anderen Ende der Stadt befinde und spüre, daß ich in diese unangenehme Verfassung hineingleite, muß ich zusehen, daß ich sofort eine Straßenbahn erwische, die mich zu MEINEM PLATZ zurückbringt. Denn wenn ich zu lange wegbleibe, stellen sich Beklemmungszustände ein, Ohrensausen und Blutleere im Gehirn. Ich fürchte, es könnte in letzter Konsequenz in epileptische Anfälle und in Veitstanz ausarten. So habe ich meine eigene Bannmeile von zehn Kilometern Durchmesser gezogen, meiner äußeren Bewegungsfreiheit Schranken gesetzt. Das war nicht immer so. Früher war das Areal, das ich als MEINEN PLATZ ansah, nicht so eingeschränkt. Es hat Zeiten gegeben, da dachte ich, die ganze Welt sei MEIN PLATZ, eine Geisteshaltung von einer Naivität, die nicht zu entschuldigen ist, auch nicht mit dem Hinweis auf meine damalige jugendliche Unreife. Es war die Zeit der Reisen, eine Zeit, in der mir in erster Linie daran gelegen war, möglichst große Entfernungen zurückzulegen, um damit von der Welt, die ich fälschlicherweise für MEINEN PLATZ, meine HEIMAT hielt, Besitz zu ergreifen, meine Spuren in ihr zu hinterlassen. Ich war mir damals in meiner Ahnungslosigkeit und Arglosigkeit und bodenlosen Dummheit der Gefahr nicht bewußt, die von seiten Schahriars und Schahsemans drohte. In meiner Unkenntnis der Sachlage setzte ich den Begriff der Freiheit mit der Möglichkeit, viele Länder zu bereisen, gleich. Natürlich weiß ich mittlerweile, daß Freiheit nicht das geringste mit äußerer Bewegungsfreiheit zu tun hat, daß man nicht notwendigerweise frei ist, wenn man fahren kann, wohin man will. Der Drang zu reisen unterscheidet sich im Grunde in nichts von dem Drang, materielle Besitztümer zu erwerben. Der Drang zu reisen ist nichts als gewöhnlichste, vulgärste Raffgier, nur daß man anstelle von Schmuck, Geld, Aktien, Teppichen, Häusern, Grundstücken Kilometer zusammenrafft. Zugleich mit den Kilometern rafft man Eindrücke und Bilder zusammen. Man ist versessen auf das Zusammenraffen von Eindrücken und Bildern, die einem zu WEITBLICK, zu einer AUSWEITUNG DES HORIZONTS verhelfen sollen. Man gibt vor, daß man reist, um sich zu BILDEN, um zu einem UMFASSENDEN VERSTÄNDNIS anderer Menschen und Nationen zu gelangen, man leugnet, daß es einem ausschließlich um das Zusammenraffen von Kilometern, Eindrücken und Bildern geht. Dunja und ich (es gelang mir als älterer Schwester leicht, sie mit meiner Raffgier anzustecken) befanden uns damals fast ständig in Verkehrsmitteln, in Zügen, Autobussen, Schiffen, Flugzeugen und Autos. Wir hielten uns andauernd in Wartesälen, Bahnhofsrestaurants, auf Flughäfen und vor Autobushaltestellen auf. Diese Reisesucht wurde noch unterstützt durch den Widerwillen, den wir gegen Österreich empfanden. Wir betrachteten Österreich natürlich keineswegs als unsere HEIMAT, eher als einen Ort, an den es uns aufgrund verschiedener seltsamer und unglückseliger, unserem Einfluß entzogener Umstände verschlagen hatte, als einen vorübergehenden Aufenthaltsort, an dem wir uns nur für begrenzte Zeit aufhalten und den wir zum frühestmöglichen Zeitpunkt für immer verlassen würden. Daran trug großteils die sprichwörtliche Ausländerfeindlichkeit der Österreicher die Schuld. Mit einer selten anzutreffenden Durchtriebenheit locken sie durch geschickt aufgezogene Propagandaaktionen, bei denen Mozartkugeln, Erzherzog-Johann-Jodler, Gamsbärte, Lodenerzeugnisse, enggeschnürte Dirndlmieder, Schuhplattler, Sängerknaben und Alpenglühen in schamloser Weise eingesetzt werden, immer wieder ahnungs- und arglose Ausländer ins Land, um sie binnen kürzester

Zeit auf die schändlichste Weise im Stich zu lassen und auf die demütigendste Weise zu diskriminieren. Im Grunde ist nämlich jeder Ausländer für die Österreicher ein ausgesprochen verdächtiges Subjekt. In dem Blick, den beispielsweise Frau Christa T. dem in unserem Haus wohnenden Medizinstudenten Jan van der Weyden aus Amsterdam zuwirft, liegt nicht nur äußerste Verständnislosigkeit, sondern auch Mißtrauen, Hinterlist, Argwohn und gröbste Mißbilligung. Spricht ein Ausländer auf der Straße oder in der Straßenbahn seine eigene Sprache, blicken ihn sämtliche Österreicher empört an. Es fiele einem Österreicher niemals ein, einen Ausländer zu sich einzuladen; das ist einer der Gründe, weshalb Ausländer in Österreich sehr bald völlig vereinsamen und gezwungen sind, Selbstgespräche zu führen. Ausländer werden in Österreich gemieden; viele Österreicher träumen davon, Ausländer anzuspucken, unflätig zu beschimpfen und in den Hintern zu treten, und das sind noch die harmlosesten Träume. Ginge es nach dem Willen der Österreicher, so würden sie die Ausländer in Ghettos zusammenpferchen und sie zwingen, sich mit Binden, Sternen und ähnlichem zu kennzeichnen. Die Findigkeit und Geschicklichkeit, die sie während des Zweiten Weltkrieges in mindestens ebenso hohem Ausmaß wie die Deutschen in solchen Dingen bewiesen haben, kämen ihnen dabei sicher zustatten. Daß man mit Dunja und mir KURZEN PROZESS gemacht hätte, daß wir VERGAST GEHÖREN, ruft man uns hier oft nach. Seit Jahren führen wir Buch über alle Beleidigungen und Beschimpfungen. Die Liste der Schimpfnamen ist lang und gehört zum Phantasievollsten, dessen die Österreicher fähig sind. Die Gerissenheit und Raffinesse, mit der sich die Österreicher nach dem Ende des Krieges aus der Affäre gezogen haben, obwohl sie doch zum Beispiel sehr viele höhere KZ-Organisatoren und dergleichen gestellt hatten, ist beispiellos. Sich noch glaubhaft als ein Volk von Verführten beziehungsweise Märtyrern darzustellen, zählt zu den Glanzleistungen österreichischer Diplomatie. – Unsere große Reiselust war also nicht zuletzt das Resultat der österreichischen Ausländerfeindlichkeit.

Alfred Kolleritsch
Horizont

Daß es eine Schwelle ist,
ein Überschreiten, die Schwelle:
wirft es voraus, und es blickt zurück,
das Neue, dem Ende näher,
groß und ganz, eine Grenze.

In einer Bewegung, Dunkles und Trost,
und das Licht gibt die Trauer.
Worauf es fällt: es bleibt, die Dinge
reißen die Herzen auf, Abschied
zugleich, Gehen. Die Heiterkeit
rettet den Schrecken, der Sprung
hält die Zeit, die Zeit nichts.

Ludwig Harig
Ordnung ist das ganze Leben

Oben an den Himmel stoßen

Mein Vater war der erste Mensch, den ich habe lesen sehen, und das entschied über mein Leben. Ich sah ihn lesen, sitzend auf seinem Stuhl am Küchentisch, oder liegend auf der Chaiselongue im Wohnzimmer.

Mein Vater las die Zeitung, er las die Saarbrücker Zeitung, er las nur die Saarbrücker Zeitung. Er sagte: »Siehst du, mein Knechtchen, es gibt Leute, die müssen die Frankfurter Zeitung lesen und die Münchener Zeitung und die Hamburger Zeitung. Es gibt sogar Leute, die müssen unbedingt die Berliner Zeitung lesen, und sie tun so, als ob da drin etwas Besseres stehen würde als in der Saarbrücker Zeitung. Ich lese nur die Saarbrücker Zeitung, aber ich weiß, daß es die Saarbrücker Zeitung ist, die ich lese, und ich denke mir mein Teil dabei.«

Vater setzte sich auf den Stuhl oder legte sich auf die Chaiselongue, nahm die Zeitung in die Hand und begann zu lesen, die linke Hand am linken Rand und die rechte Hand am rechten. Er fing vorne an und hörte hinten auf. Es schien auf diese Weise, als finge er jedesmal vorne beim Wichtigsten an und höre hinten beim Belanglosen auf. Wenn er mit der ersten Seite fertig war, dann hob er die

Zeitung in die Höhe, stieß damit an die Küchenlampe, die mitten über dem Tisch hing, schlug das erste Blatt herum, kniffte den hinteren Rand so scharf mit seinen Fingernägeln, daß es ein Geräusch gab, als schlittere jemand über Eis. Wort für Wort, stumm und unbeirrt las er, ließ der zweiten Seite die dritte, der dritten die vierte folgen, kniffte und faltete, faltete und kniffte, und wenn er bei der letzten Seite angekommen war, legte er die Zeitung sauber zusammengefaltet hinter sich. Jedesmal, wenn er mit dem Lesen fertig war, sagte er: »Es ist schlimm, daß die Zeitungsleute nicht das Wichtige vom Unwichtigen unterscheiden können. Zum Beispiel: der Sport, der kommt in der Zeitung erst auf Seite 5.«

Was mußte mein Vater nicht alles über sich ergehen lassen, Wirtschaft und Wetterbericht, Feuilleton und Filmvorschau, bis er endlich auf der Seite 5 angekommen war. Niemals hätte er zuerst die Seite 5 aufgeschlagen, nein, die Zeitungsleute in ihrer aufgeblasenen Besserwisserei sollten ihre Strafe haben, und so las er die Meldungen von politischen Geschehnissen, wirtschaftlichen Vorgängen, kulturellen Ereignissen und versah sie mit seinem schonungslosen Kopfschütteln. Geschehnisse, Vorgänge, Ereignisse, wichtigtuerisch gemeldet, von gestern auf heute gedeutet und morgen schon wieder vergessen, wo er immer schon wußte, wie sie ausgehen würden, nämlich unerfreulich, so wie es der Beschaffenheit der menschlichen Natur entsprach.

Wieder einmal saßen die Partner am Verhandlungstisch, wieder einmal schwächte sich das Wachstum ab, wieder einmal blamierte sich das Stadttheater, und was schrieb die Saarbrücker Zeitung? Eine schwierige Verhandlungssituation, sagte der politische Kommentar; eine leichte Abschwächungstendenz, sagte die Wirtschaftsanalyse; ein deftiger Theaterskandal, sagte das Feuilleton. Situationen, Tendenzen, Skandale: »Es ist alles dasselbe«, sagte mein Vater, »und am Ende gehts immer bergab.«

Ja, es ist immer alles dasselbe. Zuerst beobachtet man eine Situation, dann zeigt sich eine Tendenz, und am Ende kommt der Skandal. Ich lernte, wie alles dasselbe ist, ich lernte, wie sich das eine in das andere tauscht, wie die Verhandlungssituation zur Verhandlungstendenz und schließlich zum Verhandlungsskandal wird, wie die Abschwächungstendenz zuvor eine Abschwächungssituation gewesen ist und zum Abschwächungsskandal wird und dem Theaterskandal eine Theatertendenz und dieser eine Theatersituation vorausgeht.

»Alles nur Politik, alles nur Theater«, sagte mein Vater. Nur der Sport war für ihn voller Überraschungen, bei einem Fußballspiel konnte niemand voraussagen, wie es ausgehen würde, und bei einem Schießwettkampf konnte ein einziger Ring über Sieg und Niederlage entscheiden. Nein, der Sport hatte für meinen Vater nichts mit Politik und Wirtschaft und Kultur zu tun, Sport war Sport, und damit basta!

Als es dann später aber doch so kam, daß die Politik in den Sport eingriff, die Wirtschaft sich in den Vereinsplanungen breitmachte, das Paarlaufen in den Eisstadien und das Galeriespielen auf den Fußballplätzen Mode wurde, da sagte er: »Sport ist Sport, und Spiel ist Spiel, wartet nur mal eine Zeitlang ab, dann sieht das alles wieder ganz anders aus. Die Politik und die Wirtschaft und die Kultur verschwinden aus dem Sport so schnell wie sie sich hineingedrängt haben.« Mein Vater trug den Politikern und den Wirtschaftlern und den Kulturmenschen nach, daß sie sich so ernst und so wichtig nahmen, und den Zeitungsleuten konnte er nicht vergessen, daß sie so taten, als seien die Politik und die Wirtschaft und die Kultur etwas anderes als Theater und der Sport nur die schönste Nebensache der Welt.

Er saß also werktags auf seinem Stuhl am Küchentisch, und feiertags lag er auf der Chaiselongue im Wohnzimmer, hielt die Saarbrücker Zeitung in der Hand, kniffte, faltete und las, und wenn er auf der letzten Seite beim allerletzten Wort angekommen war, schloß er die Augen und hielt sein Mittagsschläfchen. Werktags, sitzend am Küchentisch, legte er den Kopf in die rechte Hand, die er auf die Tischplatte stützte, und feiertags, liegend auf der Chaiselongue, lag sein Kopf auf dem Kissen mit den Paradiesvögeln, und kaum hatte er die Augen zugemacht, war er auch schon eingeschlafen.

So fing auch ich eines Tages mit dem Lesen an. Ich wollte so gerne meinem Vater nacheifern, vorne anfangen und hinten aufhören, ich wollte es ihm aufs Haar gleichtun, lesen und dann einschlummern, aber es gelang mir nie. Ich schlug mein Märchenbuch auf, und wo immer ich anfing zu lesen, da gab es ein Wort, das war so zauberisch und fremd, oder einen Satz, so verschlungen und verführerisch schön, daß ich nicht mehr imstande war, auch nur eine einzige Zeile weiterzulesen. Dann glitt mir das Buch aus den Händen, und ich saß da, auf meinem Stühlchen am Küchenfenster, und starrte hinaus in den Garten auf die Spitze des Birnbaums, oder lag auf dem Boden hinter dem Rauchtisch und blickte auf die gemusterte Tapete auf der Wand. O ja, nur ein Wort genügte, und schon wuchsen mir Flügel und ich träumte mich aus dem Buch hinaus und flog davon in eine ganz andere Welt, in der niemand sonst sich zurechtfinden konnte als ich selbst.

Wer war Ole Luk-Oie? Was waren brotlose Künste? Wie sollte eine Kindergeschichte weitergehen, deren erster Satz lautete: »Mann! Wenn der Felix von den Untersekundanern nicht Mutter Erde geküßt hätte ...?« Ole Luk-Oie, so wurde der wunderliche Geschichtenerzähler in Andersens »Märchen von Kindern und Dingen« genannt; brotlose Künste, so hieß das, was Till Eulenspiegel trieb, wenn er auf dem Seil tanzte; und Mutter Erde küssen, war das nicht etwas Verpöntes, etwas Verbotenes? Dabei war mir nicht anders, als umarme mich selbst eine schöne Frau mit einer Perlenkette im Haar und einem nackten Fuß in einer Sandale, der unter einem langen, weißen Gewand hervorkommt, und die Iphigenie heißt, den Kopf in die Hand stützt und hinausschaut aufs Meer, so wie ein Bild sie in Mutters Kunstmappe »Treuhilde« aus dem »Verlag des Vereins für soziale Ethik und Kunstpflege Berlin« zeigt.

Hatte Ole Luk-Oie, von dessen Rock der Dichter erzählte, er sei von Seide, aber unmöglich zu sagen, von welcher Farbe, »denn er glänzt grün, rot und blau, je nachdem er sich wendet«, ja, hatte dieser Ole Luk-Oie vielleicht etwas von einem Politiker am Verhandlungstisch, wovon die Saarbrücker Zeitung gerade sprach? Und was war mit den brotlosen Künsten Till Eulenspiegels, hingen sie gar mit der Abschwächung des Wachstums zusammen? Und die Küsse, die der Mutter Erde zuteil wurden, brannten sie nicht auch auf den Lippen der Feuilletonredakteure? Vater saß am Küchentisch, sein Kopf lag in seiner Hand, und er schlief; er lag auf der Chaiselongue, sein Kopf lag auf den gestickten Paradiesvögeln, und er schlief; nein, weder Ole Luk-Oie noch Till Eulenspiegel noch Mutter Erde waren in seinen Schlaf eingedrungen, er schlief eine Viertelstunde, erwachte und stand auf, aber es waren ihm keine Verwandlungen anzumerken. Die Mäntel, die sich nach dem Winde drehten, waren wohl keine Zaubermäntel, die Tänze auf dem Seil keine Gauklerstücke, und Küsse in aller Öffentlichkeit, so etwas wäre ihm nie in den Sinn gekommen und schon gar nicht in seine Träume.

Nur ich saß da, träumte mit offenen Augen, lag auf dem Rücken und schaute in eine andere Welt. Wenn ich hinausblickte auf den Birnbaum, in dem Großvaters Starenkasten hing, dann plusterte sich Vetter Starmatz auf der Stange und flötete sein Lied vom schöneren Leben im Wolkenkuckucksheim; wenn ich die skurrilen Muster der Tapete betrachtete, auf der ein altes Schloß zu sehen war mit breiten Zinnen und einer geschlitzten Wetterfahne, dann flog von dort ein bunter Vogel auf, und wenn es ganz ungestüm in meinem Kopf zuging, konnte es passieren, daß auch aus dem gestickten Kopfkissen, auf dem mein Vater gerade sein Mittagsschläfchen hielt, ein Paradiesvogel aufstieg, und beide Vögel, mit goldenen Schnäbeln und einem schillernden Schwanz, umarmten sich und kutschierten zusammen in einem gläsernen Wägelchen durch die Luft. Gehörten nicht Ole Luk-Oie mit seiner Zauberspritze, Till Eulenspiegel mit seinem Tanzseil und Felix aus der Untersekunda, der Mutter Erde geküßt hatte, in dieses Reich der Luftkutscher?

Thomas Bernhard
Auslöschung

Mein Bruder hatte allen Menschen zuerst immer Vertrauen geschenkt und war dann immer vor den Kopf gestoßen gewesen, wenn sie sein Vertrauen in beinahe allen Fällen enttäuscht hatten, ich habe umgekehrt beinahe niemandem zuerst Vertrauen geschenkt und bin dadurch selten in meinem Vertrauen enttäuscht worden. Vor lauter enttäuschtem Vertrauen hatte sich sein Gefühlszustand schon früh verbittert gehabt und er hat auch recht bald die Gesichtszüge seines verbitterten und alles in allem vom Leben enttäuschten Vaters angenommen, *über*nommen, muß ich sagen, wie wenn ein Mensch einen Besitz übernimmt. Überhaupt ist er sehr rasch seinem Vater in allem und jedem ähnlich gewesen. Wie oft habe ich gedacht, dein Bruder geht ja wie dein Vater, er sitzt wie dein Vater, er steht auf wie dein Vater, er ißt wie dein Vater und setzt auch die Wörter in seinen langen, umständlichen Sätzen genau wie sein Vater. In dreißig Jahren, habe ich oft gedacht, *ist* er wie dein Vater. Er hatte überhaupt alle Gewohnheiten seines und also auch meines Vaters angenommen. Er war, wie sein und mein Vater, sehr bald *ein bequemlicher Mensch* geworden, der nur immer vormachte, er sei tätig, während er in Wirklichkeit die Untätigkeit selbst gewesen ist, er stellte einen Menschen zur Schau, von welchem gesagt werden mußte, daß er ununterbrochen tätig sei, rastlos arbeite, niemals sich einen Augenblick der Ruhe gönne und alles das natürlich für nichts anderes, als für die Familie, die ihn immer so, wie er sich darstellte, zu sehen wünschte, aber die Familie nahm, was er darstellte, ernst und erkannte nicht, oder wollte ganz einfach nicht erkennen, daß sie nur einem Schauspieler zuschaute, keinen Augenblick dem, welcher sich hinter dem Schauspieler in seiner angeborenen Bequemlichkeit verschanzte; in Wirklichkeit arbeitete mein Bruder genauso wenig wie mein Vater, er stellte nur immer diese von allen bewunderte ununterbrochene Arbeit und diesen ununterbrochenen Arbeitseifer dar, der sie zufriedenstellte und der schließlich auch ihn selbst zufriedenstellte, weil er selbst auf einmal nicht mehr in der Lage gewesen war, einzusehen, daß er seinen Arbeitseifer für die Familie nur schauspielerte, aber gar nicht wirklich hatte. Mein Vater schauspielerte lebenslänglich den ungeheuer arbeitsamen, wenn nicht arbeitswütigen Landwirt, der niemals auch nur einen einzigen Augenblick zur Ruhe kommt, weil er sich eine solche Ruhe gar nicht gönnen kann aus lauter *Familiensinn*, genauso mein Bruder, der diese Schauspielerei von meinem Vater vollkommen naturgetreu übernommen hat, beide hatten sie bald begriffen, daß es genügt, Arbeit zu spielen, ohne sie wirklich zu tun. Im Grunde taten sie nichts, als ihre als Arbeit ausgegebene Schauspielerei möglichst zu perfektionieren, lebenslänglich, und sie erreichten ein hohes Maß an Könnerschaft auf diesem Gebiete, um nicht zu sagen, in dieser Kunst. Der Großteil der Menschheit, vor allem in Mitteleuropa, heuchelt Arbeit, schauspielert ununterbrochen Arbeit vor und perfektioniert bis ins hohe Alter diese geschauspielerte Arbeit, die mit wirklicher Arbeit genauso wenig zu tun hat, wie das wirkliche und tatsächliche Schauspiel mit dem wirklichen und tatsächlichen Leben. Da die Menschen aber immer lieber das Leben als Schauspiel sehen als das Leben selbst, das ihnen letzten Endes viel zu mühsam und trocken vorkommt, als eine unverschämte Demütigung, schauspielern sie lieber, als daß sie leben, schauspielern sie lieber, als daß sie arbeiten. So habe ich die Arbeit meines Vaters, die von allen Leuten immer sehr hoch eingeschätzt worden ist, niemals sehr hoch eingeschätzt, denn sie war doch meistens nichts anderes als Schauspielerei, wie die Arbeit meines Bruders, der sich mit größter Raffinesse diese Schauspielerei von seinem Vater abgeschaut hat, um sie selbst mit einer noch größeren Perfektion der bewundernden Umwelt vorzuführen. Aber nicht nur in den sogenannten höheren Ständen wird die Arbeit heute meistens nur mehr noch geschauspielert, denn wirklich getan, auch unter dem sogenannten einfachen Volk ist diese Schauspielerei weit verbreitet, die Leute schauspielern an allen Ecken und Enden Arbeit, schauspielern Tätigkeit, wo sie in Wirklichkeit nichts als faulenzen und gar nichts tun und meistens auch noch, anstatt sich nützlich zu machen, den größten Schaden anrichten. Die meisten Arbeiter und Handwerker glauben heute, daß es genug ist, wenn sie den blauen Arbeitsanzug anziehen, ohne auch nur irgend etwas zu tun, von einer nützlichen Tätigkeit ganz zu schweigen, sie schauspielern Arbeit und ihr Kostüm ist der den ganzen Tag penetrant getragene blaue Arbeitsanzug, mit diesem rennen sie ununterbrochen umher und kommen tatsächlich sehr oft auch in Schweiß darin, aber dieser Schweiß ist ein falscher und deshalb perverser und beruht nur auf geschauspielerter Arbeit, keiner wirklichen. Auch das Volk ist längst darauf gekommen, daß geschauspielerte Arbeit einträglicher ist, als wirklich getane, wenn auch bei weitem nicht gesünder, im Gegenteil, und schauspielert Arbeit nur noch, anstatt sie tatsächlich zu verrichten, wodurch die Staaten auf einmal, wie wir sehen, vor dem Ruin stehen. In Wahrheit und in Wirklichkeit gibt es nurmehr noch Schauspieler auf der Welt, die Arbeit spielen, keine Arbeiter. Alles wird geschauspielert, nichts mehr wird wirklich getan. Wenn ich meinen Vater bei der Arbeit beobachtete, dachte ich sehr oft, er schauspielert ja nur, er arbeitet gar nicht, genauso ist es, was meinen Bruder betrifft. Ich mache ihnen ja keinen Vorwurf daraus, daß sie, in Wirklichkeit, ihre Arbeit nur vortäuschen und ihre Umwelt an der Nase herumführen, so wie die übrige Menschheit ihre Umwelt auch, aber sie sollten, sagte ich mir immer, nicht bei jeder Gelegenheit behaupten, sie arbeiteten sich *zutode*. Und das auch noch ausgerechnet *für die Familie* und bei besonderen Gelegenheiten auch noch *für das Vaterland*. Ich kann ruhig sagen, unser Vater hat die Arbeit auf Wolfsegg immer mit leichter Hand getan, genauso mein Bruder. Sie haben sich nicht übernommen. Wolfsegg ist in ihren Händen in Wahrheit ein in jeder Beziehung verkommenes Wolfsegg geworden. Mein Onkel Georg hatte recht, als er einmal zu mir sagte: dein Vater und dein Bruder sind ganz ausgekocht; sie machen der Welt vor, die Familienroboter zu sein, während sie sich in Wirklichkeit Wolfsegg nur als ihre doch recht gemütliche ländliche Bühne aufgeschlagen haben, auf welcher sie uns zum Narren halten. Nicht wir nützen sie aus, sondern sie uns. Und wir fallen auch noch auf ihre Verlogenheit herein. Dem Landwirt genügt es oft, sein Hoftor aufzumachen und ein bißchen Schweinegrunzen sozusagen wie aus dem Radio aufzudrehen und durch dieses geöffnete Hoftor aus der Welt des schlechten Gewissens hinauszulassen, und er gilt als rechtschaffen und arbeitsam. Und die Menschheit ist tatsächlich so dumm, daß sie auf diese Methoden hereinfällt. Millionen schlüpfen am Morgen in ihren Drillich und werden für voll und das heißt für arbeitende Menschen gehalten, während sie nichts anderes als eine Armee von raffinierten Nichtstuern sind, die nur Schaden anrichten und die Welt zugrunde, und die nur ihren Bauch im Auge haben, nichts sonst. Aber die Intellektuellen sind wahrlich zu dumm dazu, das zu sehen, sagte mein Onkel Georg. Für sie ist der allerbilligste Auftritt eines faulen Arbeiters oder Handwerkers, wenn er nur sein blaues Kostüm anhat auf der durch und durch verlogenen Arbeitsbühne, schon ein Grund für schlechtes Gewissen. Die Intellektuellen sind die nichtssagenden, völlig einflußlosen Episodisten auf dieser skrupellosen, alles krank machenden Arbeitsbühne, auf welcher schon über ein halbes Jahrhundert auf die raffinierteste Weise fortwährend und auftrumpfend Arbeit und Tätigkeit *so* gespielt wird, daß es einem nur noch kalt über den Rücken läuft. Aber ich habe gar nichts dagegen, so mein Onkel Georg, daß die Leute nicht arbeiten wollen, daß die Menschheit nicht arbeiten will, nur soll sie ihre Faulheit ganz offen zugeben und nicht tagtäglich ihr widerwärtiges Arbeitstheater spielen.

Jürgen Becker

Gefrorene Ufer. In der Dämmerung,
mit ihrer Geschichte beschäftigt, bewußtlos,
überrollt die Brandung
den härtesten Saum dieses Winters. Nicht weit
bin ich gereist, zu liegen,
zu schlafen auf der Kante des flachen Landes.

Sarah Kirsch

Drosseln

Auf der Straße befindet sich das Schneeparadies, Verwehungen Schneezungen über den Asphalt geschoben und zugeschüttete Gräben das falbe Schilf noch darin, Radspuren Tritte von Menschen und Hasen mit Blau ausgegossen in verschiedenem Maße je nach der Tiefe des Eindrucks dem Stand niederer Sonne. Zu große aufgepustete Drosseln in der schwarzen nach Nordost geneigten Allee bis der Milchwagen später als sonst die Reise beginnt das Tuckern des Treckers lange zu hören ist gar nicht zur Ruhe gelangen kann immer wieder in der blitzenden Luft hängt von Einöde zu Einöde schwingt sich am Mittag verdoppelt wenn der Trecker zurückkehrt mit sorglosen pfeifenden Kannen.

Vineta

Es ist die dunkle die Sommerzeit dunkles Grün graue schwarze perlgraue Wolken seit vielen Tagen das bekannte Gefühl auf dem Grund der See sich zu bewegen. Der Wind erschafft Wellen rings in den Lüften kreuzlahm sind die Bäume vom vielen Verbeugen es bleibt keine Wahl ich höre sie knirschen. Einer gab die Verbindlichkeit auf ist schon zersplittert. In diesen dunkelgrünen Tagen und Nächten wehende meterlange Grashalme Kuckuckslichtnelkenkorallen beginnt der Holunder zu blühn. Sein Wohlgeruch kriecht in den Kopf verwunschene Zeit verblichnes Gelächter silberne Kirchenglocken mögen Versunkenes heben zerflattertes Erdenleben weit tragen. Ein dumpfes Glück für den der es hört und noch auf der Sternenhaut geht federnd über die tiefen Moore.

Styx

Den langen Nachmittag hatte ich vor dem Haus mein Spinnrad getreten daß es den Rücken gereute später die Wolle gezwirnt und gewaschen in den Birnbaum gehängt zwischen bewegte Blätter. Der große Fluß glänzte wien mächtiger Geist ein klagender Wind jagte mich vor sich her an die Fähre. Als ich dort stand weder gehen mochte noch bleiben winkte der leckere Fährmann leicht mit der Hand bevor er die Kette hinter mir schloß. So setzte ich über ins Abendrot ohne mich recht zu bedenken. Hübscher das Grün der Wiesen die Dolden der Archangelika vom geduckten Holunder schimmerten himmlisch am Wegrand. Die wenigen Höfe die ich sah auf ihren Warften hatten die Scheunen voll Heu bis unter die strahlenden Dächer aus Kupfer. Das Vieh auf den Weiden begleitete mich solange die Zäune es ihm erlaubten. Indem es finsterer wurde die Frösche in immer stärkerem Maße die harten Gesänge anschwellen ließen und das Geflügel der Nacht seine irre Wanderung in ausschweifendem Fluge begann gelangten mir Szenen aus den alten Büchern der Kindheit schnell ins Gedächtnis. Schaukelnder Boden Glockenheide auf hervorgehobenen Plätzen bestimmte mir meinen Weg an sinkenden Bäumen vorüber klappernden Stangen auf denen die Totentrompete erglänzte. Ein Schaf trat aus dem Nebel und führte mich an ein Wasser darin ein ertrinkendes Lamm versuchte sein Leben zu retten. Ich beugte mich nieder zogs aus dem Schlamm als die Alte recht dankbar erleichtert pißte mit dem Maule mich anstieß. Ich warf die Alraune weg die ich trug war es müde Winseln und Schrein aller Wesen zu hören. Verdoppelte meine Schritte in die Dunkelheit rein.

Trost

Aber das macht nichts je früher desto besser im Sommer ist Sommer später fällt dir der kleine Zahn Träume von Zähnen betreffen Verwandtschaft einfach so hin ins Gras

Wulf Kirsten
lebensspuren

weit hinten versinken im dämmerlicht
die niemandsgehöfte heimatlichen dorfs.
das nichts hat gestalt angenommen,
wo keiner mehr die nesseln mäht.
eine greisin zum kirchgang gerüstet,
der predigt zu lauschen mit ertaubten ohren.

die wirklichkeit ist scharf umrandet,
ein geviert gleich der fußgrube vorm backofen
das hochgelobte leben hier und jetzt.
vollmundig beuteln die sprechblasen,
herzensergießungen aus dem schlagwortschatz
von hurrajüngelchen: reklame lehrt leben.

die stille tropft wie blut aus einer wunde.
ein engel sieht die dreifältige sonne.
der sechsflüglige seraph *kündet vom tage,*
vom heute gewesenen tage und schlingert
mit schlagseite über die bruchstellen
deiner und meiner gestutzten biografie.

Heinrich Böll
Versunken die Stadt

I

Versunken die Stadt
unter verstümmelten Türmen
zerstäubten Gewölben
zerbrochen ihre
romanischen Herzkammern
die ernste und frühe
Vielfalt des Grau
entvölkert ihre Gemeinden

Die Stadt
nur noch wenigen Wohnstatt
krochen aus ihren Löchern
auch die Deserteure
aus Schutt und Asche
in den Schutt und die Asche
friedloser Friedhöfe

Ungeschützt
in Wind und Wetter
hing unter freiem Himmel
der Gekreuzigte
in St. Georgs Ruinen

einzig überständig
der riesige Doppelfinger
wilhelminischer Täuschung
vergeblicher Wacht am Rhein
wies er immer noch hinweg
über die romanischen Herzkammern

zerstört der Boden
vergossen das Blut
leer das proletarische Herz der Stadt
apathisch von Harm und Hunger
ärmliche Kerzen vor verschütteten Madonnen
und auf
die Trümmerhügel
über den Toten

Verborgen im Speck ihrer Feigheit
die Verkünder
tausendjährigen Heils
wogen das Zahngold der Ermordeten
Gold
mobiler als Boden
haltbarer als Blut
an welchen Börsen
wird es heute
zu welchem Unzenwert gehandelt

II

Staub
Puder der Zerstörung
drang durch alle Ritzen
aufs Brot und in die Suppe
auf Bücher Manuskripte und Windeln
Staub
er war vermählt mit der Luft
ein Leib und eine Seele waren sie

Jahrelang
gegen alle Vernunft
gegen alle Hoffnung
als Sisyphus und Herakles
die Unermeßlichkeit des Staubs
zu bekämpfen
(wie ihn eine zerstörte Stadt
von den Ausmaßen Kölns
hervorbrachte)

Jahrelang
gegen die Atomisierung
unermeßlicher Mengen
von Mörtel und Stein
Staub
er klebte auf Wimpern und Brauen
auf Gaumen und in Wunden
zwischen den Zähnen
auf allen Schleimhäuten

Das andere: die Stille
unermeßlich wie der Staub
erträglich nur weil gebrochen
irgendwo bröckelten
in den Nächten Steine ab
stürzte ein Giebel ein
vollzog sich Zerstörung
nach den Gesetzen umgekehrter Statik
mit der Dynamik
im Kern getroffener Strukturen

langsam und feierlich
senkt sich ein Giebel
Mörtelfugen lösen sich
weiten sich zum Netz
und es prasselt Steine

Die Zerstörung einer großen Stadt
ist kein abgeschlossener Vorgang
schreitet fort wie Paralyse
es bröckelt allenthalben
bricht zusammen

Unvergeßlicher Anblick
der Einsturz einer Giebelmauer
nicht berechenbar
die Sekunde
in der schön geordnete
in Zuversicht gefügte Gebilde
sich im getroffenen Kern aufgeben
fast hörbar tickend
knisternd
vom Datum ihrer Entstehung
auf Null und Nichts zurückzählen
und sich aufgeben
auch beim Abschuß von Raketen
wird auf Null und Nichts zurückgezählt

und natürlich
immer
täglich stündlich
Hunger Hunger

III

Aus Trümmern wurden Ruinen
Heideröschen wildwachsend Baumsprößlinge
Efeu und Knöterich
Unsere zerstörte Heimat
wurde unseren Kindern
als Zerstörung Heimat
ihre erste
keine neue
Abenteuerspielplatz
ungeplant
von der Geschichte
ihnen beschert
Labyrinth der Träume und Gefahren
was rief einer unserer Söhne
heimkehrend aus dem lieblichen Surrey:
Endlich, endlich wieder Trümmer

Ruiniert die Ruinen
Banken Büros Behörden
Kaufhäuser Parkplätze
Auto-Auto-Autostraßen
nie mehr begann
das entvölkerte Herz zu schlagen
weggeräumt
wo es noch zaghaft pochte
im Baggerland
wurde Boden zu Grundstücken
wurden Madonnen Peep für Vorübergehende
rasche Ruhe für die Raschen

gelungen die Operation der
romanischen Herzkammern
zu besichtigen der Ernst
ihrer frühen Schönheit
die Vielfalt des Grau

Immer noch hält
der riesige Doppelfinger
wilhelminischer Täuschung
Wacht am Rhein

gegen wen? gegen wen?
Raketen erkennen keinerlei Konventionen an

bleibt der bleibende: der Rhein
kühl immer floß er vorbei
abweisend
war immer sich selbst genug
schluckte ungerührt
Trümmer Staub Wracks Bomben
gestürzte Brücken
den gesamten Kitsch
tausendjährigen Schwindels
hielt nie zur Besichtigung an
manchmal im Zorn
wenn er anschwillt
dringt er grimmig in sie ein
stellt der Stadt seinen Humor vor.

Günter Grass
Die Rättin

Mir träumte, ich müßte Abschied nehmen
von allen Dingen, die mich umstellt haben
und ihren Schatten werfen: die vielen besitzanzeigenden
Fürwörter. Abschied vom Inventar, dieser Liste
diverser Fundsachen. Abschied
von den ermüdenden Düften,
den Gerüchen, mich wachzuhalten, von der Süße,
der Bitternis, vom Sauren an sich
und von der hitzigen Schärfe des Pfefferkorns.
Abschied vom Ticktack der Zeit, vom Ärger am Montag,
dem schäbigen Mittwochsgewinn, vom Sonntag
und dessen Tücke, sobald Langeweile Platz nimmt.
Abschied von allen Terminen: was zukünftig
fällig sein soll.

Mir träumte, ich müßte von jeder Idee, ob tot
oder lebend geboren, vom Sinn, der den Sinn
hinterm Sinn sucht,
und von der Dauerläuferin Hoffnung auch
mich verabschieden. Abschied vom Zinseszins

der gesparten Wut, vom Erlös gespeicherter Träume,
von allem, was auf Papier steht, erinnert zum Gleichnis,
als Roß und Reiter Denkmal wurde. Abschied
von allen Bildern, die sich der Mensch gemacht hat.
Abschied vom Lied, dem gereimten Jammer, Abschied
von den geflochtenen Stimmen, vom Jubel sechschörig,
dem Eifer der Instrumente,
von Gott und Bach.

Mir träumte, ich müßte Abschied nehmen
vom kahlen Geäst,
von den Wörtern Knospe, Blüte und Frucht,
von den Zeiten des Jahres, die ihre Stimmungen
satt haben und auf Abschied bestehen.
Frühnebel. Spätsommer. Wintermantel. April April! rufen,
noch einmal Herbstzeitlose und Märzbecher sagen,
Dürre Frost Schmelze.
Den Spuren im Schnee davonlaufen. Vielleicht
sind zum Abschied die Kirschen reif. Vielleicht
spielt der Kuckuck verrückt und ruft. Noch einmal
Erbsen aus Schoten grün springen lassen. Oder
die Pusteblume: jetzt erst begreife ich, was sie will.

Ich träumte, ich müßte von Tisch, Tür und Bett
Abschied nehmen und den Tisch, die Tür und das Bett
belasten, weit öffnen, zum Abschied erproben.
Mein letzter Schultag: ich buchstabiere die Namen
der Freunde und sage ihre Telefonnummern auf: Schulden
sind zu begleichen; ich schreibe zum Schluß meinen Feinden
ein Wort: Schwamm drüber – oder:
Es lohnte den Streit nicht.
Auf einmal habe ich Zeit.
Es sucht mein Auge, als sei es geschult worden,
Abschied zu nehmen, rundum Horizonte, die Hügel
hinter den Hügeln, die Stadt
auf beiden Seiten des Flusses ab,
als müßte erinnert verschont gerettet werden, was
auf der Hand liegt: zwar aufgegeben, doch immer noch
dinglich, hellwach.

Mir träumte, ich müßte Abschied nehmen
von dir, dir und dir, von meinem Ungenügen,

dem restlichen Ich: was hinterm Komma blieb
und kümmert seit Jahren.
Abschied von sattsam vertrauter Fremde,
von den Gewohnheiten, die sich Recht geben höflich,
von unserem eingeschrieben verbrieften Haß. Nichts
war mir näher als deine Kälte. So viel Liebe genau
falsch erinnert. Am Ende
war alles versorgt: Sicherheitsnadeln zuhauf.
Bleibt noch der Abschied von deinen Geschichten,
die immer das Bollwerk, den Dampfer suchen,
der von Stralsund, aus der brennenden Stadt
beladen mit Flüchtlingen kommt;
und Abschied von meinen Gläsern, die Scherben, allzeit
nur Scherben, sich selbst als Scherben
im Sinn hatten. Nein,
keine Kopfstände mehr.

Und nie wieder Schmerz. Nichts,
dem Erwartung entgegenliefe. Dieses Ende
ist Schulstoff, bekannt. Dieser Abschied
wurde in Kursen geübt. Seht nur, wie billig
Geheimnisse nackt sind! Kein Geld zahlt Verrat mehr aus.
Zu Schleuderpreisen des Feindes entschlüsselte Träume.
Endlich hebt sich der Vorteil auf, macht uns
die Schlußrechnung gleich,
siegt zum letzten Mal die Vernunft,
ist ohne Unterschied alles,
was einen Odem führt, alles, was kreucht
und fleucht, alles, was noch
ungedacht und was werden sollte vielleicht,
am Ende und scheidet aus.

Doch als mir träumte, ich müßte
von jeglicher Kreatur, damit von keinem Getier,
dem einst Noah die Arche gezimmert,
Nachgeschmack bliebe, Abschied nehmen sofort,
träumte ich nach dem Fisch, dem Schaf und dem Huhn,
die mit dem Menschengeschlecht alle vergingen,
eine einzelne Ratte mir, die warf neun Junge
und hatte Zukunft für sich.

MICHAEL SCHNEIDER
Balzacs Totenklage

Ich kann nicht mehr lesen und schreiben. Vor den Augen habe ich einen schwarzen Schleier, der alles verdeckt. Sprechen kann ich nur noch zu mir selbst.

Die Ärzte haben sich zurückgezogen. Madame hat sich zurückgezogen. Wenn Bianchon hier wäre, er würde mich retten. Leider gibt es ihn nur in meinen Romanen. Er läßt mich grüßen. Père Goriot, Oberst Chabert, Vetter Pons – sie alle lassen mich grüßen.

Ich hasse die Romane. Vor allem die, welche nicht mehr geschrieben werden können!

Um mich nur noch der Schatten meiner Mutter ... Dank Deiner Fürsorge, Maman, Deiner unübertrefflichen! Deine Ökonomie ist bewundernswert. Du spartest wieder einmal Hunderte von Franken: Die Blumen, mit denen Du mein Haus geschmückt hast zum Empfang der Braut, zieren auch das Totenbett des Bräutigams ... Immerhin: Zweimal in meinem Leben warst Du für mich da: Am Anfang und am Ende. Alpha und Omega! Dazwischen liegt das ganze Alphabet Deiner aufgesparten Mutterliebe.

Eva! Laß mich nicht allein mit dem Schatten meiner Mutter, nicht in dieser Stunde! Wenn Du wüßtest, was sie für ein Ungeheuer ist! Oh, Eva, mein Polarstern, Du mein Engel, den ich ein Leben lang wie eine geliebte Illusion umschmeichelt – ich werd Dich immer, ewig lieben, bis zu meinem letzten Atemzug. Gib mir Deine Hand! ... Madame hat sich zurückgezogen. Erträgt sie den Geruch nicht der Verwesung, der von meinem Bett aufsteigt? ... Sie pflegte sich in Wolken von Parfüm zu hüllen gegen meinen ewig schwitzenden Körper ... Der Duft des Todes dringt auch in Dein Boudoir, mein Engel!

Das Letzte, was ich von ihr sah: Das Glitzern der Brillanten um ihren blendend weißen Hals. Sie kaufte sie par occasion für 25 000 Franken bei einem Juwelier in Dresden, auf der Rückreise von Wierzchownia. Wie gerädert, im Fieber schon und halb erblindet, lag ich im Verschlag der Kutsche. Da öffnet sich die Wagentür und *sie* – sie beugt sich, um den Hals ein Sternenband, gleich einer Himmelsfürstin über mich ... Gleich einer Himmelsfürstin? Das Ende bedeutet auch das Ende der Metaphern, Millionärstochter! 25 000 Franken um den Hals, indes Dein Bräutigam bis zum Hals in Schulden steckt! ... Auf dem Père Lachaise erst bin ich sicher vor den Gläubigern. Wenn sie könnten, würden sie auch meinen Grabstein noch verpfänden!

Es muß ein seltsam Schauspiel sein, wenn der Autor des »Chagrin Leder« stirbt. Das Leder schrumpft mit jedem Wunsch, der in Erfüllung geht ... Meinen letzten, innigsten hast Du erfüllt, Eva: mich zum Bräutigam gemacht. Aber warum so spät? Warum erst, als ich ein todkranker Mann war? ... Meinen letzten Wunsch erfülltest Du – und willst mir die letzte Frage schuldig bleiben?

Ich weiß, Sie schämten meiner Herkunft sich und meiner plebejischen Manieren, stolze Gräfin. Daß ein Ragout ich mit dem Messer aß und mit Servietten mir die Nase schneuzte. Mein Embonpoint belustigte Sie mehr als alle meine »contes drolatiques«. Oh, wenn Sie wüßten, was Ihr Troubadour alles getan, sich Ihrer würdig zu erweisen, den Zutritt sich in Ihre hohe Sphäre zu erzwingen! Der mit der Feder hat vollendet, was Napoleon mit dem Degen nicht erreichte, schmeichelte dem Faubourg Saint Germain und ging für einen Grafentitel vor Hofschranzen und Lakaien in die Knie, damit Sie sich keiner Mesalliance zu schämen brauchten. Der stets Verschuldete, von Gläubigern Gejagte, stürzte sich, der reichen Braut ein würdiges Nest, einen Palast zu baun, in den Ruin, während Sie in der Ukraine sich vornehmem Müßiggang ergaben. Fünfmal mindestens, nicht achtend seiner schon zerrütteten Gesundheit, legte er ein Viertel des Erdumfangs zurück, um Sie zu sehen, um Sie zu werben. Ja, Ihr Muschik war sogar bereit, ein Untertan des russischen Zaren zu werden, wenn Sie dafür die Seine würden. Gingen Sie auf Reisen, war er Ihr Begleiter, und geruhten Sie, ihn zu besuchen, stürmte er an Rußlands Grenzen Ihnen schon entgegen. Drängten in Paris auch die Verleger, wartete Europas Leserschaft auf ein neues Werk aus seiner Feder – ein Wink von Ihnen, und er warf sie hin und sich, sein Herz zu Ihren Füßen. Die Comédie humaine, dies Riesenwerk, für Sie allein, Ihr Bild vor Augen, schuf er sie und brach sie ab, als Sie, sein Lebensroman, ihn riefen in die Ukraine. Die Kälte des russischen Winters nicht gewöhnt, sank er bald lungenkrank darnieder, während Sie und Ihre Tochter vor seinen Fieberaugen die allerneuesten Toiletten tanzen ließen. Vom Bazar in Kiew träumten Sie – er nur davon, endlich heimzuführn die Braut, um die er siebzehn Jahr geworben. Zum Abschied legten Sie statt Ihrer selbst einen russischen Pelz ihm um den Hals, ein Halsband, ach, auf Lebenszeit!

Eva, warum hast Du mich so lange warten lassen in der Hölle aus Papier und Tintenfaß? Nach dem Tode Deines Mannes warst Du doch frei, der letzten Rücksichten enthoben ... Immer neue Erklärungen hab ich erfinden müssen, um die Aufschiebung der Eheschließung vor der Familie und den Freunden zu begründen: Madame Hanska hat noch einen komplizierten Prozeß in Rußland abzuwickeln. Madame Hanska kann in diesem Jahr ihre Güter unmöglich verlassen, die halbe Ernte ist verbrannt. Madame Hanska ist gerade damit beschäftigt, ihre Tochter zu vermählen ... Statt mich zu heiraten, begleitest Du Deine Tochter auf die Hochzeitsreise, Deine abgöttisch geliebte Tochter ... Und ich ward zum Gespött von ganz Paris, der Hanswurst der Madame von Hanska!

Weißt Du, was die Pariser Journaille damals über uns geschrieben? Ich hab Dir den Artikel nie gezeigt, um Dich nicht zu verletzen. Von den Kritiken meiner Bücher nahm ich kaum Notiz, aber die Glosse brennt mir jetzt noch auf der Haut, ich weiß sie noch par cœur: »Monsieur de Balzac, dem der Schuldturm stets näher war als der Hochzeitsaltar, hat die Feder aus der Hand geworfen, um sich ganz seiner neuen Leidenschaft widmen zu können: der Bric-à-Bracologie, der Sammelleidenschaft. Wo immer er sich aufhält, in jeder Stadt grast er die Trödler und Antiquitätenhändler ab. Aus Neapel, aus Genua, aus Dresden, aus Holland kommen, noch ehe er weiß wohin und meist ohne daß er die Frachtkosten bezahlen kann, die Kisten mit seinen königlichen Schätzen. Bloß der Schatz, dem er all diese Schätze zu Füßen legen will, Madame Hanska aus der Ukraine, läßt auf sich warten: zwei Jahre, fünf Jahre, zehn Jahre, fünfzehn Jahre. Hätte Monsieur de Balzac diesen Roman nicht selbst erlebt, man könnte ihn für eine seiner genialsten Erfindungen halten. Apropos! Das Beste aus seiner ganzen ›collection‹, die er für sein höchstpersönliches Louvre hält, ist seine verstaubte Kaffeemaschine aus schlichtem Metall. Ohne die Ströme jenes schwarzen Giftes, das Nacht für Nacht durch seine Kehle floß, wäre die ›Comédie humaine‹ nie geschrieben worden. Aber vielleicht wäre sie rechtzeitig vollendet worden, wenn Monsieur de Balzac die letzten Jahre nicht, wie sein ›Vetter Pons‹, buchstäblich vertrödelt hätte.«

Die böse Zunge der Journaille, Eveline! Kannst Du, können wir sie widerlegen?

Madame hat sich zurückgezogen ... Sortiert sie für die Nachwelt schon die »Briefe an die Fremde«, Liebespost aus siebzehn Jahren? ... Liebte sie meine Briefe mehr als mich?

All meine Romane hab ich zigfach überarbeitet, zehnmal, fünfzehnmal, manche sogar achtzehnmal. Nur diesen *einen* nicht. Ich glaubte, er bedürfe keiner Korrektur, hielt ihn für die Reinschrift meines Herzens. Aber begann er nicht schon mit einer *Fälschung*?

Dein erster Brief war ein Gemeinschaftsfabrikat von Dir und Deiner Kammerzofe. Die dumme Gans konnt's nicht für sich behalten, daß sie miteingefädelt den Liebesroman ihrer Herrschaft. Die adeligen Damen hatten Langeweile und schrieben mir aus Kurzweil. Man spielte sich bei einer Tasse Tee die Sätze zu, voltigierte mit den Worten, spielte Fangball mit den Komplimenten, die dem Dichter schmeicheln sollten. Ein blumiger Handkuß aus der Ferne für den Dichter des *Père Goriot*. Es war ein Brief wie viele andre auch, die ich erhielt. Ich überließ ihn Madame Carraud, der treuen Freundin, die meine Leserpost beantwortete ... Ja, auch mein erster Brief war eine Fälschung, Eva! Ich hatte nie den Mut, es Dir zu sagen. So wirst Du's nie erfahren ... War auch der Köder falsch, auf den wir beide angebissen, die Leine war es nicht, an der ich siebzehn Jahre gezappelt. Kaum wußt ich Deinen Vornamen, hab ich mich Dir in alle Ewigkeit verschrieben, hoffnungslos *verschrieben* ... Wieviel Falschheit, Verstellung, Lüge war vonnöten, um unsern Himmelstraum von Liebe rein zu halten! Ich spreche nicht von Deinen Lügen, Eva, nur von meinen, auch wenn diese letzte Beichte Dein Ohr nicht mehr erreicht ... Nach unserm heimlichen Verlöbnis empfahlst Du mir, meine körperlichen Bedürfnisse mit Professionellen abzutun. Du sagtest wörtlich »abtun«. Entrüstet wies ich damals diese Vorstellung zurück. Ich gelobte meinem Engel Enthaltsamkeit und kein Brief an Dich, in dem ich mich Dir nicht als keuschen Joseph präsentierte, der, eingesperrt in seine Klause, im Mönchskittel vor dem Schreibtisch sitzt und mit dem Bilde seiner Himmelsfürstin sich zu Bette legt. Ich glaubte, Dir diese Keuschheitslegende schuldig zu sein. Denn nichts sollte unsern Traum beflecken ... Er wurde so manches Mal befleckt. Nicht nur von Professionellen aus dem Quartier Saint Latin, auch durch einige Affären aus adeligen Häusern, die ich schamhaft Dir verschwieg. Denn ich wollte, konnte mich nicht trennen von der geliebten Illusion, die ich für Dich verkörpern wollte, so wenig wie von jener anderen, die Du für mich verkörpertest ... Verkörpern? Nein, verkörpern ist der falsche Ausdruck. Denn Dein Körper war ein Luxus-Schloß, das aus der Ferne ich bewundern, kein Haus, in dem ich wohnen durfte ... Ausgenommen jene Nacht, jene eine Nacht ... Ach, Eva, warum gabst Du mir Dein Jawort erst, als mir der Père Lachaise schon näher war als Dir der Brautaltar? Warum nicht schon, als ich in Deinem Leibe lebte? Ich hätte nie geglaubt, daß ich ein Wesen, das erst im Beginne war, so lieben könnte. Warum starb es, ehe es geboren? ...

Hast Du es *totgewünscht*? ... Verzeih, verzeih, mein Engel, mein Verstand verwirrt sich.

Mir ist, als sei es nie mehr Tag geworden zwischen jener Nacht und dieser meiner letzten. Die Aussicht auf den Himmel war verdeckt, zugeklebt mit Briefen, Tausenden von Briefen: »Für Sie bin ich die Unbekannte und ich werde es mein Leben lang bleiben. Sie werden niemals wissen, wer ich bin.« Recht haben Sie behalten, schöne Fremde! Ihre Briefe waren Blanko-Schecks oder vielmehr ungedeckte Wechsel, auf die nie erfüllten Träume des Empfängers ausgestellt. In unzähligen Briefen suchte ich Ihr Sphinx-Gesicht zu deuten, zu enträtseln. Umsonst! Wollen Sie mir bis in alle Ewigkeit des Rätsels Lösung schuldig bleiben? ... Ist es vielleicht dies: Daß Sie und ich verliebt nur in dem Traum von Liebe waren und ihn über Raum und Zeit hinweg gehegt und fortgesponnen – aus Angst, aus *Todesangst* vor der Erfüllung? Vielleicht bin von uns beiden *ich* sogar der größre Deserteur. Denn warum schwand die Lebens- und die Schaffenskraft mir just in dem Moment, da unser Leben erst beginnen sollte? Mein Tod, ich weiß, hat etwas tödlich Kränkendes für Sie! ...

Ein Schatten schleicht durchs Zimmer. Bist Du es, Eva? Oder ist es meine Mutter? Warum sagst Du nichts? ... Es ist meine Mutter. Ich spüre ihre Hand auf meiner. Knochenhand auf Knochenhand.

Eva, laß mich nicht allein mit dem Schatten meiner Mutter, nicht in dieser Stunde! Oder willst Du, daß der Alptraum meines Anfangs auch zum Alptraum meines Endes wird? ... Sie haßte mich, eh ich geboren war. Als Wöchnerin schon schaffte sie den Säugling aus dem Haus und überließ ihn irgendeiner Amme. Das fünfjährige Kind übergab sie einer fremden Familie in Halbpension. Den Knaben schob sie in ein Internat ab ... Nie habe ich ein weiches Wort von ihr gehört, und wenn ich mich an ihre Knie drängte, scheuchte sie mich fort. Bis zu meinem vierzehnten Lebensjahr habe ich sie *zweimal* nur gesehen. Ich kannte keine Mutter, die an meinem Bett stand, wenn ich krank war. Jetzt hat sie kein Recht, an meinem Sterbebett zu stehen, die verdammte Alte! ... Ich habe ihr das Haus verboten, als Du hier einzogst. Du solltest Dich ihrer nicht zu schämen brauchen. Und ich wollte nicht, daß Du ihn kennenlernst: den Grund allen Übels in meinem Leben ... Um alle Freuden der Kindheit hat sie mich betrogen. Ich mußte mir eine eigene Welt schaffen, um die leeren Blätter meiner Kindheit auszufüllen. Ich wär umgekommen vor Kälte und vor Einsamkeit, hätt ich sie nicht mit den Gestalten meiner Phantasie bevölkert. Die Comédie humaine – ein

Bilderbogen, mit dem ich die nackten Wände meines Verlieses tapezierte. Ich schrieb und schrieb nur in der Hoffnung, daß mir einmal eine Frau erscheint, die mich herauszieht aus dem Hungerturm der Liebe … Sie reichten mir die Hand, Madame, Ihre schöne, weiße Hand, endlich nach siebzehn Jahren – und ziehn sie jetzt zurück? Warten nicht einmal, bis meine Hand erkaltet ist? Überlassen sie statt dessen dem knochigen Zugriff meiner Mutter? Soll in meiner letzten Stunde meine Rabenmutter Ihnen noch den Rang ablaufen?

Wie ein Hund habe ich um *Eure* Liebe gebettelt. Mein ganzes Werk war ein Betteln um Liebe. Soll ich als Bettler aus dem Leben scheiden? War denn mein ganzes Werk *umsonst*? … Ich liebe Sie, Eva, wie nur ein Sohn seine Mutter … Mein Verstand ist zusammengebrochen wie ein geschundenes Pferd.

Wieviel Gerede macht man um die erste Liebe! Ich kenne nichts Grausigeres als die letzte. Sie stranguliert einen.

KURT DRAWERT
Geschichte, seitenverkehrt

Also gut, keine Verwendung mehr für
Liebesgedanken und Tastsinn, wenn ich
verloren bin für deine Gefühle.
Vielleicht gäbst du mir recht, daß das

die Mitte einer Geschichte sein kann,
in der der Hauptheld liederlich wird.
Aber ich kann das auch anders sagen,
damit du verstehst, was für mich eine

der kältesten Sachen ist, die ich kenne:
wenn man die Seite umblättert und nach-
lesen muß, wie so etwas dahinstirbt,
was mit Empfindungen begann. Also gut,

lebe wohl, Glaube an Treueversprechen
und Buchstabennudeln, lebe wohl, »Du bist
so tief in meinem Herzen«, lebe wohl
dies und das und Liebe ist eine Idee …,

bis ich deine Notiz auf dem Fußboden
fand, die du eilig hingeschrieben hast,

ehe du weggingst: »Ich kenne mich
schlecht aus in den Sätzen, die man braucht,

um zu sagen, daß ich neben dir bin«.
Bitte formuliere das doch noch einmal und so,
daß ich begreife, warum die Geschichte
plötzlich vom Ende her passiert.

FANNY MORWEISER
Die Nachtigalleninsel

Eigentlich gehörte die Insel den Kindern und den Liebespaaren. Jetzt aber, am frühen Samstagabend, saßen die Kinder in der Badewanne, und den Liebespaaren war es noch nicht dunkel genug. Der alte Mann hatte sich auf dem Baumstrunk niedergelassen und beugte sich vor, um besser ins Wasser sehen zu können. Der Fluß hatte eine trübe grau-braune Färbung von den Regenfällen der letzten Tage, aber dort, wo er eine kleine Bucht bildete, konnte man doch noch ein Stück vom Ufer weg den schlammigen Grund erkennen.

Ein paar Enten kamen näher, aber als er keine Anstalten machte, sie zu füttern, schwammen sie weiter, eine silberglänzende Spur hinter sich her ziehend.

Von der Kirche, die der Insel gegenüberlag, schlug die Uhr, und der gläserne, weithin hörbare Klang rief dem alten Mann seinen Gang durch die ausgestorben wirkenden Gassen der kleinen Stadt zurück, in die er für einen Tag zurückgekehrt war, um sich noch einmal die Zeit seiner Kindheit gegenwärtig zu machen – bevor er sie für immer verließ. Es war Anfang Juni, und auf dem Rathausplatz hatten die Rosen in verschwenderischer Fülle geblüht und die Luft so mit ihrem Duft erfüllt, daß er wie betäubt stehengeblieben war, um ihn einzuatmen. Früher hatte es hier nicht so viele Rosen gegeben. Überhaupt wirkte alles zwar alt, aber doch hergerichtet und sauber. Er hatte an das zerbröckelnde Dorf auf Ischia denken müssen, wo er lebte, an die Oleanderkübel, die verfallendes Mauerwerk verbargen, und in Gedanken daran rührte ihn diese kleine saubere Stadt so sehr, daß ihm die Tränen kamen.

Denn obwohl dies mit die Gründe gewesen waren, daß er weggegangen war, übergroßer Ordnungssinn und die Unfähigkeit, Dingen einfach ihren Lauf zu lassen, blieben sie trotzdem ein Teil von ihm, den er zwar vergessen, aber doch nie ganz würde ablegen können. Er legte seine Hand über die Augen und blickte sich um. Nie hatte er, nicht als Kind, und auch nicht später, als er oft mit Lea hier gewesen war, auf der Nachtigalleninsel eine Nachtigall singen hören. Meterhoch wuchsen die Brennesseln zwischen den vom Wasser unterhöhlten Baumwurzeln. Totes Holz lag am Ufer, in den niedriger hängenden Zweigen der Sträucher hatte sich angeschwemmter Unrat gesammelt. Seine Augen waren schwächer geworden, er blinzelte und kniff die Lider zusammen, um die kleinen rosa und weißen Blüten der Lichtnelken oder die hellila Tupfer von Wiesenschaumkraut auszumachen, aber er konnte nicht mehr erkennen als bewegtes, in allen Schattierungen abgestuftes Grün. Er erhob sich schwerfällig, müde vom langen Sitzen und müde von den Erinnerungen. Steil und ausgetreten waren die Stufen, die, in Sandstein gehauen, von der Insel zur Festung führten, durch die allein man wieder in die Stadt gelangen konnte. Er hielt sich an den herabhängenden Zweigen der Holunderbüsche, die rechts und links der Treppe wuchsen, und zog sich mit ihrer Hilfe hoch. Als er endlich oben war, klopfte das Blut in seinen Schläfen. War er kleiner geworden, oder der Abstand zwischen den Stufen größer? Er ging über den Hof der Festung und bog in die Straße ein, durch die er hergekommen war, vorbei an den offenen Fenstern der Wirtschaft ›*Zum Adler*‹. Vorhin hatte er nur einen flüchtigen Blick in die Gaststube geworfen, jetzt wollte er eintreten und etwas trinken, auch auf die Gefahr hin, daß ihn jemand erkannte.

Er spürte, daß sein Gesicht immer noch erhitzt war, aber anders als draußen war das Licht hier gedämpft, aufgesogen von den dunklen Wänden, und er durchquerte erleichtert aufatmend die leere Gaststube und setzte sich in die Ecke, in der er immer mit Lea und den anderen gesessen hatte. Er wartete geduldig und wäre fast eingeschlafen, als der Vorhang hinter der Theke beiseite geschoben wurde und einen Mann durchließ, der, ebenso alt wie er, sich so schwerfällig bewegte, daß seine Füße in den Filzpantoffeln sich beim Gehen nicht hoben, sondern mit einem gleichmäßigen Geräusch über den Boden schleiften.

»Alfred«, sagte er, als der Mann an seinem Tisch angelangt war, erschrocken, wie der Freund sich verändert hatte, und ohne daran zu denken, daß er sich nicht zu erkennen geben wollte.

»Ja«, sagte der andere, und seine Stimme, hoch und viel zu kindlich für den schweren Körper, überschlug sich fast. »Bist du's? Wirklich?«

»Ja«, sagte er und fragte sich, ob er sich vielleicht noch mehr verändert hatte als sein Freund, der ihm jetzt beide Hände rechts und links an die Wangen legte und sein Gesicht ins Licht drehte. Er schloß einen Moment die Lider, aber dann öffnete er sie doch wieder und erblickte aus nächster Nähe die kleinen, hinter Tränensäcken fast verschwindenden Augen, die feucht glänzten. Alfred war ihr Anführer gewesen, weil er der Größte und Stärkste gewesen war, und weil sein Vater eine Wirtschaft hatte. Er löste vorsichtig die Hände seines Freundes und wartete, bis dieser sich ihm gegenüber gesetzt hatte. »So vergeht die Zeit«, sagte er.

»Bleibst du jetzt hier?« fragte Alfred. »Bist du zurückgekommen?«

»Nein.«

»Was machst du? Wo lebst du?«

»Ich male«, sagte er. »Ich lebe in einem kleinen Haus auf Ischia und male ... für die Touristen«, fügte er leiser hinzu.

»Geht es dir gut?«

»Nicht gut, nicht schlecht.« Er starrte auf Alfreds Ehering und hatte Angst zu fragen. Aber schließlich tat er es doch.

»Lea?« fragte er.

»Lea«, sagte Alfred. Und dann noch einmal: »Lea.« Er hob die Hände und ließ sie mit den Handflächen nach oben auf die Tischplatte fallen.

»Ist sie ...?«

»Tot? Nein. Rudolf ist tot, ein Schlaganfall. Und Heiner ist gestorben. Letztes Jahr. Aber das wirst du wissen. Sie hat dir doch geschrieben?«

Er schüttelte den Kopf.

»Niemals?«

»Nie.«

Aus einem Zimmer über ihnen hörten sie Schritte hin- und hergehen. Eine Schublade wurde geöffnet und wieder zugestoßen – dann rückte jemand einen Stuhl.

Sie waren zusammen gewesen, wann immer es sich einrichten ließ. Lea, Heiner, Rudolf, Alfred und schließlich er, der diese Stadt verlassen hatte, weil Lea einem unsicheren Leben mit ihm das an der Seite Alfreds vorgezogen hatte.

Ein Junge, der in einem baumelnden Netz leere Bierflaschen trug, kam von der Straße herein und klopfte so lange mit einem Geldstück auf die Theke, bis der Wirt, der geistesabwesend vor sich hingestarrt hatte, ihn bemerkte, aufstand und zu ihm ging. Während er den Jungen abfertigte, wie vor vielen Jahren sein Vater die Kunden bedient hatte, fühlte der alte Mann sich zurückversetzt, glaubte Lea an seiner Seite, leicht und zärtlich waren ihre Bewegungen gewesen, und er zog die Luft ein, um ihren Duft zu spüren.

Der Junge war gegangen, und Alfred, der ihn von der Theke her beobachtet hatte, nickte. »Willst du sie sehen?« fragte er.

»Ist sie oben?«

»Ja.«

Er erhob sich mit zitternden Knien. Würde er irgend etwas von seiner Lea wiederfinden? Oder würde die Frau, der er gleich gegenüberstehen sollte, für immer das Mädchen in seiner Erinnerung auslöschen? Er hob erschrocken die Hand, als Alfred sich zum Vorhang wandte, um zu rufen.

»Nein«, sagte er, »warte. Morgen, morgen komm ich wieder.«

»Wie du willst«, sagte Alfred und wußte ebenso wie er, daß er log.

»Grüß sie inzwischen von mir.«

»Das werd ich tun.« Er zögerte und malte mit dem Finger Kreise in einer Lache ausgelaufenen Bieres. »Sie spricht oft von dir.«

»Ja?«

»Ja. Die Nachtigallen. Sie sagt, sie haben gesungen. Für dich und für sie.«

»Die Nachtigallen?«

»Auf der Insel.« Alfred hob den Blick, und er erkannte in seinen Augen die nie gelöschte Eifersucht unzähliger Tage und Nächte, in denen sein Bild ihn für Lea hatte verschwinden lassen. Er lachte. Es war ein erstauntes und nervöses Lachen, und er wußte, daß es Tage dauern würde, bis er begriffen hatte, daß sie alle drei ... daß jeder einzelne von ihnen ...

»Niemals«, sagte er, »und das kann ich schwören, habe ich auf dieser verdammten Insel eine Nachtigall gehört.«

Gert Heidenreich
Entsorgungspark

Kommt, laßt uns die Lügen versiegeln.
Wir schließen Atommüll ins Glas – warum nicht
Die Lügen? Länger als tausend Jahre
Strahlen auch sie nicht.

Kommt, laßt uns zusammentragen: Meine und eure
Verkehrten Beruhigungen, den gefährlichen Trost,
Die Ehrung der Mörder. Bleiglas laßt uns
Schmelzen über den Berg unserer Sorglosigkeit.

Kommt, laßt uns die Lügen versiegeln. Daß nicht
Die guten Namen des Übels es schmackhaft machen,
Bis wir gesättigt vergehen. Kommt,
Es ist Zeit für die vergessenen Wörter.

GEORGE TABORI
Mein Kampf

HERZL Wie heißen Sie?

HITLER Hitler.

HERZL Komisch, Sie sehen gar nicht jüdisch aus.

HITLER Sie sehen auch nicht chinesisch aus.

HERZL Schlau, schlau. Bauernschlau, aber den Gefallen tu ich Ihnen nicht, Sie wollen, daß ich sage: »Aber ich bin gar kein Chinese«, dann könnten Sie mir zurückgeben: »Und ich bin kein Jude.« Ich weiß, was ich weiß. Sie sind bestimmt aus Lemberg.

LOBKOWITZ Odessa?

HERZL – ein Löw-Pinsker mütterlicherseits –, wieso eigentlich Odessa?

LOBKOWITZ Klingt besser!

HERZL In dem Fall ein entfernter Cousin, welch glücklicher Zufall, willkommen in Wien!

HITLER *Die Käferaugen treten aus ihren Höhlen, der Schnauzbart zittert und senkt sich, die geballte Faust trommelt gegen die Lodenbrust, Speichel brodelt im Mundwinkel.* Lemberg?

LOBKOWITZ Odessa!

HITLER Odessa? Löw? Pinsker? Zufall? Cousin? Sie spinnen wohl. Mein Blut ist rein wie Treibschnee, ich entstamme einer Rasse zäh wie Leder, flink wie Krupp-Stahl, hart wie Windhunde. Durch eine glückliche Fügung hat das Schicksal Braunau-am-Inn als meinen Geburtsort bestimmt, dies idyllische Städtchen, vergoldet von den Strahlen deutschen Märtyrertums, an den Grenzen zweier germanischer Staaten gelegen, deren Wiedervereinigung mit allen zur Verfügung stehenden Mitteln vordringliche Aufgabe aller wahren Patrioten ist. *Schäumt* Pflugscharen zu Schwertern! Aus den Tränenkanälen des Krieges wächst das tägliche Brot für die Nachwelt!

HERZL Wie auch immer, beruhigen Sie sich und hören Sie auf, Metaphern zu mischen. Trinken Sie Ihren Kaffee, bevor er kalt wird. Was in einem Namen steckt, Junge? Ich sage Ihnen, was alles in einem Namen stecken kann. Herz reimt sich auf Schmerz. Schlomo auf homo. Andererseits reimt sich Herzl auf Scherzl, das Schwanzstück vom Rind. Jeder verdient den Namen, den er trägt. Wenn Sie glauben, Sie sind der einzige Hitler in diesem Tränental, dann machen Sie sich auf eine Ernüchterung gefaßt. Im Wiener Telefonbuch gibt es, meiner Schätzung nach, dreiundzwanzig Hitler, alle, vermute ich, Abkömmlinge eines Zwillingsstammes, von Odessa der eine, von Munkacevo, das sich in die karpatischen Ausläufer schmiegt, der andere. Der Odessa-Zweig wurde vor etwa zweihundert Jahren aus der Stadt gepeitscht und ließ sich in Niederbayern nieder. Zwi ben Avraham Löw, unser Ahnherr, war der sogenannte Kleine Trommler in Holzhausen; als eine Art lebender Zeitung trommelte er einmal die Woche die Dorfbewohner zusammen und verkündete die neuesten, meistens schlechten Nachrichten. Sein jüngster Sohn, der unvergeßliche Zwerg Benjamin, hatte sich, im Gebiet um Starnberg, um den Müll oder Schutt zu kümmern und wurde aufgeräumt Ben, der Schüttler, genannt; aber infolge eines bürokratischen Versehens im Rathaus wurde das »ü« durch ein »i« ersetzt, ein »t« wurde während des Siebenjährigen Krieges fallengelassen, während das »c« in den Nachwehen eines Pogroms verlorenging, woran, nicht überraschenderweise, seine englischsprachige Ehefrau Rebecca Anstoß nahm. Als die Shitlers sich in Ambach aufs Altenteil zurückgezogen hatten, ihrem Hobby, dem Forellenräuchern, nachgingen und die frohe Kunde der Emanzipation sie erreicht hatte, schickten sie Benjamin zum Amt für Germanisierung von Eigennamen, um etwas angemessen Wohlklingendes zu erstehen. Hohenzollern oder Beethoven hätten ihm zugesagt, aber die waren nicht für den öffentlichen Gebrauch bestimmt. Rosenduft oder Rosenkranz waren zu teuer. »Wieviel Geld haben Sie?« fragte der Beamte. »Zwei Heller«, antwortete er. »Für zwei Heller«, sagte der Beamte, ein Antisemit, »kann ich nur eins für Sie tun, Herr Shitler, das ›S‹ streichen.« Hast du nie von unserem lieben Onkel Ben gehört?

HITLER Welchen Onkel Benjamin meinst du?

HERZL Den Mann von der Tante Therese!

HITLER Der nach außen schielt?
HERZL Der mit dem Kropf.
HITLER Nie von ihm gehört!
HERZL Schade.
HITLER Dies also ist Wien.
HERZL Nein, aber Talmud.
HITLER Noch ein Cousin?
LOBKOWITZ Ein Buch.
HITLER Auf deutsch?
LOBKOWITZ Auch.
HITLER Mögen Sie Karl May?
HERZL UND LOBKOWITZ In kleinen Dosen.
HITLER Als Winnetou starb, mußte ich weinen; in kleinen Dosen.
HERZL Ich auch. Also du siehst, wir haben doch etwas gemein.
HITLER Das bezweifle ich, wenn man Ihre Nase sieht. Wie ist sie so geworden?
HERZL Ein kleiner Gichtschub! Gemein, ein talmudisches Wort, hat, wie Gott, gegensätzliche Bedeutungen, es bedeutet böse, aber auch gewöhnlich. Wenn böse, trennt es, wenn gewöhnlich, vereinigt es. Ich gebe dir ein Beispiel.
HITLER Das habe ich befürchtet.
HERZL Zwillinge fallen durch einen Schornstein, einer von ihnen kommt schmutzig heraus, der andere sauber. Welcher wäscht sich?
HITLER Der schmutzige.
HERZL Falsch. Er sieht den sauberen und hält sich für sauber. Versuchen wir's nochmal? Zwillinge fallen durch einen Schornstein, einer kommt schmutzig heraus, der andere sauber, welcher wäscht sich?
HITLER Der saubere, er sieht den schmutzigen, hält sich für schmutzig und wäscht sich.
HERZL Wieder falsch. Wenn Zwillinge durch einen Schornstein fallen, wie kommt es dann, daß der eine sauber ist und der andere schmutzig?
HITLER Sie reden mit gespaltener Zunge, wie Winnetou sagen würde. Sie haben mich auf dem falschen Bein erwischt, aber nicht für lange. Mein Vater hat mich davor gewarnt, alles zu glauben, was man in Wien sagt.

Werner Fritsch
Cherubim

Der Hiltler. Der Hiltler war dann dran. Da haben sie uns geschlagen allesamt miteinander. Mit dem Hiltler ist allerhand auch gewesen. An den Hiltler denk ich so gar gern gar nicht dran.

Mordsmäßig politisiert ist worden. Seinerzeit. Der Hiltler war ein schwarzer Mensch. Hat eine schwarze Schnurrn gehabt, eine englische. Ich hab ihn grad leiden mögen und nicht recht auch.

Im Anfang. Wie sie ausmarschiert sind. Da wär ich auch gern oft mitgegangen. Aber die haben mich nicht leiden mögen durch das Leiden. Durch die Lähmung. Der Hiltler auch nicht.

Ich war auch ein wenig ein Leichter. Ein wenig ein Lump.

Hab gedacht gehabt im Anfang, Wir sind verwandt zueinand. Ich und der Hiltler. Durch das Blut von der Mutter. Durch Östreich. Weil doch er auch von drinnen heraus ist. Über das Urmutterzeug ineinander.

Derweil hat er nichts getaugt! Ich hab dann groß wie nichts wissen wollen davon mehr. Ich hab geschaut, daß ich ihm nicht über den Weg laufen tu. Daß er es nicht zum Kennen kriegen tut, daß ich ihn nimmer leiden mag. Weil er fort über die Krüppel gekommen ist. Und hat die Lungenkranken sterisieren lassen!

– Die, hats geheißen, Sind krank fort.

Und weils krank sind, haben sie nicht arbeiten mögen oder was. Über die Leut ist er gekommen. Dann ist halt ein Haufen im Spital sterisiert gewesen. War ein Leid allweil fort. Was hat sich der Hiltler drum geschissen?

Der hat höchstens gesagt, Hätten sie gefolgt.

Und über die Juden hat er gehetzt fort. Über die Juden haben sie ja allesamt geschimpft. Das hätten wie die Christen noch haben wollen. Das Zeug, was den Juden zu eigen war. Die zwei Glasfabriken und so allerhand. Aber das haben sie nicht gekriegt so gleich. Kurz vor dem Krieg erst.

Ist ein paar Mal ein Fest gewesen. Blechmusiktäterä! Ausgerückt ist alles auch gewesen. Dem Scharf da, wo die obere Fabrik hat. Dem seine Buben, meine Spielkameraden kurzzeitig, waren auch dabei. Die sind fort Hiltler gewesen allesamt. Sogar die Fahne hat er getragen, der Scharf. Das Hakenkreuzzeug. Da ist es groß gegangen.

Da hat es geheißen, Sind bloß die Großen die Leut.

Die anderen sind keine. Ja, wer grad ein Haus gehabt hat, sauber beieinander, ist auch dazugegangen.

– Die andern, hat es bloß mehr geheißen, Das sind die Roten. Sind Juden. Sind halt die Toten bald.

Peter Maiwald
Grabschrift

War kein Mörder.
Sah ihnen zu.
Hob keine Hand.
Kam nicht dazu.

Manfred Peter Hein
Samaticha, 2. Mai 1938

Ich blick
aufs Geäder die Knöchel
auf die Jahre der Haut
um Zehen Ballen Fersen

Ich spür
unter den Haarwurzeln bis
unter die Sohlen brennen
die Rede vom Schweigen

Mit meinen Füßen
sprich du kennst
die Vernunft der Steine

Die Luft hört dir zu
dem Weg Mandelstam Ossja
ans Ende

Robert Schindel
Unsere Gnade der späten Geburt

1

Die Ermittlungen
Im Hamburger Fall
Bullenhuser Damm, wo dem Kommandanten
Des Außenlagers von Neuengamme Arnold
Strippen die Erhängung
Von zwanzig jüdischen Kindern und
Vierundzwanzig sowjetischen Kriegsgefangenen

Angelastet wurde sind im April
Neunzehnhundertsechsundachtzig wegen
Verhandlungsunfähigkeit des Angeklagten
Eingestellt worden.

2
Aber neunzehnsechsundsechzig schon gab der
Zuständige Staats
Anwalt zu Protokoll: »Ich bin
Gegen einen
Prozeß, weil den Opfern sei
Über die Vernichtung
Ihres Lebens
Hinaus kein weiteres Übel zugefügt
Worden.«

3
Was haben doch wir Übriggebliebenen a Glück
Denn uns wird
Über das Verübeln
Unsres Weiterlebens
Hinaus keine weitere Vernichtung zugefügt.
Ma lernt.

Friederike Roth
Anfang und Ende

Wo
Land aufhört, beginnen
wissen wir
Meer oder Himmel, wo
Himmel und Meer
wissen wir
enden

Beginnt
Land wieder

Warum
sitzt mir ein
großer schwarzer Vogel
auf der Brust?

Clemens Eich
Alter Schüler

Ich bin der älteste Schüler der Region. Ich scheue jede Mühe, jede Frage, jede Antwort, alles was mich nur im geringsten durcheinanderbringen könnte. Doch bin ich nicht faul, ich sehe mich um, ich registriere alles, jede Zuckung, jede Regung eines Gesichts, einer Hand, eines ganzen Körpers. Dinge, die man bei Prüfungen sehr gut beobachten kann. Ich selbst werde schon lange nicht mehr geprüft, doch ich darf bei Prüfungen als Beobachter dabei sein. Eine gesetzliche Sonderregelung gibt mir das Recht dazu. Auch darf man mich aus Gründen des Gesetzes nicht von der Schule weisen. Verschiedene derartige Bemühungen wurden oft in Gang gesetzt, scheiterten alle und wurden schließlich aufgegeben. Seit meinem dreißigsten Geburtstag gehöre ich auch keiner Klasse mehr an, sondern bin als Schüler mit Sonderstatus registriert. Viele meiner Lehrer sind jünger als ich, was wissen die vom Leben?

In die Schule, die ich besuche, tritt man mit zehn Jahren ein und verläßt sie nach bestandenem Abschluß im Alter von neunzehn Jahren, um anschließend auf die Universität zu gehen. Diese Regelung gilt, glaube ich, mit Abweichungen überall so. Ich bin die Ausnahme. Kränken mich meine Mitschüler mit abfälligen Bemerkungen, versuche ich wegzuhören, stoßen sie mich auf den Gängen mit den Ellenbogen in die Seite oder verstellen sie mir auf dem Schulhof unvermittelt den Weg, versuche ich so aufrecht und fest wie möglich weiterzugehen.

Ich habe ein großes Interesse für Geschichte. Geschichtliche Daten, Persönlichkeiten und Schauplätze haben mich von jeher begeistert. Aus diesem Grunde verstehe ich mich mit dem Geschichtslehrer besonders gut, manchmal könnte ich ihn fast einen Freund nennen. Da sich alle übrigen Lehrer weigern näher auf mich einzugehen, um meine immensen Schwierigkeiten zu begreifen, bleibt mir nur der Geschichtsunterricht als Ansporn und Freude. Hier stelle ich Fragen und gebe Antworten, in diesem Fach bin ich der beste Schüler der Schule, seit langem.

Mein Geschichtslehrer unterhält sich mit mir über das Ende der Weimarer Republik, über den Terror der Anarchisten im russischen Zarenreich, über Aufstieg und Fall der Geschlechter, Familien und Dynastien. In zwei Jahren wird mein Geschichtslehrer pensioniert. Ich weiß noch nicht, was ich dann machen werde. Ich werde vierzig sein, aber vielleicht kann ich den Geschichtslehrer dann nach der

Schule treffen. Vielleicht würde er sich freuen. Allerdings besteht die Möglichkeit, daß er in einen anderen Ort zieht, ich kenne seine persönlichen Verhältnisse nicht. Zu einem günstigen Zeitpunkt werde ich ihn fragen müssen.

Hubert Fichte
Hotel Garni

Er zerschnitt ihre Fotos.
Irma ließ ihn.
Er zerschnitt Nonnen aus Venedig, Häuser von Le Corbusier, Korkeichen, ein Kinderheim und klebte sie zu neuen Bildern ineinander.
Jäcki schnitt die Figuren etwas zu eng. Er haßte Collagen, in denen noch Wald oder ein Stück Schrank an den Personen hing.
Jäcki hatte ein Theaterstück verfaßt und wollte es illustrieren.
Er hatte gesehen, daß ein Avantgardist in Stockholm für eine Luxusausgabe von »Der Schatten des Körpers des Kutschers« alte Stiche zerschnitt.
Jäcki hatte keine Ahnung von Fotografie.
Er wußte nicht, daß Hans Christian Andersen vor hundert Jahren aus Illustrierten Fotos zu einem Paravent zusammengeklebt hatte.
Jäcki suchte einen Verleger.
Vielleicht glaubte er, daß sein Theaterstück nicht gedruckt würde ohne das Gekröse aus Irmas Fotografien.
Vielleicht machte es ihm Spaß zu zerschneiden.
In Irmas Zimmer roch es nach unbekannten Parfums, nach Crèmes, nach Entwickler, Fixierbad und Uhu.
– So riecht eine Fotografie, dachte Jäcki.
– Früher nahm sie mich nicht hierherauf. Als Junge kam ich nur unten, zu Ludwig und zu den Kindern.
An der Dunkelkammer hingen zerlöcherte Abzüge, am Sekretär ein halber Hamburger Hafen, Füße im Bett, das Gefängnis von Frèsnes, ohne Dach, steckte am Waschbord, hinter Ecusson und Les Six.
– Ich klebe dir das ganze Zimmer mit kaputten Fotos voll, sagte Jäcki.
– Du nimmst nur die besten, die mir am liebsten sind, sagte Irma: Die ich neben den festen Aufträgen gemacht habe, für mich, ohne an die Redaktionen zu denken. Solange du nicht die Negative zerstörst. Die Abzüge kann ich so oft machen, wie ich will.

Jäcki und Irma gingen öfter ins Kino.
Er brachte sie dazu, eine Serie über die Schrebergartenkolonien in Lokstedt zu fotografieren.
Dort hatte er Indianer gespielt.
Irma und Jäcki reisten nach Worpswede, Fischerhude, Hannover, Ganagobie, Köln, Stade, Mainz.
Jäcki bestand auf Einzelzimmer.

Jäcki hatte keinen Vorwand, Zimmer elf zu verlassen, die Treppe des Hotel Garni hinunterzugehen und Zimmer acht zu betreten.
Er sah die Haare in Irmas Achselhöhle.
Jäcki merkte, daß er auf dem Bettrand neben Irma saß und in ihre Achselhöhle sah.
– Wie ging es weiter?
– Wie es weiterging?
Die Wiederbewaffnung.
Morgenthau.
1954.
Der Taten Herrlichkeit muß wie ein Traum vergehn.
Mister Morgenthau wollte, daß wir als Schäfer gehn mit einer Herden.
Deutschland ein Weidegärtchen.
Mister Marshall hatte sich durchgesetzt und schickte uns Marsriegel, weißt du noch?
Cocacola und Kugelschreiber und Reader's Digest.
Alex inszenierte Unsere kleine Stadt von Thornton Wilder.
Thornton Wilder hatte sich nach dem Krieg fotografieren lassen, wie er auf die Fußleiste in einem Living Room deutet und sagt: Da unten müssen wir wieder anfangen.
Also Wiederbewaffnung.
Ich nie.
Ich weiß nicht mehr, ob es ein guter oder schlechter Film von Käutner war.
Die Schell spielte sehr rührend und es endete auf einer Brücke.
Die Schell flehte die Soldaten an und es geschah etwas sehr Entscheidendes.
An diesen Filmschauspielern und Filmkomparsen begriff ich, wo ich mich befand.
Deutschland.
Westdeutschland.
Bundesrepublik.
54.

Ich hatte keinen einzigen Leitartikel über die Wiederbewaffnung gelesen.
Aber ich kannte die Vertrauensärzte, die Blockwarte, die Lagerverwalter, die Nierentische, die Farben.
Rechts gehen.
Ich wollte weg.
Wie ich immer nur wegwollte.
Da gehörte ich nicht hin.
Ausrotten wollten sie mich, die Offiziersanwärter, mit ihrem Adler auf dem Herzen, der das Hakenkreuz in den Fängen hielt.
Die Schwerter mit der Rinne, in der das Blut ablaufen sollte.
Jeder Onkel zog es aus der Scheide, um es den Kindern bei Fronturlaub vorzuzeigen.
Die hätten mich ausgerottet, wenn Mutti und ich nicht listiger gewesen wären.
Quatsch.
Glück.
Nasenform und Haarfarbe.
Was für ein arischer Typ!
Die Befreiung hieß für mich, daß meine Mutter arbeitslos wurde.
Die Gründung der Bundesrepublik, daß ich mit vierzehn wegen meiner Neigung ins Jugendgefängnis, ins Gefängnis, ins Zuchthaus käme.
Im Wiederholungsfall billigten mir die Lyriker dann die Stricknadeln zu, mit denen man das Sexualzentrum aus dem Gehirn geschmurgelt hätte.
– Was heißt das, fragte Irma.
– Daß ein Kollege die stereotaktischen Eingriffe bei Triebtätern rechtfertigte.
Ich kenne sie.
Die Vertrauensärzte.
Sie warten schon: In den Redaktionen. In den Rundfunkanstalten. In den Verlagen. Auf dem Ortsamt.
Wiederbewaffnung.
1954.
Aber ich wollte nicht nur weg.
Ich wollte auch wohin.
Ich wollte in die Welt.
Europa war mir kaum groß genug.
Der Äquator war meine Heimat.
Ich war den Afrikanern verwandt, den Lappen, den Mizteken.

Lokstedt war nicht meine Welt.
Ich komme von weither.
Die Welt damals, das hieß immer Frankreich.
Opa fing wieder an, von meiner Laufbahn als Zollinspektor zu reden.
Mutti, arbeitslos seit vier Jahren, redete vor allem von richtiger Arbeit – von meiner, nicht von ihrer und daß sie es am liebsten sähe, wenn ich eine Drogistenlehre anfangen würde.
Sogar Oma fing an.
Mutti hätte mich zwingen können.
Ich war noch minderjährig.
Sie hätte mich wieder zwingen können, stempeln zu gehen.
Seit ich elf war, hatte ich als Kinderdarsteller mein Leben verdient.
Fünf Jahre später, als ich in den Stimmbruch kam und nicht mehr viel nach Hause brachte, mußte ich stempeln, wie sie auch, nur holte ich mein Geld in einem anderen Arbeitsamt.
Ich dichtete schon.
1954 suchten sie ja alle verzweifelt nach deutschen Dichtern und fanden keine.
Einer von den Affaires Culturelles kannte jemanden bei Desch in München und der wollte was von meinem Roman sehen.
Ich schrieb ja immer beim Autostop und wenn es nicht regnete in den Parks.
Aber Desch wollte nur Getipptes.
Tippen konnte ich nicht unterwegs und beim Schafehüten.
Das mit dem Dichter war also auch Essig.
Ich sagte abends zu Omas Bibel, zu Opas Nagelmesser, zu Muttis Fortsetzungsroman in der Kleinhandelszeitung:
Morgen früh hau ich ab.
Als sie dann am nächsten Morgen sahen, daß ich meinen Sack gepackt hatte, fingen sie an zu heulen und Mutti schrie:
Seht ihr denn nicht, er hat doch kein Herz.
Oma sagte:
Wir sehen uns nie wieder.
Das sagte sie immer, wenn ihr etwas nicht paßte.
Ich hatte auch immer große Angst davor, aber es stimmte gar nicht.
Ich rief Dulu an und sagte:
Ich bin am Ende. Ich gehe weg.
Sie wünschte mir eine gute Reise.
Ich glaube, es war das Vernünftigste, was sie tun konnte.
Was soll man jemandem sagen, wenn er sagt: Ich bin am Ende. Ich gehe weg.

Ich besaß zehn Mark.
Wieder draußen die erste Nacht.
O Irma!
Es war im Mai.
Ein Museumsdorf in der Lüneburger Heide.
Der Touristenhaidschnuckenschäfer ließ mich in ein Haus mit Stroh.
Der Schäfer hatte so Weisheiten zur Verfügung für Besichtigungen.
Er wußte genau, daß es Weisheiten waren.
Ich mag keine Haidschnucken.
Sie wirken unecht.
In der Provence gammelt man mit Weintrauben und Ziegenkäse – in der Norddeutschen Tiefebene ist es Krafts Velveta.
Totenmoor oder Totenpfuhl.
Der Schäfer sagte, daß die Leute diesen Winkel fürchteten.
Das Stroh war naß.
Opas goldene Uhr tickte.
Moorgespenster.
Das kam mir harmlos vor.
Ich sehnte mich nach Testanière und dem heißen Kalkgestein, Thymian, Oliven.
Aber du wirst sehen, ich schaffte es nicht mehr bis in die Provence.
Am nächsten Morgen war der Asphalt vollgeregnet.
Ich sagte mir: Ich bin Velveta und Morgennebel nicht ausgeliefert.
Ich habe etwas hinzugelernt zu Kinderrollen und Kinderfunk – ich kann Wein ernten.
Aber was nützt Weinernte in Uelzen?
Ich kann Unkraut jäten und Kühe melken und Säcke schleppen.
Ich stellte mich auf einem deutschen Bauernhof vor und wurde für drei Tage zum Kartoffelsetzen engagiert.
Es gab Melkbüttel.
Weißt du, was Melkbüttel ist?
– Nein.
– Milchbeutel. Eine Mehlspeise mit der ersten Milch nach dem Kalben.
Die ist ganz gelb und klebrig.
Schwefel oder so.
Manche tun auch Blut hinein.
Der Teig wird in einen Leinenbeutel getan und im Wasserbad gekocht.
Ohne Hefe oder Backpulver.
Die Milch treibt ihn hoch.

Dazu gibt es eine süße Soße.
Trecker, Saatkartoffeln, Jute und das Wichsen Villons.
Der Melkerjunge roch nach Sahne.
Beim Abschied sahen wir alle traurig aus.
Ich hatte hundert Mark verdient.
Davon lebte ich damals einen ganzen Monat.

HANNS-JOSEF ORTHEIL
Schwerenöter

6
Siegfrieds Rache

(...)
Während *Sepp* mit seiner Mannschaft in der Schweiz die ersten Siege feierte und alle Welt diese heldenhaften Taten erörterte, hörte ich in der Hinterstube des Lebensmittelladens von einem ganz anderen Helden. Mutter hatte mir von Siegfried erzählt. Vater- und mutterlos wuchs er im Wald auf; mit wilden Tieren maß er seine Kräfte, den Ziehvater, der ihm ein Schwert schmieden sollte, verlachte er! Ein Held wie er kam allein aus. Etwas Übermütiges, Stürmisches lag in seinem Wesen. Nie zweifelte ich daran, daß er von edler Herkunft war.

Von Drachentötern hatte ich schon gehört, große Schätze hatten sich auch andere erworben. Siegfried war ein Held, der nicht erst ein Held hatte *werden* müssen. Er erlegte die wilden Tiere, er durchschlug den Amboß mit einem einzigen Hieb – in der Gegenwart anderer Menschen kam er mir beinahe fehl am Platze vor; hilflos und unwissend geriet er in ihre Machenschaften.

Er ahnte nicht einmal, was ihn so mächtig vorantrieb; Lust und Gedankenlosigkeit gingen mit ihm durch, ließen ihn durch die Wildnis stürmen, um alles Fremde mit einem Streich zu erobern. Wer ihn sah, war von seiner Kraft bezaubert; so war er der Held, der alles erreichte, obwohl er es nicht einmal begehrte. Ihn lockten keine Reichtümer, für die anderen warf er sich in die Schlacht, um ihnen einen Gefallen zu tun. In ihren schweren Rüstungen wirkten sie lächerlich neben seiner jugendlichen Wendigkeit; Siegfried aber suchte den Kampf nur, weil er sich Luft verschaffen wollte.

Am besten hätte er den schützenden Wald nie verlassen. Außerhalb dieses Reiches verirrte er sich, weil er die Pläne seiner scheinbaren Freunde nicht durchschaute und ihren Nachstellungen hilflos ausgeliefert war. Unter ihnen war er ein Fremder; sie betrachteten ihn mißtrauisch, neidisch stellten sie ihm nach. So gefielen mir jene Geschichten am meisten, die von seiner Kindheit und Jugend handelten. In den Gruben, Höhlen und Verstecken des Waldes konnten ihm keine Feinde auflauern, die ihm hätten gefährlich werden können. Er fing die wilden Bären, um sie an die Leine zu legen, und er badete im Blut des Drachen, das ihn unverwundbar machte.

Was trieb ihn aber hinauf auf die felsige Höhe, wo er den Flammenwall durchbrach, hinter dem sich Brunhild verbarg? Zog es einen solchen Helden wahrhaftig zu einer Frau, die ihr halbes Leben im Schlaf verbracht hatte und die sich daher freuen konnte, von ihrem eintönigen Dasein erlöst zu werden? Wäre ich an Siegfrieds Stelle gewesen, hätte ich auf ihre einschmeichelnden Worte wenig gegeben. So wunderte es mich auch nicht, daß die Verbindung nur von kurzer Dauer war. Einen wie Siegfried hielt es nicht auf einsamen Höhen, mochten ihn auch alle Brunhilden der Welt umgarnen. Wäre er nur zurück in seine Wälder gegangen, anstatt sich mit anderen gemein zu machen und für einen schwächlichen und ihm nicht ebenbürtigen König auf Brautwerbung zu gehen!

Daher fand ich an den furchtbaren Schilderungen vom Tod der Nibelungen doch auch ein gewisses Gefallen. Sie alle hatten Siegfried, den Glücklichen, Unschuldigen, verraten; neben ihm hatten sie, wie sie selbst wohl gespürt haben, nicht bestehen können. Heimtückisch und meuchelmörderisch hatte Hagen ihn getötet, und die anderen hatten ihn nicht davon abgehalten. Nun kamen sie in Etzels Burg ums Leben, ein Meer von Flammen loderte hinauf zum Himmel, einer nach dem anderen fiel, zuletzt aber der, der Siegfried erschlagen hatte ...

Ich lief beunruhigt aus dem Laden, streifte ziellos herum und ließ in meinen Vorstellungen alles noch einmal von vorne beginnen. Siegfried trat zum Kampf gegen den Drachen an, er sicherte sich den Schatz und lebte weiter in der Wildnis des Waldes. Jahre vergingen, und damit niemand in Versuchung kam, sein Leben für das Gold zu wagen, versenkte Siegfried es im Rhein. Denn anders als die anderen sehnte er sich nicht nach solchen Schätzen; sie waren ihm eine Last, und unter lautem Gelächter entledigte er sich all dessen, wonach die Schwachen unermüdlich begehrten.

Da diese Erzählungen in mir nachlebten, verstand ich die Heldenverehrung meines Bruders, der uns in diesen Wochen mit Nachrichten über ein Turnier versorgte, in dessen Verlauf sich zweiundzwanzig erwachsene Menschen um einen einzigen Ball stritten, um so weniger. Die Runde der letzten Acht war endlich erreicht. Die Mannschaft war in ein Schloß in der Nähe von Genf umgezogen. Fritz Walter begleitete den Chef bei einem Spaziergang im Park. Schwierige Fragen waren zu lösen. Wer sollte auf Rechtsaußen stürmen, wenn man sich gegen die Jugoslawen behaupten mußte? Als könne er in diese Entscheidungen eingreifen, rackerte mein Bruder sich in den leeren Zimmern ab, um beide Spieler einem wichtigen Test zu unterziehen, *»Alles klar?«* rief er geistesabwesend, wenn er nach dem Ball griff, um sich zurückzuziehen. Theo las ihm die neuesten Meldungen aus den Zeitungen vor, gemeinsam stellten sie die Mannschaft für das vorentscheidende Spiel gegen Österreich auf. Schon planten sie für den Fall, daß die Truppe das Endspiel erreichen werde, ein großes Fest, das mit Hilfe des Getränkevorrats, den die Johanns uns hinterlassen hatten, besonders verschwenderisch ausfallen sollte. Wir erlebten das Österreich-Spiel am Radio. Es regnete in Basel, und mein Bruder deutete diesen Unwillen der Natur als gutes Zeichen. Seine Helden hatten sich auf einem rutschigen, nassen Rasen um die Gunst einer kleinen runden Kugel zu bewerben, deren wechselvolle Stimmungen selbst dem weitblickenden *Sepp* den zutreffenden Satz, daß das nächste Spiel immer das schwerste sei, entlockt hatten. Solche Sätze mochte man von Helden erwarten, die sich ihrer Kräfte nicht sicher waren; Siegfried gehörte gewiß nicht zu ihnen.

Bald hielt es Josef in der Nähe des Radios nicht mehr aus. Bleich und unruhig kauerte er sich in eine Ecke, starrte zum Fenster hinaus und lebte erst auf, als das erste Tor gefallen war. Zur Halbzeit atmeten alle auf. Mutter kochte Kaffee, und mein Bruder tobte eine Viertelstunde lang mit seinem Ball über den Flur. *»Jetzt nochmal!«* brüllte er, als hinge das Spiel von seinen ärmlichen Künsten ab, *»nicht nachlassen«*, rief er begeistert, als das zweite Tor gefallen war. Die folgende halbe Stunde, in der er uns mit seinen Schreien ansteckte, war schwer zu überstehen. Ein Tor nach dem anderen fiel, die Sache wollte kein Ende nehmen. Als das halbe Dutzend voll war, hüpfte mein Bruder durch das Treppenhaus, läutete an allen Türen, verkündete den Sieg und tobte, als genüge all das noch nicht, im Hof eine weitere Stunde mit dem Ball auf und ab, indem er die gerade so triumphal überstandene Schlacht noch einmal nachspielte.

An den folgenden Tagen ließ er mir keine Ruhe. Er weigerte sich, in den Kindergarten zu gehen, und begann schon am frühen

Morgen mit dem Training. Der Appetit war ihm vergangen; erst als man ihm sagte, daß auch die Mannschaft in der Schweiz nicht auf Hähnchen und Schnitzel verzichtete, aß er ein wenig. Ich gab mir Mühe, ihn abzulenken, indem ich ihn ganz gegen meine sonstige Gewohnheit in den Hof begleitete, um in den dreckigen, feuchten Ecken dem Ball nachzustöbern. In den trainingsfreien Stunden zeichnete er. Auf den kleinen Blättern thronte der *Sepp* auf einem riesigen Stuhl in den Wolken; neben ihm lag ein Ball, so groß, daß kaum noch Platz für die Erdkugel darunter blieb, auf der sich einige bemitleidenswerte Zwerge nebeneinander aufgestellt hatten, um für das Endspiel gerüstet zu sein.

Nachts träumte er sehr lebhaft, schrie auf, redete davon, daß die Post ins Hotel am See gebracht werden müsse, telefonierte mit aller Welt, um seine Grüße auszurichten und gönnte mir wenig Schlaf. Allmählich wurde auch ich gereizt und nervös. Sehnsüchtig dachte ich an die Tage des alten Heldentums zurück. Hatte man je davon gehört, daß Siegfried es nötig gehabt hatte, sich auf einen Kampf vorzubereiten? Hatte ein Helfer seine Muskeln massiert, hatten Freunde ihm Geschenke zukommen lassen, um die bösen Geister zu bannen?

Inzwischen traf Theo die Vorbereitungen für die *Party*. Wie er erklärte, war eine solche *Party* etwas anderes als ein Fest. *Zwanglos* und *locker* sollte es zugehen. In solcher Stimmung nahm man einen *Drink*, der in einem *Shaker* zurechtgeschüttelt worden war. Mit einer kleinen Zange pickte man Eiswürfel aus einem Behälter, um sie in den *Drinks* zu versenken, die dadurch als *Cocktails* galten. Der Kognak wurde aus dickbauchigen Gläsern getrunken, in denen man mit der Nase steckenblieb, wenn man sie zu tief hineinsteckte. Theo hatte einen Kühlschrank ausgeliehen; wenn man die Tür für einen Augenblick öffnete, entließ er aus dem Innern seine eisige Atemluft, und die tiefgefrorenen, eingeschneiten Dinge zitterten, als schüttelten sie sich vor der ungewohnten Wärme.

Die ganze Wohnung wurde umgeräumt. Im Flur wurden Lampions aufgehängt, Klappstühle wurden herbeigeschafft, und an den Wänden der leeren Zimmer wurden Kinoplakate befestigt. Theo klopfte und hämmerte; mit der Vertreibung unserer Mitbewohner hatten wir zugleich die Stille der letzten Jahre vertrieben. Nichts stand noch lange an seinem Platz. Theo gruppierte die Möbel immer neu um; die Couch wurde im Zimmer der Johanns aufgestellt, der Plattenspieler in dem der Witwe untergebracht. Hier sollte man sich unterhalten, dort konnte man tanzen. Langsam beschlich mich die Sorge, Theo werde unseren kleinen Haushalt in einen Strudel hineintreiben, dem wir niemals mehr entkommen würden.

Daher war ich froh, als der herbeigesehnte Tag endlich da war. Es regnete schon am Morgen, und mein Bruder erklärte, daß dies das Wetter sei, das Fritz Walter sich für seine Spiele wünsche. Die ersten Gäste trafen ein, viele hatte ich noch nie gesehen. Bald war unsere Wohnung so voll, daß selbst auf dem Flur kein Platz mehr war. Es wurde eng, im Zimmer der Witwe Hasselmann krümmten sich die Paare zu einer absonderlichen Musik, die mit der Violinmusik, die ich von meinem Großvater her kannte, nichts mehr gemein hatte. Unter den herumeilenden, bald in die Küche, bald ins Bad hastenden Menschen fühlte ich mich fehl am Platz. Nach draußen durfte ich nicht; der Regen war immer stärker geworden, alles Leben hatte sich in die Häuser zurückgezogen, wo ein ganzes Volk darauf wartete, die Taten seiner neuen Helden zu verfolgen.

Mir gefiel die lüsterne Begeisterung, die sich breitgemacht hatte, nicht. Um so beruhigter war ich, als die Ungarn bereits nach sechs Minuten das erste Tor schossen. Schweigend und verdrossen lauschte man dem Kommentar des Reporters. Seine vibrierende, mitgehende Stimme malte das ganze Elend der schrecklichen Minuten aus, in denen die mir unbekannten *Ballzauberer* Fritz Walter und seinen Kameraden endlich ihre Grenzen zeigten. Nach acht Minuten stand es 2:0. Einige Gäste winkten bereits ab und zogen sich ins andere Zimmer zurück, um an ihren Cocktailgläsern zu nippen. Bleich vor Entsetzen wankte mein Bruder durch den Flur, er trug seinen roten Ball unter dem Arm und wagte es nicht, ihn herzugeben. Als die Katastrophe ihren Lauf zu nehmen schien, mußte er sich übergeben. All seine rührenden Hoffnungen wurden in Windeseile weggewischt, die Ungarn gerieten in Spiellaune, ich saß schweigend in der Nähe des Radios, um den verzweifelten Tiraden des aufstöhnenden, alle Greuel der Welt an die Wand malenden Reporters zu lauschen. Ungarn mußte ein herrliches Land sein. Über die weiten Ebenen des Donautieflandes war König Etzel mit seinen Hunnen geritten, um selbst die Römer zu schrecken. Niemand hatte seiner wütenden Angriffslust widerstanden, bis zum Rhein war er vorgedrungen, erst in Frankreich war ihm Einhalt geboten worden. Nicht viel hätte gefehlt, dann hätte er auch Rom unterworfen, der Papst mußte ihm bittend und bettelnd entgegenziehen, um ihn von seinen grausamen Plänen abzubringen. Wild und unberechenbar wie die Hunnen stürmten die Ungarn über den

Platz, sie trieben den Ball voran, wie sie früher ihre kleinen, unermüdlichen Pferde bis zur Erschöpfung ... Max Morlock hatte das Leder mit der großen Zehe erwischt. Es stand 2:1.

Als wenig später sogar der Ausgleich fiel, wurde die Unruhe so stark, daß ich mich ihr kaum zu entziehen wußte. Die meisten Gäste hockten nun auf dem Boden, schauten angespannt drein und begleiteten die Kommentare des Sprechers mit lauten Zurufen. Zog Gefahr herauf, schlossen einige schon die Augen, als könnten sie so das nächste Tor abwenden. Eine träumerische Ekstase hatte alle befallen; je länger das Spiel dauerte, um so stärker bemächtigte sie sich der Köpfe, schwenkte sie hin und her und lenkte alle körperlichen Regungen auf den Nachvollzug von Ereignissen, die für mich selbst nicht vorstellbar waren, da ich die gehetzten, knappen Hinweise des Reporters kaum verstand. Ich fühlte mich ausgeschlossen. Die fremden Beschwörungen erreichten mich nicht, und ich stöhnte nicht auf, als gemeldet wurde, daß *Toni Turek* einen scharf geschossenen Ball eben noch über die Latte gelenkt hatte. Daher schlich ich mich heimlich aus dem Zimmer. Niemand bemerkte mich.

Im Zimmer nebenan war es ruhiger. Auf dem Tisch stand eine Galerie gefüllter Flaschen, vorsichtig öffnete ich eine nach der andern und sog die verschiedenen Düfte tief in mich hinein. Sie erinnerten mich an die vertraute Umgebung des Lebensmittelladens; es roch nach Anis und Branntwein, nach Essig und süßen Früchten. Ich nahm mir ein Glas und schenkte aus jeder Flasche etwas ein. Jedesmal verfärbte sich die Flüssigkeit, ging von einem hellgelben Ton in ein teebraunes Dunkel über, durchsetzte das Dunkel mit Schleiern von Rot, so daß sich bald ein mattes Gold auf der Oberfläche zu einem dünnen Film zusammenzog, in den ich meine Zunge streckte. Es schmeckte fremd, und doch glaubte ich, einen Geschmack von geriebenen Nüssen wahrzunehmen, durchsetzt von der scharfkalten Bitterkeit ausgepreßter Orangen.

Mir schwindelte, langsam trank ich das Glas aus, um mich an einer neuen Variation zu versuchen. Diesmal füllte ich das Glas bis zum Rand und achtete gewissenhaft darauf, daß ich keine der bereitstehenden Flaschen ausließ. Ich hatte einen Teufelstrank gemischt, der den hunnischen Kriegern wohl gemundet hätte. Als ich daran nippte, mußte ich mir die Nase zuhalten; ein leiser Ekel durchfuhr meinen Körper, doch ich trank das Glas bis zur Neige leer. Niemand sollte behaupten können, ich sei den hunnischen Trinksitten nicht gewachsen gewesen.

Als ich mich noch von meinem hastigen Trinken erholte und beunruhigt bemerkte, daß die Wände zu taumeln begannen und der Boden mir langsam unter den Füßen weggezogen wurde, war Halbzeit. Die Gesellschaft verteilte sich in der Wohnung, man nahm einen *Drink*, während ich mich standhaft an einer Stuhlkante festhielt, um nicht hinzustürzen. Die Menschen flogen auf mich zu, sie schwebten wie Geister durch den Raum, und ihre Gespräche vermischten sich zu einem tosenden Brausen. Niemand beachtete mich. Sie sprachen von *Tureks* Paraden, *Rahns* Gewaltschuß und der deutschen Abwehr, die allen weiteren Angriffen getrotzt habe. Schwerfällig glitt ich zu Boden, entsetzt feststellend, daß mein Glas sich verdreifacht hatte. Ich hielt mich still und war erleichtert, als alle sich wieder zurückzogen, um den Fortgang des Spieles zu verfolgen. Warum war mir plötzlich so heiß? Gewiß tobte der letzte Kampf in König Etzels Burg, die Nibelungen sollten zugrunde gehen, schon hatte man Feuer an allen vier Ecken des Saales gelegt, ich hörte die gellenden Schreie aus dem Hintergrund, Kriemhild stachelte die Hunnen an, keinen aus der brennenden Halle zu lassen, und drinnen kämpften die Helden gegen den Hagel der Pfeile, den dichten Rauch und die unerträgliche Hitze.

Tapfer hielt ich stand. Denn Siegfrieds Tod wurde gerächt. Schon stürzte der Dachstuhl, das Gebälk donnerte krachend auf den Boden, und die Flammen züngelten an den Wänden empor. Lebte Hagen noch? Wie erging es den Nibelungen? Ich glaubte ihre Zurufe zu hören, sie feuerten sich an, ließen nicht nach, kämpften gegen den Brand und schlugen die ersten hunnischen Späher, die sich näher herangewagt hatten, schnell in die Flucht. »3:2« brüllten sie triumphierend und schlugen mit den Schwertern auf die Schilde, *»nur sechs Minuten noch«*, dröhnten sie durch den Saal, *»bis zum Umfallen!«* Hatte ich Blut getrunken? Ich rang nach Luft, stolperte aus dem Zimmer, schlug gegen den Türpfosten, die Flammen verfolgten mich, die Mauern fielen zusammen ... *»Aus, aus, aus«* – das Spiel war aus; kurz bevor ich ohnmächtig wurde, hörte ich, daß Deutschland *Weltmeister* geworden war.

Ich verschlief den Triumph. Die lange Schlacht hatte meine Kräfte überfordert. Der eilig herbeigerufene Arzt hatte nur eine Alkoholvergiftung feststellen können. Anstatt mich jedoch für meinen selbstlosen Einsatz zu loben, machte man mir heftige Vorwürfe. Nur Mutter war besorgt und kam zuweilen in mein Zimmer, um nach mir zu sehen und den kleinen Putzeimer zu leeren, den ich mit jenem ausgespuckten Titanenblut füllte, das von meiner standhaften Gegenwehr Zeugnis ablegte. Die anderen aber hatten nur Beschimpfungen für mich übrig. Ich hörte ihre törichten Reden, die von nichts anderem als dem *großen Sieg* handelten, den sie in ihrer Verblendung als ihren eigenen ansahen. Die Stimmung wurde ausgelassen; nebenan mischte Theo seine erbärmlichen Cocktails, die wilde Horde tanzte bereits auf dem Flur. Ich stöhnte, und sie erfreuten sich an *Kuschel-Schiebern*; ich hatte die eigenartigen Tanzbewegungen bei einem kurzen Ausflug ins Bad verfolgt. Mit blödem Blick hielten sich die Tänzer umschlungen; dabei traten sie kaum auf der Stelle und bogen die Körper nur langsam hin und her, als könnten sie so zusammenwachsen. Als ich wieder im Bett lag, steckte ich meinen Kopf zwischen die Kissen, doch noch immer hörte ich die überdehnten Schluchzer eines Saxophons; ein Klavier ließ flattrige Akkorde hören, und die gepreßten Töne einer Klarinette wanden sich in niedrigen Lagen. Ich ballte die Fäuste und verfluchte die Nacht. Doch während die Gäste sich lärmend austobten und in Gruppen durch den Flur hopsten, tat ich den Schwur, die wahre Musik nie zu verraten. Warum hatte man mir nicht längst die Instrumente gegeben, die ich brauchte, um meine musikalischen Anlagen zu schulen? Große Erfolge würde ich erringen, wenn man mich gewähren ließ; von mir sollte man ganze andere Töne hören, zum Himmel aufstrebende, die das Herz der Zuhörer rührten, Töne, die jene noch um vieles übertrafen, die ich durch das Spiel meines Großvaters kennengelernt hatte. Niemand würde sich diesen Tönen entziehen können, alle würden mir zu Füßen liegen und darum bitten, nicht länger von Klarinetten und Trompeten belästigt zu werden, die ihnen die richtigen Klänge vorenthielten.

Draußen ahnte niemand von meinem Schwur; nur kurz ließ sich Mutter noch einmal sehen, um mir mit einem nassen Lappen durch das Gesicht zu fahren. Dann kam auch Josef herein: »Verräter!« zischte er mich an. »Ihr habt gewonnen?« fragte ich geduldig, um ihn milde zu stimmen. »3:2«, antwortete er. »Und wer hat die Schlacht entschieden?« fragte ich nach. *»Der Boss«*, sagte er stolz, »sechs Minuten vor Schluß.« »Ah«, erwiderte ich leise, kurz bevor der Schlummer mich endgültig entführte, »dann vertrieb er die Hunnen, als sie uns ausräuchern wollten ...« – Geschlagen verließ mein Bruder das Zimmer; mir war, als hätte ich ihm seinen Sieg geraubt.

PETER KURZECK
Kein Frühling

Im Oberdorf. Überall hat es auf die Nacht hin so Winkel, Treppchen und Mäuerchen. Gepflastert die steilen Gassen, die Rinnsteine ausgemauert; Moos wächst zwischen den Steinen. Wir hätten längst heimgehen sollen! Erst steht man und lehnt sich schon an, lehnt sich immer behaglicher an, dann sitzt man sich selbst gegenüber. Sogar für den Kopf eine Stütze. Den einen Fuß kannst du da bequem, den anderen dort drauf legen. Im Oberdorf hat jeder Stein seinen Platz. Seit wenigstens achthundert Jahren. Anlehnen, sitzen, liegen, es geht wie von selbst. Mit ein bißchen Glück und Verstand wird sich bei diesem Wetter auch noch ein Torbogen über dir finden, ein Erker, ein Vorbau, ein Eckchen überstehendes Dach. Hält die Nässe ab und läßt doch noch Platz für den Himmel. Jeden Abend, den ganzen Abend schon wollen wir heimgehen, aber nicht jetzt, noch nicht gleich! Abends, die Gassen gehen im Reigen, der Wind verliert seine Richtung; hier klingen die Stimmen so *eigen*, so fremd. Als ob man frierend daneben steht. Und soll sich zuhören, reden, reden und seine Träume für sich behalten. Immer behaglicher sitzt man und liegt, halb im Schlaf schon. Und fängt immer nochmal damit an, hoffnungsvoll und schwätzt dann doch wieder bloß vom Holzfahren und was eine Maurerlehre uns bringt, Elektriker, Installateur, das liegt alles so weit in der Ferne und so einerlei auf der Hand, als ob man nie zu sich selbst kommen soll. Fuffzich Jahre alt, die Müdigkeit nicht mehr loswerden, ein verrostetes Miele-Fahrrad und mit Brotbeutel auf die Hütt'. Die Werkschuhe an den Füßen wie angeschmiedet, wie angeborene Bleiklumpen. Dazu ein Gebiß was nicht paßt, höchstens am Sonntag. Jeden Sonntag verkruomt, verwerkt und verschlafen, nur alle paar Jahre einmal ein Sonntag. Die Sonntage sind so kurz. Noch womöglich ein uraltes Damenrad bloß, und auf Schicht und daheim zu jeder Zeit den gestrigen Tag und das heutige Datum nicht wissen, wie hier im Dorf die meisten Hüttenarbeiter.

Den Abendzug aus der Ferne gehört. Die Mauern in ihrem Mittelalter hören uns zu, wie wenn alles schon gewesen ist. Seit Jahrhunderten. Eine Kette klirrt, Dachziegel klappern und Wetterfahnen. In den Ställen die Ziegen drücken ihre Mäuler in den Lattentürspalt und horchen auf unsere Stimmen. Jede Witwe im Dorf hat zu ihrem Gram dazu eine Ziege. Im Oberdorf hat es die meisten

Witwen und Ziegen. Es heißt, daß die Ziegen den Blitzschlag zu lenken vermögen: daß er trifft oder nicht, je nachdem. Die Ziegen sind vernarrt in die Menschenstimmen. Allein jede Ziege in ihrem Stall, sie würden die ganze Nacht stehen und horchen und darauf warten, daß die Wörter über sie auch kommen, Nacht für Nacht. Als Erlösung. Die Kühe genauso, doch ohne Hoffnung, sind zu schwer und schlafen gewichtig darüber ein. Vielleicht ja in Wahrheit schlafen wir längst. Vielleicht ist das der Wind, der uns immer wieder ein Zipfelchen von unserem Traum hervorholen läßt, verstohlen, als ob wir ihn wie ein seidenes Tuch in der Tasche tragen, wie ein heimliches Messer. Und müßten uns jeden Augenblick neu vergewissern: noch da! Schon das eigenständige Holzfahren gegen Bezahlung ist ja so ein Traum von uns, aber altgeworden. Wir haben vor der Zeit zu oft schon davon gesprochen. Ist jetzt ungültig, null und nichtig. In der Stadt eine Lehre als Automechaniker, als Rundfunkmechaniker, nicht spüren den Gang der Zeit und jahrelang jeden Tag damit ausfüllen, daß man auf ein Motorrad hinspart, eisern. Groß genug, mit den Großen am Kreuz zu stehen. Im Frühling, im Sommer. Mitreden können, Eckstein rauchen, eine nach der andern, den Wochenlohn einstecken haben, ein Krösus, auf Geld nicht gucken, volljährig sein und ein Schifferklavier umgehängt, ein nagelneues Akkordeon. Im goldenen Licht. Wenn es dunkel wird, die nächste Packung Zigaretten aufreißen und übers Eck dann zum Keulerhoinrich. Aber werden wir denn in jedermanns Augen und bei uns selbst je auch nur fünfzehn? Nicht einmal die Alten, so versessen sie darauf sind, gewinnen beim Fußballtoto, wir hätten jede Woche die zugehörige Mark nicht. Und wenn du gewinnst: das Geld kriegst du frühestens erst mit einundzwanzig – das wäre schlimmer als gar nicht. Zehn Jahre lang die Sonntage in Lollar vorm Kino abstehen, Rex-Filmtheater, die besten, die *echtesten* Filme, einen Hauptgewinn und kein Eintrittsgeld haben im Regen. Schon dreizehn zu werden braucht soviel Geduld, man verliert sich ja selbst aus den Augen. Der heutige Abend. Mit steifen Knochen sich anders hinsetzen, Hirregott, und wieder von vorn anfangen: wir hätten längst heimgehen sollen! Und danebenstehen und frieren, gestern schon. Immer wieder nach dem Tuch in der Tasche tasten, jedesmal ein anderes Ende zu fassen kriegen und es doch nie zu fassen kriegen. Schon gestern nicht, Jahre und Jahre. Abende gibt es, Dämmerungen, da sehen wir ferne Länder am Himmel. Hier im Oberdorf, die Gassen biegen ab und laufen sich selbst davon, der Wind weiß den Weg nicht. Hier ist es bei Nacht so verwinkelt, du gehst und gehst und kommst dir am Ende unversehens entgegen. Da und dort: wie fremd, in Gottes Namen, wie fremd muß man sich noch werden? Aus Seide, zigeunerbunt, so ein Tuch in der Tasche – warum kann man es nicht herausziehen und entfalten mit gutem Gewissen? Ein beständiger Traum: wir sehen die Farben vor uns in der Finsternis leuchten wie Kirchenfenster, unzählige Abende, die nacheinander in uns verglühen. Nur inwendig so ein Zittern, mehr bleibt nicht. Daß wir endlich doch wüßten, es ist nicht nur so ein löchriger alter Lappen, mit dem man seit ewigen Zeiten seine Schultafel abwischt, das Fahrrad, den Himmel, die Schuhe putzt, vorher ein Spüllappen: grau oder gar keine Farbe. *Vorsichtig* davon anfangen und über Fahrradketten und Ölkännchen reden, da kennt man sich damit aus, weiß gleich jeder Bescheid. Immer stärker der Wind, kommt schnaubend dahergerannt und rüttelt an jeder Tür. Der Eine, der Andere sein und es selbst nicht recht wissen unter der Lampe. Wie tief unter Wasser tausendjährige Fische stehen wir stumm und haben keine Geschichte, Sylvesterkarpfen. Zum Stein werden zwischen den Steinen.

JOSEF WINKLER
Der Leibeigene

Als ich einmal, während der Knecht, der Homrgottfried, die Sportseite der Tageszeitung las, eine Illustrierte aus den sechziger Jahren, auf der John F. Kennedy abgebildet war, über seinen Lesetext schob, ihn aus der Zeile riß und fragte, ob er diesen Mann noch kenne, verhielt er sich ganz ruhig, klammerte sich fester an die Tageszeitung, damit ihm die Hände nicht ausrutschten. Ich spürte zweifellos, daß er aufgestauten Haß zurückhielt. Die Augengläser, die der zeitungslesende Knecht trug, gehören dem Ackermann und sind ein Erbstück seines Bruders, der in seiner Klagenfurter Wohnung im Suff gestorben ist und dessen Leiche erst entdeckt wurde, als sich sein Leichengeruch aus der Wohnung in die Gänge des Hauses drängte. Die Polizisten hielten ein Taschentuch vor die Nase, als sie die Tür aufbrachen. Bei den Bauern werden die Augengläser weitervererbt. Leere Bierflaschen und massenhaft Zigarettenstummel liegen in der Bude des Knechts herum. Um zu urinieren, geht er nicht aufs Plumpsklo oder in den Schnee hinaus, sondern kniet vor seinem Bett nieder, drückt die Eichel seiner Rute auf die Öffnung einer leeren Bierflasche und läßt die Zügel seiner Muskeln locker.

Bring mir noch ein Bier, sagte der Knecht und blickte erwartungsvoll den Ackermann an, der an seiner Speckjause herumschnitzelte. Natalija trat einen Schritt vom warmen Herd weg, hob ihren Trauerschleier und sagte in strengem Tonfall, Bring ihm kein Bier mehr, er ist ohnehin schon besoffen, schau ihn dir einmal an! Ich wollte die Trauerschleiertragende fragen, ob sie es nicht ungeheuerlich findet, wenn sie in Anwesenheit des Knechts in der dritten Person über ihn spricht, aber ich schwieg. Der Ackermann ging in den Keller und holte noch ein Bier. Bald darauf torkelte der Knecht über die beschneite Dorfstraße hinunter auf ein anderes Bauernhaus zu, um sich weiter mit Most und Wein zu betrinken.

Ich hatte mir am Abend die frische Milch aufgewärmt und zog die Schüssel, in der blasenartig die heiße Milch hochstieg, zum Herdrand, als mir der Ackermann eine Frage stellte. Er sagte, Hast du ...? Was habe ich? Hast du den Wodka ausgetrunken? Ich blickte verlegen und sprachlos vor mich hin, denn er fragte mich das erstemal in meinem Leben, ob ich, ohne zu fragen, sein Eigentum genommen habe. Er konnte sich nicht vorstellen, daß ich ein Dieb war und von ihm jahrelang Geld gestohlen hatte, um mir Bücher kaufen zu können.

Nachts stand der Homrgottfried auf, ging in die Küche und Speisekammer und trank heimlich sämtliche Spirituosenflaschen aus, die neben den Marmeladegläsern in den Stellagen standen. Als er, völlig betrunken, seine in Tabakqualm eingetauchte Bude mehr als vierundzwanzig Stunden nicht verließ, sagte Natalija, Vielleicht lebt er gar nicht mehr! Geh doch in seine Kammer, schau, ob er schon kalt ist, sagte ich. Natalija hob ihren Trauerschleier und schüttelte, während ihre Gesichtsnerven zuckten, dreimal langsam den Kopf.

Als er mehrere Tage lang, auch bei heftigen Schneefällen, nicht auf dem Bauernhof auftauchte, sagte die Trauerschleiertragende, Vielleicht ist er betrunken in einen Straßengraben gefallen. Sie wagte nicht zu sagen, Vielleicht liegt er tot und zugeschneit in einem Straßengraben. Die Worte Tod und Sterben wurden in der Familie höchst selten in den Mund genommen. Ob Natalija und Motria Angst hatten, daß diese Worte, sobald sie sie in den Mund nähmen, ihre Zunge abfaulen lassen würden und daß sie augenblicklich verstummen müßten? Als der Ackermann von Natalija hörte, daß der Knecht irgendwo im tiefverschneiten Straßengraben liegen oder betrunken in die Drau gefallen und bis ins Frühjahr hinein am

Flußufer unter einer Eisdecke hausen könnte, sagte er, während er seinen Kopf schüttelte, eine abwehrende Handbewegung machte, grinste und mir neugierig ins Gesicht blickte, Ist mir auch egal!

Auf der rechten Seite ihres Trauerschleiers, durch den sie auf ein mit roten Streifen durchzogenes Speckstück schaute, sah ich einen Kaffeeflecken. Es ist durchaus möglich, daß Natalija am Morgen, als sie das Frühstück einnahm, den Kuchen in den dunkelbraunen Kaffee tauchte und abwesend, durch den schwarzen Trauerschleier die Sonnenflecken auf dem Haus gegenüber anstarrend, vergaß, den Trauerschleier hochzuheben, den Mund öffnete und das Stück Kuchen, umhüllt vom Schleier, zwischen ihre Lippen schob. Wahrscheinlich hat sie den Kuchen ausgespuckt und ist, wie ich ihren Säuberungsritus kenne, sofort ins Bad gegangen, um die Kaffeeflecken so gut wie möglich auszuwaschen. An diesem Abend, vor der Stallarbeit, als Natalija ein großes Stück Speck teilte, kochte sie für den Knecht auch ein Paar frische Würste, die der Ackermann, Motria und Natalija nach der letzten Schweinsschlachtung gemeinsam gemacht hatten, und legte sie dem Knecht neben dem Speck und Emmentalerkäse aufs Schneidbrett. Der Ackermann kam zur Küchentür herein, setzte sich an den Tisch und begann, immer wieder gierig auf die Jause des Knechts blickend, an seinem Speck herumzuschneiden. Nachdem der Knecht, der mit dem Ackermann den ganzen Tag in den Auen war und Brennholz geschlägert hatte, mit dem Jausnen fertig war, ging er in den Stadel, um das Heu für die Tiere in den Stall zu werfen. Kaum hatte er die Küche verlassen, wandte sich der Ackermann an Natalija, die gerade die Herdtür geöffnet hatte, vor dem Loch hockte und das eine Holzscheit nach dem anderen in die Glut des Ofens schürte. Warum gibst du dem Menscher die guten Würstel, sagte der Ackermann, es reicht doch, wenn du ihm ein Stück Speck, Emmentaler, Brot und Bier gibst, du mußt ihm nicht auch noch die guten Würstel geben, wir haben sowieso nicht mehr viel! Natalija, deren Gesicht von der aus dem Herdloch strömenden Wärme ein wenig gerötet war, verdrehte ihren Kopf und starrte den Ackermann, ohne ein Wort zu sagen, durch ihren Trauerschleier an.

Der Knecht bekommt für seine Arbeit, die morgens im Stall beginnt und abends um halb sieben im Stall endet, nicht viel mehr als Zigaretten- und Trinkgeld. Als Zuschuß zu seinem Stempelgeld, das die Knechte in den Wintermonaten neuerdings vom Staat bekommen, gibt ihm der Ackermann monatlich tausend Schilling. Der Knecht hat freie Kost und wohnt in einer Rumpelkammer. Das

Mißtrauen Motrias gegenüber dem Knecht ist so groß, daß sie abwehrte, als ich zu ihr sagte, daß sie ihn doch auf das Spülklosett im ersten Stock – wo sich auch ihr Schlafzimmer befindet, in dem die Brieftasche des Ackermanns ohnehin Tag und Nacht eingeschlossen ist – aufmerksam machen kann, damit er nicht aufs Plumpsklo gehen muß, an dessen gebrochener Fensterscheibe die Winterkälte Eisblumen fabriziert. Im Beisein Natalijas verwendete einmal Motria, als sie vom Knecht sprach, den abwertenden bäuerlichen Gesindeausdruck *Menscher*. Ich hätte es nicht gewagt, wenn der Ackermann anwesend gewesen wäre, den Zeigefinger meiner Pfote zu heben und moralapostolisch zu Motria zu sagen, Ich möchte nicht mehr hören, daß du Menscher zum Homrgottfried sagst! Lange genug haben die Bauern die Mägde und Knechte, ob aus dem Inland oder Ausland, als billige Arbeitskräfte benützt, haben diese Menscher in Rumpelkammern, Werkzeughütten, im Heustadel oder im Stall zwischen den Tieren übernachten lassen, von morgens bis abends geschunden, haben sie am Gesindetisch essen und es dort und da nicht zugelassen, daß die Menscher am Weihnachtsabend mit ihren abgearbeiteten und gefalteten Händen vor dem gemeinsamen Christbaum standen. Für die meisten Bauern waren die Knechte und Mägde nichts anderes als menschliche Werkzeuge der Hoferhaltung. Ich kenne in diesem Land wenige so verbitterte, abgestumpfte, zu Tieren reduzierte Menschen wie die Knechte und Mägde, aber bald schon werden die Mägde und Knechte ausgestorben, von den Fabriken und den Maschinen der Bauern verschluckt sein.

Die Mutter des neuen Dorfpfarrers wurde in Unterkärnten als Tochter einer Magd geboren, die – ausgestoßen von ihren bäuerlichen Brotgebern – ihr Kind im Stall zwischen den Tieren auf die Welt bringen und die ersten fünfzehn Jahre mit ihrem Kind im Stall schlafen, arbeiten und leben mußte. Das Mittagessen wie das Nachtmahl mußte sie ebenfalls im Stall einnehmen. Wenn ich könnte, sagte die achtzigjährige Mutter des Pfarrers kürzlich zu mir, würde ich mit meinen bloßen Fingern meine Mutter aus der Friedhofserde herauskratzen. Die alte Nachbarin des Ackermanns ist ebenfalls die Tochter einer Magd, die ihr Kind im Stall auf die Welt bringen mußte.

Der Kunstmaler Georg Rudesch erzählte mir, daß in Kärnten ein paar Bauern einen stockbesoffenen schwachsinnigen Knecht in einen Schweinestall gesteckt haben sollen. Am nächsten Vormittag, als der Knecht aus seinem ohnmachtsähnlichen Schlaf erwachte, stellte er zu seinem Entsetzen fest, daß die Schweine seine Hoden abgefressen hatten.

Der Ackermann erzählte, daß ein junger Knecht, der am Krampustag von einem Teufel mit einer Rute geschlagen wurde, vor Todesangst aus der Küche in den Keller hinuntergelaufen und sich schreiend auf einem Haufen keimender Erdäpfel gewälzt haben soll. Ein anderer an den *Spitzbartl* glaubender Knecht lief ins Schlafzimmer, verkroch sich hinter einem Kachelofen und sprach laut und weinend das Vaterunser. Vollkommen irritiert stand ein alter Knecht, der das erste Mal ein Radio sah, vor der sprechenden Maschine. Zur Belustigung der Bauersleute sagte der Bauer zum Knecht, Sag dem, der da drinnen redet, daß er den Mund halten soll. Der Knecht trat nahe an das Radio heran und schrie mehrere Male, Halts Maul! in den Lautsprecher hinein.

Im Aifersdorfer Gasthaus saßen ein paar Mädchen und Burschen, die sich, unter dem Vorwand Witze zu erzählen, über einen Knecht, der das begrenzte Vokabular eines vierjährigen Kindes hatte, lustig machten. Auf welchem Bauernhof arbeitest du eigentlich als Knecht? fragte ihn einer der Jungen. Du schäbiger Bursche du, sagte der Knecht, ich bin der Oberverwalter, ich bin kein Knecht, ich werde dich anzeigen, ich bin der Oberverwalter, ich bin kein Knecht, du schäbiger Bursche du. Ich weiß aber, wo du als Knecht arbeitest, rief einer der Jungen. Beim Mahd bist du Knecht! Du Lump, rief der Knecht, jetzt hast du mich verraten, du schäbiger Bursche du. Heftig fluchend und gestikulierend verließ der Knecht das Gasthaus.

Die spottbilligen Knechte, Mägde und Bauernsöhne, die auf den Bauernhöfen gearbeitet haben, sind in der Zwischenzeit in die Fabriken abgewandert. Sie werden ans Fließband gestellt, obwohl sie mit der Sense und mit der Sichel umgehen können, obwohl sie mit dem Traktor fahren, obwohl sie alleine ein Kalb aus dem Leib einer Kuh ziehen können und wissen, was zu tun ist, wenn die Stute ein Fohlen erwartet, obwohl sie wissen, wann und wie der Winterroggen auf dem Acker angesät wird. Sie müssen in einer Fabrik die eine nach der anderen Konservendose in eine Schachtel klauben, obwohl sie ein Schwein schlachten und in seine Einzelteile zerlegen können, obwohl sie wissen, in welche Richtung nach ihren Axtschlägen der Baum fallen wird. Obwohl sie mit der Melkmaschine umgehen können, wissen, wann ein Tier fieberkrank ist und wie es behandelt werden muß, obwohl sie wissen, wie das Mähwerk an den Traktor montiert wird und wann das Getreide eingebracht werden muß, werden die Bauernsöhne den Fabriken gefüttert. Mit ihrer Arbeitskraft kaufen sich die Industriemanager ihre Zweithäuser auf dem Land und siedeln sich zwischen den Bauernhöfen an. Das Geld, das die Bauernsöhne in der Fabrik verdienen, brauchen sie für Alkohol und für ihr Auto, mit dem sie tagtäglich bis in die späte Nacht hinein aus dem Dorf flüchten.

In der Ortschaft, wo Warwara Wassiljewna wohnt, hatte eine Bergbauernfamilie – ich sage es märchenhaft – eine Magd und einen Knecht, die in ihren Gesindestuben, auf Zehenspitzen trippelnd, zueinander fanden. Im Verlauf von vier Jahren wurden in der Kammer der Magd fünf Kinder entbunden. Die Bäuerin dieses Hofes erzählte mir, daß sich die Magd um ihre Kinder kaum gekümmert, daß eigentlich sie, die Bäuerin, die Kinder der Gesindeleute aufgezogen hatte, bis der Knecht in einer Kärntner Bauernzeitung die Anzeige las, daß im naheliegenden Döbriach ein Traktorfahrer gesucht wird. Die Bergbäuerin hatte bereits im ersten Stock der dem Haus gegenüberliegenden Holzhütte ein Matratzenlager errichtet, in dem die größer werdenden Kinder des Gesindeehepaares übernachteten. Der Knecht machte den Traktorführerschein, bewarb sich um die Stelle und zog mit seiner Familie zu seinem neuen Arbeitsplatz nach Döbriach. Als ihre mittlerweile zwölf Kinder, die Mädchen wie die Buben, das zehnte Lebensjahr erreichten, wurden alle von der Villacher *Fürsorge* als Kindermägde und Kinderknechte auf Kärntens Höfe geschickt. Eines dieser Geschwister war der siebzehnjährige Robert, der in meinem Heimatdorf bei einer Bauernfamilie als Knecht lebte und Maurerlehrling war. Robert erhängte sich gemeinsam mit Jakob an einem dreimeterlangen Kalbstrick im Pfarrhofstadel. Zehn Zentimeter über dem Erdboden hängend, ineinander verkrallt, mit steifen Ruten, reckten die Erhängten den Dorfbewohnern ihre Zunge. Keine zwei Monate später erhängte sich Roberts Bruder in einem Fichtenwald. Die beiden Brüder liegen nebeneinander auf dem evangelischen Friedhof in Feistritz. Ich bin einmal durch den großen Friedhof geirrt, um ihr Grab zu suchen, fand es aber nicht. Die Magd, die *arme Haut*, so erzählte mir die Bergbäuerin, pflegt jetzt auf rührende Weise die Gräber ihrer beiden erhängten Söhne. Auf ihren Gräbern blühen im Frühjahr die Stiefmütterchen und die blauen Vergißmeinnicht.

GABRIELE ECKART
Der Dichter

Er ist kein Nutztier
Ein Däumling versekotzend
Holzwurm im Gebälk des Staats
Ersehnte Attraktion von Schaubudenbesitzern
So wie er von Minne singt
Wenn er nicht Handstand macht auf Demarkationslinien
Oder Spagat Für Reckübungen ist er ungeeignet
Ständig stöhnt er wie eine Pflanze in einem zu engen Topf
Und dreht eine Nase
Unserer Heiligen Inquisition
In die Weihestunden verrichtet er seine Notdurft
Fahrlässig In Andachtsübungen wie Kriegsberichterstattung
Er ist kein Historienmaler
Er macht Schnörkelwerk
Hokuspokus
Nicht mal als Flaschenetikett verwendbar
Dieser Nachtvogel
Wenn er nur nicht Brunnen vergiftet
Gegen ihn ist kein Kraut gewachsen
Daumenschrauben und Plätteisen der Zensur
Er erklimmt einen Mondstrahl
Wirft einen Knallfrosch aus dem Tartaros
Ohne Gewerbeschein
Bei anhaltender Bewölkung verkriecht er sich
Umschleicht uns wie der letzte Mohikaner
Dieser Habenichts
Ein Dienstbehinderer
Mit seinen Ansagen: Blasphemie
Ein Maskenfest nennt er das Leben
Bisweilen eignet er sich als Karussellfigur
Eine Meerkatze
Bevor er sich selbst auf den Rücken springt
Und die Sporen gibt
Mit einem prähistorischen Furz
In unsere Blechmusik Er nennt es Lamento
Dieser Ritter von der traurigen Gestalt
Verbannt soll er sein auf die Teufelsinseln
Mit seinen Wünschelruten Und wenn es nichts nützt
Einen Silberling für seinen Skalp!

Michael Wüstefeld

Ich lese
irgend so einen alten Dichter
und frag mich warum
kennt der die gelbe StandSeilBahn nicht
Dabei hat der so schöne Verse
In meiner Seele baute ich eine Stadt aus Glut
während ich sitze
und im Kaffee rühr
eine halbe Stunde am Tag
in DresdenLoschwitzKörnerPlatz
in meiner Stadt die baute sich aus Glut
bei meiner Seele
eß ich jetzt SpritzKuchen
und grüße die Alten die ich nicht kenne
die WindBeutel oder PücklerTorte
in sich hineinstopfen
und zu meinem Gruß vollen Mundes nicken
während ich bei ihnen sitze und im Kaffee rühr
lese ich irgend so einen Dichter
Warum kennt der die SeilBahn nicht
Dabei schrieb er den Vers
Lust zu enden zu dauern
und meinte van Gogh in Arles
während die Fahrt der Bahn dauernd endet
während den Kaffee ich andauernd umrühre
während die Alten sich dauernd den Mund stopfen
während Dichter ich andauernd lese
während ich nicht enden wollend daure
wie die Bahn beschreibt
Die Lust des Endens und Die Lust des Dauerns
dabei schreibt sie einen schönen Vers
während ich im Café sitze
und irgend so einen Dichter lese
der die gelbe Bahn nicht kennt
die sich herabläßt zu uns
die wir uns nicht mehr herablassen
die sich die GegenBahn hinaufzieht weg von uns
die wir uns nicht mehr herausziehen
aus den Worten so vieler Dichter
während ich im Kaffee rühr

düst eine Iljuschin flach über die Häuser
singen die Tassen unter der KaffeeMaschine
klirren die Löffel auf den UnterTassen
zittert das SchokoladenMädchen an der Wand
und in den Augen der Alten die Angst

Gerald Zschorsch

Maulhure

Ein dünner Grat. In offensiver Gangart Kippe: Balance.
Entlang, hin ans andere Ufer.

Didaktischer Kitsch steht Spalier. Handschmeichler öffnen Fäuste.
Eine Maulhure begrüßt. Und bietet mit dem Mund das Neueste.

Niet- und nagelfest. Hirngespinst stolpert ins Loch.
Eine Leiche ist eine Sache. Eine Angelegenheit doch.

Akademie

Ein deutscher Dichter, dem Realismus verpflichtet,
schreibt im Auftrag der Sektion Dichtung ein Gedicht.
Das Bergwerk: Rumpel die Pumpel
Weg warn die Kumpel.

Ramsch

Übersetzer aus dem Deutschen ins Deutsche der Sprache.
Kern der Mitteilung ist
das Unmittelbare. Das Wahre sind Worte.
Der Stoff der Dinge teilt sich mit
und benennt in Namen oder durch diese hindurch
den Gegenstand, die Sache, den Adressat.

Ror Wolf
Mehrere Männer

Der Versuch, sich den hiesigen Verhältnissen zu entziehen, trieb einen Mann aus dem Land. Er erhob sich von seinem Tisch, aber bevor er ging, suchte er etwas zum Fortgehen Wichtiges in seiner

Hose; ich weiß nicht mehr was, er fand es auch nicht; dagegen fand er etwas, das er schon lange gesucht hatte und das er zum Hierbleiben gut verwenden konnte. Danach setzte er sich und blieb. Mit den hiesigen Verhältnissen fand er sich ab.

Zwölf Uhr nachts kam ein Mann auf die Idee, die Welt zu verändern. Er saß etwa sechstausend Meter weit in der Ferne und starrte hinauf in den Himmel, der ebenso schwarz war wie seine Gedanken. Im folgenden Jahr versuchte sich, einem Bericht Schmelzers zufolge, ein Mann in die Lüfte zu schwingen, in aller Stille, im Gummimantel. Im gleichen Bericht erfährt man von einem Mann, der sich im März beim Hinaustreten aus seiner Wohnung schnell um die eigene Achse dreht, damit ihn der mutmaßlich wehende Wind von allen Seiten bestreichen konnte. In allen drei Fällen handelt es sich um den Reisenden Stein, den ich auf der französischen Insel Batz traf und in ein langes Gespräch verwickelte. Der Atlantische Ozean lag wie gefroren da. Das Essen war nicht besonders. Nach dem zweiten Gang ging ich fort, zurück in die Heimat, um das, was ich damals erlebt hatte, niederzuschreiben.

Einem Eisenbahnreisenden, der sich auf einer Vergnügungsreise nach San Francisco befand, wurde, als man gerade durch ein wüstenähnliches Gelände fuhr, ein frischgeschossener Regenpfeifer serviert. Der Mann, ein Angestellter der Handelskammer von Cincinnati, hatte schon eine ganze Weile die Bequemlichkeiten des Sitzens genossen, die Geschwindigkeit und alle Annehmlichkeiten der Eisenbahn; nun begann er, sich mit Behutsamkeit dieser Mahlzeit zu widmen. Beim Dahinfahren bemerkte er im Coupé, auf der Bank gegenüber, eine hübsche holländische Witwe, die eine augenblickliche Abneigung gegen ihn faßte und sich seinen Annäherungsversuchen hartnäckig widersetzte. Deshalb gab er sich in der Nähe von Salt Lake City dem Glücksspiel hin, spielte mit gezinkten Karten, gebrauchte sie aber auf eine so leicht durchschaubare Weise, daß er sich bald gegen seine empörten Opfer zur Wehr setzen mußte, und zwar mit Fäusten, Pistolen oder einfach dadurch, indem er den Kopf senkte und derart auf seine Mitreisenden einstürmte, daß er einen von ihnen mit einem Stoß in den Magen tötete. Im Laufe der Zeit wuchs das allgemeine Mißvergnügen, die Zahl seiner Gegner wurde so groß, daß er schließlich im Kugelhagel aus dem fahrenden Zug springen mußte. Auf einem von Wind und Regen gepeitschten Bahnsteig sah man ihn später erschöpft auf dem Koffer hocken. Die Enttäuschungen ließ er sich aber nicht anmerken.

Nun springt mit Pfeife und Frack ein Mann von der Brücke in San Francisco. Der Mann heißt Körk und verläßt diese Welt, von der er nichts hält, mit einem ungeheueren Platschen. Er läßt nichts zurück als einen beschriebenen Zettel; aber die Worte, die darauf stehen, kann man nicht lesen, er hat eine schlechte Handschrift. Wo wollen Sie hin? soll man Körk gefragt haben, bevor er hinabsprang. Das sehen Sie doch, soll er geantwortet haben. Mehr ist von diesem Fall nicht bekannt. Es ist ohnehin schon fast dunkel geworden.

Meine Leser erfahren an dieser Stelle womöglich zum ersten Mal etwas von Neumann. Neumann war groß, das ist wahr, ich kannte den Mann, habe ihn allerdings aus den Augen verloren. Daß ich auch Hartmann kannte, wird meine Leser vielleicht in Erstaunen versetzen, obwohl ich mich kaum noch an ihn erinnere; er war noch größer als Neumann, das spielt aber keine Rolle, es ist wirklich nicht nötig, darüber zu sprechen. Ich möchte überhaupt, um Enttäuschungen zu vermeiden, darauf hinweisen, daß ich mehrere große Männer kannte, von denen ich das, was der Rede wert wäre, vergessen habe. Lehmann zum Beispiel, er war ein Freund verblüffter Gesichter, er ließ, nur um ein verblüfftes Gesicht zu sehen, Leute mitten im Schlaf verhaften und abführen. Das verblüffteste Gesicht machte allerdings Lehmann selbst, als ich mich schließlich entschloß, die Worte: Ich habe Lehmann vergessen, niederzuschreiben. Danach vergaß ich den Mann. Ich habe auch Hauptmann vergessen, den man vor Jahren den deutschen Hofmann genannt hat, und Hofmann vergessen, der manchmal mit Baumann verglichen wird. Baumann habe ich auch vergessen. Unvergeßlich ist mir dagegen Beckmann geblieben, das ist nur ein Beispiel; auch Reimann, ein weiteres Beispiel. Der Mann war so grundsätzlich von der Dunkelheit der Welt und seiner eigenen Verlorenheit überzeugt, daß er in jedem denkbaren Mißgeschick den Beweis für seinen bevorstehenden Untergang sah. Er geriet in große Erregung, wenn sich ihm beispielsweise ein Mensch mit einer angesteckten Zigarre näherte, und es kam vor, daß er auf eine solche Zigarre zusprang und sie aus dem Mund herausriß. Die Folgen ertrug er gefaßt, doch auch Reimann wurde eines Tages vergessen. Nicht viel besser erging es Lohmann. Lohmann versuchte die Aufmerksamkeit auf sich zu lenken, indem er die Frau einer hochgestellten Person durch Leidenschaftsbriefe, heftiges Nachreisen und Hutschwenken belästigte, aber darüber rede ich nicht. Lohmann war nicht beliebt, ging unter und wurde vergessen. Der Liebling des Publikums dagegen war Schumann; nicht etwa wegen seines Sieges am Seitpferd, sondern aufgrund seiner kräftig ausgebildeten Füße. Sobald er erschien, rief man: Bravo, Schumann. Überhaupt hat sich Schumann durch seine vorzüglichen Sprünge die größte Achtung erworben, obwohl man auch das schon vergessen hat, vermutlich weil der Geschmack der Leser sich fortwährend ändert. Vielleicht ist jetzt nicht der Moment, davon zu sprechen, aber schweigen möchte ich auch nicht.

Gert Hofmann
Unsere Vergeßlichkeit

9
Also, Quatember, ich komme. Aber in was für eine Lage hast du mich gebracht! Indem du in mein dampfendes Gehirn diese Frage hineingelegt hast. Und ich in der mir bis zur Verlorenheit fremden Stadt F. wie in einer gelbglühenden Falle und weiß weder, wo die Lindenstraße, noch wo der Zoo hier ist. Neben einem, der zwar vorwärts läuft, doch für mich nicht schnell genug, weil ich wissen will, was für einen Roman ich an meinem Fensterbrett eigentlich geschrieben habe. Dessen Held Fuhlrott – falls Quatember den Namen läßt – im Verlauf seines eingeengten, geduckten und verschüchterten Lebens, so wie wir es am Rande der Weltgeschichte in diesen Jahren alle führen, eines Tages – er ist eben dreiunddreißig geworden – die Feststellung macht, daß er sich an eine kleine, möglicherweise soeben abgeschlossene und übrigens belanglose Verrichtung nicht mehr erinnert. Er weiß nicht mehr, hat er das Sofa, auf dem er so oft sitzt, eben abgestaubt oder nicht. Eigenartig, denkt er und setzt sich auf den Stuhl am Fenster, von dem aus er seine Möbel gut überschaut, und fragt sich: Habe ich nun, ja oder nein? Und schaut mit Bestürzung, die ich von allen Seiten beschreibe, plötzlich – hier erlaube ich mir eine meiner ganz seltenen Metaphern – *in den Abgrund*, der wahrscheinlich schon die ganze Zeit neben ihm geklafft hat, nur hatte er ihn bisher nicht wahrgenommen. Bei mir heißt er das *Vergessensloch*.

Also gut, sage ich zu dem Mann neben mir, der Reißer oder Reizer heißt – ich haben den Namen, weil er so verwaschen redet, nicht verstanden – und der von meinem Roman bis jetzt nicht viel begriffen hat und, wie der Vater, wohl auch nicht begreifen möchte. Sondern er starrt mich, weil ich von meinem Roman wie von etwas

Vorhandenem rede, ungläubig an, weil er ihn in der abgeschlossenen Organisation der Welt, die längst eine Haut um sich gebildet hat, natürlich für unerwünscht hält. Im Grunde, sage ich, ist die Welt für Sie doch ein nach außen abgeschlossener Organismus, der, wie alle abgeschlossenen Organismen, dazu neigt, alles Neue, das in ihr noch keinen Platz hat, wieder auszuspeien, oder?

Wie, fragt er.

Ich meine, sage ich, daß in der Welt, so wie Sie sie sich denken, so ein vorläufiger und noch unbewährter und an den Rändern noch offener und durchlässiger Organismus, wie es mein Roman ist, kein Unterkommen hat. Sie wissen nicht wohin damit. Das gilt natürlich auch für die einzelnen Teile dieses neuen Organismus, wie zum Beispiel das Vergessensloch, es paßt noch nicht hinein. Übrigens auch in den Augen meines Vaters nicht, der einen ganz ähnlichen Begriff von der Welt und auch eine ganz ähnliche Stimme hat wie Sie, besonders in den höheren Lagen.

Wieso, fragt Reißer oder Reizer.

Also gut, sage ich und wische mir mit dem Arm den Schweiß von der Stirn, ich werde Ihnen den Abgrund schildern. Wie Sie sehen, Herr Reißer, sage ich, während ich sozusagen aus allen Knopflöchern meines Hemdes und meiner Hose heraus schwitze, habe ich für meinen Roman mit Absicht ein scheinbar banales, auch ganz unzeitgemäßes und sozusagen privates Ausgangsmotiv gewählt, was aber kein Fehlgriff ist, ganz im Gegenteil. Die Bewegung des Abstaubens, mit einem Staubbesen in der Hand, so, sage ich und mache Reißer oder Reizer die Bewegung vor, so gut mir so eine Bewegung im Gehen und bei dieser Hitze möglich ist, denn die Hitze nimmt ja ständig zu. Ja, vergessen wir das nicht, die Hitze nimmt zu und wird auch weiterhin zunehmen. Und diese Bewegung, sage ich, ist natürlich eine routinemäßig eingeübte, flüchtige und sozusagen unbewußte oder geistlose Bewegung, an die Fuhlrott sich plötzlich weder mit dem Erinnerungsvermögen seines Kopfes noch mit dem seiner Hand erinnert. Doch vielleicht spielt sich der größte Teil unseres Lebens sowieso ohne diese Spiegelung ab. Wozu Bewußtheit und Erinnerung, sind sie nicht überflüssig? Trotzdem: Hat er sein Sofa nun abgestaubt, oder hat er nicht, will er wissen, also etwas Banales, wie Sie sehen, aber da erschrickt der Held meines Romans plötzlich auf eine, das gebe ich gerne zu, für die Banalität des Problems vielleicht übertriebene, ja fast schon jenseitige Art. Aber in der Literatur, besonders in Romanen, muß ja übertrieben und alles ins Metaphysische hineingetrieben werden, das liegt so in ihrer Art.

Ohne Übertreibung und ohne das Metaphysische wäre kein Roman, wäre keine Kunst möglich, die Übertreibung ist ja die Kunst. Weil mein Held Fuhlrott nämlich, erzähle ich meinem billig, doch bequem und wie von der Caritas eingekleideten Begleiter, von dem Gedanken ausgeht, daß etwas, das er soeben getan hat oder das er soeben gewesen ist, an das er sich aber nicht erinnert, gewesen ist wie etwas, das er nicht getan hat, das er nicht gewesen ist, und darüber, Herr Reißer, erschrickt er. Denn wenn nicht einmal *er* weiß, was oder wie er gewesen ist, oder wie oder was er getan hat ... Ja, wenn mich doch wenigstens jemand beim Staubwischen gesehen hätte, sagt er sich und sitzt, die Hand auf die *vielleicht* abgestaubte Sofalehne gelegt, tief in Gedanken da, da könnte ich ihn jetzt fragen: Habe ich nun, ja oder nein? Und mir die Sache erklären lassen und sie rekonstruieren und das Vergessensloch mit seiner Hilfe sozusagen von außen verstopfen. Aber unglückseligerweise ist Fuhlrott wie meist allein in seinem übrigens auf den Hinterhof gehenden Junggesellenzimmer gewesen, und keiner hat ihm beim Staubwischen zugesehen. Und er sagt sich, unter steigender Angst natürlich, ja, Fuhlrotts Angst, die steigt und wird von nun an ständig steigen, so daß sein ganzes Leben, wenn er nicht achtgibt, am Ende aus einer steigenden Angst, will sagen: aus lauter Momenten bestanden haben könnte, die alle ebensogut nicht gewesen sein könnten oder waren, wie dieses Wischen über das Sofa hin, weil sein ganzes Leben dann eine ebenso routinemäßige und sozusagen geistlose Bewegung gewesen wäre, ein Wischen über die Erde hin, doch das will er nicht, und daher die Angst. Weil sein ganzes Leben, wenn er nicht achtgibt, und Zeugen hat er keine, eines Tages, sage ich, wie nicht gewesen sein könnte. Um aber auf die Ursache oder besser: den Zweck, will sagen: die Absicht meines Besuches hier in F. zurückzukommen, sage ich, nach der Sie mich fragten und ...

Sie suchen die Lindenstraße, sagt er.

... und die eng mit meiner VERGESSLICHKEIT, deren Anfang Sie jetzt kennen und die sich mit der Frage der Wahrnehmung oder sagen wir ruhig, den Grenzen des Menschenkopfs beschäftigt und in Quatembers Reihe paßt. Mein Roman, Sie erinnern sich, sage ich. Denn das Aussprechen meiner Gedanken, wenn nicht ihr Denken selber, sei es der Eisenspitze wegen, die Reißers Stock nun hat, sei es auch der Hitze wegen, die ständig weiter steigt, ist plötzlich sehr schwierig, sehr beeinträchtigt und wird, fürchte ich, noch schwieriger, noch beeinträchtigter werden.

Ein Roman, ruft Reißer.

Dieser hier, sagte ich und lasse ihn in meiner Doktortasche klappern.

Richtig, ich erinnere mich.

Nicht wahr. Und daß ich Sie, als ich Sie sah, gleich mit hineinnehmen wollte.

Ja, ich erinnere mich.

Sehen Sie, sage ich. Und wie ich Ihnen dann sagte, daß das die falsche Frage war, weil ich eigentlich fragen wollte, wo hier die Seidelstraße ist?

Die Was?

Verzeihung, die Lindenstraße.

Ja, ich erinnere mich.

Sehen Sie. Und dann haben Sie mich an Ihr gutes Ohr geholt und gefragt, was ich da suche. Erinnern Sie sich?

Und warum wollten Sie mich in Ihren Roman hinein ...

Warum?

Ja, warum?

Und ich denke, es wird schwierig sein, mit ihm zurechtzukommen. So wie es schwierig sein wird, deine VERGESSLICHKEIT zu rechtfertigen, sondern einsichtslos wirst du vor Quatember stehen. Und tue nun so, als ob sich seine Frage, warum ich ihn in den Roman hineinnehmen wollte, am besten mit einer nochmaligen Skizzierung meines Romanbeginns beantworten ließe. Als hätte er mich nicht nach sich selber, sondern nach dem Gang meiner VERGESSLICHKEIT gefragt. Deren Held Fuhlrott, Sie erinnern sich, sage ich, weil ich Reißer, wenn ich ihn schon nicht in meinen Roman hineinstecken kann, so doch lose mit ihm verknüpfen möchte, sich eines Abends im April nicht erinnert, ob er sein Sofa abgestaubt hat, ja oder nein, sage ich.

Das Schleifen, das Wetzen unserer Füße auf dem staubigen Trottoir, der Himmel offen, wenn auch unerreichbar, kein Wind über den Hochhausdächern, die in der Sonne glühen. Nur hie und da ein Ehepaar, das schweigend aus dem Fenster hängt, oder, absichtslos hingestellt, ein Baum mit starren Blättern. Aber in meiner VERGESSLICHKEIT haben selbst die Bäume ihren Sinn.

Hans Joachim Schädlich
Ostwestberlin

Wo fängt der Qdamm an? Der Qdamm fängt mit 11 an Wo sind 1 bis 10? Im EuropaCenter der Eisverkäufer von Mövenpick Das weiß ich nich Wir gehörn zum Tauentzien Ich glaub der Qdamm fängt bei der Gedächtniskirche an Vielleicht ist die Gedächtniskirche so blasphemisch daß sie 1 bis 10 für sich alleine benutzt

Die Verkäuferin im Vorraum der Gedächtniskirche Das hab ich mich noch nie gefragt Ach Gott vom Himmel sieh darein Aber das Gemeindebüro ist in der Lietzenburger 39

Der Polizist neben der Gedächtniskirche Die Gedächtniskirche hat keine Hausnummer Das braucht die auch nich Der Qdamm fängt mit 11 an 1 bis 10 sind im Krieg GehnSe mal rein Alles vergeht Das war wartenSe mal 1943 Am 23. November Christus ist der rechte Arm abgebrochen

Qdamm 11 hat keine Tür Das heißt Aber am Breitscheidplatz Ecke Tchibo Nanunana Wolsdorf Camelcamel Il pomodoro Hemden 29,– DM Lichtkreis Christi Die Neue Bibel ist keine neue Übersetzung des Alten und Neuen Testaments sondern eine NeuOffenbarung Gottes des Herrn zur Rettung des ganzen Menschengeschlechts Die Neue Bibel ist erhältlich in der Versandbuchhandlung Die Neue Bibel 29,– DM Karavan Döner im Fladenbrot 3,50 DM 80 Sitzplätze Einmalig Geöffnet von 10 bis 24 Uhr Auberginen gefüllt mit Hackfleisch 7,50 DM Im Keller Bauchtanz mit Live Musik wegen Urlaub geschlossen Besuchen Sie das Haus am Checkpoint Charlie täglich daily chaque jour Vier Ausstellungen Die Mauer vom 13. August bis heute Geteilte Interpretationen Maler sehen die Mauer Berlin von der Frontstadt zur Brücke Europas Von Gandhi bis Walesa gewaltfreier Kampf für Menschenrechte Sparkasse Berlin Eine große Stadt mit Vertrauen in die Zukunft Berlin denkt voraus Besuchen Sie das Marmorhaus Nr. 5 lebt Freigegeben ab 6 Jahre Hochzeitsnacht im Geisterhaus Freigegeben ab 12 Jahre Poltergeist Zwo Freigegeben ab 16 Jahre Der CityHai Freigegeben ab 16 Jahre Gandhi In allem Wechsel und Wandel ist ein Gesetz wirksam eine Ordnung ohne Willkür der eine gleichbleibende und sich selbst erhaltende Kraft zugrundeliegt In ihr erkenne ich Gott

Das heißt Qdamm 11 am Qdamm besitzt erstens einen Eingang in die CityMusik Zweitens einen in den FlaconParfümerie Discount Es ist nicht zu glauben, daß Markenparfums hier einfach billiger sind NagelundWimpernstudio Drittens einen in die SchmuckVitrine Mineralien Japan Zuchtperlen

TOPgloriasnack Qdamm 12 Kommen abholen ofenfrisch genießen Ab 7 Uhr geöffnet Frühstücken kein Problem Herr Schott bestellt eine Folienkartoffel mit Schmant und krossen Zwiebeln sowie einen Irish Coffee in welchem sich vier Zentiliter Tullamore Whisky befinden Macht Die Musik ist ein wenig laut Herr Schott sagt Wieviel Ich kann Sie nich verstehen Der Schnauzer hinter der Kasse Müssen Sie auf die Kasse gucken ich hab keine Lust hier rumzubrüllen Zehn Mark sagt Herr Schott

Gloria Hier entstehen im öffentlich geförderten Wohnungsbau 39 Wohnungen Eltern haften für ihre Kinder Gewerbeflächen in der zweigeschossigen Passage Wiederherstellung des Filmtheaters GloriaPalast

Die Farbe des Geldes Ein Film von Martin Scorsese Mit Paul Newman und Tom Cruise

Am Schaukasten Gloriette sitzt ein junger Bettler mit rostroten Locken und rostrotem Vollbart

Mister Postman leert die Briefkästen am Eingang Ubahnhof Qdamm Es ist 16 Uhr 55 Briefkastenleerung Mo-Frei $8\frac{1}{2}$ $12\frac{3}{4}$ $15\frac{1}{2}$ $16\frac{3}{4}$ 18

Ein Ehepaar beobachtet ein Baby Der Mann Guck ma die steht schon die ganze Zeit da das is eine Die Frau Glaubst du? Das is doch nochn Kind Der Mann Warum steht die denn sonst die ganze Zeit da Der Kunde Du wirst sein wie ein bewässerter Garten Jesaja achtundfünfzigelf Das Mädchen Nach dir Herr verlanget mich

Am Ubahnhof Qdamm ist ein Omnibus abgestellt Telefon 88 42 07 11 Start direkt am ZooPalast BigCity Tour 11 Uhr 13 Uhr 30 16 Uhr 17,– DM Mit Blick über die Mauer Achten Sie auf die Befolgung der Regel Anruf Warnschuß Zielschuß Nur so ist zu erwarten daß das deutschdeutsche Verhältnis sich wesentlich bessert BusundSchiffstour 13 Uhr 30 27,– DM Vorbei an der Bedenkstätte Plötzensee Holiday Sightseeing Berlin Ihr Partner Berlin Exclusiv by Night 20 Uhr 89,– DM inklusive Dinner Illuminationstour 2 Getränke nach Wahl BerlinMenü Revueprogramm La vie en rose bestehend aus VorHauptundNachspeise WestBerlinSupertour 10 Uhr 14 Uhr 30 22,– DM Potsdamer Platz mit Stop Vorbei die verträumten Ufer unserer Havel Nofretete inbegriffen Große OstBerlinTour 10 Uhr 14 Uhr 30 24,– DM Kein Mindestumtausch OstBerlin greifbar nah Bauwerke in ihrem Originalzustand Bundesbürger und Ausländer benötigen unbedingt einen gültigen Reisepaß Westberliner ein gültiges Visum UnternLinden das ehemalige Zeughaus die HumboldtUniversität die Staatsoper das BrandenburgerTor eine Kaffeepause wie es früher einmal war Berlin eine Stadt die es wert ist Unser erfahrenes Incoming Team Gönnen Sie sich ein paar schöne Stunden Lassen Sie sich in einem unserer vollklimatisierten Busse verführen

Wo ist jetzt wieder die 13? Qdamm 14/15 war Pientka In obigem Betrag sind 13 % Mehrwertsteuer enthalten und 14/15 war Mampes gute Stube Wicküler Pilsener ABS Abfall Boden Schutt

Die Streitkräfte Ihrer Majestät laden alle Berliner und Besucher zum Tattoo Vom Tauentzien kommen rote Waffenröcke schwarze Bärenfellmützen Pearly Kings and Queens Jagdhörner Dudelsäcke Blues and Royals Der Qdamm auf der rechten Seite ist gesperrt Ein Autofahrer beugt sich aus dem Wagenfenster Geht nach Hause Ihr stört den Verkehr

In der Tür der Theaterkasse CityCenter steht Lionel Richie und erklärt warum er bloß anruft Streifzüge durch die Mark Brandenburg Die herrlichsten Tagesausflüge in Berlins schöne Umgebung im Schaufenster The outrageous tour weil er sagen will Ick liebe dir

Pyramid und Morgenpost Noch über denen Bdzko Immobilien Informieren Sie sich persönlich Hier ein Angebot Dieser gediegene VollkomfortAltbau liegt nur wenige Schritte von Berlins Prachtboulevard dem Kurfürstendamm entfernt Hier und in vielen anderen Stadtteilen bieten wir Ihnen Eigentumswohnungen zum Selbstbezug oder als sicher vermietete Kapitalanlage

Nicht warten bis es zu spät ist Organisieren Sie sich gegen die Aufhebung der Mietpreisbindung Werden Sie Mitglied im Berliner Mieterverein

Die Liberalen fühlen sich den Hausbesitzern Grundeigentümern und Bauunternehmern verpflichtet

Kaufen Sie jetzt Sonst zahlen Sie 1995 im Weißen Kreis durchschnittlich 10,– DM Kaltmiete pro Quadratmeter in Klammern in 80 Prozent der Altbauwohnungen Dancing on the ceiling

Hotel Frühling am Zoo mit allem Komfort Bad Dusche Telefon Inhaber

Deutsches Reisebüro Eingang um die Ecke Joachimsthaler 38 Freie Fahrt für Kinder Kinder bis 17 Jahre in Begleitung mindestens eines Elternteils haben auf der Bahn freie Fahrt nach Jugoslawien Wir wollen daß Sie zufrieden sind 34 Kilometer südlich von Mombasa Ein neues Haus an der Diani Beach

Herr Schott überquert die Joachimsthaler und steht vor dem Haus Qdamm 18/19 merkur III Schwyzerland das ist das Kranzler Frühstück Kranzlereck Merkurkaffee aus der Schweizer Qualitätsrösterei Schwarzteespezialitäten Am Ecktisch der Mann zu der Frau Die Russen haben den Reaktor in Tschernobyl wie einen Samowar bedient haben die in dem Film gesagt Man trinkt Tee damit man den Lärm vergißt Milchgetränke Frappés Mixgetränke mit zartschmelzendem Eis Vanille Schoko Erdbeer und Milch Kalte Getränke Fruchtsäfte Südweine Apéritifs Whiskies Spirituosen Weinbrand Cognac Likör Irischer Kaffee mit irischem Whisky und deutscher Schlagsahne Schweizer Kaffee mit deutschem Kirschwasser Tee mit Rum Bier vom Faß Weine Sekt Champagner Eisspezialitäten Gegen eine Schutzgebühr von DM 10,– können Sie diese Liste erwerben Das Kranzler bietet Ihnen eine exklusive vergoldete quarzgesteuerte und numerierte

Das Tagesgespräch seit 1748 Villeroy & Boch Création Sonderangebot Tafelservice 16teilig für 6 Personen 569,– DM

Herr Schott welcher lediglich aus zwei Personen besteht wendet sich Süßigkeiten Der Presse und Souvenirs zu The Guardian Hannoversche Allgemeine Zeitung The Times Hamburger Abendblatt Kurier Stuttgarter Zeitung Financial Times Rheinische Post Daily Mail Westfälische Rundschau Sunday Telegraph Die Zeit De Telegraaf Tagesspiegel Neue Presse Stuttgarter Nachrichten Herald Tribune Bild Leiche zersägt Teile in Gefriertruhe Wahrheit Kaffee aus Nikaragua Kerzen aus der DDR Genosse sucht Wohnung Daily Express Tageszeitung Oase im Hirnriß Sunday Times Frankfurter Allgemeine HotelundGaststättenzeitung Wallstreet Journal Süddeutsche Zeitung Sunday Mirror Frankfurter Rundschau Le Soir Kölner Stadtrundschau Neue Zürcher Zeitung Westdeutsche Allgemeine BZ Millionen erkältet Jetzt hilft nur noch

Hennes&Mauritz suchen eine(n) Dekorateur(in) für Herrenhemd Pullover Blazer Hose zusammen 253,70 DM Bluse Pullover Rock Mantel 247,70 DM Die Freude am raffinierten Unterschied

Zeigen Sie nie daß Sie viel Geld dabei haben das lockt Räuber an Sondertarif 1,– DM auf Linie 19 und 29 zwischen Wittenbergplatz und Rathenauplatz

Pizza del Arte Täglich durchgehend Ohne Schuldgefühl essen Gamberetti gratinati con spinaci sind Crevetten auf Blattspinat mit Knoblauch überbacken mit Käse Béchamelsauce Gegrilltes Steinbeißerfilet mit Crevettenmuscheln und Sauce Choron dazu warmes Baguette Pomodori con mozzarella e basilico sowie schwarzen

Oliven Bitte verlangen Sie die Rechnung Kommentare sind immer willkommen

Alleinsein macht dick Langweiliger Mann sucht langweilige Frau Nicht einsam gähnen gemeinsam gähnen Nationalität egal Späteres Kennenlernen nicht ausgeschlossen

Linie 19 Grunewald Roseneck Linie 19N Cicerostraße Linie 29 Grunewald Roseneck

Masochistische Sadistin (Soziologin) sucht sadistischen Masochisten (Psychologe bevorzugt) SzeneTyp zwecklos Kennwort Kritische Sozialpsychologie

Frullati e Panini bietet Italiens beste Bohne Illy cappuccino für 3,50 DM Herr Schott will das In der Tür trifft er aber auf Herrn Knoll den älteren Tach Herr Schott Lange nich jesehn WissenSe noch Wir müssen ma wieder zur Beerdijung jehn Ach war det scheen

Herr Schott Jaja zieht sich in die Viktoriapassage zurück vorgeblich des Friseurs wegen Herren Trockenhaarschnitt 15,– DM Naßschnitt alles inklusive 25,– DM Strukturumwandlung alles inklusive 69,– DM Damen waschen und legen Kurzhaar alles inklusive 23,– DM Azubileistungen Mädchen schneiden waschen fönen 19,– DM Jungen 17,– DM

Knoll ist weg Herr Schott spiegelt sich im Fenster der Theater-Kasse Für eine Strukturumwandlung ist es alles inklusive zu spät mein Herr GehnSe ins Live Concert mit Jamaica Papa Curvin and Band Vier Schwarze und zwei Deutsche Weiße Zähne im schwarzen Gesicht Schwarze Zähne im weißen Gesicht Was ist das das Glück Rrrrrreggeggeggeggeggeggae Lautleise leiselaut das ist das This time is the right time Shit on this shooting Pack Shoot at this Herrscherpack Southafrica Afghanistan my Chile and Korea

Achtung Raucher Tschernobyl ist überall 250 Gramm Halfzware nur 14,50 DM

Die Wackersdorfgruppe führt eine Vorbereitungsundinformationsveranstaltung für Landkreisblockaden durch Die Verbraucher sind verunsichert wenn es um Strahlenwerte Becquerel geht Wir kaufen unsere Lebensmittel dort ein wo die niedrigsten Belastungswerte auftreten Wir haben sogar schon einmal eine bekannte Marke aus dem Verkauf genommen Cuba atomar? Protestbriefe an Doktor Fidel Castro palacio de la revolucion la Habana gegen AKWBau bei Cienfuego Montanus Bücher Zeitschriften Ein kostenloses naturHeft Ökologische Zusammenhänge verständlich illustriert Verseuchte Kinder und Arbeiter in Schottlands Wiederaufbereitungsanlage Nur nicht die Wut verlieren

Stottrop Nee sagt das Mädchen Ick nähe mir allet selber

Die Frau vor dem Hotel am Zoo zu dem Mann Ich werde zu dick Der Passant Ihnen fehlt eindeutig ein Fahrrad

Ha! Wüstenrot! Netter Franzose sucht Zimmer bei netten Leuten Schwule Wohngemeinschaft sucht fünften Mann

Asterix bei den Briten in der Filmbühne Wien Männer Machs noch mal Dad Sodbrennen

Berliner Runde Bräukeller Filmproduktion sucht 200 Kopfkissen für Filmproduktion Wer stellt seins zu Verfügung? Einladung zur Uraufführung garantiert

Besser Leben mit Design Staatliche vormals königliche Porzellanmanufaktur Hab ick allet selber Ich such ne Frau damit der Abwasch endlich mal wegkommt Rufen Sie uns an

Fotografieren ist wie flirten Die Pentax Zoom 70 erlaubt Ihnen stufenlose Annäherungsversuche Je näher desto Die Brennweite läßt sich per Motor variieren Von vorn bis hinten automatisch Der Blitz schaltet sich ein sobald Auf Wunsch blitzt es auch bei Schattenwurf Serienmäßig eingebaut der Selbstauslöser der einem 10 Sekunden Zeit läßt Und zum Schluß der Objektivschutz der automatisch zugeht und das kleine Wunderding vor Staub schützt Foto Wegert Radio Wir machen den sound für verwöhnte Schlappohren

Komm mal her Komm doch mal her Mensch Willste nich mitkomm Schatz? Laß dich doch verwöhn Müde biste? Ich mach dich schon munter Das is doch nich viel 80 Mark für ne ganze halbe Stunde ohne Gummi Mit Gummi 50 Nachher gehste zu deiner Frau und ruhst dich aus Ich mach alles Was willste mehr? Haste ma ne Zigarette? Wennde mit deiner Frau vorher essen gehst gibste auch 80 Mark aus Herr Schott sagt Nein

Vor der Bank für Handel und Industrie Qdamm Ecke Fasanen hält Herr Schott inne Er ist erst am Anfang behält sich Mitte und Ende vor überquert den Qdamm steht an der anderen Ecke Qdamm Fasanen vor dem Kino Astor hört Musik von Georg Philipp über der Tür von Kings Teagarden sagt Telemann betritt das Teerestaurant mit 170 Sorten im Ausschank verlangt aber nur 250 Gramm Earl Grey von Sir Winstons Tea Company

Auf der Höhe der Deutschen Bank Berlin welche soeben betreten wird vom Präsidenten des Deutschen Bundestages mit Gattin ohne Bewachung sagt der Herold der Christlichen Wissenschaft zu Herrn Schott daß Gott alles und die Materie nichts ist Leugne das Vorhandensein der Materie und die Furcht verschwindet Bei ein und demselben Menschen kann sich sogar die Einstellung des Augapfels so verändern daß verschiedene Brillenstärken erforderlich sind

Herr Schott weicht zurück strebt auf dieser Straßenseite in die Richtung aus der er gekommen ist Champagner und Meeresfrüchte Kaffee und Kuchen Café Leysieffer macht die berühmten Himmlischen in der ehemaligen chinesischen Botschaft Fantastische Pralinen mit schmelziger Füllung ChampagnerTrüffel Jamaica RumTrüffel CognacTrüffel ZimtTrüffel PfefferminzTrüffel NougatTrüffel CointreauTrüffel CaramelTrüffel PistazienTrüffel MoccaTrüffel Black&WhiteTrüffel WhiskyTrüffel VanilleTrüffel OrangeTrüffel

Im Durchgang der Diskothek Candy zum Chinarestaurant Ho Lin Wah sagt einer zu Herrn Schott Ich bin Willy Brandt der echte Gehen Sie an der Mauer entlang und Sie begreifen die Idee Das ist ein Gedankenverinnerlichungsgang Achtung Vorsicht Die Idee stammt von Honecker

Damenschuhe von Daniel Guccini 239,80 DM von Andrea Carrano von Gino Aldrovandi Alles Made in Italy Alles bei Bally

Ziele in den USA zum Holiday Tarif bei der Lufthansa New York New York Jetzt ist der Trip in die City der Cities doppelt attraktiv Ronny ist nicht Amerika Henry Fonda wäre besser

Haste mal ne Mark Alter?

Das Nichts steht höher als das Etwas

Die Frau Warum läuft denn hier soviel Polizei rum Der Mann Weil die Politiker heutzutage unter die Leute gehn Die Leute wolln die Politiker bestechen Da muß die Polizei die Politiker schützen

Leute kooft Wurscht die Russen komm In Moskau sindse schon

Pelze Lösche Furs Iltis mit Jasmin Nerz 5998,– DM Saga Pearl Nerz 9998,– DM Saga Butterfly Nerz 15998,– DM Saga Cool I Nerz 17998,– DM

Leute kooft eh de Polizei kommt is allet jestohlne Ware

Aha Bräuhaus Berolina Stadtrundfahrten nochmal Ostberlin deutsch mit Pergamonmuseum 4 Stunden 29,– DM plus 13,– DM Führungsgebühr

Herr Schott geht vorsichtig über die Meineke Friedrich A Philologe und Pädagoge gestorben 1870 im Alter von immerhin 80 Jahren Vom Feuer schmeckts besser Burger King Hamburger 1,95 DM Whopper Menü mit Coca Cola normale Portion Pommes frites 8,40 DM Mut zu neuen Ideen

Find ne Brücke und spring runter Ach lassen Sie mich in Ruhe ich bin heute ganz schlimm wahnsinnig crocodil Taschen bei Cherdron Schirme Lederbekleidung Koffer von Samsonite Taschen von Biracci

GummiLederLackSadoMachoParty im Potsdamer Abkommen Potse 67 Einlaß nur in obengenanntem outfit Wenn du kein BildHirn hast komm

Ulenwinkel hat zu Mein Herr nun lassen Sie den Gorbatschow doch mal machen Möchten Sie dauernd in Wattejacke und Filzstiefeln? Die haben doch immerhin den Krieg gewonnen Die Frau von dem sieht gar nicht übel aus Die Burda hat ganz recht Wenn die Russen was Anständiges anzuziehen kriegen und was zu essen bleibt kein Geld für Raketen Das ist der Frieden Hat Billy Wilder schon gewußt Coca Cola heißt die Waffe Den Gorbatschow trinken wir Warten Sie mal ab Vielleicht darf der Honecker auch rüber Der ist ja Gefangener Nummer eins Wundert mich daß Amnesty noch nichts für den getan hat Soll ne Schwester im Saarland haben Der einzige der das versteht ist Herr Lafontaine Familienzusammenführung

Wer steuert unser Leben? Hormone steuern es aus der KurfürstendammApotheke

Früher gabs bei Bleyle die hübschen Matrosenanzüge Das wär was für die Russen Schüleruniformen mein Herr Wandel durch Handel

Blue Velvet im UfaPalast KommSe mir doch nich damit Ob Wüste oder CityDschungel In cool khaki läuft alles diesen Sommer

Lehrer Fahrradfahrer sucht friedensbewegte umweltkämpferische klassenorientierte Partnerin mit blauen Augen und starkem Engagement gegen Rüstung Atomkraftwerk und Autokult

Wo auch wochentags was los ist Bier und heiße Sachen Disco live bei Joe am Kudamm setzt Herr Schott sich an einen Tisch vor der Tür Ein kleines Bier Der Mann am Nachbartisch Only ein kleines? Die Kellnerin bringt das Bier Der Mann Cheerio! Herr Schott Woher können Sie so gut deutsch? Vom letzten Krieg Ich war in Germany Wo? In Heidlbörg My son is geborn dort Schön! Im nächsten Krieg ich komm wieder Besser Deutsch lernen Aber better no more Kriegs Is zu gefährlich Herr Schott sagt Ja

Herr Schott macht sich wieder auf den Weg

Jeder der klare Ziele konsequent anstrebt weiß wie widersinnig zumeist faule Kompromisse sind sagt Philipp Rosenthal durch die Fensterscheibe seines studiohauses

Skulptur 13.4.1981 für den Joachimsthaler Platz am Kurfürstendamm Beton Eisen Chrom Nickel Stahl von Olaf Metzels Ein

Turm aus Absperrgittern mit Einkaufswagen an der Spitze Liberalität und Toleranz waren immer die Tugenden der Berliner

Von der Lust auf den Turm zu klettern nimmt Herr Schott mangels alpinistischer Geschicklichkeit Abstand Statt dessen zieht er seine Brille aus der Brusttasche zur besseren Lektüre von Aufschriften Zahlt dafür keine Steuern Warum sich über so was aufregen und über Antes und Wackersdorf schweigen Wer das schuf gehört ins Irrenhaus Ick finde det jut Wer das bezahlt gehört ins Zuchthaus Das müßte man mit allen Gittern machen Um die Arbeit des Notrufs für vergewaltigte Frauen finanzieren zu können benötigen wir Spenden Konto 29 51 96 104 Postscheck Berlin West Bankleitzahl 100 100 10 Ich möchte nur mal sagen daß unsere Lehrjungen aus dem ersten Lehrjahr das besser hingekriegt hätten in Klammern Fachbereich Metall Denkste! Das ist doch keine Kunst wir fordern Kunstfreiheit für das Volk Jaja wir werden noch alle CDU Erst mal abwarten

Nikon Berliner Kindl Centralboden Ihre Hypothekenbank Citizen Quartz

Der Mey ist gekommen Zuhaus kann ich nur in Berlin sein

Herr Schott erschrickt sich an der Ecke Qdamm Joachimsthaler über den Fahrer der bei Gelb seine Yamaha hochreißt durchstartet auf dem Hinterrad vorbeischmettert atmet Peugeot Mercedes Mazda Audi Talbot BMW Honda Golf Volvo Ascona Nissan Jetta Austin Kadett Renault Kawasaki Scirocco Citroen Polo Taunus Toyota Doppelstock Saab VWBus Ferrari Rekord Lancia Corsa Fiat Lada Mitsubishi Käfer Skoda geht über die Joachimsthaler gesenkten Kopfes bis Wertheim hört Geigenspiel wirft eine Mark in den Geigenkasten liest Ich habe Hunger auf einem Pappschild in der rechten Hand legt eine Mark in die linke Hand des Mannes der auf einer Zeitung sitzt an einer Säule wartet am Straßenrand geht über die erste die zweite Fahrbahn geht an der Wiederherstellung des Filmtheaters GloriaPalast vorbei um die TchiboEcke neben Nanunana Wolsdorf Il pomodoro geht über Kant und Hardenberg zum ZooPalast es ist 14 Uhr 25 die Große OstBerlinTour beginnt in fünf Minuten Herr Schott ist erstaunt über sein Tempo

Am Grenzübergang Invaliden ist Herrn Schotts gültiger Reisepaß nutzlos Herr Schott ist auf dem Territorium des kleineren Stadtteils nicht erwünscht seiner Herkunft wegen

Das erfahrene Incoming Team rät ihm eine Besichtigung aus der Luft mittels eines PANAMGerätes Flug 640 befliegt Herr Schott von Frankfurt her den Luftraum des verbotenen Ortsabschnittes

12 Uhr 50 Die wenige Zeit Blicke auszusenden bevor die Flugmaschine abschwenkt zur Landung 12 Uhr 55 auf dem Feld von Tegel benutzt Herr Schott eindringlich aber das Hören vergeht ihm infolge des Maschinenlärms

Anstelle der Börse und MitteldeutschenCreditbank BurgEcke-KaiserWilhelmKarlLiebknechtstraße leuchtet Herrn Schott etwas Gelbliches auf Das schwedische Palasthotel für das Wohlbefinden der Bürger gute Leistungen an jedem Tag sagt Herrn Schotts Nachbar

Hinter der KaiserWilhelmKarlLiebknechtBrücke wölbt sich der Dom rechts wiederhergestellt im bewährten Bündnis der Nationalen Front für das weitere Aufblühen in Stadt und Land links der Palast der Republik anstatt des Schlosses enthaltend die Volks-Kammer arbeitet mit plant mit regiert mit lebendiger sozialistischer Demokratie

An der SchloßMarxEngelsBrücke lehrt Nike den Knaben Heldengeschichte unterrichtet Pallas den Jüngling in den Waffen waffnet Pallas den Kämpfer zum ersten Kampf krönt Nike den Sieger richtet Nike den verwundeten Krieger auf schirmt Pallas den fechtenden Jüngling fordert Pallas ihn zu neuem Kampfe auf führt Iris den siegreich Gefallenen zum Olymp schöner unsere Städte und Gemeinden mach mit für Dialog und Zusammenwirken aller Kräfte der Vernunft und des Realismus

Rechts hinter der Brücke das ZeughausMuseumfürdeutscheGeschichte Ständige Ausstellung Sozialistisches Vaterland DDR Staat der sozialen SicherGeborgenundZukunftsgewißheit mit der Gedenkstätte Lenin in Berlin lebt der unzerstörbare Kampf SED-KPdSU links die alte BauakamiedasneueMinisteriumfürAuswärtigeAngelegenheitenderDDR grüßt die sozialistischen Bruderländer in aller Welt fest an der Seite der arabischen Völker mit den Völkern Afrikas Asiens und Lateinamerikas im Kampf für nationale Unabhängigkeit und sozialen Fortschritt der nichtpaktgebundenen Staaten

Das Kronprinzenpalais das durch einen Gang über der Oberwallstraße in Verbindung mit dem Prinzessinnenpalais steht ist das Operncafé Disko GrillRestaurant BoulevardCafé Für alle Restaurants des Operncafés gilt Vorbestellung unter Tel 20 71 661 oder persönlich Sie werden plaziert

Gegenüber die NeueWachedasMahnmalfürdieOpferdesFaschismusundMilitarismus wird bewacht von Soldaten der Nationalen Volksarmee jederzeit gefechtsbereit für Frieden gemeinsam mit den Waffenbrüdern täglich um 14 Uhr 50 der Kleine Wachaufzug der

Große jeden Mittwoch sowie an GedenkundFeiertagen zwanzig Minuten früher nach dem Motiv eines römischen Kastrums wie Schinkel sich ausdrückte

Hinter der Neuen Wache das preußische FinanzministeriumZentraleHausderDeutschSowjetischenFreundschaft im Bruderbund vorwärts zum 70. Beginn einer neuen Epoche der Menschheit 1917

Daneben etwas zurückliegend SingakademieMaximGorkiTheater Karl Friedrich Zelter starb 1832

Die FriedrichWilhelmHumboldtUniversität hatte im Winter 1920/21 534 Dozenten 12 375 Studenten und 2088 Hörer Heute studieren über 14 000 Studenten an dieser Lehrstätte stärken den sozialistischen Staat durch die Meisterung der Wissenschaft

Das Opernhaus zur Linken die Deutsche Staatsoper mit neuem zur Bereicherung

Auf der anderen Seite des JosephPlatzesBebelPlatzes die AlteKöniglicheBibliothekKommode Am 10. Mai 1933 brannten vor ihren Augen Bücher 1945 hatte sie noch eine Fassade Das AlexandrowEnsemble sang Dich mein stilles Tal grjuß ich tausendmal

Das Palais Kaiser Wilhelms Das Gouverneurshaus anstelle des Niederländischen Palais Die Disconto GesellschaftdasHausderGewerkschaften mit erfüllten Verpflichtungen

Rechts die Preußische StaatsbibliothekStaatsbibliothek stand an Reichhaltigkeit nur hinter der Pariser und Londoner zurück steht hinter der StaatsbibliothekPreußischer Kulturbesitz zurück Haben Sie eine Sondergenehmigung? Qualität Effektivität Ich forsche dafür

Auf dem Mittelstreifen leichter zu erkennen als auf den Fahrbahnen Trabant Wartburg Trabant Wartburg Trabant Lada Trabant Wartburg Trabant Lada Skoda Trabant Wartburg Golf Trabant Wartburg Lada Skoda Trabant Wartburg Trabant Trabant Lada Wartburg Wartburg Trabant

Der Luftsprung über die Charlottenstraße Rechtslinks Bulgaria MeinhardtsHotelDassowjetischeBuch HotelCaféVictoriaHotelUnterdenLindenBauakademie Wohlstand ich schaffe dich mit CaféBauerLindencorso Friedrichstraße! Kiosk NOWOSTI Sowjetliteratur

Советская педагогика Международная жизнь Вопросы экономики Колосок Семья и школа Новое время Журнал мод Film Sozialistische Tschechoslowakei Огонёк Труд Советская Женщина Sowjetfrau Sowjetunion Неделя Известия Правда

Herr Schott fliegt über die Kreuzung Rechtslinks über das Haus der Schweiz die Kranzlersche Konditorei einAppartementhausdasGrandhotel Scandinavian Airlines Meißner Porzellan das Französische Kulturzentrum den Zollernhof dieFreieDeutscheJugend voran JungundThälmannpioniere an der Seite der Genossen Balkantourist die Neustädtische Kirchstraße rechtslinks über das Ministerium für Außenwirtschaft auf allen Kontinenten inklusive Buchhandlung für die Frau den Kunstsalon das Antiquariat das Café Ecke Schadowstraße Brillenträger sucht Partnerin mit marxistischleninistischer Weltanschauung das Reisebüro Intourist einschließlich Aeroflot durch Spitzenleistungen zu hoher die Schadowstraße rechtslinks über HotelMinervaWiratex eingeschlossen die Galerie Unter den Linden die Botschaft der Volksrepublik Polen Junge Frau sucht unternehmungslustigen Hobbykoch die RussischeBotschaftBotschaftderUdSSR volle Unterstützung für inklusive Lenin die Botschaft der Ungarischen Volksrepublik das MinisteriumdergeistlichenUnterrichtsundMedicinalangelegenheitenMinisteriumfürVolksbildung das Glück unserer Kinder einschließlich der Universitätsbuchhandlung die WilhelmOttoGrotewohlstraße das Brandenburger Tor verlor mit der Niederlegung der Stadtmauer 1865 seine Funktion und stand beidseitig frei

Es lebe Alles für Je stärker um so Vorwärts An der Seite Unter dem Banner

über die Mauer

Lioba Happel
ein abend schwarz

ein abend schwarz
landauf landab
der wald eine mauer nun
darauf glasscherben stehn
mich nicht rüber läßt
der erste stern
wachpostenstellung
und monds geballte ladung
licht auf acker wiesen
auch baumgrenzlinie
und später hinein
in den nebelsee
der undurchdringlich ist
der mir bitter schmeckt
in der gegenwärtigen jahrzeit

Günter Kunert
Augenaufschlag
(Nach Tschernobyl)

Bang folgt der Blick
den Wolken Wohin sind
ihre traumgekannten Gesichter
Utopische Ungetüme Schwebende
Leiber still sich verwandelnd
Hoch dir zu Häupten und doch
deine Abbilder
Betrogen um ihre Göttlichkeit
weil nun anders als vordem
der Wind weht
Was er vor sich hertreibt
über die unseligen Plätze
deiner mühevollen Anwesenheit
entblößt dich bald
bis auf die Knochen

Saurier unermeßlich
menschenleerer Künftigkeit

Erich Fried
Fragen nach Tschernobyl

Wenn so viel geschehen mußte
damit die Angst
der Menschen
sich selbst erkennt

wieviel müßte geschehen
damit auch der Widerstand
der Menschen
so groß wird und allgemein
wie jetzt ihre Angst?
Aber wenn soviel geschähe
wären dann nachher
noch Menschen da
um Widerstand zu leisten?

Franz Hohler
Demonstrationsberichterstattung

Wir seien
lese ich mit Interesse
kaum mehr gewesen
als bei einem wenig attraktiven
Fußballspiel
und hätten somit
mit dem Volk
nicht viel zu tun.

Tja, was soll man da noch sagen?

Eines höchstens:
sollte jemals
einem Kernkraftwerk
ein Eigengoal passieren
dann würde dies
ein wirklich gut besuchter Anlaß
endlich etwas
für das ganze Volk
und nicht nur die paar tausend Leute
die gerade das verhindern möchten.

Ulla Hahn
Richtig sein

So zu sein wie die die dabei sind
eingehakt in der Demo gegen Ritter Teufel und Tod
Gruppenreisen mit Fahrrad und Rucksack in die Toskana
eine Beziehungskiste und in der Kneipe ein Bier
So zu sein wie die die es ganz genau wissen
rem rad becquerel und was man tun darf was nicht
Immer zur richtigen Zeit die richtige Zeitung lesen
aus den richtigen Vogelflügen Zukunft mißdeuten
Ja so
zu sein wie alle die immer dabei sind und nicht
jedesmal wieder dies Heulen und Zähneklappern
bis alles vorbei ist und der letzte Buchstabe mir
zwischen den Augen verschwimmt.

Gabriele Wohmann
Ein russischer Sommer

Wir haben uns umgestellt. Im Mai noch nicht, im Mai waren wir einfach noch nicht so weit. Jetzt aber wissen wir, wie wir den Sommer doch nützen können. Gute Fensterplätze zum Garten. Den betreten wir selten und dann in Gummistiefeln. Und auch nur, wenn wir beispielsweise nach einer Nacht mit Wind oder Regen die Puppen neu aufstellen müssen. In der Hängematte ruht die größte Puppe, die wir auftreiben konnten. Sieht man mit einem falsch herum gehaltenen Fernglas dorthin, dann kann man sich sehr gut täuschen, und im Netz zwischen Rotahorn – riesige Blätter ausgerechnet in diesem Jahr! – und Weymouthskiefer scheint das Kind zu baumeln. Obst, das an Bäumen und Büschen verdirbt, sieht auch sehr schön aus: eine Erfahrung, die wir ja erst jetzt machen können. Zu denjenigen, die ihre Kirschbäume mit einem Flor gegen Vögel absichern, haben wir nie gehört – aber unter den gegenwärtigen Bedingungen haben wir uns dieses grünliche Nylongewölk angeschafft: Wir möchten unseren kleinen Sicherheitsbeitrag zur Gesundheit der Vögel leisten. So hochgewachsenes Gras habe ich mir übrigens immer gewünscht, von Rasen kann endlich keine Rede mehr sein, das jetzt, das ist eine Wiese, Gänseblumen, Butterblumen, verblühter Löwenzahn üppig darin eingebettet. Und diese Stille. Wir an den Verandafenstern, wir hören nur aus dem ersten Stockwerk des Hauses Alex, der auf seiner Schreibmaschine eine Satire nach der anderen hämmert. Für ihn wandelte sich, nach einer Phase der Ratlosigkeit im Mai, dieser veränderte Sommer zur Quelle der Produktivität; wie gesagt, aufs Satirenschreiben hat er sich verlegt. Die Umstellung von Science-fiction-Geschichten auf Texte aus der Gegenwartsrealität scheint endlich geglückt zu sein.

Der Großvater kommt über die Zeile *unser täglich Brot gib uns heute* nicht hinaus, er gleicht dem Tonarm in einem alten Plattenspieler, der in der Rille mit dem *täglichen Brot* – noch sind die Vorratsschränke voll – festsitzt. Der Großvater kommt nicht weiter, er denkt an die zukünftigen Ernten. Wir aber lachen ihn dann aus, denn er ist ja gut dran, so alt, so alt, was kann denn ihm in zehn Jahren noch schaden! Doch dann sieht er traurig aus und wiederholt, er habe das alles nicht miterleben wollen. Vor sich hingeredet, erst recht vor sich hingebetet: Das hat er früher auch nicht gemacht. Manchmal beruhigt ihn für eine Zeitlang mein Hinweis, unter *täglichem Brot* aus dem *Vaterunser* haben wir uns längst nicht mehr konkret die Nahrung vorzustellen. Großväterchen: Das *tägliche Brot* ist Seelenkost! Hörst du? Du bittest, wir sollen alle einander täglich lieben und schonen und plötzlich umarmen hier auf der Veranda, und beim Blick in den überquellenden giftigen Sommergarten!

Mir setzte die Klausur vom ersten Tag an am wenigsten zu, nie gehörte ich zu den Sommerfanatikern. Und doch muß ich zugeben, daß mir gelegentlich unerwartete Sehnsüchte zu schaffen machen, Beispiel: Barfußgehen. Durch einen Regenschauer laufen. Auf einmal möchte ich ein Blatt, einen Grashalm gern anfassen. Nur nicht romantisch, nur nicht heimwehkrank werden! Damit es lebensechter aussieht, beschweren wir die Hängematte mit einem Backstein, den wir unter der großen Puppe anbringen. Nun erst beutelt sie so richtig gemütlich die Hängematte aus, dort im Schatten des Gartens, dem nichts hinzuzufügen ist, denn er sieht auch ohne unser Zutun belebt und benutzbar aus. Geschickt verteilt und gut arrangiert haben wir die acht Puppen, auch Gartentisch und Stühle sind aufgestellt, etwas Geschirr steht auf einem Tablett, und ein Liegestuhl sieht so aus, als habe ihn gerade vorhin erst ein Müßiggänger verlassen. Unser schöner, grüner, dichter, laub- und pflanzenreicher Garten, unser Sondermüll. Nehmen wir doch das Restrisiko auf uns und streuen noch Spielsachen, aufgeklappte Bücher, Zeitschriften aus. Die Nachbarn brauchen nichts zu merken. Ich möchte nicht ein zweites Mal jemanden vom Sozialamt oder die Gemeindeschwester vertreiben müssen, oder gar, wie vor einer Woche, zwei freundliche Polizisten.

Viel wird geschaut, ja, Anschauen spielt eine große Rolle bei uns seit Mitte Mai. Wenn uns das Grün plötzlich zu stark erschüttert, das vergebliche Grün, wenn es uns nach abgeklungenem Zorn allzu traurig und rührselig stimmt, weil uns nämlich plötzlich das Mitleid mit dem verlassenen, ganz verlorenen, schrecklich vereinsamten Garten zusetzt und überanstrengt, dann, ehe Tränen kommen, bedienen wir diverse Fernsehapparate, Radios: Wir haben unsere privaten Besitztümer in ein einziges Zimmer transportiert. Wir nennen es das Informationszentrum. Viel zum Thema hört man ja nicht mehr. Doch kaum taucht ein Politiker auf dem Bildschirm auf, da bestürzt ihn auch schon unser Restrisiko. Das Restrisiko ist im Verständnis des Politikers unsere Angst. Wir befinden uns, seiner Ansicht nach, in der furchtbarsten aller Gefahren, nämlich der, panisch, hysterisch, lebensuntüchtig, wahlverdrossen zu werden.

Kein Isotop, kein Nuklid kann so heimtückisch sein wie unser

Gefühl, diese Erdenwelt mit ihrer territorialen Unbewohnbarkeit, dieser Sperrzonenplanet sei jetzt endlich nur mehr die Zeile *in der Welt habt ihr Angst* wert.

Zur Sache! Ich rufe mich zur Ordnung. Wir hier, kleinste Zelle des Staates, kleine Familie, mehr Puppen als Menschen im Haushalt, wir verhalten uns so extrem, weil meine Schwester den Verstand verloren hat. Kleine Naturfreundin von jeher. Aus Liebe zu ihr, die neuerdings vermutet – unterstützt vom reichlichen Lesen in alten Lieblingsbüchern russischer Schriftsteller – einen russischen Sommer zu erleben; der Garten, unbewirtschaftet, wird wie in einer ihrer Lieblingserzählungen verwahrlosen, die Blüten werden von den Stengeln all der Blumen fallen, die das Schwesterchen nicht pflücken darf – ja, mein Gutes, sage ich, du hast ganz recht, das ist ein russischer Sommer, wir sind im Süden, und es ist zu heiß für jede Arbeit, uns bleibt nur das Anschauen, komm und genieße es. So helfen wir der Schwester nach Kräften, nicht auch noch unter dem Unglück der Geistesgestörtheit zu leiden.

Kurzes Stocken von Alex' Gehämmer auf der Schreibmaschine, was bedeutet, daß er jetzt heimlich heimlich ein wenig weißes Pulver – unnütz gewordenes, überflüssig gewordenes Unkrautgift – in die Suppe fürs manchmal doch etwas rebellische Schwesterchen streut: Wenn die Schwester sich ständig etwas elend fühlt, über Kopf- und Magenschmerzen klagt, behält sie, indem sie ihr Unwohlsein wahrnimmt, doch wenigstens ihr bißchen Verstand. Ihr Restrisiko-Gehirn. Während das Leben in Kiew wie üblich weitergeht, nicht nur in den Büchern vom Schwesterchen.

Wir haben uns alle so gern. Wann wird, durch was für eine Katastrophe, auch dieser Bann gebrochen sein?

Neulich habe ich, unbemerkt von den Nachbarn, eine Dienstreise unternommen. Meine Familie beschwor ich: Geht bloß nicht ins Freie. Getränke und Eßwaren werde ich mitbringen. In den Kölner Dom habe ich mich auf dem Weg zum Briefkasten gewagt. Damals haben die Menschen noch die richtigen Gebäude gebaut. Gott stößt nichts zu, habe ich plötzlich in der grandiosen Kälte des Mittelschiffs gewußt und bin getröstet worden.

HELGA KÖNIGSDORF
Vertrauen

Wenn Sie mich fragen, also ich habe Vertrauen. Wer sollte mir auch Böses wünschen? Ich kann keiner Fliege ein Leid antun. Selbst Mücken, die sich auf meinen Arm setzen, lasse ich noch ein wenig saugen, ehe ich sie verscheuche. Auf öffentlichen Bänken, in Parks oder an Wegrändern setze ich mich stets ganz an den Rand, um nur den Platz zu beanspruchen, der mir zusteht. Wirklich, ich kann nicht anders denken, als daß man stets mein Bestes will.

Gesetzt den Fall, es wäre beschlossen worden, mich zu verwandeln, in ein Insekt beispielsweise, ich hätte nichts dagegen einzuwenden. Denn was ist schon der Mensch? Ein Irrweg der Evolution. Eine genetische Fehlkonstruktion mit einer energieungünstigen Großhirnrinde. Ich sehe wirklich keine unmittelbare Notwendigkeit, den Rest meines Daseins auf diese Weise zu verbringen. Zumal man sich etwas dabei gedacht haben wird, wenn man mir einen derartigen Vorschlag unterbreitet. Ich würde keinesfalls meine Zustimmung und meine Zufriedenheit verhehlen. Von jeher hat mich die Vielfalt des Insektenreiches fasziniert. Würde mir nun gar auf Grund alter Verdienste ein Mitspracherecht eingeräumt, könnte ich also Wünsche, die Art betreffend, äußern, eine Million Möglichkeiten stünden mir offen. Da sollte es doch nicht schwer sein, etwas Passendes zu finden. Wem käme in einer solchen Situation nicht sogleich das sorglose Dasein eines Schmetterlings in den Sinn? Allerdings ist zu bedenken, daß gerade die prächtigen Sorten nahezu ausgestorben sind. Offensichtlich ist es mit ihrer Anpassungsfähigkeit nicht weit her.

Es entspräche also nicht nur meiner Bescheidenheit, wenn ich mich für einen Kohlweißling entschiede, sondern es wäre eine Frage der Vernunft. Ich bin überzeugt, man würde mir mein stillschweigendes Eingehen auf die Lage hoch anrechnen. Ich siedelte mich in einer Gegend an, in der nur noch Kohl wächst, und zwar solcher von der resistenten Sorte. In so einer Gegend ist schließlich auch die Fauna spärlich. Eines Tages verabschiedet sich unweigerlich der letzte Hase. Kohlweißlinge – früher zu Schädlingen erklärt – haben bereits seit längerem Schonzeit.

Eventuell ist dann die Lage reif, daß man sich einige Gedanken macht. Beispielsweise könnte man das künstlerische Volksschaffen fördern. Man könnte Pinsel und Farben austeilen und dazu auffordern, die weißen Falter bunt anzumalen. Es müßte doch hübsch aussehen, wenn wir so recht farbenprächtig über das Kohlfeld gaukelten.

Man könnte sogar noch einen Schritt weitergehen und ein Forschungsprojekt installieren. Dem Einfluß bunter Bemalung auf das Liebesleben von Kohlweißlingen ist vielseitiges Interesse sicher. Außerdem ist das Thema vorbildfrei.

Nun ist zwar der kulturelle Wert von Schmetterlingen unbestritten. Vielleicht sollte ich aber das in mich gesetzte Vertrauen rechtfertigen, indem ich mich mehr in der Basis ansiedle? Sicher ist es sehr ehrenvoll, eine Biene zu sein. Ich würde zu karmesinroten Blüten fliegen und feinen Honig heimwärtstragen. Ich selbst gäbe mich mit etwas Zuckerwasser zufrieden und wäre stolz, wenn ich allgemein gelobt und sogar mit einem Orden bedacht würde.

Was aber, wenn man meinen Stachel falsch interpretieren würde? Wenn zum Beispiel eines Tages ein Redner sein Referat mit folgenden Worten begänne: »Das flüssige Sekret aus den Giftdrüsen dieser Apis mellifica enthält Phospholipase, Hyaluronidase, Mellitin und Apamin. Bei subkutaner Injektion in das menschliche Zellgewebe ...« Vielleicht würde mich jemand verteidigen und den Redner fragen: »Hat dich schon einmal eine Biene gestochen?«

Der Redner würde entrüstet gegen diese Unterstellung protestieren: »Aber nein, und soweit soll es auch nicht kommen.«

Eine Pinzette packte mich, und ehe ich mich versähe, fände ich mich an einem Mikroskop festgeklammert, meine Beinchen strampelten in der Luft, bis ihre Bewegungen unter dem Staub aus einer Spraydose erstarrten. Der Mann ergriffe ein scharfes Skalpell und kniffe sein linkes Auge zu.

»Was macht er«, fragte ich die Biene neben mir, die alles schon hinter sich hätte.

»Er amputiert deinen Stachel«, flüsterte die. »Es tut überhaupt nicht weh. Die Operation wird sehr fachmännisch ausgeführt.«

Mir fällt ein, daß stachellose Bienen keinen Honig sammeln können, weil es ihrer Natur widerspricht, da sie sich unweigerlich in Drohnen verwandeln. Ich glaube nicht, daß mein Bewußtseinsstand ausreichen würde, solche Naturgesetze außer Kraft zu setzen. In der Existenzform als stachellose Biene würde ich den in mich gesetzten Erwartungen nicht gerecht.

Doch das soll mich nicht entmutigen. Die Möglichkeiten sind zahllos. Würde ich beispielsweise eines Morgens schmalbrüstig, mit ausladendem, in Segmente unterteiltem Hinterleib aufwachen und fände außerdem sechs Beine, die beiden vorderen als Greifzangen ausgebildet, wie Taschenmesser einklappbar, mit kräftigen Dornen bewehrt, dann wüßte ich, daß man mich in ein Exemplar der Art Mantis religiosa, also in eine Gottesanbeterin, verwandelt hat. Damit könnte ich mich anfreunden. Habe ich doch von den Gottesanbeterinnen gehört, daß diese ihren Männern beim Liebesakt den Kopf abbeißen, was die Lustbarkeit nicht hindern, sondern im Gegenteil deren Fortgang befördern soll. Das erscheint mir ziemlich einleuchtend. Zwar haben moderne Naturforscher, denen nichts heilig ist, diese Erkenntnis wieder in Frage gestellt, aber wäre ich erst eine Gottesanbeterin, wollte ich die Sache wohl ausprobieren. Natürlich müßte ich mich in einer Gegend ansiedeln, in der meine Art verbreitet ist. Auf sonnendurchglühten Kalksteinen, in Olivenhainen, unter Rebstöcken. Wenn ich nur daran denke, streift mich der Duft von Rosmarin, Lavendel und Koriander, den selbst die Aufzählung der Gefahren, die ein Insekt in dieser Welt bedrohen, nicht trüben kann. Da ich keinerlei ökonomische Bedeutung besäße – zu meinen Beutetieren gehörten gleichermaßen schädliche wie nützliche –, würde man meinen Reiseplänen vielleicht aufgeschlossen gegenüberstehen.

Aber vielleicht sollte ich mich von allzu kleinlichen Vorstellungen befreien. Es könnte doch sein, man hat mich sogar zu Großem auserwählt. Wenn man nüchtern betrachtet, wie sich die Dinge so entwickeln, müßte ja nun endlich eine gewisse Vorsorge getroffen werden. Soviel ist sicher. Der Trick mit der Arche funktioniert diesmal nicht. Man muß sich wohl oder übel etwas Neues einfallen lassen. Vielleicht auch die längst erledigt geglaubte Käfervariante wieder in Betracht ziehen. Es gibt immerhin Arten, die sich an das Leben in Höhlen und Grotten gewöhnt haben. Statt mit Augen orientieren sie sich mit Tasthaaren. Meistens sind sie gelblich und bewegen sich auf langen dünnen Beinchen vorwärts. Wenn man mich in solch einen Käfer verwandelte, müßte ich nur tief im Gestein geduldig ausharren, bis die Erde für Käfer wieder bewohnbar wäre. Dann krabbelte ich hervor, und die Evolution brauchte nicht beim Punkte Null zu beginnen.

Wirklich, ich habe Vertrauen. Was man auch immer mit mir vorhat, ich bin überzeugt, daß man nur mein Bestes will.

Fritz Rudolf Fries
Historische Anmerkung

Im Jahre 24 meiner Existenz
hatte ich seltsame Krisen.
Die Ärzte erklärten: die Nerven
und beklopften das Rückgrat
und redeten mir gut zu;
es waren höfliche Leute, wir sprachen
auch über Eliot und Kafka und waren
erbaut gleiche Bekannte zu haben
in diesem Labyrinth anonymer Vermassung.

Trotzdem:
ich hatte seltsame Krisen,
so als verströmte jener Teil meines Selbst,
den ich gern besah
– das war etwas Weisheit, Skepsis, ein paar Gedichte –
in ein Nichts – himmelwärts zuweilen,
dann auch in den Rinnstein der Straßen,
oder die Vorübergehenden saugten es auf,
hämisch natürlich und voll Tücke;
ich hatte mit Recht gelernt, vor allen auf der Hut zu
sein.
Dahin schwanden die Semester, Zitate aus Büchern,
kluge Aphorismen, Witze aus Professorenkollegs,
und es erfolgte durchaus kein Austausch der Werte.
Gewiß, ein paar Träume, die blieben
für abends, und ich pflegte eine gesunde Erotik,
staatserhaltend und realistisch, ja ich gestehe,
täglich mehr von jenem Boden der Realität gewonnen
zu haben.
In dem Maße wie ich meine Bibliothek verschenkte
und auf sittsame Kleidung achtete,
gewann ich die Neigung der Nachbarn.
Wohin geriet ich? War ich am Ziel?

Dies im Jahr 24 meiner Existenz,
zur Zeit seltsamer Krisen.

RAINER SCHEDLINSKI
(ohne befund)

halbeins noch mal nachrichten, selbstredend
ohne befund, eher die haut
eine decke aus kälte verwachsen

der puls ganz normal, die notiz
in der zerlederten mappe
verstehe ich jetzt nicht mehr

auf der späteren seite, der ofen
kühlt blind seinen glanz
was ist ein gedanke? in wirklichkeit

gibt es nichts
was es nicht gibt, es wäre
unlogisch zu sagen ich lüge

JÜRGEN FUCHS
Das Ende einer Feigheit

Die Goethe-Schule wollte wachsam sein. Ein Schüler der elften Klasse hatte Verbindungen zu einem Abiturienten, der seinen Armeedienst ableistete. Man schrieb sich einige Briefe, sah sich, wenn Gelegenheit war, es war wenig Gelegenheit. Gezählt waren die Urlaubstage, ein paar Gespräche über Bücher, Eva Blau wollte lieber allein spazierengehen mit dem kurzhaarigen Armisten, Diskussionen über Linksradikalismus und demokratische Opposition langweilten und ängstigten sie. *Nachdenken über Christa T.*, Stücke von Sartre, Lenins Revolutionsschriften, der Name Nietzsche fiel. Aufsätze von Havemann und Gedichte von Wolf Biermann wurden mit der Schreibmaschine abgetippt ... Und ein Lehrer bekam viel Besuch von ehemaligen Schülern, er hatte die Arbeitsstelle wechseln müssen im Jahr achtundsechzig, als Klarheit gefordert wurde in der Frage der ›tschechischen Konterrevolution‹, auf einem Güterboden war er gelandet, Kisten verladen. Und eine Mutter zeigte Briefe vor auf Wunsch des stellvertretenden Direktors, die einwandfrei bewiesen: Hier wurde etwas ausgebrütet zwischen einem Schüler und anderen Kreisen, einer befand sich in einer Kaserne. Der Schüler flog, weil er keine Einsicht zeigte, die Postzustellung der

Mutter hatte nicht geholfen, der Lehrer wurde beobachtet, weil er vielleicht kleine Mädchen verführte, wovon Männer in Anzügen redeten an verschiedenen Orten der Stadt, zum Beispiel in der Milchbar. Der Soldat wußte lange nichts, dann fragte der betrunkene Hauptmann, redete von ›denen‹ und ›draußen‹. Da wußte er es. Dann fuhr ein stellvertretender Schuldirektor in wichtiger Mission nach Jena. Die Universität machte die Immatrikulation rückgängig, der Soldat erfuhr es im Mai, als er gerade zwei Wochen auf freiem Fuß war, es kam ein kleiner, unscheinbarer Brief in grauem Umschlag: »Durch Kontakte verschiedener Art haben Sie vor allem nach Entlassung aus der EOS einen äußerst negativen Einfluß auf Schüler genommen. Seitens der Schule werden die Dinge für so gravierend angesehen, daß an die Leitung der Friedrich-Schiller-Universität der Antrag gestellt wurde, die ausgesprochene Zulassung zum Studium rückgängig zu machen. Nach reiflicher Überlegung haben wir uns in Übereinstimmung mit der Aufnahmeordnung vom 1. September 1966, § 19, Abs. 2, diesem Antrag angeschlossen und ersuchen Sie hiermit, Ihren Zulassungsbescheid umgehend zurückzureichen. Eventuelle Rückfragen zu dieser Veranlassung richten Sie bitte an die Direktion Ihrer ehemaligen Schule. Hochachtungsvoll! Dr. Fließ. Direktor für Erziehung und Ausbildung. Jena, den 12.5.1971.« Der ehemalige Soldat schrieb Beschwerdebriefe an hohe Stellen und sprach am 25. Mai bei seiner ehemaligen Schule vor. Die Mutter weinte, zweifelte, hatte Angst. Der Vater schwieg, wollte Zeuge sein, kam mit.

Direktor: Es haben sich beinahe staatsfeindliche Gruppen gebildet mit einer seltsamen Haltung zum Marxismus-Leninismus. Sie standen in Verbindung mit einem Schüler, der durch radikales Auftreten und die Ablehnung von verantwortlichen Funktionären und Lehrern immer wieder auffiel und provozierte. Wir hatten viel Geduld, dann mußte er unsere Schule verlassen. Er hat sich auf Sie berufen, Sie haben ihm Bücher empfohlen, ihn angestiftet. Nietzsche, bürgerliche Renegaten, auch zweifelhafte Leute, wie ein gewisser Kunze aus Greiz und die Wolf.

Und Lenin …

Stellvertretender Direktor: Er hätte sich lieber mit Mathematik beschäftigen sollen. Lesen ohne Anleitung, dann verdreht man alles und wird zum Staatsfeind …

Direktor: Sie tragen Mitschuld, sind der Ältere. Davon mußten wir die Universität unterrichten, das war unsere Pflicht.

Wie können Sie beweisen, was Sie sagen?

Stellvertretender Direktor: Sie haben ihm eine Karte geschrieben, auf der stand sinngemäß: »Ich stehe am Zaun und bewache mich selbst.« Sie bezeichnen den Ehrendienst bei der Nationalen Volksarmee also als Zwang.

Haben Sie die Karte hier?

Stellvertretender Direktor: Nein, die ist bei den Unterlagen ... bei den zuständigen Stellen ...

Direktor: In einem anderen Brief schrieben Sie vom Schriftstellerkongreß. Christa Wolf wäre kritisiert worden und hätte selbst nicht antworten können ...

Es ging um Veröffentlichungen ...

Direktor: Dann folgt ein Abschnitt über Brecht, was vom 17. Juni 53, also wissen Sie, dann können wir gleich die Konterrevolution zulassen.

Stellvertretender Direktor: Das genügt eigentlich.

Ein anwesender Funktionär der Bezirksleitung, der bisher geschwiegen hatte: Die Nationale Volksarmee hat ihn nicht schlecht beurteilt. Vielleicht liegt hier Arbeit mit Briefen und Papier vor, aber nicht mit jungen, suchenden Menschen, die Fehler machen können.

Danke, betrunkener Hauptmann, danke. Der Parteitag Nummer acht fand statt, ein neuer Generalsekretär sah aus der Zeitung und sagte neue Worte. »Jeden gewinnen, keinen zurücklassen.« Da wurden der Direktor und der stellvertretende Direktor der Goethe-Schule in der kleinen Kreisstadt R. zurückgepfiffen von höherer Stelle. Dem ehemaligen Soldaten wurde eine ›Entwicklung‹ bescheinigt. Auch der ehemalige Lehrer sollte wieder Lehrer sein und keine Güterwagen mehr beladen in trotziger Art mit weißen, gestärkten Hemden. Eine Kommission erschien zwischen den Gleisen und sprach freundlich. Der ehemalige und zukünftige Lehrer und der ehemalige Soldat und zukünftige Student saßen zusammen und tranken Rotwein, eine Platte wurde gespielt: ›Am Grunde der Moldau wandern die Steine ...‹ Die Universität schickte einen neuen Zulassungsbescheid, unterschrieben von Dr. Fließ, Direktorat für Erziehung und Ausbildung.

André Kaminski
Kiebitz

Eines schönen Tages schlug ich die Zeitung auf und las eine Nachricht, die mich aus dem Schlaf rüttelte. Die polnische Presseagentur teilte mit, daß ein gewisser Arthur Winitzki alias Aaron Finkelstein aus Łódź fünf Millionen Zloty veruntreut hatte, und zwar aus der Gehaltskasse einer Baumwollspinnerei. Die Haare standen mir zu Berge. Warum dieses ›alias Aaron Finkelstein‹? Wollte man damit das Volk gegen mich und meinesgleichen aufwiegeln? Man wußte ja, daß in Łódź die elendesten Löhne bezahlt wurden – aber diese Juden kennen keine Skrupel – so sollte die Nachricht wohl verstanden werden – und bedienen sich, wo sie nur können. Sie plündern uns aus bis zum letzten Groschen, doch der Krug geht zum Brunnen, bis er bricht. Das war der Startschuß! Es drohte alles erneut zu beginnen im Lande von Treblinka, Majdanek und Auschwitz. Das war doch nicht möglich! Das durfte nicht möglich sein! Ich mußte mit jemandem sprechen und eilte zu Jungerwirth. Er empfing mich wie gewöhnlich. Mit einem gelben Grinsen und herabhängender Unterlippe: »Was hört man, Herr Kiebitz? Gutes wie immer?«

Ich zeigte ihm die Zeitung und erwartete einen Schrei. Doch Jungerwirth strahlte: »Gott, wie niedlich. Vielleicht werden Sie endlich verstehen.«

»Was?«

»Daß hier die Nazis am Ruder sind. Aber man glaubt mir ja nicht.«

»Und welches Interesse hätte man, gegen uns zu hetzen? Es gibt ja fast keine Juden mehr in Polen. Das wäre doch Schwachsinn ...«

»Natürlich. Aber alles ist hier Schwachsinn. Auch wenn der letzte Jude aus diesem Land verschwunden ist, wird man gegen uns hetzen. Jede Regierung, die hier regieren will, muß gegen uns lästern. So will es der Pöbel.«

»Woher wissen Sie denn, was der Pöbel will? Kennen Sie ihn persönlich?«

»Man haßt uns, Herr Kiebitz. Punkt.«

»Weil wir Christus ans Kreuz geschlagen haben?«

»Weil wir das Alphabet erfunden haben.«

»Nicht wir, sondern die Phönizier.«

»Das ist doch egal. Nie wird man uns verzeihen, was wir angerichtet haben, und die Leute haben recht. Was geschrieben steht, bleibt. Mit dem Alphabet hat die Menschheit ein Gedächtnis bekommen. Vorher konnte man daherschwatzen, was man nur wollte. Es verrauchte und wurde vergessen. Heute ist das anders, und daran sind die Semiten schuld. Heute leben wir in geschichtlichen Zeiten, wie man sagt. Mit uns begann die Geschichtsschreibung. Was gesagt ist, ist gesagt, und niemand kann sich herausreden. Was geschehen ist, ist geschehen. Ohne uns würde man sogar Auschwitz vergessen. Es würde zur Fabel, dann zum Gerücht, und am Ende würde niemand mehr etwas wissen. Mit unserer Erfindung wurden wir zum Gewissen. Zum schlechten Gewissen der Erdbewohner. Wir halten fest. Wir schreiben auf. Wir erinnern uns an das Geschehene, und damit sind wir die großen Spielverderber. Dafür werden wir verfolgt.«

Ich fand Jungerwirths Gedankengang originell, aber überspannt. Er war ein Narr, und es fiel mir schwer, ihn ernst zu nehmen. Er spürte das und schwafelte weiter: »Sie kennen wahrscheinlich die Geschichte des Palamedes.«

»Undeutlich. Erzählen Sie!«

»Ein Held aus der Odyssee. Palamedes war der Erfinder des griechischen Alphabets. Dafür haßte ihn Odysseus und ruhte nicht, bis er den Feind aus dem Wege geräumt hatte.«

»Den Feind? Sie waren doch beide Griechen.«

»Das stimmt, Herr Kiebitz. Aber Odysseus war ein Kriegsdienstverweigerer. Er war zwar ein Held, doch wollte er nicht gegen die Trojaner ziehen. Da segelte Palamedes nach Ithaka, um Odysseus zur Pflicht zu rufen. Aber Odysseus hatte keine Lust. Er fühlte sich wohl zu Hause, was er natürlich nie zugegeben hätte. Darum spielte er den Verrückten, den Geistesgestörten. Das war schon immer ein Trick, um dem Militärdienst zu entrinnen. Nun traf Odysseus aber auf den Falschen. Palamedes war ein Intellektueller, ein welterfahrener Mann, der in Ägypten studiert hatte. Ihm konnte man nichts vormachen. Und dann passierte folgendes: Odysseus pflügte seinen Acker, und neben dem Pflug spielte sein Sohn, der kleine Telemachos. Da sprang Palamedes plötzlich hinzu und warf den Knaben vor die Hufe der Ochsen. Odysseus vergaß, daß er verrückt spielte. Er riß das Gespann zur Seite, um sein Kind zu retten – und verriet sich damit als vollkommen normal. Palamedes hatte den Deserteur entlarvt und nahm ihn mit nach Troja. Da er aber schreiben konnte – er war ja der Erfinder des griechischen Alphabets –, schrieb er auf, was er erlebt hatte, und wurde zum Todfeind des Helden. Für alle Ewigkeit hielt er fest, daß der Eroberer von Troja, der unbesiegbare Odysseus, ein Drückeberger war.

Das konnte ihm der Held nicht verzeihen, und er schlug Palamedes tot. Wie man auch *uns* totschlägt, wenn wir uns erinnern. Wir können nicht vergessen. Wir schreiben auf, und das nimmt man uns übel.«

»Die Geschichte ist gut, Herr Jungerwirth, aber sie stimmt nicht. In Polen wird doch niemand umgebracht, weil er schreiben kann.«

»Das habe ich nicht gesagt. Ich sagte nur, daß man Leute umbringt, die schreiben könnten – ich unterstreiche ›könnten‹ –, was hier wirklich passiert. Das ist ein kleiner Unterschied. Nehmen Sie doch Ihren Duch, den Idioten, den Sie in Ihr Herz geschlossen haben, weil er sich die Schlagader aufgeschlitzt hat. Er ist eine Null und weiß, daß *Sie* das wissen. Er ist jetzt Abteilungsleiter beim polnischen Fernsehen. Er macht Karriere, und niemand weiß, wo er herkommt. Nur *Sie*. Keiner kennt das Geheimnis seiner Laufbahn. Nur der liebe Herr Kiebitz. *Sie* sind der Palamedes dieser Flasche, und dafür wird er Sie fertigmachen. Sie sind der Jude, der alles einmal aufschreiben könnte. Mit Hilfe der verdammten Buchstaben, die wir erfunden haben. Darum sehe ich keine Lösung für Sie. Nur die *eine*, welche die Wahrsagerin nannte. Sie müssen verschwinden!«

»Sie glauben also allen Ernstes, daß ein Pogrom in der Luft hängt? Daß man uns ausrotten will wie ehedem? Im sozialistischen Polen?«

»Ich bin davon überzeugt.«

»Dann sagen Sie mir, Herr Jungerwirth, warum *Sie* dableiben? Wie können Sie Ratschläge erteilen, die Sie nicht selber befolgen?«

»Weil ich ein anderes Ziel habe. *Sie* sind ein Phantast, der in der letzten Zeit vielleicht etwas klüger geworden ist – aber ein Kindskopf sind Sie noch immer. Sie müssen gehen, weil es Idioten zuerst an den Kragen geht. Immer. *Ich* bin weniger gefährdet, weil mich nichts überraschen kann. Ich erwarte stets das Schlimmste. Was dann wirklich eintrifft, kann nur besser sein. Schrecklich – aber besser, als was ich mir vorgestellt habe.«

»Sie sagen, Sie haben ein anderes Ziel als ich. Was für eines?«

»Ich möchte dabei sein, wenn man sie aufhängt. Ich will sehen, wie sie an den Laternen baumeln.«

»Ihre Hoffnung ist unrealistisch, Herr Jungerwirth. Nicht die Kommunisten werden baumeln, sondern *Sie*, wenn es ein Pogrom gibt, aber es wird keines geben.«

»Vielleicht haben Sie recht. Vielleicht passiert ein Wunder, und der Pöbel läßt sich ausnahmsweise nicht verführen. Hundertmal hat es funktioniert mit der Judenhetze. Vielleicht wird es diesmal nicht funktionieren – und die Leute gehen auf die Richtigen los. Dann will ich erleben, wie sie sich in die Hosen machen vor Angst ...«

»Wer?«

»Ich spreche nicht unbedingt von *Ihnen*, Herr Kiebitz.«

»Sondern?«

»Von den Klugscheißern, die immer wissen, was wir tun sollen und was nicht. Sie können alles. Sie machen Konzertvirtuosen zu Kanalarbeitern. Sie verwandeln den Trauermarsch von Chopin in ein Promenadenkonzert für Stalin. Sie verpesten die Luft mit ihren pathetischen Losungen, aber eines Tages werden sie büßen. Das *muß* kommen. Wie der Frühling nach dem Winter. Das wird die große Vergeltung sein, und ich will sie nicht verpassen. Ich darf sie nicht verpassen!«

Richard Wagner
Ausreiseantrag

Schreiben, was war das noch? Stirner gehörte zu den geduldeten Autoren, nicht verboten, geduldet. Das hieß, man konnte ab und zu noch etwas veröffentlichen. Vielleicht auch nur, um es dem Ausland zu zeigen. Seht, wir drucken sie. Sie sind nicht verfolgt. Wir drucken auch so was. Wir sind zwar nicht froh damit, aber es kann erscheinen. Seine beiden letzten Bücher waren schmal, die Texte zusammengedrängt auf schlechtem Papier. Er wußte nicht einmal, wieviel Exemplare gedruckt worden waren. Die Auflagen standen seit Jahren nicht mehr in den Büchern, damit man nicht sah, wie niedrig sie waren. Was in den Verträgen stand, war sowieso unverbindlich, und die Verleger gaben ausweichende Antworten. Die Texte wurden fortlaufend gedruckt. Ein einziges Gedicht auf einer Seite galt nach Ermessen der Kulturministerin, einer ehemaligen Textilarbeiterin, als Papierverschwendung. Das hieß aber nicht, daß nicht auch weiterhin einzelne Gedichte auf einer Buchseite erschienen: patriotische Verse, die schreibenden Apparatschiks, die Dichter mit den nötigen Beziehungen. Alles Leute, gegen die die Staatssicherheit nichts einzuwenden hatte. Die rumänischen Autoren schleppten Flaschen in die Druckereien, die Drucker zogen dann etliche Exemplare mehr ab, wie sie sich ausdrückten. Die waren für den Privatgebrauch des Autors bestimmt. Die Schriftsteller gingen mit ihren Lektoren in teure Restaurants und teilten mit ihnen das Honorar. Denn mit dem Honorar verhielt es sich so: es konnte zwischen Minimum und Maximum gezahlt werden. Die Spanne war ziemlich groß. Den Honorarvorschlag machte der Lektor aufgrund der Qualitäten des Buches. Also schlug er das Maximum vor, und das Honorar wurde geteilt. Auch verkürzte sich durch diesen Konsensus die Wartezeit. Das Honorar war ja nun auch das Geld des Lektors. Es gab Manuskripte, die jahrelang in den Schränken der Verlage ruhten. Genaues über die Gründe ließ sich in der Regel nie erfahren. Gerüchte rankten sich um diese Manuskripte. Und dann wurde der betreffende Autor, der natürlich die ganze Zeit über antichambriert hatte und mit Ausflüchten vertröstet worden war, vielleicht sogar vom Cheflektor empfangen, und es wurde ihm bedeutet, diese und jene Passagen seien unklar, das hier sollte vielleicht verbessert werden, und das da sollte man nun doch weglassen. Es wäre nicht gut, wenn. Und der Verlag könne die Verantwortung nicht übernehmen, ja. Kurz, es geht nicht. Seit die Zensur offiziell abgeschafft worden war, war das Veröffentlichen noch komplizierter geworden. Ein Teil der Zensurkompetenzen war direkt auf die Verleger übertragen worden. Die Zensur hieß nun Kulturrat, und sie beschäftigte sich damit, die Arbeit der Verleger zu überwachen. Deren Angst um ihre Posten war gestiegen. Sie konnten jetzt nicht mehr alles an den Zensor weiterdelegieren und, falls es Probleme gab, auf diesen verweisen. Sie mußten in vielen Dingen selbst entscheiden, und klare Richtlinien gab es auch keine. Manche Autoren wurden von den Verlegern als ihre persönlichen Feinde angesehn, die sie bloß reinlegen wollten. Es hieß aufmerksam lesen, den Kerlen auf die Schliche kommen. Sonst ist das Buch da, und die gehn rum und loben sich damit, was sie durchgebracht haben. Und dann feiern sie im Schriftstellerhaus, wo die Wände Ohren haben, ihre oppositionellen Äußerungen und verbreiten Anekdoten über die Dummheit von Verlag und Zensur. Ja, das war zu verhindern. Ein Verleger hatte kein leichtes Leben. Denn er war ja auch nicht so einer. Wie engagierte er sich doch, um ein gutes Buch durchzubringen. Aber dankten die ihm das? Keineswegs. Sie beschimpften ihn noch. Und hatte man ihn nicht schon zweimal absetzen wollen? Stirners Bücher waren erschienen, sie lagen in der Buchhandlung, und sie verschwanden aus der Buchhandlung. Drei der fünf deutschsprachigen Publikationen hatten sie, wie zu erwarten, rezensiert. Die Autorenexemplare hatte er an die paar Freunde verteilt, die es in diesen Jahren noch gab. Stirner wußte nicht, wer seine Leser waren. Wenn, sagen wir, sechshundert

Exemplare, das war der Schnitt bei deutschsprachigen Gedichtbänden, bei der Prosa war es etwas mehr, verkauft worden waren, wer hatte die gekauft? Öffentliche Lesungen gabs keine, statistische Erhebungen führte der Buchhandel nicht durch. Im Freundeskreis rätselte man seit Jahren über das Problem, ohne eine plausible Antwort zu finden. Oder war es doch so, wie eines der phantastischen Gerüchte besagte, daß solche Bücher von der Staatssicherheit aufgekauft und eingestampft und daß mit dem Papier dann andere Bücher gedruckt wurden? Vielleicht wieder solche. Stirner wehrte sich gegen solche Interpretationen. Davon war das Land voll. Voll von den abgründigsten Erklärungen für das, was sich täglich ereignete. Stirner war der Meinung, daß man sich damit die Realität verstellte. Ein Leben zugedeckt von Gerüchten. Alle reden davon, als seien sie fasziniert. So verging die Zeit, so zerstoben die Jahre. Aber es blieb die Frage: Für wen schrieben sie?

BERND WAGNER
Im alternden Rom

Im alternden Rom
erschienen seichter die Flüsse
den Menschen und immer weniger hoch
erhoben sich Ätna und Vesuv
über den platten Horizont.

Ihre Farbe verloren die Dinge
die Tage zogen sich lang, ein einziger Mittag
bis dann, irgendwann, der Abend nieder mußte
mit seinen allbekannten Sternen.

Der Atem schmeckte alt.
Falten warfen wie eh und je die Gewänder
deren Weiß eine dünne aber beständige
Schicht Staub bedeckte.
Der Staub der Via Appia.

Die Kriege waren geschlagen
die Lieder gesungen
die Gleichnisse durchschaut.
Alle Irrtümer verbraucht

die Geheimnisse verkauft.
Selbst die Hoffnungslosigkeit war müde.

Jeder dachte an das Ende
keiner an den Anfang.
So starben sie.

Christoph Ransmayr
Die letzte Welt

Der Skandal begann an einem heißen Septemberabend, an dem auf einer der kleineren Bühnen der Residenz eine Komödie Premiere hatte. Das Stück, eine lose Szenenfolge, hieß *Midas*, war nach den an den Bäumen der großen Boulevards plakatierten Ankündigungen der Theaterdirektion ein weiterer Auszug aus Nasos rätselhaftem, entstehenden Werk und handelte von einem bis zur Verrücktheit musikbegeisterten Reeder aus Genua, dem in einer rasenden Geldgier alles zu Gold wurde, was er berührte; zuerst waren es nur die Kiesel eines Gartenweges, Stuckrosen und eine Strohgarbe, aber nach und nach erstarrten dem Reeder auch die Jagdhunde, die Früchte, nach denen er griff, Wasser, in dem er sich baden wollte, und schließlich die Menschen, die er liebkoste, festhielt oder schlug. Am Ende saß der Unglückliche starrend vor Schmutz, bis zum Skelett abgemagert in einer goldenen Wüste, umgeben von den mattschimmernden Skulpturen seiner Liebsten und sprach aus dieser metallenen Welt einen hallenden Monolog, der nicht nur eine Verfluchung des Geldes, sondern eine pointenreiche Verspottung aller war, die danach gierten. In diesem von Gelächter und Applaus des Publikums immer wieder unterbrochenen Monolog fielen endlich auch in Palindromen und Schüttelreimen verborgene Namen von stadtbekannten Aufsichtsratsvorsitzenden, Abgeordneten und Richtern ... Der Reeder wurde schließlich von seinem Fluch und dem Hunger nur im Tausch gegen ein anderes, wenn auch milderes Schicksal erlöst: Seine Ohren wurden haarig und lang und seine Stimme brechend und klagend wie die eines Esels. So trat er ab. Das Publikum johlte vor Vergnügen und warf Samtkissen und Blumen auf die Bühne. An diesem und an zwei weiteren Abenden war das Theater ausverkauft und die Luft vom Schweiß und Parfüm der vielen Zuschauer so schwer, daß die Platzanweiser auch während der Vorstellung Tannenduft aus bauchigen Flakons versprühten.

Am vierten Abend hinderte ein berittener Polizeitrupp mit Stahlruten und langen Gerten das Publikum am Betreten und die Schauspieler am Verlassen des Theaters; dabei wurden Schauspieler wie Zuschauer verletzt, die dann in ihren goldenen Kostümen und festlichen Kleidern blutend und klagend auf den Freitreppen und in den Säulengängen des Theaters lagen, bis sie weggezerrt wurden. Ein Senator aus Ligurien, der in Genua und Trapani Werften besaß, und von dem später bekannt wurde, daß er an seinem sizilianischen Sommerwohnsitz ein großes, privates Walzerorchester unterhielt, hatte die Komödie verbieten lassen.

Gegen die öffentliche Empörung, vor allem gegen den Protest der Zeitungen, der die Zensur scheinbar ungehindert passierte, rechtfertigte der Senator das Verbot und den Einsatz der Berittenen mit zwei langen Reden, die auch gedruckt und als Flugblätter über die Theaterplakate geklebt wurden. Naso schwieg auch dazu. Seinen Höhepunkt erreichte der Skandal schließlich, als einer der Leibwächter des Senators an einem frühen Morgen dieser Tage am Ufer eines ausgedehnten Schilfteiches bei Rom in Ketten, mit zertrümmerten Hand- und Kniegelenken und so verstört gefunden wurde, daß er noch nach zehn Tagen zu keiner Erklärung, ja keinem einzigen Wort fähig war; der Mann starrte allen Fragern nur maßlos erschreckt und blöde ins Gesicht und blieb so gänzlich ohne Verstand und Sprache, daß man ihn, als das Interesse an seiner Verstümmelung nachließ, in eine geschlossene Anstalt brachte, wo er verkam. Zwar gelang es keiner Intrige, einen Zusammenhang zwischen der Empörung gegen das Verbot der Komödie und dem Elend des Leibwächters herzustellen, trotzdem blieb die Erinnerung an den Verstümmelten aus dem Schilf und das Fauchen der Stahlruten vor dem Theater an der Komödie und damit an Naso haften. Was war das für eine Dichtung, die eine solche Gewalt zu provozieren vermochte?

Naso hatte sein Schweigen nur ein einziges Mal gebrochen, als er über eine Tageszeitung verbreiten ließ, seine Gestalt des *Midas* sei an dem nun verwüsteten Theater bis zur Unkenntlichkeit entstellt worden, keinem Reeder und keiner lebenden Person habe er seine Szenenfolge gewidmet, sondern allein einem griechischen König, dem Urbild der Gier und des törichten Reichtums, ja er habe noch niemals das platte Gleichnis der römischen Wirklichkeit zu gestalten versucht; das Verbot könne also unmöglich ihm, sondern bloß einer falschen Auslegung gegolten haben ... Aber weil dies die einzige Erklärung blieb, die Naso zu seinem Werk jemals abgab, wurde sie als die übliche Vorsicht abgetan und fand kaum Beachtung. Und weil dieser Skandal schließlich auch für ihn selbst so gänzlich unerwartete Wirkungen zeitigte – auch die Losverkäufer, die Fisch- und Limonadenhändler, die Geldwechsler und Analphabeten kannten nun seinen Namen –, widersprach der Dichter der weiteren Entwicklung nicht mehr. Er wurde also *populär*.

Naso wechselte die Kreise. Sein Name erschien in den Klatschspalten. Als Hofnarr oder verruchter Aufputz der Anwesenheitsliste eines Banketts wurde er nun in Häuser geladen, in denen es zwar kaum noch Bücher gab, dafür marmorne Standbilder, Lichtschranken, versilberte Brunnenbecken und Jaguare im Zwinger. In solchen Häusern wohnte nicht bloß feine Gesellschaft, sondern die Gesellschaft der Macht, wohnten Familien, deren Prunk und von Hunden, glasscherbenbewehrten Mauern, Scharfschützen und Stacheldrahtverhauen gesicherter Luxus schon ein Abglanz des Imperators war. In einem dieser Häuser wurde irgendwann spät nachts, unter dem Beifall und Gelächter von betrunkenen Kostümierten und im Spinnenlicht von Feuerwerksgarben, auch der Vorschlag gemacht, doch diesen Dichter, diesen Provokateur aus Sulmona, eine der Festreden zur Eröffnung des neuen Stadions halten zu lassen; der vom Stadtsenat dafür bestimmte Redner, so hatte eine Nachricht gelautet, die das Gartenfest an diesem Abend nur kurz unterbrach, sei am späten Nachmittag einem Blutsturz erlegen.

Diesem jähen Tod, dem Verlauf eines Gartenfestes und der selten einmütigen Laune einiger dazu geladener Würdenträger verdankte Naso schließlich einen Auftrag, der ihn am nächsten Morgen, vierzig Stunden vor der Eröffnung des Stadions erreichte und ihm weder die Möglichkeit der Ablehnung noch der Zustimmung, sondern nur die des Gehorsams ließ: Publius Ovidius Naso werde die achte von insgesamt elf Reden über die Wohltat des neuen Stadions halten, eine Rede von zehn Minuten Länge vor zweihunderttausend Römern im steinernen Oval – und dem Erhabenen in ihrer Mitte, Augustus Imperator, der jedem der elf Redner das Wort selbst erteilen werde.

Das aus Kalkstein und Marmorblöcken aufgetürmte Stadion, das sich aus einem unter großen Opfern entwässerten Moorgebiet des südlichen Tibertales erhob, sollte nach einem Traum des Imperators und nach seinem unbeugsamen Willen Zu den Sieben Zufluchten genannt werden. Jahrhundertelang hatten sich aus diesem Moor nur die flirrenden, schwankenden Säulen der Fiebermückenschwärme erhoben und Aasvögel den Himmel beherrscht, die über den Kadavern von Ziegen und Schafen, seltener auch den Leichnamen von Hirten kreisten, von Moorbewohnern, die von den Knüppelpfaden abgekommen und im Morast erstickt waren. Das Stadion Zu den Sieben Zufluchten war die Krönung eines epochalen Entwässerungswerkes, das in den Jahren der Grabarbeit als das größte Geschenk des Imperators an Rom gepriesen wurde.

In diesem gewaltigen Kessel aus Stein, in dem in der Eröffnungsnacht zweihunderttausend Menschen ihre mit Buntpulver bestreuten Fackeln nach den Kommandos einer Schar von Zeremonienmeistern zu lodernden Ornamenten erhoben, im Tosen der Blutorchester der Armee, die sich auf den Aschenbahnen zur Parade formierten, inmitten dieser entsetzlichen Herrlichkeit, in der sich das Volk von Rom unter den Augen des Imperators in ein einziges, brennendes, rasendes Muster verwandelte, begann Nasos Weg in die äußerste Einsamkeit, sein Weg an das Schwarze Meer. Denn auf einen Wink des Imperators, der nach sieben Reden schon gelangweilt schien und der nun auch dem achten Redner das Zeichen aus einer solchen Ferne gab, daß Naso nur die tiefe Blässe in Augustus Antlitz wahrnahm, aber keine Augen, kein Gesicht ..., auf einen müden, gleichgültigen Wink also, trat Naso in dieser Nacht vor einen Strauß schimmernder Mikrophone und ließ mit diesem einen Schritt das römische Imperium hinter sich, verschwieg, vergaß! die um alles in der Welt befohlene Litanei der Anreden, den Kniefall vor den Senatoren, den Generälen, ja dem Imperator unter seinem Baldachin, vergaß sich selbst und sein Glück, trat ohne die geringste Verbeugung vor die Mikrophone und sagte nur: Bürger von Rom.

Naso sprach leise wie immer, aber diesmal wurde die Ungeheuerlichkeit seiner Worte tausendfach verstärkt, hallte durch den samtschwarzen, mit Flammen und Sternen besetzten Raum des Stadions, rauschte die Logen, die Balustraden, Sperrmauern und Brüstungen entlang und dann die steinernen Kaskaden hinauf, brach sich erst hoch oben, irgendwo in dieser Unendlichkeit und schlug von dort in verzerrten, metallischen Wellen zurück. Unter den Baldachinen des Hofes verstummte plötzlich alles Flüstern und Geplauder, wich einer Stille, die einige Atemzüge lang jede Bewegung, selbst das Augenspiel und das Wehen der Pfauenfedern auf den Fächern unterbrach. Allein der Imperator saß zurückgelehnt im Schatten seiner Garde und starrte abwesend in das Feuerornament und schien wie taub und schien nicht zu begreifen, daß Naso, diese schmale, vornübergebeugte Gestalt dort in der Ferne, eben das erste Gesetz des Reiches gebrochen und ihm die Verehrung versagt hatte.

Und damit nicht genug. Denn scheinbar ungerührt vom Entsetzen hinter seinem Rücken erhob Naso nun seine Stimme und begann die Schrecken der Pest zu beschwören, erzählte von einer Seuche, die im Saronischen Golf, auf der Insel Aegina, gewütet hatte, erzählte von der Dürre eines Sommers, in dem als erstes Zeichen des Unheils Millionen von Schlangen durch den Staub der Felder gekrochen seien und vom Gifthauch, der dem Zug der Vipern gefolgt war; von Ochsen und Pferden, die im Geschirr und vor dem Pflug plötzlich niederbrachen und verendeten, noch bevor ein Knecht sie aus dem Joch nehmen konnte, erzählte von den Bewohnern der Städte, denen der Tod in schwarzen Beulen aus dem Leib brach.

Endlich verdunkelte sich der Himmel und Regen fiel; aber es war nur heißes, übelriechendes Wasser, das die Pest noch in die letzte Zuflucht der Insel schwemmte. Eine große Mattigkeit senkte sich über das Land; die Menschen begannen in Massen unter den plötzlichen Schlägen des Fiebers zu taumeln und sanken dann neben ihr Vieh hin, das schon einen Panzer aus Fliegen trug; vergeblich versuchten die Bewohner Aeginas, ihre glühende Haut an den Felsen zu kühlen, preßten ihre Stirn gegen die Schollen und umarmten die Steine.

Aber diese Glut, sagte Naso, war nicht zu kühlen. An diesem Fieber, sagte Naso, erwärmten sich selbst die Felsen und alles Land. Jetzt krochen die Siechen aus ihren Häusern wie zuvor die Schlangen aus den Rissen und Löchern der Erde und lallten vor Durst und krochen den Vipern an die Ufer der Flüsse, der Seen und Quellen nach und lagen im seichten Wasser und tranken umsonst. Der Durst der Pest war nur mit dem Tod zu löschen. Also starben die Trinkenden und die Spiegel der Gewässer wurden blind.

Wem bis zu dieser Stunde noch die Kraft dazu geblieben war, sagte Naso, der tötete seinen Nächsten aus Mitleid und legte dann Hand an sich, stach zu, stürzte in eine Schlinge oder die Kalkklippen hinab oder fraß als letzte Arznei Kristallscherben und Glas. Aegina verging. Bald gab es keine Erde mehr, um die Leichen zu begraben, keine Wälder, um sie zu verbrennen und keine Hand, die noch eine Schaufel oder eine Fackel zu halten vermocht hätte. Allein die Fliegen nahmen sich der Kadaver und der Toten an; smaragdgrün und blau schillernd von ihren Schwärmen und summend lag Aegina unter Wolken im Meer.

An den Abhängen des Berges Oros, sagte Naso, dehnte sich damals das größte aller Leichenfelder aus; dort waren jene Verzweifelten gestorben, die aus der Hitze und dem Verwesungsgestank der Niederungen ins Gebirge zu flüchten versucht hatten. Die meisten Toten lagen im Schatten einer Eiche, des einzigen Baumes weithin; diese Eiche war so alt wie die ältesten Bäume der Insel und mächtig wie eine Festung. In den Narben und Rissen ihrer Rinde und durch die Flechten und Mooswälder ihrer Astgabelungen stürmten Ameisenvölker in schimmernden Strömen dahin, unzählige Insekten, die dem Baum seine dunkle Farbe gaben und ein Aussehen, als bestünde er aus Abermillionen glänzender Schuppen.

Als auf Aegina in diesen Tagen auch die Klage des letzten Menschen verstummt war, verließen die Ameisenvölker ihre Eiche, flossen den Stamm hinab wie das Wasser eines Wolkenbruchs, verteilten sich in vielen Adern über die Leichenfelder und ergriffen dort von allen Leerräumen Besitz, eroberten gegen die Übermacht der Fliegen die Augenhöhlen, die offenen Münder, die Bäuche, Gehörgänge und die flachen Senken, die an der Stelle der Pestbeulen geblieben waren. In immer dichteren Scharen rannten sie dahin und schlossen sich in den Höhlungen zusammen, verdichteten sich zu neuen, zuckenden Muskeln, zu Augen, Zungen und Herzen, ja formten, wo Glieder verwest waren und fehlten, mit ihren Leibern das Fehlende nach, Arme, Beine, *wurden* zu Armen und Beinen und formierten sich zuletzt auch zu Gesichtszügen, zum Ausdruck und Mienenspiel; aus ihren schon verschwindenden Mäulern spieen sie dann weißen Schleim, der auf den Skulpturen ihrer Masse zu Menschenhaut erstarrte und wurden so vollends zum neuen Geschlecht von Aegina, einem Volk, das im Zeichen der Ameisen stand: Es erhob sich schweigend, verließ die Hänge des Oros in Massen und bewegte sich auch in Zukunft nur in Massen fort; es war willig und ohne Fragen und folgte den neuen Herrschern, die von gleicher Herkunft waren, in die Triumphe wie in das Elend der Zeit, ohne Murren durch das Eis der Alpen, über die Meere und durch Wüsten, in Kriege, Eroberungszüge und selbst ins Feuer; es war ein genügsames, starkes Volk, das zu einem Heer von Arbeitern wurde, wo Gräben zu ziehen, Mauern zu schleifen und Brücken zu schlagen waren; in Zeiten des Kampfes wurde dieses Volk zu Kriegern, in denen der Niederlage zu Sklaven und im Sieg zu Herren und blieb durch alle Verwandlungen doch beherrschbar wie kein anderes Geschlecht.

Und was die Eiche der Ameisen für das Glück der Insel Aegina war, sagte Naso dann in den Strauß der Mikrophone und schloß seine Rede, das werde nun und in Zukunft dieses Bauwerk der

Sümpfe, das Stadion Zu den Sieben Zufluchten, für das Glück Roms sein – ein Ort der Verwandlung und Wiedergeburt, ein steinerner Kessel, in dem aus Hunderttausenden Ausgelieferten, Untertanen und Hilflosen ein Volk gekocht werde, so wandelbar und zäh wie das neue Geschlecht von Aegina, so unbesiegbar. Und schwieg.

Nichts geschah. Kein Gewehr und kein Schlagstock der venezianischen Garden wurde gegen den Redner erhoben; die Waffen und Blicke des Hofes blieben gesenkt; das Feuerornament im Oval johlte und klatschte den gleichen Beifall, der auch nach den anderen Reden aufgerauscht war; vielleicht, weil in der Anwesenheit des Imperators nur Beifall und Zustimmung geboten, vielleicht aber auch, weil etwas von Stärke, von Unbesiegbarkeit gesagt worden war. Dann verebbte das Rauschen, und Naso trat unbehelligt in die Reihe der Redner, in die Komparserie zurück. Nichts geschah. Denn Augustus lag schlafend, schnarchend in seinen schweren Prunkgewändern unter dem Baldachin, während ein dünner Mann, ein Gymnastiklehrer aus den Abruzzen, ihm mit einem in Eukalyptusöl getunkten Pergamentfächer die Fliegen vom Leibe hielt.

Und so empfing Naso in dieser Nacht gemeinsam mit den anderen Rednern den Dank des Imperators, silberbeschlagenes Zaumzeug, und schritt nach den Regeln der Zeremonie die Stufen zur Aschenbahn hinab, sehr langsam. Dort wurden ihm die Riemen von einem Stallknecht des Hofes abgenommen, wurden elf Schimmel aufgezäumt und den Rednern übergeben, die dann in den Sattel mußten. Auf den Rücken ihrer Pferde, steif und schwankend wie elf Metronome, die den Takt gegeneinander schlugen, verschwanden die Beschenkten schließlich im Glanz der Parade, einem klirrenden Strom, der an den Masken des Hofes und den Fackeln des Volkes vorüber und durch das Nordtor des Stadions in die Nacht hinauszog, gegen Rom.

HEINER MÜLLER
Wolokolamsker Chaussee IV: Kentauren
(Ein Greuelmärchen aus dem Sächsischen des Gregor Samsa)

Miranda: O brave new world,
That has such people in't!
Prospero: 'Tis new to thee.

Ich hatte einen Traum Es war ein Alptraum
Ich wachte auf und alles war in Ordnung.
Genosse Ober alles ist in Ordnung.
Kein Vorfall keine Ordnungswidrigkeit
Und kein Verbrechen Unsre Menschen sind
Wie sie im Buch und in der Zeitung stehn.
Das will ich sehn Vielmehr das will ich nicht sehn
Das ist das Ende Weißt du was du redest
Bist du verrückt geworden Keine Panik
Das muß ein Irrtum sein Eine Verschwörung
Du bist das Werkzeug Weißt dus oder nicht
Kopf oder Kragen das ist hier die Frage.
Ich weiß nicht was du meinst Es ist die Wahrheit
Wir haben es geschafft Genosse Ober
Zehn Jahre Tag und Nachtschicht nicht umsonst
Ordnung und Sicherheit das war es doch
In jeder Schulung unser Produktionsziel.
Ja und Bewußtsein Und wo andre ein
Bewußtsein haben ist bei dir ein Loch
Vielleicht bist du nur objektiv ein Feind
Für Dummheit gibts Bewährung Ich erkläre dir
Nur für den Dienstgebrauch Wir produzieren
Ordnung und Sicherheit

Ja und
Bewußtsein. Ja und Bewußtsein Richtig Und die
Mutter Der Ordnung ist die Ordnungswidrigkeit
Der Vater der Staatssicherheit der Staatsfeind
Und wenn das Licht in allen Köpfen brennt
Bleiben wir sitzen auf unserem Bewußtsein
Das Spiel heißt Räuber und Gendarm Das Spiel
Hat Regeln Regel Nummer Eins ist Eine
Hand wäscht die andre Und den will ich sehn
Der sich die Hände wäscht mit einer Hand

Kurz Räuber und Gendarm sind eine dia
lektische Einheit Unser täglich Brot
Ist das Delikt Mord unser Sonntagskuchen
Der Staat ist eine Mühle die muß mahlen
Der Staat braucht Feinde wie die Mühle Korn braucht
Der Staat der keinen Feind hat ist kein Staat mehr
Ein Königreich für einen Staatsfeind Wer
Wenn alles hier in Ordnung ist braucht uns
Ich kann aus meinem Schreibtisch Kleinholz machen
Und Feuer legen mit den Kaderakten
Wir können unsre Uniform ausziehn
Und an den Nagel hängen Und uns selber
Wenn es der Nagel aushält gleich dazu
Was machst du.
                                        Meine Uniform ausziehn.
Du bist im Dienst und nicht am FKK Strand
Was suchst du.
                        Einen Strick und einen Nagel.
Nach Dienstschluß wenn du dich aufhängen willst
Erst wirst du deinen Fehler abarbeiten
Du bist zurückgewichen vor den Fakten
Und hast von unsrer Mehrheit dich entfernt
Durch blinden Glauben an den Augenschein
Denn kein Fakt ist ein Fakt eh er auf uns hört
Sonst wozu tragen wir die Uniform
Und ein Gehirn unter der Mütze Sein
Bestimmt Bewußtsein in der Vorgeschichte
Im Sozialismus ist es umgekehrt
Was hier gebraucht wird ist ein andres Feuer
Als uns ein kleingehackter Schreibtisch hergibt:
Oder ein Wäschekorb voll Kaderakten
Und wenn du deinen Fehler korrigiert hast
Brauchst du nach Dienstschluß dich nicht aufzuhängen
Der Orden ist dir sicher und die Prämie
Jetzt geh und fahr bei Rot über die Kreuzung.
Bei Rot über die Kreuzung Ich.
                                                    Und zwar
In Uniform Und das ist ein Befehl.
In Uniform bei Rot Über die Kreuzung.
Wenn dir der Orden nichts bedeutet und
Die Prämie auch nicht Bist du noch ein Mensch

Wie stehn wir da und was soll aus uns werden
Wenn unsre stärkste Waffe nicht mehr greift
Der ökonomische Hebel Und jetzt denk
An deinen Diensteid Keine Diskussion mehr.
Mein Diensteid sagt Bei Rot über die Kreuzung
Ist eine Ordnungswidrigkeit Und mein
Bewußtsein sagt Das kostet Menschenleben.
Hier geht es um die Sache Menschenleben
Wir alle müssen Opfer bringen Und
Gesetzt den Fall es ist dein Menschenleben
Vor Dienstschluß ist es unser Menschenleben
Das auf der Kreuzung bleibt Das Denkmal ist
Dir sicher wie der Orden und die Prämie
Und wenn es dir um deinen Diensteid geht
Niemand verbietet dir dich anzuzeigen
Mein Diensteid sagt ich selber zeig dich an
Wenn du bei Rot über die Kreuzung fährst
Aber der Hund läuft nicht vorm Hasen her
Erst das Delikt und dann die Strafanzeige
Und unsre Lage fordert jetzt daß einer
Bei Rot über die nächste Kreuzung fährt
Er fuhr bei Rot über die Kreuzung und
In Uniform im Dienst und in der Stoßzeit
Die Neunte Sinfonie der Streifenwagen
Mit Trillerpfeifen und Sirenen ging
In jedes Ohr Das Feuer auf der Kreuzung
Ich sah den Widerschein vom Schreibtisch aus
War ein Fanal Ich biß in meinen Schreibtisch
Damit ich nicht in lauten Jubel ausbrach
Über die Ordnungswidrigkeit im Dienst
Hielt meine Beine mit den Armen fest
Damit sie keinen Freudentanz aufführten
In Uniform Ich nahm die Mütze ab
Genosse du bist nicht umsonst gestorben
Gefallen an der Front der Dialektik
Wie löst man einen Widerspruch Indem
Man sich hineinbegibt geradeaus
Kein Blick nach rechts und links und er zerreißt dich
Wie Jesus den das Kreuz zerrissen hat
Oder Prometheus den sein Felsen sprengt
Wir werden seinen Tod frisieren müssen

Denkmal des unbekannten Ordnungshüters
Nicht alles was den Massen dient verstehn
Die Massen jedenfalls nicht gleich und plötzlich
Auf meinem Schreibtisch stand der teure Tote
Die Uniform brandneu die Schulterklappen
Hatten sich schon zu Flügeln ausgewachsen.
Genosse Ober Alles ist in Ordnung
Die Dialektik wiederhergestellt
Und die Organe arbeiten normal.
Er bückte sich und sang an meinem Ohr
Und Stalin soll mich holen wenn ich weiß
Was es bedeuten sollte etwas wie
Denn oh Zerbrochen ist das Steckenpferd
Stand auf und drehte ein Pirouette
Flog durch das Fenster mit zwei Flügelschlägen
Und als ich aufstehn wollte und ihm nachsehn
Und seiner Flugbahn etwas wie ein Blitz
Durchzuckte mich ein Schmerz wie eine Schweißnaht
Ich war mit meinem Schreibtisch fest verwachsen
Und fest mit mir verwachsen war mein Schreibtisch
Ich zog und zerrte Kampf mit allen Vieren
Der Schreibtisch um den Bauch kein Rettungsring
So macht Bewußtsein Sitzfleisch aus uns allen
Mein Schreibtisch ist mein Kaukasus mein Kreuz
Der Kommunardentraum Vom Ich zum Wir
Das ist es also Soll das alles sein
Die Hochzeit von Funktion und Funktionär
Bis daß der Tod uns scheidet Und vielleicht
Findet das Sterben einfach nicht mehr statt
Sondern der Menschheitstraum das ewige Leben
Nun oh Unsterblichkeit bist du ganz mein
War das mein Schreibtisch oder war das ich
Wer hat dir das geflüstert alter Preuße
Brandschutz vorausgesetzt und gute Pflege
Und Schadenhilfe durch Reparatur
Von qualifizierten Kräften ausgeführt
Der sozialistische Schreibtisch unser Marsch
Gepäck ins kommunistische Jahrtausend
Die neue Gangart will geübt sein Links
Und links Und jeder Schritt ist Leistungssport
Ich bin ein Mann ein Mann wie eine Eiche

Wie geht es weiter So Vielleicht bin ich
Ich glaube singen kann ich auch nicht mehr
Ein Kloß im Hals Schon morgen eine L…
Ich und mein Schreibtisch Wer gehört jetzt wem
Der Schreibtisch ist volkseigen Was bin ich
Unten ein Schreibtisch oben noch ein Mensch
Kein Mensch mehr sondern eine Menschmaschine
Ein Möbelmensch oder ein Menschenmöbel
Die Akten meine unteren Organe
Ich bin ein Vorgang Legt mich zu den Akten
O Personalunion von Holz und Fleisch
Wie scheißt ein Schreibtisch Und was frißt er Wie
Erfüllt er seine ehelichen Pflichten
Und wenn ein Schreibtisch einen Schreibtisch fickt
Was kommt heraus Ein Schreibtisch und ein Schreibtisch
Ein Schreibtisch und ein Schreibtisch und ein Schreibtisch
Mein schönes Fräulein darf ichs wagen Aber
Woran erkennt man das andere Geschlecht
Schließlich muß alles seine Ordnung haben
In meinem Kopf dreht sich ein Karussell
Mein Dokument muß ich es ändern lassen
Sind wir Genossen oder ein Genosse
Und warum läuft das Wasser mir im Maul
Zusammen wenn ich die Dienstordnung seh
Die an der Wand hängt und auf deinem Holz
Hab ich gesagt auf deinem Holz Auf unserm
Das Telefonbuch Hunger altes Möbel
Den Feierabend können wir vergessen
Arbeit und Freizeit beißen sich nicht mehr
Das ist Kapitel Drei der Weltgeschichte
Auf allen Vieren zum aufrechten Gang
Im Qualitätssprung auf den Klassenstandpunkt
Jeder sein eigenes Denkmal sozusagen
Der Klassenstandpunkt ist der Denkmalssockel
Gut Holz und Dialektik stillgestanden
Heilig die Lösung aller Widersprüche
Ha Tinte ist ein ganz besondrer Saft
Kein Alkohol im Dienst Rauchen verboten
Besondre Vorkommnisse keine Ordnung
Und Sauberkeit Und Sicherheit Und Bau
Bedienung Eine Akte zum Verzehr

Und einen Schreibtisch zur Reproduktion
Berkeit und Sicherheit und Sau Was knackt
In unserm Holz He Ist der Wurm drin Hilfe

Bert Papenfuss-Gorek
tantris in tyrannos

abwegig von dragees, rhetorik, logizismus
historizismus, strukturalismus, komödien
sinn an sich nachäffend, system überbord
geht höchstens breite aus der tiefe auf
schlüpft sein schmerz in durchdrall hoch
bis über beide ohren – die taschen voll
soll, laut bannbulle, »je witz noch abkunft
ihn vor dem dahinkadavern kalfatern«, so
zog er, helms & harnisches, oberlippen-
& lockwallenden panzers benommen, los
als kaventsmann auf maritime kavalkade
in nichts als irrwahnwitz & verschmitzt
verbirgt er seinen prachtpreßlusthammer
in sich stetig steigernder ergriffenheit
& kann es doch nicht fassen – angriff
ihn die linderung des gnatzes als folie
mit, beileibe, verringerung in empfindnis
trostlos aber trotzdem wie das schaumroß
nach beinausriß, rundlauf & standwaage
narr selbst, irre zum narren zu halten
mit wahrheit, deren treffliches ausspiel
mäßiger verwegenheit der hofstaat blecht
mit isaldens beschämt besenktem aufputz
in schwindeln stolpert die stolzböckin
herzklopperin dem in demut beschränkten
auf kobalz, hohe liebe schweift ihr steiß
coda:
dogma gegen trotz/trost siegt in bescheidenheit
nivelliert hohen rosses pathos in niedlichkeit
zwischen blockaden & illusionen darüber hinweg
wurde entmannt, was erfräulich zu sein wusste
(besser kommt's nich', soviel bier gibt's nich')
des profanen zauber ist stark wie erhabentracht

– tilge, brangäne, keine schuld in seinen armen
immerdar, barmherz, wirst du ihn küssen müssen
er liebt nicht sie, sondern den zauber & zwang
; d. h. zwangsläufig & eigentlich – sich selbst
& dich, du zofe

Durs Grünbein

An diesem Morgen gingen die 80er Jahre
zuende mit diesen Resten der
70er, die wie die
60er schienen: nüchtern und wild.

›3 Jahrzehnte mit einer Hoffnung im Off …‹

Nimm dir ein Negativ (und vergiß): diese
Warteschlangen sich kreuzend an
Haltestellen, die Staus im
Berufsverkehr, total

eingefrorene Gesten am Zeitungskiosk, die
Mißverständnisse (›Sind Sie
verletzt?‹) –
(›Kennen Sie DANTE?‹). Du sahst wie sie

warteten, manche vom Glanz ihrer Exile
vereinsamt. Die Luft (sonst
unverwundbar)
war voller Szenen aus
Chaplinfilmen, ein
Wirbel grauer Pigmente davor, Tag und
Nacht grauer Regen vom
Kohlekraftwerk über der

toten Ähnlichkeit aller toten arm- und
beinlosen Engel auf den
Ruinen ringsum. Also schön,
dachtest du: dieser Ort
so gut wie ein anderer
hier in Mitteleuropa
nach Sonnenaufgang mit

galoppierenden Wolkenherden und frühem
Stimmengewirr wie vom Sog
eines Hafens

erfaßt … Ist es das? während du weiter-
machst, dich erwärmst, ein paar
Fremde grüßt gähnend
(›Ein Gähnender!‹) über-
drüssig der Tautologien, des Hungers, der

langsamen Einführung in diesen Tag.

Thomas Böhme
agonie

… dann begannen die jahre
der wiederholungen die wege
waren schon gegangene wege
die wildnis war aufgeteilt
in bebaute grundstücke
die kalendertage der klein
gärtner dienten dem anhäufen
etlicher fuhren mist.
die endgültig konservierte
und sterilisierte musik
auf kassetten chromdioxid
hi-fi malte den hintergrund
aus seinen augen verschwand
das geschenk der jugend –
die anmut des zweifels –
und wich lauter kleinen
zynismen das ›wir‹ seiner
frühen jahre nannte er eine
vergangenheitsform ohne
wert. die geliebten glichen
kopien seiner ersten liebe
so daß er manchmal die süßen
namen vertauschte und alte
geständnisse einfach abschrieb
in alben klebten ihre

beschmutzten fotos
zerknittert vom langen
befingern er täuschte sich
noch ein gefühl vor und
strich bereits ihre adressen
aus dem notizbuch – verzogene
und vermißte – die narben
verhornten das herz nach
und nach gut gepolstert
die jahre kamen ihm vor
wie ein langer november …

Werner Söllner
Verkehrte Zeit

Alle Uhren im Land bleiben stehn. An den Kopf
greifen sich unsre Freunde bestürzt. Unsre Eltern empfangen
soeben die Nachricht. Bei den Standesämtern herrscht
Andrang. Dann packt Mutter die Koffer, liebt Vater
nicht mehr und fährt zu Großmutter, die sich mit freundlichem
Augenaufschlag vom Sterbebett erhebt. Unsre Bekannten
erbleichen, in vager Befürchtung: Niemanden mehr haben unsre Väter
erschossen, zu ihren Eltern sprechen sie
mit Worten, die sie gelernt haben, später, von
uns.

Doch die rückwärtslaufende Zeit
drängt. Die Behörden mahnen zur
Eile.

Da gedeiht eine Wiese zur Wildnis, ein Wohnblock
zum Blockhaus. Krummschwerter schwingend, ziehn sich
Kaskadeure lärmend aus Mitteleuropa
in die Kulissen zurück. Ahnungslos kommen unsre Ahnen
und vergehn. Ihre Sprache verstehn wir
nicht mehr. Stummen Gestalten fährt ein Gespräch
in den Hals. Sie betreten die Bretter

der Pletten, schweigsam, schweigsamer gleiten sie
gegen den Strom. Keiner ruft
das Gesindel an.

Unsren im Land verbliebenen Vätern bleibt noch
ein bißchen Zeit. Aus dem Boden fährt ihnen Blut
in die Adern und Schweiß in die Poren, ihre übrigen
Griffe verschwimmen im Dunkel geschichtlicher
Wahrheit. Dem Kanzlisten, gebeugt über pergamentene
Freibriefe, fließt die Tinte zurück
in den Kiel. In der spiegelnden Luft liegt ein verkehrter
Geruch von Aufbruch. Jeder sucht seine Spur
im Staub. Wer ein Gewissen
besitzt, erinnert sich dunkel
an später. Wer noch ein Herz hat, läßt es
nicht liegen. Endlose, ratlose Wagenzüge
ziehn in die sinkende Sonne.

Sascha Anderson

Then, window, let day in, and let life out

wäre ich du, ich würde nicht auf mich warten,
denn, der zu dir kommt, bin nicht ich.
du hast deine vorstellungen vom leben
wie ich die meinen habe fallen lassen

aus einem offnen fenster zwischen uns.
warum konnte ich nicht bleiben, der ich bin,
du warst es, bis wir aufeinandertrafen,
wären wir nur nebeneinander liegengeblieben

wie städte, die das land zwischen sich beackern,
um zu leben, und beleben, um zu fressen,
und kahlfressen, um zu überleben, und reden
von brücken und so weiter und marschieren

letztendlich, selbstverständlich
sind ihre kinder ein wachsendes archiv ihrer schritte.

Karl Krolow
Worte

Mit Worten gerät man in Schuld.
In Eintracht lebt keiner mit ihnen.
Ich spür meine Ungeduld
und daß sie zur Täuschung dienen.

Gebranntes Kind scheut das Feuer.
Ich bin das gebrannte Kind.
Ich scheue vor Worten, je neuer
die täuschenden Worte sind.

Ich habe Glück mit den Sätzen,
wenn ein Zufall die Worte lenkt
und sie glücklos sind, nicht verletzen
und man nicht an ihr Schicksal denkt:

an ihr Kommen und Gehn und daß sie
im Munde bereits benommen
und sterblich werden und was sie
treibt, um zu nichts zu verkommen.

Martin R. Dean
Der Mann ohne Licht

Geschichtlich gesehen, sagte Loder nach dem Essen, sei es noch gar nicht lange her, daß man im Schein von Gaslampen mehr oder weniger gemütlich zusammengesessen habe.

»Im letzten Jahrhundert noch saß man in stinkenden, stickigen Zimmern. Eine Folge der Gasflamme in den Gaslampen, da bei der Verbrennung von Gas eine gewisse Menge Ammoniak und Schwefel frei wird.«

Loder lehnte sich zurück und betrachtete die Ausstattung des Stübli mit wohlwollendem Blick.

»Die Decken wurden schwarz, die Ölbilder noch schwärzer, und der Kopf brummte einem fürchterlich, da der Sauerstoff fehlte. Das waren die Bedingungen, unter denen damals geschrieben werden mußte. Im Zeitalter der Aufklärung blakten noch die Kerzen, jeder Windstoß durch die undichten Fensterritzen konnte das Ende eines

Satzes bedeuten. Der Philosoph mußte ständig aufstehen, um das Licht neu anzuzünden.«

Dill nahm einen Schluck Calvados. Loder war beim Cognac, mittlerweile beim dritten. Lag es am Alkohol oder am Essen, daß er jetzt wieder wie aufgemöbelt wirkte? Er zeigte sich von seiner besten Seite und redete. Rund wölbte sich sein Bäuchlein gegen die Tischkante. Bald würde Brönnimann, der sich auffallend wenig blicken ließ, das hellbraune Sperrholzkistchen mit den Zigarren bringen müssen.

Die Idee, die Schriften der Aufklärung in diesem Lichte zu sehen, sei ihm noch nie gekommen, gestand Dill.

Ihm auch nicht, sagte Loder, so nicht, so ganz freiwillig. Eines Tages habe er seine Schreibblockade gehabt. Zuerst habe er gedacht, es liege an seinen Augen, die das Licht nicht mehr vertrügen. Ihm fiele vielleicht wegen des Lichts nichts mehr ein, er könne sich deswegen nicht mehr konzentrieren. Das sei natürlich Blödsinn, aber mitunter verfalle man auf die absurdesten Gedanken. Aber immerhin, wie so oft sei der Zufall der Vater einer nützlichen Idee. So sei er dazu gekommen, den Faden einmal aufzurollen.

Die Entdeckung des Lichts, der Glühbirne gehe zwar ins letzte Jahrhundert zurück. 1872, wenn man es genau nehme. Aber in Wahrheit sei diese Entwicklung bereits in der Technikgläubigkeit der Frühaufklärer angelegt.

»Siècle des Lumières, so nannte man das Zeitalter. Lesen Sie die Schriften der Enzyklopädisten, Diderot und d'Alembert, die Enzyklopädie, und Sie werden vom Ausmaß der Technikgläubigkeit überrascht sein. Technik und Wissenschaft galten nicht nur als Waffen gegen den Feudalismus; sie wurden zum eigentlichen Motor des Fortschritts. Die Glühlampe revolutionierte die deutsche Stube, ohne daß draußen je eine Revolution stattgefunden hätte.«

Loder machte eine Handbewegung, als triebe er einen Pfahl in die Wand.

Heute sei klar, daß die Utopie der Aufklärung im Laufe der Geschichte alle anderen Utopien abserviert habe. Sogar der Kommunismus oder der real existierende Sozialismus seien durch die technische Utopie ruiniert worden. Technik sei konzentrierte Macht. Macht jedoch, die nicht legitimiert werde und nur noch schwer zu kontrollieren sei.

»Ich sehe das an meinem Computer, den ich mir angeschafft habe. Meine Faszination für das Gerät trat in dem Augenblick ein, als ich schon ruiniert war. Auf dem Tiefpunkt, verstehen Sie. Ich klammerte mich an die Möglichkeiten der Aleatorik. Ich wollte mich ein wenig entlasten, vielleicht sogar ersetzen lassen. Ich wußte nichts davon, damals.

Statt dessen wurde ich zu einem draufloshämmernden Wurmfortsatz des Gerätes. Humanware, die codierte Zero, der man dann doch nichts absafen kann. Man degeneriert zum geistigen Schnullerträger. Ich bin dann wieder aufs Handschriftliche zurückgekommen.«

Loder schien über seine eigenen Gedanken belustigt.

»Und die Aufklärung?« warf Dill ein.

»Heute fühlt man sich nicht mehr schuldig, wenn man unwissend ist. Wir gehen mit Faust zum Teufel!«

»Selbstverständlich.«

»Ich weiß, mein Hang zum Philosophieren. Ein Laster, das alle Leute erschreckt.«

Ein Serviermädchen brachte das Sperrholzkistchen mit den Zigarren. Loder nahm eine Villiger. Sein Gesicht verschwand im blauen Dunst. Selbstvergessen murmelte er:

»Man müßte das mal aufrollen. Ich meine, diese ganzen imaginären Grenzziehungen zwischen Natur und Kultur. Eine andere Geschichte der Technik, der Aufklärung, des Lichts und des Feuers –.«

»Vom Homo Pekiniensis, der das Feuer erfand, bis zu Tschernobyl«, warf Dill bissig ein. Er verlor langsam die Geduld.

»Stellen Sie sich vor, der Mensch hätte das Feuer nicht entdeckt, es hätte die Elektrizität nie gegeben. Stellen wir uns vor, man hätte alle diese Erfindungen nie gemacht, die uns heute beglücken und gleichzeitig ruinieren.«

Loder dachte nach. Sein Blick fixierte das Glas.

Dill kam erneut der Verdacht, daß Loder sich da in etwas verrannt hatte. Die Methode, alltägliche Dinge aus einem übertrieben morphologischen Gesichtswinkel zu betrachten, hatte er bereits in einem seiner früheren Bücher entfaltet. Da gab es eine Nebenfigur namens Edgar, Privatsekretär eines Industriellen, der unfähig war, in der Gegenwart zu denken und zu leben. Subtil hatte Loder diesen Edgar als Melancholiker gezeichnet, der nur das Gewordensein der Dinge, ihr unablässiges Werden und Vergehen zu bemerken schien. Das Buch hatte bei seinem Erscheinen die unterschiedlichsten Urteile hervorgerufen. Am umstrittensten war der Schluß aufgenommen worden.

Nachdem nämlich Edgars Chef an einem Herzversagen verschieden war, hatte Loder die Perspektive gewechselt und die Geschichte aus der Sicht des Privatsekretärs zuende erzählt. Die Handlung spielt in Rom, in einem alten Herrschaftshaus, wo der Industrielle seinem Sekretär jeden Tag seine Memoiren diktiert. Auf diese Weise dringt Edgar immer tiefer in das frühere Leben seines Chefs ein und beginnt sich damit zu identifizieren, bis er seine eigenen Erinnerungen von den fremden nicht mehr unterscheiden kann. In dem Maße, wie sein eigenes Leben dadurch immer dünner wird, weiß er sich als heimliches Gedächtnis und Ideenvollstrecker seines Vorgesetzten. Als schließlich der tägliche Zustrom der Sätze durch dessen Tod abbricht, bricht auch Edgar zusammen.

Im letzten Kapitel sucht er das Wachsfigurenkabinett auf. Zitternd und in äußerster Erregung streift er durch die kühlen Gemächer und versinkt in den Anblick der wächsernen Garde. Er sieht Galileo Galilei und Kaiser Nero, Leonardo da Vinci und Napoleon Bonaparte, Benito Mussolini und Adolf Hitler. Lange steht er ihnen Aug in Aug gegenüber. Schließlich entfacht er ein Streichholz und setzt alles in Brand.

Auf den letzten Romanseiten hatte sich Loder in der ausführlichen Schilderung von Edgars überreizter Phantasie und Faszination beim Anblick der brennenden Figuren ergangen. Es brannte, so hieß es da, nicht nur das bleiche Haupt Adolf Hitlers und die faltige Toga Neros, es brannte noch einmal Galileo Galilei. Es verbrannten die Jahrhunderte, die Segnungen und die Schrecken der Geschichte.

Heute nun, so schien es Dill, war der Melancholiker Edgar zur Hauptfigur aufgerückt. Er saß ihm in der Maske Eugen Loders gegenüber und rief nach Brönnimann und dem nächsten Cognac.

Brönnimann erschien auf der Stelle, als hätte er auf Loders Ruf nur gewartet. Auf dem Tablett standen zwei Gläser und eine Flasche ohne Etikett, die mit einer wasserklaren Flüssigkeit gefüllt war.

»Selbstgebrannter«, sagte er. »Für die Gäste des Hauses.«

»Viel zu tun?« knurrte Loder und ließ sich vom Klaren einschenken. »Trinkst nicht mit?« fragte er dann verwundert.

»Viel zu tun.« bestätigte Brönnimann kurz angebunden.

»Lachat war gestern hier.«

»So«, sagte Loder und dehnte das o, ohne aufzuschauen. Und dann, mit einem Nicken gegen Dill:

»Dill, Mario Dill, darf ich vorstellen. Journalist.« Loder zwinkerte mit den Augen.

»Ja«, sagte Brönnimann, »glauben Sie ja nicht alles, was Eugen Ihnen erzählt.« Er goß auch Dill das Glas voll.

»Was er sagt, werde ich schreiben, egal, wieviel er zuvor getrunken hat«, entgegnete Dill angeheitert.

»Ja«, lachte Brönnimann beim Hinausgehen, »Sie sind nicht der erste und nicht der letzte, dem er seine Bären aufbindet.«

»Elende Tunte«, schnarrte Loder, als der Wirt verschwunden war.

Sie stießen an.

Ermutigt durch den Schnaps wagte sich Dill weiter vor und fragte Loder, ob sich da nicht gerade ein neues Buch vorbereite. Ihm klinge alles so in den Ohren, als ziehe Loder bereits die Fäden zu einem tragbaren Plot zusammen. Nicht, daß er ihm durch diese Vermutung zu nahe treten wolle. Aber er könne sich nur schwer vorstellen, daß man sich ein solches Wissen ohne Grund aneigne. Um ganz ehrlich zu sein: er vernehme deutlich den Ton eines älteren Buches, allerdings weiterentwickelt. Er sehe, ohne daß das neue Buch schon geschrieben worden sei, die wesentlichsten Entwicklungen und Übereinstimmungen bereits vor sich. Er habe nicht umsonst alle Bücher von ihm gelesen, sei mit dem Stil nun einigermaßen vertraut.

»Quatsch«, fuhr Loder auf. »Genau das ist das Elend. Kaum redet man freier, meint alle Welt, man schreibe an einem neuen Buch.«

Dill fuhr zusammen. Loders Stimme klang nicht nur wütend, es klang Enttäuschung mit und vielleicht sogar Verletztheit.

»Natürlich gibt es Stoffe«, ließ er sich vernehmen. Aber er habe lange gebraucht, um vom Schreiben wegzukommen. Er habe lernen müssen, die Augenblicke des Lebens zu verschwenden. Erst dadurch, daß er mit dem Schreiben aufgehört habe, sei das Leben für ihn einigermaßen erträglich geworden. »Denken ja«, sagte er, »aber keine Bücher mehr.« Er habe nur sehr mühsam gelernt, ohne Krücken zu gehen.

Loder brachte es fertig, seine Stimmlage so abstürzen zu lassen, daß Dill am Schluß fast eine Selbstanklage heraushörte. Es tat ihm bereits leid, daß er ihm nicht schneller aus der Verlegenheit helfen konnte.

Er habe ihn unterbrochen, log Dill. Sie seien bei der Entdeckung des Feuers gewesen. Da könne man sich durchaus vorstellen, die Zivilisationsgeschichte aus diesem Blickwinkel anzuschauen. Ja –, Dill merkte, wie er unversehens ins Eifern geriet –, auch die berühmten Brände und Brandstiftungen gehörten hierher. Die Namen der großen Brandstifter wie Nero, der Rom immerhin in eine

Fackel verwandelt habe. Vergebens fragte man dagegen nach all jenen, die die Brände zu löschen versucht hätten. Alexandria – mit dieser Erwähnung glaubte Dill Loder einen besonderen Gefallen zu tun. Er stürzte den Klaren in sich hinein, und auf Anhieb fielen ihm auch all die Freudenfeuer ein. Die Saturnalienfeste, die Feuerwerke des Barock. Welch vollkommenste und doch flüchtigste aller Künste! Ja, rief Dill begeistert, da er endlich mit seiner Bildung aufwarten konnte, les Feux de Joyes in Frankreich. Nur was uns brennt, habe Nietzsche gesagt, bleibe einem im Gedächtnis.

»Wir sollten noch einen bestellen«, sagte Loder.

Otto F. Walter
Zeit des Fasans

Zeit der Jagd

Manchmal, wenn Thom Tante Esther besuchte, war sie mit ihrer Zeitungslektüre beschäftigt. Sie hatte, wenn sie in ihrem geliebten »Vaterland« las, die Brille auf. Streikten in Paris die Drucker oder überhaupt in Frankreich die Bahnen, mit der Folge, daß die Post ihr den »Figaro« nicht brachte, vertraute sie Thom ihre vielen Gedanken über den Zerfall der Moral in der Welt an. Aber es sei eine Sünde zu glauben, der Mensch sei von Natur aus schlecht. Die Gnade des Allerhöchsten, Thom! Sie sei es, was einzelne von uns Menschen zu den wunderbarsten Leistungen der Malerei, der Musik und Literatur befähigten, oder zu den Leistungen des wissenschaftlichen Geistes, dem wir den Fortschritt verdankten. Nein, nicht allen werde die Gnade zuteil. Viele von uns, allzu viele, seien Faulpelze. In der Verzweiflung darüber, daß sie in ihren jungen Jahren die Chance, ihren Geist durch unablässigen Fleiß zu entwickeln, vertan hätten, würden viele, allzu viele, zu Verbrechern. Hier, in dieser Verzweiflung, liege eine der Ursachen dafür, daß es dem Satan immer wieder gelinge, das Reich des Bösen in der Welt zu errichten. Denen aber, die ihre geistigen Fähigkeiten in steter fleißiger Übung entfalteten und das Kapital ihres Wissens in jungen Jahren mehrten, werde die Gnade des außerordentlichen Menschtums zuteil. Sie wandelten im Licht.

Sie las dann wieder im »Figaro« oder im »Vaterland«. Nimm diese amerikanischen Physiker! Was für begnadete Geister! Sie haben eine Rakete entwickelt, die in 88 000 Meter Höhe die obersten

Schichten der Atmosphäre erforscht. Hier, siehst du? Sie überlegte. Mein armer Bruder Ludwig! Hoffentlich liest er diese Meldung nicht. Wäre er, dieser vom Allerhöchsten so reich mit der Gnade des Erfindungsgeistes ausgestattete Kopf, wäre er doch nur ausgewandert nach Amerika. Ich bin sicher, er hätte längst eine Rakete erfunden, die doppelt – was sag ich: die viermal so hoch zu fliegen in der Lage wäre. Aber was willst du? Daß er seinen Verstand verloren hat, ist nichts weiter als die tragische Folge seines Schicksals: ein zu großer Geist in einem zu kleinen Land, einem an Forschungsgeldern armen Land, zu sein.

Ach, was sind das für Zeiten, Thom! Noch während Thom überlegte, wie diese Frage zu beantworten wäre, war sie schon wieder bei ihrem anderen Thema. Sie liebte es, sich ausführlich über die Dummheit der Politiker zu äußern. Was sagst du jetzt zu diesem Harry Truman? Als er mit seiner Atombombe den hinterhältigen Japanern zwei Städte ein für allemal wegputzte, konnte man annehmen: ein Mann mit Charakter. Aber heute? Heute läßt er zu, daß der russische Bär um Berlin eine Blockade errichtet! Läßt er zu, daß die Grundbesitzer in der Tschechei enteignet werden! Läßt er, ohne einen Finger zu rühren, geschehen, daß diesem krankhaft veranlagten Franzosen – wie heißt er doch gleich? Anatole Gide – der Nobelpreis verliehen wird! Daß ein Kommunist in Paris namens Sartre mit einem lumpigen Stück mit dem bezeichnenden Titel »Die schmutzigen Füße« den heiligen katholischen Glauben durch den Schmutz ziehen darf! Warum schmettert der Präsident der siegreichen Vereinigten Staaten von Amerika nicht einfach eine Atombombe auf Moskau, diese Zentrale des Weltbolschewismus? Und gleich noch eine auf Paris? Das schöne Paris! Gewiß, es würde mir leid tun. Wie viele glückliche Tage habe ich dort verbracht! Aber wenn eine Stadt *so* sehr im Pfuhl der Unmoral versinkt, gehört es sich, ein Zeichen zu setzen. Wie, wenn Harry Truman die geistigen Rädelsführer, diese Sartres und Camus', diese Moravias und Kasacks einfach vor ein Tribunal stellte? Hatte er nicht auch die Obernazis und Kriegsverbrecher in Nürnberg durch ein Tribunal zum Tod verurteilen lassen, diese stillosen, wirklich: diese durch und durch stillosen Aufsteiger, Göring, Keitel, Streicher, Kaltenbrunner und wie sie alle hießen, verurteilen lassen zum Tod durch den Strang? Ja, warum nicht ein Tribunal zum Schutz des wahren Christentums, gegen die Verbrecher des Atheismus? Sie lachte. Und gleich, als sie im »Figaro« weiterblätterte, fiel ihr Blick auf die Abbildung eines Standbildes. Mehrere

Steinblöcke, roher Stein, ein wenig abgeschliffen, waren darauf zu sehen. Siehst du? Und welchen Namen hat dieser sogenannte Künstler Henry Moore seiner Stümperei gegeben: »Die Familie«. Das ist wohl wahr, sagte sie, ihr eines Auge blieb geschlossen, das andere schaute an Thom groß vorbei in die Tannen hinüber, deine alte Tante hat ein Leben lang gerade darum unter dem gewaltsamen Tode ihres lieben George selig gelitten, weil er uns unmöglich gemacht hat, eine Familie zu begründen. Ist die Familie nicht zugleich wichtigste und heiligste Zelle unseres Volkes? Sie aber, und mit ihr eines unserer höchsten Güter, wird in Paris nicht nur verhöhnt, sie wird durch diesen englischen Anarchisten zutiefst beleidigt!

Thom kannte niemanden, der so starke Gefühle hatte wie Tante Esther. Höchstens Charlott war ihr darin ähnlich, daß sie einmal für das Weinen, einmal für den Zorn, dann für die Verachtung und den Haß immer wieder neue Wörter fand und sie auch ohne Hemmung aussprechen konnte. Manchmal, wenn ihre Stimme laut wurde und sie trank ihr Sherryglas voller Wut leer, befürchtete er, Tante Esther könnte jetzt, gerade in diesem Augenblick, wahnsinnig geworden sein. Aber auch wenn sie hörbar atmete, sie fand eigentlich fast jedesmal nach solchen Ausbrüchen wieder zu den Ereignissen zurück, denen ihre besondere Aufmerksamkeit galt. Es waren nicht vor allem die Geschehnisse in diesem kleinen, von der donnernden Weltgeschichte in Ruhe gelassenen Land. Ihr ging es darum, Thoms Augenmerk immer wieder auf die Zusammenhänge im Weltmaßstab zu lenken. Und ihm zugleich offen zu erklären, was sie von den Taten der Großen Männer dieser Welt hielt. Daß sie dabei von Harry Truman zurück zu Benito Mussolini sprang, von ihm, dem Duce, zu so füchsischen Gestalten wie Stalin, zur Gründung der Vereinten Nationen oder zum unglaublich tapferen schwedischen Grafen Folke Bernadotte, der als Vermittler, nach der eben erst erfolgten Gründung des Staates Israel, im Heiligen Land Palästina ermordet worden war, gehörte zu ihrem Denken in Spiralen, von dem sie Thom gern erzählte. Es ging darum, daß Thom lernte, die großen Zusammenhänge zu erkennen.

Thom wußte, sie hatte Benito Mussolini persönlich gekannt. So wunderte es ihn nicht, daß sie auf dessen Tod oft zurückkam. Ein schrecklicher, ein gewaltsamer Tod! Er erinnerte Tante Esther an die Art, wie sein eigenes Volk der Juden unsern Herrn und Heiland Jesus Christus zuerst umjubelt, dann aber ans Kreuz geschlagen hatte.

War Thom bereit zuzugeben, daß das eine schändliche Tat dieser Italiener war? Thom war bereit. Ihren eigenen Duce nicht etwa nur erschossen – wann Thom und wo? – in dem Dorf Giulino di Mezzegra am Comer See, am 28. April 1945 – richtig! – sondern – obendrein zusammen mit seiner Geliebten! – nackt und an den Füßen öffentlich aufgehängt: war es nicht verabscheuungswürdig? Thom gab es zu.

Selbst wenn er dann nachts im Bett lag, hörte er manchmal Tante Esthers Stimme, roch er den Rauch ihres Cigarillos und versuchte er, auf ihre Frage, was das denn für Zeiten seien, die Antwort zu finden. Im Dunkeln sah er Ho Chi Minh über den Reisfeldern von Französisch-Indochina, sah den Marshallplan über Europa kommen, sah den Bürgerkrieg in China mit Mao Tse-tung an der Spitze, und sah diesen Trottel von Harry Truman. Er stellte sich die Mörder vor von Wolfgang Staudtes Film »Die Mörder sind unter uns«, die Entnazifizierung ging, eine alte Frau, durch Deutschland von Tür zu Tür, und Josip Tito kam siegreich aus den jugoslawischen Bergen zurück und übernahm die Macht. Der Beistandspakt zwischen der UdSSR und Polen klopfte ans Fenster, so daß Thom aus dem ersten Schlaf wieder auffuhr. Der schwarze Markt in Berlin stand an der Tür und verlangte von Thom 1100 RM für ein lumpiges Kilo Kaffee, er hatte in der Hand eine Messerfeile. Über Italien hinweg fegte auf einem Pferd der Klassenkampf, der Streik der Generale brachte den Verkehr zum Erliegen, Palmiro Togliatti, der Kommunistenführer, erholte sich vom Attentat; er stellte sich jetzt, tief in der Nacht, mit seiner roten Fahne drüben auf das Dach der Scheune und rief die Diktatur der Proletarier aller Länder aus.

Thom zog die Decke bis unter die Augen herauf. So lag er lange im Dunkeln.

Hermann Lenz
Seltsamer Abschied

Hanne sagte: »Warum gehst du da eigentlich hin?« und meinte die Buchhandlung, in der Dichter aus ihren Werken vorlasen und Künstler neue Bilder – hauptsächlich Graphiken – ausstellten.

»Weil ich meine Zeit kennenlernen will«, erwiderte Eugen, und Hanne sagte: »Nachher bist du immer deprimiert.«

Nun ja, dies gehörte dazu. Zum Vergnügen bist du nicht auf der Welt, dachte Eugen und wunderte sich, weil ihm wenig von alledem gefiel, was heute gemacht wurde. In der Buchhandlung traf er den hageren Dozenten für Germanistik an der Technischen Hochschule, der den Kopf reckte, im langen Hals seinen großen Adamsapfel überm Rollkragenpullover sehen ließ und auf Eugen herunterschaute, wobei er seine Brille auf der Nase vorschob, als bemühe er sich, entweder eine Kellerassel oder eine Küchenschabe am Boden zu erkennen. Eugen erinnerte der Mann an Sektenprediger oder Mitglieder der Heilsarmee, nur konnte dieser Herr nicht derart donnernd und eindringlich wie jene reden. Aber von der Heilswirkung seiner Lehre schien er ebenso überzeugt zu sein wie jene Erweckungsapostel.

Es ging wieder einmal um konkrete Poesie, deren Produkte Eugen als das erschienen, was man auf schwäbisch einen Leirenbendel, also ein Einerlei oder ein Geleier nannte. Da wurden Wörter wiederholt und durcheinandergemischt, wobei eine Art technifizierter Dichtung herauskam. Die lag jenem kleinen, wendigen Mann mit der gereckten Nase am Herzen, der als Philosophieprofessor eine Art technischer Lebensweisheit lehrte. Jeder (und hiezu gehörte auch Eugen Rapp), der meinte, die Technik zerstöre die Natur und also auch den Menschen, wurde als zurückgebliebener Hinterwäldler oder mindestens als dumm bezeichnet (dich wundert's nicht). Und sowas wie Literatur galt hier als überflüssig. Lediglich eine Ansammlung von Wörtern wurde gerade noch geduldet.

Der Professor – Renner war sein Name – saß in der Buchhandlung auf einem Gartenstuhl, drehte den gereckten Kopf mit rötlicher Nase nach rechts und links, sagte zu Eugen, alle Konservativen seien »Blauköpfe« und pries die Farbe Rot. – »Es gibt auch rote Geheimnisse, ja nur rote«, sagte er und Eugen fragte sich: was wohl damit gemeint ist? Renner schmunzelte, als ein hoffnungsvoller Schriftsteller dem sitzenden Eugen Rapp die Lehne eines Gartenstuhls gegen die Schulter stieß. Eugen bezeichnete dies als unverschämt, worauf der andere »ach, so ist das« bemerkte. Dieser junge Kollege haßte seinen eigenen Vater, einen bayerischen Geometer, und ließ nun seine Wut an dem sitzenden Eugen aus. Am Boden hockte ein Mann mit dickem Kopf, geröteten Backen und Goldplomben in den Zähnen. Er lachte und schaute an Eugen vorbei; denn auch er huldigte dem Konstruktivismus, wahrscheinlich weil er als Volksschullehrer ein Gegengewicht brauchte. Zuweilen aber sagte der, Schreiben sei für ihn soviel wie Essen, und Appetit habe er immer.

Der Sohn des Philosophieprofessors hatte einen Filmapparat dabei und richtete ihn auf Eugen, als sich der in eine Ecke stellte. Der Filmapparat surrte, Eugen schaute auf die Seite und wußte, daß er verlegen aussah. Eine Buchhändlerin lachte laut und hielt sich den Mund zu. Eugen dachte: es wäre feige, wenn du jetzt weggingest, und versuchte sich zum Klosett durchzuwinden. Der Gang, der dorthin führte, wurde von aufgehängten Mänteln eingeengt. Dann hörte er es hinter einer Tür plätschern, und bald danach erschien ein Mädchen, das wohlgenährte Gesicht rosenfarbig. Der kleine, wendige Buchhändler, der einen Stoppelhaarschnitt hatte, sagte, der Konstruktionsphilosoph Renner trinke nur Portwein, eine süße Sache, die zur eisigen Höhe, in der Herrn Renners Philosophie heimisch war, nicht passen wollte. Aber vielleicht war der strenge Philosoph insgeheim ein Künstler.

Jetzt erzählte er von Brasilien: »Wenn Sie dort aus dem Flugzeug steigen, dröhnt der Urwald von den Schreien wilder Tiere, eine enorme Symphonie!« Es klang, als ob er schwärmte, übrigens auf romantische Weise. Und Eugen dachte: merkwürdig, daß sich dieser verstandesscharfe Mann derart gefühlsbetont äußert. Doch war es möglich, daß er's tat, um sich von seinen Konstruktivismus-Spekulationen zu entspannen, was er wohl auch bei seinen wechselnden Freundinnen praktizieren mochte. Und Eugen sah sich im Buchladen um.

Las hier einer vor oder zeigte er Bilder, so war der Raum vor den hohen Regalen mit Menschen vollgestopft; kaum daß die Tür aufgemacht werden konnte, durch die dann so etwas wie »reiner Odem« hereinströmte und belebend wirkte, obwohl's nur die Benzingasluft der Straße war; aber verglichen mit den Ausdünstungen hier herinnen eben doch erfrischend. Und Eugen erinnerte sich an einen Abend, da einige Propagandisten der konkreten Poesie dort im Buchladen versammelt gewesen waren, ohne etwas vorzulesen. Sie hatten sich hier lediglich vor den komprimierten Lesern sehen lassen und waren schnauzbärtig und wegelagererähnlich aufgetaucht; einer von ihnen freilich im gelben Kamelhaarmantel.

Hernach war Eugen unter Studenten am Wirtshaustisch gesessen und hatte gefragt: »Was haben Sie eigentlich gegen Literatur als Lebenshilfe? Für mich ist sie nur Lebenshilfe, weil ich dafür Geld bekomme.« Und er erinnerte sich eines Augenblickes vor der Tür des Buchladens, wo ein Student zu ihm gesagt hatte: »Schönes Gefühl, nach einer positiven Rezension im SPIEGEL in Schmarsows Dichterlesung hineinzugehen, wie?« was Eugen kurios erschienen war, weil eine anerkennende Buchbesprechung kaum beachtet wurde (bei negativen war es anders; da horchten zumindest die Kollegen auf). Und bereits Anno 47 hatte der alte Egloff zu ihm gesagt: »Was in den Zeitungen über Ihr Buch geschrieben wird, hat keine Bedeutung für den Verkauf.« Allerdings hat er dich später wissen lassen, es komme darauf an, daß der eine Kritiker schreibe: »Ein epochales Meisterwerk« und der andere, es sei der letzte Mist.

Eugen hörte den Studenten zu, die fünfundzwanzig Jahre jünger als er waren und sich wahrscheinlich wunderten, daß immer dieser alte Kerl namens Eugen Rapp bei avantgardistischen Lyrikabenden zugegen war; denn der beherzigte doch, was seine Schreiberei betraf, keine einzige These des Professors Renner.

Gut so. Und wenig später lud ihn der hagere Assistent (der mit dem langen Hals und dem dicken Adamsapfel, der einem Sektenprediger glich) zu sich ein.

Er wohnte im Erdgeschoß am Ende einer nach Westen ansteigenden Straße, wo Kastanienbäume standen, und hatte zwei enge Zimmer, von denen eines nach dem Garten ging. Merkwürdig, was für eine gewissermaßen saftige und wohlgeformte Frau dieser dürre und trockene Mann hatte, dachte Eugen und fragte sich, ob der auf lange Zeit jener herzhaften Dame genügen würde, die Eugen als ein warmherziger Mensch erschien. Und daß sie, die von einem holsteinischen Gutshof stammte, sich für abstrakte, gegenstandslose oder konkrete Literatur interessierte oder engagierte, das kam ihm seltsam vor. Und ihr Atheismus, der unter intellektuell bemühten Menschen heutzutage obligat war, erschien ihm bei der Frau mit den vollschlanken Armen, den braunen Augen und dem hellen Haar fast wie eine Krankheit.

Aber es machte nichts, weil Widersprüchliches dazugehörte (das Leben war bekanntlich sehr unlogisch). Und der Hungerkünstler oder Sektenprediger, wie ihn Eugen für sich nannte, erzählte von seinen Studentenjahren, als er eine literarische Gruppe »geführt« hatte, deren Angehörige eine hektographierte Zeitschrift herausgaben, sich vierzehn Tage weder wuschen noch rasierten und »stinken wollten«, wie er sagte.

Dabei herrschte Einvernehmen, sowohl damals unter jenen jungen Herren in Göttingen als auch heute neben diesem angegrauten Schriftsteller Eugen Rapp, dessen Schriftlichkeiten gedruckt wurden.

Bald danach sah's anders aus, weil nun jener Sektenprediger unter seinesgleichen war, vor denen er glänzen mußte. Er setzte sich (wiederum im Wirtshaus) trotzigen Gesichtes und mit vorgerutschter Brille Eugen gegenüber und verkündete, nur die konkrete Poesie – die Eugen bei sich ›Wörterkehricht‹ nannte – bringe in die Literatur neue Erkenntnisse ein.

»Welche?« fragte Eugen und fügte, als er des anderen Ratlosigkeit bemerkte, »Sie haben recht« hinzu, worauf der Sektenprediger »das kam zu unerwartet« sagte, während Eugen sein Bier austrank und aufstand. Schließlich war es spät geworden.

Peter Rother
Ein Friedensgedicht
31.12.1986

»... die Dichter sind die inoffiziellen
Gesetzgeber der Welt ...«
Shelley

Blödsinn, sich früh 5.00 Uhr aus dem
Bett schießen zu lassen, das Rührei
Ist doch ein Sonnenstrahl. Hinter dem
Fenster kreischt der Wind, Regen,
Regen. Da raus mußte! schon wird
Mir schlecht. Na, trample los, schiele
Nochmal ins prächtige Dekolleté von
Mademoiselle, oh! Genossin Göttin!
Ich latsche zum Bahnhof und der Zug
Kommt pünktlich! Das sind Schocks!
In der Glocke quietschte ich vor Ver-
Gnügen über Bukowski – dessen Arsch
Auf'm Präsidentensessel – und wir
Hätten 'nen Freundschaftsvertrag
Mit den U.S.A.! na gut, murmel' ich.
Rein in 'nen Job – raus – Alimente über-
weisen, Bus, und wieder Bukowski, ja,
Ja, grapsche nach einer Zigarette,
Wir würden Frieden für immer einführen!
Einführen! dafür bin ich sowieso immer
Zu haben! Und es würde so werden!
Höre ich dich plärren. – Es war aber
So'n dickärschiger Mercedes, der mich
Fast überfahren hätte – wieder so'n armer
Arbeitsloser auf Ostbesuch, denk' ich.

Aber dankbar – immerhin, ich tot unter 'nem
Mercedes – selbst hier is'ser noch arrogant!
Höre ich sie schreien. Nee! Treppe hoch, Türe
Auf, ach! Charly, wie würden uns die neuen
Frauen dann verwöhnen! Charly, du weißt wie
Schön das ist, wenn Mademoiselle sagt: Setz' dich erst
Mal hin, und 'ne brennende Zigarette 'rüberreicht,
Und dann brabbelt: Heut' ist Silvester ...

DURS GRÜNBEIN
Monologisches Gedicht No. 4

Du verfolgst deine eigen-
sinnigen Pläne du stellst

die Bilder um ordnest die
Augenblicke aber du hörst

ihnen nicht zu wie sie
ganz anders ordnend ihre

eigensinnigen Pläne ver-
folgen wie sie die Bilder

umstellen zufällige Gesten
zeigen in denselben Räumen

sich anders bewegen bemüht
dir nicht zuzuhören. Das

ist der springende Punkt.

ROBERT SCHINDEL
Verwertungsprozeß

1.
Angeschnappt beim Angstbein.
Durch Sonn und Mond
Geworfen trotz
Grasbüschelabwehr

Vom Norden
Bekränzt. Sogar
Eisfrei

Hinausgestampft
Zur Verwertung
Deiner
Sternschnuppenarbeit

2.
Verbraucht
Westwärts von Sorge

Verstorben hinterm
Schatten des Namens

3.
Mensch oh du
Mächtiger Ablaut
Der Erde

Eva Strittmatter
Alter

Nun sind wieder diese halbhellen Nächte
In der Mitte des Sommers. Mich aber rührt
Nicht einmal die Erinnerung mehr
An die Verzückungen früherer Jahre,
Die südlichen Sommern entglommen sind.
Fremde Liebe jetzt, die ich hörend erfahre,
Nördlicher Sommer. Nördlicher Wind.

Sarah Kirsch
Allerlei-Rauh

Oft, wenn ich Christa in den folgenden Jahren getroffen habe, sind wir auf den hübschen Sommer zu sprechen gekommen und haben uns seiner Feste erinnert. Ich sagte jedesmal, daß sie alles darüber eines Tages aufschreiben müsse, denn daß ich es tat, lag außerhalb meiner Zuständigkeit, als ich der Theorie der Arbeitsteilung noch anhing und Christa für solche Geschichten verantwortlich schien. Jetzt, wo ich selbst auf diese Dinge mich eingelassen habe, ist mir bewußt, weshalb Christa, falls sie die Mecklenburgstory zwischen zwei Heftdeckeln schon hat, diesen Text lange zurückhalten wird, niemanden zu verletzen, vielleicht bis die handelnden Personen nicht mehr zu diskriminieren sind, was die Impertinenz ihrerseits einschließt, uns überleben zu wollen. Denn mit Mystifizierungen falscher Namen ist nichts gewonnen, wir müssen für uns selbst gerade stehen, aus Christa kann ebensowenig Kitty werden wie aus Carola eine Cordula oder aus mir Bernhardine. Wenn es sich aber so verhält, daß Christa dasselbe Prosastück, wie ich es hier habe, aufbewahrt, so muß man sich fragen, ob ihre Zurückhaltung schätzenswert ist oder meine dreiste Courage. Ich wollte erzählen. Ich will es tun. Von außen stört mich nichts in meinen Erinnerungen. Ich sehe bis ins Magma der Erde, wo die Salamander sich häuten. Ich weiß es noch nicht zu sagen, ob ich den Kuchen hier abbacken lasse, aber wie man einen Text von drei Seiten zu einem Elefanten aufblasen kann, habe ich hierbei erfahren, und alles andere wird mir im entscheidenden Augenblick einfallen, zumal meine beste Methode bei einer Arbeit sowieso die ist, mir zu sagen, daß es gar nichts bedeutet, etwas zu schreiben, weil man es jederzeit wegschmeißen kann.

Was war das fürn phantastischer Sommer, der glühend und schwer über Mecklenburg lag und in dem kein einziger Tropfen irgendeines Regens vorkam, weil die sich bäumenden Gewitter stets noch zusammenbrachen. Ich schrieb nun die Gedichte eines Land-Ei's, und es kam mein Bauer mit dem schleifenden Bein, denn er war unser Nachbar, wahrhaftig über das Feld und zog seinen Hut und sprach über das Kalb mit zwei Köpfen, es war so heiß, daß die unwahrscheinlichsten Dinge geschahen. Ich verfaßte auch Antworten auf die südlichen Briefe, die ich bekam, an den nettesten Scharlatan, den man sich vorstellen kann, und Carola gab sich mit meinem Kind ab, und sie hatten eine eigene Sprache voller Anspielungen, Ausrufen aus einem etwas dümmlichen Comic, sie konnten einfach alles gebrauchen, und es war wunderbar, wenn Carola wie Daisy sprach und immer märchenhaft! märchenhaft! sagte, weil Donald ihr einen Pelzmantel schenkte. Ich hörte alles aus der Entfernung an, und es bewirkte, daß ich wie in einem ausländischen Café konzentriert arbeiten oder die Briefe beantworten konnte, und kaum hatte ich einen abgeschickt, so traf die Antwort auf den vorigen ein. An einem der hitzebrütigen Tage sahen wir etwas aus der Tiefe der Erde auftauchen und schickten das Kind schnell zu dem alten Forsthaus, in welchem der Bauer aus dem Gedicht, der eigentlich kein richtiger Bauer mehr war, mit seiner Frau auf einem Hof voller Hühner wohnte, und trugen ihm auf, einige Eier zu holen. In unserem Garten, nicht weit entfernt von der Pumpe und dem ausgebreiteten Kürbis daneben, grub sich mühselig und am hellichten Tag ein Maulwurf aus der Erde hervor, was eine lange Zeit in Anspruch nahm, aber wir sahen gleich, daß es mit rechten Dingen nicht dabei zuging, daß sein schwarzes Pelzchen durchlöchert war, und als wir genauer hinzusehen uns zwangen, schockierte uns die Natur, denn das Tier wimmelte von fetten Maden, die weiß mit ihren Körperenden uns winkten. Die Folter bei lebendigem Leib drehte Carola das Herz noch heftiger um, als mir es geschah, so daß ich sie dem Kind hinterherschickte und mit einem Spaten den Maulwurf erschlug, in einiger Entfernung vom Haus samt seinen Bestattern verscharrte. Das Kind brachte die Eier, Carola einen Korb Himbeeren mit, doch wir verschoben das Essen bis zum Abend.

Es regnet, und siebenuhrzwanzig treibt unser übernächster Nachbar seine Kühe per Fahrrad den Grünen Weg entlang, von seinem Hunde umsprungen. Diese Kühe gelangen jeden Abend in ihren Stall, um gemolken zu werden, und morgens werden sie wieder gemolken und spazieren danach mir durch den Blick, wenn ich schon auf dem Plan bin, was stets noch der Fall ist, es sei denn ein Schaf würde lammen, womit Ende September kaum zu rechnen ist, und die Kühe schreiten gemächlich mir am Papierrand entlang, sie wandern jeden Tag ihre drei Kilometer aus dem Stall in die Wiesen und ihre drei Kilometer aus den Wiesen in den Stall, und es sind die einzigen Kühe im weiten Umkreis, mit denen der Eigentümer so eigentümlich verfährt, die anderen Nachbarn und Bauern melken ihr Vieh bis tief in den Herbst auf der Weide, aber die hier laufen und laufen, und so kenne ich ihre Zahl und auch das Leittier, der Bauer wird seine Gründe haben, so zu verfahren, oder die Bäuerin oder beide, und es ist ihre Herde, von der einige Tiere in der letzten Woche, die sie draußen erscheinen, es mit einem Regencape angetan tun von grünlicher Farbe gegen die Nierenkoliken, wozu ich mir jedesmal einen mit Klatschmohn und Kornblumen geschmückten breitrandigen Strohhut, einen sog. Florentiner ausdenke, der kunstvolle Durchbrüche für die stabilen, leicht nach außen gedrehten Hörner aufweisen muß und dem letztere einen todsicheren Halt geben, wenn die Herbstorkane zu wehen beginnen. So ziehn sie vorbei mit kurzen klirrenden Ketten, würdig und nicht ohne Anmut, und die dritte von vorn ist stolz auf die seitliche Narbe vom Kaiserschnitt, und unser Horizont geht bei Regenwetter wie diesem bis in die Unendlichkeit rein und ist vom milden Herbstlicht umflossen. Das Tellerland besitzt wieder einen sehr hellen Rand unter violettschwarzen Wolken, noch weiter darunter das sich verabschiedende Grün. Die Bäume, gelichtet durch die heftigsten vorausgegangenen Stürme, stützen noch das dunkle Gewölb. Das sich eilig verändern kann. Als ich aufsah, ist es grünmarmoriert mit milchgrauen Streifen, und ein sanftes Morgenrot breitet über dem Flusse sich aus. Auf meinem Teppich zu meinen Füßen, damit ich über sie eher stolpere, als daß ich sie vergesse, liegen fünffingrige gänzlich saubere Wurzelstöcke von Taglilien mit ihren Namensschildern aus Holz, die mir gestern zugeschickt wurden und denen ich heute noch ihre Kammer einrichten muß mit einer Kiesschicht zuunterst, daß die Schwestern nicht faul werden, wenn das Wetter bleibt, wie es ist.

Der Maulwurf war ein schlechtes Omen, am Nachmittag sahen wir vor Christas Gartentor das Stoppelfeld brennen. Gleich wehte ein kräftiger Wind, und das Feuerrad lief auf das Haus zu. Zu dieser Zeit lag der Garten voller Bretterstapel, Balken und Hobelspäne, weil der Dachboden zu einem Atelier ausgebaut wurde, in welchem Christa Kassandra dann schrieb. Das gesamte Haus mit seinen hübschen Möbeln, den kleinen Bildern, die Johannes in verschnörkelte Rahmen gemalt hatte, das schönste mit einer Montgolfiere über Mecklenburgs Wiesen und einer weißen Ziege, die sich erstaunt auf die Hinterfüße erhob, lange dem Ballon hinterhersah, und natürlich den Manuskripten, befand sich längere Zeit in großer Gefahr, und wir versuchten, indem wir schwitzten, eilig Gräben zu ziehen, dem heranknisternden Feuer eine Abfuhr erteilen, und wären nicht rechtzeitig fertig geworden ohne die Hilfe zweier Traktoren örtlicher Kolchose, die einen magischen Kreis um das Haus legten, was die Flammen diesmal zur Kapitulation zwang. Das Feuer aber mochte eine Warnung sein oder sollte Christa trainieren, das Haus eines Tages brennen zu sehen, ich war jedenfalls ein paar Jahre danach, als ich mich im zweiten Teil des Landes schon aufhielt und die Hiobsbotschaft über den Brand, dem Christas Haus zum Opfer gefallen war, aus dem Feuilleton einer angesehenen Zeitung erfuhr, nicht überrascht, höchstens darüber, daß sie in einem kochenden Sommer einen Fidibus in den neuen Ofen unter dem Reetdach gehalten hatten, seinen guten Zug zu demonstrieren. Mir fielen die kleinen Bilder ein, die Johannes gemalt hatte, und besonders das mit der unwiederbringlichen Montgolfiere, der verwunderten weißen Ziege, aber auch andere, die er in den folgenden Jahren hergestellt haben mochte und die ich nicht mehr gesehen hatte, weil Ereignisse eintraten, welche aus der Entfernung von heute im absurden Lichte erscheinen, seinerzeit aber eine Kraft innewohnen hatten, daß sie den einen oder die anderen wie eine Montgolfiere westwärts bliesen. Solches konnten wir natürlich an diesem Tag nicht erahnen, als wir mit den Traktoristen, nachdem sie schöne Furchen hingelegt hatten, unterm Birnbaum einen Doppelkorn tranken, und ich darnach mit Carola, die das Feuer aufs höchste erschreckt hatte, und meinem Kind zurück durch die Kuhwiesen ging.

THOMAS ROSENLÖCHER
Weltbild

Der Herrgottvater schaut aus goldnen Gründen
stetig herab auf Hügel, Haus und Kuh
und wackelt hin und her mit seinem Kopf,
der Zeit zu dienen als ein Perpendikel.

So sehen wirs auf schön gemalten Bildern.
Doch warum bleibt sein Kopf auf einmal stehn?
Weil unten winzig Hügel, Haus und Kuh
vor Feuer brennen. Liebe Kinder, lauft.

DORIS RUNGE
trümmerfeld

disteln dornen
wilde ranken
üppig treibt
die nesselhaut
natternzunge
bilsenkraut
jede narbe
schloß in farbe
schön bewachsen ist
mein herz

Norbert Gstrein
Einer

Er fing an sein Äußeres zu vernachlässigen. Kleidung hatte er schon als Kind von uns, den älteren Brüdern, übernommen, Sachen, die ihnen zu klein waren, und mit den Jahren änderte sich daran nichts. Er bekam die ausgetragenen Hosen, Schuhe und Pullover, dazu Hemden, deren Kragen zu lang sein mochten oder aus sonst einem Grund nicht mehr im Geschmack, und nur die weiße Unterwäsche wies er zurück, weil er selbst bunte trug. Vieles wirkte an ihm lächerlich, war zu groß, altmodisch oder irgend etwas, aber entweder merkte er nichts oder es kümmerte ihn wenig, wie unvorteilhaft er herauskam, besonders in den teureren Stücken, die nicht zu ihm paßten und abgenutzt doppelt schäbig schienen. Jedoch daran hätte niemand Anstoß genommen.

Er wusch sich nicht, mochte dasselbe Hemd eine Woche anhaben, zehn Tage, und wer weiß wie lange noch, wäre ihm niemand entgegengetreten, wenn er in die Küche kam und mit ihm ein Geruch, nicht zum Aushalten und nur zu beschreiben, weil man wußte, es ist Bier und Wein und Zigarettenrauch, vermischt mit den Parfums der Frauen. Er sagte nichts und konnte am nächsten Vormittag in frisch gebügelten Kleidern erscheinen und jedem sein Gesicht hinhalten, ob es besser rieche, das Rasierwasser auf den Bartstoppeln. Es war Mutter, die ihn bisweilen in Schutz nahm und, so gut es ging, sich um seine Wäsche kümmerte; wenn er sie hergab und nicht gerade die Tage hatte. Das sagten sie im Dorf: er habe die Tage, sooft er ganz aus dem Häuschen geriet – wie einmal, als er sich weigerte, eine Hose herauszurücken und noch stolz zu sein schien, lachend auf einen dunklen Fleck wies und die letzten Übrigbleibsel von Erbrochenem darin.

Am schlimmsten sah er aus, wenn er sein Haar geschnitten hatte, alle zwei oder drei Monate. Aus irgendeinem Grund, wahrscheinlich, um die paar Schillinge zu sparen, ging er nicht mehr zum Friseur; sie erinnern sich wieder, wie aufgeregt er war, wenn wir als Kinder hingeschickt wurden; er mußte alles in der Hand haben und an den Fläschchen und Dosen riechen, ganze Reihen in den Glaskästen, von Spiegeln zu ungreifbarer Vielfalt verdoppelt, und zum Schluß lachte er uns an, sie würden alle gleich ausschauen. Und jetzt? Noch Wochen später habe man die Narben auf seinem Nacken sehen können, oder man faßte sich beim bloßen Gedanken an den Hinterkopf, tastete mit zögernden Fingern zum Haaransatz hinunter, wo nichts war, allein die Vorstellung und irgendwelche Worte dafür.

Mit den Jahren seien ihm die Zähne einzeln aus dem Mund gefault, und er aß nur noch Suppen, Weißbrot, was immer er zu kauen vermochte und in die Finger bekam, denn die Schwägerin achtete darauf, daß er nicht überall Zugang hatte, kommen und gehen konnte und nehmen, was ihm paßte. Einmal wäre er mitgefahren zum Zahnarzt, aber im letzten Augenblick aus dem vollen Warteraum geflohen. Wozu? Ich bin gesund, sagte er später und lachte sie an mit geschlossenem Mund; er mußte es wissen, oder wußte er überhaupt nichts, sollte man etwas geben auf das Gerücht, daß er versucht habe, die ausgefallenen Schneidezähne am Gaumen festzukleben?

An einem Nachmittag, als er aus dem Haus war, öffnete der Bruder mit einem Dietrich die Tür zu seiner Kammer. Er sei eingetreten und lange auf dem ungemachten Bett gesessen, sah sich um im Licht, das nur spärlich durch das Dachfenster fiel, aufgesogen von einer vorgehängten Wolldecke. Die Möbel schienen in derselben Ordnung zu sein wie früher; ihm gegenüber der Kasten, auf dem zwei Koffer aus Pappkarton lehnten, von Jakob ein einziges Mal gebraucht, San Francisco stand auf einem, aber wer wäre dort gewesen? Unmittelbar daran schloß sich der Tisch, bedeckt mit einer Unzahl von Zeitungen, darunter drei Bücher, eingeschlagen in braunes Packpapier. Auf dem Boden lag wahllos verstreut Wäsche, und in der Ecke, die das Nachtkästchen mit dem Bett bildete, lehnte die Ziehharmonika, verborgen in einem Stapel Handtücher. Der Papierkorb neben dem Waschbecken quoll längst über, stand in einer Insel aus Abfall; zusammengeknüllte Verpackung, ein paar leere Flaschen, eine ausgequetschte Zahnpastatube. Unter dem Bett war eine Zeitschrift, aufgeschlagen in der Mitte eine Frau mit nackten Brüsten, über die in weichen Linien die Grenze zwischen heller Haut und dunkler verlief; ganz hinten an der Wand, halb zugedeckt mit Staub, Jakobs Bogen, erinnert euch, tagelang hatte er den Wald abgesucht nach der besten Rute und dann mit Sorgfalt Ornamente in die Rinde gekerbt und ihnen das nasse Holz darunter gezeigt und wie man den Pfeil weit über den Sammelplatz schoß, fast bis zum Karlinger Stall; neben der Ziehharmonika ein Paar Schuhe, die Spitzen fein säuberlich ausgerichtet, wie man es nicht erwartet hätte. Die Kastentür war einen Spalt offen. Auf einem Kleiderbügel hingen drei Hosen, und die einzelnen Fächer wären voll gewesen mit leeren Flaschen, schön übereinandergelegt wie in einer Weinkellerei.

Am Boden standen zwei Schachteln, deren Aufschrift sich nicht mehr lesen ließ. Dahinter, an der Rückwand, war mit ein paar Stecknadeln ein Bild angebracht, Hannas Gesicht, eine alte Aufnahme, über dem Körper einer Eisläuferin, die gerade zum Sprung ansetzt. Neben dem Kasten waren noch mehr Photos, und überall auf dem Holz standen in verschiedenen Schriften irgendwelche Kritzeleien, daß einer eine liebt und mit einer anderen schlafen will, ich und du, oder plus oder Herz, und hundert Mädchennamen, du und dich, und Sprüche über die Welt, daß sie sei, wie sie ist, und das Leben zu kurz, und Obszönitäten, die sich in der ganzen Phantasterei noch am wirklichsten ausnahmen.

Adelheid Duvanel
Selbstmord

Die Frau zerrte die Kleider aus dem Schrank, wischte mit einer einzigen Bewegung die Pullover vom Schaft; Bücher lagen kreuz und quer am Boden. Ihr gedunsenes Gesicht war nicht rot noch weiß: es war blau. Ihr seit einem Autounfall geistig zerrütteter Mann schrie: »Miß dein Fieber! Miß dein Fieber!« Die Frau riß die Fotos aus dem Fotoalbum, hastete in die Küche, stopfte sie in den Holzherd und zündete sie an. »Jemand mit einem scharf geschliffenen Spachtel schneidet mir Nase und Ohren ab«, dachte sie. Sie öffnete die Haustür und rannte barfuß im Zickzack zum Bahnhof; sie löste sich eine Fahrkarte in die nächste Stadt. Im Zug schloß sie sich in der Toilette ein und zog unter dem fließenden kalten Wasser, nachdem sie die Finger mit Seife eingeschmiert hatte, ihre vier Ringe von den Fingern. Sie steckte sie in ihren Geldbeutel und warf diesen in die Toilette. Als sie ausstieg, hatte sie das Empfinden, man habe ihr diesen Bahnhof, diese Häuser und Straßen, diesen Fluß unter den Brücken geliehen. Abschied nehmen mußte sie von dieser Stadt nicht, denn sie war ihr fremd. Wie im Traum lief sie umher; die Sonne umarmte sie, gab ihr schmatzende Küsse auf beide Wangen.

Als um Mitternacht die Glocken der Kirchtürme schlugen, sprang die Frau von einer Brücke ins Wasser, in dem sich die runden, kleeblattförmig angeordneten Lampen eines Restaurants spiegelten. Mit Blättern schwer beladene Kastanienbäume glänzten, und die Menschen im Garten des Restaurants wandten ihre Gesichter dem Fluß zu, ohne zu wissen, was vorgefallen war.

Durs Grünbein
›Aids‹

Als diese Krankheit aufkam hing ich
eben in einer von diesen
Imbißbuden und las Kung-Fu-Tse (im
›lun yü‹) weil die
Spaghetti nach einer Viertel-
stunde noch immer nicht kamen, es war

wie verhext hier unter Plastikklängen
in dieser sachlichen
Zellophanshow erotischer Blicke, vorm
Fenster Verbrüderungsfresken und
Abendhimmel wie Seen voller
ungestillter Farbbegierden der Wolken schien
seine Lehre mir plötzlich

absurd. Die Gesetze des Himmels und
welche Dienste die Söhne den
Vätern, die Lebenden
ihren Ahnen schulden, die Riten und
aller Kanon vom
reinen Leben: wem galt das? Uns? Tag und
Nacht diese Dauerströme von

Informationen, die unsichtbaren Bakterien-
stämme der Worte, ein
riesiger Gallerthaufen aus schlaffen
Kondomen und fischgräten-
steifen Pessaren, befruchtete Eizellen
auf Eis kurz vorm Start

in ein vielversprechendes Leben mit
Voodoo-Zauber und maschinellem
Brave-New-World-Komfort zwischen Urlaut
&
›mega-corpse‹,
Steinzeit und kybernetischem Traum-
soviel

Verdauung ringsum, solche Spuren von
Heiterkeit im Vorbeigehn, Millionen

Augenpaare gebannt von den Fernseh-
orakeln am Abend. Fehlt nur
die ›Richtigstellung der Worte‹, was?
(Kung-Fu-Tse, heißt es,
kam ohne Pathos aus, seine Lehre war
wunderbar leicht, nur ein wenig
Musikkult, das ›Buch der Lieder‹ und
alles Naheliegende, das er
mit Zähigkeit festhielt: ›Bin ich ein

Kürbis Zi-lu, bloß zum Ansehn ...?‹)

Was du nur willst,
hör ihm gut zu, dachte ich, sei
entspannt, aber dann
tauchte zum erstenmal ›AIDS‹ auf im
Radio beinah so
›selbstverständlich‹ wie diese
Neonreklame im Schaufenster
gegenüber, die
wächsernen Mannequins neben
Möbeln (preisgesenkt). Ein Gelächter fing

Feuer, ich bezahlte den Kellner und
irgendwer
schrie wie seit Stunden von allen
Wespen der Erinnerung dicht
umschwärmt bis zum Stimmbruch, da
ging ich raus.

Karl Mickel
Paragraph Aids

Ich soll der einen Frau unwandelbar treu sein
Ich soll der einen Frau, der ich unwandelbar treu sein soll, vollkommen vertrauen, daß sie mir unwandelbar treu ist
Ich soll, wenn ich der einen Frau, der ich unwandelbar treu sein und vertrauen soll, daß sie mir unwandelbar treu ist, nicht unwandelbar treu bin –
oder die eine Frau, der ich unwandelbar treu sein soll, bin oder nicht bin, mir nicht unwandelbar treu ist –

oder aber ich den leisesten Zweifel oder Argwohn oder Verdacht, daß die eine Frau, der ich unwandelbar treu sein soll, bin oder nicht bin, mir nicht unwandelbar treu sei, hege –
oder die eine Frau, der ich, oder nicht, bin, und vollkommen soll, sie sei, ihrerseits den Zweifel oder Argwohn oder Verdacht, und sei es den leisesten, daß ich, obwohl sie, meinerseits, hegt –
Soll ich
Soll sie
Aus der Erwägung heraus
Daß unmerkliche Defekte der Schleimhäute nie ganz ausgeschlossen werden können
Unmittelbar vor Gebrauch dem Container den Gummi entnehmen
Ihn, den Gummi, prüfen, unter der Lampe
Und, sobald wir uns von der Unversehrtheit des Gummis überzeugt haben
Ihn, den Gummi, die Innenseite nach innen! über den Schwanz ziehen.
Wir sollen daran denken, daß jedoch die Sekretion noch nicht begonnen haben darf
Wir sollen durch das Überziehen des Gummis das Vorspiel nicht unterbrechen
Sondern das Überziehen des Gummis als Teil des Liebesspiels betrachten
Sie soll aber die Nägel kurz und rund halten
Weil spitze Nägel den Gummi perforieren könnten
Und weil alle Theorie grau ist
Soll ich doch besser das Überziehen des Gummis vor der Verabredung üben
Sie soll immer einige Gummis in der Handtasche bei sich führen
Weil ich ihr das im entscheidenden Augenblick sicherlich danken werde.
Sie soll den Gummi in den Mund nehmen
Falls ihr/mein Wunsch auf fellatio sich als unbezwinglich erweisen sollte,
Ich soll umgehend den Schwanz aus der Dame zurückziehen
Sobald seine aktiven Maße nach dem Vollzug im mindesten zu schwinden drohen
Ich soll den Gummi am oberen (offenen) Ende verknoten
Ich soll den verknoteten Gummi in das bereitliegende frische Papiertaschentuch wickeln
Ich soll das Papiertaschentuch mit dem eingewickelten verknoteten Gummi in die Mülltonne tragen

Ich soll den Schwanz waschen
Und eventuell dann noch haftende Samenreste mit dem sogenannten Bumsstein entfernen.
Zuwiderhandelnden werden
Folgende Auflagen erteilt:
Ich soll der einen Frau unwandelbar treu sein
Ich soll der einen Frau, der ich unwandelbar treu sein soll, vollkommen vertrauen, et
Cetera zetera zeteratata

Thomas Kling
Zivildienst. Lazarettkopf

zur decke gerichtet;
aus urnenaugen (»alzheimer und
parkinson«) blicken die
bettlägerigen uns an, an uns
vorbeisterbend;
geflutete schützen
gräben, »monatelang rattenschlaf,
die bajonettangriffe ..«, drahtverhaue,
spanische reiter; sich vorarbeitende
krabbelnde tanks; in heizungskellern
angeschlossene verhörkabel; durch-
brochene panzersperren, eingekoteter
luftschutzwart;
auf gezackten (zackigen)
photographien GEBLIEBENE UTENSILIEN
die ungesunde haut, übermüdete stimmen;
messer und anker zusammengesunken,
gestärkte schwesterntracht, daran
die rotkreuzbrosche ein verbandsplatz
(»kreuzburg/oberschlesien«);
in den frisch-
bezogenen laken gebunkert die bomben-
nächte, nähte, UNBEWÄLTIGTES KOPF
LAZARETT, LAZARETT-KÖPFE daraus
die flammenwerfer speien, gespiene
kindsverluste der trümmerfrauen (»als
feuerwehrmann vor -grad; unaufhörliches

flammenspiel, die frauentrümmer«);
in schleiflackregalen erblindete
kegelpreise, gedenkteller und
polierte -münzen; den feldstecher
vor augen, gekitteter reservistenkrug
oder gesplitterte fliegerbrille (»hab
mein leben nur wechselschicht
gekannt«);
                    auf der pflegestation
(»zwoter schlaganfall und wund-
gelegen, faustgroßer dekubitus«)
die essensgerüche, scharfen
putzmittel und urin;
                                auf den (nacht)
tischen dünnen besucherblumen aus;
in zigarrenkisten gehortet; die
rostenden orden, eisernen kreuze
DAS GANZE WELTKRIEGS-TALMI,
VERSENKTER NIBELUNGENSCHATZ, DIE
LETZTLICH GEBLIEBENEN UTENSILIEN!
ach, faltige heimatschüsse, stümpfe,
entmündigte witwentrauer anekdoten
der toten

ERNST JANDL
alternder dichter

nicht immer werden sie mir
alles geschriebene aus den händen reißen
um es zu drucken
sondern sie werden über mich hinwegsehen
über meinen kopf weg nach anderen spähen
und ich werde sie verstehen

ach wie klein ich geworden bin
werde ich mir sagen
keinem verstellt meine stirn mehr den blick
ich bin sehr in mich zusammengesunken
mir ist so bang

25. februar 1989

das ist vielleicht
das ende der gedichte
muß aber nicht
des schreibens ende sein

ich denke manchmal
etwas an geschichte
die durch mein leben zieht
könnte zu schreiben sein

doch starb vor kurzem erst
genosse erich fried
nach ihm dann thomas bernhard
auf größere distanz

wer garantiert mir zeit
– ich wünsche keinen glanz –
verstöße gutzumachen
stückwerk ganz

kleines geriatrisches manifest

ein oder zwei jahre
gezügelter lebenslust
dürfen sie mit zweiundsechzig
sich wohl noch erhoffen. onanieren
werden sie wie bisher auch, vielleicht
nicht ganz so flott, nicht ganz so oft
als in ihren besten jahren.
was sie derzeit
als ihren geistigen verfall
zu erleben glauben, wird
durch ihren physischen verfall
mehr als wettgemacht. derselbe ist
so evident, daß sie überall
komplimente für ihre geistige frische
einheimsen werden. wobei man ihnen schonungsvoll
zum allernächsten sessel hilft.

PETER RÜHMKORF
Durch dauernde Gedanken an dich …

Der Himmel so violett-winterlich,
verschwunden fast, verschwommen –
Durch dauernde Gedanken an dich
bin ich ins Rutschen gekommen.

Es fällt in mein bewegtes Sing-Sing
noch Licht aus erwählten Bezirken.
Die Sonne kam raus, als sie unterging,
zu spät, um Wunder zu wirken.

Wer teilt meine eisigen Lippen mit mir,
errätst du es, erreimst es?
Das sind schon alles Eingriffe-hier
in mein Herz, mein allergeheimstes.

Das sind – bei lebendigem Leibe verkannt –
der Unschuld Elendsgrimassen:
So muß die Liebe fort über Land
und sich für Geld sehen lassen.

In unzugänglichen Höhen treibt
das Hirn noch Sozialwissenschaften;
es schwenkt seine Lappen – es grüßt – es bleibt
der Kuß der Erkenntnis nicht haften.

In alle Ewigkeit gut geht das nicht
so haltlose Schlüsse ziehen –
Ich heule über mein ganzes Gesicht,
ich lache in kleinen Partien.

Daß man sich nicht zu weit entfernt
von seinen besten Zeiten.
Doch was einer aus einem Fußtritt lernt,
das soll er nicht weiterverbreiten.

Klängklong! am schlimmsten ist immer der Schluß
– was schlagen die Glocken so knöchern? –
Weltuntergang – verschwindibus –
in welchen schwarzen Löchern …

Ulrich Horstmann
Schwedentrunk

Seit geraumer Zeit
ist meine Gedankenwelt
in Zersetzung befindlich

Obzwar die anfallende
Gülle in gewissen
Abständen drainiert und
abgeführt wird schreitet
die Vergiftung fort

Beneidenswert das Abgestorbene
gegen den Wundbrand
der Vernunft wo
sie noch arbeitet
in der Brühe

Ein jämmerliches Spektakel

Das Untertauchen wird
immer mehr zur
Gewohnheit dann ist
es weg dieses
sich Verlieren überschwemmt
vom sich Verlorenhaben

Mein Schwedentrunk gib
her der Dreißigjährige
Krieg da oben
geht zu Ende
los doch trichtert
mir ein hinter
vorgehaltener Hand stinkt
es schon nach
eurem faulen Frieden

MARTIN GRZIMEK
Die Beschattung

23 Uhr

Ich habe mir Wein geholt, eine Zeitlang auf den Bildschirm gestarrt, auf stumme Szenen aus einem Film, der im Fernen Osten spielt, ich höre Musik, die leise vom Salon bis ins Schlafzimmer dringt. Ein paar Minuten lag ich auf dem Bett mit geschlossenen Augen. Die Ruhepause hat mir gut getan.

Als ich meinen Vertrag für das Probejahr beim CIB in den Händen hielt, war ich ungeheuer stolz. Einen Monat lang waren zweihundert Bewerber überprüft worden. Die Kurse fanden in einem Bürohochhaus am Park der Nationen statt. Selten habe ich unter solchem Streß gestanden.

Ich schlief damals nur wenig. Morgens um sechs fingen die Kurse an. Wir hörten Vorträge über die Geschichte der Literatur, des Lesens, der Biographik und über die Entwicklung des Interviews in der Presse, in den Bildmedien oder als literarische Spielform. Daneben gab es psychologische und philosophische Seminare. Theorien der Wahrheitsfindung, des Authentischen, der Erinnerungsbildung und menschlicher Verhaltensmuster wurden uns eingetrichtert. Es ging um Fiktion, Phantasie, Wahn, Manipulation. Außerdem wurden uns Befragungstechniken demonstriert an Personen, die unter Hypnose oder Drogen standen. Wir sahen Dokumentaraufnahmen von Folterungen, bei denen falsche Geständnisse erpreßt wurden. Wissenschaftler sprachen zu uns, Psychotherapeuten und Mitglieder der Militärakademie. Ständig mußten wir voll konzentriert sein. Nach den Vorträgen wurde durch Fragebögen festgestellt, was wir verstanden und behalten hatten.

An den Nachmittagen saßen wir Klienten gegenüber und machten Interviews. Jeden Tag ein neuer Klient. Mal wurde das Interview auf deutsch, mal auf englisch, französisch oder spanisch geführt. Das waren meine Sprachen. Die Sitzungen fanden in nüchternen, zellenartigen Räumen statt. Unsere einzigen Hilfsmittel waren Notizblock, Bleistift und das Gedächtnis. Die Nächte verbrachten wir damit, aufzuzeichnen, was wir an Lebensgeschichten erzählt bekommen oder durch Fragen herausgefunden hatten. Ich nehme an, daß unsere Interviewpartner präpariert waren, denn manche berichteten so interessant, daß die Nacht zum Schreiben nicht ausreichte, und andere redeten so hergeholtes Zeug, daß eine

Seite genügte. Mehrmals äußerte ich den Zweifel, ob ein Klient die Geschichte überhaupt selbst erlebt haben konnte.

Dreißig Tage lang ging das so. Es war eine maßlose Anstrengung, aber ich hielt durch. Ich war einer der wenigen, die bestanden hatten. Übernächtigt und müde, aber glücklich kam ich in die Feldstraße zurück.

An diesem einunddreißigsten Tag hast Du mich verlassen!

Eine Woche später wurden wir in der CIB-Zentrale vereidigt. Das Gebäude im Weißen Quadrat kennst Du. Der flache Bau zwischen den Hochhäusern ist auffallend genug. Aber niemand würde vermuten, daß sich in diesem »Bungalow« die Zentrale eines der größten publizistischen Unternehmen dieses Landes verbirgt.

Bei unserer Vereidigung waren alle leitenden Persönlichkeiten sämtlicher staatlicher Organisationen anwesend. Nach den Ansprachen wurden uns Ausweis, Aufnahmegerät und unsere persönliche Code-Nummer ausgehändigt. Am Mittwoch der darauffolgenden Woche erhielt ich meinen ersten Anhörungsauftrag. Mein Leben als CIBler hatte begonnen.

In den ersten Monaten hatte die Interview-Arbeit vor allem ein Gutes: sie lenkte mich von Dir ab. Ich war oft wochenlang außerhalb der Stadt. Nach den Anhörungen kam ich völlig erschöpft nach Hause. Zwar erledigte nun das Aufnahmegerät die Aufzeichnung der Interviews. Aber all das Neue bedeutete eine solche Umstellung und Anstrengung, daß ich froh war, wenn ich die besprochenen Disketten am Ende eines Auftrags in der CIB-Zentrale abgeben konnte.

Zuständig ist für mich von Anfang an Zimmer 26 gewesen. Dort leiste ich bei Abgabe meine Unterschrift, wahrhaftig das einzige »Geschmiere«, das ich in den letzten zehn Jahren zustande brachte. Danach habe ich eine Woche frei und bekomme einen neuen Auftrag. So geht das, den Urlaub abgerechnet, etwa acht- bis neunmal im Jahr. Das ist alles.

Und ist zugleich, wenn man das Ganze betrachtet, die Realisation einer unvergleichlichen Idee: das geistige Leben des einzelnen Menschen zu retten, bevor es durch seinen Tod für immer und unwiderrufbar ausgelöscht wird; in unser Leben den Begriff einer unverwechselbaren Individualität zu setzen: die Verbreitung von *wahren* Geschichten, die Veröffentlichung der individuellen Biographie als Lebensbericht.

Was für eine Aufgabe! Was für eine Chance für uns alle, für die Millionen von Menschen, die in der Bilder- und Nachrichtenflut schon gar nicht mehr zwischen Fiktion und Wirklichkeit unterscheiden können! Die nur noch mitschwimmen von Augenblick zu Augenblick. Alles gibt es bereits, ist schon einmal dagewesen, alles ein einziges »So-tun-als-ob«, unverbindlich und aus zweiter Hand, sogar das eigene Erleben.

Felicitas, sei ehrlich! Was war für uns die Wirklichkeit? Wir hatten ein tadelloses Elternhaus, eine vorprogrammierte Karriere, einen unkomplizierten Alltag und genug Geld zum Leben. Was wollten wir mehr? Nur manchmal, wenn wir das Gefühl hatten, daß uns etwas fehlen würde, machten wir etwas ›Besonderes‹. Du spezialisiertest Dich auf weiße Kleidung, klautest ein paar Delikatessen oder hast Dir den Luxus geleistet, ständig neue Studienfächer zu belegen. Ich hingegen richtete unsere Feldstraßenwohnung nach unserem ganz ›persönlichen‹ Geschmack ein und ahmte doch eigentlich nur nach, was ich vorher irgendwo gesehen hatte. Wir wollten, wie alle anderen auch, einzigartig und einmalig sein, und waren doch nur wie alle anderen: kollektiv und Schablone.

»Perlen vor die Säue!« – Ich weiß genau, was Du damit gemeint hast: bis zu unserem letzten gemeinsamen Tag warst Du von der Vorstellung besessen, daß wenigstens ich zu etwas Außergewöhnlichem befähigt sei. Weil ich Dir im Club einen Zettel mit drei Wörtern geschrieben hatte, glaubtest Du, ich könnte vielleicht Schriftsteller werden. Hast Du mir nicht sogar eine alte mechanische Schreibmaschine gekauft?

Damals wies ich Deinen Wunsch und Dein Geschenk als Anmaßung zurück. Erst die Vorträge während der CIB-Schulung machten mir bewußt, was ich instinktiv ahnte: was man heute mit seinem Kopf und aus dem Bauch heraus erfinden, gestalten oder zu Papier bringen kann, ist alles schon einmal dagewesen und bekannt. Die Phantasie der Menschheit ist erschöpft, oder sie reproduziert Klischees und variiert längst abgenutzte Themen. Wir kennen alle Träume – und auch ihre Deutung.

Was hätte ich an Eigenem schon produzieren können? Sollte ich etwa unser Zusammenleben in der Feldstraße beschreiben? Ereignislose, wenn auch glückliche Tage darstellen? Den Fernsehfilm, den Reisebericht, den wir im TV gesehen hatten, noch einmal erzählen? Wäre dadurch Erfahrungsreichtum, Ausdruckswille, Einzigartigkeit, Individualität entstanden?

Genau das ist es, was das CIB den Menschen zurückgibt. Wir, die Interviewer, sammeln das Individuelle dort, wo es noch vorhanden ist. Meistens sind unsere Klienten schon alt, leben auf dem Land oder sehr zurückgezogen und haben ihre Vergangenheit in sich konserviert. Wir rufen diese Erinnerungen ab. Das CIB archiviert sie, bringt die Interviews in eine lesbare Fassung und läßt sie in etwa dreißig angeschlossenen Verlagen veröffentlichen. Diese Vielzahl von Distributoren gewährleistet die Vielfalt der Erscheinungsformen.

Auch Du hast schon, wie wir alle, die Bereicherung durch die Lektüre von CIB-Büchern empfunden. Du hast die Filme und Fernsehspiele, die nach ihnen hergestellt wurden, genossen: weil Du auf ihre von niemandem manipulierte Wahrheit vertrauen konntest. Wir alle wußten, daß uns nichts vorgemacht wird, und konnten uns auf die staatlich verbürgte Glaubwürdigkeit des Editorials dieser Bücher verlassen:

Dies ist ein CIB-Buch. Es ist ausschließlich unter Verwendung authentischen Erinnerungsmaterials existenter Personen entstanden. Nichts ist erfunden oder nachträglich hinzugefügt!

Erst als Du befürchten mußtest, daß das Institut mich Dir entfremdete und mir Deine in mich hineinprojizierten Ideale raubte, hat sich Deine Meinung geändert.

Dienstag, 25.7., 3 Uhr

Eben wäre ich fast eingeschlafen, nachdem ich mich hingelegt hatte, um meiner völlig verkrampften Schreibhand ein wenig Ruhe zu gönnen. Aber ich bin für heute noch nicht fertig. Ich muß Dir erst noch von Walter erzählen. Ohne seine Hilfe wäre es mir nicht möglich, Dir zu schreiben. Das wirst Du erst später verstehen.

Walter war Interviewer beim CIB wie ich, aber ein Typ, der Dir sofort sympathisch gewesen wäre, und zwar nicht nur wegen seiner Erscheinung: blond, groß und breitschultrig. Ein Gewinner. Er hatte einen Blick, als ob er einen immer sofort durchschauen wollte, und er trug ausschließlich helle Kleidung, wie Du.

Das andere, was Du gemocht hättest, war seine Ambivalenz. Als ich ihn zum ersten Mal im Café Frühling sah, trat er an mich heran und begrüßte mich mit einem zynisch klingenden: »Na, Geisterbefrager?«

Wir verstanden uns sofort. Und haben uns trotzdem oder vielleicht deswegen ständig nur über unsere Arbeit und das CIB gestritten. Er bezweifelte dessen Autorität, als würde er unter seinem Arbeitgeber zu leiden haben. Ich hielt seine Provokationen für Scheingefechte und hatte manchmal sogar den Eindruck, das CIB habe ihn als Spitzel eingeschleust.

Bis es dann zur Affaire »W. W.« kam. So wurde Walter in der Presse genannt. Er war der »versuchten privaten Bereicherung auf Kosten des Instituts und der Sabotage unserer der ganzen Gesellschaft dienenden Ziele« überführt worden.

Die Sabotage, die Walter versuchte, hat natürlich geholfen, das CIB zu stabilisieren, auch wenn er nicht verhaftet werden konnte und niemand weiß, wie und wohin er entwischt ist. Den Umlauf seines »Anti-CIB-Zirkulars« hat man gestoppt, die noch existierenden Exemplare vernichtet, wahrscheinlich bis auf eines, und das liegt zerlesen und halb zerfleddert hier neben mir auf dem Tisch.

Er behauptet darin, daß der Authentizitätsanspruch der CIB-Bücher eine Lüge ist, und bezieht sich dabei hauptsächlich auf den »Keller«, wie er den unterirdischen Trakt des »Bungalows« nannte. Dort befindet sich das Herzstück des CIB: der Großrechner und das Archiv. Beides ist so gut abgesichert wie eine militärische Führungszentrale.

Es ist offiziell bekannt, daß im »Keller« die gespeicherten Erinnerungen der Klienten von den Computern so montiert werden, daß ihre Originalität bis in den Wortlaut hinein erhalten bleibt. Genial ist, daß bei dieser Montage keine Dokumentarliteratur entsteht, für die sich niemand interessieren würde, sondern immer wieder ein neuer, einmaliger, spannender Bericht, wie ihn nur das Leben selbst schreiben kann. Jedes Buch, das unter dem Protektorat des Instituts erscheint, beweist es.

Walter hingegen behauptet: »Im CIB-Keller sitzt ein Heer von Ghostwritern, die sich aus unseren Interviews die Rosinen picken und ansonsten schreiben, was die Leute lesen wollen.«

Das ist natürlich lächerlich. Aber wahrscheinlich hat er das selbst gemerkt, denn ein paar Zeilen später gesteht er ein, daß möglicherweise »auch geschickt programmierte Computer« am Werk sein könnten, die jedoch nicht die Erinnerungen der »armen Alibi-Teufel« (der Klienten) durchforsten, sondern den »sentimentalen Schrott der gesamten E. & U.-Literatur in seine Bestandteile zerlegen, kräftig durchschütteln, neu zusammensetzen, aufpolieren und in zigtausendfacher Auflage als geschmacklosen Konsumdreck auf Makulaturpapier zwischen zwei Buchdeckeln auf den Markt werfen.«

Ich weiß nicht, warum Walter von einem derartig defaitistischen Mißtrauen besessen war, wie er darauf kommt, die Methoden von Schreibern von billigen Heftchen-Romanen auf das CIB zu übertragen, da doch unzweifelhaft bewiesen ist, wie verantwortungsbewußt, wie sauber und unmanipuliert das CIB seine Anhörung individueller Erinnerungen und deren Reproduktion handhabt.

Unwahr wären die Bücher nämlich erst, wenn die Klienten selbst lügen oder phantasieren würden. Doch das ist unmöglich: die Überwachung, der das Institut von staatlicher Seite unterliegt, ist nicht geringer und weniger scharf als die Kontrolle, die es sich, seinen Mitarbeitern und seinen Klienten auferlegt.

Bisher konnte weder dem CIB eine Fälschung nachgewiesen werden, noch ist es irgend jemandem gelungen, es mit Fiktionen oder Ausgeborgtem zu täuschen, ohne als »Blindgänger«, wie wir dazu sagen, entlarvt worden zu sein.

Wenn das CIB die einzelnen Strukturen seiner Produktionsformen vor der breiten Öffentlichkeit geheimhält, dann geschieht dies ausschließlich zum Schutz seiner Klienten, zur Vermeidung des Mißbrauchs und zur Wahrung seiner Konkurrenzfähigkeit. Prinzipien, auf denen jedes erfolgreiche Unternehmen basiert. Einblick wird nur den Direktoren, den staatlichen Prüfern und den Technikern gewährt. Doch auch die Ingenieure und Programmierer kennen sich allenfalls in ihrer speziellen Abteilung aus, die sie nie wechseln dürfen. Die Koordination der verschiedenen Bereiche überblicken sie nicht. Bekannt ist jedoch, daß das CIB für seinen Großrechner ein gigantisches Programm entwickelt hat: es soll nicht nur sämtliche bekannten, literarisch bewährten Spielformen in sich speichern und anwenden, sondern auch eigene kreative Entscheidungen fällen können!

Daß Walter in seinem »Zirkular« auf die angebliche Geheimnistuerei des CIB schimpft und sie eine Mystifizierung nennt, klingt wenig überzeugend, ist jedoch typisch für ihn. Natürlich unterschlägt er auch das eigentliche Phänomen: nicht »zigtausende«, wie er behauptet, sondern Millionen Bücher sind es, die das CIB jährlich verkaufen läßt. Wer nicht in einem Sachbuch, einem historischen Werk, einem Heftchen-Roman oder einem der vielen ›Nonbooks‹ blättert, der hat fast immer ein vom CIB herausgegebenes Buch in den Händen.

Ist es nicht phantastisch, daß die Menschen wieder lesen? Und zwar etwas aus dem wirklichen Leben? Ist es nicht verständlich, daß sie es satt haben, etwas vorgemacht zu bekommen, eine Gruselphantasie, eine heile oder utopische Welt, eine ausgesponnene Vergangenheit? Ist es falsch, daß sie daneben eine verbürgte, authentische und individuelle Erinnerung desjenigen Mitmenschen brauchen, der sein Leben aus sich heraus gemeistert hat, um zu wissen, daß die eigene Existenz einen Sinn haben kann?

Was schreibt Walter dazu? »Gelebtes Leben fressen, um Realität zu vergessen! – Unsere Erlebnissuppe scheint so geschmacklos geworden zu sein wie lauwarmes Wasser. Oder sind etwa der tägliche Streß, der Totschlag in der Nachbarschaft, das heißt im Film des 12. TV-Programms, sind die Erfahrungen, daß man ohnehin nur ständig betrogen und beschissen wird und diese Dreckswelt ...«

Das reicht. Ich kann diese Fäkaliensprache nicht mehr ertragen. Außerdem läßt die Wirkung der Tabletten auf beängstigende Weise nach. Ebenso meine Kraft. Ich werde also jetzt (morgens, 4 Uhr 20!) so klug sein und aufhören.

4 Uhr 40

Ich kann nicht schlafen. In den vielen langen Jahren hat meine Sehnsucht nach Dir nicht nachgelassen. Und jetzt, aufgewühlt durch diesen Briefbeginn, kommt mir wieder ein schreckliches Bild. Vielleicht werde ich es los, indem ich es Dir beschreibe, obwohl es mich eine große Überwindung kostet, dieses Innerste von mir zu Papier zu bringen:

In meiner neuen, wie für Dich eingerichteten Westufer/Feldstraßenwohnung wurde ich nicht fertig mit meiner Erinnerung an Dich, mit meiner Paranoia, mit Deiner Abwesenheit. Deshalb verließ ich die Wohnung immer öfter und lief ziellos durch die Stadt. Einmal geriet ich irgendwie in ein Perückengeschäft. Ich war angetrunken und ließ mich dazu überreden, etwas zu kaufen. Zu Hause setzte ich die blonde Perücke auf, malte mir Augen und Mund an, holte aus einem Koffer Deine Kleider und zog sie mir über. Ich stellte mich vor den Spiegel und sah – Dich an. Es war ein furchtbarer Augenblick. Ich habe ihn nie wiederholt.

Wilhelm Genazino
Der Fleck, die Jacke, die Zimmer, der Schmerz

Am Ende der Rue de Rivoli führt ein Mann eine Pantomime vor: der Mensch als Maschine, eine Nummer mit abgezirkelten, ruckartigen Bewegungen, ein eckiger und verkanteter Ablauf, der das Mechanische im Menschen nach außen stülpt. Niemand bleibt stehen, niemand betrachtet die Darbietungen, nicht einmal Kinder.

Ganz allein agiert der schön angemalte und phantasievoll kostümierte Pantomime am Rande eines Stroms von vorübereilenden Menschen. Plötzlich, ausgelöst durch das Bild der hastenden Menschen, die keine Zuschauer mehr sein können, wird klar, warum die Nummer nicht mehr ankommt: Die vorübereilenden Menschen stellen ihre eigene Maschinenartigkeit viel besser dar als der Pantomime. Die Dargestellten haben ihre Darstellung eingeholt. Wahrhaftig traurig führt der Pantomime nicht mehr seine Kunst vor, sondern nur noch deren Verspätung.

Thomas Hettche
Ludwig muß sterben

Ich trank den Kaffee und wartete, doch nicht darauf, daß jemand komme, überlegte, in den Park zu gehen, der nicht weit entfernt ist von Ludwigs Wohnung, sah zu, wie das Licht irgendwann aufhörte, sich in den Scheiben der Bücherschränke zu spiegeln, und begann die Titel der Bücher zu lesen. Es hätte auch anderes gegeben, sicherlich, doch entzieht sich jetzt, was noch alles war, die Fäden blieben unverwahrt, und was noch zu Tage liegt, ist, daß ich immer wieder an jenem Nachmittag, kann nicht sagen warum, nach dem Anatomieatlas griff wie nach einem Spiegel. Auf der rechten Seite gezeichnete Gefrierschnitte von Körpern, Ausschnitte, auseinandergezerrt, verbogen und koloriert, die mir schon als Kind seltsam zwingend und doch unverständlich gewesen waren. Auf der linken Seite der erklärende Text, den ich nicht verstanden hatte, auch nicht mit Hilfe des Klinischen Wörterbuchs, Die Kunstausdrücke der Medizin, Berlin und Leipzig, 1930, das ich mir aus dem Schrank geholt und das mir doch, wenn ich mir als Kind die Ausdrücke buchstabierte, nicht die fremde Vertrautheit der Zeichnungen erklärt hatte. Stahlstiche mit unterschiedlichen Schraffierungen für Haut, Muskelgewebe, Knochen, die inneren Organe farbig, rot und blau die Blutgefäße, braun die Drüsen, sichtbar das alles durch geschickte Schnitte, die Einblick gewähren. Geschlossenen Auges die Aufgeschnittenen. In der nächsttieferen Schicht liegen die platten Muskeln welche vom Sternum zum Zungenbein gehen, las ich wahllos, Geschichte auf Geschichte, die tiefe Halsfascie umhüllt die Muskeln und füllt den freien Raum zwischen ihnen aus durchtrennt man sie so sinken die Muskeln nach der Seite zurück dann liegen Kehlkopf Isthmus der Schilddrüse und Trachea frei, und immer so weiter, als wären es Biographien, Ammenmärchen, las ich wie schon als Kind, und mir fiel ein, daß ich damals einmal in den Zeichnungen etwas gefunden hatte, eine Gestalt, die mich besonders interessiert hatte, und nun begann ich die Seite zu suchen, blätterte, überlegte, ob diese oder jene, unsicher, obwohl ich mich genau an den Ausdruck eines Gesichtes zu erinnern glaubte, der unter den Entstellungen auffällig sichtbar geblieben war und der auf eine bestimmte Weise Bezug zu nehmen schien auf die erklärenden Mißhandlungen, die den Körper lesbar machen sollen, ihn auflösen in farbige Flächen, in aufgeklappte und zerlegte Segmente, in die Fläche des Papiers selbst, ein Ausdruck, den sich die Gestalt, wie es mir als Kind erschienen war, schweigend an wenigen Stellen, erahnbar in der Haut und in den Knochen, bewahrt hatte. Der Mund ist es, wußte ich plötzlich. Nein, sagte der Mund, und als ob ich erwachte, schaute ich das Buch auf meinen Knien an, die Zeichnung, die ich, ich weiß nicht wie lange, ob es später war, angeschaut haben mußte, auf der Haut spürte ich das kühle Metallarmband der Uhr, dessen Glieder sich manchmal an den Haaren des Handgelenks festbissen. Nein, sagte der Mund. Doch, nein, doch nicht, hörte ich es wieder, beinahe entschuldigend, nein, doch nicht, als ob ein Versprechen nicht eingelöst werden könnte. Nein, sagte der Mund, schüttelte den Kopf, und die Augen sahen mich an, die Hand erschien im Ausschnitt der Buchseite, und zärtlich unaufmerksam tasteten die Finger über den offenen Schädel hin, behutsam bemüht, nichts zu verletzen. Noch wußte ich nicht, und die Gestalt wohl auch nicht, und es war, als hielten wir den Atem an, ob die sezierte Oberfläche des Kopfes Bestand haben würde an der Luft, da ließ mit einemmal die Hand von den roten und blauen Linien ab, und der Arm fiel, zuerst schien es mir, müde, aus dem Bildausschnitt der Buchseite heraus. Doch, sagte der Mund, es geht, der Kopf drehte sich aus dem Halbprofil mir zu, die Buchseiten begannen zu rascheln, sich zu überschlagen, und nahm alle Teilansichten seiner selbst, die auf den folgenden Seiten gezeigt waren, in sich auf. Doch, sagte der Kopf, es geht doch, stieg aus dem Buch und zog dabei einen Körper nach sich. Es ging ganz leicht, wie von selbst auf meinen Knien, so als erfände ich die Gestalt, kam sie aus dem Papier, das glatt war, und als zerrisse etwas, eine Folie, eine Übereinkunft, hielt es dem nichts entgegen, ergab sich in das Geschehen, es blieben die Seiten im Buch leer und ausgewischt zurück, und vor mir auf dem Boden saß ein Mädchen. Und schon hatte ich Angst um sie, sah ich doch, daß, wie es Prof. von Bardeleben,

1903 ist der Anatomieatlas erschienen, im Begleittext zu Fig. 12 beschreibt, das Schädeldach entfernt worden war, die Organe im oberen Abschnitt der Augenhöhle freipräpariert und durch Wegnahme der Lamina cribrosa die Nebenhöhlen der Nase weitläufig eröffnet und freigelegt worden waren. Vorsichtig, verwirrt noch, wischte, rieb sie sich über die geöffneten Nasennebenhöhlen, tastete in die Ohren hinein, die pneumatischen Nebenräume, den Gehörgang, leicht und sanft, als wäre sie sich selbst unbekannt, griff sie schließlich in den offenen Schädel, als kitzelte sie die Farbe in ihrem Kopf, auch das zerschnittene Lid schmerzte wohl ein wenig, die Farbe, mit der, sie sah es nicht, spürte es aber genau, die verschiedenen Gehirnregionen markiert worden waren, Fig. 4, Laterale Konvexität des Großhirns Furchen und Windungen die Funktion jeder einzelnen Region ist auf der Figur selbst farbig eingetragen Bein und Arm blau Muskelsinn grün Sehen Hören Lesen gelb Schreiben Sprache Mundfacialis Zunge Kehlkopf Kauen Schlund Augenmuskeln Sprachverständnis Schmecken Riechen gelb die sensorische Region der lateralen Konvexität zerfällt in drei Hauptabschnitte erstens in die Sphäre des Muskelsinnes im oberen Scheitelläppchen ist dieses links zerstört so weiß der Kranke bei geschlossenen Augen über die Lage und über passive Bewegungen seiner rechtsseitigen Gliedmaßen nichts anzugeben zweitens in die Sehsphäre hinter der Fissura parietooccipitalis es ist wahrscheinlich daß der auf der lateralen Konvexität gelegene Teil der Sehsphäre speziell die optischen Erinnerungsbilder die Gesichtsvorstellungen beherbergt und mit den optischen Empfindungen nichts zu tun hat Zerstörung desselben führt daher zur sogenannten Seelenblindheit d. h. die Kranken sehen noch alles erkennen aber die Gegenstände nicht wieder drittens die Hör- Schmeck- und Riechsphäre im Schläfenlappen bei Zerstörung der mit Sprachverständnis bezeichneten Stelle der sogenannten Wernicke'schen Stelle tritt sogenannte sensorische Aphasie ein die Kranken hören jedes Wort erkennen aber die Wörter nicht wieder und verstehen sie daher nicht. Sie sah nicht, wie die Sonne die Hirnwindungen und die farbigen Flächen hell und dunkel schattierte. Ihre Augen, auch das verletzte, blickten wie verschleiert, vielleicht ist sie noch müde, dachte ich, und, sag doch was. Prof. von Bardeleben erläutert im Begleittext, es handele sich um den Gefrierschnitt einer Fünfzehnjährigen, und weist auf eine Besonderheit, die Zungenspitze ist zwischen den Schneidezähnen eingeklemmt, des Präparates hin, sichtbar gemacht durch die halbseitige Entfernung der Unterlippe. Sie öffnete den Mund, als wäre das schwieriger als alles, und schluckte vorsichtig. Ich sah ihre Zunge langsam im Mund hin- und herfahren, eine kleine Beule in der Haut ihrer Wange, hin und her wie ein Bonbon im Mund eines Kindes. War sie zuvor unbeweglich aus dem Buch aufgefahren, schienen dies ihre ersten eigenen Bewegungen zu sein, und sie lächelte zufrieden. Ich konnte meinen Blick nicht von ihren Augen nehmen, die nichts sahen und doch Freude über etwas lange Erhofftes auszudrücken schienen. Dann stand sie auf, beugte sich über mich, über das Buch auf meinen Knien, lächelnd, als entschuldigte sie, daß sie etwas besser könne als ich, schlug es weiter hinten auf, und das Bild begann zu zittern, die Seiten des Buches flatterten, als fegte Wind über sie hin, ein Mann schlüpfte aus der Seite so leicht als fiele er aus dem Buch heraus und müßte sich nicht, gehend, in die Luft über den aufgeschlagenen Seiten hinaufwinden, um aus dem Papier auszusteigen. Mein Blick irrte durch diese plötzliche Bewegung von ihrem Gesicht ab, aus den Augenwinkeln sah ich, daß er, als würde er die Wohnung kennen, ohne zu zögern ins Bad ging. Er ist mein Arzt, sagte sie, und als ich sie wieder ansah, saß sie neben mir auf dem Schreibtischstuhl, ihr Blick nicht mehr leer, die Beine ein wenig gespreizt, ein junges Mädchen mit kleinen Brüsten und knochigen Hüften. Hat er nicht einen hübschen Hintern, fragte sie mit schwerer Zunge. Ich ging, ohne zu antworten, ins Schlafzimmer, um Morgenmäntel zu holen, den von Ludwig und den weißen langen Frotteemantel mit Kapuze, der noch von Ludwigs Frau im Schrank hing, wie ich wußte, warf ihn ihr hin und mied dabei ihren Blick, der nicht, dessen bin ich mir sicher, überrascht war, und sie zog ihn an, während aus dem Bad erst das Geräusch der Toilettenspülung, dann des Wasserhahns zu hören war. Sie lächelte ihm zu wie zur Begrüßung, als er wieder in der Tür stand und ich ihm Ludwigs Bademantel hinhielt, der ihm viel zu groß war und dessen Ärmel über seine Hände hinwegfielen wie auf Bildern des sechzehnten Jahrhunderts pelzbesetzte, weite Mäntel, ohne daß ihn das störte. Im Gegensatz zu ihr war er unverletzt. Er setzte sich in einen Sessel und sah mich an, als erwartete er, daß ich jetzt mit etwas begänne, das lange verabredet war. Eine Weile war es völlig still, nur hustete er manchmal, räusperte sich, was weiter geschah, lege ich erstaunt in die offenen Hände der Wörter.

Gerhard Falkner
die sprachbeschauer

habakuk heißt der fisch!
nach der ernüchterung
heißt er wieder hering

kleine, schmutzige welt
wir singen dich groß und schön
aber nicht mehr lange

glaube, liebe, hoffnung
alles besiegte geschenke
der verspielte tau
die glitzernden planeten
ein dreck für den
der ihrer nicht bedenkt

dichter
boxer im blutroten mohn
die jahre, die als stolze schiffe
dich verließen
stranden als taumelnder schritt

Elfriede Jelinek
Lust

Nein, diese Frau irrt sich nicht, dieses Kind hat sie längst verloren, bis es reift, und dann ist es fort. Und kräftig zieht der Vater sie ins Licht, sie muß sich öffnen für den Expreßzug, der daherdonnert. Jeden Tag dasselbe, selbst Landschaften ändern sich ja, und sei es aus Langeweile, wegen der Jahreszeiten. So steht die Frau still wie eine Klomuschel, damit der Mann sein Geschäft in sie hineinmachen kann. Er drückt ihr den Kopf in die Badewanne und droht, die Hand in ihr Haar gekrallt, daß wie man sich bettet so liebt man. Nein, weint die Frau, an ihr hängt keine Liebe. Schon klappert der Mann mit seinen Knöpfen. Der Nylonschlafrock wird herumgestülpt, er wickelt sich ihr um die Ohren. Es winselt in den Eingeweiden wie von gefangenen Tieren, die heraus wollen mit schweren Tritten. Das Batistnachthemd, hell und stumpf wie ein Zündlicht, wird der Frau ins Maul gestopft, und die Natur des Mannes erscheint zögernd von außen. Sein unschuldig Wasser wird abgeschlagen. Dicht neben der Frau plätschert es aus dem dunklen Rauch des Schamhaars in die Badewanne, direkt an ihrer gesenkten Wange vorbei. Das Email strahlt in frischem Glanz. Schnell ist der Schwanz des Mannes in dieser freundlichen Umgebung aufgewachsen. Die Frau muß husten, während ihr die Flanken geweitet werden. Der Büchsenöffner wird aus der grauenhaften Flanellhose gezogen, und eine milchige Flüssigkeit erscheint, nachdem der Mann etwa eine Weile, die ein Fettfleck braucht, eingewirkt hat und liebend sich in einer stacheligen Haarwolke ertönen hat lassen. Viel zu früh tritt das Glied aus seinem Fach ans Licht hinaus. Die Frau, der ihr Arsch, diese schattige Straße, aufs äußerste aufgespreizt worden ist, muß hinter dem Mann zurückstehen bleiben. Er reißt ihr Steuer herum und zwingt sie, ihn anzuschauen. Er kehrt sich wütend ihre Vorderfront zu, zwingt sie, seinen verhallenden Pimmel anzufassen, der schon wieder zu zucken beginnt, will er doch wohnen in dir, du liebe Zeit, und in Ihnen, Sie liebende Nacht! Er drückt der Frau das Haar in seinen Erguß, in den Rest davon, den ihre einfältigen Augen erblicken sollen. Schwer denken sie nach, die Helden, wenn ihre Arbeit getan ist. Die Frau wird mit Sperma eingeschmiert. Auf die Weise, daß man ihr ein schönes Haus gebaut hat, wird man die Partnerin nicht verlieren, und draußen stehen die armen Reihenhäuser der Ärmsten aus ihren Ärmeln und Sexämtern Gejagten bereits zu Dutzenden zum Verkauf, zur öffentlichen Versteigerung, zur heimlichen Verbrennung. Und was einmal ein Heim war, drängt jetzt unter den Hammer der Herren von der Gemeinde. Was einmal eine Arbeit war, wird den Herzen entrissen mit Gewalt. Nur von den Frauen können wir's uns in winziger Münze zurückholen. Wohin sollten sie sonst gehn, die Frauen, als zu denen, die im Starken herumplätschern und froh locken mit den Abfällen, die ihnen wie Schaum vom Gebiß fliegen? Ihre Generatoren erzeugen unnötige Produkte und ihre Generationen erzeugen unnötige Probleme. Jetzt hat dieser Direktor seine kritische Masse rechtzeitig angehalten. Vorn drückt er der Frau das Gesicht in sein Intimprodukt, dann läßt er sie Blicke in seinen Intimbereich tun. Nicht will an seinem scharfen Strahl sie sich laben, aber sie muß, die Liebe verlangt's. Sie muß ihn gepflegt werden lassen, sauberlecken und mit den Haaren abtrocknen. Jesus hat diesen Wettlauf damals gewonnen, daß er von einer Frau abgewischt worden ist. Schließlich erhält die Frau einen sie wieder abschließenden Schlag auf den Hintern, grob fährt die Hand ihres Herrn in ihren Ritzen und Sprüngen herum, seine Zunge leckt ihren Nacken ab, ihr Haar wird in die Wanne geworfen, an ihrem Kitzler wird kräftig gezogen, daß ihr die Knie vorn zusammenklappen und der Arsch wie ein Faltstuhl herausspringt, und auch viele andere Menschen folgen Seinem Kommando.

Ja, was machen wir derweil mit dem Kind? Das überlegt inzwischen ein Geschenk, das es gekauft haben möchte, um von den zusammengepflockten Eltern nichts Heimliches gesehen zu haben. In jedem Geschäft, das es erblickt, will dieses Kind ein Stück Leben frisch (vom Lebendigen, von den guten Lebensdingen) herausgeschnitten bekommen. Dieses Kind spielt alle tückischen Stückeln. Es ist dies die neueste Generation, und das letzte ist gerade gut genug für sie. Bald aber wird auch sie gehn, wie gingen wir sonst weiter?

Der Vater hat einen Haufen Sperma abgeladen, die Frau soll alles ordentlich wegputzen. Was sie nicht aufleckt, muß sie aufwischen gehn. Der Direktor zieht ihr die Reste ihrer Kleidung aus und beobachtet sie beim Wischen und Flechten, beim Weben und Winden von Fetzen. Einmal fallen die Brüste nach vorn, dann schwanken sie vor der Frau herum, während sie scheuert und erneuert. Er zwickt die Warzen zwischen Daumen, Zeigefinger und Mittelfinger, und dann dreht er dran herum, als wollte er eine Mikrokosmos Birne einschrauben. Er schlägt mit seinen jähzornigen, schweren Kaldaunen, die vorn, ein helles Himmelsfenster, im Ausschnitt seiner Hose erscheinen, von hinten gegen ihre Schenkel. Wenn sie sich bückt, muß sie die Beine spreizen. Er kann jetzt ihren ganzen Feigenbaum mit einer Hand umfassen und die Finger zornig Wanderer spielen lassen. Übrigens, wenn sie schon die Beine aufgeklappt hat, kann sie sich gleich über ihn stellen und ihm in den Mund pissen. Was, sie kann nicht? Stoßen wir ihr das Knie nach oben und treffen klatschend (Applaus, Applaus!) ihre weichen Futlappen, die sich gleich leise schmatzend öffnen werden, und wir Männer müssen sofort mit dem Maßkrug auf den Tisch hauen. Wenn sie dann noch nicht seichen kann, zerren wir ihr ganzes weibl. Geschlecht an den Schamhaaren nach unten, bis sie in den Kniegelenken einknickt und, aufs äußerste gespreizt, auf den Brustkorb des Herrn Direktor hinuntersinkt. Wie ein geöffnetes Handtaschel hält er ihre Fut an den Haaren auseinander und schleift sie sich übers Gesicht, um sie grob auslecken zu können, ein Ochse am reifen Salzstock, und das Gebirge ist in Feuer getaucht. Die Last der Scheiter ruht auf den

Männern. Ihr Wasser murmelt Unverständliches, und die Frauen nehmen es mit ihren saugkräftigen Lumpen und sogar mit Ajax auch noch auf.

Die Frau trinkt einen Rest kalten Kaffee aus ihrer trüben Tasse. Wie zur Flucht hat sie sich wieder mit einem Hauch Strumpfhosen überzogen. Keine hier hat es so gut wie sie. Ihr hängt die stille Klaue ihres Herrn über dem Kopf, damit sie im Raubtierkäfig heimisch wird. Am Abend schon beginnt der Direktor damit, der Müden zuzulächeln, sein Ziel anzupeilen. Er wird später gegen sie anbranden, er muß der Erste in dieser österreichischen Sparkasse bleiben! Die Frau greift ins Leere, wo die Speisen verderben, als wollte sie ihn von ihrer Schlummerstätte abschütteln. So werden sie einander immer verfehlen auf der breiten Fährnis der Straße, die ihnen die Schreckensbergbahn ihrer Ehe erschließen soll. Diese Frau wird von den Dorfbewohnern beneidet, wie schön sie sich kleidet. Und den Dreck ihres Hauses saugt eine Frau auf, die fürs Putzen bestellt wurde aus dem Katalog der Dorfbewohner, die doch nur brüderlich leben wollten. Das Kind ist recht spät geboren worden, aber nicht zu spät, daß nicht noch ein klagender Erwachsener aus ihm werden könnte. Der Mann schreit in seiner Lust, und die Stimme der Frau schmiegt sich an ihn, damit er seinen Stab schwingen und teure Nettigkeiten für die Wohnung anschaffen möge. Eine neue Garnitur, damit sie eingesetzt werden kann an den Bahnhöfen, wo die beiden ihr seliges Geschlecht reiben gehen. Aber niemand kann zaubern. Als der Mann aus seiner Trunkenheit erwacht, duckt er sich gleich, es der Frau rechtzumachen. Er ist gutmütig. Ja, er bezahlt schon, er hat alles bezahlt, was Sie hier in Farbe abgebildet sehen. Trocknen Sie Ihre Wangen!

Am Abend werden ihre Teller Heimatloses bergen. Die Speisen werden einander flüchtig vorgestellt sein und sollen sich schon bald lieb in den Körpern mischen. Und wie es erst unter manchen Dächern zugeht! Das Essen ist in diesem Haus nicht wichtig, für den Mann muß es viel sein, damit der Starke lächelnd sinkt und nachgibt. Wurst und Käse am Abend, Wein, Bier und Schnaps. Und Milch, damit das Kind beschützt ist. Das ist der Aufstrich und der Aufschnitt auf die Legende, daß der Mittelstand nach unten hin abgesichert ist und nach oben hin unter Naturschutz steht (unter dem Schutz der Natur). Und zwar schützen ihn die, die darunterliegen, damit er nicht ins Bodenlose stürzt.

Botho Strauss
Kongreß

»Um das Erreichte nicht zu gefährden«, ermannte sich nun der Leser, »muß ich wohl auf meine Pause verzichten und werde dich sogleich mit einer nächsten, noch sündhafter genossenen Begebenheit herausfordern.

Vor etlichen Jahren, als ich noch in Amt und Brot stand, verbrachte ich einige Urlaubswochen in der spanischen Provinz Gerona. Ich hatte ein kleines Landhaus gemietet, in das ich mich allein zurückzog, um mich von beruflichen Strapazen und häuslichen Schwierigkeiten zu erholen. Beinah jeden zweiten Abend machte ich mich mit dem Fahrrad auf den Weg in nächste Dorf, um mit meiner damaligen Geliebten zu telefonieren, die, indem sie zu Haus geblieben war, in mir unerwartet neue sehnsüchtige Empfindungen weckte. Ich stand also wieder einmal in meiner gewohnten Zelle, als auf der gegenüberliegenden Straßenseite jenes rundliche, etwas untersetzte Mädchen sich näherte, das ich kurz zuvor auf dem Rad überholt hatte. Arm in Arm mit ihrer Freundin war sie unterhalb der Dorfkirche auf der Abendpromenade unterwegs, als ich vorbeifuhr und sie deutlich in meinem Rücken die Stimme erhob. Ich klingelte heftig, um ihr Antwort zu geben, obschon ich nicht verstand, was sie rief, wohl aber, wie's gemeint war.

Nun kam sie allein, ich lachte, während ich mit Ria zu Hause sprach, unverhohlen zu ihr hinüber, als sie sich eben auf der Höhe der Telefonzelle befand. Sie stutzte einen Augenblick, unschlüssig, wie sie meine auffordernden Blicke einerseits, mein liebevolles Flüstern an der Muschel andererseits sich deuten solle. Sie wußte natürlich sofort Bescheid: mit wem wird er schon telefonieren, so entbehrend hingelehnt? Sie setzte ihre Sonnenbrille ab, kam über die Straße und kramte Münzen aus der Hinterntasche ihrer Jeans, die zwischen den Schenkeln fast weiß gescheuert waren. Sie stand nun neben der Zelle, wartete mit gespielter Ungeduld und schüttelte die Münzen in ihrer Hand. Sie warf mir argwöhnische Blicke zu und schien sich zu fragen, wie weit ich es wohl treiben wollte mit meinem verfänglichen Doppelspiel. Doch ich lachte sie freimütig an, nickte ihr zu und winkte sie zu mir in die Zelle. Als sie sich darauf ein wenig unwirsch abdrehte, öffnete ich selbst die Tür, hielt sie mit ausgestrecktem Arm auf. Ein wenig zögernd, mit leicht verdrießlicher Neugier folgte sie schließlich der Aufforderung; sie war ja kein Dorfpflänzchen und mochte dem Fremden doch zeigen, daß sie sich in solchen Angelegenheiten nicht so schnell einschüchtern ließ. Sie war also zu mir in die Zelle gekommen, ich schloß die Tür, wir standen uns auf einem knappen Meter gegenüber. Ich sprach weiterhin in der für sie unverständlichen Sprache mit der entfernten Ria und versann mich dabei in das halb verdorbene, halb kindliche Gesicht des ländlichen Mädchens. Ich roch den Duft ihrer Rosmarinseife, ich bewunderte ihr volles schwarzes Haar, das glatt auf die Schultern fiel, und beobachtete die ersten Schweißperlen, die sich auf dem Brustbein bildeten und in den eckigen Ausschnitt ihres T-Shirts rannen. Sie blickte dagegen – um ein letztes Mal der Schicklichkeit zu genügen – kühl und befremdlich an mir nieder und erklärte in ihrem Heimatdialekt, daß sie nun dringend telefonieren müsse. Während sie das Wort an mich richtete, hielt ich rasch die Hand über die Muschel und gab ihr zu verstehen, daß sie sich noch einen Augenblick gedulden müsse. Sie drehte sich um, als wollte sie nicht länger meinem Gespräch zuhören, wandte mir ihren breiten, langsam nässenden Rücken zu und legte den Kopf in den gegen die Scheibe erhobenen Armwinkel. Ich konnte nicht länger einhalten, ich mußte meine Hand nach ihr ausstrecken und ihr dichtes Haar berühren. Sie wechselte darauf Stand- und Spielbein, drückte die rechte Hälfte ihrer festen, jugendlichen Fülle gegen mich hervor, so daß sie von meinem Oberschenkel kaum noch eine Handbreit entfernt war. Ich nahm meine Hand von ihrem Haar und legte sie, ohne zu greifen, auf ihre abgestemmte Hüfte. Darauf hob sie beide Arme hoch, umgriff das Haar in ihrem Nacken und nahm es gebündelt über die linke Schulter. Sie drückte ihre Brüste gegen die Scheibe und höhlte ihr Kreuz. Es war jetzt sehr heiß in der Zelle und die Luft schwer und verbraucht. Sie wandte sich wieder zu mir und fragte kokett in einem unbeholfenen Englisch: ob wir etwa verwandt seien und hier gemeinsam mit der Großmutter telefonierten? Ich legte ein wenig zu spät die Hand über die Muschel, doch zum Glück donnerte draußen gerade ein Lastzug vorbei. Ich hob meinen Arm, um eine weitere Münze einzuwerfen. Sie sah mir unter die Achselhöhle, wo die Nähte meines dünnen Strickpullovers aufgegangen waren und das verklebte, feuchte Haar heraushing und tropfte. Ich sah, spürte es in ihrem entleerten Auge: dies war der Beginn, von nun an würde sie nicht wieder gehen, nicht bevor sie die ganze Physis dieses Mannes entdeckt hätte und nicht bevor der säuerliche Geruch, der aus seinen Poren zu ihr drang, von ihrem Duft besiegt worden wäre. Doch ich telefonierte weiterhin und sah ihr dabei so unverwandt in die

Augen, daß sie nicht ausmachen konnte, ob ich sie wirklich wahrnahm oder vielmehr höchst aufmerksam jener anderen zuhaus zuhörte. Mit dem Rücken gegen den Telefonkasten gelehnt, schlug ich die Beine übereinander und bemerkte, wie ihr Blick unvermeidlich die Mitte meiner gekreuzten Schenkel aufsuchte. Wie ertappt, wandte sie sich ab und blickte ziellos nach draußen, schüttelte flüchtig den Kopf wie jemand, der seine benommenen Sinne ernüchtern oder wecken will. Ja, es bestand kein Zweifel mehr, nun war sie soweit, sie konnte sich nicht mehr vom Fleck rühren und nur hier, in diesem engen Käfig würde ich sie in die ersehnte Bewegung versetzen. In diesem stickigen Glaskasten würden wir um Atem ringen und bis zum Ersticken unsere Fremdheit auskosten. Sie erwartete ihn haltlos, aus engster Nähe, diesen Fremden, der jedoch wieder aus dem tiefen Taschenzipfel heiße Münzen hervorfingerte, in den Apparat warf und wenig redete, viel hörte und sie dabei mit unerforschlich schamlosem und entferntem Blick betrachtete. Als dieser Blick nun fast abwesend auf dem dunklen, sich ausbreitenden Fleck unter ihren Brüsten anhielt, riß sie plötzlich erzürnt und so, wie man die Zunge zeigt, das klitschige Hemd in die Höhe und entblößte die mit Schweißperlen bedeckte Haut, die weißen Gewichte, den gebräunten, gedrungenen Rippenkorb. Dies hatte zur Folge, daß ich für einen Augenblick hastiger und oberflächlicher mit zu Hause sprach. Bis jetzt wagte sie nicht, mich von sich aus zu berühren, und diese Berührung wäre gewiß nicht so zaghaft ausgefallen wie die meine, als ich ihr die Hand aufs Haar und in die Seite gelegt hatte. Ihr ganzer mir entgegengestellter Leib schien nur allzu bereit, jede Gradheit und Zier augenblicklich aufzugeben und seine Gestalt zu verlieren, unterzugehen in einem formlosen Schlingen und Schmelzen, ohne Luft und in einem ungeheuren Schweißbad. Ich nahm indessen sehr ruhig ihre kleine feuchte Hand und spielte wie nebenbei mit dem rosafarbenen Plastikring, den ihr vielleicht eines ihrer jüngeren Geschwister an den Finger gesteckt hatte. Aber sie selbst war ja noch blutjung, wenn auch, wie unsere gegenseitige Verführung bewies, durchaus keine spröde Unschuld. Ja, ich drückte die kurzen, runden Finger, als wäre ich gelangweilt und wir beide in der Tat nur ein Pärchen, das am Abend bei der Großmutter anruft. Aber diese Beiläufigkeit war durchaus nicht geplant oder vorgetäuscht, sie war die unvermeidliche Folge von Rias deutlich erhobener, deutlich anschwellender Stimme am anderen Ende der Leitung …

Alles änderte sich, als ich abrupt den Hörer auflegte und sie schweigend und unabgelenkt anstarrte.

›Telefonier du jetzt‹, sagte ich, ›ich habe genug ...‹

Natürlich hatte sie gar nicht zu telefonieren, wußte nicht, wen sie anrufen sollte. Ich forderte sie auf, irgendeine Nummer zu wählen, mit jemandem, der ihr Vertrauen besäße, zu sprechen. In ihrer verschwitzten Hand klebten noch die Münzen. Sie steckte sie in den Schlitz. Sie wählte die Nummer der Freundin, mit der sie ihren Abendspaziergang gemacht hatte. Glücklicherweise war sie bereits zu Hause. Sie sprach in ihrem Heimatdialekt mit ihr, so daß ich kaum ein Wort verstehen konnte.

Dennoch, soviel bekam ich mit: sie beschrieb ihr, wo sie sich befand und was vorgefallen war und lachte dazu. Und dann – nun, dann beschrieb sie ihr auch, was gerade vorfiel, jetzt und augenblicklich in der Rufzelle, denn ich war nun wie verwandelt und konnte nicht einhalten, sie zu berühren und zu entdecken, während sie sprach. Ich kniete vor ihr, öffnete ihre Kleidung und streifte sie bis unter die Knie. Sie telefonierte es unverzüglich weiter, indem sie auf mich herabblickte und jeden meiner Finger- und Lippenwege genau beschrieb. Ich hörte sogar das Kichern der Freundin am anderen Ende der Leitung. Doch ich küßte nur um so tiefer in den nassen, sich windenden Leib hinein, entfaltete ihn um so begieriger, je unmöglicher es oben dem berichtenden Mund wurde, *alles* zu berichten ... Das Mädchen ließ den Hörer sinken, es biß sich vor Glück auf die Lippen.

Der Hörer hing lose herunter, nah an meinem Mund. Ich vernahm in der Muschel das Atmen der Freundin, welches in diesem Moment heftiger wurde und in unsere Erregung einstimmte.«

JAN KONEFFKE

Sollen sich Liebende morgens vom Lager erheben
wenn unser Herr drüber Wolke an Wolke gehängt hat
bei Regenfaßläuten und klappernden Pfannen zum Fürchten wer
wollte
es ihnen verdenken mein Schatz
sie liegen sich lieber im Arm
an diesen Tagen im wasserblauen April
rauchen die Menschen zuhause dem Ofen was vor
pantoffeln vom Keller zum Giebel

so hält man Einkehr und
wünscht sich man bliebe vor Schnupfen und Seuchen verschont,
während der Herr den Horizont wischt bis er blank ist
falte ich aus Zahlungsbefehlen Papierschiffchen, seht:
verstimmt ist allein Gottes himmlischer Chor seine Vögel denn
Er selber brummt durch den Abfluß
und jubiliert auf dem Dach

Unter orgelndem Wind flog meine Stadt da saß ich
im schaukelnden Haus hinterm pfeifenden Ofen
jedes Krümelein Sorge wollte geschmeckt sein
was hatte ich nicht geglaubt, was mir widerführe
ein Himmel mit Sternen bestickt
den blinkenden guten
lustig werde der Giebel vor andern ragen
von des süßeren Sommers Nächten ewig und
leuchtende Wunder kämen im Taxi vorbei
paffte ich nicht aus voller Lunge, niemals wird
der Mond das glotzende Aug von den Seinen wenden –
nun ein verfinsterter Sinn
schlingernde Dächer
und lauter herumgeblasene Vögel

Sarah Kirsch
Stoffwechsel

Hinter den Deichen in einem Gemischtwarenladen
Wohnt der Dichter der Ehrenbürger riesiger Städte
Wir sehn sein bekanntes Gesicht durch die Scheiben
Wie es unter dem schönen Adventskranz
Über den Frühstückstisch schwimmt gütig
Die Kaschubenverwandtschaft hat ihm soeben
Einen wunderbaren Krug übersandt blau-
Gefrorene Henkel am dunklen Gefäß Tulpen
Zieren den riesigen Bauch herrliche Vögel
Unbekannt in diesem Landstrich ohne
Den Trost der Bäume (Kohl ersetzt hier die Tannen
Die abgeschlagenen Strünke sind ein Furcht
Erregender Anblick im Mondlicht) so ist der Freund

Sehr zufrieden mit dem Krug der nun wie ein
Rotkehlchen singt und er blickt über das
Leinene reine Tischtuch auf dem sich gottlob
Fünf Arten Käse der sog. Leichenfinger darunter
Reichlich befinden und das ausgelassene
Fröhliche Schmalz von der Martinsgans
Sie selbst über dem Sofa auf der Konsole
Schaut uns lange mit glitzernden Augen an:
Was der Meister im Herbste verzehrte ob es die Gans
Der Schellfisch das Perlhuhn verschiedene Aale gewesen
Er schlägt es im Winter in Stein und bewahrt uns
Mit seinem Signum versehen die einfache Schönheit.

Michael Wildenhain
Wewelsfleth

Rechts rauschen gemächlich Kühlaggregate
Auf Hügelbeeten blühen Salate
Alles was ich von dir möchte ist gehn
Die Landschaft aus Blei verwandelt die Kate
In trocknes Gewölbe auf einer Oblate
Immer bleibt die Kirche in den Dörfern stehn

Denn das Leben ist lieblich
Der Regen rieselt
Auf eine friedlich garstige Welt
Der Tod ein Vertreter der Frauen umwieselt
Und Glanzkataloge ins Morgenlicht hält

Die Stille sagst du umstellt dich mit Spießen
Den Friedhof umrandet ein blindes Idyll
Das Schweigen sagst du wird dich noch erschießen
Ströme von Blut sagst du müssen fließen
Stiefel statt *hältst du den Atem an* Füßeln
Keckliges Kichern aus Schlagrahm und Tüll

Denn die Tage sagst du tunken in Flächen
Teiche die grau hinter Deichen stehn
Während sich Welt und Vögel erbrechen
Kreischst du natürlich ich seh es gesteh es
Kühe sind scheckig schier wunderschön

Gabriele Kachold

was früher poesie war ist heute rhythmusübung
über die fetten abgründe latschen
innerhalb der dicken löcher lachen
die abgründe entblättern
die rasenmäher krabbeln lassen überm meer sin ma mehr
oldo schatterhand mit schnattermund
rund ist gesund und der fallsüchte gründe
das leben ist schön das leben ist grün
das leben ist dran
ein vormenschengeschick ist die kinderzeit
die gründerzeit
die ideen sind blau
nur liebe knüpft banden
schergen schreiben strafzetteleien
morgenmund hat gold im mund
und nicht die goldenen mittelwege
die sind mit den inkas auf dem meeresboden verschwunden
heute wissen nur die unken
wo es liegt was keiner mehr kriegt
die unersetzliche zahl
der befriedigungen

Richard Wagner
Begrüßungsgeld

Überall das Beste, noch mehr für noch weniger Geld: die Werbung erinnerte Stirner an die Politparolen von früher, die immer wieder das Beste versprachen. Er sah diesen schauderhaften Optimismus aus beiden Richtungen auf sich zukommen.

Die Menschen gleichen einander wie eine Wohnung der anderen. Und was sie reden, du hast alles schon mal irgendwo gehört, glaubst du. Und doch: für ein Gespräch reichts. Die Kinder und das Wetter und die Knallköppe in Bonn.

Sonne, sagte er vor sich hin. Knüppel. Sonne, weicher Knüppel. Aufschreiben oder vergessen. Alles gleich wieder vergessen. Blindes Baby konnte plötzlich sehen, weil Mutter nicht aufgab, las er. Las es und stieg in die U-Bahn hinab: alles weg. Ohne Bullen kein Krawall. Ohne Braut keine Hochzeit. Die Komtesse schluchzt, weil heut kein Brot da ist. Renate wartet auf die Karte. Stirner stand im U-Bahnschacht und sah die Leute warten. Er sah sie nicht an, das machte man nicht. Das macht man hier nicht, dachte er. Er verhielt sich so, daß er nicht auffiel. Die U-Bahn kam. Ein Mädchen lachte wie auf der Eiswerbung. Der Freund des Mädchens hatte seine Freude daran.

Stirner kam sich so alt vor wie die Frage an der Rolltreppe im Kaufhaus: Tragen Sie »Maxi«?

Daß er die deutschen Dialekte zu unterscheiden anfing, war ihm ein Beweis des Sich-Zurecht-Findens. Er suchte nach Beweisen des Sich-Zurecht-Findens. Er beruhigte sich damit.

Lernt die Sprachen dieser Welt. Deutsch für Ausländer Schrägstrich Aussiedler.

Kinder liefen grölend auf der abwärts fahrenden Rolltreppe nach oben.

Ich bin ohne Wohnung und brauche Hilfe.

Stirner legte ein Fünfzigpfennigstück aufs Pflaster.

Danke, sagte der junge Mann, ohne ihn anzusehen.

Wegen Geschäftsaufgabe Ausverkauf.

Stirner sah die jungen Mädchen in den kurzen schwarzen Röcken und hatte plötzlich die uniformierten Schülerinnen auf den Temeswarer Straßen vor sich.

Siebenundsiebzig.

Spiel Siebenundsiebzig.

Zehn Jahre seit dem Spiel Siebenundsiebzig.

Charta.

Er sah die jungen Leute mit den kyrillischen Buchstaben auf den T-Shirts. Es störte ihn wie früher die amerikanische Flagge an den Jacken in Rumänien.

Er schlug die Zeitung auf und las von den gemäßigten Opportunisten, die jetzt alle für Glasnost eintraten.

Niemand legt mir die Hand auf die Stirn, dachte er.

Die rumänischen Wörter kamen wieder – nicht beim Sprechen, beim Nachdenken. Der Widerstand löste sich ab, es waren nackte, schutzlose Wörter der Kindheit und Jugend. Sie gingen niemanden etwas an.

Fernsehbrücke, las er in der Programmzeitschrift.

Mainzleningrad.

Er beschloß, sich die Sendung anzusehn.

Wir haben in diesen Monaten viel ferngesehn.

Sabine und Stirner saßen abends vor dem Fernseher.

Sie holten Realität nach.

Alles, was die Leute hier in einem Leben erfahren haben, müssen wir in ein paar Jahren lernen.

Wir eignen es uns an, aber wir übersetzen es.

Wir sind Fremde, die abends fernsehn.

Stirner hörte sich das Fragespiel an.

Ob es eine Friedensbewegung in der Sowjetunion gibt.

Keine Antwort aus dem sowjetischen Publikum.

Wir alle kämpfen für den Frieden, sagt der sowjetische Moderator.

Ein junges Mädchen fragt nach dem jüngsten Zuschauer im Mainzer Publikum.

Das Kind, das sagt, es wolle Lokomotivführer werden.

Das Gesicht des sowjetischen Mädchens. Ergriffen und mütterlich.

Die Atomindustrie ist notwendig, auch nach Tschernobyl, sagt ein sowjetischer Diskussionsteilnehmer.

Stirner kennt diese Formel, die alle Inhalte mitreißt. Früher war es die imperialistische Gefahr, jetzt ists Tschernobyl. Alles nur Anlässe: für neue Beteuerungen, für neue Versicherungen. Der Mann, der redet, redet nicht über Tschernobyl. Tschernobyl ist austauschbar, wichtig ist der Satz.

In der Sowjetunion gibt es keine Verfolgung der Religion. Die Ausübung der Religion ist frei. Alle religiösen Personen, die im Gefängnis sind, wurden nicht wegen ihrer religiösen Überzeugungen verhaftet, sondern weil sie die Gesetze verletzt haben.

Es ist die Sprache, mit der Stirner aufgewachsen ist. Die Sprache, die einem den Mund verschließt beim Sprechen. Stirner weiß, die sowjetischen Diskussionsteilnehmer sagen nichts, sie sprechen bloß.

Mainz Leningrad. Zwei Brückenköpfe, die jeweils ins eigene Land ragen, das andere nicht berühren.

Ich weiß etwas, dachte Stirner, mit dem ich nichts anfangen kann. Und ich kann hier damit nichts anfangen, weil ich es nicht weitervermitteln kann.

Weil mir das hier keiner glaubt, sagte er.

Das totalitäre Denken ist nur für den faßbar, der in einem totalitären Staat gelebt hat.

Sie sprechen in einer Sprache zu uns, die einer wirklichen Sprache zum Verwechseln ähnlich ist.

PETER RÜHMKORF
Alles dunkel alles trübe

Alles dunkel, alles trübe,
alles grau aus einem Guß –
Unaufklärlich wie die Liebe,
die sich selbst begraben muß.

Nichts mehr was du mit superben
Reimen glänzend überspannst:
wenn du sagst, du kannst nicht sterben,
frag dich, ob du töten kannst.

Abends in Karfreitagslaken
über deinen Grind gebückt;
Fragezeichen, Fleischerhaken
mitten durchs Filet gespickt.

Sorgen ballen sich zu Foeten
während du dich klamm vertagst –
Wenn du sagst, du kannst nicht töten,
frag dich, ob du sterben magst.

Frag dich, frag, bis dein zersiebter
Schädel aus den Nähten kracht,
mit der Wahrheit als Geliebter
im Gebeinhaus Kassa macht.

Bis die ganze Pleite, bis die
Elendslust zum Himmel schreit,
schäbig wie die Leiden Christi
vor der eigentlichen Zeit –

Alles klar soweit – noch Fragen?
Letzter Gruß: Niewiederkehr!
Richtige Verliebte tragen
Paradeiser vor sich her.

Evelyn Schlag
Übergänge

1
meine graue Landschaft
weicht zurück vor dem Rand,
vor der letzten, durch
nichts geschützten Grenze,
entwaffnete Offenheit,
keine Tafeln, Zöllner,
Zutrittsverweigerer,
mit einem kleinen, an-
gehaltenen Atem bist du
schon drüben

2
unbelichtete Reizschwelle,
vor allem der Hinterhof-
mond, mein vernach-
lässigtes Flüsterbeet –
das treibt, treibt auf die
andere Seite der Erde hin.
Andere Erde. Ein Traum.
Deine verschneite Geste
holt mich dorthin, selber
bringe ich kein Wort hervor

Natascha Wodin
Einmal lebt ich

Zum zweiten oder dritten Mal bereits war ich die Hauptstraße hinauf- und hinuntergegangen, so, wie alle es machten, pendelnd, schlendernd zwischen Marktplatz und Paradeplatz. Die Gaststätte »Zur deutschen Linde« schien an diesem Abend geschlossen zu sein, nichts regte sich hinter dem dämmernden Wald der riesigen Linde, die das Gebäude der Gaststätte fast gänzlich mit ihrem Laub verdeckte. Das Zentrum des Geschehens waren heute die Straßenbrüstungen auf dem Marktplatz, meistens waren es Jungen, die auf den Eisenstangen hockten oder daran lehnten wie an einer Reling, von der aus sie den vorüberschlendernden Mädchen Rufe und Pfiffe hinterhersandten. Einigen Jungen und Mädchen aus meiner Klasse war ich bereits begegnet, und unter ihren eingeweihten Blicken ergriff mich peinvolle Scham. Sie ließen mich meine ganze Lächerlichkeit und Absonderlichkeit auf diesem ihrem angestammten Territorium spüren, unter ihren Blicken trat das ganze Debakel hervor, in dem ich mich befand, ich hatte nichts mehr außer dieser Hauptstraße, ich hatte keine andere Hoffnung mehr als die auf Achim Uhland, nur noch die Hoffnung auf Gnade.

Wenn sie mich in der Schule überhaupt ansprachen, nannten sie mich »Russla« oder »Russenweib«, unter lautem Gelächter wollten sie wissen, ob es stimmte, daß wir zu Hause die Kartoffeln in der Kloschüssel wuschen und daß die Russenweiber keine Unterhosen trugen. Manchmal nannten sie mich auch »Lusch«, und es war mir, als sendeten mir ihre Blicke jetzt, auf der abendlichen Hauptstraße, genau dieses Wort nach. Ich hatte keine Erinnerung an den Anfang bestimmter Wörter, sie waren immer schon da gewesen, gehörten zu mir wie ein Teil meiner Haut. »Russensau« – auch das war eines dieser Wörter, zum ersten Mal aufgetaucht, als ich mich, mit acht oder neun Jahren, auf dem Schulhof mit einem deutschen Jungen geprügelt und ihn dabei in die Geschlechtsteile getroffen hatte, da war es, glaube ich, zum ersten Mal aufgetaucht, das Wort »Russensau«, mit weißer Kreide an die schwarze Schultafel gemalt, oder schon lange vorher, vielleicht schon irgendwann auf der noch in Trümmern liegenden Straße, auf der ich an der Hand meiner sprachlosen Mutter in Flüchtlingslumpen gegangen war, vielleicht war dieses Wort, als es noch meine Mutter gemeint hatte, schon irgendwo in mir haftengeblieben, es war ein Bestandteil der Luft und hatte mich vielleicht schon lange vor meiner Erinnerung gemeint, mitgemeint mit meiner Mutter, als ich noch ein Körper mit ihr war, mit der jungen ukrainischen Zwangsarbeiterin, die mit einem dicken Bauch, geschwängert auf irgendeiner schmutzigen Lagerpritsche, an der Granatendrehbank des Leipziger Rüstungsbetriebs stand, auch auf der Straße erkennbar an der Nummer, die die Zwangsarbeiter an der Kleidung tragen mußten, ähnlich einem Judenstern, obschon sie immerhin leben und Granaten drehen durften, Granaten für den Krieg gegen ihr eigenes Volk, und wenn der deutschen Bevölkerung das Sprechen mit den Todfeinden aus dem Osten auch unter Androhung der Todesstrafe verboten war, so betraf das gewisse Wörter wohl kaum, gewisse Wörter, die ihnen auf der Straße nachgeschleudert werden durften.

»Russensau«, »Russenweib«, »Lusch«, »Russenlusch« – Wörter aus der Sprache, in der ich diese Geschichte erzähle ... Ist auch das ein Grund dafür, daß es mir so oft die Sprache verschlägt, daß jedes Wort in dieser Geschichte das falsche zu sein scheint? Endet Sprache vor solchen Begriffen – und diese Geschichte spielt sich von Anfang bis Ende hinter diesen Begriffen ab – oder endet da einfach meine Sprache, weil keine Macht der Welt diese bestimmten deutschen Wörter, in Hochdeutsch und im Dialekt, sich paarend mit dem entsprechenden russischen Wort meines Vaters für mich, je wieder aus mir auslöschen kann? Kann die Sprache eines Landes meine Sprache sein, wo auf das Sprechen mit uns einmal die Todesstrafe stand?

Damals wußte ich nicht, auf welchem Boden ich ging. Ich hatte mit sechzehn Jahren sehr viel von Stalin gehört, von den Kommunisten, von allen denkbaren Greueltaten und Barbareien, die in Rußland geschahen, ich hatte davon gehört, daß die Russen Deutschland überfallen und niedergebrannt hätten, ich hatte gehört, daß sie deutsche Kinder gemetzelt und deutsche Frauen vergewaltigt hatten. Umgekehrt hatte ich es noch nie gehört. Ich hatte noch nie von Konzentrationslagern gehört, von Lampenschirmen aus Menschenhaut, ich hatte noch nie von den deutschen Bombenflugzeugen über der Sowjetunion gehört, von den niedergebrannten russischen Städten und Dörfern, von den »Messerschmidts, die im Morgengrauen wie Raben die Stille zerrissen ...«. Ich hatte noch nie von den zwanzig Millionen gehört, die die Deutschen in der Sowjetunion umgebracht hatten. Für mich war in der deutschen Provinz der fünfziger und sechziger Jahre von alldem das Wort »Lusch« übriggeblieben, »Lusch« und »Russin« – das war für die, die mich so nannten, ein und dasselbe Wort, das Wort für die Kombination des Russischen und Weiblichen in mir, von einem bestimmten Alter an richtete sich die Verachtung meiner Herkunft gegenüber fast nur noch gegen mein Geschlecht, so wie die Verachtung einer Rasse, einer Nation gegenüber immer in der Verachtung des weiblichen Körpers dieser Rasse oder Nation kulminiert. Aber ich wußte nicht, auf welchem Boden ich ging, ich kannte diese Geschichte noch nicht (und ich weiß nicht, ob ich sie heute kenne), ich war diese Geschichte und bin sie vielleicht immer noch, diese Geschichte, die darin besteht, daß ich nicht wußte, auf welchem Boden ich ging, und darin, daß ich es vielleicht immer noch nicht weiß.

Doch wie öde sind die Einzelheiten, von denen ich erzählen muß, wie öde und vorhersagbar in fast allem, wie überflüssig zu erzählen, wie es mit Achim Uhland weiterging ...

Irgendwann, als es schon dunkel war, als sich erneut der Rachen der kalten Nacht auftat vor mir, war ich Hans auf der Hauptstraße begegnet. Er hatte mich mitgenommen in ein Lokal, das »Moonlight« hieß und in dem Achim Uhland mit Manuela Köhler aus meiner Klasse saß. Sie war in meinen Augen das attraktivste Mädchen der ganzen Stadt, den Filmstars auf der Kinoreklame am »Capitol« am ähnlichsten ...

Der Arm von Hans hatte mich durch das Gedränge auf der schmalen Tanzfläche an die Bar geschoben, ich hatte ihm versprochen, mich von ihm küssen zu lassen, wenn er mich zu Achim Uhland brächte, jetzt hielt ich ein Glas in der Hand und merkte kaum, was ich trank, irgendein scharfes, nach Ammoniak riechendes Getränk, das mich sofort betäubte. Aus der Musikbox dröhnte, sich in seiner eigenen Lautstärke überschlagend, der »Jailhouse Rock«, helle Lichtflocken wirbelten wie Schnee durch den halbdunklen Raum. Durch das wilde Gewoge der Körper auf der Tanzfläche hindurch sah ich blitzlichtartig die Gestalten von Achim Uhland und Manuela Köhler, sie saßen allein, abseits an einem der hinteren Tische, Achim Uhland hatte den Arm um Manuelas Schulter gelegt, sie lachte und sträubte sich gegen seine offenbar unerwünschten Annäherungsversuche. Das Bild verschwand und tauchte wieder auf, ich sah alles wie durch das Fenster eines fahrenden Zuges, wie durch das Bullauge eines Schiffs, das immer wieder von einer Flutwelle überrollt wird. Hans hatte mir ein zweites Glas von dem ammoniakähnlichen Getränk bestellt, sein Geschmack vermischte sich mit den nassen Küssen, die Hans mir für das eingelöste Versprechen abnahm, sein breites, rotbackiges Gesicht, das mich seltsamerweise an Christbaumschmuck oder an Schmalzgebackenes erinnerte, verschwamm in den Schneeflocken vor mir, irgendwo an mir spürte ich seine schwitzende, klebrige Hand, jemand kam, holte mich zum Tanzen, wieder Achim Uhland und Manuela Köhler hinter dem Bullauge des Schiffes, jetzt ineinander verschlungen in den Schneeflocken auf der Tanzfläche, dann wieder Hans und Ammoniak, jemand hielt mir eine Zigarette hin, ich nahm sie, wie Manuela mit spitzen, lackierten Fingern die Zigaretten von Achim Uhland nahm, und als der Rauch durch das Gemenge von Alkohol und Hans' Küssen in meinem Mund zum ersten Mal in meine Lungen stieß, stürzte der Zug, in dem ich fuhr, in einen schwarzen Abgrund. Eine Art Erdbeben erfaßte mich, ich glaubte sterben zu müssen an dem ätzenden, würgenden Brand in mir, und an alles, was dann noch geschah, erinnerte ich mich später nicht mehr. Nur noch daran, daß ich plötzlich wieder auf der Straße gestanden hatte, immer noch im Arm von Hans, plötzlich ernüchtert von dem Schwall kalter Nachtluft, die mir entgegenstieß. Ich sah, daß auch Achim Uhland und Manuela auf der Straße waren, in einiger Entfernung von mir schienen sie in eine Art Kampf verwickelt zu sein, Manuela schrie irgendwelche wütenden Worte und wehrte sich gegen Achim Uhland, der gewaltsam versuchte, sie festzuhalten, ganz plötzlich aber ließ er sie los, ein sehr großer, eleganter junger Mann war aus dem Lokal herausgetreten, und gleich darauf war Manuela mit ihm in dem Karmann Ghia verschwunden, der vor dem Lokal parkte. Dann endlich stand ich vor Achim Uhland, endlich hatte ich mich herausgerissen aus Hans' Arm, ich stand vor ihm und sah etwas mir Bekanntes in seinem Blick aufblitzen, etwas, das mich sofort verstehen ließ, bevor er aussprach, was von Anfang an zu erwarten gewesen war: »Hau doch endlich ab, du Russenlusch«, sagte er, das Ödeste, das Vorhersagbarste in dieser Geschichte …

Herta Müller
Reisende auf einem Bein

17

Der Kontrolleur öffnete die Tür des Abteils. Der jüngere der beiden Männer nahm unaufgefordert seine Fahrkarte und seinen Ausweis aus der Rocktasche.

Der Kontrolleur lochte die Fahrkarte der drei Frauen und die Fahrkarte des älteren Mannes.

Der jüngere Mann schaute sein Photo in seinem Ausweis lange an. Las den Namen seiner Eltern, seines Geburtsortes und das Datum, an dem er geboren war.

Der Kontrolleur streckte die Hand nach seiner Fahrkarte aus. Der Mann hatte noch nicht zu Ende gelesen. Als der Kontrolleur die Fahrkarte aus seiner Hand zog, erschrak er.

Der Ausweis fiel zu Boden. Der Blick des Mannes war so verstört, als habe der Mann beim Lesen in seinem Ausweis zum ersten Mal begriffen, wie lange er schon lebte.

Als der Kontrolleur die Tür des Abteils wieder geschlossen hatte, war die Unruhe des Mannes so groß, daß er, als sei er mitten in einem Gespräch, mit dem älteren Mann zu reden anfing. Er redete so vertieft in das, was er sagte, daß sein ganzer Körper in die Sätze eingeschlossen war. Er kam mit dem Atmen nicht nach. Er verschluckte sich, daß ihm Tränen übers Gesicht liefen. Er wartete nicht auf Zustimmung oder Widerspruch.

Er sprach den Namen seines Vaters und den Namen seiner Mutter so aus, als hätte das, was in seinem Ausweis stand, ihn gezwungen, sein ganzes Leben zu erzählen.

An einem kleinen Bahnhof stiegen alle aus.

Irene war nicht mehr sicher, ob sie nach Marburg fuhr. Sie zog die Fahrkarte aus der Handtasche. Der Name der Stadt gab ihr keine Gewißheit. Er war kein Reiseziel.

Der Sinn der Reise war wie kalte Fingerspitzen, war da, wo der Körper aufhörte. Irene spürte ihn nicht. Der Sinn der Reise war mit Mühe verbunden. Das hatte auch mit Franz zu tun.

Wo hinterm Zugfenster das Land flach war, sah Irene der Fläche an, daß sie hoch lag. Hochebene. Da hielt der Acker die Tannen nicht aus und die Tannen nicht den Acker.

Das Dorf, das vorüberzog, stand im Nebel. Niemand ging auf den Straßen.

Am Rand des Dorfes stand ein Mann auf dem Hausdach. Er stieg in den Schornstein.

Der Sportplatz lag weit vom Dorf. So nahe an den Wäldern, daß man das Holz spüren mußte, beim Laufen.

Auf den leeren Sportplatz fiel aus vor sich hin brennenden Scheinwerfern Licht aufs Gras.

Als der Zug hielt, schaute Irene auf die Bahnhofsuhr. Auf dem Zifferblatt stand: Paradeplatz.

Eine Frau stieg zu.

Als der Zug weiterfuhr, sah Irene, daß die Frau sich mit dem Rücken zur Fahrtrichtung gesetzt hatte. Der gegenüberliegende Sitz war frei. Da dachte Irene, die Frau würde sich umsetzen. Irene erwartete das von ihr.

Weil die Frau das nicht tat, sah Irene sie an: Ihr Knie, ihre Finger, sie lagen auf den Schenkeln. Ihr Rock, ihre Bluse. Ihre Ohrläppchen, ihr Kinn.

Als Irene bei den Wagen ankam, war die Frau eingeschlafen. Sie atmete langsamer als Irene. Und gleichmäßig.

Irene war verärgert, daß die Frau so langsam und gleichmäßig atmen konnte. Daß sie das Bild, das sich Irene von ihr gemacht hatte, nicht beschäftigte. Daß sie dieses Bild nicht korrigieren wollte.

Als Irene ausstieg, wußte sie, daß die Frau noch sehr weit fahren würde. Daß sie durch ihre Sitzweise und durch ihren Schlaf der ganzen Welt den Rücken zukehrte.

Vor alles, was Irene sah, stellte sich die Frage, ob sie in dieser Stadt leben könnte.

Irene stellte sich die Stadt ohne Menschen vor. Sie spürte die Nähe eines Wassers und eines Gebirgs. Diese Nähe war kühl. Sie war nicht gedacht als Flucht, diese Nähe. Es war eine Nähe, die man nicht betreten mußte.

Nicht nur Marburg, auch andere Städte wurden immer fremder, je öfter Irene sie besuchte. Es waren die Städte, in denen Menschen lebten, die ihr nahestanden.

Irene hatte das Gefühl, durch ihren Blick auf diese Städte, die Menschen, die ihr nahestanden, von den Städten zu entfernen. Sie gab sich Mühe, ihre Fremdheit nicht zu zeigen.

Doch die Menschen, die Irene nahestanden, ließen keine Gelegenheit aus, ihr zu zeigen, wie nahe ihnen diese Städte standen.

Sie wußten sehr genau, was sie an jedem Ort tun sollten.

Sie kauften sehr rasch ein. Bestellten sofort einen Kaffee. Berührten im Vorbeigehen Schaufenster, Wände und Zäune. In den Parks rissen sie vom ersten Strauch ein Blatt ab. Nahmen das Blatt sogar in den Mund. Auf Brücken ließen sie Steine ins Wasser fallen. Auf Plätzen setzten sie sich auf die erste Bank. Schauten nicht um sich. Fingen sofort an zu reden.

In den großen Straßen, wo es vor Menschen wimmelte, konnten sie den Passanten geschickt ausweichen. Irene blieb einen Schritt hinter ihnen zurück.

Dann sah Irene, daß die Menschen, die ihr nahestanden, die Stadt, in der sie lebten, auf dem Rücken trugen.

In diesen Augenblicken wußte Irene, daß ihr Leben zu Beobachtungen geronnen war. Die Beobachtungen machten sie handlungsunfähig.

Wenn sich Irene zu Handlungen zwang, waren es keine. Sie blieben in den Anfängen stecken. Es waren Anfänge, die zusammenbrachen. Nicht einmal die einzelnen Gesten blieben ganz.

So lebte Irene nicht in den Dingen, sondern in ihren Folgen.

Wege, die Irene mit Franz oder anderen gegangen war, ging sie noch einmal allein.

Sie brauchte Vorwände und Ausreden, um das zu tun.

Manchmal mußte sie sogar lügen.

An den großen Straßen, wo man so weit hinaussah, daß die Autos eine Weile durch die Bäume fuhren, als würden sie zerstäubt, standen Astern. Sie knisterten und waren schwer. Sie rochen nach Wasser und Salz.

Wenn Irene an Astern vorbeiging und allein war, dachte sie jedesmal: Man müßte in dieser Stadt eine Blumenvase haben oder ein Grab.

Das sagte Irene den Menschen, die ihr nahestanden, nicht.

Nur, daß es an den großen Straßen, wo man so weit hinaus sah, daß die Autos eine Weile durch die Bäume fuhren, Astern gab, das sagte sie.

Und jedesmal, wenn sie das sagte, bewegte sich etwas in den Menschen, die ihr nahestanden.

Straßen, Autos, Bäume und Blumen, das war es nicht gewesen. Nur der Zusammenhang.

So gefühllos hatten sie sich eingenistet, daß der Zusammenhang sie quälte. Wie ein spitzer Gegenstand drang er in sie ein. Sie wurden hilflos, daß Irene hinter dem, was sie soeben sagte, gern verschwunden wäre.

Wenn das am ersten Tag geschehen war und wenn Irene danach ein paar Tage blieb, waren alle Tage nur noch Abschied.

JÖRG STEINER
Fremdes Land

II

Erich Jaag spricht Deutsch und Französisch: das Deutsch, das sich in unserem Land unter der germanischen Herrschaft entwickelt hat; das Französisch, das aus dem Latein der römischen Besetzer hervorgegangen ist.

Wer eine Fremdherrschaft gesprengt hat, muß die Sprache der ehemaligen Usurpatoren übernehmen, um überleben zu können; das hat Jaag in der Schule gelernt.

Er blickt zurück zum Afrika seiner Kindertage. Er erinnert sich an Bilder. Roter Elefant nimmt Staubbad. Löwe sonnt sich auf Felsen. Flamingo watet durch Sodasee. Geier steckt Kopf in Zebrabauch. Ein Kind sammelt die Bilder der Firma Nestlé-Peter-Cailler-Kohler und klebt sie ins Album ein. Andere Bilderbücher gibt es im Haus nicht.

Auch die Geschichten von Sklaven fallen Jaag wieder ein; die Geschichten von Krankheiten, die durch Parasiten übertragen werden; die Vorstellungen, die sich mit dem geheimnisvollen Namen ›Schlafkrankheit‹ verbunden haben.

Jaags Blick nach Afrika ist ein Blick in die Vergangenheit. Nichts weiß Jaag von Afrika.

Er weiß aber, wie einem Menschen zumute ist, der um Gnade bitten muß, statt Gerechtigkeit fordern zu können.

In der Schweiz nimmt das Volk zu dieser Frage Stellung: es heißt ein Gesetz ohne Notstand gut. Vom 6. April 1987 an soll die Entscheidung über Aufnahme oder Rückweisung von Flüchtlingen Asyl-Politik heißen.

Als Nachkomme von Fahrenden kennt Jaag sich in den Demutsbezeugungen aus, die von Rechtlosen und Bloßgestellten verlangt und erwartet werden; alte, immer neue Geschichten eben, wie das Echo einer Klage, wie in einen alten Teppich gewoben, wie das Nachbeben im Glasschrank.

Darüber spricht er mit Martha und Marcel Heiniger. Da kann er ihnen auch erzählen, daß Lisa weggegangen ist.

Martha steht vom Tisch auf, holt einen Teller und bietet Jaag an, abends mit ihnen zu essen, bis Lisa – soll sie jetzt sagen wiederkomme oder zurückkomme?

Jaag nimmt die Einladung an; er hat jedoch einen Vorbehalt. Es kann sein, daß sich bald in seinem Leben etwas ändert. Er hält es nämlich für richtig, daß Leute, die von der Ausweisung bedroht sind, sich dem Zugriff der Behörden entziehen. Er ist bereit, solche Leute zu verstecken. Er ist allein im Haus; sein Haus ist für einen allein zu groß. Mehr als genug Platz für zwei Leute ist vorhanden.

Bei uns, sagt er, werde der Herrscher von Zaire, Oberst Mobutu, in seiner Villa in Savigny von der eigenen Leibgarde bewacht.

»Ich bitte euch um euer Einverständnis«, sagt er und muß lachen über das Pathos; eigentlich hat er nur sagen wollen, es könnte neue Schwierigkeiten geben, hier in der Siedlung, für alle, die hier wohnen.

»Dein Essen wird kalt«, sagt Martha.

Heiniger holt eine Flasche Wein, und die Rede ist jetzt von einem Mann, dessen Asylgesuch, wie man in der Zeitung liest, eben abgelehnt worden ist, mit der Begründung, die Ausweisung des Herrn M. verstoße in keiner Weise gegen den Geist des Nord-Süd-Dialogs, ganz im Gegenteil, denn dieser Mann sei nun doch in der Lage, seine großen, hier während Jahren an den besten Universitäten erworbenen Kenntnisse für die Bevölkerung des eigenen Landes nutzbar zu machen.

Jaag sieht, daß er Martha und Marcel Heiniger nicht umzustimmen braucht.

Am nächsten Tag fährt er zu einem Mann nach Bern. Alles geht sehr rasch.

Die Männer, die Jaag nach Forel bringt, heißen Ferdinand S. und Mamadou U.

Es ist Frühling. Die Ufer grünen ein, die Hecken sind dabei, wieder Verstecke zu werden. Jeder versucht, sich unter den neuen Gegebenheiten zurechtzufinden.

Jaag staunt darüber, wie viele Wörter es im Französischen gibt und wie viele Möglichkeiten, sie auszusprechen.

Dann wieder wehrt er sich gegen die Ablenkung durch die neue Geschäftigkeit.

Übers Wochenende verlassen Ferdinand und Mamadou das Haus nicht. Am Montag übernimmt Ferdinand das Waschen von Hemden und Hosen.

Jaags Frage, warum er beim Waschen Selbstgespräche führe, beantwortet Mamadou: das sind Verse von Shakespeare.

So verändert sich die Geschichte, auch das Warten auf Lisas Rückkehr. Jaag erkennt, daß das Warten eine Figur ist, ein Ritual.

Daß die beiden Flüchtlinge bei Jaag wohnen, hat nichts an Marthas Angebot geändert; nun essen eben alle drei an Heinigers Tisch. Man wird ein Kostgeld vereinbaren, einen Teil davon verrechnen; denn Ferdinand besteht darauf, auch Heinigers Wäsche zu waschen.

Martha ist, nach einem heimlichen Blick auf Jaag, mit Ferdinands Vorschlag einverstanden.

Jaag spürt Scheu und Wachsamkeit in diesem Blick.

»Jetzt fangen die Kirschbäume an zu blühen«, sagt er hastig, als könne er damit Marcel Heinigers Frage nach Ferdinands und Mamadous Angehörigen rückgängig machen.

Ferdinand hat die Hände flach auf den Tisch gelegt. Er und Mamadou können die Frage Heinigers nicht so verstehen, wie sie gemeint ist. Die Frage nach den Angehörigen nötigt beide zu Rechtfertigungen.

»Ich hoffe, wir werden euch nicht allzulange zur Last fallen«, sagt Mamadou, und er sagt, daß einige seiner Familienmitglieder und Freunde zu Hause verschwunden seien, wie er gehört habe; daß sein Bruder in Frankreich sei; daß sowohl Ferdinand wie auch er einen Antrag in Frankreich gestellt hätten, in der Hoffnung, dort als Flüchtlinge anerkannt zu werden.

Marcel Heiniger springt auf: So darf seine Frage nicht verstanden werden! – und verzweifelt beginnt er, von seinem Sohn zu sprechen, von ihrem Sohn, von Martin, der im Alter von fünf Jahren gestorben ist.

Ferdinand springt auch auf: »Wir haben uns verhört«, sagt er, »es ist ein Mißverständnis; ohne Mißverständnisse können wir noch nicht zusammen reden. Und wir sind traurig mit dir und mit deiner Frau. Wir hätten euren Sohn gerne kennengelernt. Wie alt wäre er jetzt?»

»Siebzehn Jahre«, sagt Martha.

Auf einmal erscheinen in Jaags Erinnerung unter den Bildern im Album der Firma Nestlé-Peter-Cailler-Kohler Buchstaben, Wörter und leere Stellen zwischen den Wörtern. Der Finger eines Kindes fährt den Zeilen nach. Über dem Buch liegt der Schatten seines Kopfes. Das Kind liest halblaut und stockend über die Sätze hinweg. Das Lesen ist ein Erkunden der eigenen Welt, und nichts muß als Gegenleistung für das Alphabet preisgegeben werden. Alles geschieht zum erstenmal. Alles ist ganz neu.

Felix Philipp Ingold
Schweiz

für Jürg Laederach

In Hunzenschwil ist der illustre
Wille unser Vater. Eine Unze Marzipan und
aber ungeheuer lebensecht. Nur
Druckerschwärze noch bewußter und viel
frischer. Misch er's
wie ein Mann ein
Volk kommt raus das lieberste
System. Doch wie sich
vor dem Schweigen tot zu retten. Thematisch
bleibt es unbegrenzt und also schrecklich
schön. Bei Föhn
sogar zuunterst besser. Gemeint ist
aber daß Zahlungsmoral die Hunzenschwilerin statt
auf den Nenner auf
den Hund und umgebracht.
Was rächt
in diesem Sinn ist Kitsch. Switchtaste
mit dem Blick gestreift der leise

Knacklaut folgt sogleich und alles wie
in Butter. Ins Wort
zurückversetzt wo einst die Schweiz
Versprechen war. Ein Glück. Auch Hunzenschwil
nicht wieder gutzumachen. Weisch.

PETER VON BECKER
Photograph

Warum sollte Sisyphos
nicht siegen
als ewig Heutiger
in der Dunkelkammer?

Das Skelett von morgen
bei der Arbeit die Vergangenheit
zu bannen.

Wir Geisterschützen

der Aufklärung
folgen uns
in die erleuchteten Gräben.
Es kostet
oft nur ein Lächeln
so immer weiterzuleben.

Ich öffne das Album –

Hufschläge, obenauf
der Narr.

GERLIND REINSHAGEN
Zwölf Nächte

Der Täter

Endlich wollte ich ihn wiedertreffen, den Verbrecher. Der wohnte in einem Haus am Wald mit seinen Bienen, seinen Kartoffeln und Tauben, und flickte, wie man mir erzählte, Abend für Abend am Stacheldrahtzaun seines Hauses herum; ein lackschwarzer Teufel von Hund ließ keine Seele näher als auf fünfzig Schritt heran. Laß sein, sagten die Freunde, die Toten sind nicht wiederzuerwecken, was willst du alte Rechnungen begleichen? Es ist ja doch auch unsere Gewohnheit nicht mehr. Der Hund übrigens packt wie ein Jagdhund an der Kehle an; es heißt, ein Kind, das sich am Straßenrand Kaninchenfutter rupfte, sei nach dem Biß gestorben.

Ich hatte nicht im Sinn, etwas zu begleichen, nur einmal sehen wollte ich ihn. Das Bild der Schwester stand in einem Nachkriegsrahmen auf dem Schreibtisch (das mit den Zöpfen, das letzte), und Hunde fürchte ich nicht, nicht einmal diesen.

Tatsächlich gelang es mir eines Tages, bis etwa auf Hörweite vorzudringen; ich sah den Menschen in seinem Garten. Sein Aussehn entsprach dem Alter, das er jetzt haben mußte, ich war bei seinem Anblick an ein Haus erinnert, das, vom Verfall bedroht, doch noch immer zusammengehalten wird; mir fielen auch seine Bewegungen auf, die merkwürdig langsam erschienen, wie von einem, der viel leere Zeit bestanden haben muß; die eines Kranken vielleicht oder eines Gefangenen. Obgleich er mich längst wahrgenommen haben mußte, sah er nicht in meine Richtung. Der Hund stand aufmerksam, sprang jedoch nicht, wie befürchtet, über den Zaun. Vielleicht spürte er, daß hier einmal einer kam mit einem Willen, der dem seinen nicht nachstand.

Der Kerl im Garten blieb reglos und sah zu Boden. Natürlich, dachte ich, so ein Mensch mit so einem Leben – wie viele hat er zu Tode geknüppelt –, was sollte er anders als Würmer betrachten, häßliche Käfer, wie sollte er das Pfauenauge auf der Malve sehen dürfen, die Libellen, die hier noch herumschwirrten, den Pirol, der plötzlich aus der Robinie aufflog. Eine Minute lang standen wir drei, Gedanken wie scharfe Kommandos austauschend, bis etwas unerwartetes geschah. Er wandte sich um, und ich sah das Haar an seinen Schläfen; ich sah im Näherkommen die zarte Haut der Augenlider mit ihren feinziselierten Zeichen, wie Kurzschrift von vergangenem Leben, und mich ergriff ein Gefühl, das mir sofort zuwider war. Verfluchte Zeit, dachte ich, alte Kupplerin, die sich als Samariterin aufspielt und selbst noch Mördern schließlich eine Maske fabriziert, die Erbarmen weckt; so möchten greise Eltern, wenn sie gekonnt die Kinderrolle spielen, all ihre frühere Grausamkeit vergessen machen. Er kam auf mich zu, und ich sah seine Augen. He, Hans, sagte ich und wollte weiterreden. Doch schon das nächste Wort blieb mir in der Kehle stecken, das Mitleid schwand oder wandelte sich. Wie aus einem Schacht schienen mir diese Augen entgegen, wie aus dem Erdinnern, mußte ich denken; die Wut, die Angst der Täter sah ich versammelt, gleichzeitig aber – was mir unbegreiflich war – auch den Stolz, die Scham, den Haß der Opfer.

Wir standen eine Sekunde vielleicht oder eine Minute, ringsum alles stumm; ich spürte das Geschwätz der Amsel plötzlich angehalten, den Schatten der Wolke über dem Haus. Seltsam, dachte ich, die Wut des Täters hatte ich erwartet, seine hündische Angst, nicht aber die Scham, den Stolz des Opfers. Was war dem Mann geschehen seit damals, was hatte er erlebt?

Einen Anfall von Reue, eine Bekehrung, ein Liebesverhältnis? So wie es manchmal von Henkern erzählt wird, daß ihnen die Opfer im Traum als Geliebte erscheinen? He, Hans …

Er antwortete nach geraumer Zeit. Wenn Sie ihn suchen, sagte der Mann, den ich für den berüchtigten Hans K. gehalten hatte, er wohnt nicht mehr hier. Sie hätten sieben Jahre früher kommen sollen. Mein Vater lebt im Süden, es geht ihm gut, es geht ihm SEHR gut, er wohnt in seinem eigenen Haus, er baut Oliven an. Vermutlich wollen Sie seine Adresse. Was das angeht, da sehen Sie selber zu. Mir ist sie abhanden gekommen.

In seinen Augen, die sich noch immer mehr vertieften und verdunkelten, war plötzlich etwas, das mich schlimmer traf als Haß. Ich begann, rückwärts zu laufen.

Wenn Sie gehn, rief er mir höhnisch nach, tun Sie es langsam, rate ich Ihnen. Mein Hund liebt eilig sich entfernende Personen nicht.

ERICH HACKL
Abschied von Sidonie

10

Am fünften Mai, um 10 Uhr 17, war für die Gemeinde Sierning der Krieg zu Ende. Die amerikanischen Truppen der 71. Infanterie-Division kamen vom Westen her, auf derselben Straße, durch die vor sieben Jahren die deutsche Wehrmacht marschiert war. Noch bevor der erste Spähtrupp den Marktplatz erreichte, erschoß Bürgermeister Eder seine Frau. Dann setzte er sich selbst die Pistole an die Schläfe.

Man brauchte schnell einen Nachfolger, die Amerikaner drängten, unbelastet mußte er sein und ortskundig, den Bewohnern vertraut und doch respekteinflößend; kein Hampelmann, den man herumschicken konnte. Ehemalige Genossen vom Schutzbund erinnerten sich an Hans Breirather. Hans, jetzt brauchen wir dich. Und als er sich anfangs sträubte, weil es ihm zu schnell ging: Hilf und, bist ja auch ein Roter.

Schon, aber ein anderer.

Das war jetzt noch nicht wichtig. Hauptsache, sie fanden einen mit weißer Weste. Bloß als Hans die Liste des provisorischen Gemeinderats dem Bezirkshauptmann vorlegte, einem christlichsozialen Großbauern und Ziegeleibesitzer, strich sich der verlegen seinen Schnauzer. Mit einem Kommunisten als Bürgermeister, sagte er, brauch ich es beim Militärkommandanten erst gar nicht probieren. Laß dir was einfallen.

So kam es, daß Hans als Mitglied einer erfundenen Partei, den Linksradikalen Österreichs, zum Bürgermeister der Gemeinde Sierning bestellt wurde. Eine undankbare Aufgabe; schwer, die Bevölkerung in den ersten Monaten mit Nahrungsmitteln und Bekleidung zu versorgen, samt Flüchtlingen und versprengten Wehrmachtsangehörigen wuchs die Zahl der Einwohner auf 10 000 an. Der Schwarzmarkt erschwerte eine gerechte Verteilung. Dazu kamen das Mißtrauen der Besatzungsmacht und die Klagen der Bewohner. Hans war tagelang unterwegs, verbrachte halbe Nächte im Gemeindeamt. Jetzt suchten sie Hilfe bei ihm, die ihn in den Jahren zuvor allein gelassen hatten, Jaschreier, Großdeutsche, Hundertfünfzigprozentige.

Wie vorherzusehen, verlor seine Partei die ersten Wahlen im Herbst fünfundvierzig. Hans aber war beliebt. Könnte er nicht doch. Durch ein Parteienabkommen vielleicht. Vor allem dem konservativen Listenführer lag das am Herzen. Die Sozialisten hatten auch nichts gegen einen Bürgermeister Breirather. Vorausgesetzt, du kommst zu uns. Sie malten ihm eine rosige Zukunft aus, zuerst Bürgermeister, dann Landtagsabgeordneter, wir brauchen Leute wie dich. Arbeiter, anständig, Antinazi. Ein Widerstandskämpfer zum Vorzeigen. Was machst denn bei den Kommunisten. Dort wirst nie was.

Hans wollte nichts werden. Außerdem, da waren auch die Toten. Da war Hermann Plackholm, der ihn nicht verraten hatte. Wie Hans von dessen Frau erfuhr, war Plackholm sieben Monate vor Kriegsende vor mehreren hundert Wiener Feuerwehrmännern wegen Feindbegünstigung und Hochverrat erschossen worden. Kommunisten hat man wegen mir gefoltert, jetzt kann ich ihnen doch nicht in den Rücken fallen. Also ein neuer Bürgermeister. In den Gemeinderat wurde Hans noch jahrelang gewählt. Nach seinem Rücktritt begann er wieder in den Steyr-Werken zu arbeiten; nach dem Oktoberstreik von 1950 wurde er wie Hunderte andere auch *gemaßregelt*. Hans hatte dem Steyrer Streikkomitee angehört, das sich gegen Teuerungen und Lohnstopp wehrte. Die Regierung unterstellte den streikenden Arbeitern, einen kommunistischen Putsch anzuzetteln. Der Niederlage der Streikbewegung folgten Massenkündigungen im Werk. Weil er eine Amtsbescheinigung besaß, wonach er als Verfolgter des Nazi-Regimes anzusehen sei, durfte Hans nicht entlassen werden. Aber er wurde versetzt, erhielt unter fadenscheinigen Vorwänden Arbeit auf einem Holzplatz. Dort holte er sich eine Gallenblasenentzündung und Lungenblähung, langwierige Krankheiten, die er mit viel Geduld auskurierte.

Sofort nach Kriegsende, kaum daß die Verbindung herzustellen war, hatte Hans mit Erlaubnis der Amerikaner den Bürgermeister von Hopfgarten angerufen. Es knatterte und krachte in der Leitung, dreimal wurde das Gespräch unterbrochen.

Ist Ihnen eine Adlersburg, Sidonie, bekannt. Zwölf Jahre muß sie jetzt sein.

Und auf der anderen Seite der Leitung: Wer sind Sie überhaupt. Was wollen Sie denn.

Der Pflegevater, wollte Hans sagen. Die Wahrheit möchte ich wissen. Aber der Ton machte ihn stutzig. Ich bin der Bürgermeister von Sierning, der Heimatgemeinde des Mädchens.

Spürbare Erleichterung. Ihnen kann ich es ja sagen. Im Vertrauen, von Kollege zu Kollege. Aber damit wir uns verstehen: Falls die Pflegemutter bei Ihnen nachfragen sollte – kein Wort! Das Mädchen ist weggekommen, mit dem letzten Transport nach Auschwitz.

Ihm fiel der Hörer aus der Hand.

Was ist denn, sind Sie noch da?

Hans brüllte vor Wut und Schmerz, daß der amerikanische Offizier neben ihm erschrocken auffuhr.

Noch hofften Josefa und er, das Mädchen lebend wiederzusehen. Auf ihr Begehren richtete die Bezirkshauptmannschaft Steyr, Jugendamt Steyr-Land, eine Anfrage an den Gendarmerieposten Hopfgarten, *ob die mj. Sidonie Adlersburg (Berger) noch dort im Aufenthalt ist, unter welcher Anschrift, oder wann und wohin sie weggebracht wurde*. Über ein Jahr später, Mitte Mai 1947, erhielten sie vom Wiener Polizeikommissariat Floridsdorf Nachricht. Eine gewisse Helene Gruber, die einen schwachsinnigen Eindruck mache und von ihren Verwandten als nicht normal angesehen werde, habe behauptet, Sidonie sei im Lager an Flecktyphus gestorben. Das Kind sei ihr sehr gut in Erinnerung. Es soll, bevor es nach Auschwitz kam, irgendwo in Oberösterreich bei einem Bauern in Kost gewesen sein. Noch ehe dies Hans und Josefa mitgeteilt wurde, bemühte sich die Beamtin des Jugendamtes um einen Enthebungsbeschluß. Im August 1947 wurde das Amt vom Bezirksgericht Steyr *infolge Ablebens der mj. Sidonie Adlersburg* von der Vormundschaft enthoben und aufgefordert, sein Dekret binnen acht Tagen zurückzustellen.

Hans Breirather war ein Störenfried, nicht bereit, einen Schlußstrich unter das Vergangene zu ziehen. Alles vorbei und vergessen. Reden wir nicht mehr darüber. Das Leben geht weiter. Aber er blieb ein Dickschädel, hätte den Mord an seiner Pflegetochter erst verwunden, wenn das öffentliche Schweigen dem leisen Eingeständnis gewichen wäre: Das ist passiert. Wir haben es zugelassen. Eine einfache Gedenktafel zum Beispiel, ein Mahnmal.

Nichts.

Im Gemeinderat wurde er niedergeschrien, als er die Aufstellung eines neuen Kriegerdenkmals kritisierte. Spinner. Querkopf. Alter Tepp.

Irgendwann gab er es auf.

Ich laß mich doch nicht auslachen.

Josefa und er blieben allein mit ihrem Schmerz. Zuspruch gab es kaum. Einmal traf Hans den ehemaligen Gefängnisseelsorger von Garsten, der ihn und Josefa einst mit christlicher Inbrunst zum Sakrament der Ehe gezwungen hatte. Arthofer war 1941 von den Nazis nach Dachau gebracht worden und hatte das Konzentrationslager mit knapper Not überlebt. Jetzt entschuldigte er sich bei Hans für seinen früheren Fanatismus, ließ Josefa ausrichten, daß er tief in ihrer Schuld stehe.

Andere schämten sich nicht einmal. Die Krobath blieben im selben Haus wohnen, einen Stock tiefer, taten, als sei nichts geschehen. Hans und Josefa wurden neben ihnen alt. Man ging sich aus dem Weg, grüßte über die Schulter hinweg, in die Augen sah man sich besser nicht. Korns Spuren verloren sich nach dem Krieg; denkbar, daß sie in der Privatwirtschaft unterkam, eine tüchtige Sekretärin, die bei ihrer Pensionierung vor versammelter Belegschaft geehrt wurde, Firmenrente, ein Geschenkkorb der Unternehmensleitung. Cäcilia Grimm lebt heute noch, sie ist sich keiner Schuld bewußt. Was hätte man damals auch anderes machen können. Erschrocken sei sie nur im Februar vierundvierzig gewesen, beim ersten schweren Luftangriff auf Steyr. Eine Bombe hatte auch das Haus in der Engen Gasse getroffen, in dem das Jugendamt untergebracht war. Nach der Entwarnung habe sie sich zusammen mit Frau Korn daran gemacht, die größten Spuren der Verwüstung zu tilgen. Aufs Geratewohl suchten die zwei Frauen zwischen den Trümmern und Holzsplittern nach Akten. Endlich habe sie die Mappe gefunden, die den Schriftverkehr in Sachen Sidonie Adlersburg enthielt. Verdreckt, aber unversehrt; ihr sei ein Stein vom Herzen gefallen. Aus dem Akt gehe ja einwandfrei hervor, daß sie dem Mädchen immer nur das beste Zeugnis ausgestellt habe. Wäre er in Verlust geraten, hätte man ihr nachher, nach dem *Zusammenbruch*, gar noch einen Strick gedreht, ihr womöglich alles in die Schuhe geschoben. Schlimm genug, daß sie durch die Entnazifizierung ihre Stelle verloren habe, ein Jahr, dann hätte sie wieder arbeiten dürfen. Aber da war sie schon Lehrersgattin, die das nicht nötig hatte.

In Letten wurden Hans und Josefa weiter gegrüßt. Man sprach mit ihnen. Alle taten, als habe es Sidonie nie gegeben.

Hans Breirather starb am zwanzigsten Mai 1980. Auf den Gedenkstein im Steyrer Urnenhain ließen seine Frau, Manfred und Hilde auch den Namen von Sidonie Adlersburg setzen: *1933-1943 gestorben in Auschwitz*.

Dann bemühte sich Manfred, das Schweigen um das Mädchen zu brechen. Weil auch er Kommunist geworden war, schlug dem Mann, der nach dem Krieg in den Polizeidienst getreten war, eher noch größeres Mißtrauen entgegen. Dann müßten die Opfer des Bolschewismus ja auch. Eines Tages verspürte er den Drang, jemandem sein Herz auszuschütten. Er suchte den Kaplan von Sierninghofen auf, fing an zu erzählen, der andere starrte ihn verstört an, wie ein Gespenst, da hab ich es gleich wieder gelassen. Der hat gar nichts gesagt, mich nur so angeschaut.

Bis vor zehn, fünfzehn Jahren hielten Zigeuner auf dem Steyrer Stadtplatz jährlich eine Teppichschau ab. Einmal schlenderte Manfred an den Ständen vorbei, blieb dann und wann stehen, nahm das Ende eines Perserteppichs zwischen Daumen und Zeigefinger, alles echt, Herr Inspektor, schlug lachend ein besonders günstiges Angebot aus. Zufällig hörte er den Namen Adlersburg. Er horchte auf, fragte nach, erzählte von seiner Ziehschwester. Ein älterer, korpulenter Mann sagte, er könne sich an das Kind erinnern. Kränklich sei es gewesen, deshalb habe seine Cousine das Mädchen beim Krankenhaus zurückgelassen.

Jahre später erfuhr Manfred, daß der pensionierte Volksschuldirektor Max Danner an einem Sierninger Heimatbuch arbeite. Er wies den Mann auf das Schicksal des Mädchens hin. Sehr interessant. Als das Buch erschien, suchte Manfred zwischen all der akribischen Auflistung von Bränden, Blatternepidemien, Liedertafeln und Unwettern vergeblich die Spuren der Sidonie Adlersburg. Zu den Zigeunern notierte der Verfasser des Werks mit grausamer Kälte und geringem Sachverstand: *In der Zeit des Zweiten Weltkriegs mußten die Zigeuner ihr Leben in Konzentrationslagern verbringen, weil sie als Mischvolk in ihrer Abstammung der nichtarischen Bevölkerung Indiens nahestanden.*

Schließlich wandte sich Manfred an seinen Cousin, den Sierninger Bürgermeister und Landtagsabgeordneten Josef Breurather. Warum soll ich erst zum Schmiedl gehen, wenn ich den Schmied kenne. Die versprochene Inschrift an der Sierninger Friedhofsmauer kam nicht zustande. Es bedurfte der Umtriebe des Chronisten, bis das Netz des Schweigens zerriß. Halblautes Erinnern. Richtig, da war doch was. Funktionären der Sozialistischen Jugend von Letten kam es schließlich in den Sinn, an der Fassade ihres Heimes eine Steintafel anzubringen. Im Gedenken an.

Sidonies Pflegemutter starb, als sie im achtundachtzigsten Lebensjahr stand. Verwunden hat sie das Schicksal des Mädchens bis zuletzt nicht. Das ist so ein Herzweh. So ein Herzweh ist das. Auch heute noch. Gerade sie suchte die Schuld bei sich. Hätte ich die Sidi nur nie genommen. Wer weiß.

EDGAR HILSENRATH
Das Märchen vom letzten Gedanken

– Heute morgen, sagt der deutsche Major, als ich mit meinen Leuten in die Stadt ritt, da habe ich drei Armenier unter dem Tor der Glückseligkeit gesehen. Sie baumelten an einem langen Strick.

– Es sind Landesverräter, sagt der Wali.

– Alle Armenier sind Landesverräter, sagt der Müdir, und eigentlich müßte man sie alle aufhängen.

– Wieviel Armenier gibt es in dieser Gegend? fragt der Major.

– Fünf Millionen, sagt der Wali.

– Das kann aber nicht sein, sagt der deutsche Major, denn laut Statistik leben in der ganzen Türkei nur eins Komma zwei Millionen von diesem merkwürdigen Volk.

– Das war die Statistik von Sultan Abdul Hamid, sagt der Wali, und den haben die Jungtürken längst abgesetzt.

– Soll das heißen, daß Abdul Hamid die Minoritäten herunterspielen wollte?

– So ist es, Binbaschi Bey, sagt der Wali.

– Diese Armenier sind ein gefährliches Volk, sagt der Wali. Und sie leben auf beiden Seiten der Grenze. Vier Millionen auf unserer Seite und eine Million bei den Russen.

– Das ist doch weit übertrieben, sagt der Major.

– Nein, Binbaschi Bey, sagt der Wali. Es könnten sogar noch mehr sein, denn dieses Volk vermehrt sich wie Ratten. Der Wali lächelt und schlürft süßen Kaffee. Und alle sind sie miteinander verwandt.

– Wie meinen Sie das?

– Wie sollte ich's meinen, Binbaschi Bey? Nun, wie schon? Die türkischen Armenier haben Tanten und Onkel auf der anderen Seite der Grenze. Manche haben Söhne und Töchter dort drüben, Eltern und Großeltern und sonstige Verwandte. Alle sind miteinander verwandt.

– Und wenn sie auch nicht miteinander verwandt wären, sagt jetzt der Müdir, – ich meine offiziell – dann sind sie trotzdem miteinander verwandt, weil sie nämlich eine besondere Rasse sind, die seit Jahrtausenden Inzucht betreibt. Alle haben dasselbe Blut.

– Es ist schlechtes Blut, sagt der Wali, und es ist vom Teufel.

– Und alle stecken unter einer Decke, sagt der Müdir, alle Armenier auf beiden Seiten der Grenze. Und alle halten es mit den Russen.

– Soll das heißen, fragt der Major, daß die Armenier hier auf der türkischen Seite den Einmarsch der Russen erwarten ... oder ihn sogar unterstützen?

– Sie haben es erraten, Binbaschi Bey, sagt der Wali. Die türkischen Armenier erwarten den Einmarsch der Russen und den Einmarsch ihrer Verwandten von drüben, die für den Zaren kämpfen. Und dieser Einmarsch hat ihre volle Unterstützung.

– Haben Sie dafür handfeste Beweise?

– Die brauchen wir gar nicht, sagt der Wali. Es genügt, daß wir es wissen.

– Eine gefährliche Lage, sagt der Major.

– Und das in Frontnähe, sagt der Müdir. Millionen Armenier mit türkischen Pässen in unserem Rücken, Millionen, von denen wir wissen, daß sie es mit dem Feind halten.

– Eine höchst gefährliche Lage, sagt der Major.

– Sie verstehen, Binbaschi Bey, sagt jetzt der Mutessarif, warum wir mit diesen drei gehenkten Armeniern ein Exempel statuieren mußten.

– Das kann ich verstehen, sagt der Major.

– Und das Tor der Glückseligkeit ist gerade der richtige Ort.

– Ja, sagt der Major.

– Wir haben die drei so aufgehängt, daß sie nicht nach Mekka gucken.

– Wohin gucken sie? fragt der Major.

– In die falsche Richtung, sagt der Müdir.

– Bei dem einen gehängten Armenier haben wir eine Flasche russischen Schnaps gefunden, sagt der Müdir. Das ist ein schweres Vergehen, denn Rußland ist Feindgebiet.

– Er hatte den Schnaps angeblich von seinem Schwager, sagt der Mutessarif, dem Bruder seiner Frau, der drüben auf der falschen Seite eine Schnapsfabrik hat.

– Angeblich hatte er den Schnaps noch aus Friedenszeiten, sagt der Müdir, aber das konnte er nicht beweisen.

– Und was war das Vergehen der anderen beiden Armenier? fragt der Major.

– Bei dem zweiten fand man einen Brief, sagt der Müdir. Einen Brief aus Rußland von seiner Großmutter.

– Kontakt mit dem Feind?

– So ist es, Binbaschi Bey.

– Und wie ist der Brief in die Türkei gekommen?

– Nun, Binbaschi Bey. Der Brief kam mit der Post.

– Also noch vor dem Krieg?

– Natürlich noch vor dem Krieg.

– Stand das Datum mit dem russischen Stempel noch auf dem Kuvert?

– Nein, weder der Stempel noch das Datum standen auf dem Kuvert.

– Es gab nämlich kein Kuvert, sagt der Müdir, weil der Briefträger den Brief geöffnet und das Kuvert weggeschmissen hatte.

– Und warum sollte er das gemacht haben?

– Weil der Armenier ihm ein Trinkgeld schuldete, und weil er den Brief behalten wollte, bis er das Trinkgeld bekam.

– Bakschisch?

– Natürlich. Bakschisch. Das übliche Trinkgeld. Was sonst. Diese Briefträger sind kleine, unterbezahlte Beamte, bestechlich und auf Trinkgelder angewiesen. Was nützt es, daß wir Jungtürken seit dem Regierungswechsel alles im Rahmen der Möglichkeit versuchen, um mit der Bestechlichkeit aufzuräumen, wenn so ein Briefträger noch im Geiste des gestürzten Abdul Hamids lebt und die neue Ethik nicht begreifen kann.

– Richtig, sagt der Wali.

– Sehen Sie, Binbaschi Bey, sagt jetzt der Kaimakam, der Briefträger hat den Brief zwei Jahre lang behalten und ihn erst vorige Woche abgeliefert. Und als wir den Brief fanden, ein Brief ohne Kuvert, da glaubten wir natürlich, daß es ein geschmuggelter Brief wäre. Was sonst sollten wir glauben. Denn im Krieg kommt ja keine legale Post von drüben. Und daß der Brief noch aus Friedenszeiten stammt, konnten wir nicht wissen.

– Hat der Briefträger nichts ausgesagt?

– Doch, Binbaschi Bey. Aber er hat erst ausgesagt, als der Armenier schon vor dem Tor baumelte. Vor dem Tor der Glückseligkeit. Und in die falsche Richtung guckte. Nämlich nicht nach Mekka.

– Ach so ist das, sagt der Major.

– So ist das, Binbaschi Bey, sagt der Kaimakam. Und Allah sei mein Zeuge.

– Und wie ist es mit dem dritten Landesverräter?

– Der ist ein armenischer Priester, sagt jetzt der Müdir. Wir haben ihn bei einer Predigt erwischt.

– Ihr habt natürlich Spitzel in die christliche Kirche geschickt?

– Es ist Krieg, Binbaschi Bey. Es ist Krieg. Was soll man tun?

– Und was hat der Priester gemacht?

– Er hat mit seiner Gemeinde für den Sieg gebetet. Nur wußten wir nicht, für welche Seite.

– Das verstehe ich aber nicht, Müdir Bey.

– Er hat am Ende des Gebets den Landesherrn hochleben lassen, und er sagte wortwörtlich: Es lebe der Padischa! Nur wußten wir nicht, welchen Padischa er gemeint hat. Sie verstehen, Binbaschi Bey. Es gibt einen russischen Padischa und einen türkischen. In

Rußland gibt es den Zaren und bei uns den neuen Sultan, den Enver Pascha auf den Thron gesetzt hat. Woher sollten wir wissen, welchen Padischa der Priester gemeint hat?

– Das ist wirklich schwer festzustellen, sagt der Major.

– Wir haben es aber festgestellt, sagt der Müdir jetzt triumphierend, denn der Priester hat während des Satzes mit dem Padischa das Kreuz angefaßt.

– Welches Kreuz?

– Das lange Baumelkreuz auf seiner Brust. Und da wußten wir, er kann nur den russischen Zaren gemeint haben. Nur den.

– Da bin ich aber nicht so sicher, sagt der Major.

– Nun, wir sind sicher, sagt der Müdir.

– Es hat mich verwundert, sagt der Major, daß die Armenier nicht gestreikt haben. Ich habe sogar heute bei den Armeniern eingekauft. Alle Geschäfte waren offen.

– Und warum sollten sie geschlossen sein?

– Weil doch drei von ihnen gehängt wurden.

– Aber Binbaschi Bey, sagt der Müdir. Diese Ratten sind doch viel zu feige, um offen zu protestieren.

– Ich war vor einigen Wochen in Galizien, sagt der Major, an der österreichischen Front. Und wissen Sie, Müdir Bey, was mir dort aufgefallen ist?

– Nein, sagt der Müdir.

– Es gibt dort zu viele Juden. Und wissen Sie, wie sich die Juden beim Feilschen benehmen?

– Nein, sagt der Müdir.

– Wie Armenier, sagt der Major. Diese beiden Völker sind fast zum Verwechseln. Es ist unglaublich.

– Mag sein, sagt der Müdir.

– Haben Sie hier Probleme mit den Juden?

– Nein, sagt der Müdir. Hier haben wir Probleme mit den Armeniern.

– Diese Armenier sind schlimmer als Ratten, sagt der Müdir. Wo immer sie leben, unterwandern sie die Völker, höhlen sie aus und vernichten sie schließlich.

– Ganz recht, sagt der Wali.

– Sie beuten uns Türken aus und spielen sich hier als die Herren auf.

– Ganz recht, sagt der Wali.

– Und diese Armenier schwimmen in Geld, glauben Sie's mir. Ihre Frauen sind in Samt und Seide gehüllt und tragen den teuersten Schmuck. Wie heißt es doch: Jede Armenierin ist ein wandelnder Juwelierladen. Der Müdir lacht. Und alles ist in ihren Händen. Die Banken und die Wechselstuben, das Handwerk und der Handel. Sie sind die Ärzte und die Rechtsanwälte, und ihre Söhne und Töchter schicken sie auf gute Schulen.

– Und sie stecken mit dem Feind unter einer Decke, sagt der Mutessarif.

– Ja, sagt der Müdir. Jeder Armenier ist ein verkleideter Russe.

– Sie warten nur darauf, uns den Dolch in den Rücken zu stechen, sagt der Wali. Und er fügt leise hinzu: Man muß etwas tun! Und er schlürft behaglich seinen Kaffee, zieht an dem Tschibuk und sagt: Man müßte wirklich etwas tun.

JOHANNES KÜHN
Schuttabladeplatz

Dahin und dahin
spritzten die Ratten in Löcher,
als ich kam zum Friedhof der Dinge.
Hier stopft der Wind
seine Taschen voll mit vielen Gerüchen,
streut sie, spottend und hinterlistig
weit in die Gegend.
Von verbrannten Matratzen Gerüche,
verkommenem Öl in Büchsen,
verdorbenem Kohl,
ich weiß nicht,
wie toll gemischt.
Ich trat auf verrostete Trillerpfeife.
Aus. Daraus kommt kein Pfiff mehr.
Wohin sind die Lippen
gekommen, die sie gebrauchten?
Hängt eine neue Trillerpfeife
dem Schiedsrichter sonntags im Mund,
wenn es einst seine war?
Briefmarken in großen und kleinen

Weltländern geprägt, und hier
werden sie blaß gewaschen
vom Regen.
Es starb ein Sammler, zieh ich den Schluß.
Keiner wollte die Erbschaft
des Junggesellen.
Was wird man räumen
aus meinem Zimmer
und hierhin streun, wenn ich die Augen
zumach,
Blätter voll von Gedichten,
die keiner las und liest?
Wird dann ein Rabe auch so sitzen
auf der durchlöcherten Tonne
und leerschrein den Hals?

Jahrabwärts

Als hätten die Jäger schon
der Rehe abgehäutete Felle
ins weite Land gehängt,
so liegt es braun, komm noch,
Wiese, du bist eher
beständig als alle Wälder
und als der Hecken
vielfältige Schar
die Hügel hinauf und hinab
und ohne Atem in Trab.

Ich hänge den angeödeten Sinn
wie ein Hemd in die Luft,
die schon gefüllt
mit den Tropfen früher Schauer.
Bald kommt die strengere Zeit,
einen Verräter zu richten,
irgendeinen verwerflichen Schurken,
wenn Herbstspreu der Blätter
im Sieb der Stürme hintreibt,
die Kälte
verteufelt sich selber anherrscht,
nun streng zu sein,

der Turm sich biegt,
der Ziegel
aus seinem Sitz turnt,
und unten
in deinem Fuß
zum Fluchtsprung
aus diesen Geländen
der Reiz ruckt.

Es heilt die Zeit

Vergraben bin ich in Scham,
dem roten Grab.
Da rütteln an den Wänden
die Stürme, steh auf!
Die Schnabelhiebe
der Frühlingsfinken
auch habens versucht.

Den Auferstehungston, wo find ich ihn?

Zeit,
deine Zähne,
die beißen mich frei.
Es wird der Landmann säen,
es wird die Goldschrift des Sommers
die Saaten schön beschreiben,
es wird der Herbst
mit Blätterwänden fallen,
dann vielleicht,
dann vielleicht werd ich frei.

Helga M. Novak

Hier stehe ich zurückgeblieben
hier habe ich vergessen
was Nachricht und Zeitung gewesen sind
und heize mir ein mit Sternbildern
hier leugne ich das Verderben
und halte dem Regen meine Lippen hin

hier schütte ich meine Versäumnisse
in die süßen Gewässer und esse vom Reh
hier stehe ich   weiter zurückbleibend
und genieße mein kindisches Alter
hier drücke ich zwei Augen zu
meide den Anblick roter Plastiktüten
hier sauge ich Muscheln aus und kaue ich
an den schwerverdaulichen Pfifferlingen
als sei zwischen Cholera und Kiew
nichts geschehen stehend auf der Flucht
versinke ich im Geschiebemergel zu den Fossilien
hier blicke ich unbekümmert
in präglaziale Zeiten und keiner
führt mich gebunden weg hier stehe ich noch
hier presse ich meine Füße in Kinderschuh
und versinke neben dem Fliegenpilz
den die Berserker vertilgen vor den Schlachten

Warum so trübsinnig hinter den Augen wie Nebel
dann wie Rauch sogar wie Ruß und Schlieren
im Kopf und draußen soviel Sonne
und ein Himmel derart blank warum
solche Steine zwischen den Jochbeinen
die rollen und ziehen und wollen alle auf einmal
hinunter in den engen Hals mitten im Sommer
so trübsinnig keine Luft mehr bei all dem Glänzen

Christa Wolf
Sommerstück

1

Es war dieser merkwürdige Sommer. Später würden die Zeitungen ihn »Jahrhundertsommer« nennen, trotzdem würde er von einigen seiner Nachfolger noch übertroffen werden, infolge gewisser Veränderungen der Strömungsverhältnisse über dem Pazifik, die zu einem »Umkippen« des Ozeans und noch unabsehbaren Verschiebungen in der Großwetterlage über der nördlichen Halbkugel geführt hätten. Davon wußten wir nichts. Wir wußten, wir wollten zusammen sein. Es kam vor, daß wir uns fragten, wie wir einmal an diese Jahre denken, was wir uns und anderen über sie erzählen würden. Aber wirklich geglaubt haben wir nicht, daß unsere Zeit begrenzt war. Jetzt, da alles zu Ende ist, läßt sich auch diese Frage beantworten. Jetzt, da Luisa abgereist, Bella uns für immer verlassen hat, Steffi tot ist, die Häuser zerstört sind, herrscht über das Leben wieder die Erinnerung.

Es sollte nicht sein.

Damals, so reden wir heute, haben wir gelebt. Wenn wir uns fragen, warum der Sommer in der Erinnerung einmalig erscheint und endlos, fällt es uns schwer, den nüchternen Ton zu treffen, der allein den seltenen Erscheinungen angemessen ist, denen das Leben uns aussetzt. Meist, wenn der Sommer zwischen uns zur Sprache kommt, tun wir so, als hätten wir ihn in der Hand gehabt. Die Wahrheit ist, er hatte uns in der Hand und verfuhr mit uns nach Belieben. Heute, da die Endlichkeit der Wunder feststeht, der Zauber sich verflüchtigt hat, der uns beieinander und am Leben hielt – ein Satz, eine Formel, ein Glauben, die uns banden, deren Schwinden uns in vereinzelte Wesen verwandelte, denen es freisteht, zu bleiben oder zu gehen: Heute scheinen wir keine stärkere, schmerzlichere Sehnsucht zu kennen als die, die Tage und Nächte jenes Sommers in uns lebendig zu erhalten.

Was sehen wir denn, wenn wir die Augen schließen? Ein paar Figuren, hingeworfen auf einen in leuchtenden Farben gehaltenen Grund, darüber ein Himmel, hochgewölbt, tiefblau, wolkenlos, gegen Abend goldgetönt, schließlich nachtschwarz, bestückt mit einer Unzahl von Sternen. Jetzt! schrie alles uns an. Wie ein Hetzruf, der einem ins Blut geht: Jetzt! Jetzt! So schrien die Dinge uns um Erlösung an. Wir sollten so stark wir selbst sein, wie sie sie selbst sein mußten. Es konnte bedrohlich werden, ja. Mitten auf der Wiese der Kirschbaum in seinem unvernünftigen Blütentaumel, das war Ende Mai. Der Kirschbaum, der sich Ellen in die Netzhaut einritzte, kein anderer wird sein Bild je verdrängen. Oder die beiden Eichen, die ihr Astwerk ineinandergeschlungen haben und deren eine, rechte, für sie weibliche, auch dieses Jahr um ein, zwei Wochen später grün wurde als die andere, männliche – ein Vorgang, den Ellen als Sinnbild nahm. Oder die nestersuchenden Schwalben, die sich unter dem überhängenden Rohrdach einrichteten, unter dem Jan, kaum waren sie angekommen, die dicken Spinnwebplacken abfegte. Der unentzifferbare Code, den sie mit ihren pfeilschnellen Flügen gegen den blassen Morgenhimmel, mit ihren sanften Bögen gegen Abend auf brandroten Grund schrieben. Nie waren die Spinnen so schlimm wie dieses Jahr. Nie war der Himmel unentrinnbarer in seinem herrischen Blau. Und die Sterne letzte Nacht? Habt ihr das Gefunkel gesehen? Habt ihr gesehn, wie der Abendstern immer größer wurde, je länger man ihn ansah? War dir auch so, als würde er dich in sich hineinreißen? – Solche Fragen stellte Luisa durchs Telefon.

Nein. Nein, Luisa. Die Sterne waren oben, und ich war unten, himmelweit von ihnen entfernt, und falls etwas an mir riß, meine ungestillte Gier nach den Sternen war es nicht.

Luisa und Ellen sind nicht aus dem gleichen Stoff gemacht.

Aber merkst du nicht, wie es dich treibt, daß du keinen Augenblick versäumen darfst. Weil bald etwas Schlimmes passiert.

Was meinst du, Luisa.

Merkst du nicht, wie alles zum Zerreißen gespannt ist.

Luisa dachte, das Himmelszelt werde eines Tages reißen und die Weltraumkälte könnte bei uns einströmen. Oder die Erde werde unter der Hitze bersten und sich bis zu ihrem rotglühenden Kern vor unseren Füßen auftun. Oder dieses Leuchten und Brennen und Flimmern werde das für unsere menschlichen Körper erträgliche Maß überschreiten. Merkst du nicht, wie du dich auflöst.

Nein, Luisa. Ellen blieb fest, wahrte ihre Konturen. Das war keine Fähigkeit, sondern ein Unvermögen, das sich als Fähigkeit tarnte. Das eingefleischte Unvermögen zur Selbstaufgabe. Wie lange, fragte sie sich, würde sie es halten können, noch halten wollen?

Und hast du keine Angst vor dem Ton, den das Himmelsgewölbe hervorbringen wird, wenn jemand jetzt daran schlägt? Spürst du nicht, mittags, wie dieser Ton dicht davor ist, auszubrechen und uns die Ohren zu zerreißen.

So Tag um Tag.

Wir wollten zusammen sein. Manche Tiere haben diese Witterung, lange ehe man sie zur Schlachtbank führt. Vergleiche, nicht zu rechtfertigen, auch nicht zurückzunehmen. Wir wußten nichts, es gab keine Anzeichen. Unter nichtigen Vorwänden suchten wir jeder die Nähe des anderen. Ein Alleinsein würde kommen, gegen das wir einen Vorrat an Gemeinsamkeit anlegen wollten. Wer kann sich andauernd auf der Tagesseite der Erde halten? Wie soll man es sich versagen, wenigstens im Geiste an jene Orte zurückzukehren, die, jetzt verödet, einst jenen sehr flüchtigen Stoff zu binden wußten, für den Glück ein Verlegenheitsname ist. Soll man der Versuchung nachgeben? Darf man es denn? Noch einmal diesen Grund auslegen. Diesen Himmel aufspannen. Den Bewegungen dieser Zufallsfiguren folgen, so wie ein Kind mit dem Finger die Linien eines Labyrinths nachzeichnet, ohne den Ausgang je zu finden. Uns noch einmal die Plätze bereiten, daß wir sie einnehmen können.

Doch wohin soll das führen? Ist Schönheit beschreibenswert?

Eine vernichtende Frage. Was bleibt zu hoffen für eine Zeit, die vom Hohn auf Schönheit gezeichnet ist? In der eine vertrackte Art von Mut dazu gehört, von einer gewissen Baumgruppe – Ellens beiden Eichen, die genau auf der Grenzen zwischen Schependonks und ihrem Grundstück standen – zu behaupten und zu wiederholen, sie seien schön.

Dies nur als Beispiel. Luisa, die niemals fragen würde, ob zu einer Handlung oder Aussage Mut gehört, gebrauchte das Wörtchen »schön« sehr häufig, mit innigem Ausdruck und in inständigem Ton. Wir lächelten, wenn sie auf unseren Stadtgängen den Eckstein einer Treppe, eine Türklinke, eine Fensterumrahmung oder ein altes Innungsschild »schön« nannte, gar nicht zu reden von den alten Frauen, die in den kleinen alten Städten überall auf Bänken unter Bäumen, hinter einer spiegelnden Fensterscheibe, sogar auf Steintreppen vor den windschiefen bröckligen Fachwerkhäusern sitzen, die sich gegenseitig halten. Habt ihr gesehen, wie schön die war? Mit der Überlegenheit ist uns das Lächeln vergangen. Ohne Zwang, ohne Überredung hat Luisa uns sehen gelehrt. Versteht sich, daß wir uns wehrten. Wir begannen gewahr zu werden, welchen Preis der zahlt, der auf Schönheit angewiesen ist: Er ist dem Gräßlichen ausgeliefert, wie Luisa.

HARALD GERLACH

Das Wetter von morgen

Der Ball aufgezogen: Volkssturmwarnung.
Blinder Alarm stolpert durch
Vaterland-Mutterhaus-Kinderstube, wild
um sich schlagend, den Nagel auf den
Querkopf zu treffen.

Wer A denkt, soll den Mund halten.
Totgesagte leben länger.
Wem die Zigarre ausgeht, den
heißt es, betrügt eben die Frau.

Wem die Zweitfrau ausgeht, den betrügt
sie mit einer Sumatra.

Das Satellitenbild zeigt eine breite,
eine Weite, unsre Pleite – im Lauf
des Tages sind Niederlagen zu
verrechnen.

Angesichts der Wählerwanderung
nicht an den Briefmarken lecken,
den Blindalarm extrahieren
mittels Besprechen, am Wetterball,
im Gespräch, auf der Teststrecke
bleiben.

HEINZ CZECHOWSKI
Mein Venedig

Ich habe die Stadt, deren versinkender Ruhm mir nah ist, in Wirklichkeit niemals gesehn. Doch ich will versuchen, davon zu berichten, wie sie mir einmal erreichbar schien und doch ferner denn je.

Ich müßte mich schon sehr täuschen, wenn ich mich irre, daß die Landschaft, in der ich mich plötzlich wiederfand, nicht an jene Gegend erinnerte, wie sie um die Müllkippe in unserer Nähe beschaffen ist. Von der Buchhandlung, in der ich eben noch aus meinen Gedichten gelesen hatte, weiß ich nicht mehr sehr viel. Es war eine Buch- und Kunsthandlung wie manche. Das Gebäude freilich, in dem sie untergebracht war, schien mir etwas improvisiert. Es war aus den Resten abgerissener Häuser errichtet, aus Pappwänden, ausrangierten Fenstern, eben aus allem, was sich bei Abriß eines Hauses bergen und wiederverwenden läßt. Aber das beunruhigte mich nicht. Der Buchhandlung selbst war wenig davon anzumerken, daß sie in einem aus Abrißmaterial errichteten Gebäude untergebracht war, das auf einer riesigen Müllhalde stand. Auf den Tischen stapelten sich Bücher, an Leinen hingen, mit Klammern befestigt, Lithographien, auch namhafter Meister, und Poster, wie man sie heute überall findet.

Daß meine Lesung sehr erfolgreich war, wage ich nicht zu behaupten. Dem widerspräche schon die geringe Zahl der Anwesenden, drei oder vier alte Damen, die offenbar Rilke, aber nicht mich erwartet hatten. Die Buchhändlerin, eine sehr frauliche Mitdreißigerin mit starker erotischer Anziehungskraft, die vor allem von ihrem opulenten dunklen Haar ausging, assistiert von einer noch jungen, etwas faden Blondine, war freundlich und gab zu erkennen, daß sie das von mir Geschriebene persönlich schätzte, hier aber in dieser Umgebung kein Publikum zu finden sei, das ihr, besonders bei Lyrik, Gefolgschaft zu leisten imstande wäre.

An Enttäuschungen dieser Art gewöhnt, strich ich schließlich und ohne zu seufzen das vereinbarte Honorar ein, wechselte mit der schönen Buchhändlerin noch ein paar unverbindliche Freundlichkeiten und fragte sie nach dem kürzesten Weg in die Stadt, die sich seltsamerweise Venedig nannte, worüber ich mir bisher freilich keine Gedanken gemacht hatte.

Im allgemeinen, fügte die Buchhändlerin zu, sei es nicht schwer, dorthin zu gelangen. Zwar sei der Weg über die Müllhalde, die sich bis zum Wasser erstreckte, nicht gerade sehr appetitlich, jedoch sei es der kürzeste. Unten am Wasser käme nicht selten ein Wassertaxi vorbei, das ich nur anzuhalten brauchte, um rasch in die Stadt zu gelangen.

IRINA LIEBMANN
Alles zu

Aus meinem Westberliner Fenster sieht man die Fenster von Stube, Küche, Klo des Vorderhauses, Gardinen, Blumentöpfe, graue Wand, keinen, der rübersieht, das ist in Ordnung, aber manchmal steht am großen Fenster des Treppenhauses unten ein Mensch so nahe am gewellten Glas, daß man den Umriß einer alten Frau erkennen kann, Gesicht ein heller Fleck, verschiebt sich etwas solange die Figur erscheint, ist dann verschwunden, erscheint am Fenster drüber in der gleichen Ecke undsoweiter, in der Erinnerung beinahe gleichzeitig übereinander, vier Fenster, Film, bis der vorbei ist, starr ich rüber, Mutter. Quatsch natürlich, Mutter bin ich selber und meine eigene Mutter sitzt auf meinem Sofa und schneidet vorsichtig eine gelbe Melone in Stücke, so etwas gibt es auf der andern Seite nicht, im Osten, schneidet sie falsch deshalb.

Erich Loest
Fallhöhe

Kapitel IX
Zwei Hämmer und ein Hämmerchen

2

»Herr Köhler, man hört immerzu, das Nichtreisenkönnen sei das Hauptproblem des DDR-Bürgers. Würden Sie das bestätigen?«

Kamera 3 schwenkte, ihr Rotlämpchen glühte: Wir schießen! Die schwarzberingte Linse, kindertellergroß, sog Bild auf und multiplizierte es durch Drähte und Ströme hunderttausendfach. Das pelzige Kunstohr am Revers, mit unterhemdig hautnahem Draht und Sendekistchen an der Hüfte, ließ Köhlers Stimme synchron laufen. Nicht nur nach Westen, so hörte er sich folgsam antworten, sei der DDR-Mensch durch das bekannte schauerliche Bauwerk gehindert, auch nach Osten bedeute das Wandern keine pure Lust. Polen seit dem Kriegsrecht so gut wie vernagelt, in die Sowjetunion beinahe nur Gruppenreisen möglich – nach Leningrad und auf die Krim freilich begehrenswert –, die Tschechoslowakei klein und zunehmend teurer, Rumänien verkommen, daß es einen grauste.

Der Moderator hob die Hand in Bauchhöhe, das bedeutete, Köhler möge sich kurz fassen. Assistenten und die Assistentinnen der Assistenten standen mit Tabellen in den Gängen und hielten Finger hoch. »Und Sie, Herr Köhler, wie fühlten Sie sich?«

Natürlich, die Frage produziere rückwirkend Leiden. Den Mercedesstern habe er über Westberlin sich drehen gesehen, ohne zu ihm gewollt zu haben, weil dieser Wille sinnlos gewesen wäre. Wunschlos sein als Grabgefühl jenseits von allem Schmerz? Er blickte zu Tahro, der hätte ihm durch Nicken zu erkennen geben können: bist auf dem richtigen Dampfer. Köhler wußte hinterher nicht mehr, ob er das wirklich gesagt oder sich nur vorgenommen hatte, es zu sagen: Seiner Seelenkapitulation sei Neid vorangegangen, wenn aus seinem Betrieb ein Reisekader nach Lyon oder Madrid geschickt worden sei. »Da drin«, er wies auf seinen Nabel, »meldete sich der schlechte Charakter mit körperlichem Schmerz. Ich kam in eine Situation, in die man einen Menschen nicht bringen darf.«

»Und warum gingen Sie nach der Haft nicht in den Westen?«

»Weil da die Mauer stand.« Da hätte er natürlich sagen können: Diese Frage ist derartig blöd, und hinterher warf er sich vor, nicht so forsch reagiert zu haben, und Sabine, die zugeschaut hatte, sah ein: Es sei doch verdammt schwer, dem Sog der Programmacher zu widerstehen, nach dem zehnten Mal sei man gewiß abgebrüht und behalte auch vor eingeschalteten Kameras den Kopf über den ja nun wirklich als seicht erkannten Wassern. Er war sicher, daß Sabine ihn an diesem Abend nicht mit Jack Nicholson besetzt hätte, und er begann, diesem Burschen zu mißtrauen.

»Und haben sich Ihre Erwartungen erfüllt?«

Im großen ja, das sei nun wirklich ein Paket, schwierig, es mit wenigen Worten aufzudröseln – er torkelte ins Labern. »Jeder besitzt nur zwei oder drei Wahrheiten, und die sind schnell vermarktet.« Das letzte Wort milderte er nicht durch Lächeln und brachte so seinen Befrager für einen Lidschlag aus dem Konzept. Da meldete sich jemand aus dem Publikum: »Was geschieht, wenn die Mauer plötzlich fällt?«

»Dann bräche die Wirtschaft der DDR nach drei Tagen zusammen und die der Bundesrepublik in einem Monat.«

Raunen auf den Rängen, Köhler redete schnell weiter: »Bei uns würden Fachkräfte weglaufen, hier die Arbeitslosenzahlen ...«

»Bei uns?« Der Moderator freute sich.

Das war der Punkt, an dem in den Tagen darauf konservative Zeitungsschreiber einhakten: Der stupide Nochimmermarxist aus der »DDR« könne sich offensichtlich die Kraft einer marktorientierten Wirtschaft überhaupt nicht vorstellen, Selbstheilungsenergien gingen über seinen versteinerten Planerhorizont meilenweit hinaus. Da war die für Köhler vorgesehene Zeit um dreizehn Sekunden überschritten, Assistenten wedelten, der Mann am Klavier hieb in die Tasten, noch ehe Köhler seine letzte Silbe gesprochen hatte. Das war's also gewesen, weshalb er zwei Nächte lang alle Frage- und Antwortmöglichkeiten durchgespielt hatte. Er war nie verlegen gewesen – aber *gut*? Hatte niemanden aus dem Gleichgewicht gebracht, hatte Programmzeit gefüllt und fünfhundert Mark verdient. Jetzt versuchte er interessiert zu äugen, falls eine Kamera ihn streifte. Ein Ratespiel wurde ausgewertet, eine Frau aus Kassel hatte gewußt: Lagune plus Karneval plus Doge – Venedig! So durfte sie mit ihrem Mann auf drei Tage umsonst dorthin.

Tahro, der als nächster befragt wurde, schilderte sein Leben wie etwas, das einem unartigen Nachbarskind zugestoßen war: Ja, er hatte marxistische Philosophie studiert und die Hymne der DDR-Betriebskampfgruppen gedichtet, war Redakteur einer FDJ-Zeitung gewesen, hatte ein Buch geschrieben, wie der Realsozialismus zu retten sei, und war dafür ins Zuchthaus geschickt worden. »Zweimal«, merkte der Moderator an, »haben Sie Kassiber hinausgeschmuggelt, und nicht etwa ein paar Zigarettenblättchen, sondern massive Denkschriften. Das aus dem sichersten Gefängnis der DDR – hatten Sie vielleicht Helfer weit oben?«

Das fand Köhler dreist, das hieß ja den Verdacht füttern, die Stasi hätte mitgespielt – Tahro zerstreute aufs freundlichste jeden Anwurf: Auch jetzt könne er seine Helfer nicht nennen, ohne sie zu gefährden. Bei den Grünen hatte Tahro mitgegründet und mitgeleitet, später an indischen Brüsten gesogen, nun bereitete er einen Gottesstaat vor. Er hielt ein Buch hoch: Damit wolle er Klarheit schaffen über die Welt der kriegerischen Nomaden und industriellen Kreuzritter, der sich befehdenden Kriegsherden, die um Geld und Macht kämpften. All diese männliche Dominanz müsse aus der Welt!

»Und Frau Thatcher?« Der Moderator gab sich durchtrieben.

Sei voller maskulinem Gehabe! Nun wollte Tahro ein Kloster gründen, dort werde man sozusagen mit links für den bescheidenen Lebensunterhalt sorgen, vor allem aber an einer frischen Gotteserkenntnis tüfteln, die große Politik spirituell neubegründen. Köhler hörte von Fürsten der ökologischen Wende, von Ökodiktatoren und archaischer Substanz der sozialen Macht. Er fand es bemerkenswert, daß Tahro sich nicht gegen die Art wehrte, wie er an gespielt sanfter Leine als obskurer Spinner vorgeführt wurde. Über eine Rettungsregierung quer durch alle Parteien durfte er sich noch äußern, bis zur *Politik des Herzens* sei es freilich noch weit.

»Ich danke Ihnen, Herr Tahro, und wenn auch mancher unserer Zuschauer Widerspruch anmelden möchte, so würde ich doch einwerfen: So soll es in unserer Sendung sein, gegen den Kamm gebürstet sozusagen!«

Gert Neumann
Die Klandestinität der Kesselreiniger

»Doch ich verehre es, wie man durch List und Schwindel in irgendeine verbotene Höhe des Blitzes den bewußten Mangel bei uns an dem, was da oben erstrahlt, hinaufprojiziert.«
Stéphane Mallarmé

Mir scheint … in einer fernen, inzwischen wie aus ihren Möglichkeiten geschwundenen, Zeit … seit ich, vom Schreiben, am Morgen, in die Schweißwerkstatt gekommen bin –, daß ich endlich eine Nachricht besitze, mit der ich die Eitelkeit der Verhältnisse, die meine tägliche Arbeit sogar hier im Krankenhaus zu zersetzen begonnen haben, wieder aus dem Denken drängen kann; das sich, in mir, schon lange auf dem Feld behaupteter protestantischer Diakonie inmitten der aktuellen sozialistischen Verheerungen im Menschen, zu erschöpfen droht. Ich war, in meinem Schreiben, durch eine kaum wahrnehmbare Schwierigkeit aufgehalten gewesen, die die unsichtbare Gestalt eines Schweigens hatte. Seine Gegenwart war, durch den blind sich in den Möglichkeiten der Wörter weiterschreibenden Text, bald wieder wie vergessen gewesen; obwohl sein Akzent im Schattentext aus unmöglich sichtbar zu machenden Wörtern lebte. Die lauten Ereignisse des, so eigentlich weit gediehenen, Textes hatten sich nach einer Teilnahme in einer Geschichte zu sehnen begonnen, deren Sieg über den Autor freilich das Ende dieses Textes geworden wäre: der eigentlich der Überzeugung nachzugehen versucht, daß das Sprechen das Denken … zerstört. Doch, war der mögliche Leser dieses Textes (und sollte der auch der Autor allein bleiben), nicht mehr um sein Interesse an der … mindestens nicht geleugneten Anwesenheit dieses Schweigens in dem sichtbar sich fortschreibenden Text zu betrügen gewesen; und, deshalb war ich tief in ihn zurückgekehrt und hatte das Verschollene gefunden. Es war in einem Dialog versteckt, in dem sich zwei Lesarten der Ereignisse begegnen; so, daß … wie eigentlich immer, aus der sprechenden Zukunft dieser Begegnung ein Tasten in den Räumen des Schweigens geworden war, dessen Empfindlichkeiten aber durch den geschriebenen Text mißachtet werden: was in wenigen Texten nicht geschieht; oder zu geschehen braucht. Ich hoffe, allerdings, in diesem Text einen Ausweg aus dem Ghetto der *Gegenwart* zu finden –, wenn sich die Zeichen, aus denen sich die Ereignisse der Gegenwart zu fügen meinen, in ihrer zu ihnen gehörenden Freiheit betrachten … lassen; und ihr, schweigender, Dialog geschrieben werden kann, der die durch die Ereignisse geltende Lesart der Zeichen wieder auflöst: wenn seine gefügten Wörter sich geduldig weigern, etwas in diesem schwierig sichtbaren Dialog zu repräsentieren, das seine Gestalt in der, dieses dialogische Schweigen ganz verschweigenden, Gegenwart hat. Ich denke, es herrscht eigentlich immer der dringende Augenblick, diese Stimme nicht zu verfehlen, die jedoch in *dieser* Gegenwart eine erstaunliche Konzentration verlangt: sie, als eine Möglichkeit, zwischen den driftenden Dingen überhaupt zu hören. Für mich gilt es … selbstverständlich als ausgemacht, daß jede Konzentration eines solchen Denkens, das auf die *Gegenwart* dieser Stimme gerichtet ist, von seinen Feinden, die zahlreich sind und nicht nur Sicherheitsbehörden dienen, deutlich empfunden wird (ohne, daß dazu beispielsweise Abhöranlagen … benutzt werden müßten), und mit erstaunlichem Aufwand angegriffen; um dieses Denken bereits in seinem Entstehen zu vernichten: so, daß es unmöglich wird, etwas, über die Wahrnehmung schweigender Konkordanzen etwa, formulieren zu *können*. Ich betrachte es aber nicht als wichtig, den Ort oder die Tatsache dieser Beobachtung nachzuweisen; ich habe verstanden, daß diese Methode nicht das Abwesende nennen kann, und jenes Denken nur aus seiner Konzentration entfernen würde: was der Observation bereits ihr Existenzrecht liefert und der Observanz ein zugängliches Denken, das sie *beherrscht* nennen kann; obwohl sie das Denken mit einem nicht sehr dunklen und moralisch gar nicht weitläufig, angelegten, Plan beherrscht. Ich betrachte es vielmehr als nötig, dieses Denken mit einer Konspiration zu schützen, die ich *poetisch* nenne …, und die das, letztlich sich entsprechende, Denken der Observation und der Observanz so ausführlich zu täuschen vermag: daß diese Konzentration dieses Denkens, das also mit den schwierigen Wörtern des Schweigens umzugehen begonnen hat, in das, notwendig, Sprechende die Nachricht über die Gegenwart eines Schweigens bringt, die nicht mehr von den Wörtern der Observation oder denen der Observanz erreicht werden kann …; so, daß sich die Poetik dieses Schweigens, bereits, zu erfüllen begonnen hat.

CHRISTOPH HEIN
Die Ritter der Tafelrunde

ARTUS Es hat sich viel geändert, Lancelot.
LANCELOT Ja. Erschreckend viel.
ARTUS Sei unbesorgt. Auch ich war unruhig und verzweifelt, aber das ist jetzt vorbei. Alles verändert sich. Es wird anders werden, als wir es uns dachten, anders, als wir hofften. Vielleicht so, daß wir froh sein können, es nicht mehr zu erleben. Aber nach dem Gral wird auch Mordret suchen müssen. Wenn er leben will, wird er ihn suchen müssen, denn der Gral ist das Leben.
LANCELOT Ich komme von einer sehr langen Reise zurück, Artus. Wenn diese Reise mein Leben war, müßte ich verzweifeln wie Gawain und Parzival.
ARTUS Sei unbesorgt, Lancelot. Wir haben den Gral noch nicht gefunden, aber wir sind ihm doch näher gekommen. Die Artusrunde war nicht vergeblich. Wir haben viel erreicht.
LANCELOT Ich bin nicht mehr sicher, Artus ...
ARTUS Du warst lange unterwegs. Du bist müde von der Reise.
LANCELOT Ach, Artus, weißt du denn, daß die Leute da draußen nichts mehr vom Gral und der Tafelrunde wissen wollen? Früher haben sie uns geachtet, sie haben nach unserem Rat gefragt, und jeder Bürger war stolz, wenn wir ihn um Quartier baten. Heute lachen sie nur noch, wenn sie einen Ritter der Tafelrunde sehen. Wenn ich ihnen vom Gral erzählen wollte, spuckten sie aus. Wenn ich vom Artusreich sprach, beschimpften sie mich und warfen mit Steinen nach mir. Sie glauben nicht mehr an unsere Gerechtigkeit und unseren Traum. Verschwinde, riefen sie nur, wir wollen nichts mehr davon hören, das Leben ist schwer genug. Für das Volk sind die Ritter der Tafelrunde ein Haufen von Narren, Idioten und Verbrechern. Weißt du das, Artus?
ARTUS Ich weiß es, Lancelot.
KEIE Wir haben ihnen ein Paradies auf Erden geschaffen.
MORDRET Und wolltet sie in dieses Paradies hineinprügeln.
ARTUS Wir haben den Gral nicht gefunden, und wie mir scheint, haben viele von uns aufgegeben, ihn weiter zu suchen. Vielleicht ist das eine Arbeit, die unsere Kraft überschreitet. Aber wenn wir den Gral aufgeben, geben wir uns selbst auf. Und was uns dann quält und verstört, ist ein Hunger auf Hoffnung. Und diesen Hunger, der uns verzehrt und unzufrieden macht, der manche in Verzweiflung und Resignation stürzt, der uns lähmt und uns zu

Feinden unserer selbst macht, diesen Hunger müssen wir zu stillen suchen. Das wird mühselig sein. Wir haben den Boden unter unseren Füßen verloren und drohen zu versinken. Stück für Stück müssen wir festes Land zurückgewinnen. Es wird eine langwierige Arbeit, aber sie ist zu bewältigen.

ORILUS Du hast ihn hineingehen sehen, Kunneware?

KUNNEWARE Was meinst du?

ORILUS Du hast Mordret in unser Zimmer gehen sehen?

KUNNEWARE Es schien so. Ich weiß es nicht genau.

ORILUS Du hattest dich eingeschlossen. Ich habe an die Tür geklopft. Wieso hattest du dich eingeschlossen, Jeschute?

JESCHUTE Willst du das wirklich wissen?

ORILUS Ja, das möchte ich wissen. Ich möchte hören, wieso du dich eingeschlossen hattest und ob Mordret wirklich in deinem Zimmer war.

GINEVRA Orilus, ich bitte dich, schweig. Ich werde wahnsinnig, wenn du weiter in diesem Ton sprichst.

ORILUS Entschuldige, ich werde wohl fragen dürfen.

GINEVRA Aber nicht in diesem Ton und nicht jetzt. Lancelot ist zurück, und wir sitzen endlich wieder einmal zusammen an diesem Tisch. Da mußt du jetzt nicht mit solchen Geschichten anfangen.

ORILUS Antworte mir, Jeschute. Hattest du dich mit Mordret eingeschlossen?

JESCHUTE Ja.

ORILUS Das ist niederträchtig. Es ist würdelos. Du bist wohl noch darauf stolz?

KEIE Überrascht dich das wirklich, Orilus?

ORILUS Entschuldigt mich bitte. *(Er geht ab.)*

JESCHUTE *(zu Kunneware)* Du bist eine kleine dumme Gans.

KUNNEWARE Aber ich wollte doch nur … ich habe doch nur …

JESCHUTE Ja, du hast, und zwar gründlich.

(Kunneware heult auf und geht ab.)

KEIE Das war völlig überflüssig, Jeschute. Du mußtest nicht auch noch die Kleine beleidigen. Es reicht uns schon, was du mit deinem Mann anstellst.

JESCHUTE Das geht dich einen Dreck an, Keie.

KEIE *(zu Mordret)* Ich dachte immer, du hältst dich für etwas ganz Besonderes. Du trägst doch sonst deine Nase so hoch. Ich glaubte, du bist dir für solche Geschichten zu schade.

JESCHUTE Laß den Jungen aus dem Spiel, Keie.

KEIE Er ist schon im Spiel, Jeschute, und das hast du erreicht.

JESCHUTE Du bist unverschämt, und ich bin nicht in der Stimmung, das hinzunehmen.

GINEVRA Ich komm mit dir, Jeschute. Hier bekomm ich Kopfschmerzen. Verzeih mir, Artus, aber diese widerlichen Bösartigkeiten machen mich krank. *(Sie geht mit Jeschute ab.)*

LANCELOT Es ist wirklich schwer erträglich. Seit ich zurück bin, höre ich nichts als Klagen, Streit, Gezänk. An diesem Tisch haben wir einst gesessen und Pläne geschmiedet. Wir waren heiter und vertrauten auf die Zukunft. Wir hatten uns so viel vorgenommen.

ARTUS Ja, damals war alles klar und einfach. Wir wußten, was zu tun war. Es war eine Zeit großer und schwerer Kämpfe, in denen viele Ritter ihr Leben ließen. Und doch hat keiner unserer Toten uns irre gemacht, wir waren unserer Sache sicher. Die unsterblichen Toten machten uns unverletzlich. So viele Schlachten wir auch zu schlagen, wie viele Entbehrungen wir auf uns zu nehmen hatten, keinen Moment quälte uns ein Zweifel. Der Schatten eines Traumes nahm Gestalt an, und das Artusreich begann zu leben und krönte unsere unbeirrbaren Mühen.

PARZIVAL Das ist aber sehr lange her, Artus.

ARTUS Gewiß, aber darum ist es nicht weniger wahr.

PARZIVAL Was hilft uns das heute?

KEIE Es würde uns allen viel helfen, wenn wir uns auf die Tafelrunde besinnen würden.

ARTUS Gewiß, Keie, die Vergangenheit ist unser einziger fester Halt, aber sie allein wird uns keinen Weg zeigen. Alles hat sich verändert. Und das ist gut so. Es muß etwas Neues entstehen. Dann werden wir dem Gral zum Greifen nahe sein. Und wir werden über uns lachen, über unsere Verzweiflung, über unsere Blindheit. Wir werden nicht verstehen können, warum wir heute ratlos beieinander saßen.

LANCELOT Sprich weiter, Artus. Zwei Jahre bin ich durch die Welt gelaufen. Ich habe nach unserem Traum gesucht und hatte schließlich nur das Gefühl, wie ein Esel im Kreis zu laufen. Wenn ich dich höre, glaube ich, ich hätte nur den Kopf aufrichten brauchen, um weiterzukommen. Sprich weiter.

PARZIVAL Ja, es klingt beruhigend. Leider werden uns schöne Worte nicht helfen, Artus. Du solltest zuallererst einsehen, daß wir gescheitert sind. Daß die Tafelrunde zerbrochen ist. Gute Nacht. *(Er geht ab.)*

ARTUS *(nachdem Parzival abgegangen ist)* Ja, Parzival, wir sind gescheitert. Aber wenn der Gral für uns unerreichbar wurde, müssen wir nach anderen, nie gesehenen Wegen suchen, um zu ihm zu gelangen. Und wenn wir es nicht schaffen, wird Mordret es tun.

KEIE Was hast du vor, Artus? Ich versteh dich nicht mehr. Du gibst die Tafelrunde auf?

ARTUS Ich weiß nicht, Keie. Was meinst du? Wenn dieser Tisch uns daran hindert, den Gral zu erreichen, sollten wir ihn dann nicht besser zerbrechen. Oder zumindest begreifen und akzeptieren, daß die, die nach uns kommen, sich auf unseren alten Stühlen nicht niederlassen wollen.

KEIE Ach so, Artus, ich glaube, ich verstehe. Und der Freistuhl, der Stuhl des Auserwählten, das ist für dich auch nur noch ein Stück Holz, wie? Da wundert es mich natürlich nicht, daß die Frauen und Schulkinder sich darauf setzen. Denn wenn keiner mehr an ihn glaubt, dann hat er auch keine Kraft mehr. Dann kann man sich ungestraft auf ihn setzen. Dann hast du diese Tafelrunde endgültig zerstört. Aber dann lege ich auch keinen Wert auf meinen Platz an diesem Tisch, dann ist es völlig egal, wo ich sitze.

ARTUS Bleib, Keie.

KEIE Ich wüßte nicht, warum, Artus. *(Er geht ab.)*

ARTUS Und du, Lancelot?

LANCELOT Vorhin, als du sprachst, wußte ich es noch. Es ist schwer, einen klaren Gedanken zu fassen, wenn man nur ein paar Trümmer in den Händen hält, und das einzig Sichere eine vage Hoffnung ist. *(Er will abgehen, stößt das Tischbein um.)*

ARTUS Laß es liegen.

(Lancelot geht ab.)

ARTUS Wir beide haben lange nicht mehr so zusammengesessen. Ich meine, du und ich.

MORDRET Du warst immer viel beschäftigt.

ARTUS Und du hast mich nicht mehr gebraucht. Aber lassen wir das. Früher hoffte ich, ich könnte dir manches erleichtern. Ich wollte dir nie ein Vorbild sein, Mordret, aber so etwas wie ein älterer Freund. Ich fürchte, das ist mir mißglückt, wie?

MORDRET Wir sehen die Dinge verschieden, Vater.

ARTUS Ja. Das denke ich auch. Erzähl mir von dir. Ich weiß so wenig.

MORDRET Ich habe dich eben bewundert.

ARTUS Ach, wirklich?

MORDRET Es war sehr mutig, ihnen allen zu sagen, daß du nicht weiter weißt.

ARTUS Das ist mir schwer gefallen.

MORDRET Du sollst immer eine Antwort wissen, nicht wahr?

ARTUS Sie erwarten so viel von mir.

MORDRET Und du glaubst wirklich, ein neuer, ein anderer Weg ist zu finden?

ARTUS Ja, Mordret. Aber nicht wir werden ihn finden, du mußt danach suchen.

MORDRET Keie wird mich umbringen.

ARTUS Du mußt ihn verstehen, er ist ein alter Mann. Es fällt uns allen sehr schwer, zu akzeptieren, was du willst. Wir verstehen dich nicht. Wir verstehen nicht, was du willst.

MORDRET Das weiß ich selbst nicht. Aber das alles hier, das will ich nicht.

ARTUS Es ist kein schlechter Tisch. Ich sitz gern hier. Willst du ihn wirklich zerbrechen?

MORDRET Ich werde ihn ins Museum schaffen.

ARTUS Jaja, das dachte ich mir. Und wird dir das helfen? Wird das dir irgend etwas klarer machen?

MORDRET Es schafft Platz. Luft zum Atmen, Vater.

ARTUS Ich habe Angst, Mordret. Du wirst viel zerstören.

MORDRET Ja, Vater.

Editorische Notiz

Als Vorlage für die Textwiedergabe dienten, wenn irgend möglich, die Fassungen der Erstdrucke. Im Anhang sind der Erstdruck und, falls der nicht zur Verfügung stand, die abweichend verwendete Vorlage verzeichnet. Die Datierung der Prosatexte richtet sich in der Regel nach dem Erstdruck in Buchform, bei Theaterstücken auch nach der Uraufführung, bei Gedichten auch nach ihrem Erstdruck in Zeitschriften.

Es wurden möglichst nur abgeschlossene Texte (Gedichte, Erzählungen usw.) gedruckt. Aus umfangreicheren Texten (Romanen, Dramen, Hörspielen usw.) wurden in sich geschlossene Sinneinheiten aufgenommen. Auslassungen zu Beginn und am Ende eines Textes wurden nicht gekennzeichnet. Auslassungen im Text sind durch (...) markiert. Leerzeilen vor und nach dem Auslassungszeichen bedeuten, daß nicht nur Absätze, sondern ganze Kapitel ausgelassen wurden. Vom Herausgeber eingesetzte Gedichttitel sind kursiv.

Offensichtliche Druckfehler wurden stillschweigend korrigiert. Hervorhebungen, in den Vorlagen gesperrt oder kursiv, erscheinen hier kursiv. Anmerkungen und Fußnoten der Autoren zu ihren hier abgedruckten Texten werden in den Nachweisen wiedergegeben.

Bei der Besorgung der Texte und der Erarbeitung der Dokumentation haben mir Dirk Engelhardt und Jan Strümpel geholfen. Dafür danke ich ihnen. Eckhard Thiele danke ich für Ratschläge.

Schließlich danke ich den Lizenzgebern, daß sie diese Dokumentation möglich gemacht haben – und dem Deutschen Taschenbuch Verlag dafür, daß er dieses umfängliche Unternehmen an die Öffentlichkeit bringt.

H.L.A.

Nachweise 1984-1989

AMANN, JÜRG (* 1947)
»Der Seiltänzer«. Erstveröffentlichung: »Patagonien. Prosa«. München (Piper) 1985. S. 116-117. © 1985 by Piper Verlag, München. *Seite 103*

AMANSHAUSER, GERHARD (* 1928)
»Inventar«. Erstveröffentlichung: »Gedichte«. Salzburg (aigner) 1986. S. 43. © by Gerhard Amanshauser. *Seite 181*

ANDERSON, SASCHA (* 1953)
»Then, window, let day in, and let life out«. Erstveröffentlichung: »brunnen randvoll«. Berlin (Rotbuch) 1988. S. 76-77. © by Rotbuch Verlag, Hamburg. *Seite 295*

BECKER, JÜRGEN (* 1932)
»Gefrorene Ufer«. Erstveröffentlichung: »Odenthals Küste. Gedichte«. Frankfurt/M. (Suhrkamp) 1986. S. 83. © by Suhrkamp Verlag, Frankfurt/M. *Seite 192*

BECKER, PETER VON (* 1947)
»Photograph«. Erstveröffentlichung: »Die kopflose Medusa. Gedichte«. Frankfurt/M. (Suhrkamp) 1989. S. 68. © by Suhrkamp Verlag, Frankfurt/M. *Seite 362*

BERNHARD, THOMAS (1931-1989)
– »Alte Meister. Komödie«. Erstveröffentlichung: Frankfurt/M. (Suhrkamp) 1985. S. 117-122. © by Suhrkamp Verlag, Frankfurt/M. *Seite 106*
– »Auslöschung. Ein Zerfall«. Erstveröffentlichung: Frankfurt/M. (Suhrkamp) 1986. S. 92-97. © by Suhrkamp Verlag, Frankfurt/M. *Seite 189*

BICHSEL, PETER (* 1935)
»Robinson«. Erstveröffentlichung: »Der Busant. Von Trinkern, Polizisten und der schönen Magelone«. Darmstadt, Neuwied (Luchterhand) 1985. S. 57-64. © by Suhrkamp Verlag, Frankfurt/M. *Seite 126*

BÖHME, THOMAS (* 1955)
»agonie«. Erstveröffentlichung: »Stoff der Piloten. Gedichte«. Berlin, Weimar (Aufbau) 1988. S. 86-87. © by Aufbau-Verlag, Berlin und Weimar. *Seite 293*

BÖLL, HEINRICH (1917-1985)
»Versunken die Stadt«. Erstveröffentlichung: »Wir kommen weit her. Gedichte«. Göttingen (Steidl) 1986. S. 72-76. Ab-

druck mit Genehmigung des Verlages Kiepenheuer & Witsch, Köln. *Seite 195*

BORCHERS, ELISABETH (* 1926)
»Falsches Lied«. Erstveröffentlichung: »Wer lebt. Gedichte«. Frankfurt/M. (Suhrkamp) 1986. S. 48. © by Suhrkamp Verlag, Frankfurt/M. *Seite 179*

BOSSERT, ROLF (1952-1986)
»Lied«. Erstveröffentlichung: »neuntöter. Gedichte«. Cluj Napoca (Dacia) 1984. S. 42. © by Rotbuch Verlag, Hamburg. *Seite 35*

BRAUN, VOLKER (* 1939)
»Hinze-Kunze-Roman«. Erstveröffentlichung: Frankfurt/M. (Suhrkamp) 1985. S. 35-40. © by Suhrkamp Verlag, Frankfurt/M. *Seite 132*

BRINKMANN, HANS (* 1956)
»Labyrinth«. Erstveröffentlichung: »Wasserstände und Tauchtiefen. Gedichte«. Berlin (Verlag Neues Leben) 1985. S. 27. © by Verlag Neues Leben, Berlin. *Seite 96*

BUCH, HANS CHRISTOPH (* 1944)
»Die Hochzeit von Port-au-Prince. Roman«. Erstveröffentlichung: Frankfurt/M. (Suhrkamp) 1984. S. 270-273. © by Suhrkamp Verlag, Frankfurt/M. *Seite 60*

CZECHOWSKI, HEINZ (* 1935)
»Mein Venedig«. Erstveröffentlichung: »Mein Venedig. Gedichte und andere Prosa«. Berlin (Wagenbach) 1989. S. 58-59. © by Verlag Klaus Wagenbach, Berlin. *Seite 381*

CZURDA, ELFRIEDE (* 1946)
»Signora Julia. Prosa«. Erstveröffentlichung: Reinbek (Rowohlt) 1985. S. 9-12. © by Elfriede Czurda. *Seite 139*

DEAN, MARTIN R. (* 1955)
»Der Mann ohne Licht. Roman«. Erstveröffentlichung: München, Wien (Hanser) 1988. S. 90-95. © by Carl Hanser Verlag, München. *Seite 296*

DELIUS, FRIEDRICH CHRISTIAN (* 1943)
»Adenauerplatz. Roman«. Erstveröffentlichung: Reinbek (Rowohlt) 1984. S. 178-183. © 1984 by Rowohlt Verlag, Reinbek. *Seite 26*

DÖRING, STEFAN (* 1954)
»red nicht umn sinn rum«. Erstveröffentlichung: »Berührung ist nur eine Randerscheinung. Neue Literatur aus der DDR«. Hg. von Elke Erb und Sascha Anderson. Köln (Kiepenheuer &

Witsch) 1985. S. 173. © 1985 by Verlag Kiepenheuer & Witsch, Köln. *Seite 97*

DRAWERT, KURT (* 1956)
»Geschichte, seitenverkehrt«. Erstveröffentlichung: »Zweite Inventur«. Berlin, Weimar (Aufbau) 1987. S. 129-130. © by Aufbau-Verlag, Berlin und Weimar. *Seite 207*

DREWITZ, INGEBORG (1923-1986)
»Papperlapapp«. Erstveröffentlichung: »Hinterm Fenster die Stadt. Aus einem Familienalbum. Prosa«. Düsseldorf (Claassen) 1985. S. 55-56. © by Claassen Verlag / Verlagshaus Goethestraße, München. *Seite 104*

DÜRRSON, WERNER (* 1932)
»Dörfliche Kassandra«. Erstveröffentlichung: »Das Kattenhorner Schweigen. Variationen über ein verlorenes Thema. Gedichte«. Weingarten (Drumlin) 1984. S. 26. © by Werner Dürrson. *Seite 76*

DUVANEL, ADELHEID (1936-1996)
– »Der Abstecher«. Erstveröffentlichung: »Anna und ich. Erzählungen«. Darmstadt, Neuwied (Luchterhand) 1985. S. 16-19. © 1985 by Hermann Luchterhand Verlag, Darmstadt und Neuwied; jetzt: Luchterhand Literaturverlag, München. *Seite 87*
– »Selbstmord«. Erstveröffentlichung: »Das verschwundene Haus. Erzählungen«. Darmstadt (Luchterhand) 1988. S. 67-68. © 1988 by Hermann Luchterhand Verlag, Darmstadt; jetzt: Luchterhand Literaturverlag, München. *Seite 317*

ECKART, GABRIELE (* 1954)
»Der Dichter«. Erstveröffentlichung: »Wie mag ich alles was beginnt. Gedichte«. Köln (Kiepenheuer & Witsch) 1987. S. 96-97. © 1987 by Verlag Kiepenheuer & Witsch, Köln. *Seite 240*

EICH, CLEMENS (1954-1998)
»Alter Schüler«. Erstveröffentlichung: »Zwanzig nach drei. Erzählungen«. Frankfurt/M. (Fischer) 1987. S. 71-72. © by S. Fischer Verlag, Frankfurt/M. *Seite 218*

FALKNER, GERHARD (* 1951)
»die sprachbeschauer«. Erstveröffentlichung: »wemut. Gedichte«. Frankfurt/M. (Luchterhand) 1989. S. 49. © 1989 by Hermann Luchterhand Verlag, Frankfurt/M.; jetzt: Luchterhand Literaturverlag, München. *Seite 337*

FASCHINGER, LILIAN (* 1950)
»Die neue Scheherazade. Roman«. Erstveröffentlichung: München (List) 1986. S. 118-122. © by Paul List Verlag, München. *Seite 182*

FEDERSPIEL, JÜRG (* 1931)
»Das letzte Känguruh«. Erstveröffentlichung: »Die Liebe ist eine Himmelsmacht. Zwölf Fabeln«. Frankfurt/M. (Suhrkamp) 1985. S. 75-82. © by Suhrkamp Verlag, Frankfurt/M. *Seite 81*

FELS, LUDWIG (* 1946)
– »Freiwilliges Gedicht«. Erstveröffentlichung: »Der Anfang der Vergangenheit. Gedichte«. München (Piper) 1984. S. 112-113. © 1984 by Piper Verlag, München. *Seite 22*
– »Am letzten Ort«. Erstveröffentlichung: »Die Eroberung der Liebe. Heimatbilder«. München (Piper) 1985. S. 121-126. © 1985 by Piper Verlag, München. *Seite 84*

FICHTE, HUBERT (1935-1986)
»Hotel Garni. Roman«. Erstveröffentlichung: Frankfurt/M. (Fischer) 1987. S. 7-12. © by S. Fischer Verlag, Frankfurt/M. *Seite 219*

FRIED, ERICH (1921-1988)
– »In der untergehenden Welt«. Erstveröffentlichung: »Um Klarheit. Gedichte gegen das Vergessen«. Berlin (Wagenbach) 1985. S. 58. © by Verlag Klaus Wagenbach, Berlin. *Seite 80*
– »Fragen nach Tschernobyl«. Erstveröffentlichung: »Am Rand unserer Lebenszeit. Gedichte«. Berlin (Wagenbach) o.J. (1987). S. 31. © by Verlag Klaus Wagenbach, Berlin. *Seite 261*

FRIES, FRITZ RUDOLF (* 1935)
»Historische Anmerkung«. Erstveröffentlichung: »Herbsttage in Niederbarnim. Gedichte«. Berlin, Weimar (Aufbau) 1988. S. 26-27. © by Aufbau-Verlag, Berlin und Weimar. *Seite 269*

FRITSCH, WERNER (* 1960)
»Cherubim«. Erstveröffentlichung: Frankfurt/M. (Suhrkamp) 1987. S. 94-95. © by Suhrkamp Verlag, Frankfurt/M. *Seite 215*

FRITZ, WALTER HELMUT (* 1929)
»Erbauer von Labyrinthen«. Erstveröffentlichung: »Cornelias Traum und andere Aufzeichnungen«. Hamburg (Hoffmann und Campe) 1985. S. 44. © 1985 by Hoffmann und Campe Verlag, Hamburg. *Seite 95*

FUCHS, JÜRGEN (* 1950)
»Das Ende einer Feigheit«. Erstveröffentlichung: Reinbek (Rowohlt) 1988. S. 72-75. © 1988 by Rowohlt Verlag, Reinbek. *Seite 270*

FÜHMANN, FRANZ (1922-1984)
»Der Traum von Moira«. Erstveröffentlichung: »Dreizehn Träume«. Hamburg (Hoffmann und Campe) 1985. Hier aus:

»Werke«. Bd. 7: »Vor Feuerschlünden. Unter den Paranyas«. Rostock (Hinstorff) 1993. S. 245-246. © 1988 by Hinstorff Verlag, Rostock. *Seite 93*

GENAZINO, WILHELM (* 1943)
»Der Fleck, die Jacke, die Zimmer, der Schmerz. Roman«. Erstveröffentlichung: Reinbek (Rowohlt) 1989. S. 116. © 1989 by Rowohlt Verlag, Reinbek. *Seite 332*

GERLACH, HARALD (* 1940)
– »Zukunft«. Erstveröffentlichung: »Nachricht aus Grimmelshausen. Gedichte«. Berlin, Weimar (Aufbau) 1984. S. 83. © by Aufbau-Verlag, Berlin und Weimar. *Seite 76*
– »Das Wetter von morgen«. Erstveröffentlichung: »Wüstungen«. Berlin, Weimar (Aufbau) 1989. S. 72. © by Aufbau-Verlag, Berlin und Weimar. *Seite 380*

GERSTL, ELFRIEDE (* 1932)
»natur – nein danke«. Erstveröffentlichung: »manuskripte«. 1985. H. 89/90. S. 214. © by Elfriede Gerstl. *Seite 77*

GRASS, GÜNTER (* 1927)
»Die Rättin«. Erstveröffentlichung: Darmstadt, Neuwied (Luchterhand) 1986. S. 115-118. © 1997 by Steidl Verlag, Göttingen. *Seite 199*

GRÜNBEIN, DURS (* 1962)
– »Monologisches Gedicht No. 4«. Erstveröffentlichung: »Sinn und Form«. 1988. H. 4. S. 818. © by Suhrkamp Verlag, Frankfurt/M. *Seite 309*
– »An diesem Morgen«; »›Aids‹«. Erstveröffentlichung: »Grauzone morgens. Gedichte«. Frankfurt/M. (Suhrkamp) 1988. S. 16-17, 44-46. © by Suhrkamp Verlag, Frankfurt/M. *Seite 292, 318*

GRUENTER, UNDINE (* 1952)
»Ein Bild der Unruhe. Roman«. Erstveröffentlichung: München, Wien (Hanser) 1986. S. 17-20. © by Carl Hanser Verlag, München. *Seite 173*

GRZIMEK, MARTIN (* 1950)
»Die Beschattung. Roman«. Erstveröffentlichung: München, Wien (Hanser) 1989. S. 15-22. © by Carl Hanser Verlag, München. *Seite 326*

GSTREIN, NORBERT (* 1961)
»Einer. Erzählung«. Erstveröffentlichung: Frankfurt/M. (Suhrkamp) 1988. Hier aus: Frankfurt/M. (Suhrkamp) 1994. S. 85-89. © by Suhrkamp Verlag, Frankfurt/M. *Seite 315*

HACKL, ERICH (* 1954)
»Abschied von Sidonie. Erzählung«. Erstveröffentlichung: Zürich (Diogenes) 1989. S. 112-120. © 1989 by Diogenes Verlag, Zürich. *Seite 364*

HÄRTLING, PETER (* 1933)
»Felix Guttmann. Roman«. Erstveröffentlichung: Darmstadt, Neuwied (Luchterhand) 1985. S. 307-312. © 1995 by Verlag Kiepenheuer & Witsch, Köln. *Seite 112*

HAHN, ULLA (* 1946)
– »Auf Erden«. Erstveröffentlichung: »Freudenfeuer. Gedichte«. Stuttgart (Deutsche Verlags-Anstalt) 1985. S. 96. © by Deutsche Verlags-Anstalt, Stuttgart. *Seite 126*
– »Richtig sein«. Erstveröffentlichung: »Unerhörte Nähe. Gedichte«. Stuttgart (Deutsche Verlags-Anstalt) 1988. S. 46. © by Deutsche Verlags-Anstalt, Stuttgart. *Seite 262*

HAPPEL, LIOBA (* 1957)
»ein abend schwarz«. Erstveröffentlichung: »vers reim und wecker. Gedichte«. Berlin (Literarisches Colloquium) 1987. S. 28. © by Lioba Happel. *Seite 260*

HARIG, LUDWIG (* 1927)
»Ordnung ist das ganze Leben. Roman«. Erstveröffentlichung: München, Wien (Hanser) 1986. S. 175-179. © by Carl Hanser Verlag, München. *Seite 185*

HAUFS, ROLF (* 1935)
»Die Welt nochmal«. Erstveröffentlichung: »Felderland. Gedichte«. München, Wien (Hanser) 1986. S. 22. © by Carl Hanser Verlag, München. *Seite 146*

HEGEWALD, WOLFGANG (* 1952)
»Das Gegenteil der Fotografie. Fragmente einer empfindsamen Reise«. Erstveröffentlichung: Frankfurt/M. (Fischer) 1984. S. 31-32, 84-86. © by Wolfgang Hegewald. *Seite 57*

HEIDENREICH, GERT (* 1944)
»Entsorgungspark«. Erstveröffentlichung: »Eisenväter. Gedichte«. München (Piper) 1987. S. 68. © by Gert Heidenreich. *Seite 211*

HEIDUCZEK, WERNER (* 1926)
»Verfehlung. Novelle«. Erstveröffentlichung: Halle, Leipzig (Mitteldeutscher Verlag) 1986. Hier aus: Köln (Pahl-Rugenstein) 1987. S. 100-105. © by Werner Heiduczek. *Seite 157*

HEIN, CHRISTOPH (* 1944)
– »Horns Ende. Roman«. Erstveröffentlichung: Berlin, Weimar

(Aufbau) 1985. Hier aus: Darmstadt, Neuwied (Luchterhand) 1985. S. 69-75. © 1985 by Aufbau-Verlag, Berlin und Weimar. *Seite 120*

– »Die Ritter der Tafelrunde. Eine Komödie«. Uraufführung: Staatsschauspiel Dresden, 24.3.1989. Regie: Klaus-Dieter Kirst. Erstveröffentlichung: Frankfurt/M. (Luchterhand) 1989. S. 64-70. © 1990 by Aufbau-Verlag, Berlin und Weimar. *Seite 388*

Hein, Manfred Peter (* 1931)

»Samaticha, 2. Mai 1938«. Erstveröffentlichung: »Zwischen Winter und Winter. Fünfundzwanzig Gedichte«. Reinbek (Rowohlt) 1987. S. 19. © 1987 by Rowohlt Verlag, Reinbek. *Seite 216*

Heissenbüttel, Helmut (1921-1996)

»Ursprung und Ende der Tradition«. Erstveröffentlichung: »Textbuch 9. 3x13x13 Sätze. 1981-1984«. Stuttgart (Klett-Cotta) 1986. S. 33-34. © by Verlag Klett-Cotta, Stuttgart. *Seite 180*

Hensel, Klaus (* 1954)

»Glienicker Brücke«. Erstveröffentlichung: »Neue Rundschau«. 1985. H. 3/4. S. 183. © by Klaus Hensel. *Seite 125*

Hettche, Thomas (* 1964)

»Ludwig muß sterben. Roman«. Erstveröffentlichung: Frankfurt/M. (Suhrkamp) 1989. S. 16-21. © by Suhrkamp Verlag, Frankfurt/M. *Seite 333*

Hilbig, Wolfgang (* 1941)

– »An den gotischen Rundfunk«. Erstveröffentlichung: »Neue Rundschau«. 1984. H. 1/2. S. 77-78. © by Wolfgang Hilbig. *Seite 73*

– »verse um an frühere zu erinnern«. Erstveröffentlichung: »die versprengung. Gedichte«. Frankfurt/M. (Fischer) 1986. S. 29. © by S. Fischer Verlag, Frankfurt/M. *Seite 144*

Hilsenrath, Edgar (* 1926)

»Das Märchen vom letzten Gedanken. Roman«. Erstveröffentlichung: München (Piper) 1989. S. 34-39. © 1989 by Piper Verlag, München. *Seite 369*

Hofmann, Gert (1931-1993)

– »Veilchenfeld. Erzählung«. Erstveröffentlichung: Darmstadt, Neuwied (Luchterhand) 1986. S. 146-149. © by Carl Hanser Verlag, München. *Seite 152*

– »Unsere Vergeßlichkeit. Roman«. Erstveröffentlichung: Darmstadt, Neuwied (Luchterhand) 1987. S. 85-91. © by Carl Hanser Verlag, München. *Seite 245*

HOHLER, FRANZ (* 1943)
»Demonstrationsberichterstattung«. Erstveröffentlichung: »Vierzig vorbei. Gedichte«. Darmstadt (Luchterhand) 1988. S. 48. © by Luchterhand Literaturverlag, München. *Seite 262*

HONIGMANN, BARBARA (* 1949)
»Eine Postkarte für Herrn Altenkirch«. Erstveröffentlichung: »Roman von einem Kinde. Sechs Erzählungen«. Darmstadt, Neuwied (Luchterhand) 1986. S. 43-49. © 1986 by Hermann Luchterhand Verlag, Darmstadt und Neuwied; jetzt: Luchterhand Literaturverlag, München. *Seite 154*

HORSTMANN, ULRICH (* 1949)
»Schwedentrunk«. Erstveröffentlichung: »Schwedentrunk. Gedichte«. Frankfurt/M. (Fischer) 1989. S. 52-53. © by Ulrich Horstmann. *Seite 325*

IGEL, BERND (* 1954)
»Kurzer Monolog über eine Ab & An Kunft«. Erstveröffentlichung: »Berührung ist nur eine Randerscheinung. Neue Literatur aus der DDR«. Hg. von Elke Erb und Sascha Anderson. Köln (Kiepenheuer & Witsch) 1985. S. 138. © by Verlag Kiepenheuer & Witsch, Köln. *Seite 97*

INGOLD, FELIX PHILIPP (* 1942)
»Schweiz«. Erstveröffentlichung: »Echtzeit. Gedichte«. München, Wien (Hanser) 1989. S. 95. © by Carl Hanser Verlag, München. *Seite 361*

JANDL, ERNST (* 1925)
»alternder dichter«; »25. februar 1989«; »kleines geriatrisches manifest«. Erstveröffentlichung: »idyllen. Gedichte«. Frankfurt/M. (Luchterhand) 1989. S. 27, 30, 110. © 1997 by Luchterhand Literaturverlag, München. *Seite 322, 323*

JELINEK, ELFRIEDE (* 1946)
»Lust«. Erstveröffentlichung: Reinbek (Rowohlt) 1989. S. 38-43. © 1989 by Rowohlt Verlag, Reinbek. *Seite 337*

JOHANSEN, HANNA (* 1939)
»Leben«. Erstveröffentlichung: »Über den Wunsch, sich wohlzufühlen. Geschichten«. München, Wien (Hanser) 1985. S. 55-59. © by Carl Hanser Verlag, München. *Seite 89*

JOHNSON, UWE (1934-1984)
»Ingrid Babendererde. Reifeprüfung 1953«. Erstveröffentlichung: Frankfurt/M. (Suhrkamp) 1985. S. 69-72. © by Suhrkamp Verlag, Frankfurt/M. *Seite 118*

JÜNGER, ERNST (1895-1998)
»Autor und Autorschaft«. Erstveröffentlichung: Stuttgart (Klett-Cotta) 1984. S. 11, 15, 16, 19, 20, 28, 29, 36, 37, 67, 128, 164. © by Verlag Klett-Cotta, Stuttgart. *Seite 68*

KACHOLD, GABRIELE (* 1953)
»was früher poesie war ist heute rhythmusübung«. Erstveröffentlichung: »zügel los. prosatexte«. Berlin, Weimar (Aufbau) 1989. S. 141. © by Aufbau-Verlag, Berlin und Weimar. *Seite 347*

KAMINSKI, ANDRÉ (1923-1991)
»Kiebitz. Roman«. Erstveröffentlichung: Frankfurt/M. (Insel) 1988. Hier aus: Frankfurt/M. (Suhrkamp) 1991. S. 277-281. © by Insel Verlag, Frankfurt/M. *Seite 273*

KIRSCH, SARAH (* 1935)
– »Katzenleben«. Erstveröffentlichung: »Katzenleben. Gedichte«. Stuttgart (Deutsche Verlags-Anstalt) 1984. S. 74. © by Deutsche Verlags-Anstalt, Stuttgart. *Seite 36*
– »Drosseln«; »Vineta«; »Styx«; »Trost«. Erstveröffentlichung: »Irrstern. Prosa«. Stuttgart (Deutsche Verlags-Anstalt) 1986. S. 8, 36, 41-42, 59. © by Deutsche Verlags-Anstalt, Stuttgart. *Seite 192-194*
– »Allerleih-Rauh. Eine Chronik«. Erstveröffentlichung: Stuttgart (Deutsche Verlags-Anstalt) 1988. S. 60-66. © by Deutsche Verlags-Anstalt, Stuttgart. *Seite 310*
– »Stoffwechsel«. Erstveröffentlichung: »Schneewärme. Gedichte«. Stuttgart (Deutsche Verlags-Anstalt) 1989. S. 25. © by Deutsche Verlags-Anstalt, Stuttgart. *Seite 345*

KIRSTEN, WULF (* 1934)
»lebensspuren«. Erstveröffentlichung: »die erde bei Meißen. Gedichte«. Leipzig (Reclam) 1986. S. 106. © by Wulf Kirsten. *Seite 194*

KLING, THOMAS (* 1957)
– »Sektionsergebnis«. Erstveröffentlichung: »Erprobung herzstärkender Mittel. Gedichte«. Düsseldorf (Eremiten-Presse) 1986. Unpag. © by Thomas Kling. *Seite 170*
– »Zivildienst. Lazarettkopf«. Erstveröffentlichung: »geschmacksverstärker. Gedichte 1985-1988«. Frankfurt/M. (Suhrkamp) 1989. S. 50-51. © by Suhrkamp Verlag, Frankfurt/M. *Seite 321*

KÖNIGSDORF, HELGA (* 1938)
»Vertrauen«. Erstveröffentlichung: »Lichtverhältnisse. Geschichten«. Berlin, Weimar (Aufbau) 1988. S. 110-115. © by Aufbau-Verlag, Berlin und Weimar. *Seite 266*

KÖPF, GERHARD (* 1948)
»Die Strecke. Roman«. Erstveröffentlichung: Frankfurt/M. (Fischer) 1985. S. 489-496. © by Gerhard Köpf. *Seite 98*

KOLBE, UWE (* 1957)
»Ein letztes Gedicht«. Erstveröffentlichung: »Bornholm II. Gedichte«. Berlin, Weimar (Aufbau) 1986. S. 78-79. © by Suhrkamp Verlag, Frankfurt/M. *Seite 171*

KOLLERITSCH, ALFRED (* 1931)
»Horizont«. Erstveröffentlichung: »Augenlust. Gedichte«. Salzburg, Wien (Residenz) 1986. S. 58. © 1986 by Residenz Verlag, Salzburg und Wien. *Seite 185*

KONEFFKE, JAN (* 1960)
»Sollen sich Liebende morgens vom Lager erheben«; »Unter orgelndem Wind flog meine Stadt«. Erstveröffentlichung: »Gelbes Dienstrad wie es hoch durch die Luft schoß. Gedichte«. Frankfurt/M. (Frankfurter Verlagsanstalt) 1989. S. 55, 67. © by Jan Koneffke. *Seite 344, 345*

KRAUSS, ANGELA (* 1950)
»Die Reise«. Erstveröffentlichung: »Das Vergnügen«. Berlin, Weimar (Aufbau) 1984. Hier aus: Frankfurt/M. (Suhrkamp) 1988. S. 79-85. © by Aufbau-Verlag, Berlin und Weimar. *Seite 41*

KRECHEL, URSULA (* 1947)
»Nachlaß«. Erstveröffentlichung: »Vom Feuer lernen. Gedichte«. Darmstadt, Neuwied (Luchterhand) 1985. S. 38. © 1985 by Hermann Luchterhand Verlag, Darmstadt und Neuwied; jetzt: Luchterhand Literaturverlag, München. *Seite 135*

KROLOW, KARL (* 1915)
– »Etwas, das uns betrifft«; »Geschichte«. Erstveröffentlichung: »Schönen Dank und vorüber. Gedichte«. Frankfurt/M. (Suhrkamp) 1984. S. 49-50, 40. © by Suhrkamp Verlag, Frankfurt/M. *Seite 21, 74*
– »Worte«. Erstveröffentlichung: »Als es soweit war. Gedichte«. Frankfurt/M. (Suhrkamp) 1988. S. 35. © by Suhrkamp Verlag, Frankfurt/M. *Seite 296*

KRÜGER, MICHAEL (* 1943)
»Auf alten Bildern«. Erstveröffentlichung: »Die Dronte. Gedichte«. München, Wien (Hanser) 1985. S. 75. © by Carl Hanser Verlag, München. *Seite 108*

KÜHN, JOHANNES (* 1934)
»Schuttabladeplatz«; »Jahrabwärts«; »Es heilt die Zeit«. Erstveröffentlichung: »Ich Winkelgast. Gedichte«. München, Wien

(Hanser) 1989. S. 98-99, 30-31, 84. © by Carl Hanser Verlag, München. *Seite 374-376*

KUNERT, GÜNTER (* 1929)
»Augenaufschlag«. Erstveröffentlichung: »Berlin beizeiten. Gedichte«. München, Wien (Hanser) 1987. S. 49. © by Carl Hanser Verlag, München. *Seite 261*

KUNZE, REINER (* 1933)
»Alter Großstadtfriedhof«. Erstveröffentlichung: »eines jeden einziges leben. gedichte«. Frankfurt/M. (Fischer) 1986. S. 50. © by S. Fischer Verlag, Frankfurt/M. *Seite 147*

KURZECK, PETER (* 1943)
»Kein Frühling«. Erstveröffentlichung: Basel, Frankfurt/M. (Stroemfeld / Roter Stern) 1987. S. 206-208. © by Stroemfeld Verlag, Basel und Frankfurt/M. *Seite 232*

LAEDERACH, JÜRG (* 1945)
»Alberts Schneefall«. Erstveröffentlichung: »69 Arten den Blues zu spielen. Texte«. Frankfurt/M. (Suhrkamp) 1984. S. 160-163. © by Suhrkamp Verlag, Frankfurt/M. *Seite 70*

LANGE-MÜLLER, KATJA (* 1951)
»Endlich daheim«. Erstveröffentlichung: »Neue Rundschau«. 1985. H. 1. S. 81. © by Katja Lange-Müller. *Seite 93*

LENZ, HERMANN (1913-1998)
»Seltsamer Abschied. Roman«. Erstveröffentlichung: Frankfurt/M. (Insel) 1988. S. 49-54. © by Insel Verlag, Frankfurt/M. *Seite 304*

LIEBMANN, IRINA (* 1943)
»Alles zu«. Erstveröffentlichung: »Mitten im Krieg«. Frankfurt/M. (Frankfurter Verlagsanstalt) 1989. S. 101. © by Irina Liebmann. *Seite 382*

LOEST, ERICH (* 1926)
»Fallhöhe. Roman«. Erstveröffentlichung: Künzelsau (Linden) 1989. Hier aus: München (Deutscher Taschenbuch Verlag) 1992. S. 243-246. © by Linden-Verlag, Leipzig. *Seite 383*

MAIWALD, PETER (* 1946)
– »Der Untergang der Welt in der Gaststätte Zum Hasenberg«. Erstveröffentlichung: »Balladen von Samstag auf Sonntag. Gedichte«. Stuttgart (Deutsche Verlags-Anstalt) 1984. S. 80. © by Deutsche Verlags-Anstalt, Stuttgart. *Seite 75*
– »Grabschrift«. Erstveröffentlichung: »Guter Dinge. Gedichte«. Stuttgart (Deutsche Verlags-Anstalt) 1987. S. 34. © by Deutsche Verlags-Anstalt, Stuttgart. *Seite 216*

MALKOWSKI, RAINER (* 1939)
»Voller Papierkorb«. Erstveröffentlichung: »Was immer auch geschieht. Gedichte«. Frankfurt/M. (Suhrkamp) 1986. S. 11. © by Suhrkamp Verlag, Frankfurt/M. *Seite 169*

MARON, MONIKA (* 1941)
»Die Überläuferin. Roman«. Erstveröffentlichung: Frankfurt/M. (Fischer) 1986. S. 170-175. © by S. Fischer Verlag, Frankfurt/M. *Seite 160*

MARTI, KURT (* 1921)
»gleichnis in der progression«. Erstveröffentlichung: »geduld und revolte. Die gedichte am rand«. Stuttgart (Radius) 1984. S. 48. © by Radius-Verlag, Stuttgart. *Seite 34*

MAYRÖCKER, FRIEDERIKE (* 1924)
»Reise durch die Nacht«. Erstveröffentlichung: Frankfurt/M. (Suhrkamp) 1984. Hier aus: Frankfurt/M. (Suhrkamp) 1986. S. 26-30. © by Suhrkamp Verlag, Frankfurt/M. *Seite 54*

MEIER, GERHARD (* 1917)
»Die Ballade vom Schneien. Roman«. Erstveröffentlichung: Bern (Zytglogge) 1985. Hier aus: »Baur und Bindschädler. Roman. Dritter Teil: Die Ballade vom Schneien«. Bern (Zytglogge) 1987. S. 416-421. © by Zytglogge Verlag, Gümlingen. *Seite 108*

MENSCHING, STEFFEN (* 1958)
»Égalité«. Erstveröffentlichung: »Erinnerungen an eine Milchglasscheibe. Gedichte«. Halle (Mitteldeutscher Verlag) 1984. S. 12-13. © by Steffen Mensching. *Seite 24*

MICKEL, KARL (* 1935)
»Paragraph Aids«. Erstveröffentlichung: »Neue Deutsche Literatur«. 1989. H. 5. S. 11-13. © by Karl Mickel. *Seite 319*

MITGUTSCH, WALTRAUD ANNA (* 1948)
»Die Züchtigung«. Erstveröffentlichung: Düsseldorf (Claassen) 1985. Hier aus: München (Deutscher Taschenbuch Verlag) 1987. S. 133-136. © by Claassen Verlag / Verlagshaus Goethestraße, München. *Seite 137*

MODICK, KLAUS (* 1951)
»Moos. Die nachgelassenen Blätter des Botanikers Lukas Ohlburg. Herausgegeben von Klaus Modick«. Erstveröffentlichung: Zürich (Haffmans) 1984. S. 30-33. © by Klaus Modick. *Seite 63*

MOOG, CHRISTA (* 1952)
»Göhren, 20. August 1980«. Erstveröffentlichung: »Die Fans von Union. Geschichten«. Düsseldorf (Claassen) 1985. S. 100-

103. © by Claassen Verlag / Verlagshaus Goethestraße, München. *Seite 78*

Morweiser, Fanny (* 1940)
»Die Nachtigalleninsel«. Erstveröffentlichung: »Voodoo-Emmi. Erzählungen«. Zürich (Diogenes) 1987. S. 24-30. © 1987 by Diogenes Verlag, Zürich. *Seite 208*

Müller, Heiner (1929-1995)
»Wolokolamsker Chaussee IV: Kentauren. (Ein Greuelmärchen aus dem Sächsischen des Gregor Samsa)«. Erstveröffentlichung: »Wolokolamsker Chaussee IV und V«. München (Maximilian / Knust) 1988. Hier aus: Berlin (Rotbuch) 1988. Unpag. © by Suhrkamp Verlag, Frankfurt/M. *Seite 286*

Müller, Herta (* 1953)
»Reisende auf einem Bein«. Erstveröffentlichung: Berlin (Rotbuch) 1989. S. 136-140. © by Rotbuch Verlag, Hamburg. *Seite 355*

Müller, Inge (1925-1966)
»Wir«. Erstveröffentlichung: »Sinn und Form«. 1985. H. 1. S. 75. © by Aufbau-Verlag, Berlin und Weimar. *Seite 116*

Neumann, Gert (* 1942)
»Die Klandestinität der Kesselreiniger. Ein Versuch des Sprechens«. Erstveröffentlichung: Frankfurt/M. (Fischer) 1989. S. 9-11. © by S. Fischer Verlag, Frankfurt/M. *Seite 386*

Novak, Helga M. (* 1935)
»Hier stehe ich zurückgeblieben«. Erstveröffentlichung: »Märkische Feemorgana«. Frankfurt/M. (Luchterhand) 1989. S. 46-47. © 1997 by Schöffling & Co. Verlagsbuchhandlung, Frankfurt/M. *Seite 376*

Ortheil, Hanns-Josef (* 1951)
»Schwerenöter. Roman«. Erstveröffentlichung: München (Piper) 1987. S. 88-96. © 1987 by Piper Verlag, München. *Seite 224*

Papenfuss-Gorek, Bert (* 1956)
»tantris in tyrannos«. Erstveröffentlichung: »dreizehntanz«. Berlin, Weimar (Aufbau) 1988. S. 164-165. © by Aufbau-Verlag, Berlin und Weimar. *Seite 291*

Pedretti, Erica (* 1930)
»Am Tatort«. Erstveröffentlichung: »Sonnenaufgänge, Sonnenuntergänge. Erzählungen«. Frankfurt/M. (Suhrkamp) 1984. S. 111-115. © by Suhrkamp Verlag, Frankfurt/M. *Seite 66*

Poethen, Johannes (* 1928)
»Am letzten meerstück«. Erstveröffentlichung: »Schwarz das

All. Vier Zyklen Gedichte«. Scheer/Donau (Keicher) 1984. S. 21. © by Verlag Ulrich Keicher, Leonberg. *Seite 75*

RAKUSA, ILMA (* 1946)
»Idyll«. Erstveröffentlichung: »Miramar. Erzählungen«. Frankfurt/M. (Suhrkamp) 1986. S. 46-49. © by Suhrkamp Verlag, Frankfurt/M. *Seite 150*

RANSMAYR, CHRISTOPH (* 1954)
»Die letzte Welt. Roman«. Erstveröffentlichung: Nördlingen (Greno) 1988. S. 55-65. © 1991 by Eichborn Verlag, Frankfurt/M. *Seite 279*

REINSHAGEN, GERLIND (* 1926)
»Der Täter«. Erstveröffentlichung: »Zwölf Nächte«. Frankfurt/M. (Suhrkamp) 1989. S. 67. © by Suhrkamp Verlag, Frankfurt/M. *Seite 362*

ROSENLÖCHER, THOMAS (* 1947)
»Weltbild«. Erstveröffentlichung: »Schneebier. Gedichte«. Halle, Leipzig (Mitteldeutscher Verlag) 1988. Hier aus: Salzburg, Wien (Residenz) o.J. (1988). S. 40. © by Thomas Rosenlöcher. *Seite 314*

ROTH, FRIEDERIKE (* 1948)
»Anfang und Ende«. Erstveröffentlichung: »Schattige Gärten. Gedichte«. Frankfurt/M. (Suhrkamp) 1987. S. 82. © by Suhrkamp Verlag, Frankfurt/M. *Seite 217*

ROTH, GERHARD (* 1942)
»Erinnerungen an die Menschheit«. Uraufführung: Schauspielhaus Graz, 27.9.1985. Regie: Emil Breisach. Erstveröffentlichung: Graz (Droschl) 1985. S. 23-25. Alle Rechte vorbehalten S. Fischer Verlag, Frankfurt/M. *Seite 141*

ROTHER, HANS-JÖRG (* 1941)
»Veteranen im Moskauer Gorki-Park«. Erstveröffentlichung: »Neue Deutsche Literatur«. 1986. H. 2. S. 61. © by Hans-Jörg Rother. *Seite 163*

ROTHER, PETER (* 1952)
»Ein Friedensgedicht«. Erstveröffentlichung: »Sinn und Form«. 1988. H. 2. S. 364. © by Peter Rother. *Seite 308*

RÜHMKORF, PETER (* 1929)
»Durch dauernde Gedanken an dich ...«; »Alles dunkel alles trübe«. Erstveröffentlichung: »Einmalig wie wir alle«. Reinbek (Rowohlt) 1989. S. 55-56, 42-43. © 1989 by Rowohlt Verlag, Reinbek. *Seite 324, 350*

RUNGE, DORIS (* 1943)
– »mitteilung an noah«. Erstveröffentlichung: »jagdlied. Gedichte«. Stuttgart (Deutsche Verlags-Anstalt) 1985. S. 28. © by Deutsche Verlags-Anstalt, Stuttgart. *Seite 76*
– »trümmerfeld«. Erstveröffentlichung: »kommt zeit. Gedichte«. Stuttgart (Deutsche Verlags-Anstalt) 1988. S. 66. © by Deutsche Verlags-Anstalt, Stuttgart. *Seite 314*

SCHÄDLICH, HANS JOACHIM (* 1935)
– »Tallhover«. Erstveröffentlichung: Reinbek (Rowohlt) 1986. S. 217-221. © 1986 by Rowohlt Verlag, Reinbek. *Seite 164*
– »Ostwestberlin«. Erstveröffentlichung: »Ostwestberlin. Prosa«. Reinbek (Rowohlt) 1987. S. 163-180. © 1987 by Rowohlt Verlag, Reinbek. *Seite 249*

SCHAMI, RAFIK (* 1946)
»Das letzte Wort der Wanderratte«. Erstveröffentlichung: »Das letzte Wort der Wanderratte. Märchen, Fabeln & phantastische Geschichten«. Kiel (Malik) 1984. Hier aus: München (Deutscher Taschenbuch Verlag) 1987. S. 35-40. © by Carl Hanser Verlag, München. *Seite 30*

SCHEDLINSKI, RAINER (* 1956)
»(ohne befund)«. Erstveröffentlichung: »die rationen des ja und des nein. Gedichte«. Berlin, Weimar (Aufbau) 1988. S. 37. © by Aufbau-Verlag, Berlin und Weimar. *Seite 270*

SCHIMMANG, JOCHEN (* 1948)
»Ein glücklicher Wissenschaftler. III. Dreizehn Minuten«. Erstveröffentlichung: »Der Norden leuchtet. Erzählungen«. Frankfurt/M. (Suhrkamp) 1984. S. 33-36. © by Suhrkamp Verlag, Frankfurt/M. *Seite 45*

SCHINDEL, ROBERT (* 1944)
– »Versuch über die Präzision«. Erstveröffentlichung: »Ohneland. Gedichte«. Frankfurt/M. (Suhrkamp) 1986. S. 39-40. © by Suhrkamp Verlag, Frankfurt/M. *Seite 145*
– »Unsere Gnade der späten Geburt«. Erstveröffentlichung: »Geier sind pünktliche Tiere. Gedichte«. Frankfurt/M. (Suhrkamp) 1987. S. 94-95. © by Suhrkamp Verlag, Frankfurt/M. *Seite 216*
– »Verwertungsprozeß«. Erstveröffentlichung: »Im Herzen die Krätze. Gedichte«. Frankfurt/M. (Suhrkamp) 1988. S. 28. © by Suhrkamp Verlag, Frankfurt/M. *Seite 309*

SCHLAG, EVELYN (* 1952)
»Übergänge«. Erstveröffentlichung: »Ortswechsel des Herzens.

Gedichte«. Frankfurt/M. (Fischer) 1989. S. 23. © by Evelyn Schlag. *Seite 351*

SCHNEIDER, MICHAEL (* 1943)
»Balzacs Totenklage«. Erstveröffentlichung: »Die Traumfalle. Künstlernovellen«. Köln (Kiepenheuer & Witsch) 1987. S. 13-20. © 1987 by Verlag Kiepenheuer & Witsch, Köln. *Seite 202*

SCHÜTZ, HELGA (* 1937)
»In Annas Namen. Roman«. Erstveröffentlichung: Berlin, Weimar (Aufbau) 1986. S. 304-308. © by Aufbau-Verlag, Berlin und Weimar. *Seite 147*

SCHÜTZ, STEFAN (* 1944)
»Medusa. Prosa«. Erstveröffentlichung: Reinbek (Rowohlt) 1986. S. 9-15. © 1986 by Rowohlt Verlag, Reinbek. *Seite 176*

SÖLLNER, WERNER (* 1951)
»Verkehrte Zeit«. Erstveröffentlichung: »Kopfland. Passagen. Gedichte«. Frankfurt/M. (Suhrkamp) 1988. S. 9-10. © by Suhrkamp Verlag, Frankfurt/M. *Seite 294*

STEINER, JÖRG (* 1930)
»Fremdes Land. Eine Erzählung«. Erstveröffentlichung: Frankfurt/M. (Suhrkamp) 1989. S. 74-78. © by Suhrkamp Verlag, Frankfurt/M. *Seite 358*

STRAUSS, BOTHO (* 1944)
– »Der junge Mann«. Erstveröffentlichung: München, Wien (Hanser) 1984. S. 294-302. © by Carl Hanser Verlag, München. *Seite 15*
– »Diese Erinnerung an einen, der nur einen Tag zu Gast war. Gedicht«. Erstveröffentlichung: München, Wien (Hanser) 1985. S. 48, 67. © by Carl Hanser Verlag, München. *Seite 117, 132*
– »Kongreß. Die Kette der Demütigungen«. Erstveröffentlichung: München (Matthes & Seitz) 1989. S. 135-141. © by Matthes & Seitz Verlag, München. *Seite 341*

STRITTMATTER, EVA (* 1930)
»Alter«. Erstveröffentlichung: »Atem. Gedichte«. Berlin, Weimar (Aufbau) 1988. S. 33. © by Aufbau-Verlag, Berlin und Weimar. *Seite 310*

STRUZYK, BRIGITTE (* 1946)
»Brüderlichkeit«. Erstveröffentlichung: »Leben auf der Kippe. Gedichte«. Berlin, Weimar (Aufbau) 1984. S. 99. © by Aufbau-Verlag, Berlin und Weimar. *Seite 25*

TABORI, GEORGE (* 1914)
»Mein Kampf«. Uraufführung: Akademietheater Wien, 6.5.1987. Regie: George Tabori. Erstveröffentlichung: »Theater heute«.

1987. H. 7. Hier aus: »Theaterstücke II«. München, Wien (Hanser) 1994. S. 154-156. © by Carl Hanser Verlag, München. *Seite 212*

TECHEL, SABINE (* 1953)
»Ausverkauf«. Erstveröffentlichung: »Es kündigt sich an. Gedichte«. Frankfurt/M. (Suhrkamp) 1986. S. 19. © by Suhrkamp Verlag, Frankfurt/M. *Seite 169*

TESCHKE, HOLGER (* 1958)
»Ende des Mythos«. Erstveröffentlichung: »Bäume am Hochufer. Gedichte 1975-1984«. Berlin, Weimar (Aufbau) 1985. S. 36. © by Aufbau-Verlag, Berlin und Weimar. *Seite 80*

THENIOR, RALF (* 1945)
»Zu spät«. Erstveröffentlichung: »Radio Hagenbeck. Sieben schmutzige Geschichten in schmutziger Sprache«. Hamburg (Kellner) 1984. S. 76-79. © by Ralf Thenior. *Seite 39*

TREICHEL, HANS-ULRICH (* 1952)
»Fortschritte in der Chaosforschung«. Erstveröffentlichung: »Liebe Not. Gedichte«. Frankfurt/M. (Suhrkamp) 1986. S. 9. © by Suhrkamp Verlag, Frankfurt/M. *Seite 175*

VESPER, GUNTRAM (* 1941)
»Die Spur«. Erstveröffentlichung: »Frohburg. Neue Gedichte«. Frankfurt/M. (Fischer) 1985. S. 20. © by Guntram Vesper. *Seite 111*

WAGNER, BERND (* 1948)
– »Abstieg aus dem Gebirge«. Erstveröffentlichung: »Reise im Kopf«. Berlin, Weimar (Aufbau) 1984. S. 84-88. © by Aufbau-Verlag, Berlin und Weimar. *Seite 36*
– »Im alternden Rom«. Erstveröffentlichung: »Mein zu großes Auge. Gedichte«. Darmstadt (Luchterhand) 1988. S. 37. © 1988 by Hermann Luchterhand Verlag, Darmstadt; jetzt: Luchterhand Literaturverlag, München. *Seite 278*

WAGNER, RICHARD (* 1952)
– »Ausreiseantrag. Erzählung«. Erstveröffentlichung: Darmstadt (Luchterhand) 1988. S. 56-59. © by Richard Wagner. *Seite 276*
– »Begrüßungsgeld. Eine Erzählung«. Erstveröffentlichung: Frankfurt/M. (Luchterhand) 1989. S. 123-126. © by Richard Wagner. *Seite 347*

WALSER, MARTIN (* 1927)
»Meßmers Gedanken. Prosa«. Erstveröffentlichung: Frankfurt/M. (Suhrkamp) 1985. S. 7-8. © by Suhrkamp Verlag, Frankfurt/M. *Seite 131*

WALTER, OTTO F. (1928-1994)
»Zeit des Fasans«. Erstveröffentlichung: Reinbek (Rowohlt) 1988. S. 495-499. © 1988 by Rowohlt Verlag, Reinbek. *Seite 301*

WATERHOUSE, PETER (* 1956)
– »Klang der Dinge«. Erstveröffentlichung: »MENZ. Gedichte«. Graz (Droschl) 1984. S. 27. © by Literaturverlag Droschl, Graz. *Seite 53*
– »Gemeinschaft der Sätze«. Erstveröffentlichung: »passim. Gedichte«. Reinbek (Rowohlt) 1986. S. 55. © 1986 by Rowohlt Verlag, Reinbek. *Seite 172*

WEINRICH, HARALD (* 1927)
»Müdes Gedicht«. Erstveröffentlichung: »Akzente«. 1986. H. 5. S. 405. © by Harald Weinrich. *Seite 168*

WENZEL, HANS-ECKHARDT (* 1955)
»Mc Donald's Weltbulette«. Erstveröffentlichung: »Lied vom wilden Mohn«. Halle (Mitteldeutscher Verlag) 1984. S. 69. © by Hans-Eckhardt Wenzel. *Seite 25*

WERNER, MARKUS (* 1944)
»Zündels Abgang. Roman«. Erstveröffentlichung: Salzburg, Wien (Residenz) 1984. S. 14-23. © by Residenz Verlag, Salzburg und Wien. *Seite 46*

WILDENHAIN, MICHAEL (* 1958)
»Wewelsfleth«. Erstveröffentlichung: »Das Ticken der Sterne. Gedichte«. Berlin (Rotbuch) 1989. S. 12. © by Rotbuch Verlag, Hamburg. *Seite 346*

WINKLER, JOSEF (* 1953)
»Der Leibeigene. Roman«. Erstveröffentlichung: Frankfurt/M. (Suhrkamp) 1987. Hier aus: Frankfurt/M. (Suhrkamp) 1990. S. 178-184. © by Suhrkamp Verlag, Frankfurt/M. *Seite 234*

WODIN, NATASCHA (* 1945)
»Einmal lebt ich. Roman«. Erstveröffentlichung: Frankfurt/M. (Luchterhand) 1989. S. 96-101. © 1989 by Hermann Luchterhand Verlag, Frankfurt/M.; jetzt: Luchterhand Literaturverlag, München. *Seite 351*

WOHMANN, GABRIELE (* 1932)
»Ein russischer Sommer«. Erstveröffentlichung: »Ein russischer Sommer. Erzählungen«. Darmstadt (Luchterhand) 1988. S. 142-146. © 1988 by Piper Verlag, München. *Seite 263*

WOLF, CHRISTA (* 1929)
»Sommerstück«. Erstveröffentlichung: Frankfurt/M. (Luchterhand) 1989. S. 7-11. © 1989 by Hermann Luchterhand Ver-

lag, Frankfurt/M.; jetzt: Luchterhand Literaturverlag, München. *Seite 377*

WOLF, ROR (* 1932)

»Mehrere Männer. Zweiundachtzig ziemlich kurze Geschichten, zwölf Collagen und eine längere Reise«. Erstveröffentlichung: Darmstadt, Neuwied (Luchterhand) 1987. S. 20, 40, 42-43, 72, 90-91. © 1987 by Hermann Luchterhand Verlag, Darmstadt und Neuwied; jetzt: Luchterhand Literaturverlag, München. *Seite 242*

WÜSTEFELD, MICHAEL (* 1951)

– »Hineingeboren wie hineingeborgt«. Erstveröffentlichung: »Berührung ist nur eine Randerscheinung. Neue Literatur aus der DDR«. Hg. von Elke Erb und Sascha Anderson. Köln (Kiepenheuer & Witsch) 1985. S. 82. © by Verlag Kiepenheuer & Witsch, Köln. *Seite 96*

– »Ich lese«. Erstveröffentlichung: »Heimsuchung. Gedichte«. Berlin, Weimar (Aufbau) 1987. S. 126-127. © by Aufbau-Verlag, Berlin und Weimar. *Seite 241*

ZSCHORSCH, GERALD (* 1951)

– »Im Preis liegt scheinbar nur der Frieden«. Erstveröffentlichung: »Stadthunde. Gedichte«. Stuttgart (Klett-Cotta) 1986. S. 61. © by Verlag Klett-Cotta, Stuttgart. *Seite 168*

– »Maulhure«; »Akademie«; »Ramsch«. Erstveröffentlichung: »Sturmtruppen«. Stuttgart (Klett-Cotta) 1987. S. 29, 66, 80. © by Verlag Klett-Cotta, Stuttgart. *Seite 242*